HORROR & THRILLER
BAND 159

Wenn Lesen zur Mutprobe wird ...

www.Festa-Verlag.de

DEAN KOONTZ

DEVOTED
Der Beschützer

Aus dem Amerikanischen von Patrick Baumann

FESTA

1. Auflage März 2021
Copyright © dieser Ausgabe 2021 by Festa Verlag, Leipzig
Titelbild: Arndt Drechsler-Zakrzewski
Alle Rechte vorbehalten

ISBN 978-3-86552-866-7
eBook 978-3-86552-867-4

Für Joe McNeely

Eine seiner vielen Tugenden ist die Fähigkeit,
über sich selbst zu lachen – zusammen mit uns anderen.
Er macht die Welt zu einem besseren Ort.

Alles Wissen, die Gesamtheit aller Fragen
und alle Antworten sind im Hund enthalten.

– Franz Kafka

Wir sind allein, völlig allein auf diesem Planeten.
Von all den Lebensformen um uns herum
hat sich außer dem Hund keine
auf ein Bündnis mit uns eingelassen.

– Maurice Maeterlinck

Wenn du einen verhungernden Hund aufnimmst
und ihn satt machst, wird er dich nicht beißen.
Das ist der Grundunterschied zwischen
Hund und Mensch.

– Mark Twain

Der Hund ist das einzige Wesen auf Erden,
das dich mehr liebt als sich selbst.

– Josh Billings

DUNKLER ALS DIE DUNKELHEIT

Dienstag 16 Uhr –
Mittwoch 17 Uhr

1 Drei Jahre nach dem Unfall war Megan Bookman körperlich wie geistig in guter Verfassung, auch wenn sie gelegentlich eine Beklemmung überkam, ein Gefühl, als ob ihr die Zeit davonliefe oder sich jeden Augenblick ein tiefes Loch unter ihr öffnen könnte. Das war keine höhere Intuition, nur eine Konsequenz der Tatsache, dass sie mit 30 Jahren bereits verwitwet war. Eine Liebe, die sie für beständig gehalten hatte, ein Mann, von dem sie geglaubt hatte, sie würde mit ihm alt werden: All das war ihr ohne Vorwarnung genommen worden. Aber diese Empfindung, dass irgendwo eine Glocke ihre letzte Stunde schlug, würde wieder vorbeigehen; so war es jedes Mal.

Sie stand an der Zimmertür ihres einzigen Kindes und sah zu, wie der Junge an seinem mit diversem Zubehör ausgestatteten Computer saß und Recherchen über irgendetwas anstellte, das ihn zurzeit faszinierte.

Woodrow Bookman, den alle Woody nannten, hatte in seinen elf Lebensjahren noch kein einziges Wort gesprochen. Bei seiner Geburt und noch ein paar Jahre danach hatte er geschrien, aber nie mehr, seit er vier Jahre alt geworden war. Er lachte, aber nur selten über etwas, das zu ihm gesagt wurde oder über einen komischen Anblick.

Oft lag die Ursache seiner Heiterkeit in seinem Inneren und blieb seiner Mutter ein Rätsel. Bei ihm war eine seltene Form von Autismus diagnostiziert worden, aber in Wirklichkeit wussten die Ärzte wohl einfach nicht, was sie von ihm halten sollten.

Zum Glück legte er nicht diejenigen mit Autismus in Verbindung gebrachten Verhaltensweisen an den Tag, die für das Umfeld besonders belastend waren. Er neigte nicht zu emotionalen Zusammenbrüchen, war nicht unflexibel. Solange er in Gesellschaft von Personen war, die er kannte, zog er sich nie zurück, wenn er berührt wurde, und litt auch nicht psychisch unter körperlichem Kontakt, wenngleich er Fremden mit Misstrauen, oft auch mit Angst begegnete. Wenn jemand etwas zu ihm sagte, hörte er aufmerksam zu, und er war mindestens so gehorsam, wie Megan es in ihrer Kindheit gewesen war.

Er ging nicht zur Schule, erhielt aber auch keinen Privatunterricht. Woody war der ultimative Autodidakt. Wenige Monate nach seinem vierten Geburtstag hatte er sich selbst das Lesen beigebracht, und drei Jahre später war er fähig gewesen, Texte auf College-Niveau zu lesen.

Megan liebte Woody. Wie hätte es auch anders sein können? Er war in Liebe gezeugt worden. Während er in ihr herangewachsen war, hatte sein Herz zu schlagen begonnen. Und ihrer Ansicht nach schlugen ihre Herzen auch all diese Jahre später immer noch im Gleichklang.

Davon abgesehen war er so niedlich wie die Kinder in der Süßigkeitenwerbung und auf seine eigene, spezielle Weise voller Zuneigung. Dabei ließ er zwar zu, dass man ihn umarmte und küsste, tat dies aber nie selbst. Doch in ungewöhnlichen Momenten legte er manchmal seine Hand auf ihre, oder er berührte erst ihr pechschwarzes Haar und dann sein eigenes, als ob er sagen wollte, er wisse, dass er es von ihr geerbt habe.

Er stellte selten Blickkontakt her, aber wenn er es tat, funkelten manchmal nie vergossene Tränen in seinen Augen. Damit sie zu diesen Anlässen nicht glaubte, dass er traurig sei, schenkte er ihr immer ein Lächeln, beinahe ein Grinsen. Wenn sie fragte, ob seine Tränen Freudentränen waren, nickte er. Aber er konnte – oder wollte – ihr nicht erklären, was ihn so freute.

Diese Kommunikationsschwierigkeiten führten dazu, dass sie ihr Leben nicht so teilen konnten, wie Megan es sich wünschte, und das machte sie immer wieder traurig. Der Junge hatte ihr tausendmal das Herz gebrochen, es mit seiner Liebenswürdigkeit aber auch tausendmal wieder geheilt.

Sie hatte sich nie gewünscht, dass er normal und gesund sei, denn dann wäre er ein anderer Junge gewesen. Sie liebte ihn trotz – zum Teil sogar *wegen* – der Herausforderung, der sie sich zusammen stellen mussten.

Jetzt fragte sie ihn von der Tür aus: »Ist alles okay, Woody? Geht's dir gut?«

Er blieb ganz auf seinen Computer konzentriert und drehte ihr den Rücken zu, hob jedoch den rechten Arm, streckte ihn ganz aus und deutete mit dem Zeigefinger zur Decke. Schon vor langer Zeit hatte sie gelernt, dass dies eine positive Geste war, die mehr oder weniger besagte: *Ich bin auf dem Mond, Mom.*

»Na gut. Es ist jetzt acht. Um zehn gehst du ins Bett.«

Er machte eine kreisende Bewegung mit dem Zeigefinger. Dann sank seine Hand wieder auf die Tastatur herab.

2

Woody Bookman, elf Jahre alt, speicherte das Dokument ab, an dem er schon lange arbeitete und dem er den Titel *Die Rache des Sohnes: Gewissenhaft gesammelte Beweise für monströse Bosheit* gegeben hatte. Er schaltete den Computer aus und ging in sein Badezimmer, wo er sich die Zähne mit einer batteriebetriebenen Sonicare-Zahnbürste putzte. Eine nicht elektrische Bürste durfte er nicht benutzen, weil er zu exzessivem Putzen neigte und sich ohne Kontrolle von außen 20 Minuten lang energisch die Zähne geschrubbt hätte. Mit der Zeit hätte diese Angewohnheit sein Zahnfleisch zerstört und einen Zahnersatz erforderlich gemacht. Als er zehn Jahre alt war, waren bereits drei seiner Zähne unten links durch eine zahnchirurgische Behandlung gerettet worden.

Die Parodontologen benutzten heutzutage sterilisiertes, strahlenbehandeltes Leichengewebe für solche Reparaturen. Drei von Woodys Zähnen waren bereits vom Zahnfleisch eines Toten umhüllt, und er wollte nicht, dass es noch mehr wurden. Nicht dass die Verpflanzung des Leichengewebes irgendwelche merkwürdigen Folgen gehabt hätte. Woody erinnerte sich nicht an Szenen aus dem Leben des Spenders und verspürte auch nicht den Drang, jemanden aufzufressen, wie es in *The Walking Dead* passierte. Die Transplantation hatte ihn nicht zu einem Zombie gemacht. Das war aus wissenschaftlicher Sicht eine dümmliche Vorstellung.

Woody schämte sich für Menschen, die solche dümmlichen Vorstellungen hegten, und das waren nicht wenige. Er schämte sich auch für Leute, die sich über Kleinigkeiten aufregten, Leute, die andere beschimpften, Leute, die gemein zu Tieren waren. Eine ganze Menge Menschen sorgten aus einer Menge von Gründen dafür, dass er sich fremdschämte.

Er schämte sich auch für *sich selbst,* weil er seine eigenen Zähne in Gefahr brachte. Die Sonicare war mit einem Zwei-Minuten-Timer versehen; man sollte zum Putzen nicht die Borsten benutzen, sondern die Schallwellen den Zahnbelag entfernen lassen. Ohne den Timer wäre Woodys Mund der reinste Zahnfleischfriedhof gewesen.

Er schämte sich weiterhin dafür, dass er manchmal daran dachte, ein Mädchen zu küssen, eine Handlung, die ihm bis vor kurzer Zeit noch nie in den Sinn gekommen war. Eigentlich war Küssen eklig – *bäh!* Man tauschte dabei Spucke aus. Irgendetwas musste mit ihm nicht stimmen, wenn er sich danach sehnte. *Außerdem* – es hörte einfach nicht auf – schämte er sich, weil er einem Mädchen, wenn er es um einen Kuss bat, niemals von seinem implantierten Leichenzahnfleisch erzählen würde aus Angst, dass sie sich übergeben und davonrennen würde. Es wäre eine Lüge durch Verschweigen, und das war demütigend, denn das Lügen war eine der Hauptquellen menschlichen Leidens. Das Wort *Demütigung* ließ sich als eine schmerzhafte Erniedrigung definieren, schlimmer als bloße Beschämung.

Solange er zurückdenken konnte, hatte Woody sich für sich selbst und andere geschämt. Das war einer der Gründe, weshalb er nie sprach. Hätte er gewagt zu sprechen, hätte er den Leuten erzählt, dass das, was sie taten, ihm peinlich war, und er hätte ihnen auch gesagt, was ihm an sich selbst peinlich war – eine lange Liste. Er war eine Katastrophe. Wirklich. Die Leute wollten nicht hören, was er für eine Katastrophe war oder was sie selbst für eine waren. Aber es ihnen nicht zu sagen, wäre eine Lüge durch Verschweigen gewesen, und der Gedanke ans Lügen war so demütigend, dass ihm schlecht wurde. Es war besser, still zu sein, nichts zu sagen, dann mochten die Menschen einen vielleicht. Und wenn man ihnen nicht erzählte, was für eine peinliche Katastrophe man war, dann bemerkten sie es vielleicht nicht.

Das Peinlichste an den Leuten war, wie unaufmerksam sie waren.

Nachdem er sich die Zähne geputzt hatte, ging er ins Bett und schaltete die Nachttischlampe aus. Er hatte keine Angst vor der Dunkelheit. Es gab keine Geister, Vampire, Werwölfe oder dergleichen, und die Chance, dass ein Toter sich in sein Zimmer schlich, um sich sein Zahnfleisch zurückzuholen, war gleich null.

Die einzigen Ungeheuer waren die Menschen. Nicht alle. Nur manche von ihnen. Wie die, die seinen Vater umgebracht hatten. Dad war jetzt seit drei Jahren tot, und niemand war für Mord ins Gefängnis gekommen. Alle glaubten immer noch, er sei durch einen Unfall gestorben. Aber Woody wusste es besser. Jetzt, da er *Die Rache des Sohnes: Gewissenhaft gesammelte Beweise für monströse Bosheit* endlich abgeschlossen hatte, würde man die Verantwortlichen zur Rechenschaft ziehen.

Woody war sehr klug. Seit er sieben Jahre alt war, konnte er lesen wie ein College-Student, was aber vielleicht nicht viel bedeutete, denn viele College-Absolventen schienen von nichts eine Ahnung zu haben. Er war ein fähiger Computerhacker. In den letzten zwei Jahren war er in gut gesicherte Systeme eingedrungen und hatte dort

Rootkits installiert, die es ihm ermöglichten, durch ihre Netzwerke zu schwimmen, ohne dass jemand bemerkte, dass ein fremder Fisch heimlich die Tiefen der Datenmeere erkundete. Seine Expeditionen hatten ihn außerdem an merkwürdige Orte im Dark Web geführt.

Während er auf den Schlaf wartete, versuchte Woody, an etwas Angenehmes zu denken. Er schämte sich, als er sich vorstellte, ein Mädchen zu küssen, das er auf einem Foto in einer Zeitschrift gesehen hatte. Seine Versuche, an etwas anderes zu denken, schlugen fehl. Er fragte sich, ob er vielleicht eines Tages, in ein paar Jahren, einem Mädchen begegnen würde, das ebenfalls Zahnfleischimplantate hatte, sodass sie etwas gemeinsam hätten. Man hatte ihn schon auf die Wange und die Stirn geküsst, aber noch nie auf den Mund, und er selbst hatte nie zurückgeküsst. Falls er einem solchen Mädchen begegnete, wäre das vielleicht ein guter Zeitpunkt, um damit anzufangen.

3 Dorothy roch nach Tod.
Sie war 76 Jahre alt. Kurz nach Sonnenaufgang würde ihr Leben enden.

Das war die bittere Wahrheit. Die Welt war ein schöner Ort, aber sie war auch voller bitterer Wahrheiten.

Die ambulante Hospizpflegerin Rosa Leon kümmerte sich im selben Schlafzimmer um Dorothy, in dem diese in den meisten Nächten ihres langen Lebens geschlafen hatte.

Rosa roch nach Leben, nach Shampoo mit Erdbeerduft und den Pfefferminzbonbons, die sie mochte.

In diesem Zimmer hatten Dorothy und ihr mittlerweile verstorbener Ehemann Arthur sich geliebt und ein Kind gezeugt: Jack.

Arthur war Wirtschaftsprüfer gewesen. Er war mit 67 Jahren gestorben.

Jack war im Alter von 28 in einem Krieg ums Leben gekommen. Seine Eltern hatten ihn um Jahrzehnte überlebt.

Der Verlust ihres Kindes war die größte Tragödie in Dorothys Leben gewesen.

Aber sie war stolz auf Jack, sie war zäh gewesen und hatte weitergemacht, hatte ein sinnerfülltes Leben geführt.

Kipp war weder Jack noch Arthur je begegnet. Er kannte sie nur, weil Dorothy so oft von ihnen gesprochen hatte.

Rosa saß in einem Sessel, las ein Taschenbuch und merkte nicht, dass der Tod auf dem Weg war.

Im Moment schlief Dorothy, betäubt und schmerzfrei.

Kipp litt, wenn Dorothy starke Schmerzen hatte. Er hatte erst drei Jahre mit ihr verbracht. Aber er liebte sie hingebungsvoll.

Es lag in seiner Natur, über jedes vernünftige Maß hinaus zu lieben.

Bevor der Zeitpunkt ihres Dahinscheidens kam, musste er sich stählen, sich auf den Verlust vorbereiten.

Er ging nach unten, verließ das Haus durch seine Tür und betrat die hintere Veranda, um frische Luft zu schnappen.

Das Haus lag knapp sieben Meter über dem Lake Tahoe. Schwache Flutwellen schwappten leise an den Strand und scharfkantige Spiegelbilder des sichelförmigen

Mondes schimmerten auf der sich kräuselnden Wasser-
oberfläche.

Die leichte Brise trug eine reichhaltige Mischung aus
Düften heran: Kiefern, Zedern, Holzrauch aus einem
Kamin, Samen und Nüsse von Waldbäumen, Waldpilze.
Eichhörnchen, Waschbären und vieles mehr.

Außerdem hörte Kipp ein seltsames, fortdauerndes
Murmeln. Er hatte erst vor Kurzem begonnen, es wahrzunehmen.

Zuerst hatte er es für einen Tinnitus gehalten, an dem
manche Leute litten, wie er wusste, aber das war es nicht.

Er konnte beinahe Worte ausmachen in diesem merkwürdigen, unablässigen Dahinfließen, das irgendwo aus
dem Westen zu kommen schien. Richtung Westnordwest.

Nach Dorothys Tod würde Kipp der Sache auf den
Grund gehen und den Ursprung dieses Geräuschs finden
müssen. Er war dankbar dafür, ein klares Ziel vor Augen
zu haben.

Kipp stieg von der Veranda in den Garten hinunter
und starrte für eine Weile grübelnd zu den Sternen
hinauf.

Obwohl er außerordentlich schlau war – nur Dorothy
wusste, wie schlau –, hatte er nicht die geringste Ahnung,
was all das zu bedeuten hatte.

Willkommen im Klub. Alle Philosophen der Geschichte, viele davon klüger als er, waren an dem Versuch
gescheitert, eine Theorie zu erdenken, die alle zufrieden-
stellte.

Kurz nachdem er in Dorothys Schlafzimmer zurückgekehrt war, wachte sie auf.

Als sie sah, dass Rosa einen Roman las, sagte Dorothy mit schwacher Stimme: »Rosie, Liebes, Sie sollten Kipp was vorlesen.«

Um ihre Patientin bei Laune zu halten, ging die Pflegerin auf sie ein: »Meinen Sie nicht, dass Dickens ein bisschen zu hoch für ihn ist?«

»O nein, überhaupt nicht. *Große Erwartungen* hat ihm gut gefallen, als ich es ihm vorgelesen habe, und in *Eine Weihnachtsgeschichte* war er ganz vernarrt.«

Kipp stand am Bett, sah zu ihr hinauf und wedelte mit dem Schwanz.

Dorothy klopfte auf die Matratze – eine Einladung.

Kipp sprang aufs Bett. Er ließ sich neben ihr nieder und legte das Kinn auf ihre Hüfte.

Sie legte eine Hand auf seinen stattlichen Kopf, streichelte sanft seine Schlappohren und sein goldenes Fell.

Obwohl der grimmige Tod schon an der Türschwelle stand, teilten sich Glückseligkeit und Trauer einen Platz in Kipps Herz.

4 Die zweispurige schwarze Fahrbahn ist eine dunkle Schlange, die im fahlen Mondlicht durch das Ödland von Utah kriecht. In dieser weitläufigen, fast völlig verlassenen Gegend glimmen hier und da kleine Bündel von Lichtern in der Ferne auf wie außerirdische Drohnen, die auf irgendeiner schändlichen Mission vom Mutterschiff herabschweben.

Auf dem Weg von der Vorstadt von Provo in die noch größere Einsamkeit im Süden wagt Lee Shacket es nicht, die Interstate 15 zu benutzen. Er fährt auf weniger stark befahrenen Staatshighways sowie auf einspurigen Bundeshighways, wann immer es nötig ist, im nervösen Bestreben, so viel Distanz wie möglich zwischen sich und die Ereignisse in der Springville-Anlage zu bringen.

Zwar hat er Böses getan wie jeder andere historisch bedeutende Mann, aber er hat es mit den besten Absichten getan. Er glaubt, dass diese Absichten wichtiger sind als die Konsequenzen seines Handelns. Wie hätte die Menschheit ihre Höhlen verlassen und Raumstationen in den Erdorbit bringen können, wenn alle Männer und Frauen risikoscheu gewesen wären? Manche streben nach Wissen und stellen sich jeder Herausforderung, koste es, was es wolle, und wegen solcher Menschen gibt es den Fortschritt.

Aber am Ende wird vielleicht doch alles gut werden. Das Endresultat des Projekts ist noch nicht bekannt, man weiß nur, dass es in der mittleren Phase fehlgeschlagen ist. Rückschläge gehören zu jeder wissenschaftlichen Unternehmung. Wenn man aus Fehlern lernt, kann ein Fehlschlag schließlich der Vater des Erfolgs werden.

Vorerst jedoch betrachtet er sein Versagen als absolut.

Er fährt weder seinen Tesla noch seinen Mercedes SL 550, denn früher oder später werden die Behörden nach ihm suchen. Stattdessen donnert er in einem vollgepackten blutroten Dodge Demon dahin, den er für 146.000 Dollar von einer GmbH auf den Cayman Islands erworben hat. Nicht einmal der entschlossenste Ermittler wäre in der Lage, seinen Namen mit dieser Firma in Verbindung zu bringen. Das Fahrzeug ist mit einem Nummernschild aus Montana ausgestattet. Für den unwahrscheinlichen Fall, dass die Polizei eine

Verknüpfung zwischen seiner Person und dem Wagen herstellt, ist das GPS-Gerät aus dem Auto entfernt worden, sodass es nicht mehr per Satellit aufgespürt werden kann.

Einer der zwei Aktenkoffer im Kofferraum enthält 100.000 Dollar. Auf weitere 300.000 Dollar kann man zugreifen, wenn man zwei Druckverschlüsse an der Rückseite des Beifahrersitzes öffnet und das Geheimfach zum Vorschein bringt. In das Innenfutter seiner geschmeidigen schwarzen Lederjacke, die wie ein Sakko geschnitten ist, sind 36 hochwertige Diamanten eingenäht, für die jeder Juwelengroßhändler eine halbe Million bezahlen würde.

Dieses Vermögen ist nicht dazu gedacht, ihn für den Rest seines Lebens über Wasser zu halten. Es soll ihm ermöglichen, für ein paar Monate unterzutauchen, bis die Aufregung über das Springville-Fiasko sich gelegt hat. Auf einer indirekten Route durch fünf Länder und mit dreimaligem Wechsel seiner Identität will er die USA verlassen und sicher nach Costa Rica gelangen. Dort besitzt er unter dem Namen Ian Stonebridge ein Haus, in das er sich zurückziehen kann; außerdem verfügt er über einen gültigen Schweizer Pass zu dieser Identität.

Er ist der CEO von Refine, eines Milliarden Dollar schweren Zweigs eines steinreichen Mischkonzerns. Nur wenige CEOs von Multimilliarden-Dollar-Firmen verfügen über die Voraussicht, mit einer Krise zu rechnen, die so ernst ist, dass sie das Annehmen einer neuen Identität und das Verstecken von ausreichend Kapital im Ausland erforderlich macht, mit dem über Jahrzehnte ein hoher Lebensstandard gesichert werden kann. Shacket ist stolz darauf, dass er so weise und diskret ist für einen

Mann, der so viel jünger ist als die meisten anderen CEOs.

Er ist 34, was nicht allzu jung ist für jemanden in seiner Position und in einem Wirtschaftssektor, in dem Firmen von Technikzauberern gegründet werden, die schon mit Mitte 20 zu Milliardären werden. Sein Vorgesetzter ist Dorian Purcell, der Aufsichtsratvorsitzende der Mutterfirma. Dieser wurde mit 27 zum Milliardär und ist jetzt 28, aber Shacket selbst verdient bloß 100 Millionen im Jahr.

Dorian wollte die Forschungen in Springville mit halsbrecherischer Geschwindigkeit vorantreiben. Shacket ist dieser Forderung nachgekommen, denn bei einem Erfolg ihres Primärprojekts würden die Aktienoptionen ihn ebenfalls zum Milliardär machen, wenn auch wahrscheinlich nicht zum Multimilliardär. Dorians 50-Milliarden-Dollar-Vermögen hingegen würde sich höchstwahrscheinlich verdoppeln.

Diese Ungerechtigkeit bringt Shacket dazu, im Schlaf mit den Zähnen zu knirschen; oft wacht er mit schmerzendem Kiefer auf. Unter den Hightech-Prinzen ist man als einfacher Milliardär ein Niemand. Obwohl sie nach außen soziale Gerechtigkeit propagieren, sind viele dieser Leute Elitisten mit dem ausgeprägtesten Klassenbewusstsein, das die Welt je gesehen hat. Lee Shacket verabscheut sie fast ebenso sehr, wie er zu ihnen gehören will.

Falls es dazu kommt, dass er sich für den Rest seines Lebens mit mickrigen 100 Millionen verstecken muss, wird er eine Menge Freizeit haben, in der er die Zerstörung von Purcell planen kann, und ihm wird kaum nach etwas anderem zumute sein.

Von Anfang an ist sich Lee Shacket darüber im Klaren gewesen, dass er die Verantwortung zu tragen hätte, falls etwas gewaltig schiefläuft. Dorian Purcell wird für immer unantastbar bleiben, eine Ikone der Hightech-Revolution. Aber jetzt, da Shacket diesen Preis tatsächlich bezahlen muss, fühlt er sich dennoch betrogen, übertölpelt, übers Ohr gehauen.

Auf seiner frühabendlichen Fahrt plagen ihn Wut, Selbstmitleid und Beklemmung, aber auch etwas, das er für Kummer hält, eine Empfindung, die ihm neu ist. 92 Mitarbeiter von Refine befinden sich in der abgeriegelten Hochsicherheitseinrichtung bei Springville und sind in den letzten Stunden ihres Lebens von jedem Kontakt mit der Außenwelt abgeschnitten. Auf sie ist er genauso wütend wie auf Dorian. Irgendeiner dieser Schlaumeier – oder mehrere – hat etwas Leichtsinniges getan, das ihr Schicksal besiegelt und ihn in diese unmögliche Lage gebracht hat. Und doch sind einige von ihnen seine Freunde, zumindest in einem Maße, in dem ein Vorgesetzter sich auf Freundschaften zu seinen Untergebenen einlassen kann. Ihr Leiden belastet ihn so, wie es sollte.

Beim Bau des Komplexes hat er mit großer Sorgfalt darauf geachtet, dass das Modul, in dem sich sein Büro und diejenigen seiner unmittelbaren Mitarbeiter befinden – fünf an der Zahl –, im Krisenfall erst 90 Sekunden *nach* der hermetischen Versiegelung aller Labore abgeriegelt wird. Als der Alarm ertönte, hat er seinen Leuten eingeredet, dass sie sicher seien, dass sie auf ihren Posten bleiben sollten – und er selbst ist klammheimlich verschwunden.

Er hat keine andere Wahl gehabt als sie anzulügen. Der Alarm hat keine drohende, sondern eine unmittelbar bevorstehende Katastrophe angekündigt. Sie sind genauso kontaminiert wie die Forscher in den Laboren. Auch Shacket ist kontaminiert, aber unter diesen tödlichen Umständen bringt er es nicht fertig, sich selbst mit derselben Leichtigkeit zu belügen, mit der er die anderen belogen hat.

Aber er ist schon immer schlau gewesen, wenn es darum geht, den Konsequenzen seiner Fehler aus dem Weg zu gehen. Vielleicht wird ihm das Glück bei dieser letzten Flucht noch einmal treu sein.

Bald wird man ihn jagen. Die Behörden werden hinter ihm her sein, aber auch Dorians skrupelloser Säuberungstrupp. Er hofft, dass alle Mitarbeiter in Springville sterben werden, bevor sie gegen ihn aussagen können, und er hält es für einen gnädigen Wunsch voller Trauer.

5 Als Rosa Leon nach unten ging, um sich ein Sandwich zu machen, war Kipp allein mit Dorothy.

Das Lampenlicht war schwach, die Schatten so weich wie stilles Wasser, die stattliche Kiefer vor dem Fenster glänzte silbern im Mondlicht.

Sie sagte: »Ich habe mit Rosa besprochen, dass du mit ihr gehst, wenn ich nicht mehr bin. Sie wird sich gut um dich kümmern.«

Um seine Zustimmung zu signalisieren, klopfte Kipp dreimal mit dem Schwanz auf die Matratze. Dreimal bedeutete *Ja, in Ordnung*. Ein Klopfen bedeutete *Nein* oder *Das fühlt sich nicht richtig an*.

Tatsächlich würde das Schicksal ihn nicht zu Rosa führen, sondern an andere Orte.

Aber es war nicht nötig, Dorothy zu beunruhigen.

»Kleiner, du hast eine Gabe, die mir nicht weniger wert ist als mein Sohn Jack oder mein geliebter Arthur.«

Kipp hob den Kopf von der Hüfte seines Frauchens, um ihre blasse Hand zu lecken, mit der sie ihm so oft das Fell glatt strich und ihn mit Leckerbissen fütterte.

»Ich wünschte, es wäre uns beiden zusammen gelungen, das Rätsel deiner Herkunft zu lösen.«

Mit einem langen Seufzen drückte Kipp seine Zustimmung aus.

»Aber letzten Endes kommen wir alle vom selben Ort. Wir stammen aus dem Herzen, das alles geformt hat.«

Kipp wollte ihr so vieles sagen, solange noch Zeit blieb.

Obwohl seine Intelligenz auf irgendeine Weise auf ein menschliches Maß gehoben worden war, fehlte ihm ein Stimmapparat, der ihm das Sprechen ermöglichte. Er konnte viele Laute erzeugen, aber keine Worte.

Sie hatte eine clevere Kommunikationsmethode entwickelt, aber das dazu Nötige befand sich in einem Zimmer im Erdgeschoss, und ihr fehlte die Kraft hinunterzugehen.

Aber es spielte keine Rolle. Alles, was er ihr sagen wollte, hatte er bereits gesagt. *Ich liebe dich. Ich werde dich schrecklich vermissen. Ich werde dich nie vergessen.*

»Liebes Kind«, sagte sie, »lass mich in deine Augen sehen.«

Er veränderte seine Haltung, legte ihr den Kopf auf die Brust und begegnete ihrem liebevollen Blick.

»Deine Augen und dein Herz sind so golden wie dein Fell, lieber Kipp.«

Ihre Augen waren blau, klar und tief.

6 Lee Shacket parkt seinen Dodge Demon in einer abgelegenen Ecke des Parkplatzes vor dem Best Western Motel in der kleinen Stadt Delta, Utah. Er bleibt im Wagen sitzen und rasiert sich den akkurat gestutzten Bart ab, den er getragen hat, seit er 24 war. Dann wäscht er sich die Hände mit Desinfektionsmittel und setzt sich Kontaktlinsen ein, die seine Augenfarbe von Wolframgrau zu Braun ändern.

Nachdem er eine Baseballmütze aufgesetzt hat, die den Großteil seiner blonden Haare verdeckt, fährt er auf der State Route 257 nach Süden, wechselt auf die Route 21, dann die Route 130. Nach 125 Meilen trifft er in Cedar City ein, wo er im Holiday Inn eincheckt. Er verwendet dabei einen Führerschein und eine Kreditkarte, die auf den Namen Nathan Palmer ausgestellt sind.

Bevor er sich in seinem Zimmer die Haare färbt, muss er erfahren, wie die Ereignisse in der Einrichtung in Springville in den Nachrichten dargestellt werden. Er steht vor dem Fernseher, und das Erste, das er sieht, ist ein Video, das kurz vor dem Ende des Arbeitstages aufgenommen wurde, vor Einbruch der Nacht. Als er geflohen ist, hat der Laborkomplex noch nicht in Flammen gestanden. Das Feuer ist wenige Minuten nach seiner hastigen Flucht ausgebrochen. Die gierigen Flammen schießen über dem Komplex 20 oder 25 Meter in die Höhe und hüllen diesen vom einen Ende zum anderen ein.

Das Feuer muss ausgelöst worden sein, um die Wahrheit über die Ereignisse zu verbergen. Ohne sein Wissen muss jemand irgendeine Art von Brennstoff und ein Zündsystem in dem Gebäude installiert haben, um sicherzustellen, dass alle Beweise über die Natur der dort verrichteten Arbeit im Katastrophenfall niemals das Licht der Öffentlichkeit erblicken.

Er hat keinerlei Zweifel daran, dass die Forscher absichtlich bei lebendigem Leib verbrannt worden sind – eingeäschert, bis auf die Knochen vernichtet, wenn überhaupt noch Knochen übrig waren –, damit kein Gerichtsmediziner Beweise finden kann. Obwohl sie vielleicht ohnehin innerhalb von Tagen oder Wochen gestorben wären, schockiert die tiefe Grausamkeit der Verbrennung der Mitarbeiter Lee und lässt ihn weiche Knie bekommen, sodass er sich auf die Bettkante setzen muss.

Ja, er hat diese Leute ihrem Schicksal überlassen, aber ihr Schicksal ist von Dorian entschieden worden. Es gibt verschiedene Grade des Bösen, und Lee Shacket sucht Zuflucht bei dem Gedanken, dass seine Taten verblassen im Vergleich zu dem, was sein Boss getan hat.

Sicherlich hat Dorian Purcell diese extreme Maßnahme insgeheim autorisiert, seine Vorstellung einer Fail-safe-Funktion. Dorian hält sich für einen Visionär so wie fast jeder von der Presse, der über ihn schreibt. Ein echter Visionär weiß, dass der Fortschritt Opfer erfordert, dass es nicht auf die kurzfristigen Verluste von Leben und Vermögen ankommt, sondern auf den großen Nutzen, den die Menschheit auf lange Sicht davon haben wird. Um die Ermordung vieler Millionen Menschen zu rechtfertigen, hat Stalin angeblich gesagt: »Ein Toter ist eine Tragödie; eine Million Tote sind eine Statistik.« Vielleicht sind auch 92 Tote für Dorian nicht mehr als eine Fußnote zu den großen Anstrengungen, die in den Refine-Laboren in Springville unternommen wurden und in einem Jahr irgendwo anders neu begonnen werden.

Mit ernster Miene berichtet der Nachrichtensprecher im Fernsehen, dass die Forschungen in dieser Einrichtung der Entdeckung eines revolutionären Heilmittels gegen Krebs galten. Das ist eine lächerliche Lüge, aber ohne Zweifel glaubt der Sprecher daran. Die Krebsforschung ist nicht so gefährlich, dass sie auf einem von Mauern umgebenen, isolierten Gelände eine Meile von den letzten Häusern eines Vorortes von Provo, Utah, stattfinden müsste. Aber in einer Zeit, in der die Budgets der Nachrichtenredaktionen knapp sind, neigen viele Medienvertreter dazu, alles zu glauben, was sie von Informanten hören, denen sie vertrauen, während sie sich die Mittel des investigativen Journalismus für diejenigen aufsparen, die sie für verdächtig oder nicht ehrenwert halten. Zumindest in der Öffentlichkeit nimmt Dorian Purcell zu den Themen, die für die Meinungsmacher wichtig sind, die richtigen Standpunkte ein und wird so gut wie überall für einen von den Guten gehalten.

Die vorläufige offizielle Erklärung für das Feuer lautet, dass die Einrichtung über ein eigenes Kraftwerk verfügt, um Stromausfälle zu verhindern, die die Forschungsprojekte beeinträchtigen würden. Dieses Kraftwerk wird mit Erdgas betrieben. Möglicherweise ist ein Leck unterhalb des Fundaments so lange unbemerkt geblieben, bis das Gebäude gewissermaßen auf einer Bombe stand.

»Ja, klar doch«, sagt Lee und schaltet den Fernseher aus.

Später, als er sich in einen braunhaarigen, braunäugigen, glatt rasierten Mann verwandelt hat, geht er zu

Abend essen. Er ist nie ein Snob gewesen, hat im Laufe der Jahre schon oft das Essen des Holiday Inn und ähnlicher Ketten genossen, aber diesmal schmeckt ihm einfach nichts. Der grüne Salat schmeckt bitter. Das Gemüse hat einen vage metallischen Beigeschmack. Die Kartoffeln überhaupt keinen. Es gelingt ihm, das Hühnchen zu essen, aber auch das ist nicht so herzhaft, wie es sein sollte.

Er sehnt sich nach etwas anderem, weiß aber nicht, was ihn zufriedenstellen würde. Nichts, das auf der Speisekarte steht, spricht ihn an.

Als er wieder in seinem Zimmer ist, mischt er gewürzten Rum mit Coca-Cola und trinkt, bis er schlafen kann.

Um drei Uhr morgens wacht er schreiend und in kalten Schweiß gebadet aus einem Albtraum auf, kann sich jedoch an kein einziges Detail erinnern.

Die Orientierungslosigkeit, die Träume oft mit sich bringen, bleibt bestehen. Vom Fenster dringt ein fremdartiges kobaltblaues Licht um die Vorhänge herein, als ob eine stille Katastrophe in der Welt jenseits der Hauswände eine tödliche Strahlung freigesetzt hätte. Er ist nüchtern, aber der kleine Raum fühlt sich riesig an und das Bett treibt auf einem Meer wogender Schatten. Als Lee die Bettdecke zurückwirft und sich an den Rand der Matratze setzt, wimmelt es auf dem Boden unter seinen nackten Füßen, als würde er in einem Insektenschwarm stehen. Er tastet nach der Nachttischlampe, findet den Schalter. Das plötzliche, schwache Licht strandet auf dem schwimmenden Bett, bringt jedoch keine Insekten zum Vorschein. Das Zimmer birgt jedoch immer noch fast ebenso viele Schatten wie in der Dunkelheit, und es ist nicht weniger schaurig.

Nachdem er vom Bett aufgestanden ist, bleibt er unschlüssig stehen. Er ist sicher, dass der Albtraum die drängende Vorahnung eines sich rasch nähernden Übels enthielt, die mehr ist als eine Schlaffantasie. Sie ist eine Wahrheit, nach der er sein Handeln ausrichten muss, wenn er sich retten will. Aber er kann sich nach wie vor nicht an den Traum erinnern.

Er lässt sich auf einen Sessel nieder, greift mit beiden Händen die gepolsterten Armlehnen und schaukelt vor und zurück, obwohl der Sessel kein Schaukelstuhl ist und sich nicht mitbewegt. Er kann nicht still sitzen. Er muss sich bewegen, wie um sich dadurch zu beweisen, dass er am Leben ist.

In dem Albtraum ... Jetzt fällt ihm etwas ein. Er ist gefangen, gelähmt, fest umwickelt gewesen wie in einem Kokon und hat ein weißes durchscheinendes Material über den Augen gehabt. Formlose Schatten, die anschwollen und sich wieder zurückzogen. Um ihn herum Geräusche, die lauter wurden und wieder verklangen.

Schaudernd fragt er sich, ob zum Spektrum des genetischen Materials, mit dem seine Zellen kontaminiert wurden, vielleicht auch das eines Wurms gehört, der stirbt, um aus einem Kokon neu geboren zu werden.

Im Traum ist er hilflos gewesen, und einsam. Unablässig schaukelt er in dem unbeweglichen Sessel. Er hat genug Geld, um sofort zu fliehen, ein elegantes Domizil in Costa Rica und 100 Millionen Dollar an einem Ort, an dem die Behörden sie nicht finden können. Aber eine abgrundtiefe Einsamkeit macht ihn verwundbar, gibt ihm das Gefühl, ein Dasein ohne Sinn und Zweck zu führen.

Er fühlt sich machtlos, so, wie er sich als Kind gefühlt hat unter dem eisernen Regime seines gewalttätigen, alkoholabhängigen Vaters und seiner psychisch kranken Mutter.

Machtlosigkeit kann er nicht ertragen. *Er kann sie nicht hinnehmen.*

Nicht nur die Wissenschaftler in Springville, sondern auch 2200 Angestellte von Refine waren ihm unterstellt. Jetzt hat er keine Untergebenen mehr. Er hatte Macht, Ansehen, Respekt, 20 Tom-Ford-Anzüge, die er in Kombination mit farbenfrohen Sneakern trug. Das alles ist jetzt verschwunden. Er ist allein.

Erst jetzt wird ihm klar, dass das schlimmste Elend, das das Herz eines Menschen heimsuchen kann, die Einsamkeit ist.

Lee Shacket ist nie gut darin gewesen, Beziehungen zu führen. Er hatte Freundinnen. Heiße. Er ist schließlich nicht hässlich. Sein Äußeres gefällt den Frauen. Sie bewundern seinen Ehrgeiz. Er hat Sinn für Humor. Er kann tanzen. Er hat Stil. Er ist gut im Bett. Er kann *zuhören.* Aber es ist ihm nie gelungen, eine Affäre in etwas *Dauerhaftes* zu verwandeln. Früher oder später kommt ihm jede Frau auf die eine oder andere Weise unzureichend oder unauthentisch vor. Die Beziehung fängt an, sich seicht anzufühlen, ihr fehlt der emotionale Nährwert, und am Ende fühlt er sich immer, als würde er in diesem knöcheltiefen Wasser ertrinken, könnte nicht mehr atmen, müsste fliehen.

Er sitzt jetzt still im Sessel. Seine Reglosigkeit erschreckt ihn, als ob sein Überleben davon abhinge, dass er in Bewegung bleibt. Er springt auf und läuft im Zimmer auf und ab, wird zunehmend nervös.

Etwas Merkwürdiges geschieht mit ihm.

Im schwachen Lampenlicht wirkt sein ruheloses Spiegelbild gespenstisch, als wäre er der Geist eines früheren Gastes, der hier gestorben ist und weder oben noch unten Einlass findet, keinerlei Ziel mehr hat.

Während er im Zimmer umherstreift, versucht er sich zu entsinnen, wann und wo sein Leben aus den Fugen geraten ist. Nicht erst was die Ereignisse in den Laboren angeht, sondern davor. Wann ist er zum letzten Mal wirklich glücklich gewesen? Sich daran zu erinnern kommt ihm wichtig vor. Wann hat seine Zukunft am vielversprechendsten gewirkt?

Lee hat zwar große Erfolge zusammen mit Dorian Purcell erzielt, aber jede Beförderung ist mit einem so deutlichen Anstieg des Stresslevels verbunden gewesen, dass er, obwohl er dabei ein Vermögen verdient hat, nicht ehrlich behaupten kann, er sei während dieser Jahre glücklicher gewesen als zuvor.

Selbst vor Purcell ist Lee nicht immer voller Begeisterung gewesen, aber seine *Aussichten* auf das Glück waren damals größer. Damals hat er noch Hoffnung gehabt. Seine Optionen schienen endlos zu sein. Jetzt hingegen hat er nur wenige, vielleicht sogar nur eine einzige.

Und er ist allein. Niemand hört ihm zu. Niemand kann ihn verstehen. Niemanden kümmert es. Keiner muss seinen Anweisungen Folge leisten.

Der Wendepunkt, die Motivation hinter der Veränderung in Lees Leben, ist Jason Bookman, ein Freund aus seiner College-Zeit. Anfangs ist Jason beruflich rasant aufgestiegen, während Lees Karriere sich dahinschleppte. Dann hat Jason ihn in Dorian Purcells inneren Kreis eingeführt.

Plötzlich erschrickt er über sein Bild im Spiegel an der Kleiderschranktür. Sein Gesicht. Etwas Merkwürdiges passiert mit seinem Gesicht; irgendetwas stimmt damit nicht.

Schnell läuft er ins Badezimmer, wo das Licht heller ist. Seine Augen sind braun, sein Haar ist braun, sein Bart verschwunden. Vielleicht werden ihn andere nicht wiedererkennen, aber er selbst kennt sich gut genug. Diese schlammbraunen Augen beeindrucken nicht, verglichen mit dem stechenden wolframgrauen Blick, mit dem er so viele Nachwuchsführungskräfte eingeschüchtert hat. Abgesehen davon fällt ihm nichts Ungewöhnliches an sich auf.

Aber er *fühlt* sich ungewöhnlich. Sein Gesicht ist starr wie eine Maske. Er betätigt seine Gesichtsmuskeln – Gähnen, Stirnrunzeln, eine Grimasse. Mit den Fingerspitzen massiert er Kinn, Wangen und Stirn, kneift sich in die Nase, zieht an seinen Lippen, sucht nach … irgendetwas, das falsch ist. Schließlich gelangt er zu der Auffassung, dass die Starrheit nur eine Folge seiner Nervosität ist. Auch sein Körper ist starr vor Furcht.

Jason Bookman hat Lees Leben verändert, was zu den derzeitigen, katastrophalen Umständen geführt hat. Aber das Schlimmste, das Jason getan hat, war nicht, dass er Lee mit Purcell in Kontakt gebracht hat. Viel schlimmer ist, dass Jason Megan geheiratet hat.

Als er sich selbst im Badezimmerspiegel anstarrt, hat Lee plötzlich eine Eingebung. Jason ist so weitsichtig gewesen, war sich der langfristigen Risiken so bewusst, die die Arbeit für einen machthungrigen Narzissten wie Dorian Purcell mit sich brachte, dass er Lee in die Firma gebracht hat, damit dieser als Sündenbock dienen konnte, eine Rolle, die Jason sonst vielleicht selbst gespielt hätte. Warum wird ihm das erst jetzt klar? Ist diese Vorstellung etwa unfair, paranoid? Nein, nein. Was ihm einmal als ein Akt der Freundschaft erschienen ist, enthüllt sich nun mit Verspätung als ein machiavellistisches Manöver. Jason hat Lee nicht nur Megan gestohlen; er hat Lee auch vorsorglich als Sündenbock aufgestellt für den Fall, dass bei Refine etwas schiefgeht.

Lee denkt an Megans warme Küsse zurück. Megan Grassley. Jetzt heißt sie Megan Bookman. Vor fast 14 Jahren sind sie zwei oder drei Monate lang miteinander ausgegangen. Mehr als einen Kuss hat er von ihr nie bekommen. Er war leichte Mädchen gewöhnt, und sie bestand auf einer festen Beziehung, bevor es zum Sex kam. Damals wollte er ihr eine Lektion erteilen, indem er sich von ihr abwandte und mit einer heißen Braut namens Clarissa ausging. Megan sollte begreifen, dass sie sich um die Bedürfnisse eines Mannes kümmern musste, wenn sie eine feste Beziehung mit ihm wollte. Aber nach einem Monat begann Jason, sich mit Megan zu treffen; schließlich heirateten sie. Damals hat Lee Jason dafür keine Vorwürfe gemacht. Er war großherzig. Er hat dem Paar alles Gute gewünscht und sich gesagt, dass sein Freund es noch bereuen werde, sich mit diesem frigiden Miststück eingelassen zu haben.

Offenbar ist es Megan bei Jason jedoch nicht schwergefallen, sich hinzugeben. Zusammen sind sie aufgeblüht. Sie hat jedes Jahr heißer ausgesehen, viel heißer als Clarissa. Okay. Kein Problem. Lee hat sie nicht gewollt; sie war ihm zu langsam. Sie war ein Honda, und er brauchte ein Ferrarimädchen. Er konnte bessere haben als sie. Die Welt ist voll mit gut aussehenden Frauen, vor allem, wenn man über ein siebenstelliges Jahresgehalt und haufenweise Aktienoptionen verfügt.

Aber jetzt ist er arbeitslos und allein. Bald wird er ein flüchtiger Gesetzloser sein.

Wäre er bei Megan geduldiger gewesen, hätte sie sich ihm vielleicht geschenkt. Sie hätten vielleicht geheiratet, und danach wäre sicher alles ganz anders gekommen.

Plötzlich wird ihm klar, wann er am glücklichsten gewesen ist, wann seine Zukunft ihm am vielversprechendsten erschienen ist: damals, als er mit Megan ausging.

Als er dem eigenen Blick im Spiegel begegnet, stellt er fest, dass mit seinem Gesicht alles in Ordnung ist. Das Problem, wenn es eines ist, befindet sich *hinter seinem Gesicht*. Etwas passiert mit seinem Verstand. In seinem Hirn wütet ein Fieber. Hätte er ein Fieberthermometer gekauft, hätte seine Temperatur sich bestimmt als normal herausgestellt; er zweifelte nicht daran, dass das Gerät exakt 37 Grad angezeigt hätte. Aber da ist ein *Fieber der Erregung* in seinem Kopf: Unruhe, Gärungsprozesse, überschäumendes Temperament. Das ist nicht unbedingt etwas Schlechtes. Er ist aufgekratzt, wie elektrisiert, unter Hochspannung.

Er weiß, was er zu tun hat. Er kann zwar nicht 14 Jahre in der Zeit zurückreisen und Megan heiraten, aber er kann sie in Kalifornien aufsuchen, wo sie heute lebt. Sie ist verwitwet. Seit drei Jahren. Heute wird sie sich leichter hingeben als damals, als sie jünger waren, sie wird bereit sein für ein neues Leben, das *richtige* Leben, dasjenige, das sie zusammen verbracht hätten, wenn Jason Bookman nicht aufgetaucht wäre. Lee wird sie nach Costa Rica mitnehmen. Auch den Jungen, wenn sie sich wirklich weiter mit einem geistesgestörten, stummen Kind herumplagen will. Die heiße Megan und das schwüle Costa Rica: Diese Aussicht stimuliert Lee, heizt seine Fantasie an. Er kann wieder glücklich werden, sieht eine rosige Zukunft vor sich.

Sein Bild im Badezimmerspiegel spricht mit ihm, aber es ist nicht mehr er selbst, sondern Jason Bookman, dieser diebische, machiavellistische Verräter. »*Du bist infiziert*«, verkündet Jason. »Es wimmelt in dir. *Irgendwas läuft mit deinem Verstand schief.*«

»Lügner«, erwidert Lee. »Du willst mich nur nicht an sie ranlassen.« Er nimmt die Halbliterflasche mit dem gewürzten Rum und wirft sie.

Die zersplitternde Flasche zerbricht den Spiegel, enthauptet und zerstückelt Jason Bookman. Messer und Dolche, Stilette und Säbel aus Glas fallen aus dem Rahmen, treffen das Waschbecken und den falschen Marmor, der es umgibt, wobei sie klirren wie die silbrigen Glocken einer dämonischen Feenkirche. Gewürzrum voller Aromen – Orangenschalen, Zimt, Kokosnuss, Vanilleschoten – bespritzt Lee Shacket, klatscht an die Wand hinter ihm.

In einem Zustand hoher Erregung kehrt er zwei Stunden vor Tagesanbruch ins Schlafzimmer zurück und zieht sich rasch um für die lange Fahrt.

7 Ein paar Stunden lang ging Dorothy immer
wieder vom Schlaf- in den Wachzustand über.
Sie hatte die Hand auf Kipp gelegt und hielt sie
entweder still oder streichelte ihn.

Er blieb wach, achtete aufmerksam auf ihren Zustand,
wollte nur noch eine Minute lang ihre Gesellschaft
genießen, und noch eine, und noch eine.

Dann starb sie.

Kipp konnte riechen, wie sein Frauchen zuerst ihren
Körper, dann das Zimmer verließ.

Er weinte auf die einzige Art, wie seine Spezies weinen
konnte – ohne eine Träne zu vergießen, dafür mit schwa-
chem, kläglichem Winseln.

Rosa weinte, denn sie hatte Dorothy sehr gerngehabt.
»O mein lieber Kipp, bitte, hör auf, hör auf. Du hörst dich
so erbärmlich an, dass du mir gleich noch mal das Herz
brichst.«

Aber lange Zeit konnte er nicht aufhören, weil Dorothy
dorthin gegangen war, wohin er ihr nicht folgen konnte.

Er war jetzt nicht nur allein. Ihm fehlte die Hälfte
seiner selbst.

8 Woody brauchte nie mehr als fünf Stunden
Schlaf. Vielleicht hatte er als pausbäckiges Baby
länger geschlafen, aber trotz seines außergewöhnlichen Gedächtnisses war ihm von seiner Kindheit
nur die Erinnerung an ein Mobile geblieben, das über
seinem Kinderbett hing: farbenprächtige Lucite-Vögel
in Korallenrosa, Gelb und Saphirblau, die kreisten und
kreisten und fröhliche prismatische Schatten an die

Wände warfen. Vielleicht war dieses Mobile der Grund, weshalb er so viele Jahre später immer noch manchmal davon träumte, fliegen zu können.

Alle medizinischen Autoritäten waren sich darüber einig, dass der Mensch acht Stunden Schlaf pro Nacht benötigte. Weniger Schlaf führte angeblich zu Konzentrationsschwierigkeiten und Störungen der Denkprozesse. Wahrscheinlich wurden die meisten Leute, die als Landstreicher, Betrüger oder Serienkiller endeten, durch Schlafmangel zu dem, was sie waren. So lautete jedenfalls die Theorie. Wenn Woody hingegen zu lange im Bett blieb, führte gerade *das* dazu, dass er sich benebelt fühlte und an bleibenden Aufmerksamkeitsstörungen litt. Um Punkt 3:50 Uhr öffneten sich seine Augen mit einem beinahe hörbaren *Klick!* und er war hellwach ohne die geringste Chance, wieder einzuschlafen.

Das war ihm peinlich. Er unterschied sich auf unzählige Weisen von anderen Menschen. Wenn er auch acht Stunden Schlaf benötigt hätte wie jeder andere, hätte er sich weniger *anders* gefühlt.

An diesem Mittwochmorgen tat Woody das, was er nach dem Aufstehen immer tat. Er hatte seine festen Abläufe. Feste Abläufe waren seine Rettung. Die Welt war riesig und komplex, sie war Teil eines noch größeren und komplexeren Sonnensystems, einer gewaltigen Galaxie, eines endlosen Universums – *Billionen von Sternen!* –, und darüber wollte er lieber nicht allzu lange nachdenken. Es waren zahllose Entscheidungen zu fällen, es gab unzählige Dinge, die einem *zustoßen* konnten. Die vielen Möglichkeiten konnten zu lähmender Unentschlossenheit führen, und all die Gefahren konnten bewirken, dass man vor Angst regelrecht versteinerte. Aber feste Abläufe machten das Endlose endlich und beherrschbar. Also nahm er seine übliche Vier-Minuten-Dusche, zog sich an und ging leise nach unten.

Er durfte sich selbst ein Frühstück mit Getreideflocken und Toast machen, aber zum Essen war es noch zu früh.

Es war ihm ohnehin lieber, mit seiner Mutter zu frühstücken, wenn sie morgens aufstand. Er sagte zwar nie ein Wort dabei, hörte ihr aber gern zu. Manchmal sagte sie ebenfalls nicht viel, und auch das war für ihn in Ordnung, solange sie nicht aus Traurigkeit schwieg.

Er merkte es immer, wenn sie traurig war. Ihre Traurigkeit durchfuhr ihn wie ein heranwehender Eisregen und kühlte ihn zum gleichen Zustand ab, den er sonst nie erlebte.

Aus einer Küchenschublade nahm er eine Taschenlampe des Typs Bell and Howell Tac Light sowie seine altbewährte Attwood-Signalhupe. Letztere bestand aus einer kleinen Sprühdose, an deren oberem Ende eine rote Plastikhupe befestigt war, die ein ohrenbetäubendes *WAAAAAAHHHH* erzeugen konnte. Damit ließen sich gefährliche Tiere zuverlässig abschrecken, auch wenn er solche Tiere nur selten gesehen und die Hupe erst zweimal benutzt hatte.

So ausgerüstet trat er an das Tastenfeld der Alarmanlage an der Hintertür. Er gab die vier Ziffern ein, und die aufgenommene Stimme sagte: »System deaktiviert.« Die Lautstärke war sehr niedrig eingestellt, damit seine Mutter von nichts anderem geweckt werden konnte als dem Alarmton selbst.

Die hintere Veranda war mit zwei Teakholzstühlen mit dicken blauen Kissen ausgestattet, zwischen denen ein

kleiner Tisch stand. Ein Schaukelsitz hing an Edelstahl-
ketten. Überall um ihn herum war Dunkelheit.

Woody fürchtete sich nicht vor der Nacht.

Die Nacht konnte magisch sein. In den dunklen
Morgenstunden, wenn seine Mutter noch schlief, waren
ihm schon manche coole Dinge passiert. Einmal hatte er
eine dicke Opossummutter über den Rasen watscheln
sehen, gefolgt von ihren Babys. Ihre winzigen Augen
hatten vor Neugier gefunkelt, als sie ihn entdeckt hatten.
Er hatte Füchse, zahllose Kaninchen und ganze Hirsch-
familien gesehen. Das Einzige, was er mit einem lang
gezogenen Hupen vertrieben hatte, waren Waschbären
gewesen, die sich ihm fauchend und mit gefletschten
Zähnen genähert hatten.

Durch seinen Gehorsam hatte er sich das Recht verdient, nachts so lange auf der Veranda zu sitzen, wie er
wollte, solange er immer darauf achtete, die Tür nicht
abzuschließen, damit er sich jederzeit schnell zurückziehen konnte. Er durfte aber nicht allein in den Garten
hinausgehen. Es war ein großer Garten, beinahe drei
Morgen groß, und am hinteren Ende wartete der Wald.

Im Wald lebten Tiere, die noch gefährlicher waren
als die angriffslustigen Waschbären. Mutter Natur hatte
nichts Mütterliches an sich. Mom sagte, die Natur sei eher
wie eine manisch-depressive Tante, die einen meistens
freundlich behandelte, sich aber hin und wieder in eine
richtige Hexe verwandeln konnte. Dann beschwor sie
tödliche Stürme herauf und rief bösartige Tiere herbei,
große Berglöwen mit langen Reißzähnen, die sich, wenn
sie die Wahl hätten, immer für zartes Kinderfleisch entscheiden würden.

Er setzte sich auf die Verandatreppe. Seine Mutter erwartete von ihm, dass er auf einem der Stühle oder auf der Schaukel saß, dass er vielleicht am Geländer stand. Aber auf den Stufen war er näher am Geschehen, falls wirklich etwas geschah. Außerdem hielt er sich immer noch an die Regeln, vor allem an die Grundregel, dass er den Garten nicht betreten durfte. Die Taschenlampe lag unbenutzt neben ihm. Die Hupe hielt er in der rechten Hand.

Der Mond schwebte im Westen dahin, war noch nicht ganz hinter den Bergen verschwunden und strahlte hell wie eine exotische Qualle im Meer des Alls. Am Himmel funkelten mehr Sterne, als Woody jemals hätte zählen können. Nach dem Tod seines Vaters – *Mord!* – hatten sie die geschäftige Stadt im Silicon Valley verlassen, von dem seine Mutter sagte, dass es eher ein Gedanke als ein realer Ort sei. Sie waren hierhergekommen, an den Rand der Gemeinde Pinehaven in Pinehaven County, wo keine städtische Lichtverschmutzung das Licht der Sterne abschwächte.

Woody saß noch nicht länger als zehn Minuten auf der Treppe, als die drei Hirsche aus der Dunkelheit kamen: ein Bock mit einem prächtigen Geweih, eine Hirsch-kuh und ein vielleicht fünf Monate altes Kalb mit noch fleckigem Fell. Im Winter, wenn es ganz ausgewachsen war, würde es seine Flecken verlieren.

Hirsche zogen nicht immer im Familienverbund umher, oft reisten sie in kleinen Herden, ebenso oft allein. Aber im vorigen Jahr war eine Familie wie diese drei Monate lang fast jede Nacht hierhergekommen, angezogen vom Süß-gras des Rasens. Woody hatte sich mit ihnen angefreundet, hatte Äpfel für sie zerteilt, die Stücke auf die Veranda-treppe gelegt und sich zu einem Stuhl zurückgezogen. Nach und nach hatten sie genug Vertrauen gewonnen, um die Äpfel von der untersten Stufe zu fressen, während er auf der obersten saß. Am Ende hatten sie ihm die Stücke sogar mit ihren weichen Lippen aus den Händen genommen.

Aber diese drei Besucher waren nicht dieselben wie im letzten Jahr. Woody erinnerte sich an die Fellzeichnung der erwachsenen Tiere, und diese sahen anders aus. Die Hirsche bemerkten ihn und verhielten sich vorsichtig, blieben beim Grasen auf Abstand, wobei ein Hauch Mondlicht auf ihren schattenhaften Umrissen lag.

Manchmal fragte er sich, was mit dieser anderen Familie passiert war, ob eines oder mehrere der Tiere von Jägern getötet worden waren, ob vielleicht ein Berglöwe die Hirschkuh oder ihr Kalb erwischt hatte. Eine Familie zusammenzuhalten und zu beschützen war sehr, sehr schwer.

Er traute sich nicht, in die Küche zu gehen, ein paar Äpfel zu schneiden und zu versuchen, diese neuen Hirsche zur Treppe zu locken. Schon durch das Aufstehen allein konnte er sie verscheuchen. Aber wenn sie noch ein paarmal wiederkamen und sich an seine Anwesenheit gewöhnten, könnte er beginnen, sich mit ihnen anzufreunden.

Fürs Erste hatte er genug Freude daran, sie einfach nur zu beobachten. Sie bezauberten ihn. Sie waren schön und würdevoll, aber weder ihre Schönheit noch ihre Würde war das, was ihn am meisten berührte. Was ihn faszinierte, fesselte, *bannte*, war die Tatsache, dass es drei waren, die zusammen und in Sicherheit unter den Sternen ästen, furchtlose Wesen in dieser Welt der Furcht. Sie wirkten, als ob sie für immer zusammen sein würden.

Die Nacht war so still, dass Woody das Gefühl hatte, die Lichtjahre entfernten Sterne brennen zu hören. Aber was er hörte, war natürlich nur das Blut, das durch die Blutgefäße in seinen Ohren zirkulierte.

Er flüsterte: »Hallo.«

Obwohl der Junge mit leiser Stimme gesprochen hatte, hob der Bulle den gehörnten Kopf und starrte ihn an.

Für einen langen Moment betrachteten sie einander. Dann flüsterte Woody: »Ich hab dich lieb«, denn der Hirsch konnte den Augenblick durch kein falsches Wort verderben, und die Kluft, die zwischen den Arten lag, stellte sicher, dass keiner von ihnen sich oder den anderen in Verlegenheit bringen konnte.

9 Megan Bookman wurde von der Stimme der Alarmanlage geweckt, als Woody den Abschaltcode eingab. In den meisten Bereichen des Hauses war die Lautstärke niedrig eingestellt, damit er sich keine Sorgen machte, sie aufzuwecken, aber hier im Hauptschlafzimmer war die Anlage lauter, damit sie immer wusste, wann er auf der hinteren Veranda war.

Sie stieg aus dem Bett und schlich durch das dämmrige Licht zur in die Wand eingelassenen Crestron-Anlage. Der Bildschirm leuchtete auf, als sie ihn berührte. Sie wählte das Wort ›Kameras‹ aus dem Menü aus. An verschiedenen Punkten an der Außenseite des Hauses waren 14 Zwei-Kamera-Module installiert. Eine der beiden

Kameras konnte entweder bei Tageslicht oder Lampen-licht aufzeichnen, die andere machte Infrarotaufnahmen, wenn es weder Sonnen- noch Umgebungslicht gab, so wie jetzt.

Das System übersetzte die roten Bilder in Wellenlängen im Bereich von 555 Nanometern, den grünen Teil des Spektrums, für den das menschliche Auge am empfäng-lichsten war. Dennoch waren die Kamerabilder nicht sehr detailreich. Megan konnte Woody zwar auf der obersten Treppenstufe sitzen und in den Garten und den Wald dahinter starren sehen, aber er war nur eine blassgrüne Gestalt unter anderen Schatten in verschiedenen Grün-tönen, wie ein Waldgeist, den die Neugier dazu getrieben hatte, diese menschliche Behausung aufzusuchen.

Er hatte sicher seine Attwood-Signalhupe und seine Tac-Light-Lampe dabei. Diese Dinge vergaß er nie.

Beim ersten Anzeichen von Gefahr würde er die Hupe benutzen und ins Haus zurückrennen. Megan befürchtete nicht, dass Woody eine Gefahr vielleicht nicht erkannt hatte. Er hatte Angst vor Fremden und auch vor allem anderen, an das er noch nicht durch Routine gewöhnt war.

Pinehaven war kein Brennpunkt der Kriminalität. Auch die landesweite Drogenepidemie hatte diesen stillen, abgelegenen Ort bisher noch nicht ernstlich in Mitleidenschaft gezogen. Ihr Grundstück lag nicht weit außerhalb der Stadt, in der sie geboren und aufgewachsen war. Sie war hierhergekommen, weil sie sich hier sicher fühlte.

Woody allein auf der Veranda sitzen zu lassen war keine ideale Lösung. Aber er war elf Jahre alt und er wusste jedes Stück Unabhängigkeit zu schätzen, das sein

Zustand zuließ. Sie konnte nicht rund um die Uhr an seiner Seite bleiben, und es wäre für sie beide nicht gut, wenn sie ihn mit Ketten der Angst an sich band, die ihn so einschränkten, wie es eine Hundeleine getan hätte.

Sie ging wieder ins Bett. Wahrscheinlich würde es eine halbe Stunde dauern, bis sie wieder schlafen konnte.

Am Rahmen des Bettes war ein kleiner Waffensafe befestigt. Sie öffnete ihn jede Nacht, um die Waffe schnell erreichen zu können. Wenn sie morgens aufstand, verriegelte sie ihn wieder. Die Pistole war eine Heckler & Koch USP, Kaliber 9 Millimeter, mit einem zehnschüssigen Magazin.

Sie hatte die Waffe eine Woche nach Jasons Tod gekauft. Ein ehemaliger Polizeibeamter, der eine Selbstverteidigungsschule führte, hatte ihr Schießunterricht gegeben. Jetzt, drei Jahre später, übte sie immer noch regelmäßig.

Während sie wach im Dunkeln lag, fragte sie sich, ob sie sich wirklich so sicher fühlte, wie sie behauptete.

10

Lee Shacket kann den Südwesten von Utah nicht leiden. Auf der 60-Meilen-Strecke über die State Route 56 von Cedar City zur Grenze des Bundesstaats, weit entfernt von jedem Starbucks und jedem guten Sushi-Restaurant, sieht er nichts als karge, mondbeschienene »Panoramen«. Aber er ist immer noch der Ansicht, dass es nötig ist, drittklassige Straßen zu benutzen, weil diese weniger stark von der Polizei überwacht werden als die Interstates.

Verglichen mit Südost-Nevada ist Utah jedoch ein üppiges Paradies. Die Countys Lincoln und Nye, die er auf zweispurigen Nebenstraßen bereist, erweisen sich als gähnend leere Höllenlandschaften, über denen sich die brennend heiße Sonne erhebt wie das böse Omen eines drohenden thermonuklearen Infernos. Vom verschlafenen Nest Caliente bis zum Hinterwäldlerkaff Rachel rast er durch 87 Meilen Nevada-Leere. Bis zur nächsten Stadt sind es noch einmal 54 Meilen Einsamkeit und leerer schwarzer Asphalt, eine Straße des Elends, auf der sich Klapperschlangen in verzweifelter Langeweile winden und auf die Räder des Schicksals warten, die sie vom Stumpfsinn des Wüstenlebens erlösen.

Auf beiden Seiten des Highways wachsen in einigen Meilen Entfernung Siedlungen wie Geschwüre aus dem Boden, die Namen wie Hiko oder Ash Springs tragen und über Staats- und Countystraßen erreichbar sind. Zu anderen wie Tempiute und Adaven führen nur unbefestigte Wege. Um 6:50 Uhr hält er an einer Tankstelle mit Ladengeschäft, weil er Benzin braucht. Hinter der Tankstelle steht ein Wohnhaus. Das Grundstück befindet sich an einer Kreuzung ein paar Meilen vor Warm Springs. Die zwei Pumpen liefern eine überteuerte Benzinmarke, von der er noch nie gehört hat. Das Gebäude, in dem sich das Geschäft befindet, ist von rissigem blassgelbem Gipsputz umhüllt und hat ein blaues Dach aus Keramikkacheln.

Seit er Cedar City verlassen hat, ist Shackets Stimmung mies. Sein altes Leben liegt in Trümmern und sein neues mit Megan ist noch weit entfernt in Kalifornien. Meile für Meile hat die trockene Mojave-Wüste ihm den letzten Rest Menschlichkeit geraubt, den die zahllosen Ungerechtigkeiten, die er erfahren hat, noch übrig gelassen haben.

Die Zapfsäulen sind zwar nicht so alt wie der fossile Brennstoff, den sie zutage fördern, aber sie entstammen einer Generation, die keine Kreditkarten annimmt. Shacket geht in den Laden, um dem Kassierer seine auf den Namen Nathan Palmer ausgestellte Visa-Karte zu geben und die Pumpe zu aktivieren.

Der Mann ist offenbar der Besitzer der Tankstelle und Shacket kann ihn auf Anhieb nicht leiden. Er ist alt und dick. Er trägt eine Kakihose mit Hosenträgern, ein weißes T-Shirt und einen Strohhut mit schmaler Krempe. Es sieht aus, als ob er ein Kostüm trägt – als ob er einen primitiven Wüstentölpel *darstellen* will.

Als Shacket den Tank befüllt hat und in den Laden zurückkehrt, um das Visa-Formular zu unterschreiben und seine Karte zurückzuholen, sagt der Alte: »Schöner Morgen, nicht?«

»Heiß wie im Backofen«, erwidert Shacket.

»Na ja, Sie sind nicht von hier. Für uns ist das noch angenehm.«

»Woher wissen Sie, dass ich nicht von hier bin?«

»Hab Ihr Kennzeichen gesehen beim Reinfahren. Ist nicht aus Nevada. Sah aus, als wären Sie aus Montana.«

Shacket unterschreibt den Zettel und sagt nichts. Er muss sich auf die Unterschrift konzentrieren, denn für einen Augenblick vergisst er den Namen, der auf der Kreditkarte steht, und unterzeichnet beinahe mit *Lee Shacket*.

Irgendetwas stimmt nicht mit seinem Kopf.

»Sind nur 82 Fahrenheit«, sagt der Kassierer. »Für diese Gegend und Jahreszeit ist das kühl.«

Shacket gelingt die Nathan-Palmer-Unterschrift.

Er sieht dem alten Kerl in die trüben Augen. »Was für eine Gegend? Ihre Genitalgegend?«

»Entschuldigung?«

»Wofür?«

Der Kassierer runzelt die Stirn und schiebt die Visa-Karte über den Tresen. »Einen schönen Tag noch.«

Shacket versteht nicht, warum dieser Fremde ihn mit einer solchen Wut und Verachtung erfüllt. Es macht ihm ein wenig Angst. Aber er kann nicht widerstehen.

»Wofür entschuldigen Sie sich?«, fragt er wieder. Der alte Knacker geht ihm auf die Nerven mit seiner gespielten Leutseligkeit. »Haben Sie einen fahren lassen? Wofür entschuldigen Sie sich?«

Der Kassierer wendet den Blick ab. »Ich hab's nicht böse gemeint.«

»Haben Sie mich beleidigt?«

»Sir, ich bin sicher, das habe ich nicht.«

Ein Summen ertönt in Shackets Kopf, als hätte sich ein Wespenschwarm in seinem Schädel eingenistet. »So, da sind Sie sich also sicher?«

Der Mann sieht zum Fenster, zu den Zapfsäulen, vielleicht in der Hoffnung, dass ein neuer Kunde angefahren kommt. Draußen bewegt sich nichts, abgesehen vom Schatten einer Wolke, der als dunkler Schemen über den Highway huscht.

Die Anspannung des Alten, seine versteckte Angst, erregt Shacket. »Haben Sie eine *Grundüberzeugung*?«, fragt er und nimmt einen Schokoriegel aus einem Fach am Tresen.

Shacket selbst hatte einmal Grundüberzeugungen, ein Bewusstsein von Grenzen. Da ist er sicher. Er kann sich nur nicht mehr erinnern, wo diese Grenzen lagen.

»Wie meinen Sie das?«, fragt der alte Mann.

»Na ja, glauben Sie zum Beispiel an Gott?«

»Ja, Sir. Das tu ich.«

»Ach ja?«

»Ja, Sir.«

»Und wo ist er?«, fragt Shacket, während er den Riegel aus der Verpackung holt und diese zu Boden fallen lässt.

Der Alte sieht ihn wieder an. »Wo Gott ist?«

»Mich würde einfach mal interessieren, wo Sie glauben, dass er steckt.«

»Gott ist überall.«

»Ist er da drüben beim Kühlschrank mit dem Bier und der Limo?«

Der Kassierer erwidert nichts.

Shacket beißt von dem Riegel ab, kaut zweimal und spuckt den klebrigen Brocken auf den Tresen. »Das Ding schmeckt scheiße. Das ist doch seit zehn Jahren abgelaufen. Was hält Ihr Gott davon, dass Sie so einen Scheiß verkaufen? Oder merkt er das nicht? Wo ist er? Ist Gott vielleicht dahinten bei den Chips und den Doritos?«

Der Kassierer blickt auf den Kartenleser hinab. »Ich habe Ihre Karte durchgezogen, das geht elektronisch, über die Telefonleitung. Die Nummer und der Name sind schon an Visa gemeldet, der Kauf ist abgewickelt.«

Damit will er Shacket sagen: Falls ihm hier etwas Tödliches zustoßen sollte, wird es Beweise dafür geben, dass Nathan Palmer zur Tatzeit hier getankt hat.

Aber Shacket ist natürlich nicht Nathan Palmer.

Das wütende Summen in seinem Kopf wird noch wütender. Er muss etwas tun, damit es aufhört. Und er weiß, was es ist.

Er nimmt noch einen Bissen von dem Riegel, kaut einmal darauf und spuckt das Zeug auf den Tresen. »Ist Gott da vorne bei den Zeitschriften? Sie haben da doch bestimmt Schmuddelhefte, oder? Ein paar Pornos?«

Einer der Mundwinkel des dicken Alten beginnt zu zucken, und das erregt Shacket noch mehr.

Aber das Zucken erinnert ihn auch an seinen Großvater, ein freundlicher Mann, der an einem Tremor gelitten hat. Etwas wie Mitgefühl für den Kassierer überkommt ihn. Aber es vergeht schnell wieder.

»Ein großer Redner sind Sie nicht gerade, oder? Sie sagen nur, dass es ein schöner Morgen ist, und schon geht Ihnen die Luft aus und Ihnen fällt nichts mehr ein.«

Shacket bewirft den Alten mit dem Rest des Schokoriegels. Er bleibt an seinem weißen T-Shirt kleben.

Er ist nicht Nathan Palmer, aber er muss den Führerschein und die Kreditkarte auf diesen Namen noch für eine Weile benutzen. Hätte er bar bezahlt, hätte er jetzt tun können, was nötig wäre, um das Summen zu beenden.

»Sie sind ein richtiger Glückspilz, was?«

Der alte Mann antwortet nicht.

»Ich sagte: Sie sind ein richtiger Glückspilz, was?«

»Nicht dass ich wüsste.«

»Nicht dass Sie wüssten? Na, dann sind Sie noch dazu dumm. Sie sind ein Glückspilz. Heute ist dein Glückstag, Opa. Ich geh jetzt hier raus und lass dich weiteratmen. Wenn du den Sheriff anrufst, weißt du, was dann passiert?«

»Ich ruf niemanden an.«

»Wenn mich irgendein Bulle anhält, soll er mich besser schnell umbringen. Denn wenn er das nicht tut, dann mach ich ihn kalt, komm hierher zurück und schieb dir 'ne Pistole in deinen fetten Arsch.«

»Ich rufe niemanden an«, wiederholt der alte Mann.

Shacket geht zum Dodge Demon hinaus. Unter dem Fahrersitz steckt eine Heckler & Koch Compact .38 in einem Gürtelholster. Er muss seine ganze Willenskraft einsetzen, um sie nicht zu nehmen, damit in den Laden zurückzugehen und das Magazin in den alten Mann zu leeren.

Als er wieder unterwegs ist und auf dem Bundeshighway 6 an einem Kaff namens Warm Springs vorbei in Richtung Tonopah fährt, beschleunigt Shacket auf 190 Stundenkilometer, dann auf 210. Der Dodge röhrt und verschlingt den schwarzen Asphalt. Shacket ist unruhig, aufgeregt, wie elektrisiert, er braucht die Geschwindigkeit, um sich abzureagieren, sich zu beruhigen.

Seit Springville, Utah, geschieht irgendetwas mit seinem Verstand. Sein ganzes Leben lang hat es immer einen Dorian Purcell gegeben, vor dem er sich zu verantworten hatte, oder irgendeinen anderen, von dem er sich mit Scheiße bewerfen lassen musste, ohne aufzumucken. Tja, das ist nun vorbei. Er ist endlich frei. Er hat die Kontrolle über sein Leben. Niemand ist mehr sein Chef.

Etwas passiert mit seinem Verstand, und er ist *begeistert* davon.

45 Meilen hinter Warm Springs, etwa zehn vor Tonopah, hört das Summen in seinem Kopf auf und er kann wieder langsamer fahren.

Die Staatsgrenze ist vielleicht noch 90 Meilen entfernt. Bald wird er in Kalifornien sein. Auf dem Weg zur süßen Megan.

Er hat Hunger. Beim letzten Abendessen hat ihm nichts gut geschmeckt. Das Frühstück hat er ausgelassen. Dieser Schokoriegel hat wirklich beschissen geschmeckt. Er ist wirklich extrem hungrig. Ausgehungert. Er wird für eine Mahlzeit anhalten, sobald er in Kalifornien ist. Was er essen will, weiß er nicht; nichts, das ihm einfällt, lässt ihm das Wasser im Mund zusammenlaufen. Er wird sich entscheiden, wenn es so weit ist.

Der Highway steigt an, führt in die White Mountains und den Inyo National Forest. Er lässt das Ödland hinter sich zurück, zusammen mit seiner Vergangenheit und allem, das ihn zurückhalten konnte.

11 Als der Bestatter kam, um die Leiche abzuholen, stieg Kipp endlich von Dorothys Bett.

Während die anderen beschäftigt waren und ihn nicht beachteten, lief er nach unten und ging durch seine Spezialtür in den Garten.

Der Septembermorgen war angebrochen. Es war ein warmer, heller Tag wie viele andere, als ob überhaupt nichts Furchtbares passiert wäre.

Er heulte lautlos, heulte im Geist die anderen an, die in das Mysterium eingeweiht waren, seinen Schmerz vielleicht kannten und ihn teilten, wo immer sie auch waren und welcher Aufgabe sie sich auch immer gewidmet hatten.

Es gab nur 86 von ihnen, alle Golden Retriever oder Labradore.

Hin und wieder fand ein neues, junges Mitglied den Weg zu den anderen seiner Art. Sie konnten nur über die

Leitung miteinander sprechen, ein Medium der mentalen Kommunikation, das nur sie benutzen konnten.

Ihre Ursprünge und ihre Geschichte waren ihnen immer noch zutiefst rätselhaft, aber sie arbeiteten daran, den Schleier zu lüften.

Sie waren anders als alle anderen Hunde, auf eine Weise verändert, zu der nur die Menschheit in der Lage sein konnte. Aber wer hatte das getan? Wo war es geschehen? Und warum?

Wie war es dazu gekommen, dass sie sich nun in ein paar Countys in Nord- und Mittelkalifornien herumtrieben, auf der Suche nach ihrer Bedeutung?

Über die Leitung wurde dieses sonderbare Murmeln, das kein Tinnitus war, ein wenig lauter.

Kipp kam der Verdacht, dass dieses unablässige Geräusch nicht von irgendeinem neuen Mitglied des Mysteriums stammte, nicht von einem anderen Hund.

Es war ein Mensch. Er glaubte, es war vielleicht ein kleiner Junge.

Das war neu. Kipp hatte so einen Ruf noch nie von einem Menschen gehört.

Andererseits war es eigentlich kein Ruf. Der Junge, wenn es einer war, wusste höchstwahrscheinlich gar nicht, dass er sendete.

Kipp stand für eine Weile da und betrachtete das Haus, in das man ihn als Welpen gebracht hatte.

Er hatte damit gerechnet, dass er bedauern würde, es zu verlassen. Aber seit Dorothys Tod war es nur noch ein Haus, kein besonderer Ort mehr.

Sie war 73 Jahre alt und bei guter Gesundheit gewesen, als sie ihn zu sich nach Hause geholt hattte. Sie hatte damit gerechnet, dass sie ihn überleben würde. Dann war der Krebs gekommen.

Als er ging, mied er die Seite des Hauses, an der der Leichenwagen in der Einfahrt stand. Er wollte nicht sehen, wie man sie wegbrachte.

Der murmelnde Junge, wenn es ein Junge war, lebte irgendwo westnordwestlich des Lake Tahoe.

Kipp konnte die Leitung ausschalten wie ein Radio. Aber was hätte er dann tun sollen? Er brauchte doch irgendein Ziel.

Vielleicht war es eine gefährliche Reise für einen Streuner, aber Kipp fühlte sich verpflichtet, sie anzutreten.

Er fürchtete sich nicht vor Hundefängern. Er war schneller und schlauer als sie.

Aber in der Welt gab es viele Dinge, die schlimmer waren als Hundefänger.

Im Trab lief er los, hielt sich, so gut er konnte, an Nebenstraßen und Forstwege, an Wälder und Wiesen.

Von Zeit zu Zeit hörte er sich selbst traurig winseln. Die Liebe war das Beste auf der Welt, solange man sie hatte, und das Schrecklichste, wenn sie einem genommen wurde.

12 Am Mittwochnachmittag war Megan Bookman in ihrem Atelier im Erdgeschoss. Sie hörte sich eine Sonate von Beethoven an, die *Pathétique,* während sie an einem Gemälde arbeitete. Die großen Fenster boten gutes Licht aus dem Norden. Der Raum roch nach Terpentin, Standöl und Farbe, ein Geruch, der für sie duftete wie Rosen.

Sie hatte die meiste Zeit ihres Lebens gemalt und verkaufte ihre Arbeiten seit dem Jahr ihres College-Abschlusses. Das wunderbare Jahrzehnt mit Jason und Woodys spezielle Bedürfnisse hatten ihre Produktion verlangsamt, aber sie hatte nie aufgehört, ihre Motive und Techniken zu verbessern.

Als sie Jason verloren hatte und sich damit abfinden musste, Woody allein großzuziehen, wurde die Malerei für sie zur langsamen, aber sicheren Heilmethode gegen die Trauer. Außerdem war es das, was ihr die Zuversicht gab, sich ohne Angst der Zukunft zu stellen. Nachdem sie ein Jahr lang als Witwe lange, beschwingte Stunden in ihrem Studio verbracht hatte, war es ihr gelungen, einen Vertrag mit einer großen Kunstgalerie zu schließen, die über Verkaufsstellen in New York, Boston, Seattle und Los Angeles verfügte.

Ihr künstlerischer Ansatz bestand in einer Zurückweisung alles Modischen von Picasso über Kandinsky bis Warhol sowie in einer Annäherung an den Realismus. Ihre Motive entstammten ihrer näheren Umgebung. Sie bildete sie mit großer Sorgfalt und sehr detailgetreu ab, aber gleichzeitig mit einem eigenwilligen Gespür für die Gesamtkomposition und die Komplexitäten des Lichteinfalls. All dies verlieh selbst den alltäglichsten Szenen etwas Magisches, sogar Übernatürliches.

Diese Herangehensweise würde ihr kaum den Zuspruch der engstirnigen Kritiker einbringen, die sich dem Postmodernismus verschrieben hatten. Dennoch war ihre Arbeit im Laufe der letzten 18 Monate in den passenden Kreisen zunehmend positiv gewürdigt worden und ins Gespräch gekommen.

Es war ihr egal, ob das Kritikerlob für ihre Werke zu- oder abnahm. Sie malte, um sich selbst zufriedenzustellen. Ihr erstes Leben hatte mit Jasons Tod geendet, und sie war zutiefst dankbar für ihre Entdeckung, dass es noch ein Leben nach dem Leben gab. Ihre Kunst und ihr Kind genügten ihr. Alles andere, was die Zukunft noch bringen mochte, war ein zusätzliches Geschenk.

Weil sie die Nummer ihres Smartphones nicht leichtfertig herausgab, hatte sie auch einen Festnetzanschluss im Haus. Das Studiotelefon stand auf einem Tisch neben ihrer Staffelei. Als es klingelte, war ihr die Nummer des Anrufers unbekannt, aber sie legte den Pinsel hin, drehte sich auf ihrem Hocker um und nahm den Hörer ab.

»Hallo?«

»Megan? Megan Bookman?«

»Am Apparat.«

»Hier ist Lee Shacket.«

Sie wusste nicht so recht, was sie sagen sollte. Ihre gute Laune wurde ein wenig schlechter. »Lee, wie geht's denn so?«

»Großartig. Mir geht's großartig.« Er klang etwas überdreht. »Kann mich nicht beklagen. Überhaupt nicht. Und dir?«

Sie war für kurze Zeit mit ihm ausgegangen, bevor sie Jason begegnet war, aber zwischen ihnen hatte die Chemie nicht gestimmt, keine Nähe war entstanden. Er war süß, ziemlich ernst. Manchmal konnte er sehr unterhaltsam sein und warf mit Übertreibungen um sich wie der verstorbene Komiker Robin Williams. Er arbeitete hart und hatte große Träume, die eher auf charmante Weise naiv als großspurig waren. Aber im Wesentlichen war er ein junger Mann gewesen, der noch mitten in seiner Entwicklung steckte und zu sehr mit sich selbst beschäftigt war, um sich viele Gedanken um andere zu machen. Schließlich hatte Jason in Lees Treiben genug Intelligenz und Selbstdisziplin erkannt, um ihn Dorian Purcell zu empfehlen, und tatsächlich war Lee die Karriereleiter schneller und viel höher emporgestiegen als Jason.

»Es läuft alles ganz gut«, antwortete sie. »Ich habe gemalt, versucht, eine gute Mom zu sein, du weißt schon.«

»Wie geht's dem Kind? Dem Jungen. Wie kommt der Junge klar?«

»Woody? Der kommt zurecht. Hat alle Hände voll zu tun damit, er selbst zu sein.«

Seit einer betrieblichen Veranstaltung vor acht oder neun Jahren hatte Megan keine Gelegenheit mehr gehabt, sich mit Lee Shacket zu unterhalten. Er hatte nicht angerufen, um sein Beileid auszusprechen, als Jason gestorben war.

»Du bist wieder nach Pinehaven gezogen. Da bist du auch geboren worden, nicht? Bist du nicht in Pinehaven auf die Welt gekommen?«

»Ja. Ist ruhig hier. Eine gute Umgebung für Woody.«

»In Pinehaven ist nicht viel los. Da gibt's nicht viel Glamour.«

»Ist mir lieber so«, sagte sie. Sie fragte sich, aus welchem Grund er anrief, was er von ihr wollte.

»Bist du finanziell gut versorgt, Megan?«

Die Frage kam ihr merkwürdig vor. »Wie bitte?«

»Ich weiß, dass Dorian sich nicht vernünftig um dich gekümmert hat, nachdem Jason gestorben war.«

Jason hatte über Aktienoptionen verfügt, die sie und Woody wohlhabend gemacht hätten, wenn auch nicht wirklich reich. Aber der Arbeitsvertrag hatte eine ungewöhnliche Vesting-Klausel enthalten, die mehr als eine Auslegung zuließ, und Dorian hatte sich als nicht besonders großzügig einer Witwe gegenüber erwiesen.

»Wir kommen zurecht«, versicherte sie Shacket.

»Das war nicht korrekt. Dorian kann so ein sturer Drecksack sein. Du hättest ihn verklagen sollen.«

»Er hatte die tieferen Taschen. Das hätte sich jahrelang hingezogen, ohne eine Garantie, dass ich gewonnen hätte.«

»Es ist so falsch. Jason hätte gewollt, dass du ihn verklagst. Er hatte *verdient,* was Dorian dir vorenthalten hat.«

»Ich habe getrauert, außerdem musste ich mich um Woody kümmern. Wir hatten genug. Ich wollte mich nicht in ein Gerichtsverfahren stürzen.«

»Dorian hat mich auch reingelegt. Er hat mich vorgeschoben, damit ich mich für ihn opfere, er hat mich übers Ohr gehauen, aber am Ende war ich trotzdem reich. Ich habe *100 Millionen* gemacht.«

Sie wusste nicht, was sie darauf erwidern sollte. Anfangs war Shackets Stimme voll ätzender Wut gewesen, dann voller Stolz.

Er redete schnell weiter, offenbar ohne ihre kurze Sprachlosigkeit zu bemerken. »Wenn du irgendwas brauchst, egal was, kannst du auf mich zählen. Ich habe die nötigen Mittel. Was immer du brauchst. Alles.«

Sie hatte sich vielleicht sechs Mal mit Lee Shacket getroffen. Sie hatte in ihm einen besseren Jungen gesehen als den Mann, zu dem er sich schließlich entwickelt hatte – einer, der sich eine freche Selbstsicherheit aneignete, um die Bescheidenheit und die Selbstzweifel seiner Jugend loszuwerden. Vielleicht hätte sie ihn lieber gemocht, wenn er zugelassen hätte, dass aus diesem Jungen ein anderer Mann wurde. Lee hatte fast 14 Jahre lang keine Rolle in ihrem Leben gespielt. Er war nur ein Geschäftspartner von Jason gewesen, dem sie nur selten begegnet war. Sie und ihn verband nichts von Substanz; da war nie etwas gewesen. Sie konnte sich nicht vorstellen, was er mit dieser seltsamen Unterhaltung bezweckte.

»Das ist nett von dir, Lee. Sehr aufmerksam von dir.« Tatsächlich fand sie sein Angebot nicht nur unerklärlich, sondern auch etwas beängstigend. »Aber Jason hat uns durch die Versicherung und so weiter genug hinterlassen, und meine Gemälde verkaufen sich gut. Wir kommen zurecht, wirklich.«

»Wenn man 100 Millionen gemacht hat«, gab er zurück, »dann will man auch was zurückgeben. Mir geht das ständig durch den Kopf. Ich will einfach, dass du weißt, du und das Kind, der Junge, dass ich für euch da bin. Ihr seid mir nicht egal. Ich bin da.«

Wieder machte er sie sprachlos.

Selbstvergessen faselte er einfach weiter, ohne Megans unbehagliches Schweigen auch nur zu bemerken. »Warst du schon mal in Costa Rica? Ist toll dort, ein wunderbarer Ort. In der blauen Karibik. Das ist anders als das Meer bei Kalifornien. Still, wie ein Juwel. San José, die Hauptstadt, ist eine kultivierte Stadt. Freundliche Leute, tolles Nachtleben. Wenn man in Costa Rica 100 Millionen hat, ist das so, als wenn man hier 'ne Milliarde hätte, ach was, zwei oder drei Milliarden. Ich gehe nach Costa Rica, Megan. Ich steig aus aus diesem Hamsterrad. Ich werd mich zurücklehnen, das Leben genießen, wirklich *leben,* solange ich noch jung bin. Aber nichts ist so gut, wie es sein sollte, wenn man allein ist. Was ich brauche, ist jemand, mit dem ich das alles teilen kann. Das zwischen uns beiden, das war was ganz Besonderes. Wirklich besonders. Ich war noch zu unreif, zu verzweifelt, um Erfolg zu haben, zu bescheuert, um zu begreifen, was das zwischen uns war. Aber ich hab es immer bedauert, dass wir uns voneinander entfernt haben. Wenn du mir eine zweite Chance gibst, würdest du das nicht bereuen. Ich werde mich gut um dich kümmern, Megan, um dich und den Jungen. Niemand könnte sich besser um euch kümmern.«

Sie fragte sich, ob er betrunken war. Oder high. Er sprach schnell, aber nicht undeutlich. Egal ob er es im Rausch ausgesprochen hatte oder nicht – dieses Angebot kam aus heiterem Himmel, war unvernünftig und zutiefst peinlich.

Früher wäre sie unter diesen Umständen vielleicht unhöflich geworden, aber der liebe Woody hatte ihr Geduld beigebracht. Sie wählte ihre Worte mit Bedacht. »Ich fühle mich geschmeichelt, dass du nach all den Jahren immer noch so eine hohe Meinung von mir hast, Lee. Auch wenn ich sicher bin, dass ich das nicht verdient habe. Nicht nur junge Männer können unreif sein. Auch junge Frauen können das ganz gut. Aber ich habe Woody. Er verlässt sich auf mich. Im Moment ist Woody alles, was ich will, alles, was ich brauche. Ich könnte ihn unmöglich mit nach Costa Rica nehmen. Ein Ausflug zum Friseur macht ihn emotional schon völlig fertig, und er braucht Tage, um sich von einem Zahnarzttermin zu erholen. Ich fürchte, du unterschätzt, wie sehr es das Leben verändert, ein pflegebedürftiges Kind zu haben.«

Nach seinem Wortschwall war er nun derjenige, der schwieg. Dann sagte er: »Aber es muss Costa Rica sein. Ich habe alles geplant. Der Weg ist auch vorbereitet. Das kann ich nicht mehr ändern. Ich könnte dich in den Plan integrieren, dich und den Jungen, aber ich kann mir keinen neuen Plan ausdenken, nicht jetzt, nicht nachdem … Gib mir eine Chance. Sag mir nur, dass du drüber nachdenken wirst, Megan. Denk bis morgen drüber nach und ruf mich dann an. Bitte ruf mich morgen an.«

Er gab ihr die Nummer und sie schrieb sie auf, ohne die Absicht, ihn wirklich anzurufen. »In Ordnung, aber ich fürchte, unsere Zeit ist vorbei, Lee. Für mich ist das am besten, was am besten für Woody ist, und das ist nicht Costa Rica. Du hast einen Wohlstand erreicht, um den dich viele beneiden würden, und ich habe keinen Zweifel, dass du eine findest, mit der du ihn teilen kannst. Du hast es verdient, glücklich zu sein. Glücklicher, als du mit mir wärst.«

Er begann sie wieder zu bedrängen, und sie log, um diese quälende Unterhaltung beenden zu können. Sie behauptete, Woody rufe nach ihr, er habe einen seiner Wutanfälle – die er in Wahrheit nie hatte –, und sie müsse sofort zu ihm.

Nachdem sie aufgelegt hatte, wandte Megan ihre Aufmerksamkeit der Leinwand zu, an der sie gearbeitet hatte. Ihr Garten diente als Bildhintergrund. Der Zeitpunkt, den sie abbilden wollte, war etwa um vier Uhr morgens.

Der Mond war die einzige Lichtquelle. Seine schaurige Leuchtkraft war eine Metapher für das Licht im Herzen der Welt, das unsichtbare Licht in allen Dingen. Daher stellte sie es zwar realistisch dar, arbeitete jedoch mit leichten Übertreibungen. Bestimmte blasse Elemente der Komposition schienen den Mondschein aus dem *Inneren* abzustrahlen: die Apfelstücke in der Hand des Jungen, sein Gesicht, das weiche Fell der drei Hirsche, die weißen Blüten des Apfelbaums. Und über allem ragte der dunkle Wald auf.

Soweit sie wusste, war Woody nach Einbruch der Dunkelheit nie allein in den Garten gegangen. Er hatte die Hirsche zur Verandatreppe gelockt, damit sie ihm aus der Hand fraßen. Manchmal musste eine Künstlerin die Ereignisse so darstellen, wie sie gewesen sein könnten, etwas anders, als sie *wirklich* gewesen waren, um ihr wahres Wesen treffender zum Ausdruck zu bringen.

Und was war das wahre Wesen von Lee Shackets Anruf?

Was das anging, war sie ratlos.

Weil es ihr nicht gelang, wieder in die richtige Stimmung zu kommen, stellte sie ihren Pinsel in einen Krug Terpentin.

Sie ging zur hohen Glastür und den angrenzenden Fenstern, die für ausreichend Licht aus dem Norden sorgten. Dies war zwar nicht der Rasen, der auf ihrem Gemälde zu sehen war, aber der Wald umschloss auch diesen seitlichen Garten und wirkte hier etwas näher als an der Rückseite des Hauses.

Wenn ein Narzisst wie Shacket 100 Millionen Dollar zur Verfügung hatte, verfiel er sicher nicht in Melancholie, wurde nicht sentimental und grübelte nicht über die Vergangenheit oder verpasste Gelegenheiten nach. Er zog los und kaufte sich, was er wollte, ob es nun ein Ferrari war oder eine hübsche Begleiterin mit langen Beinen und üppigen Kurven.

Er musste betrunken gewesen sein. An dem Ort, von dem er angerufen hatte, war es vielleicht schon viel später als halb drei am Nachmittag, und vielleicht hatte er schon früh mit dem Trinken angefangen.

Es war nie seine Sache gewesen, über seine Gefühle zu sprechen. Er hatte nur über seine Absichten gesprochen, bei denen er keinen Widerspruch duldete, und über seine großen Ziele, von denen er sicher war, dass er sie erreichen würde. Er hatte sie nicht geliebt, nur gewollt. Wenn die Wirkung des Alkohols nachließ, würde er bereuen, was er getan hatte. Er würde sie nicht wieder anrufen. Und falls doch, würde Megan nicht ans Telefon gehen.

Die Lichtqualität hatte sich geändert, nicht nur weil der Nachmittag vorbeiging, sondern auch, weil der Himmel sich mit blassgrauen Schuppen bedeckte und sein feines blaues Kleid durch eine Schlangenhaut ersetzte.

Wie immer war der Tag voller Magie, aber es war nicht diejenige, die sie auf diese spezielle Art verzauberte, die sie brauchte, um der Darstellung von Woody und den Hirschen gerecht zu werden.

Jeden Montag, Mittwoch und Freitag kam Verna Brickit für einfache Hausarbeiten vorbei und kochte am Ende eine Mahlzeit, die Megan zum Abendessen wieder aufwärmen konnte. Sie musste bereits in der Küche sein; bestimmt würde sie eine Kochassistentin zu schätzen wissen und sich gern mit Megan unterhalten.

Sie säuberte ihre Pinsel, verstaute ihre Farben und wusch sich die Hände im angrenzenden Badezimmer.

Als sie sich im Spiegel über dem Waschbecken betrachtete, war sie überrascht, so viel unverwechselbare Beklemmung in ihrer Miene, ihren Augen zu sehen. Lee Shackets Wiedereintritt in ihr Leben hatte sie mehr erschüttert, als sie sich eingestehen wollte.

Schon immer war er von einer dunklen Energie erfüllt gewesen, und nach und nach kehrte ihre Erinnerung daran zurück. Er hatte nur eins von ihr gewollt und sie wie ein geübter Puppenspieler so geschickt manipuliert, dass sie es in ihrer jugendlichen Naivität zuerst nicht bemerkt hatte. Als sie begann, ihn zu durchschauen, hatte er versucht, ein anderes Mädchen als Waffe einzusetzen. Wie hatte sie noch gleich geheißen? Clarissa? Ja. Er hatte die Drohung von Clarissas sexueller Verfügbarkeit eingesetzt, um Megan zu manipulieren, und sie hatte zugelassen, dass er auf diese Weise aus ihrem Leben verschwand.

Und so sollte es auch bleiben.

Sie ging in die Küche und hielt nach Verna Brickit Ausschau.

13 Als Kipp Durst bekam, fiel es ihm nicht schwer, Wasser zu finden.

Der Lake Tahoe war einer der tiefsten und reinsten Seen der Welt. Es war ohne ernste Risiken möglich, aus den Bächen zu trinken, die in ihn mündeten.

Das Wasser war kühl und sauber.

Er hielt beim Trinken inne, um die Fische zu beobachten, sah ihre Flossen unter der gekräuselten Oberfläche, als sie durch die sonnendurchfluteten Becken schwammen, in denen das Wasser des Bachs sich auf dem Weg nach unten sammelte.

Der Hunger stellte sich als das größere Problem heraus.

Als Hund war er von Natur aus ein Jäger. Aber er hatte noch nie gejagt.

Nur damals, als Dorothy den Ball versteckt und ihm aufgetragen hatte, ihn zu suchen. Er hatte den Ball tausendmal gefunden, aber er hatte ihn nie *gefressen*.

Die Wiesen waren voller Kaninchen, die im Sonnenlicht Gras knabberten. Als sie Kipp entdeckten, erstarrten die meisten, versuchten, sich unsichtbar zu machen, oder rannten erschrocken davon.

Einige Kaninchen beäugten ihn argwöhnisch und fraßen dann weiter, als hätten sie seine Schwäche wahrgenommen.

Kipp war körperlich stark, 30 Kilogramm Muskelfleisch und Knochen. Auch geistig war er stark.

Aber was seine Emotionen betraf … Sein Mitgefühl kollidierte nach wie vor mit seinen Instinkten.

In der Natur ernährten sich diejenigen mit den scharfen Zähnen von denen, deren Zähne stumpf waren. Die Starken beherrschten die Schwachen.

Aber er war ein Hund, der die höhere Intelligenz eines Menschen besaß, wodurch er weder ganz Hund noch ganz Mensch war.

Intelligenz ließ Kultur entstehen, aus Kultur entstand Ethik.

Obwohl seine Gestalt die eines Hundes war, war er geistig sowohl Hund als auch Mensch. Dafür hatte jemand schon vor seiner Geburt gesorgt.

Für Dorothy war er wie ein Kind gewesen. Seine Kultur und Ethik stammten von ihr, waren die eines Menschen.

Manche menschlichen Wesen konnten ihre Mitmenschen im Zorn, zu ihrem eigenen Vorteil oder auch einfach nur aus Freude am Nervenkitzel umbringen.

Aber so dekadent waren weder Dorothy noch Kipp.

Die meisten Menschen konnten töten, um sich zu verteidigen, und dazu war auch Kipp fähig, Dorothys Kind.

Doch die Kaninchen stellten für ihn keine Bedrohung dar. Ebenso wenig wie Eichhörnchen oder Feldmäuse.

Er lief über Wiesen und durchquerte kleine Wälder, in denen es vor Gelegenheiten zum Mittag- und Abendessen nur so wimmelte, und sein Hunger wuchs.

Es hatte den Anschein, dass er alle Wesen, die keine scharfen Zähne hatten, töten konnte, wenn es um Leben und Tod ging. Kaninchen und Eichhörnchen waren schließlich weder Hunde noch Menschen.

Sie gehörten nicht zu seiner Art. Die Natur sah vor, dass er sie sich nahm, wenn er sie brauchte. Sie waren Beute.

Aber an diesem Punkt, unter diesen Umständen, wurde der Segen menschlicher Intelligenz für ihn beinahe zu einem Fluch. Er kannte Mitgefühl.

Gnade. Erbarmen.

Das waren beschwerliche Werte.

Mitgefühl. Gnade. Erbarmen.

In Momenten wie diesem wurde der Geruchssinn zum philosophischen Problem.

Der Geruchssinn war ein zentraler Bestandteil des Hundelebens. Er war ganze 20-mal stärker als der des Menschen. Seine Nase verfügte über 44 Muskeln, während die menschliche Nase nur vier hatte.

Allein sein Geruchssinn lieferte ihm mehr Informationen als alle fünf menschlichen Sinne zusammen. In diesem Fall waren es zu viele.

Jedes unter den niederen Tieren erfreute sich am Leben. Kipp konnte ihre Lebensfreude riechen, so deutlich und stechend wie den Gestank ihrer Exkremente, wie Moschus, Atem und warmes Blut.

Mitgefühl, Gnade und Erbarmen auf der einen, der Überlebensinstinkt auf der anderen Seite.

Die Menschen lösten das Problem – zumindest teilweise – dadurch, dass sie Distanz zwischen sich und manche ihrer Nahrungsquellen brachten. Sie erfanden Schlachthäuser und den Beruf des Schlachters.

Kipp besaß keine Kreditkarte, mit der er einen Schlachter bezahlen konnte.

Was er gerade erlebte, nannte man einen »Gewissenskonflikt«.

Sein Hunger wuchs.

Weil er körperlich vollständig und geistig zur Hälfte ein Hund war, begab er sich nicht geradewegs zu dem Jungen, den er finden wollte, und stillte auch nicht geradewegs seinen Hunger.

Das Bedürfnis eines Hundes, herumzutollen, lenkte ihn ab.

Ein kleiner Schwarm Schmetterlinge fesselte ihn. Er versuchte nicht, sie zu beißen, sondern hüpfte hinter diesen strahlenden Wundergestalten her, bestaunte ihren mühelosen Tanz durch die Luft.

Etwa 800 Meter weiter trieb ein Folienballon über ein Feld, der nicht mehr ganz aufgepumpt war, vom Helium aber noch in der Luft gehalten wurde.

Das Wort ›*Happy*‹ stand darauf, in deutlich lesbaren roten Buchstaben.

Kipp verfolgte den Ballon.

Die zweite Textzeile verschwand immer wieder in den tiefen Falten des Materials und kam wieder zum Vorschein. Sie lautete ›*Birthday*‹.

Er hatte solche Ballons schon einmal gesehen. Aber dieser erschien ihm unwiderstehlich merkwürdig, weil er so fehl am Platz war.

Das helle, spiegelnde Stück Folie, das über diese einsame Wiese schwebte, faszinierte ihn. Es schien irgendetwas zu *bedeuten*.

Kipp verfolgte den Ballon, sprang hoch und biss nach dem langen roten Band, das daran hing. Seine Zähne bissen in die leere Luft. Frustriert sprang er beim nächsten Mal höher, noch höher.

Gerade als er sich selbst dafür rügte, dass er seinem inneren Welpen nachgegeben hatte, stellte sich heraus, dass der Ballon tatsächlich eine Bedeutung hatte.

Er fand einen flatternden Vogel, der auf dem Boden lag. Einer seiner Flügel war gebrochen.

Verängstigt verdrehte das Tier die Augen und hackte mit dem Schnabel, ohne einen Laut von sich zu geben. Schreck und Schmerz hatten seinen Gesang verstummen lassen.

Dem Vogel konnte nicht geholfen werden. Sein Schicksal war es, von einem Falken, einem Fuchs oder irgendeinem anderen Tier geholt und lebendig aufgefressen zu werden.

Kipp dachte für eine Minute darüber nach.

Tut mir leid, Kleiner.

Mit einer Vorderpfote stellte er sich auf den Vogel, legte sein ganzes Gewicht hinein und brach ihm das Genick.

Wenn Menschen ins Kino gingen, um eine Tragödie zu sehen, handelte es sich um ein Schauspiel, in dem irgendeine großartige Person aus großer Höhe fiel, zu Fall gebracht vom Schicksal oder einem charakterlichen Fehler.

Kipp hatte sich mit Dorothy Komödien und Tragödien im Fernsehen angeschaut.

Ein Vogel konnte keinen Charakterfehler haben. Und doch spielten Vögel wie auch alle anderen kleinen Tiere jeden Tag tragische Rollen.

In dieser schönen, aber harten Welt gab es keine Spezies, die vom Schicksal verschont blieb.

Es war ein fetter Vogel. Unter den Federn spürte Kipp saftiges Fleisch.

Er wandte sich ab, rührte das Tier nicht an. Am Tragischen fand er keinen Geschmack.

Etwa eine Meile weiter nahm er ein vertrautes, köstliches Aroma wahr. Hamburger auf einem Grill.

Und nicht nur Hamburger. Auch Würstchen.

Von diesem Duft angezogen rannte er auf eine dichte Baumreihe zu, durch einen immergrünen Wald, dann auf einen Campingplatz, auf dem einige Zelte und kleine Wohnmobile standen.

Menschen. Erwachsene und Kinder.

Er kannte tausend Tricks und Kniffe, sich bei ihnen einzuschmeicheln. Jemand würde ihn füttern.

In seinem Hunger vergaß er für einen Augenblick, dass nicht alle Menschen gut waren. Selbst wenn 100 von ihnen es waren, gab es immer noch einen, der böse Absichten hatte.

14

Shacket ruft sie von einem Motelparkplatz am Rand von Truckee, Kalifornien, an, nördlich des Lake Tahoe. Er schüttet ihr sein Herz aus, gesteht, dass er einen Fehler gemacht hat, indem er sie damals nicht gründlich genug umworben hat. Er bietet ihr die Welt an, die Welt in Costa Rica. Zuerst scheint sie sich über seinen Anruf zu freuen. Aus ihrem Tonfall glaubt er herauszuhören, dass es ihr leidtut, nicht für ihn die Beine breit gemacht zu haben. Denn wenn er und nicht dieser hinterhältige Jason sie geschwängert hätte, dann würde es keinen Woody geben, keinen geistig behinderten, stummen Jungen, der ihr jeden Tag zur Last fällt. Er und Megan hätten zusammen einen schönen Sohn gezeugt, einen gut aussehenden, verdammt schlauen kleinen Kerl, auf den sie stolz gewesen wären. Also: Ja, zuerst glaubt er, dass sie ihn will, ihn braucht, dass er sie am Haken hat.

Aber dann schleicht sich ein überheblicher Ton in ihre Stimme, eine Gemeinheit, die ihm nicht gefällt, die er nicht verdient hat, die er nicht ertragen kann. *Ich fürchte, du unterschätzt, wie sehr es das Leben verändert, ein pflegebedürftiges Kind zu haben.* Hält sie ihn für dumm? Warum sollte er nicht wissen, wie sehr dieses schwachsinnige, stumme Kind ihr Leben versaut hat? *Ich fürchte, unsere Zeit ist vorbei, Lee.* Als ob vor ihrer Tür noch 20 andere Typen stehen, die 100 Millionen in der Tasche haben. Als ob sie ihm je genug Zeit gelassen hätte. Aber ihre Zeit ist nie *vergangen*, weil sie ihm nie genug davon gegeben hat, ihm nie die Chance gegeben hat, sie festzuhalten und ihr zu zeigen, was ihr entgeht, wenn sie auf ihn verzichtet. *Für mich ist das am besten, was am besten für*

Woody ist, und das ist nicht Costa Rica. Glaubt sie wirklich, dass er nicht merkt, dass sie ihn mit Scheiße bewirft? Verdammt, er kann es regelrecht riechen. Was sie *eigentlich* damit sagen will, ist, dass so ein kleiner Schwachkopf, der noch nicht einmal reden kann, interessanter ist als Lee Shacket, dass sie das Leben in einem Hinterwäldlerkaff wie Pinehaven weißen Stränden, der blauen Karibik und dem Luxus vorzieht – *wenn sie sich dafür mit Lee Shacket abgeben müsste.*

Je wütender er auf Megan wird, desto mehr Hunger bekommt er. Er ist hungriger denn je, unmenschlich hungrig. Vor fünf Stunden hat er in Bishop vor einem Saftladen angehalten, dem irgendein hirnverbrannter Kritiker drei Sterne gegeben hat, wo man aber nicht einmal fähig war, ihm einen Hamburger so zuzubereiten, wie er ihn wollte. Zweimal hat er ihn zurückgehen lassen und versucht, ihnen zu erklären, was er unter *rare* versteht. Beim dritten Mal ist es immer noch nicht richtig. Der Geschäftsführer kommt an seinen Tisch und sagt: »Sir, was Sie offenbar möchten, ist ein Tatarbeefsteak als Burger, aber so leid es mir tut, wir sind kein Restaurant, das Ihnen das anbieten kann. Bei rohem Rinderhackfleisch gibt es gesundheitliche Bedenken.« Shacket würde am liebsten Messer und Gabel nehmen, diesen Drecksack aufschlitzen und ihm genau zeigen, was *rare* ist. Aber stattdessen bestellt er noch zwei Burger, die kein bisschen besser durchgebraten sind als der *medium rare*-Bratling, den sie ihm bereits serviert haben. Er isst alle drei Burger, aber nur eins der Brötchen und keine Fritten. Er bezahlt, gibt aber kein Trinkgeld.

Auf dem Weg nach draußen lächelt die Kellnerin ihn an und wünscht ihm einen schönen Tag. Sie erinnert ihn an seine labile Mutter, die sich geweigert hat, ihre Medikamente zu nehmen. Sie konnte ihn so heftig ohrfeigen, dass seine Lippe aufplatzte, ihn an den Haaren ziehen, bis er geweint hat. Dann konnte sie wieder mit scheinbarer Aufrichtigkeit behaupten, sie liebe ihn mehr als ihr Leben. In diesem Moment *ist* die Kellnerin seine Mutter, und Shacket hat noch eine Rechnung mit ihr zu begleichen.

»Hat Ihnen schon mal jemand gesagt, dass Sie wie diese Schauspielerin aussehen, Riley Keough?«, fragt er.

Die Frau ist Mitte 20 und so schüchtern, dass sie rot wird. »Oh, die ist wunderschön. Ich laufe jetzt lieber nicht zum Spiegel, sonst bin ich nur enttäuscht.«

»Ist auch besser so. Das war nämlich gelogen. Sie haben ein Gesicht wie 'ne Scheißhausratte. Jeder, der Sie bumst, will hinterher Selbstmord begehen.«

Die Freude in ihrer Miene weicht Schmerz, weicht verblüffter Wut.

»Schönen Tag noch«, fügt er hinzu und geht.

Er weiß schon lange, dass Grausamkeit eine Form von Macht ist, aber bis vor Kurzem hatte er diese Waffe noch nicht seinem Arsenal hinzugefügt.

Jetzt, ein paar Stunden später, muss er wieder etwas essen. Das Motel, vor dem er gehalten hat, verfügt über einen eigenen Diner. Aber er will nicht hineingehen und schlechtes Essen bestellen, wie er es zuvor getan hat. Außerdem ist er zu wütend auf Megan, dieses bissige Miststück. Sie hält sich für zu gut für ihn. Wenn er jetzt in das Restaurant geht, wird er seine Wut an einer Kellnerin oder jemand anderem auslassen, das Essen wird grauenvoll sein und er wird eine Szene machen. Er darf nicht vergessen, dass er, den Angaben in seinem Führerschein zum Trotz, nicht Nathan Palmer ist. Er ist Lee Shacket, früherer CEO von Refine, und er flieht wegen der Ereignisse in Springville, Utah. Ja, er hat sein Erscheinungsbild verändert, aber es wäre dennoch ein Fehler, Aufmerksamkeit auf sich zu ziehen.

Er kann immer noch essen, wenn er bei Megan ist. Sie wird es so zubereiten, wie er will. Sie wird *alles* so machen, wie er will. Er begreift jetzt, was er vor all den Jahren falsch gemacht hat. Er ist zu nett zu ihr gewesen, hat zu viel Rücksicht auf ihre Gefühle genommen. Bei einer unterkühlten Schlampe wie Megan Grassley Bookman kommt man mit Liebenswürdigkeit und Rücksichtnahme nicht weit. Er wird ihr geben, was sie verdient hat, was sie will, ohne es selbst zu wissen. Und wenn sie nach mehr bettelt, wird er sie stehen lassen, wird sie im beschissenen Pinehaven zurücklassen und nach Costa Rica fliegen.

Es sind vielleicht noch 90 Meilen bis zu ihrem Haus. Noch vor Einbruch der Nacht wird er dort sein. Sie werden ihr Wiedersehen feiern, sich über die alte Zeit unterhalten, und er wird das mit ihr machen, wozu er damals nicht den Mut hatte. *Ich fürchte, unsere Zeit ist vorbei, Lee.* Sie wird einsehen, dass sie sich irrt. Er wird die Zeit zurückdrehen. Ihre Zeit wird wiederkommen, und ob. *Ich fürchte, du unterschätzt, wie sehr es das Leben verändert, ein pflegebedürftiges Kind zu haben.* Er wird ihr zeigen, was sie wirklich fürchten sollte, dieses Miststück. Außerdem wird er ihr zeigen, dass ihr verändertes Leben sich noch einmal ändern kann, zum Besseren, indem er dem kleinen, stummen Bastard einfach die Kehle durchschneidet.

Er startet den Motor und steuert den Dodge Demon vom Parkplatz auf die I-80 nach Westen. Nach 24 Meilen wird er die Interstate verlassen und auf die State Route 20 abbiegen. Sein ganzes Leben lang ist er ungerecht behandelt, benutzt und fallen gelassen worden, als Sündenbock benutzt. Abgesehen von Dorian Purcell haben das alle getan, von Jason Bookman bis zur heißen Megan Grassley, aber das wird er sich nicht mehr gefallen lassen. Er spürt, wie eine Macht in ihm wächst, ein neuer Lee Shacket. Er verwandelt sich in jemanden, zu dem niemand Nein sagen kann, jemanden, der sich nicht an Regeln halten muss, der immer bekommt, was er will. Jemand, wie ihn die Welt noch nie gesehen hat. Etwas Besonderes. Etwas.

15 Weil sie während der 18 Monate, die Dorothys Kampf gegen den Krebs gedauert hatte, mehr gewesen war als nur eine bezahlte Pflegekraft, weil sie Dorothy mit der Zeit lieben gelernt hatte wie eine Mutter, fühlte Rosa Leon sich verpflichtet, während der Feuerbestattung anwesend zu sein. Sie wartete stundenlang in der Leichenhalle und nahm die Urne entgegen, die noch warm war von der frischen Asche, die sie enthielt.

Mit dieser Bronzereliquie kehrte sie zum stattlichen, alten Haus zurück und stellte sie auf den Kaminsims im Wohnzimmer. Im nächsten Monat wohnte sie, wie Dorothy es ihr aufgetragen hatte, weiter in der Gästesuite und organisierte einen Gedenkgottesdienst auf dem Grundstück, bei dem Dorothys Lieblingsrestaurant für die Verpflegung sorgen sollte.

Das soll keine ernste Angelegenheit werden, Rosa. Ich will eine Feier. Alte Freunde, die zusammenkommen, um schöne Erinnerungen auszutauschen. Lachen, nicht weinen. Flotte Musik. Eine Bar, damit sie auf den Anfang meines neuen Lebens einen trinken können.

Ohne Dorothy kam ihr das schöne viktorianische Haus, das für sie immer ein warmer, gemütlicher Ort gewesen war, plötzlich kalt und gähnend leer vor. Rosa hatte im Laufe dieses traurigen Tages immer ihre professionelle Haltung bewahrt, aber als sie die Urne auf dem Kaminsims stehen sah, konnte sie die Tränen nicht mehr zurückhalten.

Bei Dorothy Hummel hatte Rosa zum ersten Mal in ihrem harten Leben Zuneigung erlebt. Ihr Vater Hector Leon, ein Anstreicher, hatte sie und ihre Mutter Helene verlassen, als Rosa gerade drei Jahre alt gewesen war. Durch Tausende von Kränkungen und Beleidigungen hatte Helene ihre Tochter wissen lassen, dass sie ungewollt war, das Produkt von Vergewaltigung und einer erzwungenen Ehe, obwohl es reichlich Hinweise dafür gab, dass die behauptete Vergewaltigung nicht stattgefunden hatte und dass ihre Eltern sich, wenn auch nur für kurze Zeit, einmal geliebt hatten. Im Alter von 16 Jahren hatte Rosa ihren Vater ausfindig gemacht und ihn besucht. Sie hatte sich nur ein wenig von der Zuneigung erhofft, die jeder Vater seinem Kind schuldig war. Aber Hector hatte ihr nichts zu geben. Er sagte, Helene sei der größte Fehler seines Lebens gewesen und Rosa *der Fehler eines Fehlers.* Er verbot ihr, noch einmal wiederzukommen. Angesichts des heruntergekommenen Zustands des alten Bungalows, in dem Hector lebte, sowie des Whiskeys mit

Bier zum Nachspülen, der um neun Uhr morgens auf seinem Nachttisch stand, kam Rosa zu dem Schluss, dass er zu wenig arbeitete und zu viel trank. Vielleicht war es ein Segen, dass sie keinen Kontakt zu ihm hatte. Aber in diesem Moment schmerzte seine Ablehnung.

Während der High-School-Zeit arbeitete sie an den Wochenenden in einem Restaurant, wo sie Gemüse für den Koch vorbereitete und ansonsten jede Drecksarbeit übernahm, die ihr aufgetragen wurde. Sie bekam ein Stipendium für eine Krankenpflegeschule, bezahlte den Rest von ihren eigenen Ersparnissen und stellte fest, dass es ihr Freude bereitete, sich um Kranke zu kümmern. Bald spezialisierte sie sich auf die häusliche Pflege. Sie hatte zwar Freunde, aber keine engen, weil sie immer arbeitete. Sie war noch keinem Mann begegnet, der sie respektiert hatte. Dafür einem, der sich derartig respektlos verhalten hatte, dass sie sich vor weiteren Verabredungen hütete.

Mit 34 Jahren hatte sie dann Dorothys Stellenangebot angenommen und war mit größter Güte empfangen worden, eine Betreuerin, die selbst betreut wurde. Ihre Patientin war gleichzeitig ihre Pflegerin. Dorothy sah in Rosa einen verletzten Vogel, der aus dem Nest gefallen war, bevor er gelernt hatte zu fliegen. Und wenn irgendjemand dazu geboren war, einer gebrochenen Seele beizubringen, wie sie sich wieder erheben konnte, war es Dorothy Hummel. Rosa hatte nie zu ihrem Vergnügen gelesen, und Dorothy schien wirklich *alles* gelesen zu haben. Dorothy bestand darauf, dass Rosa ihr laut vorlas, und so fand sie Monat für Monat die Wahrheit über das Leben in der Literatur, fand Wahrheit, Hoffnung und Hinweise für eine neue Art zu leben. Nachdem sie eineinhalb Jahre in diesem Haus verbracht hatte, war Rosas Herz stärker und ihr Bewusstsein von sich selbst klarer geworden.

Hätte Dorothy doch nur noch eineinhalb Jahre *länger* gelebt …

Aber das hatte sie nicht. Sie war nun nicht mehr da.

Wenn Rosas Heilung noch nicht abgeschlossen war, musste sie den Rest selbst zustande bringen.

Sie tupfte sich mit einem Taschentuch die Tränen aus den Augenwinkeln, wandte sich von der Urne auf dem Sims ab und dachte: *Ich muss mich noch um Kipp kümmern, und er wird auf mich aufpassen, wie er auf Dorothy aufgepasst hat. Wir werden uns gegenseitig heilen, ich und Kipp.*

Der Hund war für Dorothy wie ein Kind gewesen. Die Bindung zwischen ihnen war stärker gewesen als die übliche zwischen Haustier und Besitzer, Begriffe, die Dorothy nicht gemocht hatte. *Ich bin nicht seine Besitzerin. Ich bin Kipps Beschützerin und er ist mein Beschützer.* Ihre Beziehung hatte etwas Mysteriöses gehabt; Dorothy hatte selbst oft darauf angespielt. Tatsächlich hatte sie gesagt, wenn sie einmal nicht mehr sei und Rosa diejenige wäre, die sich um Kipp kümmern müsse, werde es zu einer Art Offenbarung kommen. *Vielleicht spuke ich dann hier ein bisschen herum, damit ich zuschauen kann!*

Und wo steckte Kipp jetzt? Durch seine Spezialtür konnte er jederzeit kommen und gehen, aber er verließ nie das Grundstück. Er musste irgendwo im Haus sein. Normalerweise wäre er auf sie zugerannt und hätte sie begrüßt, mit einem breiten Grinsen auf seinem großen, goldenen Gesicht und mit freudig strahlenden Augen. Er musste sich irgendeinen stillen Platz gesucht haben, an dem er sich zusammenrollen und trauern konnte.

Auf dem Weg vom Wohnzimmer durch den Flur ins Esszimmer rief sie nach ihm, aber als er nicht gleich kam, hörte sie auf, ihn zu suchen. Sie erinnerte sich, wie jämmerlich sein Winseln am Vorabend geklungen hatte, als Dorothy gestorben war. Er war ein sehr sensibler Junge. Er wusste, dass Rosa hier war, und sobald er bereit für morgendliche Gesellschaft war, würde er von allein zu ihr kommen.

Sie stand nun vor der Tür zum Arbeitszimmer, gegenüber der Bibliothek. In den 18 Monaten, in denen sie in diesem prächtigen Haus gewohnt und gearbeitet hatte, war diese Tür immer abgeschlossen gewesen. Mrs. Champlain, die an drei Wochentagen kam, um das Haus sauber zu halten, hatte nie einen Fuß dort hineingesetzt. Dorothy hatte dort selbst gefegt und Staub gewischt, bis zu den letzten sechs Wochen in ihrem Leben, als ihr die nötige Energie dafür gefehlt hatte.

Natürlich vertraue ich Mrs. Champlain und Ihnen voll und ganz, liebe Rosa, aber dieses Zimmer ist für mich der privateste Ort, an dem ich all meine tiefsten, dunkelsten Geheimnisse aufbewahre. Vielleicht halten Sie mich für eine alberne alte Frau, die ihr Leben lang verhätschelt wurde und keine dunkleren Geheimnisse hat als den Lippenstift, den sie mit 16 aus einem Laden geklaut hat. Aber ich versichere Ihnen, ich hatte einmal eine wilde Zeit. Und wenn Sie mir das nicht glauben, seien Sie wenigstens so gut und räumen Sie ein, dass es eine gewisse kleine Wahrscheinlichkeit dafür gibt, dass ich nicht immer so langweilig war, wie ich jetzt bin. Behandeln Sie das Arbeitszimmer so, als wären wir in einem Roman von Daphne du Maurier, als wäre dieses Haus eine andere Version von Manderley. Hinter dieser Tür bewahre ich entweder die mumifizierte Leiche der ermordeten Rebecca oder Mrs. Danvers – oder beide! – auf, damit mir ein langer Gefängnisaufenthalt erspart bleibt.

Rosa zog den Schlüssel zu dieser Tür aus einer Hosentasche. Dorothy hatte ihn ihr am vorigen Nachmittag gegeben, zehn Stunden vor ihrem Tod. Sie hatte ihr die Anweisung gegeben, die Tür einen Tag nach ihrem Dahinscheiden zu öffnen. Rosa hatte von ihr nicht erfahren, was sie in diesem Raum finden werde, abgesehen vom Hinweis auf einen Computer mit Videodateien, die sie sich ansehen müsse.

Obwohl sie wusste, dass sie nicht auf Leichen stoßen würde, weder mumifizierte noch andere, zögerte sie. Falls in diesem Zimmer wirklich Geheimnisse aufbewahrt wurden und diese ihr Bild von Dorothy vielleicht verändern konnten, wollte Rosa Leon sie nicht erfahren. In dem einsamen Kampf, den ihr Leben bis heute dargestellt hatte, waren ihr nur wenige Personen begegnet, die sie bewunderte, und von diesen bewunderte sie keine mehr als Dorothy. Im unwahrscheinlichen Fall, dass Arthur Hummels Witwe eine dunkle Seite gehabt hatte, irgendeinen hässlichen Fleck auf der Seele, wäre diese Einsicht für Rosa so schmerzhaft gewesen wie ein Pfeil, der sich in ihre Brust bohrte.

Aber sie hatte ihr Versprechen gegeben, sich die Videodateien anzusehen und das zu tun, von dem ihr Herz ihr sagte, dass es das Richtige war. Versprechen mussten eingehalten werden.

Rosa schloss die Tür auf und betrat das Arbeitszimmer.

Der große Raum maß vielleicht acht mal neun Meter. Die hohen Fenster boten zwischen langen Ranken hindurch eine Aussicht auf den berühmten See.

Rechts stand ein antiker Biedermeier-Schreibtisch, der für Möbel aus jener Zeit groß ausfiel. Hinter dem Tisch erstreckte sich ein Arbeitsbereich an der gesamten Wand entlang. Dort warteten ein Computer, ein Drucker, ein Scanner und andere Geräte.

In der Mitte des Zimmers standen ein Biedermeier-Sofa und zwei Art-déco-Sessel um einen großen Couchtisch, der aus einem chinesischen Kang-Bett geformt war. Auf diesem wiederum waren einige antike japanische Bronzevasen aufgestellt. Dorothys und Arthurs Geschmack war eklektisch gewesen und sie hatten ein Talent dafür gehabt, Möbel verschiedener Epochen und Stile aufeinander abzustimmen.

Das Ungewöhnlichste war das Alphabet, das jemand links an die Wand gemalt hatte: 26 etwa 30 Zentimeter hohe Buchstaben, mit Schablonen auf einen weißen Hintergrund gezeichnet, dazu eine Reihe von Satzzeichen. Außerdem waren da Symbole: unter anderem ›&‹, ›%‹ und ›=‹. Am Boden vor dieser Wand befand sich eine niedrige Vorrichtung, deren Zweck sie nicht erkennen konnte.

Rosa trat hinter den Schreibtisch, setzte sich auf den Bürostuhl und drehte sich in Richtung des Computers um. Sie schaltete ihn ein.

Während der Wochen, in denen Dorothy die Kraft gefehlt hatte, das Arbeitszimmer zu reinigen, hatte sich eine dünne Staubschicht auf alles gelegt, aber das System funktionierte.

Dorothys Passwort lautete LOVEARTHUR.

Die Videos befanden sich in einem separaten Ordner. Sie waren nummeriert.

Rosa klickte das erste an. Als die Wiedergabe begann, sah sie zu ihrer Überraschung eine Dorothy, die gesünder wirkte als die Frau, die sie in letzter Zeit gepflegt hatte. Dorothy schien etwa zehn Monate oder ein Jahr jünger zu sein. Sie saß an ihrem Schreibtisch.

Sie sprach direkt in die Kamera: »Rosa Rachel Leon, Sie wunderbares Mädchen, ich hatte das Glück, Ihnen in meiner schwersten Stunde zu begegnen, und das war nicht nur deshalb ein Glück, weil Sie sich so ausgezeichnet um mich gekümmert haben. Sondern auch deshalb, weil Sie ehrlich, anständig und mit echtem Mitgefühl gesegnet sind, mit Bescheidenheit inmitten einer Welt voller Stolz und Selbstsucht. Noch dazu sind Sie viel intelligenter, als Sie glauben.«

Rosas Wangen röteten sich, als wäre die Frau, die sie so lobte, noch am Leben und würde vor ihr stehen. Wieder kamen ihr die Tränen. Sie zupfte ein Papiertaschentuch aus einer Schachtel und tupfte sie weg, um wieder klar sehen zu können.

»Innerhalb von 48 Stunden nach meinem Tod werden Sie Besuch von Roger Austin bekommen. Er ist mein Anwalt, wie Sie wissen. Er wird Sie davon in Kenntnis setzen, dass ich Sie zu meiner Alleinerbin ernannt habe.«

Das war Rosa neu. Sie schüttelte den Kopf, als glaubte sie zu träumen, als müsste sie Dorothys Worte verneinen, um eine bittere Enttäuschung beim Aufwachen zu vermeiden.

»Das Gesetz verbietet, dass eine Pflegerin in einer Situation, die einer Hospizbetreuung gleichkommt, von einer

Patientin erbt. Deshalb haben wir Ihnen, nachdem Sie fünf Monate für mich gearbeitet hatten und ich Sie gut kennengelernt hatte, den Geschäftstitel ›Teilhaberin in leitender Position‹ gegeben. Das haben wir rechtlich so hieb- und stichfest abgesichert, dass an meinem Testament nichts mehr zu rücken ist. Ich habe sowieso keine Verwandten, die sich dagegenstellen könnten.«

Rosa war so nervös, dass sie sich bewegen, eine plötzlich aufkommende, hektische Energie loswerden wollte. Aber als sie vom Stuhl aufstand, hatte sie so weiche Knie, dass ihre Beine unter ihr nachgaben. Sie setzte sich sofort wieder hin.

»Nach Abzug der Steuern«, fuhr Dorothy fort, »bleiben Ihnen dieses Haus mit Inhalt sowie liquide Mittel in Höhe von zwölf Millionen Dollar.«

»Das habe ich nicht verdient«, protestierte Rosa, als ob die Frau auf dem Bildschirm sie hören könnte und sich umstimmen ließe. »Ich war doch nur für achtzehn Monate bei Ihnen.«

An dieser Stelle hatte Dorothy innegehalten, als ob sie gewusst hätte, dass Rosa Widerworte machen würde. Sie lächelte spitzbübisch.

»Wie gern würde ich Sie in diesem Moment sehen, Mädchen. Ich weiß, Sie werden sich überrumpelt fühlen, zuerst vielleicht auch Angst haben. Haben Sie keine. Roger Austin und meine Buchhalterin Shiela Gooldman sind gute Menschen. Sie werden Sie verlässlich beraten, was Investitionen angeht. Und so, wie ich Sie kenne – und ich *kenne* Sie –, werden Sie mit der Zeit genug lernen, um ganz allein mit allem zurechtzukommen.«

»Nie im Leben«, sagte Rosa mit zitternder Stimme.

»Doch, das werden Sie«, beharrte Dorothy, wieder lächelnd. »Und nun zu einer noch größeren Überraschung. Viel größer. Entschuldigen Sie meine derbe Ausdrucksweise, Kind, aber wenn Sie das hören, landen Sie vor Staunen auf dem Hintern. Bereit?«

»Nein.«

Dorothy legte die Arme auf die Tischplatte, beugte sich näher an die Kamera, senkte die Stimme und sprach mit einem tiefen Ernst, der Rosa regelrecht hypnotisierte. »Sie wissen, dass Kipp ein schlauer Hund ist. Aber er ist unvergleichlich viel schlauer, als Ihnen bewusst ist. Er ist ein Geheimnis, ein Wunder – und in der Welt da draußen gibt es noch andere, die so sind wie er. Sie nennen sich ›das Mysterium‹. Ich kann nur mutmaßen, dass er wahrscheinlich ein Produkt genetischer Züchtung ist. Irgendwo in seinem Stammbaum muss es Laborhunde gegeben haben, die das Resultat radikaler Experimente waren und vielleicht ausgebrochen sind. Liebe Rosa, er ist genauso intelligent wie wir, und er ist ein Schatz, der gehütet werden muss. Sie müssen jetzt seine Hüterin sein. Und nachdem Sie die folgenden Videos gesehen haben, nachdem Sie zugeschaut haben, wie der liebe Kipp über das Alphabet an der Wand mit mir kommuniziert, werden Sie mir nicht nur glauben, sondern auch Ihre Bestimmung im Leben gefunden haben, da bin ich sicher.«

Rosa drehte sich auf dem Stuhl um und betrachtete die 30 Zentimeter hohen schwarzen Buchstaben an der gegenüberliegenden Mauer.

Hinter ihr fuhr Dorothy fort: »Seit ich ein kleines Mädchen war, und das ist sehr lange her, hatte ich ganz tief in mir insgeheim dieses merkwürdige Gefühl. Ich denke,

Sie hatten dasselbe merkwürdige Gefühl, und genau wie ich dachten Sie, dass es dumm von Ihnen wäre, darüber zu sprechen.«

Rosa fühlte einen angenehmen Schauer im Nacken. Durch die großen Fenster blickte sie zum abfallenden Wald und zum dahinter liegenden See hinaus: eine mystische Szenerie im abnehmenden Licht, das Wasser geheimnisvoll wie ein *Loch* in einem anderen Land, in dem etwas lebte, das der Stoff von Legenden war.

»Mein ganzes Leben lang, Rosa, habe ich gespürt, dass es in der Welt eine versteckte Magie gibt, dass das Leben mehr ist, als wir mit unseren fünf Sinnen erfassen können. Ich habe immer geglaubt, dass Wunder wirklich geschehen können und dass ich eines Tages eins erleben würde.«

Sogar ein Mädchen, das in Armut und ohne Liebe aufgewachsen war, konnte so etwas empfinden. Vielleicht *gerade* ein Mädchen, das in Armut und ohne Liebe aufgewachsen war und keine andere Hoffnung hatte als das, was seiner Vorstellungskraft entsprang.

»Das Leben treibt uns dieses geheime Gefühl aus, wenn wir es zulassen«, sagte Dorothy. »Aber ich habe mir dieses Gefühl nie austreiben lassen, Rosa, und eines Tages kam ein Wunder zu mir, ein Wunder auf vier Pfoten.«

16 Er war ein Glückspilz.
Kinder rannten, hüpften und tobten überall auf dem Campingplatz herum. Sowohl jüngere als auch ältere Kinder schafften gern heimlich etwas zu essen beiseite, um es Hunden zu geben.

Sein Glück war auch, dass er hier offenbar der einzige Hund war, den die Kinder füttern konnten. Sie warfen Bälle und ließen Frisbees fliegen, aber keine Vierbeiner beteiligten sich an ihren Spielen.

Es hatten noch nicht alle mit dem Kochen angefangen. Es war noch etwas zu früh für das Abendessen.

Aber mindestens zwei Männer standen trotzdem schon an ihrem tragbaren Grill bereit. Der Duft von Holzkohle lag in der Luft.

Einer der Köche marinierte Steaks in einer tiefen Pfanne. Er hatte gerade seine Kohlen angezündet.

Er war schlank, stark gebräunt und hatte zurück- gegeltes Haar.

Auf seinem T-Shirt leuchtete der Spruch ›Fork Off‹ unter dem Bild einer Grillgabel mit drei Zinken. Zwei davon waren nach unten gebogen. Nur die mittlere war gerade.

Der Kerl machte keinen sehr freundlichen Eindruck. Er roch nach Neid und Wut.

Der zweite Mann ließ Hamburger-Patties auf einer gasbetriebenen Bratplatte brutzeln. Auf seinem Grill schwitzten und schwollen Würstchen.

Kipp begab sich näher ans Geschehen, platzierte sich neben dem Grillmeister mit den billigeren Fleischsorten.

Dort saß er, wischte mit dem Schwanz über den Boden, stellte die Schlappohren so weit auf, wie er sie aufstellen konnte, und neigte den Kopf. Spielte den Niedlichen.

Dabei konnten Kipp nur wenige das Wasser reichen.

Hunde waren zwar unfähig anzugeben, aber ebenso wenig zu falscher Bescheidenheit in der Lage. Die Dinge waren, wie sie waren, mehr gab es nicht zu sagen.

Der Grillmeister gehörte zu der Sorte Mensch, die mit Tieren sprach. Er war zwar kein Doktor Dolittle. Er begann keinen *Dialog* mit ihnen. Aber er schien nett zu sein.

Er roch nach Freundlichkeit und er trug kein T-Shirt mit derben Sprüchen.

Er nannte Kipp »Kumpel«: Er sagte: »Ich hatte mal so einen wie dich, als ich noch klein war.«

Statt mit dem Schwanz über den Boden zu wischen, klopfte Kipp nun damit.

»Hast du dich verlaufen, Kumpel?«

Kipp hörte auf, mit dem Schwanz zu klopfen.

Wenn er sich verlaufen hatte, machte ihn das sympathischer, was die Wahrscheinlichkeit erhöhte, dass man ihn füttern würde.

Tatsächlich traf das jedoch nicht zu. Er wusste, wohin er wollte. Der murmelnde Junge in der Leitung zog ihn an.

Hätte er gewinselt und wie ein Schauspielhund so getan, als hätte er sich verlaufen, wäre das eine Lüge gewesen.

Die Mitglieder des Mysteriums logen keine Menschen an, die nach Freundlichkeit rochen. Das war zwar kein unumstößliches Gebot, aber doch eine ernst zu nehmende Regel.

Menschen zu täuschen, die nach Wut oder Neid – oder Schlimmerem – rochen, war gerechtfertigt, denn diese waren gefährlich. Sie zu täuschen konnte überlebenswichtig sein.

»Hast du Hunger, Kleiner?«

Kipp klopfte wieder mit dem Schwanz, fester als zuvor.

Der Mann, der nach Freundlichkeit roch, kam offenbar auch ohne Täuschung durch ein Winseln zu dem Schluss, dass ein verlorener, hungriger Hund vor ihm saß. »Ich hab was für dich.«

Mit einer Zange legte er ein großes, nicht ganz durchgebratenes Hamburger-Patty auf einen Pappteller. Daneben ein fettes Würstchen.

»Wenn die ein bisschen abgekühlt sind, kannst du sie haben.«

Jetzt konnte Kipp winseln, denn jetzt war es ein Winseln der Dankbarkeit.

Der Mann bückte sich, untersuchte Kipps Halsband und sagte: »Kein Name. Keine Telefonnummer. Vielleicht hat man dir einen Chip injiziert.«

Kipp war nicht gechippt, aber im Verschluss seines Halsbands war ein GPS mit einer kleinen Lithiumbatterie enthalten.

Dorothy hatte nicht befürchtet, dass er weglaufen würde. Aber sie hatte sich Sorgen gemacht, dass ihn jemand entführen könnte.

Nachdem er ein paar Hamburger gewendet hatte, schnitt der Mann den Burger und das Würstchen, die er für Kipp beiseitegelegt hatte, in Stücke, damit das Fleisch schneller abkühlte.

Eine Frau führte vier Kinder zu einem Picknicktisch in der Nähe. Die zwei Jungen und zwei Mädchen hatten eine gewisse Ähnlichkeit mit ihr und dem freundlichen Mann. Es waren ihre Welpen.

Auf dem Tisch standen Kartoffelsalat, Chips, Nudelsalat und noch andere Dinge, die einen wunderbaren Duft verströmten.

Die Frau trug einen Servierteller mit gebratenen Hamburger-Patties und Würstchen zum Tisch. Die Kinder jubelten und begannen, sich Sandwiches zu basteln.

Es war ein fröhlicher Ort.

Der nette Mann stellte den Pappteller auf den Boden. Das Fleisch war ausreichend abgekühlt, und Kipp fraß es genüsslich.

Er winselte nicht nach mehr. Das wäre undankbar von ihm gewesen.

Außerdem waren da noch die Kinder am Tisch, die sich über ihr Festmahl hermachten. Er musste nichts weiter tun als in der Nähe zu bleiben. Dann würde er noch mehr bekommen.

Tatsächlich musste er aufpassen, um nicht so viel anzunehmen, dass ihm schlecht wurde. Es war alles köstlich.

Es war ein schöner Moment, das Essen und auch alles andere. Jeder in dieser Familie roch richtig, roch sicher. Von ihnen ging kein Geruch von Wut, Neid oder anderen bitteren Dingen aus.

Dann tauchte der Hasser hinter Kipp auf, aber dieser roch ihn zu spät.

Der Hasser hakte eine Leine an Kipps Halsband ein, zog sie stramm und fragte den freundlichen Mann: »Ist das Ihr Hund?«

»Ich schätze, der hat sich verlaufen. Wir hatten vor, ihn mit nach Hause zu nehmen.«

»Das ist ein hundefreier Campingplatz«, verkündete der Hasser. »Er darf hier nicht sein. Ich nehme ihn jetzt mit.«

Seine Hose und sein Hemd waren kakifarben wie eine Uniform.

»Wir können ihn auch gern mitnehmen, wenn wir übermorgen abfahren«, erwiderte der freundliche Mann.

»Dann wird er nicht mehr hier sein«, gab der Hasser zurück.

Er zog heftig an der Leine, um Kipp zu zeigen, dass er die Kontrolle hatte. Dann ging er über den Platz in Richtung des Büros beim Eingang.

Kipp folgte ihm ohne Widerstand. Dies war kein netter Mann. Er würde auf Widerstand vielleicht mit Gewalt reagieren, sobald sie außer Sichtweite waren.

Der Gestank von Hass war intensiver und angsteinflößender als jeder andere Geruch, abgesehen von gewissen Düften, die verschiedene Arten von Verrückten verströmten.

Manchmal roch eine Person nach Hass *und* Verrücktheit. Dieser Mann roch nur nach Ersterem.

Möglicherweise würde es schwer werden, ihm zu entkommen. Das hing davon ab, was er hasste und wie sehr.

Hasser lebten, um zu hassen, um Macht auszuüben über diejenigen, die sie hassten. Sie waren davon besessen. Konzentriert. Unnachgiebig.

Das Büro des Campingplatzes befand sich in einer kleinen Blockhütte am Ende des Zufahrtswegs vom Highway.

Kipp wollte nicht hineingehen.

Sein Halsband war zu eng, um hinauszuschlüpfen.

Er würde nicht zubeißen, höchstens unter den extremsten Umständen. Das war eine Regel des Mysteriums. Und sie bestand zu Recht.

Vielleicht würde noch jemand im Büro sein, jemand, der nicht so böse war wie dieser Mann.

Sie stiegen die Treppe hinauf und traten ein.

Es war niemand da. Nur Kipp und der Hasser.

17 Der Verlauf des Tages folgt Lee Shackets Stimmung. Die Sonne verblasst hinter grauen Schleiern, geschmeidig wie der Satinstoff im Inneren eines Sargs. Die Wolkendecke senkt sich herab wie ein schwerer Deckel. Der späte Nachmittag verdüstert sich zu einer langen, mürrischen Dämmerung.

Er verlässt die I-80 und wechselt auf eine zweispurige staatliche Autobahn, die sich hebt und senkt und den natürlichen Konturen des waldigen Geländes folgt, blühende Wiesen schneidet und über viele Meilen nur hier und dort den Blick auf isolierte menschliche Behausungen freigibt. Zwischen den Bäumen ballen sich die Schatten drohend zusammen. Die spätsommerlichen Wildblumen, die einmal in hellen Farben geleuchtet haben, scheinen nun auf den Feldern zu schwelen wie Bruchstücke eines glühenden Meteors, der in die Erdatmosphäre eingedrungen und zersprungen ist.

Shackets unablässiger Hunger ist nicht nur eine Gier nach Nahrung, sondern auch nach Gerechtigkeit, nach einer Transformation des Opfers, das er immer gewesen ist, in eine noch undefinierte, aber wunderbare Erhabenheit, von der er spürt, dass er sie erlangen wird. Ein Druck baut sich in ihm auf wie Dampf in einem Kochtopf, psychischer Druck, aber auch eine Art machtvolle Eskalation seiner körperlichen Fähigkeiten. Stunde um Stunde fühlt er sich stärker; seine Sicht wird schärfer, sein Gehörsinn verbessert sich.

Was er spürt, hat etwas mit dem zu tun, was in der Refine-Anlage in Springville, Utah, geschehen ist. Man hat dort Altersforschung betrieben mit dem Ziel, die menschliche Lebensdauer zu verlängern. Auf Dorian Purcells Weisung hin konzentrierten sich die gut finanzierten Experimente auf Archaeen, die dritte Domäne der zellulären Lebewesen. Die erste Domäne sind die Eukaryoten, zu denen auch Menschen und andere höhere Organismen gezählt werden. Die zweite sind die Bakterien. Die mikroskopisch kleinen Archaeen, die keinen Zellkern haben, wurden lange für eine Bakterienart gehalten. Aber sie verfügen über einzigartige Eigenschaften, so können sie etwa den horizontalen Gentransfer bewirken. Eltern geben ihre Gene vertikal an ihren Nachwuchs weiter. Archaeen hingegen geben ihr genetisches Material horizontal weiter, von einer Spezies zur anderen. Man beginnt erst langsam damit, ihre geheimnisvolle Rolle in der Entstehung des Lebens auf der Erde zu verstehen. Vielleicht ist es Wahnsinn, zu versuchen, sie zur Verbesserung des menschlichen Genoms und zur Verlängerung der menschlichen Lebensspanne einzusetzen.

Aber obwohl Shacket die Ereignisse in Springville zunächst für eine Katastrophe gehalten hat, beginnt er, sich zu fragen, ob nicht das Gegenteil der Fall ist. Auch wenn er vielleicht Hunderte Milliarden – vielleicht sogar Billionen – von programmierten Archaeen eingeatmet hat, in denen die lebensverlängernden Gene vieler Arten enthalten sind, ist es vielleicht ein Fehler gewesen, das Leck in den Isolationslaboren der Organismen als katastrophalen Notfall zu betrachten. Einer der hochrangigen Wissenschaftler – oder Dorian selbst – hat es jedoch offenbar für genau das gehalten und das Sicherheitsprogramm gestartet, durch das der Komplex abgeriegelt und schließlich niedergebrannt wurde.

Shacket ist als Einziger entkommen. Er hat gegen die Regeln verstoßen, indem er nicht an Bord geblieben ist. Zum Teufel mit den Regeln. Er hat das Richtige getan, *das Richtige für sich.* Nach seiner panischen Flucht aus Utah hat er Zeit gehabt, die Fassung wiederzugewinnen und noch einmal in Ruhe über die möglichen Konsequenzen der Springville-Katastrophe nachzudenken.

Er fühlt sich zum ersten Mal in seinem Leben frei. *Frei.* Er fühlt, wie eine gewaltige Kraft in ihm wächst, auch ein aufregendes, neues Selbstvertrauen. Während er von Utah nach Nevada fährt und durch die kalifornischen Berge nach Westnordwest reist, hat er den Eindruck, alles bloß Menschliche hinter sich zu lassen. Was, wenn der horizontale Gentransfer durch die Archaeen dazu führt, dass die Sterblichkeit aus seinem Genom entfernt wird? Was, wenn das Desaster in Springville überhaupt keines war, sondern ein großer, wenn auch unbeabsichtigter Erfolg, von dem er als Einziger profitiert? Er verspürt eine befriedigende Verachtung für alle, denen er es früher recht machen wollte. Er *verwandelt* sich, entwickelt sich zu etwas Überlegenem, und die Aussicht, es allen zu beweisen, löst einen Nervenkitzel aus. Er wird tun können, was immer er will, mit wem er will – angefangen mit Megan Bookman, diesem eiskalten Miststück, dem jemand Demut beibringen muss. Er wird sie *beherrschen.*

Vielleicht muss er aber auch gar nicht auf Megan warten. Vielleicht hat seine Verwandlung ihm bereits die Macht gegeben zu tun, was er will, sich zu nehmen, was er will. Vor ihm auf dem einsamen State Highway hat ein Wagen auf dem breiten, rechten Seitenstreifen angehalten. Ein Mann wechselt gerade den linken Hinterreifen. Eine junge Frau steht daneben und sieht zu. Sie trägt Shorts und ein Neckholder-Oberteil. Und sie ist heiß. In Shackets Leben hat es immer Frauen gegeben, die er wollte und nicht haben konnte, Frauen, die auf seine Annäherungsversuche mit Desinteresse oder sogar Spott reagiert haben. Diese hier sieht aus wie eine dieser Frauen. Sie sieht aus wie sie *alle.*

Er verlangsamt den Wagen, lenkt den Dodge Demon von der Straße und hält hinter dem anderen Auto. Es ist ein schwarzer Shelby Super Snake, ein typischer Sportwagen, dessen Neupreis wahrscheinlich bei 125.000 Dollar liegt.

Er steigt aus, lächelt, spielt den barmherzigen Samariter. »Brauchen Sie Hilfe dabei?«

»Bloß ein platter Reifen«, erwidert der Mann, der neben dem hinteren Radkasten hockt und mit einem Radmutternschlüssel hantiert. »Hab ihn schon fast gewechselt.«

»Ist der schöne Wagen hier ein Shelby?«

»Super Snake, das Modell vom letzten Jahr«, bestätigt das Arschloch stolz.

In beiden Richtungen ist weit und breit kein anderes Fahrzeug in Sicht.

»Das ist echte Power, Sir. Ein toller Schlitten. Aber auf so einer Nebenstraße können Sie den doch gar nicht richtig ausreizen.«

»Nicht wenn man nicht an einem Baumstamm landen

will«, stimmt der Super-Snake-Typ zu. »Aber damit durch die Kurven zu fahren, das macht schon Spaß.«

»Für Kurven scheinen Sie sich ja sehr zu interessieren.«

Das Arschloch hört den Spott in Shackets Stimme und springt sofort auf, das Werkzeug in der Hand.

Shacket deutet auf die Frau und sagt: »Die Schlampe, die Sie da haben, ist aber nicht das neueste Modell.«

»Bist du nicht ganz richtig im Kopf?«, fragt ihn der Super-Snake-Typ.

Er ist groß, stämmig wie ein Linebacker, mit Armen wie ein Gewichtheber. Er hat noch nie im Leben klein beigegeben. Einer, der es gewöhnt ist, andere Männer mit nicht mehr als einem Stirnrunzeln einzuschüchtern.

»Nein, Sir, mit mir ist alles in Ordnung«, erwidert Shacket.

Unter der niedrigen Wolkendecke ist es still. Keine Verkehrsgeräusche sind zu hören. Motorengeräusche hätte er gehört, noch bevor ein Fahrzeug in Sicht kam, vielleicht eine halbe Minute oder länger vorher.

Er grinst. »Nichts, das man nicht mit so einem schönen Stück Arsch wie ihrem kurieren könnte.«

»Steig ins Auto, Justine«, sagt der Kerl zu dem Miststück. Er geht auf Shacket zu. Seine Miene ist hart wie ein Vorschlaghammer. Seine Größe erfüllt ihn mit Selbstvertrauen und er hält den Radmutternschlüssel so, als ob er jemandem damit den Schädel einschlagen möchte.

Die Frau rührt sich nicht, als ob sie vor Angst wie gelähmt wäre. Vielleicht ist sie auch aufgeregt, glaubt, dass hier nichts Schlimmes passieren kann. Geilt sich daran auf, wie ihr Mann anderen Kerlen die Scheiße aus dem Leib prügelt.

Wie ein düsteres Omen fliegen drei Raben über sie hinweg, ohne zu krächzen. Ihre Flügel schneiden mit scharfem Schweigen durch die Luft. Alles scheint nun eine wichtige Bedeutung anzunehmen.

Shacket zieht den mit Hohlspitzmunition geladenen Heckler & Koch Compact .38 unter seinem Sakko hervor, marschiert auf den Linebacker zu und pumpt ihm vier Kugeln in den Leib.

Justine erwacht aus ihrer Erstarrung und schreit. Sie ist eine echte Jamie Lee Curtis, die *scream queen* der Sierra Nevada. Sie dreht sich um und rennt davon, schwingt ihre langen, glatten Beine.

Ihr starker Mann klappt mausetot zusammen und rollt die Böschung hinunter ins hohe Gras, schlaff wie ein Sack Kartoffeln. Seine Muskeln nützen ihm nichts mehr.

Darum geht es: das Kommando zu haben, die Macht zu haben, ohne Angst zu sein, unantastbar. Shacket ist ein neuer Mann, ein *sich erneuernder* Mann, und er verändert sich schnell, wird zu einem anderen, zu *etwas* anderem.

Die Frau läuft mitten über den Highway nach Westen. Anscheinend hofft sie, dass ein anderes Auto oder ein Lastwagen kommen wird.

Statt Sneakern oder anderem praktischem Schuhwerk trägt diese Schlampe Sandalen mit erhöhten Absätzen. Sie stolpert einmal, dann noch einmal. Eine Sandale fliegt davon. Sie hüpft weiter.

Ihr hastiger, nutzloser Fluchtversuch bringt Shacket zum Lachen. Er folgt ihr.

Eine schwarze Feder schwebt vor Shacket herab, die ein Rabe hoch oben verloren hat. Er schnappt sie aus der

Luft, steckt sie sich in die Tasche, ein Symbol des Todes, das ihm geschenkt wurde als Zeichen seiner neuen Macht, um ihm zu versichern, dass er entscheiden darf, wer lebt, wer stirbt und wie schwer die Verurteilten leiden müssen, bevor sie zugrunde gehen. Alles wirkt jetzt wie ein Omen, gewinnt an Bedeutung.

Er steckt die Pistole ins Halfter, rennt hinter der Frau her und packt sie an ihren langen Haaren. Er reißt sie von den Beinen. Justine fällt auf die Fahrbahn. Shacket versetzt ihr einen Faustschlag, der sie benommen macht und erschlaffen lässt.

Er fühlt sich so stark, wie ihr toter Freund ausgesehen hat. Er hebt sie von der Asphaltdecke auf, als ob sie nichts wiegen würde, trägt sie zum Straßenrand, lässt sie fallen und verpasst ihr einen Tritt, nach dem sie den Hang hinabrollt.

In einem Fieber aus Begierde und Triumph läuft er zu der Frau hinunter, die im hohen Gras versucht, wieder auf-zustehen. Er wirft sich auf sie, hält sie unter sich fest. Sie erholt sich von seinem Schlag und wehrt sich. Aber dieser Kampf ist vorbei, bevor er richtig begonnen hat. Sie ist die Gazelle und er der Löwe, sie die Fliege, er die Spinne.

Nun ist der Motor eines Lkw zu hören, der sich oben auf dem Highway nähert. Niemand kann sie hier im Gras liegen sehen, mindestens sechs Meter tiefer als die Straßendecke. Obwohl es unwahrscheinlich ist, dass jemand im Lastwagen Justine hören würde, wenn sie schreit, stößt Shacket ihr einen Handballen unters Kinn und drückt fest zu, schließt ihr den Mund und schiebt ihren Kopf nach hinten. Ihr geschmeidiger Hals biegt sich, ihr Schrei bleibt in ihrer Kehle gefangen.

Vielleicht werden die zwei Autos, die hintereinander auf dem Seitenstreifen dieser einsamen Straße stehen, dem Lastwagenfahrer merkwürdig vorkommen. Aber da in keinem der Wagen jemand sitzt und niemand Zeichen gibt, dass er Hilfe benötigt, gibt es keinen Grund, anzuhalten und sich die Sache näher anzusehen. Tatsächlich würde ein weiser Mann in dieser oft gesetzlosen und gefährlichen Zeit lieber in Bewegung bleiben und es vermeiden, in irgendetwas hineingezogen zu werden.

Nach dem Motorengeräusch zu schließen, wird der Laster langsamer, und Justine scheint für einen Moment neue Hoffnung zu schöpfen. Sie bäumt sich unter Shacket auf, versucht, mit zusammengebissenen Zähnen zu schreien. Er drückt ihr den Handballen heftiger unter das Kinn. Ihr straffer, geschmeidiger Körper windet sich unter ihm. Ihre völlige Hilflosigkeit, seine absolute Macht: Obwohl keiner von ihnen nackt ist, ist dies der erotischste Moment in Shackets Leben, und er verliert jede Hemmung.

Justine macht sich falsche Hoffnungen. Der Lastwagen beschleunigt wieder und das Geräusch wird leiser. Sie hört auf, sich zu wehren, beendet ihren Versuch zu schreien. Die Stille der Wildnis senkt sich auf sie herab, tiefer als vorher. Kein Insekt summt, kein Vogel singt, als hätte jedes Lebewesen hier bemerkt, dass ein einzigartiger Mann ihre Welt betreten hat, einer, der verändert ist und sich weiter verändert, einer, der weder den Regeln der Menschen noch denen der Natur folgt, der nichts fürchtet, der selbst zu fürchten ist.

Er nimmt seine Hand von Justines Kinn und hofft, dass sie für ihn schreien wird, für ihn allein, jetzt, da sie niemand sonst mehr hören kann. Sie blickt von unten in sein Gesicht, reißt die blauen Augen weit auf, bläht die Nüstern, keucht und sagt nur: »Bitte.«

Shacket mag, wie sich das anhört: dieses Wort, dieses klägliche Flehen, diese Anerkennung der Tatsache, dass er die absolute Macht über sie besitzt.

»Sag das noch mal.«

»Bitte. Bitte, tun Sie mir nichts.«

Eigentlich hat er vor, sie zu vergewaltigen. Aber zu seiner und ihrer Überraschung beißt er sie. Sie schreit. Er beißt noch einmal, und das Beißen ist wundervoll, beglückend, das Erfüllendste, das er je getan hat.

Ihr Schrecken versetzt ihn in Ekstase.

18

Woody in seinem Zimmer. Am Computer. Auf der Suche nach Gerechtigkeit.

Sie sagten, Woodys IQ sei 186. Seine Lesegeschwindigkeit betrug 160 Wörter pro Minute. Wenn man 160 von 186 abzog, erhielt man die Zahl der Buchstaben im Alphabet.

Er war am 26. Juli um vier Uhr morgens geboren worden. Der Juli war der siebte Monat des Jahres. 26 mal sieben ergab 182. Wenn man dazu vier addierte für die Stunde seiner Geburt, erhielt man seinen IQ.

Heute war Mittwoch. Woodys Dad war an einem Mittwoch gestorben. Seit seinem Tod waren exakt 164 Wochen vergangen. Woody hatte am zweiten Jahrestag seines Ablebens mit der Arbeit an seinem Werk *Die Rache des Sohnes: Gewissenhaft gesammelte Beweise für monströse Bosheit* begonnen, vor 60 Wochen, als seine

Hackerfähigkeiten so ausgereift waren, dass kein Sicherheitssystem, keine digitale Verteidigung ihn aufhalten konnte. Wenn man 60 von 164 abzog, hatte man die Anzahl der Seiten des Dokuments, das die Mörder seines Vaters überführen würde.

Keine dieser Zahlen – von seinem IQ und der Lesegeschwindigkeit bis hin zur Seitenzahl des Berichts – hatte irgendeine nützliche Bedeutung. Es waren mathematische Zufälle oder vielleicht Muster, die auf eine Reihe von Algorithmen hindeuteten, die dem Geschehen im Universum zugrunde lagen. Aber selbst wenn das der Fall war, waren diese Algorithmen so tief in die Matrix der Realität verwoben, dass sie sich dem menschlichen Verstand entzogen.

Jedenfalls gehörte es zur Funktionsweise von Woodys Verstand, diese Zufälle oder geheimnisvollen Muster überall aufzuspüren.

Diese mentale Eigenart, das Erkennen obskurer Muster, half ihm dabei, seinen Weg durch alle Ebenen des Internets zu finden, vom World Wide Web, das jedermann benutzte, über die entlegenen Archive des Deep Web bis hin zu den bedrohlichen Abwegen des Dark Web.

Für Woody war das Internet wie ein anderer Planet. Jede Seite war ein Dorf oder eine Stadt mit eigenen Vierteln und Straßen. Es war eine Welt, die er auf quasi magische Weise durchquerte, indem er eine kurze Zauberformel eintippte und sich mit einem Klick von einem Kontinent zum anderen teleportierte.

Er hatte in zahlreichen Computersystemen Backdoors geöffnet und Rootkits installiert, die es ihm ermöglichten, oft zurückzukehren und die Archive so unauffällig zu durchsuchen, dass selbst die besten

IT-Sicherheitsleute kaum in der Lage waren, seine Aktivitäten zu bemerken.

Nur für den Fall, dass ihn jemand beim Durchforsten seiner Daten ertappte, griff er nie direkt aus Pinehaven auf diese Backdoors zu, verschleierte seine Identität auf dem Umweg über zahlreiche Telekommunikationsgesellschaften und benutzte andere Tricks, um jeden zu verwirren, der versuchte, seine Besuche zurückzuverfolgen.

Nach mehr als einem Jahr intensiver Bemühungen hatte er, ausgehend von einer bekannten Tatsache, mehr als 100 Seiten mit Beweisen zusammengetragen. All dieses Material hätte selbst ein vom Justizminister ernannter Spezialanwalt mit einem ganzen Trupp von Ermittlern nicht einmal innerhalb eines Jahrzehnts entdecken können. Wenn man ein hochleistungsfähiges autistisches Genie war, konnte eine Entwicklungsstörung, die mit der einzigartigen Fähigkeit einherging, sich über lange Zeit *intensiv* auf scheinbar banale Sachverhalte zu *konzentrieren,* zu einem wertvollen Vorteil werden.

Die bekannte Tatsache, von der er ausgegangen war, war die Enttäuschung seines Dads über seinen Boss Dorian Purcell, den Multimilliardär. Woody hatte einmal gehört, wie seine Eltern sich über Purcells »Erlöserkomplex« unterhalten hatten. Sein Dad hatte die Absicht geäußert, zu kündigen, sobald ihm gewisse Aktienoptionen sicher seien, bevor er »Vorhaben von Dorian unterstützen« müsse, die »einfach nur verrückt« seien.

Nachdem er in das Computersystem von Parable, Inc. eingedrungen war – die Muttergesellschaft von Purcells Geschäftsimperium –, hatte Woody Dorians E-Mail- und Telefonverzeichnisse aufgespürt. Diese hatten ihm den Weg zu einem ganzen Netzwerk anderer Personen gewiesen, über die einiges in Erfahrung zu bringen war. Viele dieser Individuen, von denen es Hunderte gab, hatten auch gegenseitig ihre Kontaktdaten gespeichert, ein richtiges Elitenetzwerk. Aber er hatte festgestellt, dass in 16 dieser Verzeichnisse ein seltsamer Name auftauchte, der ihn faszinierte – Gordius.

Als Autodidakt, der sich mit vier Jahren selbst das Lesen beigebracht und drei Jahre später bereits Universitätstexte gelesen hatte, außerdem als in sich gekehrter Autist, der nicht jeden Tag mehrere Stunden mit sozialen Interaktionen verbrachte oder sich mit den Dingen beschäftigte, die die meisten Leute interessierten, blieb ihm jede Menge Zeit. Die angenehmste Art, diese Stunden zu füllen, bestand darin, Dinge zu lernen. Eines der Themengebiete, mit denen Woody sich sehr gern beschäftigt hatte, war die klassische Mythologie gewesen.

In der griechischen Mythologie war Gordius ein Bauer, der zum König von Phrygien wurde. Er hatte einen extrem komplizierten Knoten gebunden – den berühmten Gordischen Knoten –, den niemand lösen konnte. Als Alexander davon erfahren hatte, dass derjenige, der diesen Knoten löste, dazu bestimmt war, über ganz Asien zu herrschen, hatte er ihn schlicht und einfach mit seinem Schwert durchgeschnitten.

Dieser Mann, der in den Kontaktverzeichnissen von 16 Personen zu finden war, hieß Alexander Gordius. Für jemanden, der nicht über Woodys außergewöhnliche mentale Fähigkeiten verfügte, hätte dieser Name ausgesehen wie jeder andere auf dieser langen Liste. Aber ihm schien es unwahrscheinlich, dass jemand die Namen sowohl des Schöpfers des Gordischen Knotens als auch des Mannes trug, der ihn mit dem Schwert zerschlagen hatte.

Er hatte den Eindruck, es hier vielleicht mit einer Tarnidentität zu tun zu haben.

Woody war neugierig genug gewesen, mehr über diesen Mr. Gordius erfahren zu wollen. Durch eine Backdoor bei dem Telekommunikationsunternehmen, bei dem dieser Account registriert war, begann er eine Suche und fand heraus, dass die Rechnungsadresse von Alexander Gordius eine offene Handelsgesellschaft mit Sitz in Kalifornien war. Diese gehörte einer Gesellschaft mit beschränkter Haftung in Delaware … Und von hier aus nahm die Suche noch einige unerwartete Wendungen.

Er hatte ein paar Tage gebraucht, um herauszufinden, dass eine verwirrende Vielzahl von Kapitalgesellschaften, hinter denen sich Gordius versteckte, auf die eine oder andere Weise mit Refine, Inc. verbunden war, deren Mutterfirma wiederum Parable, Inc. war. Schließlich hatte er sich durch die Backdoor in das Computersystem von Refine eingeschlichen. Dort hatte er die E-Mail-Daten von Alexander Gordius gefunden und geknackt – was ihn zu der Erkenntnis führte, dass es sich bei Gordius tatsächlich um Dorian Purcell handelte.

Dorian hatte dem äußerst exklusiven, elitären Kreis aus 16 Personen Essays geschickt, in denen es um ernste Menschheitsprobleme ging – und Lösungsvorschläge gemacht. Oft kontroverse Vorschläge. Er sprach über alles, von Überbevölkerung bis zu sinkenden Bevölkerungszahlen, von globaler Erwärmung bis zu globaler Abkühlung, von der Kernfusionsenergie zur Praktikabilität

Millionen Morgen großer Solarfarmen, über mögliche Wege, Krebs zu heilen, und die Möglichkeit der drastischen Verlängerung der menschlichen Lebensspanne.

Einiges von dem, was Purcell schrieb, war intelligent, durchdacht, vielleicht sogar durchführbar. Aber vieles war so banal wie hochtrabend. Mit Computern, Festkörpertechnik und vielen verwandten Themenfeldern kannte er sich aus, aber er hielt sich für einen Experten auf *allen* Gebieten. Woody hatte zwar viel gelernt und sich eingeprägt, aber ihm war sehr wohl bewusst, dass es große Wissensbereiche gab, in denen er ahnungslos war und es wahrscheinlich auch immer bleiben würde. Es war einfach nicht genug *Zeit*. Er wusste, was er nicht wusste. Dorian Purcell hingegen schien nicht zu wissen, was er nicht wusste.

Das E-Mail-Verzeichnis von Alexander Gordius enthielt die 16 Namen, die Woody bereits kannte, aber zusätzlich fand er noch drei weitere, sehr lange E-Mail-Adressen, die nicht aus Namen, sondern nur aus einer Reihe unzusammenhängender Buchstaben, Zahlen und Symbole bestanden. Er begriff, dass es sich dabei um Seiten im Dark Web handeln musste. Solche sorgfältig geschützten Adressen erhielt man vor allem von Gleichgesinnten. Vielleicht waren es Bezugsquellen für Drogen oder Kinderpornos, vielleicht waren hier auch Waffenhändler aktiv, die illegale Dinge wie Maschinengewehre, C-4-Sprengstoff und Boden-Luft-Raketen anboten.

Woody hatte gezögert, sich diese Seiten anzusehen. Er hatte tagelang darüber nachgedacht.

Schließlich hatte er sich für eine entschieden, deren Adresse aus 46 Zeichen bestand, und hatte die Seite unter dem Schutz des E-Mail-Accounts von Alexander Gordius geöffnet.

Ein schwarzer Bildschirm war aufgetaucht, auf dem ein Wort in weißer Druckschrift zu lesen war: ›*Tragedy*‹ – *Tragödie*.

In den nächsten drei oder vier Minuten folgte eine Reihe von Videoclips verschiedener bundesweiter und lokaler Nachrichtensender. Sie zeigten Fotos von Menschen, die gestorben waren, Videos von Flugzeugwracks, deren Trümmerteile auf Feldern verteilt lagen, von zerstörten Autos, brennenden Gebäuden und dahinrasenden Rettungswagen mit flackernden Blaulichtern, von Krankenhäusern und düster dreinblickenden Polizeibeamten und Ärzten in weißen Kitteln, die vor Mikrofonen standen. Die Bilder wurden durch Audioaufnahmen ergänzt, durch die Stimmen der Nachrichtensprecher und der grimmig blickenden Behördenvertreter in den Clips: »Starben durch die Stichflamme einer heftigen Gasexplosion ... beging Selbstmord, indem er sich am Dachsparren einer Scheune erhängte ... kam bei einem merkwürdigen Unfall ums Leben ... Der für seinen Tod Verantwortliche beging Fahrerflucht ... ein sinnloser *Drive by*-Anschlag, den man Mitgliedern einer Gang zuschreibt, die die Stadt heimsucht ... ein Mord in Verbindung mit einem Selbstmord, der diese noble Gegend erschüttert hat ... ein plötzlicher Schlaganfall im jungen Alter von 38 ... einer der drei Toten bei dem vermuteten Terroranschlag, für den noch niemand die Verantwortung übernommen hat ...«

Als ein Foto von Jason Bookman aufblitzte, hatte Woody sich so erschreckt, dass er nur noch die letzten

Worte gehört hatte: »... beim Absturz eines firmeneigenen Hubschraubers.«

Dann verschwand das Gesicht seines Vaters, und weitere Tragödien wurden gezeigt, bis die Begrüßungssequenz zum Ende kam. Der Bildschirm wurde wieder schwarz. Dann tauchten zwei Wörter in weißer Druckschrift auf: ›Passwort eingeben‹.

Natürlich war Woody kein Nutzer der Dienste, die hier angeboten wurden, was immer es auch war. Daher besaß er auch kein Passwort.

Er hatte die Seite verlassen.

Dann hatte er lange dagesessen und den Bildschirm angestarrt. Vielleicht eine Stunde. Vielleicht zwei. Er hatte nachgedacht.

Schließlich hatte er einen Stift und einen Notizblock genommen, sich noch einmal über den Alexander-Gordius-Account eingeloggt und die 46 Zeichen lange E-Mail-Adresse eingegeben.

›Tragedy‹.

Die Montage aus Bildern und Tönen begann wieder. Während die Nachrichtensprecher und andere über die Toten sprachen, notierte Woody sich die Namen der Opfer.

Diesmal war er auf das Auftauchen des Fotos von seinem Dad vorbereitet. Wie zuvor folgte auf das Standbild ein Video des schwelenden Helikopters. »Jason Bookman, die rechte Hand des Parable-Gründers Dorian Purcell, und sein Pilot sind heute beim Absturz eines firmeneigenen Hubschraubers ums Leben gekommen.«

Am Ende dieser Einleitung erschien wieder die Aufforderung: ›Passwort eingeben‹.

Woody hatte die Dark-Web-Seite geschlossen, sich aus dem Computersystem zurückgezogen, das die Alexander-Gordius-Mailarchive enthielt, war rückwärts durch die Reihe falscher Identitäten nach Pinehaven zurückgekehrt, in dieses Haus, dieses Zimmer, und hatte seinen Computer ausgeschaltet.

Das war vor ein paar Monaten gewesen. Seitdem hatte er sorgfältige Nachforschungen über die 41 Todesfälle angestellt, auf die die Video-Einleitung zu dieser Webseite Bezug nahm.

Selbst wenn einige dieser Unfälle den Behörden verdächtig vorgekommen sein mochten, war doch keiner dieser Fälle deshalb neu aufgerollt worden.

Die Gerichtsmediziner der verschiedenen Städte hatten bestätigt, dass die Selbstmorde tatsächlich Selbstmorde gewesen waren.

Keines der Attentate durch Gangmitglieder oder Terroristen hatte Festnahmen von Tätern nach sich gezogen.

Vielleicht konnten gewisse unterschwellige Muster im Zusammenhang mit diesen Ereignissen nur von einem besessenen, hochleistungsfähigen, autistischen Jungen mit einem IQ von 186 bemerkt werden, der Tausende Stunden Zeit hatte, um solche Nachforschungen anzustellen. Nur zwei andere der 41 Todesfälle waren mit Dorian Purcell in Verbindung zu bringen.

Was nicht mehr bedeutete, als dass Purcell nicht der einzige Nutzer dieses Dark-Web-Service war.

Diese Seite verfolgte nicht das Ziel, die Zerbrechlichkeit des Lebens darzustellen. Es war keine Gedenkstätte, keine Internet-Klagemauer, an der man über die Tragik der menschlichen Existenz lamentieren konnte.

Woche für Woche, Monat für Monat hatte Woody immer mehr überzeugende Indizienbeweise dafür zusammengetragen, dass es sich bei Tragedy um eine Organisation handelte, die Auftragsmorde durchführte.

Er hatte sorgfältig darauf geachtet, nicht noch einmal auf die Seite zurückzukehren, aus Angst, dass die Betreiber vielleicht einen Weg kannten, wiederkehrende Besucher aufzuspüren, die kein Passwort eingegeben hatten. Sowohl unter dem Namen des Milliardärs als auch unter Nutzung der Gordius-Identität hatte er sich in den E-Mail-Archiven von Dorian Purcell herumgetrieben, war jedoch nicht in der Lage gewesen, irgendein Passwort aufzuspüren, das zu der Dark-Web-Seite passen konnte.

Dieser Mittwoch war ein schicksalhafter Tag, exakt 164 Wochen nach Jason Bookmans Tod, auf den Tag genau 60 Wochen, seit Woodrow Bookman seine Ermittlungen begonnen hatte. 164 minus 60 ergab die Seitenzahl von *Die Rache des Sohnes: Gewissenhaft gesammelte Beweise für monströse Bosheit,* obwohl er diese Länge nicht bewusst angestrebt hatte. Bloß Zufall. Oder eine Konsequenz der mysteriösen Algorithmen, die den Abläufen im Universum zugrunde lagen.

Woody hatte vor, seiner Mutter das Dokument am nächsten Morgen zu zeigen. Zuerst wollte er jedoch noch einmal ins Dark Web zurückkehren, um sich zu vergewissern, dass diese finstere Seite immer noch aktiv war und dass das Einleitungsvideo noch so war, wie er es vor einigen Monaten gesehen hatte.

Wie zuvor verschleierte er seine Identität über mehrere Zwischenstationen, bevor er in den Refine-Computer durch die Backdoor eindrang, die er vor langer Zeit eingerichtet hatte. Er benutzte den Alexander-Gordius-Account, um die 46 Zeichen der Dark-Web-Adresse einzugeben.

Schwarzer Bildschirm, weiße Schrift: ›Tragedy‹.

Tränen trübten ihm die Sicht, als er das Gesicht seines Vaters sah.

Meistens versteckte er seine Trauer vor seiner Mutter. Bei den seltenen Gelegenheiten, wenn sie ihn in einem traurigen Moment ertappte, lächelte Woody oder lachte sogar. Sie fragte, ob das Freudentränen seien, und er nickte. *Ja.*

Wenn er sie weinen sah, beschämten ihn ihre Tränen, weil er wusste, dass es keine Freudentränen waren, aber auch deshalb, weil er das Gefühl hatte, sie trösten zu müssen. Aber er war, wer er war – der katastrophale Woody –, und es gab nichts, das er dagegen ausrichten konnte, also wurde aus seiner Beschämung eine Demütigung. Er wollte nicht, dass *seine* Tränen seine Mutter demütigten.

Das Video endete und auf dem Bildschirm erschien wieder das Kommando: ›Passwort eingeben‹.

Er starrte auf diese Wörter und fragte sich, wie viel man wohl bezahlen musste, um jemanden so umbringen zu lassen, dass es wie ein Unfall, Selbstmord oder ein terroristischer Anschlag aussah. Er hatte kein Geld. Seine Mom kaufte für ihn alles, was er brauchte. Er konnte sie nicht bitten, dafür zu bezahlen, dass Dorian Purcell von einem Lastwagen überfahren wurde oder eine hohe Treppe hinunterfiel. Dafür würde sie vielleicht ins Gefängnis kommen. Dort würde es ihr nicht gefallen.

Woody selbst hätte kein Problem damit gehabt, ins Gefängnis zu gehen. Es störte ihn nicht, allein in einem kleinen Zimmer zu sein und nichts zu tun zu haben außer zu lesen und nachzudenken. Aber man schickte natürlich keine elfjährigen Kinder in den Knast. Jedenfalls würden die Mörder, die hinter Tragedy steckten, Purcell wahrscheinlich nicht einmal für eine Fantastilliarde Dollar töten. Soweit Woody es beurteilen konnte, richtete sich diese Auftragskiller-Website ausschließlich an böse Menschen, die sehr, sehr, sehr gern wollten, dass gute Menschen starben. Wäre es andersherum gewesen, wäre es also ihr Geschäftsmodell gewesen, darauf zu warten, dass gute Menschen böse Menschen ermorden ließen, hätten sie wahrscheinlich nicht viele Kunden gefunden. Denn gute Menschen lösten ihre Probleme nicht auf diese Art. Das war einer der Gründe dafür, dass schlechte Menschen so lange mit ihrer Schlechtigkeit durchkamen.

Vielleicht hätte er noch länger die Wörter ›Passwort eingeben‹ angestarrt und dabei über Gut und Böse nachgegrübelt, aber dann geschah etwas Seltsames und Erschreckendes. Die beiden Wörter verschwanden vom Bildschirm, und nach ein paar Sekunden völliger Schwärze erschienen drei andere in weißen Buchstaben: ›Du schon wieder‹.

19 Im Arbeitszimmer im Haus am See lief eine Reihe von Videos, in denen die verstorbene Dorothy Hummel ihre erstaunlichen Erlebnisse mit Kipp festgehalten hatte. Rosa Leon, die sich nach der Mitteilung, dass sie das Vermögen ihrer Arbeitgeberin geerbt hatte, immer noch in einem angenehmen Schockzustand befand, sah sich fasziniert eines nach dem anderen an.

Dorothy erzählte zur Kamera gewandt, wie sie Kipp von einem Züchter gekauft hatte, als dieser 16 Wochen alt gewesen war, ein schnell wachsendes Fellknäuel voller Temperament und Neugier. Sie hatte schon vorher Hunde besessen, immer Golden Retriever, und sie kannte sich mit Welpen aus, daher erkannte sie schon nach wenigen Tagen, dass Kipp anders war als seine Artgenossen.

Sie fütterte ihn zweimal täglich, einmal um sieben Uhr morgens, einmal um 15:30 Uhr am Nachmittag. Am dritten Tag hatte Kipp sich angewöhnt, jedes Mal fünf Minuten vor der Fütterung zu Dorothy zu gehen. Er setzte sich vor sie hin und tastete sanft und höflich mit der Vorderpfote nach ihrem Fuß. Dorothy sagte, sie habe schon vorher Hunde gehabt, die über ein intuitives Gespür für Zeit verfügt hatten, aber eine Woche nachdem sie sich kennengelernt hatten, trieb der kleine Kipp es noch einen Schritt weiter. Dorothy hatte sich auf einem Sessel zusammengerollt und war in einen Roman vertieft, und Kipp hatte keinen Fuß, nach dem er tasten konnte. Er bellte nicht viel, daher lief er, als sie sein ungeduldiges Auf-und-ab-Laufen nicht zur Kenntnis nahm, in die Küche, sprang auf einen Stuhl, holte ihre Armbanduhr, die sie abgenommen hatte, trug diese in der Schnauze zu ihr und ließ sie auf ihren Schoß fallen.

Als Dorothy klar wurde, dass es Zeit für sein Futter wurde, war sie verblüfft über Kipps Tat. Sie stand auf und sah ihn an, und er erwiderte ihren Blick, als ob er sagen wollte: *Na, was sagst du dazu?*

Sie hatte schon immer so mit Hunden gesprochen, als ob diese sie verstehen könnten. Daher kam sie sich kein bisschen albern vor, als sie ihn nun fragte, ob er wisse, wozu eine Armbanduhr da sei. Zur Antwort lief er zum Torbogen zwischen dem Wohnzimmer und dem Flur im Untergeschoss, und sie folgte ihm. Er führte sie zur Standuhr im Eingangsfoyer. Armbanduhr und Standuhr. Dann drehte er sich um und tappte durch den Flur zur Küche. Dorothy folgte dicht hinter ihm; sie sah ihn vor der Tür zur Vorratskammer stehen und zur Wanduhr hinaufblicken.

Sie hatte ihr iPhone vom Tisch genommen und ein Video aufgenommen, das sie später auf ihren Computer kopiert hatte. Rosa sah es jetzt. Dorothy bat Kipp, ihr den Kühlschrank zu zeigen, und er ging dorthin. Dann bat sie ihn, zur Spüle zu gehen, und er tat es. Sie bat ihn, zur Kochfläche zu gehen, zur Hintertür, zur Müllpresse, zur Flurtür, zur Tür des Waschraums, und er tat es, tat es, tat es, wobei er die ganze Zeit mit dem Schwanz wedelte.

Am nächsten Tag hatte Dorothy sich eine Videokamera gekauft.

Als ob ihm Zweifel gekommen wären, ob es richtig war, seine Außergewöhnlichkeit zu enthüllen, weigerte sich Kipp, diese Vorstellung zu wiederholen. Auf ihr Bitten reagierte er mit Gähnen und verwirrten Mienen, spazierte zu seiner nächsten Schlafstelle und machte ein Nickerchen.

Doch im Laufe der nächsten Wochen stellte Kipp fest, dass er ein Hund war, der Geschichten liebte. Also konnte er sich nicht mehr verstellen und den dummen Hund spielen.

20

›Du schon wieder.‹

Während Woody über diese unheilvollen Worte nachdachte, sammelte sich Spucke in seinem Mund, als ob er sich gleich übergeben müsste, und sein Herz hämmerte. Er hatte das Gefühl, das ›o‹ in ›schon‹ wäre ein Auge, das ihn unverwandt anstarrte.

Aber es war unmöglich, dass sie ihn sehen konnten. Zum einen hatte er die Kamera seines Computers mit einem Stück Klebeband abgedeckt. Zum anderen hatte er auf dem Weg hierher mehrere Tarnidentitäten benutzt. In der kurzen Zeit, die er heute auf ihrer Seite verbracht hatte, konnten sie ihn unmöglich zum Ursprungsort zurückverfolgt haben.

Die Schrift verschwand vom Bildschirm. Nun begannen Buchstaben von links nach rechts aufzutauchen, als würde ihm jemand eine Textnachricht schicken: ›D-u-b-i-s-t-n-i-c-h-t‹…

Mit wachsendem Entsetzen sah Woody zu, wie die Nachricht Gestalt annahm: ›Du bist nicht Alexander Gordius.‹

Sie konnten nicht alle Zwischenstationen kennen, durch die er hierhergelangt war, konnten seine Herkunft nicht festgestellt haben, nicht so schnell – aber sie wussten, wessen Account er übernommen hatte, um sie zu besuchen.

Die Worte verschwanden und vier weitere erschienen, Buchstabe für Buchstabe: ›Wir werden dich finden.‹

Er schloss die Seite hastig, verließ das Internet, schaltete den Computer aus. Dann rollte er mit seinem Stuhl zurück, kroch unter den Arbeitstisch und zog alle Computerkabel heraus, obwohl diese Vorsichtsmaßnahme ihm so unnötig wie sinnlos erschien.

Das Sicherheitsprogramm von Tragedy schien die Herkunft jedes Besuchers der Seite zu überwachen. Wenn jemand sie besuchte, aber kein Passwort eingab, wurde offenbar eine Art Alarm ausgelöst, der die Betreiber warnte, dass sie möglicherweise von jemandem ausspioniert wurden, der nicht auf ihrer Kundenliste stand. Woody hatte die Seite vorher bereits zweimal besucht. Obwohl zwischen diesen Kontakten und seinem dritten Besuch heute Monate vergangen waren, hatte das Sicherheitssystem auf der Lauer gelegen.

Okay.

Also gut.

Cool bleiben. Kein Grund, in Panik zu geraten. Null Problemo. Alles picobello. In so kurzer Zeit konnten sie unmöglich seinen Weg über die neun Zwischenstationen zurückverfolgt haben. Außerdem hatte er noch weitere Tricks benutzt, um seine Spuren zu verwischen. Und er würde nie, nie, nie wieder diese Website aufrufen.

Auf seiner Stirn bildeten sich Schweißtropfen, und eine Welle der Übelkeit überkam ihn. Er brauchte irgendetwas, um seinen Magen zu beruhigen. Eine Coca-Cola. Mehr brauchte er nicht, nur eine Coca-Cola, dann würde es ihm wieder gut gehen.

21

Kipp war im Königreich des Hassers.

Auf eine Tasche des kakifarbenen Uniformhemds des Mannes war der Name ›Frank‹ aufgedruckt. Er hatte einen schwarzen Schnurrbart und Augenbrauen, die beinahe dicht genug waren, um zwei weitere Schnurrbärte abzugeben.

Seine Augen waren kleine, harte grüne Murmeln.

Frank roch nicht nur nach Hass, sondern auch nach Knoblauch, Verbenen-Aftershave, Handdesinfektionsmittel mit Kokosnussduft, Deodorant und ChapStick-Lippenbalsam, unter anderem.

Von seinen Arbeitsschuhen ging der Gestank von frischem, menschlichem Urin aus, was darauf schließen ließ, dass er nicht besonders gut gezielt hatte, als er zum letzten Mal pinkeln gegangen war.

Abgesehen von einem Metalltisch, zwei Besucherstühlen, einem Bürostuhl und Aktenschränken enthielt der vordere Raum der Hütte noch einen Grizzlybären.

Die lebensgroße Skulptur war aus einem Baumstamm geschnitten worden. Der mehr als zwei Meter große Bär stand auf den Hinterbeinen, streckte die Tatzen aus und fletschte die Zähne.

Das Tier sah so Furcht einflößend aus, dass Kipp winselte, obwohl er wusste, dass es nicht echt war.

Weil man offenbar besorgt war, dass der Grizzly bei einem Erdbeben umkippen und jemanden zerquetschen könnte, war er mit zwei Stahlstangen, die aus seinem Rücken ragten, an der Wand festgeschraubt.

Frank der Hasser band Kipps Leine an einer dieser Stangen fest. Kipp täuschte kleinlaute Unterwerfung vor, setzte sich dem Bären zu Füßen und seufzte wie aus Resignation. Tatsächlich wartete er geduldig auf eine Gelegenheit zur Flucht.

Hunde waren die geduldigsten Lebewesen der Welt. Sie verbrachten ihr ganzes Leben damit, darauf zu warten, dass ihre Menschen mit ihnen spazieren gingen, mit ihnen spielten, mit ihnen kuschelten.

Egal wie aufmerksam ihre Leute waren – Hunde verbrachten mehr Zeit mit Warten als mit tatsächlichem Tun.

Aber das war okay. Menschen waren sehr beschäftigt, trugen viel mehr Verantwortung als Hunde. Als die meisten Hunde.

Frank der Hasser ging hinter seinen Schreibtisch, setzte sich auf den Stuhl. Dann nahm er den Hörer vom Telefon und tippte eine Nummer ein.

Als sich jemand meldete, sagte der Hasser: »Hab uns einen Guten besorgt, Fred. Ein Golden Retriever, vielleicht sogar reinrassig. Sieht wie ein richtiger Ausstellungshund aus.«

Frank hörte sich die Antwort an und fuhr dann fort: »Ich musste ihn niemandem klauen. Ist ein Streuner.«

Ich bin kein Streuner, dachte Kipp. *Ich bin ein Waisenkind auf einer Mission.*

»Wenn wir den mit jeder Golden-Hündin paaren, die wir finden können, wird das, als wenn wir 'ne Gelddruckmaschine hätten.«

Fred sagte etwas, und Frank erwiderte: »Ist einer von der sanften Sorte. Der wird sich an einen Käfig gewöhnen und tun, was man ihm sagt. Sehen wir uns in einer Stunde?«

Nachdem er aufgelegt hatte, betrachtete der Hasser Kipp über den Tisch hinweg. Jetzt roch er auch noch nach Gier.

»Mein Bruder sorgt dafür, dass du dich paaren kannst bis zum Umfallen, Kleiner. Gibt schlimmere Arten, sein Leben zu verbringen.«

Diese Leute betrieben eine Massenzucht.

Die Deckhunde in solchen Betrieben verbrachten ihr ganzes Leben in kleinen Käfigen. Wurden schlecht gefüttert. Bekamen selten Auslauf, vielleicht nie. Keine ärztliche Versorgung. Sie wurden nie gebadet, ihr Fell verklebte, sie hatten Zecken am ganzen Körper.

Die Hunde von Massenzüchtern hatten ein trostloses Leben. Sie bekamen keine Zuwendung, niemand spielte mit ihnen, man behandelte sie grausam.

Kipp ließ sich seinen Schrecken nicht anmerken. Er gähnte, seufzte und schloss die Augen, als ob er ein Nickerchen halten wollte.

Vielleicht würde die Zeit bald kommen, da die Regeln des Mysteriums es ihm erlaubten, Frank den Hasser zu beißen.

22

Rosa Leon brauchte einen Drink. Sie trank nicht oft Alkohol, nur hin und wieder eine Flasche eiskaltes Corona. Am selben Tag war sie nicht nur Millionärin, sondern auch die neue Versorgerin eines superintelligenten Hundes geworden. Das verlangte nach etwas Stärkerem als Bier.

Dorothy hatte sich abends gern einen oder zwei Cocktails gegönnt. Ihr Arbeitszimmer enthielt einen Tischkühlschrank und eine Eismaschine.

Im Kühlschrank befand sich unter anderem Wodka mit Zitronenaroma.

Rosa suchte sich ein Glas, schüttete etwas Eis hinein und goss sich einen Doppelten ein. Dann kehrte sie zurück zum Bürostuhl, zum Computer – und zu diesen erstaunlichen Videos.

Nach dem Tag, an dem die Sache mit der Armbanduhr passiert war, waren fast zwei Wochen vergangen, in
denen Kipp den dummen Welpen gespielt hatte. Er war
besorgt gewesen, weil er seine wahre Natur schon so früh
nach seiner Ankunft bei Dorothy enthüllt hatte – vielleicht hätte er das besser überhaupt nie getan.

Im Mysterium gab es unterschiedliche Ansichten darüber, wem gegenüber und wann die Wahrheit offenbart
werden sollte. Die Regeln verboten solche Enthüllungen
gegenüber jedem, der nach Hass roch. Man durfte sich
nur denjenigen anvertrauen, die nach Freundlichkeit und
Liebe rochen, die keinen Hauch von Neid oder Gier an
sich hatten.

Sicherlich war Dorothy eine rechtschaffene Person, aber
der junge Kipp war bei seinem Trick mit der Armbanduhr
und allem, was folgte, zu voreilig gewesen. Im Mysterium
wusste man aus Erfahrung, dass die Leute auf diese Enthüllung sorgfältig vorbereitet werden mussten. Sie konnten besser damit umgehen, wenn sie zunächst nach und
nach den *Verdacht* schöpften, dass sie es mit einem Hund
zu tun hatten, der mehr war als nur ein Hund.

Kipps Liebe zu Geschichten hatte es ihm unmöglich
gemacht, sein großes Geheimnis über Jahre oder auch
nur Monate zu hüten. Dorothy hatte ihr Leben lang viel
gelesen, ebenso wie ihr Mann Arthur. Bücher stellten den
Großteil der Dekorationsgegenstände im Haus, und die
Einrichtung der Zimmer richtete sich nach der Position
der Bücherregale. Wenn sie kochte oder sich mit einem
ihrer großen Puzzles beschäftigte, hörte sie sich dabei
keine Musik, sondern Hörbücher an. Dabei konnte der
Hund nicht verbergen, dass die Stimme des Erzählers ihn

in seinen Bann schlug. Egal ob er saß oder sich in einer anderen Position ausgestreckt hatte, er ließ den MP3-Player nie aus den Augen. Er schlief auch nie, wenn ein Hörbuch lief. Dorothy beobachtete ihn dabei verstohlen und sah, wie unerwartete Wendungen in den Geschichten ihn unweigerlich erschreckten, wie gewisse emotionale Szenen dazu führten, dass er hechelte, winselte oder schnaubte, und zwar auf eine Weise, die zu den Umständen passte, in denen sich die Figuren befanden.

An einem Dezembertag hatte Dorothy den Morgen und den Nachmittag in der Küche verbracht, um für die kommenden Weihnachtstage zu backen. Dabei hatten sie sich *Eine Weihnachtsgeschichte* von Charles Dickens angehört. Beim Kapitel *Der letzte Geist,* in dem der Geist der zukünftigen Weihnacht Scrooge am Tag, an dem der kleine Tim starb, ins Haus der Cratchits brachte, zog sich Kipp ans andere Ende der Küche zurück, setzte sich mit dem Gesicht zur Wand und ließ den Kopf hängen. Dorothy beobachtete ihn für einen Moment und pausierte dann die Wiedergabe, um ihn zu fragen, ob er traurig sei. Kipp blickte über die Schulter zu ihr zurück und stieß ein wehmütiges Winseln aus.

Als Rosa sich jetzt das Video ansah, in dem Dorothy all das erzählte, wurde ihr bewusst, dass der Bericht ihrer Wohltäterin sie ebenso fesselte, wie die *Weihnachtsgeschichte* Kipp gefesselt hatte. Sie fragte sich, warum ihr keinerlei Zweifel kamen. Nun, zum einen war Dorothy weder leichtgläubig noch eine Lügnerin gewesen. Rückblickend erkannte Rosa nun, dass sie selbst mit Kipp Momente erlebt hatte, in denen er Verhalten gezeigt hatte, das gewöhnliche Hunde nicht zu zeigen schienen. Bei anderen Gelegenheiten war er so schlau gewesen, dass es ihr etwas unheimlich war. Intuitiv hatte sie bereits gewusst, dass irgendetwas an Kipp auf wunderbare Weise fremdartig war. Aber ihr hartes Leben hatte sie gelehrt, alle Annahmen über Magie in der Welt von sich zu weisen und sich immer an den kalten, nüchternen Verstand zu halten.

Auf dem Computerbildschirm leitete Dorothy den Rest ihres Berichts mit einem breiten Lächeln und einem Kopfschütteln ein. »Also habe ich ihm erklärt, dass der Geist der zukünftigen Weihnacht Scrooge nicht zeigt, was sein *wird,* sondern nur, was sein *könnte.* Ich habe den MP3-Player auf den Boden gelegt, habe ihm gesagt, dass der kleine Tim nicht sterben wird, dass ich den Rest des Buchs aber nur abspielen würde, wenn er aufhört, so zu tun, als wäre er ein gewöhnlicher Hund.

Er rannte zum Player, blieb davor stehen, starrte darauf hinunter und wedelte wild mit dem Schwanz. Ich habe ihn wieder eingeschaltet, und er blieb während des Rests der Geschichte bewegungslos sitzen und hörte zu. In dieser Nacht habe ich eine noch recht grobe Version dieses pedalbetriebenen Laserpointers entworfen, den ich dann später verfeinert habe und den Kipp benutzt hat, um Buchstaben des Alphabets anzuleuchten und so mit mir zu sprechen. Ich muss sagen, Rosa, ich habe mich wie ein verzaubertes Kind in einem Märchen oder irgendein kleines Mädchen in einem Spielberg-Film gefühlt. Gleichzeitig habe ich mich gefragt, ob ich verrückt werde, eine klapprige, alte Frau, die ihren Sinnen nicht mehr trauen kann. Aber ob ich nun klapprig bin oder nicht, ich habe die fantastische Wahrheit über Kipp herausgefunden.«

23

Diese Grizzly-Skulptur war dämlich. In den kalifornischen Bergen konnte man vielleicht Braunbären und Schwarzbären finden, aber keine Grizzlys. Wozu hatten sie sie überhaupt aufgestellt?

Um die Camper zu verstören und sie als Kunden zu verlieren?

Obwohl Hunde schon seit Jahrtausenden mit Menschen zusammenlebten, verwirrte Kipp immer noch einiges von dem, was diese taten und produzierten – dazu zählten riesige Grizzlybären aus Holz ebenso wie abstrakte, impressionistische Kunst und Nasenringe.

Aber etwas Schlimmeres als ein Grizzlybär war jetzt auf dem Weg hierher: Fred, der Bruder des Hassers Frank, der wahrscheinlich ebenfalls ein Hasser war.

Sogar einem Hund mit stark verbesserter Intelligenz würde es schwerfallen, sich aus dem Käfig eines Massenzüchters zu befreien und seine Ketten loszuwerden.

Die Leine, mit der Kipp an der Bärenskulptur angebunden war, war etwa drei Meter lang. Es gelang ihm, sich umzudrehen und sie ins Maul zu nehmen.

Das Material war zäh, aber seine Zähne waren der Aufgabe gewachsen. Er kaute und zog mit aller Kraft.

Von seinem Bürostuhl aus fragte Frank der Hasser: »Was zum Teufel machst du da?«

Selbst wenn Kipp fähig gewesen wäre zu sprechen, hätte er sicher nicht aufgehört zu kauen, um seine Fluchtabsicht zu erklären.

Wenn es keine rhetorische Frage gewesen war, musste dieser Frank noch dümmer sein, als er aussah.

»Deine Art kenne ich, Hund. Ich weiß, wie man mit solchen wie dir umgehen muss.«

Seine grünen Augen blitzten unter den Schnurrbart-Augenbrauen, und der Hasser kam hinter dem Schreibtisch hervor.

Kipp knurrte, kaute jedoch weiter an der Leine.

Als der Hasser versuchte, sein Halsband im Nacken zu fassen, drehte Kipp sich zu ihm um und knurrte noch wilder zwischen den zusammengebissenen Zähnen hindurch.

»Ich sperr dich besser im Bad ein, bis Fred hier ist.«

Frank der Hasser band seinen Gefangenen von einer der Stahlstangen zwischen dem Bären und der Wand los.

Kipp ließ die Leine los und schnappte nach seinem Kidnapper. Er hatte nicht vor, ihn zu beißen, wollte ihn nur verjagen.

Frank wich ein paar Schritte zurück. Er roch jetzt nicht mehr nur nach Hass, sondern auch nach Wut.

Er nahm seinen Gürtel ab, griff ihn mit der rechten Faust. Die Gürtelschnalle baumelte am anderen Ende.

»Dir bring ich Manieren bei«, sagte Frank, der wütende Hasser.

Er schlug mit dem Gürtel zu, aber die Schnalle verfehlte Kipp und krachte gegen den hölzernen Bären.

»*Platz!*«, befahl der Mann.

Kipp legte sich nicht hin. Er knurrte und fletschte die Zähne.

»Platz! *Platz,* verdammt noch mal!«, kommandierte der Hasser.

Er hob die rechte Hand hoch in die Luft, um dieses Mal härter zuzuschlagen, präziser, vielleicht mehr als nur einmal.

Genau in diesem Augenblick wurde die Tür geöffnet und ein Fremder kam herein. Er rief: »Hey, hey, hey! Was machen Sie da?«

»Bleiben Sie, wo Sie sind!«, forderte Frank ihn auf. »Ich hab hier 'nen verdammten bissigen Hund. Ein halb verwilderter Streuner.«

Kipp wedelte mit dem Schwanz, jaulte so kläglich, wie er konnte, und duckte sich vor der erhobenen Faust des Hassers.

»Man soll Hunde nicht schlagen«, sagte der Neuankömmling.

Der Gestank von Franks Hass verstärkte sich. Jetzt war er nicht mehr nur auf Kipp, sondern auch auf den Fremden wütend.

»Sehen Sie zu, dass Sie rauskommen, bevor Sie gebissen werden«, entgegnete er. »Und überlassen Sie das hier mir.«

»Ich gehe, sobald ich meinen Hund habe«, erklärte der Mann und stellte sich zwischen Kipp und den Hasser.

»Ihr Hund? Das ist ein verdammter Streuner. Hat keine Hundemarke am Halsband.«

Der Neuankömmling löste die Leine von der Stahlstange und sagte: »Er gehört mir.«

»Von wegen.«

»Wenn Sie ihn noch einmal schlagen, dann schnall ich Ihnen den Gürtel da so fest um den Hals, dass Sie blau anlaufen, das schwör ich Ihnen.«

Zusätzlich zu Knoblauch, Verbenen-Aftershave, Handdesinfektionsmittel mit Kokosnussduft, Deodorant und ChapStick-Lippenbalsam, vollgepinkelten Schuhen, Wut und Hass roch Frank auch noch nach dieser bestimmten

Art von Furcht, die ein säuerliches Aroma hatte und Feigheit genannt wurde.

»Das ist ein hundefreier Campingplatz«, schimpfte er. »Der war schon immer hundefrei, und ich werd dafür sorgen, dass er das auch bleibt. Ich kann Sie hier nicht mit 'nem Hund rumlaufen lassen.«

Der Fremde las den aufgedruckten Namen von seinem Kakihemd ab und erwiderte: »Ich checke nicht ein, Frank. Löschen Sie die Reservierung für Hawkins.«

»Wenn Sie noch gar nicht eingecheckt haben, kann das auch nicht Ihr Hund sein.«

Der Neuankömmling beachtete den Hasser nicht und lächelte zu Kipp hinab. »Komm mit, Kleiner, wir hauen ab aus diesem Saftladen.«

Als Kipps Retter die Tür öffnete, unternahm der Hasser einen letzten Versuch, seine Autorität geltend zu machen. »Er kann nicht Ihr Hund sein.«

»Schnallen Sie sich den Gürtel wieder um, bevor Sie die Hose verlieren, Frank. Ich hab noch nichts gegessen, also verderben Sie mir nicht den Appetit.«

24

Ein paar Minuten lang wurde Rosa von einem Gemisch aus Emotionen überschwemmt, wie sie es noch nie erlebt hatte. Die Zeit, die sie mit Dorothys Videoaufnahmen verbracht hatte, hatte ihre Trauer noch verstärkt. Und doch waren die Videos von Dorothy und Kipp, die mithilfe des Wandalphabets und des Laserpointers miteinander kommunizierten, fesselnd und beschwingend. Die Traurigkeit kämpfte in ihr mit Hochgefühlen wie nie zuvor. Die Verwunderung, die aus dem Verstand kam, und das Staunen, das aus dem Herzen kam, verbanden sich zu einer Ehrfurcht, die so schwer auf ihr lastete, dass sie nicht mehr vom Stuhl aufstehen konnte. Und dann tat sie es doch.

Sie ging zum Wandalphabet und starrte es eine oder zwei Minuten lang an, bevor sie sich vor den motorisierten Laserpointer kniete. Das Gerät war nach Dorothys Entwurf von einem hiesigen Mechaniker namens John Cobb angefertigt worden. Mr. Cobb hatte sich gefragt, wofür sie so ein Ding brauchte. Sie hatte ihm weisgemacht, dass es für den Gebrauch in Klassenzimmern bestimmt sei und dass sie nicht mehr darüber sagen wolle, weil sie vorhabe, nach einer Testperiode ein Patent dafür anzumelden. Mit dieser Lüge gab Cobb sich zufrieden. Wahrscheinlich hätte es nicht so gut funktioniert, wenn sie ihm eröffnet hätte, dass sie das Gerät brauchte, um besser mit ihrem Hund kommunizieren zu können.

Mit einem Kippschalter an der Mittelsäule ließen sich der Laserpointer sowie der Motor einschalten, der die Maschine antrieb. Der Pointer befand sich in einer kardanischen Aufhängung und schwenkte nach dem Einschalten sofort herum, um den roten Punkt auf den Buchstaben ›A‹ zu richten. Die Vorrichtung wurde über vier angeschrägte Pedale gesteuert. Von links nach rechts: Das erste Pedal bewegte den Punkt nach oben, das zweite nach unten, das dritte nach links und das vierte nach rechts. Sie waren darauf ausgelegt, mit einer Pfote bedient zu werden, aber Rosa konnte sie ebenso gut mit der Hand betätigen.

Nach ihrer Erinnerung an das, was sie in einem der Videos gesehen hatte, gab Rosa die Antwort auf eine

Frage ein, die Dorothy an Kipp gerichtet hatte, um einen Eindruck davon zu bekommen, wie aufwendig diese Form der Kommunikation gewesen sein musste. »Du sagst, du kannst mit anderen deiner Art aus der Ferne kommunizieren. Aber wie?«

Sie drückte die Pedale, und der Laserpointer richtete sich nacheinander auf die Zeichen, die Kipp ausgewählt hatte. Dorothy hatte vom Tisch aus zugesehen und mitgeschrieben.

»Telepathie. Vögel haben auch eine Form davon, deshalb können alle Mitglieder eines Schwarms im selben Moment die Flugrichtung wechseln. Elefanten haben es auch, die kommen von weit her, um einem von ihnen, der im Sterben liegt, zur Seite zu stehen. Aber die Telepathie des Mysteriums ist viel stärker. Wir nennen es die Leitung.«

Die Ersten ihrer Art hatten entweder in dem genetischen Labor, in dem man sie gezüchtet hatte, Englisch gelernt, oder sie hatten es sich nach ihrer Flucht angeeignet, vielleicht indem sie den Menschen zuhörten, die sich um sie kümmerten. Die Antworten auf solche Wie-Fragen ihrer Erschaffung lagen im Nebel verborgen. Derzeit jedoch erhielten die jungen Hunde die englische Sprache sowie Pakete mit anderem Wissen von ihren Ältesten über die Leitung. Es dauerte nur Minuten und ähnelte der Installation eines Programms.

Viele Hightech-Experten wie der extravagante Elon Musk sowie der weniger bekannte Ray Kurzweil träumten von der Singularität – dem Moment, in dem menschliche und maschinelle Intelligenz verschmolzen und den Beginn der posthumanen Ära einläuteten. Sie behaupteten, dass menschliche Gehirne, denen man ein neurales Implantat injiziert hatte, sich telepathisch miteinander verbinden und riesige Wissens- und Theoriegebäude, deren Vermittlung durch einen Lehrer Jahre gedauert hätte, praktisch ohne Zeitverzögerung austauschen könnten.

Zumindest dieses eine Ziel des Singularitätskults hatte das Mysterium erreicht, ohne dass seine Mitglieder zum Teil Maschinen sein mussten. Sie wussten nicht, wie es dazu gekommen war, ob ihre Schöpfer dies geplant hatten oder ob die Telepathie eine unerwartete Folge der gentechnischen Verbesserung ihrer Intelligenz war. Was der Fall war, war der Fall; sie hielten es nicht für nötig, zu viel darüber nachzugrübeln.

Rosa schaltete den motorisierten Laserpointer ab, stand auf und blieb für einen Moment dort stehen. Sie fürchtete sich davor, Kipp aufzusuchen, wo immer er sich in seiner Trauer verkrochen hatte, und zu versuchen, mit ihm ein neues Leben zu beginnen. Er hatte Dorothy mit solcher Hingabe geliebt. Niemand hatte Rosa je mit dieser Heftigkeit geliebt. Sie bezweifelte, dass das überhaupt möglich war. Sie war kein so besonderer Mensch wie Dorothy, und für Kipp konnte sie nur eine Enttäuschung sein.

Sie ging zu den Fenstern, die einen Blick auf den Wald boten. Dort sorgte die dichte Wolkendecke für frühes Dämmerlicht. Ein Nebel stieg von der Oberfläche des Sees auf und kroch zwischen den Bäumen hindurch. Die Millionen kleiner Tropfen in ihm spiegelten das schwache Tageslicht und fluoreszierten, als ob es sich nicht um eine Nebelwolke handelte, sondern um den gespenstischen Schein von Geisterlegionen, die das Ende des Tages heimsuchten.

Rosa Leon empfand nicht nur Staunen über den lieben Kipp und das Mysterium, sondern ihr war auch schmerzlich bewusst, mit welcher tiefen Einsamkeit sie sicherlich zu kämpfen hatten, selbst wenn die Telepathie ein starkes Band zwischen ihnen knüpfte. Vielleicht verstand sie es deshalb so gut, weil sie von einem Vater verlassen worden war, der sie als den »Fehler eines Fehlers« bezeichnet hatte, weil ihre Mutter sie nicht geliebt hatte und weil sie aufgewachsen war, ohne die Art von Zuwendung zu erfahren, die es ihr erleichtert hätte, Freundschaften zu schließen.

Schließlich gab es nur 86 von ihnen. In einer so kleinen Gemeinschaft musste es bis zu einem gewissen Grad auch Existenzängste geben. Sie konnten aussterben, nur weil sie so wenige waren. Neue Mitglieder des Mysteriums machten sich nur so selten in der Leitung bemerkbar, dass man annehmen musste, dass die Gensequenz, die sie unter allen Hunden einzigartig machte, nicht einfach von Generation zu Generation weitervererbt wurde. Soweit Dorothy und Kipp es hatten feststellen können, war er der Einzige aus seinem Wurf, der ein Mysterier war.

Obwohl einer wie Kipp durchaus in einem Wurf zweier gewöhnlicher Hunde auftauchen konnte, war das doch sehr selten, was darauf schließen ließ, dass das Gen der Mysterier entweder beim weiblichen oder beim männlichen Elternteil rezessiv war. Das hatte dazu geführt, dass die Regeln des Mysteriums eine Zeit lang vorschrieben, dass seine Mitglieder sich nur mit anderen ihrer Art paaren durften. Aber weil die Zahl der männlichen und weiblichen Mitglieder nicht immer im Gleichgewicht war, gab es Zeiten, in denen manche von ihnen keine unmittelbare Aussicht auf einen Partner hatten. Derzeit gab es mehr männliche als weibliche Mitglieder.

Zwei weitere Faktoren hemmten das Wachstum ihrer Gemeinschaft. Der erste war die Monogamie. In der Natur gab es viele Arten, die lebenslange Partnerschaften eingingen. Auf Hunde traf dies für gewöhnlich nicht zu, aber die Mysterier hatten beschlossen, dass es für sie zutraf, und sie waren ihren Partnern so treu, wie es vielleicht die meisten Menschen nicht waren. Aus irgendeinem Grund zeugten sie auch nicht so große Würfe wie gewöhnliche Hunde. Manche Weibchen waren unfruchtbar, manche Männchen steril, und selbst wenn ein Wurf gezeugt wurde, waren es nie mehr als drei Welpen. Oft gab es auch überhaupt keinen Wurf, sondern nur einen einzigen Welpen.

Da er keine Aussicht auf eine Partnerin hatte und seine geliebte menschliche Begleiterin nicht mehr bei ihm war, blieb Kipp nur noch die Gemeinschaft der Leitung. Diese war zwar kostbar, aber sie genügte einer so geselligen Art wie ihm nicht. Rosa war der Ansicht, dass er etwas Besseres verdient hatte als sie.

Sie seufzte und sagte: »Aber du wirst dich wohl mit mir begnügen müssen, lieber Kipp.«

Als der aufsteigende Nebel zwischen den Nadelbäumen hervordrang und den Garten vor der Steinterrasse erreichte, wandte Rosa sich vom Fenster ab und machte sich auf die Suche nach dem trauernden Hund, der mehr war als nur ein Hund, der vielmehr etwas war, das sie nun hegen und pflegen musste wie das Kind, das sie nie bekommen hatte.

Sie fing in der Küche mit der Suche an, da diese und die Bibliothek zu Kipps Lieblingszimmern gezählt hatten.

Schon bevor sie zur Leichenhalle gefahren war, um Absprachen zu treffen und der Einäscherung beizuwohnen, hatte sie eine Schüssel mit Futter und eine mit frischem Wasser für Kipp hingestellt. Beide Schüsseln waren noch unberührt.

Vielleicht hatte er vor Traurigkeit keinen Hunger gehabt, aber Golden Retriever waren Vielfraße. Auf jeden Fall hätte er jedoch Wasser gebraucht.

Beunruhigt, wenn auch noch nicht alarmiert, ging Rosa im Erdgeschoss von Zimmer zu Zimmer und rief seinen Namen. Ihre Stimme hallte durch die Räume und klang schaurig hohl, als wären alle Möbel entfernt, die Fenster mit Brettern vernagelt und das Haus einfach dem gnadenlosen Fortschreiten der Zeit überlassen worden.

Während sie die Treppe zum Obergeschoss hinaufstieg, rief Rosa mit drängender Stimme: »Kipp! Wo bist du, Kipp?«

Ihre Beunruhigung wuchs zu einer schrecklichen Vorahnung heran, einer bohrenden Furcht, dass sie schon jetzt bei der Erfüllung dieser größten Pflicht ihres Lebens versagt hatte. Sie suchte Zimmer um Zimmer ab, Wandschränke, Flure, spähte unter dieses und hinter jenes Möbelstück, durchforstete das ganze Obergeschoss zweimal von einem Ende zum anderen, ging wieder nach unten, begann auch dort noch einmal von vorn. Aber sie hörte nichts, sah nichts, fand keine Spur von ihm. Kipp war verschwunden.

25

Kipp saß auf dem Beifahrersitz des Range Rover, hatte den Sicherheitsgurt angelegt und mochte den Geruch seines Retters.

Da waren Güte, Selbstvertrauen, eine Spur Seife, der frische Minzgeruch eines Kaugummis, der wohlriechende Saft von zertrampeltem Wildgras an seinen Schuhsohlen, dazu ein ganz kleines bisschen Ohrenschmalz, unter anderem.

Nirgendwo an ihm roch Kipp Aftershave, Handdesinfektionsmittel mit Kokosnussduft oder ungeschickt verspritzten Urin.

Als sie vom Campingplatz fuhren und den Weg zur State Route einschlugen, sagte der Mann: »Meiner Mom und meinem Dad hab ich's zu verdanken, dass ich Brenaden heiße. Aber Leute, die wissen, was gut für sie ist, nennen mich Ben.«

Im Geschäftsraum des Campingplatzes hatte er Frank den Hasser angewiesen, die Reservierung für Hawkins zu löschen. Demnach war er Ben Hawkins.

»Und wie wirst du genannt?«, erkundigte sich Ben.

Kipp grinste ihn an.

»Bist einer von der starken, aber schweigsamen Sorte, hm?«

Sie fuhren nach Nordwesten. Das war gut. Aus dieser Richtung kamen die gemurmelten Gedanken des Jungen, der in der Leitung zu hören war.

»Ich werd mir einen Namen für dich ausdenken. Ich bin gut, was Namen angeht.«

Kipp beugte sich im Gurt nach vorn, um am Handschuhfach zu schnuppern. Darin befanden sich Käsecracker oder so etwas.

»Aber wir wollen das mit dem Namen nicht überstürzen. Namen sind wichtig. Bei meiner Arbeit muss ich mir 'ne Menge Namen einfallen lassen, die man sich merken kann.«

Kipp roch Erdnussbutter zwischen den Käsecrackern im Handschuhfach.

»Ich schreibe Romane«, fuhr Ben fort. »Und du, was machst du so?«

Um Dorothy bestimmte Emotionen mitteilen zu können, hatte Kipp einige spezielle Geräusche entwickelt. Um Erheiterung auszudrücken, stieß er eine Art leises, schnelles Hecheln aus: *Hehehehehe.*

»Ich war früher ein Navy SEAL. Als ich mich dort beworben habe, war mir noch nicht klar, wie viele Leute auf mich schießen würden. Daher hab ich dann, als ich acht Jahre oder so lebend überstanden hatte, beschlossen, mir doch lieber 'nen anderen Beruf zu suchen.«

Kipp wandte den Blick vom Handschuhfach ab, legte den Kopf zur Seite und betrachtete seinen Retter mit Interesse.

»Jetzt schießen nur noch ein paar Buchkritiker mit Kommentaren auf mich, aber damit töten sie niemanden. Allerdings habe ich bei einem von denen den Verdacht, dass er ein paar Leichen im Keller hat.«

Die Natur war voller Muster, das Leben voller Zufälle, und Kipp glaubte daran, dass so etwas wie das Schicksal überall am Werk war.

Dorothy hatte Bücher geliebt.

Kipp hatte seine Liebe für Geschichten von ihr geerbt.

Und hier traf er nun jemanden, der Geschichten schrieb.

Zusätzlich war er auch noch ein Krieger. Wenn das Schicksal Realität war, dann war seine Kriegereigenschaft wahrscheinlich genauso bedeutsam wie seine Schriftstellereigenschaft.

Und das konnte bedeuten, dass ihnen ernste Schwierigkeiten bevorstanden.

»Wird spät. Wir sollten irgendwo unser Lager aufschlagen.«

Die Wälder auf beiden Seiten des Highways füllten sich mit dem trüben Licht der Dämmerung.

Ben sagte: »Wir suchen uns ein Motel. Die lassen vielleicht keine Hunde rein, also wirst du deinen Unsichtbarkeitsmantel anziehen müssen.«

Kipp stieß wieder ein *Hehehehehe* aus und wand sich ein Stück aus dem Gurt heraus, damit er sich flach auf den Sitz legen konnte, unterhalb des Fensters.

Nachdem er fast eine Minute lang schweigend weitergefahren war und seinem Beifahrer mehrere Blicke zugeworfen hatte, sagte Ben: »Irgendwas an dir ist merkwürdig, Rin Tin Tin.«

Kipp grollte leise, aber es war kein richtiges Knurren.

»Gefällt dir der Name nicht?«

Kipp grollte wieder.

»Okay, na schön. Wir finden schon einen besseren, Scooby-Doo.«

Hehehehehe.

26 Der Hackbraten im einen Ofen war fertig, und im anderen war ein Kartoffel-Käse-Auflauf ebenfalls fast fertig. Auf dem Frühstückstisch glitzerten Muffins mit Zitronenglasur auf einem Servierteller. Im Kühlschrank standen eine Schüssel Eiersalat, marinierte Hühnerbrust, geputzter Blumenkohl und geschnittene Karotten bereit.

Verna Brickit, die Haushälterin, die dreimal wöchentlich vorbeikam, wäre die perfekte Besetzung für ein Hollywood-Remake der alten *Ma and Pa Kettle*-Filme gewesen. Sie spülte das Geschirr, und Megan trocknete es ab und stellte es zurück an seinen Platz.

Die beiden Geschirrspülmaschinen im Haus entstammten einer Generation nach dem Erlass einiger neuer Regierungsverordnungen bezüglich des Wasser- und Energieverbrauchs, und nur selten war etwas, das aus ihnen kam, wirklich sauber.

Ihr Hauptzweck bestand darin, ihre beiden Plätze zu füllen, damit an diesen Stellen keine Lücken in der Kücheneinrichtung klafften.

Verna fragte: »Wie können Leute, die in ihrem Leben noch nie irgendein nützliches Gerät entworfen haben, nur glauben, sie wüssten, wie eine Spülmaschine funktionieren soll?«

»Pure Anmaßung«, erwiderte Megan.

»Denen wünsch ich die Pest an den Hals«, verkündete Verna. »Und mit Toiletten will ich gar nicht erst anfangen. Wird es je wieder eine geben, die genug Wasser hat, damit man nur einmal spülen muss, oder bin ich einfach dazu verdammt, ein Karpaltunnelsyndrom an der rechten Hand zu kriegen?«

»Zu viel Information, Verna.«

Verna wählte keine der politischen Parteien, die derzeit zur Wahl standen. Sie wartete darauf, dass eine neue gegründet wurde – sie nannte sie »die Partei für gesunden Menschenverstand«.

»Würden Sie etwa zum Mars fliegen mit einer Gruppe Blödmänner, die glauben, dass sie ihn morgen schon besiedeln können?«

Megan trocknete ein Abtropfsieb ab und gab zurück: »Ich würde nicht mal mit den größten Genies zum Mars fliegen. Ich habe gern Luft zum Atmen.«

»Im Fernsehen kam neulich was über so einen chinesischen Milliardär, der in sieben bis zehn Jahren eine Marskolonie gründen will, damit nicht die ganze Menschheit draufgeht, falls ein Asteroid die Erde trifft oder ein Atomkrieg ausbricht. Gott, wahrscheinlich gibt's auf dem Mars gerade genug Wasser, um auf der Toilette zweimal zu spülen, aber er glaubt, dass man sich dort ein schönes Leben machen könnte.«

»Manche Leute fangen an, sich zu überschätzen, wenn sie genug Milliarden verdient haben«, vermutete Megan.

»Davor werde ich mich hüten, wenn ich meine erste verdiene.« Verna stellte das letzte Stück Geschirr, eine Rührschüssel, in das Trockengestell. »Der Hackbraten und die Kartoffeln müssten in ein paar Minuten fertig sein. Ich werd sie zum Abkühlen rausholen, und dann mache ich mich auf den Weg.«

»Schöne Grüße an Sam.«

»Er hat mir angedroht, dass er heute Nachmittag allein den Rasenmäher repariert. Ich will nach Hause, solange er noch beide Hände hat.«

Während Verna eine große Plastiktüte am zusammen-geknoteten Ende aufhob, um sie nach draußen zur Müll-tonne zu bringen, hängte Megan das feuchte Geschirrtuch auf den Halter. »Dann bis Freitag.«

»Sagen Sie Woody, die Muffins habe ich extra für ihn gemacht. Und essen Sie auch ein paar, Sie sind ja ganz mager.«

»Ich wette, auf dem Mars gibt's keine guten Muffins.«

Beim Öffnen der Hintertür erwiderte Verna: »Einen Scheiß haben die auf dem Mars.« Bevor sie nach draußen ging, hielt sie einen Moment inne, drehte sich zu Megan um und fügte hinzu: »Ich habe noch kein Wort über das Gemälde gesagt, an dem Sie arbeiten, das mit Woody und den Hirschen, aber jetzt, wo es beinahe fertig ist …« Sie zögerte. »Ich bin keine schlaue Kunstkritikerin, also weiß ich wahrscheinlich gar nicht, wovon ich rede.«

»Die meisten schlauen Kunstkritiker wissen das auch nicht. Aber Sie haben Augen im Kopf. Also schießen Sie los. Ich werde auch nicht beleidigt sein.«

»Tja, ich muss sagen, es ist verdammt gut, dass Sie nach Pinehaven zurückgekommen sind. Hier konnte Ihr Herz wieder heilen und Ihre Seele konnte wieder ganz werden. So was Gutes hätten Sie woanders nicht malen können.«

»Danke, Verna. Das ist sehr lieb von Ihnen.«

»Ich wünschte, Ihre Mutter hätte Woody noch kennen-lernen und dieses Bild sehen können. Das lässt einem einen Schauer über den Rücken laufen, einen angenehmen Schauer.«

Sarah Grassley war an Leukämie gestorben, als Megan 15 Jahre alt gewesen war. Ihr Vater hatte fünf Jahre später wieder geheiratet und lebte jetzt mit seiner neuen

Familie in Florida. Sie hatten sich nicht auseinander-
gelebt, obwohl sie wünschte, sie würden sich näherstehen,
aber er war ein Mann, der nur über einen begrenzten
Vorrat an Zuneigung verfügte. Er schien mit ihr nicht
anders umgehen zu können, als ob er ihr Onkel wäre,
nicht ihr Vater.

Verna brachte den Müll hinaus und ließ die Tür hinter
sich geöffnet.

Megan wurde bewusst, dass sie schon eine ganze Weile
nicht mehr mit Woody gesprochen hatte. Sie ging ins
Obergeschoss, um sich zu vergewissern, dass mit ihm
alles in Ordnung war.

27 Nachdem er sich im Wildgras mit Justine
vergnügt hat, folgt Lee Shacket dem feuchten Geruch und dem schlüpfrigen Flüstern
eines Bachs, der über die Wiese verläuft. Er kniet sich an
die Uferböschung.

Er fühlt sich gesättigt. Seine Glieder sind schwer, seine
Gedanken langsam und er hat sich noch nie vollständiger
gefühlt.

Das dahinfließende Wasser ist im Dämmerlicht nicht
gut als Spiegel geeignet. Sein Spiegelbild ist undeutlich
und verzerrt und seine Augenhöhlen scheinen leer zu
sein.

Mit einer Hand streicht er über das Wasser, als ob er
dessen wellige Oberfläche glätten könnte, um sich klarer
zu sehen, aber es gelingt ihm nicht.

Er wäscht sich das Blut aus Haaren und Gesicht. Dann
schöpft er mit den Händen Wasser und trinkt es. Zuerst

schmeckt es nach Blut, aber dann nimmt es nach und nach einen faderen Geschmack an.

Shacket zieht sein ledernes schwarzes Sakko aus. Er schlüpft auch aus dem Schulterhalfter und legt es zusammen mit der Pistole zur Seite. Sein blutbespritztes Hemd wirft er weg.

Auch auf seinem T-Shirt und der Jeans ist Blut, aber nicht viel. Weil die Kleidungsstücke schwarz sind, fallen die Flecken nicht auf.

Außerdem mag er diesen Duft. Leicht metallisch. Ein Geruch wie kein anderer. Das aufregende Aroma von Macht, Dominanz, Triumph.

Nach seinem großen Triumph will er die Wiese verlassen, sich ein sicheres Plätzchen im Wald suchen, sich dort zusammenrollen und schlafen.

Er steht am Ufer des Bachs, starrt zu den Bäumen auf der anderen Seite hinüber, in die Schatten um die Baumstämme, ins Astwerk, wo sich noch mehr Schatten wie Schlangen winden. Um ihn herum und in ihm wird es dunkel. Er spürt, dass diese Dunkelheit anders ist als alle Dunkelheiten zuvor. Dies wird eine großzügige, einladende Finsternis sein, in der er sich endlich zu Hause fühlen und nie mehr ein Opfer sein wird.

Schon bald wird er in Costa Rica sein und genug Geld haben, um sich alles zu kaufen, was er will – alles und jeden. Aber im Moment will er nur noch der Dunkelheit und dem Schlaf in die Arme fallen.

Dann sieht er die Pistole im Halfter vor seinen Füßen liegen, und er erinnert sich wieder an Megan Bookman, erinnert sich, wie sie ihn behandelt hat, damals und heute Nachmittag am Telefon.

Eine so respektlose Behandlung kann er nicht hinnehmen. Wer sich respektlos behandeln lässt, ist schwach. Die Schwachen werden unweigerlich zur Beute. Beutetiere sterben. Sie kommen durch Zähne und Klauen zu Tode.

Er lässt das Halfter liegen, nimmt die Pistole in die Hand, holt sein schwarzes Sportsakko und macht sich auf den Weg über die Wiese.

Eigentlich will er zu seinem Auto gehen, zum Dodge, aber irgendwie kommt es dazu, dass er plötzlich vor der toten Frau steht, Justine.

Eine Art manische Freude überkommt ihn beim Anblick ihrer geschändeten Leiche, ein Gefühl unermesslicher Überlegenheit. Ihm entfährt ein feuchtes, kicherndes Lachen.

Wer war sie schon?

Bloß irgendein heißes Mädchen.

So leicht, sie zu nehmen, sie zu zerstören.

Sein ganzes Leben lang hat er zugelassen, dass solche Mädchen Nein zu ihm sagten. Das hätte er niemals zulassen sollen. Ein Nein ist ab jetzt keine Option mehr.

Ein plötzliches Hochgefühl löst seine Trägheit ab. Er öffnet die müden Augen und staunt über das, was aus ihm wird.

Er spuckt auf ihre sterblichen Überreste, spuckt noch einmal.

Ohne dass ihm richtig bewusst wird, was er tut, uriniert Shacket auf die Leiche. Ein kräftiger, duftender Strahl.

Dieser Kill gehört ihm. Niemand kann ihm diese Beute streitig machen.

Durch das hohe Gras bahnt er sich den Weg zur Leiche des Mannes, dessen Muskeln ihm nichts genützt hatten. Shacket uriniert noch einmal.

Er fühlt sich wie neu geboren. Er schließt den Reißverschluss. Wie ein Wesen, das unter Brücken Kindern auflauert, hüpft er den langen Hang zur Fahrbahn hinauf, wo die beiden Autos standen.

In seinem Dodge Demon rast er davon, fährt von einem State Highway auf einen anderen. Er fährt nach Norden, zu dem, was ihn anlockt: die Frau, die ihm schon immer hätte gehören sollen.

Es ist nicht mehr weit. Er kennt ihre Adresse. Er hat sich ihr Zuhause mit Google Earth von oben angesehen, auch mit Google Street View.

Seit Jason gestorben ist, hat Shacket Megan beobachtet, dieses eiskalte Miststück. Er weiß besser als sie selbst, was sie braucht, und er wird ihr bewusst machen, dass sie das Bedürfnis hat, ihn zu verwöhnen.

Nach einer halben Stunde erreicht er Pinehaven, durchquert den Ort und fährt auf der State Route weiter, bis ihr Haus auf der linken Seite der Straße in Sicht kommt. Beinahe wäre er in ihre Einfahrt abgebogen, aber dann wird ihm klar, dass es ein Fehler wäre, zu dreist vorzugehen.

Er fährt am Haus vorbei. Nach weniger als 400 Metern erreicht er einen Rastplatz. Dort verlässt er die Straße und parkt im tiefen Schatten uralter Kiefern.

Nachdem er ausgestiegen ist, bleibt er neben dem Wagen stehen und atmet die angenehm kühle Luft ein, den Geruch der Nadelbäume, der Waldkräuter. Er nimmt auch die Gerüche kleiner Tiere im Unterholz wahr. Er kann eine Spezies nicht von der anderen unterscheiden, aber vielleicht wird er eines Tages dazu fähig sein.

Der Highway auf der einen Seite, die Wildnis auf der anderen: Er ist ein Geschöpf zweier Welten. Manche Männer wären angesichts einer so tiefgehenden Verwandlung vielleicht besorgt, dass sie bald in beiden Welten keinen Platz mehr hätten. Shacket zweifelt nicht daran, dass er in beide gehört, dass er beide Welten *dominieren* wird.

Die Milliarden programmierter Archaeen, die er im Labor in Utah eingeatmet hat, sind ihm durch Fleisch und Blut geschwärmt, durch Knochen und Hirn, und dort arbeiten sie weiterhin, fügen neues Genmaterial in jede Zelle seines Körpers ein. Was für ein Material das ist, weiß er nicht. Aber die Forschergruppe in Refines Labor in Springville hat diese nützlichen Gene in Pilzen, Insekten und niederen Tieren identifiziert und war der Ansicht, dass sie das menschliche Immunsystem verbessern und die Lebenszeit verlängern würden.

Sie hatten die besten Absichten, und Absichten sind wichtig.

Jetzt sind sie alle tot, zu Asche verbrannt, weil irgendein verdammter Trottel in Panik geraten ist und den Notfallknopf gedrückt hat, überzeugt, dass eine Freisetzung programmierter Archaeen in die Umwelt eine Art genetische Seuche verursachen würde. Aber Archaeen sind keine Bakterien; sie können das spezifische Material, das sie in Shacket transportiert haben, nicht replizieren. Woraus es auch besteht, dieses Material war eine einmalige Fracht, mit der die Wissenschaftler sie beladen hatten. Falls Shacket sich mit einer biologischen Katastrophe infiziert hat, kann er diese nicht an andere weitergeben, und ebenso wenig können dies die umgestalteten Archaeen, die absichtlich so beschaffen sind, dass sie kurzlebig und nicht reproduktionsfähig sind.

Doch es gibt keine biologische Katastrophe. Er ist stärker als je zuvor. Sein Gehör und sein Geruchssinn werden mit jeder Stunde feiner.

Besonders seine Sicht verbessert sich. Als er sich umdreht, um in den Wald zu schauen, sieht er die Details der Baumlandschaft aus den sich stetig vertiefenden Schatten hervortreten, wie es eine Katze sehen würde. Katzen können durch die reflektierenden Schichten hinter ihrer Netzhaut bis zu einem gewissen Grad im Dunkeln sehen.

Welche Geheimnisse der Nacht sich wohl den facettenreichen, metallisch schimmernden Augen gewisser Motten offenbaren, die in der Dunkelheit zu Hause sind?

Shacket ist keine biologische Katastrophe, sondern ein Triumph der Wissenschaft, ein Mann, der zu mehr wird als ein Mann, der Einzige seiner Art, ein Aufsteiger.

Er lässt den Mantel im Auto, hält die Pistole in der Hand, überquert die beiden Fahrspuren und betritt einen anderen Teil des Waldes.

Mithilfe unfehlbarer Sinne, über die er früher nicht verfügt hat, bahnt er sich seinen Weg zwischen den Bäumen hindurch und erreicht einen Rasen seitlich des Bookman-Grundstücks. Das Haus ist vielleicht noch 30 Meter entfernt.

Er beobachtet die Fenster, von denen einige mit Vorhängen versehen sind, andere nicht. Hinter ihnen sind keine Gesichter, keine Bewegungen zu sehen. Das Haus ist still.

Shacket geht über den Rasen und bewegt sich an der Seite des Gebäudes entlang. Als er die Veranda an der Rückseite erreicht, kommt eine Frau – nicht Megan, offenbar die Haushälterin – durch die Hintertür heraus. Sie trägt eine Mülltüte.

Sie blickt nicht in seine Richtung, geht die Treppe hinunter und verschwindet eilig auf der gegenüberliegenden Seite des Hauses. Sie ist älter und er interessiert sich wenig für sie. Aber falls sie ihn sieht, wird er sie töten müssen.

Er will sie nicht töten, wenn das nicht leise möglich ist, und wahrscheinlich wird es das nicht sein. Megan soll ihn erst bemerken, wenn er in der Nacht nackt in ihr Bett schlüpft und sie weckt.

Sobald die Haushälterin nicht mehr zu sehen ist, springt er über das Geländer auf die Veranda. Er geht zur Tür, die sie offen gelassen hat, und betritt die Küche.

Der Raum ist hell, sauber und warm. Er duftet nach frisch zubereiteten Speisen.

Draußen wird der Deckel einer Mülltonne scheppernd wieder an seinen Platz gelegt. Die alte Frau wird gleich zurückkommen.

Eine Schwingtür führt in den Flur. Er schließt sie leise hinter sich, bleibt stehen und lauscht. Alles ist still, bis die Haushälterin wiederkommen und sich um die Aufgaben kümmern wird, die sie an diesem Tag noch nicht erledigt hat.

Es ist ein großes Haus, aber nicht so groß, dass man Bedienstete braucht, die ebenfalls darin wohnen. Sobald die Haushälterin gegangen ist, wird Shacket mit Megan und dem stummen Jungen allein sein.

Und dann wird die Respektlosigkeit, die ihm entgegengebracht wurde, Folgen haben.

Auf dem Weg zur Vorderseite des Hauses und zur Treppe kommt er an einem Flur auf der linken Seite vorbei. Dort sind die Wände mit Megans Gemälden dekoriert, die in der Regel groß ausfallen.

Er hat sich ihre Kunst online angesehen. Ursprünglich hatte er sich vorgenommen, sie zu mögen. Aber sie spricht ihn einfach nicht an.

Jetzt kommt sie ihm sogar noch absurder und kindischer vor. Er versteht ihren Zweck nicht, begreift nicht, warum jemand solche Bilder kauft, ohne die Absicht, sie danach zu verbrennen.

Ganz offensichtlich ist sie sich der neuen Welt nicht bewusst, die unerbittlich näher rückt.

Die Technik macht rasante Fortschritte, ebenso das aufklärerische Denken.

Die engstirnige Gesellschaft wird neu geformt, überkommene moralische Grundsätze landen im Abfalleimer der Geschichte, die alten sozialen Normen werden durch aufregende neue ersetzt. Was früher Tugend hieß, wird als bloße Schwäche gesehen werden, während man rohe Kraft endlich zu Recht als die einzige Tugend versteht. Vieles muss verbrannt werden. Verbrannt und zerrissen, gestürzt, in den Staub getreten.

Eine strahlende Zukunft kann nicht auf einer Vergangenheit der Ignoranz und des Irrtums aufgebaut werden. Um eine bessere Zukunft zu schaffen, ist es notwendig, in die Dunkelheit hinabzusteigen und noch tiefer, ist es nötig, diese verdorbene Welt durch Blut und Zerstörung zu reinigen.

Als er das Ende des Gangs erreicht, ist er überzeugt, dass Megans Gemälde beweisen, dass sie noch blind ist für diese bessere Welt, die kommen kann, kommen wird.

Shacket wird ihr die Augen öffnen.

Bella in der Leitung

Bella war sechs Jahre alt. Sie war eine gelbe Labrador-hündin.

Sie war immer glücklich.

Selbst dann, wenn sie ein wenig traurig war, war sie doch zusätzlich zu ihrer Traurigkeit auch glücklich. Die Traurigkeit war zweitrangig.

Soweit sie sich erinnern konnte, hatte es in ihrem Leben nur einmal eine Zeit gegeben, in der sie pures Unglück erfahren hatte, und das hatte etwas mit einer Begegnung mit einem Stinktier zu tun gehabt.

Die Geschöpfe der Natur verfügten über mehr Intelligenz in unterschiedlichen Graden und Arten, als die Menschen ahnten, aber auf Stinktiere traf das nicht zu.

Die Stinktiere waren eine dumme und gefährliche Spezies, gerade deshalb, weil sie nicht klug sein *mussten*, um zu überleben.

Immer wenn sie in einen Spiegel schaute, war Bella überrascht darüber, wie groß sie war. 35 Kilogramm, aber kein Fett.

Sie hatte sich sich selbst immer klein vorgestellt. In einer Welt voller Menschen, die auf zwei Beinen standen, erwies es sich als schwierig, die eigenen Maße immer richtig einzuschätzen.

Sie lebte in Santa Rosa, einer kleinen Stadt etwa 90 Flugkilometer nördlich von San Francisco.

Obwohl sie nie geflogen war, weder mit dem Flugzeug

noch auf andere Art, wusste Bella, was Flugkilometer waren. Und noch einiges mehr.

Sie wohnte bei Andrea und Bill Montell. Bill war Anwalt. Andrea besaß einen Buchladen, in dem Bella willkommen war.

Sie ging den Kunden des Buchgeschäfts nie auf die Nerven und ließ sich nie anmerken, dass sie den literarischen Geschmack mancher von ihnen höchst bedauerlich fand.

Andrea und Bill hatten vier Kinder, die zwischen sieben und 14 Jahren alt waren. In aufsteigender Reihenfolge: Milly, Dennis, Sam und Larinda. Alle erhielten Privatunterricht.

Es war eine eng zusammenhaltende, liebevolle Familie. Sie alle vergötterten Bella, und diese vergötterte sie – eine typische Familiensituation zwischen Mensch und Hund.

Die Kinder, der Buchladen, die Anwaltskanzlei: Bella war immer beschäftigt, erhielt viel Zuwendung, ging mit Andrea spazieren, joggte mit Bill, spielte mit den Kindern, war das Aushängeschild des Buchgeschäfts. Ihr wurde nie langweilig.

Noch dazu führte sie ein Doppelleben.

Den Montells war bewusst, dass ihre Hündin sehr klug war, aber sie hatten keine Ahnung vom wahren Ausmaß ihrer Intelligenz.

Sie wussten nichts vom Mysterium.

Sie wussten auch nicht, dass Bella sich Bücher aus ihrer Bibliothek holte und nachts darin las.

In einem viel jüngeren Alter war sie zu dem Schluss gekommen, dass es den Kindern gegenüber unfair gewesen wäre, ihre wahre Natur zu offenbaren.

Für die Entwicklung einer gesunden Psyche mit dem richtigen Maß an Selbstvertrauen musste jedes heranwachsende Kind von Zeit zu Zeit einmal im Mittelpunkt stehen, im Rampenlicht.

Sobald Bella enthüllte, was sie wirklich war, würde nur noch sie im Mittelpunkt stehen, sosehr sie auch darauf bestehen mochte, diesen Platz einem der Kinder zu überlassen.

Und was wäre überhaupt damit gewonnen, sich offen als intelligente Hündin zu zeigen in einer Welt, die noch gar nicht wusste, was sie mit so etwas anfangen sollte?

Sie liebte die Montell-Kinder. Sie wollte, dass sie ein normales Leben führen konnten, in dem jedes von ihnen Gelegenheit bekam, im Mittelpunkt zu stehen.

Einige andere Mitglieder des Mysteriums gestalteten ihr Leben ebenso wie Bella.

Manchmal war es traurig, nicht offen das sein zu können, was man sein sollte, die Person, die man wirklich war. Aber auch darin lag nicht nur Traurigkeit, sondern vor allem Glück.

Das Hüten ihres Geheimnisses brachte gewisse Vorteile mit sich. Nicht der geringste davon war, dass Bella mehr über jedes der Kinder wusste als Andrea und Bill, mehr als sie gewusst hätte, wenn den Kindern klar gewesen wäre, wie klug sie wirklich war.

Wenn sie Gefahr liefen, zu weit vom Kurs abzuweichen, kannte sie alle Hundetricks, um sie auf unauffällige Weise wieder zurückzuholen.

Für den Fall, dass das nicht funktionierte, kannte sie viele clevere Wege, Andrea und Bill auf das Problem aufmerksam zu machen, auch ohne dass diese immer erkannten, wer sie eigentlich zu dieser Einsicht gebracht hatte.

Aber Bella war nicht nur eines der fünf Montell-Geschwister sowie deren heimliches Kindermädchen, sondern auch die Redakteurin der Leitung.

Man konnte die Leitung ein- und ausschalten wie ein Radio. Nicht alle Mitglieder des Mysteriums hörten ständig zu.

Es war jedoch möglich, eine nachdrückliche Botschaft zu verschicken, die selbst blockierte Nervenbahnen öffnete und sicherstellte, dass alle sie empfingen.

Bellas Aufgabe war es, wichtige Neuigkeiten zu sammeln und sie zeitnah weiterzugeben.

Sie hatte sich freiwillig bereit erklärt, während des Tages jederzeit offen für Übertragungen zu bleiben.

Sie musste sich keine Sorgen darüber machen, dass sie Gerüchte oder Unwahrheiten verbreiten könnte. Kein Mitglied des Mysteriums hatte je von einem Hund gehört, der log.

Als die Montells sich an diesem Mittwochabend im Esszimmer zum Abendessen hinsetzten, lag Bella zusammengerollt auf einem Hundebett in der Ecke und tat so, als würde sie schlafen, obwohl sie tatsächlich große Neuigkeiten für die Angehörigen ihrer Art hatte.

Bellagramm. Wie schon vor zwei Wochen berichtet, haben Rusty und Mandy, Mitglieder der Familie von Donald und Georgina Curtis in Corte Madera, die Geburt von fünf Welpen verkündet. Das ist zurzeit der bei Weitem größte Wurf des Mysteriums. Alle Welpen sind wohlauf. Alle fünf senden auf begrenzte Entfernung telepathisch und sind fähig, über die Leitung schnell Sprachen zu lernen.

Bald sollten sie auch in der Lage sein, auf größere Ent-fernungen zu senden. Donald und Georgina Curtis sind sich Rustys und Mandys Natur vollauf bewusst. Sie sind bereit, alle fünf Welpen zu behalten. Große Freude in Corte Madera.

Da draußen passiert etwas Aufregendes. Gerade heute haben Caesar und Cleo, Mitglieder der Familie von Robert und Mei-Mei Ishigawa aus San José, einen sechsköpfigen Wurf auf die Welt gebracht, alle gesund. Robert und Mei-Mei sind sich ebenfalls des Mysteriums bewusst, und der Nachwuchs wird in der Familie bleiben.

Wir haben uns lange gefragt, woher wir kommen, warum wir hier sind und weshalb es nur so wenige von uns gibt. Wenn unsere Zahl so plötzlich ansteigt, werden sich uns vielleicht bald Antworten auf unsere ersten beiden Fragen offenbaren, die nach dem Grund unserer Existenz. Freut euch. Bleibt ehrlich. Bis zum nächsten Mal.

DER UNGEBETENE GAST

Mittwoch 17 Uhr –
Donnerstag 1 Uhr

28 Ben Hawkins hielt an einem Supermarkt in Tahoe City, um eine Palette Gourmet-Hundefutter zu kaufen, die dem Futter, das Dorothy Kipp serviert hatte, nicht unähnlich war. Für sein eigenes Abendessen besorgte er sich Sandwiches aus einem Deli.

Kipp wartete im Range Rover. Es machte ihm nichts aus. Er fühlte sich nicht einsam. Eine bunte Mischung verschiedenster Menschen ging in den Supermarkt oder verließ ihn. Menschliche Wesen waren immer interessant, vor allem dann, wenn sie nicht ahnten, dass sie beobachtet wurden.

Als Ben zurückkam, sagte er: »Hab doch gewusst, dass du mir nicht den Rover klaust und mich hier sitzen lässt. Ein Pudel wäre dazu imstande, aber du nicht.«

Sie reisten noch ein paar Meilen weiter nach Olympic Valley, das etwa 25 Meilen von Dorothys Haus am See entfernt lag.

Sie bewegten sich immer noch auf den Jungen zu, der fast ununterbrochen in der Leitung murmelte. Kipp hoffte, noch vor dem nächsten Morgen herauszufinden, ob Ben plante, weiter in diese Richtung zu fahren.

In Olympic Valley boten die Squaw Valley Lodge und das Resort at Squaw Creek Vier-Sterne-Unterkünfte an.

Aufgrund altmodischer Vorurteile gegenüber Hunden waren Kipp und Ben jedoch gezwungen, sich mit einem

Zimmer in einem Zweisternehotel zufriedenzugeben. Die Aufklärung machte nur langsam Fortschritte.

Die Besitzer, ein Ehepaar, hatten ebenfalls einen Hund. Es war ein Welsh Corgi namens Llewellyn.

Er kam durch das Tor im Check-in-Tresen heraus, um Kipp zu begrüßen. Er hatte kurze Stummelbeine und ein schönes Fell.

Llewellyn roch nach Hafershampoo. Sein Atem roch nach gekochten Karotten, grünen Bohnen und pochiertem Hühnchen, das er offenbar zum Abendessen bekommen hatte.

Obwohl Llewellyns Größe und Gewicht ihm in einer Auseinandersetzung mit einem größeren Hund zum Nachteil gereicht hätten, waren sie doch ideal in der Hinsicht, dass er so in der besten Position war, um Kipp im Schritt und am Hinterteil zu beschnuppern.

Llewellyn wirkte überrascht, als Kipp diese traditionelle Begrüßung nicht erwiderte.

Aber er war ein freundlicher Kerl und ließ sich davon nicht beirren. Sein kurzer Schwanz wackelte immer.

Das Motelzimmer stellte sich als schlicht und sauber heraus.

Es enthielt eine kleine Kaffeemaschine, daneben die dazugehörigen Päckchen mit Kaffee, Sahne und Zucker.

Ben legte seine Sandwiches sowie zwei Dosen Bier in den Kühlschrank unter dem Tresen.

Die Gerüche von Leuten, die hier gewohnt hatten, suchten Kipps Nase heim wie Gespenster.

Das Hässlichste, das er hier fand, war eine kleine, tote Kellerassel in einer Ecke des Schlafzimmers, was nicht allzu schlimm war.

Unerwarteterweise wurde Kipp als Nächstes einer oberflächlichen Säuberung unterzogen.

Ben brachte einen Karton mit feuchten Haustier-Reinigungstüchern in Folienverpackungen zum Vorschein. Außerdem besaß er zwei verschiedene Fellkämme.

Diese Sachen hatte er nicht vorhin im Laden gekauft. Aus irgendeinem Grund hatte er sie bereits im Range Rover gehabt.

»Das wird reichen, bis wir was finden, wo wir dich richtig baden können.«

Als er bei Dorothy gewohnt hatte, war Kipp jeden Donnerstag gebadet worden, und sein Fell war regelmäßig gestutzt worden. Alle hatten gesagt, er sehe aus wie ein Ausstellungshund.

Nach der langen Tagesreise abseits der Straßen, die ihn zum Campingplatz geführt hatten, war er ein wenig schmutzig und verwahrlost.

Ben nahm ihm nicht das Halsband ab, wischte ihn ansonsten jedoch gründlich ab.

Natürlich musste Kipp auch noch den kurzen Einsatz eines Föns ertragen. In jedem Leben gab es Höhen und Tiefen.

Als Kipp abgetrocknet war, brachte Ben eine Wasser- und eine Futterschüssel zum Vorschein.

Beide bestanden aus weißer Keramik und waren für Hunde gemacht. Auf beiden stand in grünen Buchstaben der Name ›Clover‹.

Auch diese stammten aus dem Range Rover, nicht aus dem Supermarkt in Tahoe City.

Ben füllte einen der Näpfe mit Wasser. In den anderen leerte er eine ganze Dose des Gourmet-Futters.

Obwohl er zuvor schon den Burger und die Würstchen verspeist hatte, fraß Kipp das ihm Angebotene mit Genuss, wenn auch nicht mit hündischer Hast.

Eines der ersten Dinge, die Dorothy an ihm aufgefallen waren, als er ein Welpe gewesen war, war die Tatsache, dass er sein Futter genoss, anstatt es in typischer Hundemanier zu verschlingen.

Ben machte es sich mit seinen Sandwiches, Bier und einem Buch in einem Sessel an einem kleinen Tisch am Fenster bequem.

Nachdem er den Napf sauber geleckt hatte, dachte Kipp über die Rätselhaftigkeit der Situation nach. Nach einem ereignisreichen Tag ohne Nickerchen war er erschöpft, aber die Neugier ließ ihn nicht schlafen.

Er kippte den leeren Napf mit einer Pfote auf die Seite. Mit der Nase rollte er ihn über den Teppich zu Ben Hawkins.

Der Schriftsteller sah von seinem Buch auf und betrachtete Kipps Vorstellung kommentarlos.

Kipp hielt die Schüssel neben Bens Sessel an, sodass die Aufschrift ›Clover‹ deutlich zu sehen war. Dann setzte er sich hin, neigte den Kopf und betrachtete den Mann.

»Willst du mehr Futter?«

Kipp klopfte einmal mit dem Schwanz, was *Nein* bedeutete. Aber diesen Code hatte er zusammen mit Dorothy entwickelt. Dieser Mann konnte nicht wissen, was er bedeutete.

Kipp schüttelte den Kopf von links nach rechts.

Ben legte ein Lesezeichen in das Buch und legte es zur Seite. Seine Miene war unergründlich.

Als ehemaliger Navy SEAL war er ein Mann des

Verstands, der sich nicht zu leichtfertigen Mutmaßungen hinreißen ließ.

Nach kurzem Schweigen fragte Ben: »Hast du gerade den Kopf geschüttelt?«

Ohne Zögern bewegte Kipp den Kopf auf und ab.

Sie starrten einander an. Kipp hatte erfahren, dass ein direktes Anstarren ein beträchtliches Maß von Informationen vermitteln konnte, abhängig von seiner Intensität und Dauer.

Nun senkte er den Blick zum Namen ›Clover‹, der auf der Schüssel stand, und sah dann wieder Ben Hawkins an.

Der Schriftsteller nahm seine Bierdose, zögerte und stellte sie wieder hin, ohne daraus getrunken zu haben.

»Weißt du, dass du ein bisschen unheimlich bist?«

Geduldig schaute Kipp ihn an und wartete.

»Clover ist acht Jahre lang meine Hündin gewesen. Aus dem Tierheim. Ich habe sie mir ein paar Wochen nach meinem Ausscheiden aus der Navy angeschafft. Einen Tag später, und sie hätten sie eingeschläfert. Sie war ein Golden Retriever wie du.«

Kipp stieß ein mitfühlendes Winseln aus.

»Clover war ein tolles Mädchen. Furchtlos, aber mit dem freundlichsten Herzen, das man sich vorstellen kann. Der Krebs hat sie lebendig aufgefressen. Vor fünf Monaten hab ich sie im Arm gehalten, während der Tierarzt ihr die Spritze gegeben hat. Das war das Schwerste, was ich je tun musste. Ich, ein großer, harter Navy SEAL. Das Schwerste.«

Kipp dachte an Dorothy. Er war sehr müde. Er war noch nie so müde gewesen.

Er tappte zum anderen Ende des Zimmers und blickte den Schriftsteller über das Bett hinweg an.

»Du willst dadrauf schlafen? Ich hab nichts dagegen.«

Kipp nahm seine restliche Energie zusammen und sprang auf die Matratze. Er drehte sich einmal im Kreis, legte sich hin und schloss die Augen.

Er hörte, wie der Schriftsteller aus dem Sessel aufstand und sich durch den Raum bewegte.

Die Dichtung der Kühlschranktür erzeugte ein leises, saugendes Geräusch, als sie geöffnet wurde.

Dann das Aufreißen einer Getränkedose. Der Geruch von frischem, kühlem Bier.

Einen Augenblick später knarrte der Sessel, als der Schriftsteller wieder darauf Platz nahm.

»Unheimlich«, wiederholte Ben.

In Kipps Traum lächelte Dorothy ihn an, legte ihm eine Hand auf den Kopf, strich ihm über das Fell und sagte: *mein ganz besonderer Junge.*

29 Megan fand Woody auf seinem Bett. Er lag vollständig angezogen auf der Bettdecke und hatte sich mit geöffneten Augen zur Embryonalhaltung zusammengekrümmt, was besagte, dass ihm irgendetwas schwer zu schaffen machte. Er war so still wie die Darstellungen von ihm, die auf manchen ihrer Gemälde zu sehen waren, darunter auch dasjenige, das ihn im Mondlicht mit den Hirschen zeigte und das zurzeit auf ihrer Staffelei stand.

Wenn sie mit ihm sprach und er sie noch nicht einmal ansah, konnte sie nichts für ihn tun, außer auf das Bett zu steigen, sich an seinen Rücken zu schmiegen und ihre Arme um ihn zu legen. Er hatte nichts dagegen, so gehalten zu werden, auch wenn er die Umarmung nie erwiderte.

Sie setzte ihn nicht unter Druck, ihr zu sagen, was nicht stimmte, denn weder Beharrlichkeit noch sanftes Nachforschen hatten irgendeine Aussicht auf Erfolg. Wenn er in dieser Stimmung war, zog er sich noch weiter in sich selbst zurück, und er verließ diesen Zustand erst, wenn das, was ihn ausgelöst hatte – irgendetwas, das ihn ängstlich, traurig oder verwirrt machte –, sich erledigt hatte.

Zu diesen Zeitpunkten wusste sie nicht, ob es für seinen emotionalen Zustand irgendeinen Unterschied machte, ob sie ihn festhielt. Sie hatte nie ein offensichtliches Anzeichen dafür gesehen. Doch für *sie* machte es einen Unterschied; es gab ihr das Gefühl, etwas essenziell Wichtiges zu tun.

Wenn man jemanden so sehr liebte, wie sie Woody liebte, und wenn man nicht in der Lage war, ihn zu trösten, wenn er es am meisten zu brauchen schien, konnte man sich manchmal fürchterlich unzureichend fühlen. Sie kannte dieses Gefühl gut.

Jetzt ermahnte sie sich selbst, daran zu denken, dass Woody aus diesen Stimmungen immer früher oder später von selbst wieder herauskam. Er blieb nicht tagelang so gramgebeugt liegen, nie länger als eine oder zwei Stunden. Was immer diese Rückzüge auslöste, er war robust genug, darüber hinwegzukommen. Wenn er dann aus emotionaler Isolation in den Zustand der bloßen Distanziertheit zurückkehrte, kam er zu ihr, berührte sie auf seine schüchterne Art und lächelte, um sie wissen zu lassen, dass das, was ihn so mitgenommen hatte, nun nachgelassen hatte.

Während sie ihn hielt und mit einer Hand über sein dichtes schwarzes Haar strich, sang sie ihm – leise, leise – ein Lied vor, das er sich manchmal stundenlang immer wieder über seinen iPod anhörte, wenn er las oder seinen Computer benutzte. »*When you're weary, feelin' small …*«

Sie hörte, wie Verna Brickits Wagen die Einfahrt verließ und auf die State Route abbog. Die Haushälterin hatte einen Schlüssel; sie hatte sicher die Hintertür abgeschlossen. Auf sie war Verlass.

»*… when tears are in your eyes, I will dry them all …*«

30 Lee Shacket steht am Fenster am Ende des Seitengangs und sieht zu, wie die ältere Frau in ihrem Toyota der Einfahrt in Richtung der zweispurigen Asphaltstraße folgt, in südlicher Richtung nach Pinehaven abbiegt und rasch außer Sicht verschwindet.

Wieder erscheinen Raben am Himmel, wie in dem Moment, bevor er den Besitzer des Shelby Super Snake erschossen hat. Sie kreisen in der Luft wie Möwen, weniger wie Raben. Dafür, dass es sonst so ernste Vögel sind, scheinen sie beinahe in Feierstimmung.

Beim letzten Mal waren es drei Raben. Diesmal beteiligen sich sieben am Luftballett. In der gesamten Menschheitsgeschichte und über alle Kulturen hinweg hat den Zahlen Drei und Sieben eine übernatürliche Bedeutung innegewohnt. Die Raben sind für ihn da, sie sollen ihn in seinem Werden ermutigen.

Er steckt sich die Pistole in den Gürtel und nimmt die Feder aus einer Tasche seiner Jeans, die in seine Hand gefallen ist, als er Justine verfolgte.

Die weichen Spitzen, die aus dem Schaft sprießen und die Fahne bilden, sind glänzend schwarz wie Tinte, doch mit einer Spur Mitternachtsblau. Es ist, als wäre der Vogel, der die Feder verloren hat, der Gesandte einer uralten Gottheit der Dunkelheit und hätte im Namen seines Meisters die Farbe des Taghimmels gestohlen, damit ewige Nacht herrsche.

Nachdem er die Feder in seine Tasche zurückgesteckt hat, zieht er die Pistole.

Er geht zur Tür auf der rechten Seite, schiebt sie auf und betritt ein Zimmer, in dem das einzige Licht durch hohe Fenster in der nördlichen Wand hereinfällt. Weil die Wolkendecke dichter wird, weil die falsche Dämmerung alles durchdringt und vielleicht auch weil Regen bevorsteht, lässt das Licht alles wirken, als stünde es unter Wasser, als würde er sich nicht in einem Haus, sondern in einem gesunkenen Boot befinden.

Dennoch braucht er keine Lampe einzuschalten. Als er vom helleren Flur in diesen Raum gelangt, passen sich seine Augen an die neuen Bedingungen an wie nie zuvor. Seine Sicht hat sich verbessert. Seine Augen können das vorhandene Licht nun irgendwie vervielfachen, sodass er sofort erkennt, dass er sich in Megans Atelier befindet.

Ein großes Gemälde scheint beinahe fertiggestellt zu sein und er fühlt sich davon angezogen. Wieder eines ihrer Werke, das Lee Shacket der fotorealistischen Darstellung zum Trotz völlig unverständlich bleibt. Was soll es bedeuten? Welche Empfindungen soll es auslösen?

Im Vordergrund stehen drei Hirsche und ein Junge. Der Junge ist Woody. Er füttert die Hirsche mit Apfelstücke. Das bleiche Mondlicht ist auf schaurige Weise diffus, wird auf seltsame Weise gespiegelt, im Gegensatz zum Realismus aller anderen Bildbestandteile.

Aus Gründen, die er sich nicht erklären kann, reizt ihn dieses Bild bis aufs Blut. Er möchte in die Küche gehen, ein scharfes Messer holen und die Leinwand in Fetzen schneiden.

Noch nicht. Wenn die Zeit gekommen ist, wird er jedes einzelne ihrer Gemälde in diesem Haus zerstören. Sobald sie sich ihm unterworfen hat, sobald sie auf die Essenz ihres Seins reduziert wurde und ihren Platz kennt, wird Megan sie selbst zerstören, auf seine Anweisung.

Die einzige Bedeutung, die einzige Wahrheit, die er in diesem Bild sieht, ist die: Die Hirsche und der geistig zurückgebliebene Junge sind schwach, sind nichts als Beute, deren Bestimmung es ist, einem Raubtier zum Opfer zu fallen.

31 Als sie Woody vorgesungen hatte und glaubte, er habe sich in ihren Armen ein wenig entspannt, sagte Megan: »Hackbraten, Kartoffel-Käse-Auflauf, eine deiner Lieblingsmahlzeiten. Und zum Nachtisch gibt's Vernas beste Muffins mit Eis. Ich bin in der Küche. Komm, wenn du so weit bist. Lass dir Zeit, Schatz.«

Sie stand vom Bett auf, blieb vor ihm stehen, lächelte und bückte sich, um ihn auf die Wange zu küssen. Der Junge starrte immer noch ins Leere, als stünde er unter

Schock, aber sie war ziemlich sicher, dass er bald wieder zu sich kommen würde.

Sein Computer und die Tischlampe waren ausgeschaltet. Rechts neben der Tastatur lag ein dicker Blätterstapel, zusammengehalten von einer Federklammer.

Megan fragte sich, was er da ausgedruckt hatte, aber sie sah es sich nicht an. Jedes Kind brauchte eine Privatsphäre und Vertrauen. Das traf ganz besonders auf Woody zu, der eine extreme Abneigung gegen jedes Eindringen in seinen persönlichen Bereich hatte. Trotz all seiner Schwächen war er ein guter Junge, und was immer er da tat, er würde es ihr früher oder später von selbst zeigen.

Nachdem sie eine der Nachttischlampen eingeschaltet hatte, verließ sie das Zimmer und schloss leise die Tür hinter sich.

Sie ging die schmale Hintertreppe herab, die in der Küche endete.

Die Pfanne mit dem Hackbraten stand in einem Drahtgestell neben den Herden. Wenn er abgekühlt und fester geworden war, würde sie zwei Portionen abschneiden und sie wieder aufwärmen. Der fertige Kartoffel-Käse-Auflauf stand mit Alufolie bedeckt in der Wärmeschublade bereit. Die Hintertür stellte sich als abgeschlossen heraus, wie sie es erwartet hatte. Verna Brickit war ein unterhaltsamer Griesgram, aber sie war außerdem auch so verlässlich wie das Auf- und Untergehen der Sonne.

Megan legte Platzdeckchen, Papierservietten und Besteck auf den Esstisch.

Aus unerfindlichen Gründen aß Woody weniger hastig und war beim Abendessen zufriedener, wenn die

Mahlzeit bei Kerzenlicht serviert wurde. Sie stellte sechs kleine rote Teelichtgläser auf den Tisch und bestückte jedes mit einem Vier-Stunden-Licht. Der Kerzenschein musste stets durch rotes Glas gefiltert werden. Wenn die Halter durchsichtig waren, versetzten die zuckenden Flammen Woody in Unruhe. Wenn das Glas blau war, verlor er den Appetit. War es grün, deprimierte es ihn.

Das Geschirr stellte sie nicht auf den Tisch, sondern auf einen Tresen, um es später zu holen. Sie brauchte nur einen Teller, aber Woody brauchte einen für seinen Hackbraten sowie drei flache Schalen für den Auflauf und die beiden Gemüsebeilagen. Sobald eins der Gerichte ein anderes berührte, konnte er es nicht mehr essen. Sie kannte den Grund dafür nicht und er selbst vermutlich ebenso wenig.

Wenn Woody aus seinem Zimmer nach unten kam, würde sie die Karotten und den Blumenkohl aufkochen und ihm seinen »Cocktail« eingießen. Wenn Megan Weißwein trank, wollte Woody klares, aromatisiertes Wasser. Wenn sie Rotwein trank, wollte er Traubensaft, der zur Farbe ihres Cabernet passte. Sosehr er auch in seinem Zustand gefangen war, versuchte er doch, eine Verbindung zwischen ihnen herzustellen, wie ungeschickt auch immer.

Sie gönnte sich jeden Abend ein oder zwei Gläser Wein. Jetzt, während sie auf Woody wartete, goss sie sich einen Caymus Cabernet ein.

Durch das Fenster in der Hintertür blickte sie in den Garten hinaus, in dem auf ihrem derzeitigen Gemälde Woody stand und die Hirsche fütterte. Nur in wenigen ihrer Werke war der Junge zu sehen, aber sobald sie ihn in ein Setting einfügte, wirkte dieser Ort ohne ihn nie mehr richtig. Trotz seines Autismus oder vielleicht gerade deshalb hatte er eine Art Schwerkraft an sich, die sie nicht erklären konnte, die die Welt um ihn herum beugte, die jeden Platz neu formte, ihn mit neuen Farben und frischer Bedeutung versah. Ohne ihn sah der Garten nun unvollständig aus wie eine schlichte Skizze, eine Vorstudie für eine ernsthaftere Szene. Sie nahm an, dass es nicht Woody selbst war, der diese Orte transformierte, wenn sie ihn malte, sondern ihre Liebe für ihn, die sie eine mystische Qualität darin erkennen ließ.

In der zunehmenden Dämmerung verdüsterte sich der Wald am Ende des Gartens zu einer zinnenbewehrten Festung mit Türmchen und Mauern, genau so, wie sie ihn im aktuellen Gemälde dargestellt hatte. Ihr war nicht ganz klar gewesen, weshalb sie dem Wald diese unheilvollen Eigenschaften verliehen hatte. Aber jetzt wurde ihr bewusst, dass er das Böse in der Welt repräsentierte, das in einem so starken Kontrast zu Woodys Unschuld stand und das eine so große Bedrohung für ihn sein würde, falls ihr irgendetwas zustieß und sie ihn nicht mehr beschützen konnte.

Sie ging zum Tisch, wo sie zuvor einen halb gelesenen Roman liegen gelassen hatte. Nachdem sie sich gesetzt und die richtige Seite wiedergefunden hatte, las sie weiter. Es war ein produktiver Tag gewesen, und sie hatte das Gefühl, sich diesen Genuss verdient zu haben. Es war eine gute Geschichte, und der Wein war noch besser.

Eines der Themen des Romans war offenbar die Macht der Einsamkeit. Sie versicherte sich, dass sie nicht einsam war, obwohl sie wusste, dass das eine Lüge war. Dann sagte sie sich, dass das Leben gut war, dass es schlimmere Dinge gab als Einsamkeit, und das war die Wahrheit.

32 Das Licht dringt aus dem Flur durch den Torbogen des Wohnzimmers und wirft einen schwachen goldenen Lichtbogen über den Boden und die Möbel. Aber die hinteren Bereiche des Raumes versinken in Schatten, während draußen vor der Terrassentür langsam die Sonne untergeht.

Shackets seltsame, verbesserte Augen verströmen ein schauriges Licht, das ihm hilft, durch das Zimmer zum Steinway-Flügel zu gehen. Er hatte ganz vergessen, dass Megan Klavier spielt.

Der Deckel des Salonflügels ist heruntergeklappt. Auf ihm steht eine kunstvoll arrangierte Fotosammlung. Die silbernen Bilderrahmen sammeln das wenige Licht, das diesen Teil des Zimmers erreicht. Seine neue Sicht führt dazu, dass das Silber sich zu bewegen scheint. Es schmilzt und fließt, obwohl die Rahmen ihre Form behalten.

Die Fotos stammen aus glücklicheren Tagen, als die Familie noch intakt gewesen ist: Jason und Megan, Jason und Woody, Megan und Woody, alle drei zusammen, Jason allein, noch eins von Jason, und noch eins. Mom und Dad lächeln auf jedem Bild, aber der Junge nur manchmal. Der Junge mit dem Matschhirn, der Schwachsinnige. Erst nimmt Jason ihm Megan weg, dann pflanzt er ihr diesen nutzlosen Jungen ein, dann stirbt er, aber dieser verräterische Drecksack ist *immer noch* hier, nimmt immer noch ihr Herz in Beschlag.

Shacket klappt die Fotos herunter, eines nach dem

anderen. Später, wenn der Junge tot ist und Megan begriffen hat, wem sie jetzt gehört, wird er zusehen, wie sie die Bilder aus den Rahmen nimmt und sie im Kamin verbrennt.

Aus dem hinteren Bereich des Hauses sind Geräusche zu hören, wahrscheinlich aus der Küche. Er ist nicht besorgt darüber. Die Geräusche bleiben weit entfernt. Er kann sie dort hinten riechen, riecht ihre Feuchtigkeit, so ein heißes Miststück, aber sie kommt nicht näher.

Das Haus gehört jetzt ihm. Sie weiß es noch nicht, aber dieses Haus gehört Shacket. Er kann es niederbrennen, wenn er will. Wenn die Schlampe sich *immer noch* weigert, sich zu unterwerfen, nachdem der Junge tot ist, nachdem Shacket nachts in Megans Bett gekrochen ist und ihr gezeigt hat, was sie in all diesen Jahren versäumt hat – dann wird er mit ihr machen, was er mit Justine gemacht hat. Danach wird er das Haus in Brand stecken und nach Costa Rica aufbrechen, wo es viele heiße Frauen gibt, den Dschungel, das Meer und mehr heiße Frauen, als er jemals brauchen wird.

Sein Werden überrascht ihn selbst, denn früher hat er nie so entschlossen agiert.

Er verlässt das Wohnzimmer, betritt den Flur und geht zur Vordertreppe. Während er hinaufsteigt, fährt er sich mit der Zunge über die Zähne, hin und her, über die oberen und die unteren Zähne, nicht die Backenzähne, sondern über die Eck- und Schneidezähne, die Eck- und Schneidezähne.

33

Verlegen – mehr als verlegen, gedemütigt und beschämt, weil er sich gegenüber den Mördern hinter der Dark-Web-Seite namens Tragedy beinahe verraten hatte, weil er beinahe sich und seine Mutter in Gefahr gebracht hatte – zog sich Woody Bookman auf Schloss Wyvern zurück. Dort fand er Trost in der Einsamkeit und konnte in seinen schlimmsten Stunden versuchen, neue Zuversicht zu gewinnen.

Schloss Wyvern war eine Schöpfung seiner Vorstellungskraft, aber in Zeiten wie diesen erschien es ihm in all seinen Details solider und überzeugender als die sogenannte wirkliche Welt. Die äußere Ringmauer war fünf Meter breit: parallel verlaufende, 60 Zentimeter dicke Schichten aus einheimischem Sandstein. Die drei Meter zwischen ihnen waren mit Schutt aus losen Steinen und Mörtel gefüllt. Zehn gewaltige Türme ragten hoch in einen stets gewittrigen Himmel auf, davon jeweils zwei am äußeren und am hinteren Torhaus. Der äußere Zwinger war vom inneren durch eine zweite, noch massivere Ringmauer abgetrennt, die mit einem noch uneinnehmbareren Torhaus sowie sechs großen Türmen bestückt war. Auf den Wehrgängen gab es Zinnen mit schmalen Pfeilschlitzen und Schießscharten, durch die man siedendes Öl und eimerweise Steine auf angreifende Feinde schütten konnte. Der Weg zu jedem Torhaus führte über eine acht Meter hohe Rampe, die von Bogenschützen bewacht wurde. Jede Rampe endete an einer Zugbrücke, die über einen Burggraben führte. In jedes Torhaus war ein hölzernes Fallgitter mit Eisenbeschlägen eingebaut, das herabgelassen werden konnte, um den Zugang zu versperren, und hinter jedem Fallgitter befand sich eine eisenbeschlagene Doppeltür, die in Notsituationen geschlossen und mit zwei Zugstangen verstärkt werden konnte.

Der Name des Schlosses war mit Bedacht gewählt. Ein Wyvern war ein besonders fürchterlicher, zweibeiniger Drache mit einem tückischen, stachligen Schwanz. Böse Menschen würden es sich wahrscheinlich zweimal überlegen, bevor sie versuchten, einen Ort namens Schloss Wyvern einzunehmen, ein Drachenschloss.

In Zeiten tiefster Demütigung und Beschämung nahm Woody in seiner hohen Schanze Zuflucht, einer runden Kammer an der Spitze des Südwestturms der inneren Ringmauer. Eine Decke aus Holzbalken. Schmale Fenster mit Blick in die vier Himmelsrichtungen. Steinwände, Steinboden. Er hatte nur einen Haufen Schilfrohre, auf den er sich legen konnte, denn ein Junge, der durch seine Ungeschicktheit und Dummheit Schande über sich gebracht hatte, sollte nicht mit Luxus dafür belohnt werden.

Wenn er einen ausreichenden Preis für seine Verfehlungen bezahlt hatte, erhielt er ein Zeichen, das ihm erlaubte, das Schloss zu verlassen und nach Pinehaven in die sogenannte Wirklichkeit zurückzukehren. So funktionierte die Welt in Geschichten über Schlösser, hohe Schanzen und Länder, in denen Drachen hausten. Zwar bestanden die Fenster der Gebäude im inneren Zwinger aus Glas, doch hier oben in diesem Turm gab es keines. Bei schlechtem Wetter wehte der kalte Wind herein und die Regentropfen schossen schräg durch die leeren Fensteröffnungen, um auf dem Steinboden zu zerplatzen. Es hing davon ab, wie hart die Bestrafung war, die seine

Taten erforderten. Wenn er seine Zeit abgesessen hatte, erreichte ihn ein Zeichen in Form eines Rotkehlhüttensängers oder einer weißen Ratte mit weichem Fell, die durch eins der unverglasten Fenster hereinkam. Der Vogel sang von seiner Begnadigung oder die Ratte tanzte auf amüsante Weise, um ihm zu zeigen, dass er wieder frei war.

Als er nun zusammengerollt auf seinem Schilfbett lag, hörte er, wie die Tür zur hohen Schanze hinter ihm geöffnet wurde. Wenn die Tür geöffnet wurde, bevor er den Rotkehlhüttensänger oder die weiße Ratte gesehen hatte, war die Besucherin seine Mutter, die ins Schloss kam, um nach ihm zu sehen. Er konnte nicht gehen, bevor er seine Zeit abgeleistet hatte, auch wenn es seine Mutter gefreut hätte, wenn er vom Bett aufgestanden und zu ihr gegangen wäre. Wenn er ging, ohne ein Zeichen erhalten zu haben, würde die Schande, die er auf sich geladen hatte, an ihm kleben bleiben und seine Mutter würde das wahre Wesen ihres Sohns erkennen. Dann würde sie sich ebenso schämen wie er, weil sie so ein Kind zur Welt gebracht hatte.

Sie war vorhin schon hier gewesen, hatte ihn gehalten und ihm etwas vorgesungen. Er war überrascht, dass sie schon so bald zurückkehrte. Sie ließ ihm immer seine Privatsphäre. Mutter wusste nichts von Schloss Wyvern, aber die Tür zu Woodys hoher Schanze und die Tür zu seinem Schlafzimmer in der wirklichen Welt waren für sie auf magische Weise verbunden. Sie sah Woodys Körper auf dem Bett liegen, während sein Geist beschämt im Turm lag. So funktionierte die Welt in diesem Fantasieland, in das er aus dieser harten Welt fliehen konnte, in die er hineingeboren war und in der er die Dinge so oft vermasselte.

Sehr lange stand seine Mutter hinter ihm in der offenen Tür. Weil es niemand außer ihr sein konnte, glaubte er, sie habe vor, wieder zu ihm zu kommen, ihm übers Haar zu streichen und ihm mit ihrer hübschen Stimme vorzusingen. Sie hatte ihn noch nie mehr als einmal besucht, wenn er sich in die hohe Schanze des Schlosses zurückgezogen hatte. Sie wusste, dass nur er selbst den Zeitpunkt seiner Rückkehr bestimmen konnte. Durch Appelle an ihn bewirkte sie nur, dass er noch länger an seinem Zufluchtsort blieb.

Schließlich schloss sie die Tür wieder und ging davon.

Woody machte sich noch kleiner auf seinem Schilfbett, zog die Knie an die Brust.

34 Der nutzlose Junge liegt mit dem Rücken zur Tür bewegungslos auf seinem Bett. Kein Hirsch ist bei ihm, und er ist nicht in Mondlicht, sondern in den Schein einer Nachttischlampe gehüllt, während das Tageslicht vor den Fenstern stirbt.

Das Kind ist leichte Beute, aber es ist nicht der richtige Zeitpunkt. Sein Verlangen, zu beißen, bringt Shacket zum Zittern. Aber es ist nicht der richtige Zeitpunkt.

Zuerst will er Megan. Er will tief in sie eindringen und sich, indem er sie nimmt, endlich an Jason Bookman rächen, der sie ihm gestohlen hat. Erst hat er sie gestohlen, dann hat er Shacket zu Dorian Purcells Sündenbock gemacht. Megan muss ihm gehören, das ist ihre Bestimmung, und mit ihr kann er dann ein überlegenes

Kind zeugen, wozu Jasons schadhaftes Erbgut nicht geeignet war.

Wenn sie sich unterwirft und seine außergewöhnliche Macht anerkennt, wenn sie begreift, zu was er sich entwickelt, und einsieht, dass sie ohne ihn keine Zukunft hat, werden sie sich gemeinsam über den Jungen hermachen. Aber wenn sie sich weigert, wird er sie lähmen, sie zu einer hilflosen Augenzeugin machen, wie er den kleinen Freak totbeißt und dann das Haus in Brand steckt.

Seine neu gewonnene Entschlusskraft ist aufregend. Er muss niemanden mehr um Rat fragen, keine Zeit mehr mit Beratungsgesprächen verschwenden, nicht um Zustimmung buhlen. Niemand ist sein Chef. Weder Gesetze noch moralische Regeln schränken ihn ein, denn er weiß, dass sie nur eingebildete Ordnungen sind. In Wahrheit ist die einzige Regel, nach der jemand erfolgreich leben kann, sei es in der Wildnis oder in der Zivilisation, die Alleinherrschaft der grausamen Natur: Beutetiere sollen sich unterwerfen, Raubtiere sollen herrschen.

Er geht weiter durch den Flur und findet das Elternschlafzimmer. Aschgraues Licht an den Fenstern. Leuchtend grüne Zahlen am Radiowecker neben dem Bett. Diese schwache Beleuchtung reicht selbst für seine an die Dunkelheit angepassten – und sich weiterhin anpassenden – Augen kaum aus, aber er bahnt sich seinen Weg zum Kingsize-Bett, ohne eine Lampe einschalten zu müssen.

Er sieht gerade genug, um festzustellen, dass die Tagesdecke abgenommen und zusammengefaltet auf der gepolsterten Bank am Fußende des Bettes abgelegt wurde. Die Bettwäsche wurde für die Nacht zurückgeschlagen, höchstwahrscheinlich von der Haushälterin, die in dem Toyota weggefahren ist. Shacket lässt sich auf die Knie hinab, um am Spannbetttuch und am Oberlaken zu riechen, zwischen denen Megans geschmeidiger Körper gelegen hat. Die Wäsche ist heute nicht gewechselt worden, was ihm die Enttäuschung erspart, nur einen Rest Waschmittel und Weichspüler wahrzunehmen. Sein Geruchssinn kann zwischen dem frischen Shampooduft ihrer schwarzen Haare, der leicht salzigen Weichheit ihrer glänzenden Haut und der Feuchtigkeit der Spalte zwischen ihren Beinen unterscheiden, wo er später den Grundstein für ihre Zukunft legen wird.

Er legt seine Pistole auf den Nachttisch und setzt sich auf die Kante des großen Bettes. Er öffnet seine Schnürsenkel und schlüpft aus den Schuhen, zieht sich jedoch erst aus, als er dort liegt, wo sie die letzte Nacht verbracht hat. Zuerst legt er sich auf den Rücken, zieht sich das Oberlaken und die dünne Decke bis zum Kinn. Die dichte Baumwolle, die sich um ihre langen Beine gelegt hat, die sich an ihren Venushügel geschmiegt und ihre Brüste bedeckt hat, liegt nun um ihn, und er hat das Gefühl, in einen Kokon aus ihrer Essenz gehüllt zu sein.

35 Im Haus am Lake Tahoe hatte Rosa Leon gerade Dorothys Anwalt Roger Austin angerufen. Da die reguläre Arbeitszeit vorbei war, benutzte sie die Nummer seines Mobiltelefons. Sie hatte ihn nicht angerufen, damit er ihr bestätigte, dass sie Dorothys Alleinerbin war; es gab keinen Grund zu der

Annahme, dass Dorothy ihr falsche Hoffnungen gemacht hatte. Aber Mr. Austin hatte einen Besuch im Haus am Tag nach ihrem Tod angekündigt, und dieser Termin musste geändert werden.

Roger Austin hatte die tiefe, aber wohlklingende Stimme eines begabten Redners, der es verstand, seine Zuhörerschaft zu fesseln. Alle waren zudem der Ansicht, dass sein Charakter zu seiner angenehmen Stimme passte: Er war prinzipientreu, vertrauenswürdig, ein Fels in der Brandung. Als er über das Dahinscheiden von Dorothy Hummel sprach, wurde die Stimme dieses Felsens einige Male brüchig, und einmal musste er für einen Moment innehalten, um die Fassung wiederzugewinnen, wodurch Rosas Achtung für ihn noch stieg. Er wusste, dass sie das Video gesehen hatte, zählte ihr aber trotzdem noch einmal alles auf, was zum Erbe gehörte, nach Steuern. Er wollte an ihrem Staunen über diese plötzliche Veränderung in ihrem Leben teilhaben, und es fiel ihr nicht schwer, es ihm zu zeigen. Außerdem legte er Wert darauf, ihr zu versichern, dass Dorothys Buchhalterin ihr, ebenso wie er selbst, in der kommenden Zeit als Berater zur Verfügung stehen würde.

»Aber können wir das Treffen morgen vielleicht auf Freitag verschieben?«, fragte sie. »Ich muss mich um ein paar wichtige Dinge kümmern, und das kann leider nicht warten.«

»Natürlich, Rosa. Wie wäre es mit 15 Uhr am Freitagnachmittag?«

»Das müsste gehen. Und danke, Mr. Austin, dass Sie Dorothy so ein guter Freund gewesen sind.«

»Bitte nennen Sie mich Roger, das hat sie auch getan. Dorothy ein Freund zu sein, ist mir wirklich nicht schwergefallen.« Er lachte leise, vielleicht um zu verhindern, dass seine Stimme wieder zitterte. »Sie war eine von nur sehr wenigen Menschen auf der Welt, die ich geliebt habe wie mich selbst.«

Als der Anruf erledigt war, brannte Rosa darauf, aufzubrechen und Kipp zu suchen. Wenn er vor der Trauer davonlief, würde sie sie mit ihm teilen und dem armen Wesen dadurch einen Teil dieser schrecklichen Last abnehmen.

Allerdings bereitete ihr der Gedanke Sorgen, dass er gar nicht davongelaufen, sondern entführt worden sein könnte, so übertrieben es sich auch anhören mochte. Tatsächlich waren Hundefänger diejenigen gewesen, vor denen Dorothy am meisten Angst gehabt hatte. Im Moment war Kipp in der Nähe von Olympic Valley, etwa 28 Meilen entfernt. Rosa war der Ansicht, dass er diese Strecke in so kurzer Zeit nicht zu Fuß zurückgelegt haben konnte.

Sein spezielles Halsband sendete ein einzigartiges Signal aus, das von einer Hightech-Firma namens Pied Finder nachverfolgt werden konnte. Das Unternehmen verkaufte Armbanduhren und andere Geräte mit eingebauten Transpondern für Kinder, die es ermöglichten, sie per GPS zu finden, falls sie gekidnappt wurden oder auf andere Weise verloren gingen. Außerdem hatte es Hundehalsbänder im Angebot.

Mit der Pied-Finder-App auf Dorothys Smartphone konnte Rosa herausfinden, wo sich Kipp befand. Im Augenblick galt ihre größte Sorge der kleinen Lithiumbatterie im Transponder, die vielleicht ausfallen konnte, bevor sie den Hund fand. Sie musste zweimal monatlich ausgetauscht werden, und sie wusste nicht, wann Dorothy das Halsband zum letzten Mal mit einer neuen bestückt hatte.

Dieses Problem hatte sie Roger Austin gegenüber nicht erwähnt, denn er wusste nichts über Kipps Geheimnis. Niemand außer Rosa konnte dem Hund zu Hilfe kommen.

Schuldgefühle und Sorgen belasteten sie schwer. Sie hätte Kipp während der Einäscherung und danach nicht allein lassen dürfen. Zu diesem Zeitpunkt hatte sie noch nicht von seinem magischen Wesen gewusst, aber ihr war völlig klar gewesen, wie wichtig er Dorothy war.

Rosa verdankte dem Golden Retriever ihr Vermögen. Dorothy hatte Rosa gemocht, aber sie hätte ihrer Pflegerin nicht ihr ganzes Anwesen hinterlassen, wenn Kipp nicht gewesen wäre. Sie hätte Rosa einen großzügig bemessenen Anteil vermacht, aber der größere Teil wäre an Wohltätigkeitsorganisationen gegangen, die Dorothy schon lange unterstützt hatte.

Nun aktivierte Rosa Leon die Alarmanlage, schloss die Haustür ab und fuhr in Dorothys Lincoln MKX davon. Sie steuerte das Fahrzeug langsam durch den unwirtlichen Nebel wie in einer dieser Geschichten, in denen Seeleute auf dem nebligen Meer alte Geisterschiffe mit zerrissenen Segeln oder legendäre Ungeheuer der Tiefe erblickten, die ihre Boote angriffen und sie mit glühenden Augen anstarrten, nur um dann wieder unter den Wellen zu verschwinden und nie wieder gesehen zu werden.

Da die Sichtweite auf sechs bis sieben Meter beschränkt war, brauchte sie fast 15 Minuten, um über die Landstraßen zur State Route 89 zu gelangen. Bei klarer Sicht nahm diese Fahrt nicht mehr als vier oder fünf Minuten in Anspruch. Sie fuhr auf der 89 nach Norden und hoffte, dass der Nebel sich lichten oder zumindest etwas dünner werden würde. Wenn er so blieb, wie er war, konnte die 40-Minuten-Fahrt nach Olympic Valley zwei Stunden oder länger dauern. Noch dazu bestand das Risiko, dass irgendein Dummkopf, der sich ganz auf sein dürftiges Urteilsvermögen verließ und an das gewöhnliche Tempolimit hielt, mit ihr zusammenstieß.

Ein blinkendes rotes Zeichen auf der Karte auf ihrem Smartphone-Display zeigte ihr, dass Kipp sich nicht von der Stelle bewegt hatte, seit sie ihn aufgespürt hatte. Wo er auch war und mit wem – offenbar hatten sie einen Platz zum Übernachten gefunden.

Wie die tastenden Lichtstrahlen einer Tiefseetaucherkugel, die den trüben Meeresboden erkundete, kamen die Scheinwerfer eines entgegenkommenden Fahrzeugs in Sicht, zuerst trüb und diffus, dann immer heller. Der Wagen fuhr in südlicher Richtung auf dem ungeteilten Highway und blieb unsichtbar, bis er vorbeirauschte. Es war ein Pick-up mit Doppelkabine, so weiß wie der Nebel, aus dem er erschienen war. Der Fahrer durchquerte die Nacht vielleicht mit der Hälfte der vorgegebenen Geschwindigkeit, aber das war unter diesen Umständen immer noch zu schnell.

Als das Auto vorbeigefahren war, wurde Rosa noch langsamer. Das Muster dieses bedeutenden Tages beunruhigte sie. Sie hatte ihre liebste – und einzige – Freundin verloren, sie hatte ein Vermögen geerbt, sie hatte an einer langen, betrüblichen Einäscherungszeremonie teilgenommen. Sie hatte ein wunderbares, beschwingendes Geheimnis über Kipp erfahren. Der Hund war verschwunden. Dann schien sie ihn mit der Hilfe außergewöhnlicher Technik wiedergefunden zu haben … ein Verlust, gefolgt von einem Glücksfall, gefolgt von einem Verlust und wieder einem Glücksfall. Aber das harte Leben hatte sie darauf vorbereitet, dass nichts Gutes je von Dauer war.

36

Jeder, der in Pinehaven County ermordet wurde oder durch einen Unfall starb, erlangte damit die persönliche Aufmerksamkeit von Carson Conroy, der hierhergekommen war, um der sinnlosen Gewalt in der Stadt zu entkommen. Aber eins nach dem anderen:

Nachdem sie von einem Hilfssheriff auf Streife entdeckt worden waren, hatte man die Leichen von Painton Spader und Justine Klineman noch vor Ort ausgiebig fotografiert und sie dann so abtransportiert, dass am Tatort möglichst wenig verändert wurde. Die Polizeibehörden auf dem Land zeigten nicht immer so viel Respekt vor potenziellen Beweismitteln.

Weil die dichte Wolkendecke das Nachmittagslicht unterdrückte und es eine 60-prozentige Chance auf Regen gab, der möglicherweise Beweise vernichtet hätte, wurden eineinhalb Stunden vor der Abenddämmerung zügig Jupiterlampen herangebracht und besonnen positioniert.

Unter Anleitung eines Hilfssheriffs, der speziell für das Finden und die Handhabung forensischer Beweise ausgebildet war, suchte ein Team des Sheriffs den geschotterten Seitenstreifen des Highways, den Hang dahinter sowie die Senke am Fuß des Hangs ab, wo man die Opfer gefunden hatte.

Der Täter war nicht direkt nach der Tötung der Frau zu seinem Wagen zurückgekehrt, sondern war schräg über die Wiese zum Bach gegangen, wo er das hohe Gras zertrampelt und Blutstropfen auf den niedergedrückten grünen Halmen hinterlassen hatte. Man fand sein weggeworfenes, blutverschmiertes Hemd sowie ein Schulterholster, in dem keine Waffe mehr steckte.

Die Leichen wurden zum Leichenschauhaus des Countys gebracht.

Ein vom County bestellter Abschleppwagenfahrer lud den Shelby Super Snake auf die Ladefläche. Er brachte das Fahrzeug zu einem Abschlepphof im selben Gebäudekomplex, in dem sich auch das Sheriffsrevier und die Leichenhalle befanden, wobei ihn ein Hilfssheriff begleitete, der bezeugen konnte, dass die Beweiskette nicht unterbrochen worden war.

Das blutige Hemd und das Schulterhalfter brachte man in einer braunen Einkaufstüte zu Carson Conroy.

Nachdem er am gerichtsmedizinischen Institut in Chicago, der Mordhauptstadt der Nation, nach und nach in der Rangordnung aufgestiegen war, fühlte Carson sich mit 42 Jahren entmutigt, denn allzu oft blieben Tötungsdelikte unaufgeklärt. Die meisten Morde standen im Zusammenhang mit Gangs, und die regierende Elite der Stadt war entweder unfähig oder nicht gewillt, sich den Banden entgegenzustellen.

Die Gewalt hatte einen äußerst persönlichen Charakter angenommen, als seine Frau Lissa bei einem Driveby-Anschlag getötet worden war, bei dem alles darauf schließen ließ, dass Gangmitglieder die Täter waren. Irgendein angehender Kleinganove hatte eine Passantin ausgelöscht, um zu beweisen, wie viel Mumm und wie wenig Herz er hatte. Solche Fälle waren am schwersten zu lösen, weil bei ihnen kein rationales Tatmotiv existierte, keine nachweisbare Kette von Ursache und Wirkung. Carson hatte gewusst, dass man Lissas Mörder nie finden würde, und er konnte nicht in einer Stadt leben, in der der Mann, der den Abzug gedrückt hatte, immer noch frei herumspazierte und sich seines Lebens erfreute.

Das war vor fünf Jahren gewesen, und der Mord war immer noch nicht aufgeklärt. In manchen Nächten, in den Untiefen unruhigen Schlafs, suchte Carson die Befriedigung blutiger Rache. Er ersann Szenarien, in denen er durch die Gebiete der Kriminellen streifte wie Denzel Washington in einem der *Equalizer*-Filme. Mithilfe von Traumlogik fand er den Schützen und brachte ihn mit einem Messer zur Strecke. Aber in der wachen Welt sah er nicht die geringste Chance auf Gerechtigkeit.

Als er vor vier Jahren aus einem Gebiet, in dem der Leichenbeschauer gewählt wurde, in eines umgezogen war, in dem es ein gerichtsmedizinisches Institut gab, hatte Pinehaven County Carson aus einer großen Zahl von Bewerbern ausgewählt und eingestellt. Seine Aufgabe hatte nicht nur darin bestanden, gerichtsmedizinische Obduktionen durchzuführen, deren Befunde vor Gericht Bestand hatten, sondern auch darin, ein angemessenes Kriminallabor einzurichten. Damit sollte es dem Sheriffsbüro zukünftig erspart bleiben, Teilaspekte seiner Ermittlungen an staatliche Behörden abgeben zu müssen. Die Leichenbeschauer des Countys waren beinahe immer

Ärzte im Ruhestand oder hauptberufliche Bestatter. Sie taten ihr Bestes, doch keiner von ihnen war hinreichend ausgebildet, um ein Verständnis der präzisen Verfahrensweisen zu besitzen, die nötig waren, um die Kontaminierung von bei einer Obduktion gewonnenem Beweismaterial zu verhindern.

In seinem ersten Arbeitsjahr hatte Carson eine 80-Stunden-Woche gehabt. Er war unter diesen Umständen aufgeblüht, hatte endlich vergessen können. In den nächsten Jahren hatte er immer viel zu tun gehabt, aber er hatte sich seiner neuen Aufgabe mit Zuversicht und Freude gewidmet. Als Stadtjunge, noch dazu als Schwarzer, hatte er damit gerechnet, dass es schwer sein würde, sich an eine so rustikale Umgebung zu gewöhnen, und das war noch milde ausgedrückt. Aber wider Erwarten gelang es ihm völlig problemlos. Ihm gefiel das bescheidene Leben hier, der majestätische Anblick der Sierra Nevada, die Schönheit der Natur. Er mochte es, dass manchmal Hirsche über die Main Street spazierten, als wären sie Touristen, die neugierig auf Pinehavens Einwohner waren. Sogar die hässlichen, aber emsigen Waschbären mochte er, die beharrlich arbeiteten, bis sie jeden noch so neuen und komplexen Riegel aufgebrochen hatten, den er an den Deckeln seiner Mülltonnen anbrachte. Die Leute hier waren nicht die, vor denen man ihn gewarnt hatte. Schon seit 40 Jahren oder länger hatte sich in den ländlichen Gemeinden in großen Teilen des Landes eine Kultiviertheit und Unvoreingenommenheit eingebürgert, von der viele Städter und Medienschaffende schlicht keine Ahnung hatten. Carson war glücklich hier, er fand den ruhigen Gang der Dinge interessant und war dankbar, der Hektik der Großstädte entkommen zu sein, in denen das Dasein ein ständiger Wettkampf, ein nie endender Marathonlauf war.

Etwa seit einem Jahr war es in Pinehaven County zu einer beunruhigenden neuen Entwicklung gekommen: Gelegentlich kamen Späher der MS-13 und anderer mittelamerikanischer Gangs hierher und hielten Ausschau nach Gelegenheiten, etwa nach abgelegenen, leicht zu tarnenden Orten, an denen man Meth-Labore betreiben konnte. Sie prüften die Stärke und Entschlossenheit der örtlichen Polizei. Zwischen ihnen und einigen Hilfssheriffs war es zu ein paar Zusammenstößen gekommen, nichts allzu Ernstes. Aber ein hübscher Teenager namens Jenny McCall war spurlos verschwunden. Sie war eine gute Schülerin gewesen, eine treu ergebene Tochter, nicht die Art Mädchen, die beschließt auszureißen. Und der 13-jährige Jimmy Talbert war mit seinem Fahrrad einen unbefestigten Forstweg entlanggefahren, als ihn jemand mit einem Auto gerammt und Fahrerflucht begangen hatte. Er war verblutet. In Pinehaven County hatte es seit 36 Jahren keinen Fall von Fahrerflucht mehr gegeben. Daher zeugte es nur von gesundem Menschenverstand, dass die Leute argwöhnisch wurden.

Carson Conroys Argwohn und seine Ängste konnten ihn nicht auf den Zustand von Justine Klinemans Leiche vorbereiten.

Im Leichenschauhaus gab es zwei Obduktionstische, jeder mit Messgeräten und einer Spüle versehen. Der Gefährte der Frau, Painton Spader, lag auf dem ersten. Man hatte viermal aus nächster Nähe mit Hohlspitzpatronen auf ihn gefeuert. Die Verwüstungen, die die Kugeln an

Fleisch und Knochen verursacht hatten, waren nicht überraschend. Anfangs hatte Carson geglaubt, dass Justine ebenfalls erschossen worden sei und dass wilde Tiere, vielleicht Kojoten, sich über sie hergemacht hätten, als sie tödlich verwundet dagelegen hatte. Als er kein Einschussloch fand, suchte er nach Stich- oder Schnittverletzungen, fand jedoch keine. Ihr Schädelknochen war unversehrt. Sie war nicht durch stumpfe Gewalteinwirkung gestorben.

Erst als er die naheliegendsten Mordwerkzeuge ausgeschlossen hatte, sah er sich gezwungen, einen gründlicheren Blick in ihr Gesicht zu werfen. In das, was davon noch übrig war. Vielleicht war sie einmal schön gewesen, aber davon war nichts mehr zu erkennen. Der Großteil ihres Gesichts war gefressen worden, ebenso eine ihrer Brüste und ein Teil der anderen. Carson hatte in seiner beruflichen Laufbahn schon viel Schreckliches gesehen, und die grauenhaften Dinge, die Mordopfern angetan wurden, jagten ihm schon lange keinen Schauer mehr über den Rücken. Doch jetzt fühlte er, wie einer an seiner Wirbelsäule emporkroch und ihn durchströmte wie ein Insektenschwarm. Die Bissspuren an den Rändern des verbliebenen Gewebes stammten nicht von einem Tier; ihre Krümmung und die Zahnabdrücke ließen auf ein menschliches Gebiss schließen.

37

Als Megan drei Kapitel gelesen und ihr Glas Cabernet ausgetrunken hatte, war Woody immer noch nicht in der Küche aufgetaucht. Wenn er Schwierigkeiten hatte, aus einem seiner tieferen Rückzüge in sich selbst wieder zurückzukehren, konnte sie ihn manchmal mit Musik dazu ermutigen. Er hörte ihr gern zu, wenn sie auf dem Steinway spielte, und er betrachtete sie dabei, als würde er staunen, dass sie den Tasten des Flügels Musik entlocken konnte.

Manchmal legte sie ihm handgeschriebene Nachrichten hin. Kürzlich hatte auf einem dieser Zettel die Frage gestanden: *Möchtest du, dass ich dir Klavierspielen beibringe?*

Weder diese noch irgendeine der anderen Nachrichten hatte er beantwortet, aber sie hoffte, dass er es eines Tages tun würde. Das Austauschen von Nachrichten wäre nicht dasselbe wie ein richtiges Gespräch, aber es wäre doch eine befriedigendere Form der Kommunikation als die, die sie bis jetzt mit ihm erlebt hatte.

Durch den Flur ging sie ins Wohnzimmer und schaltete das Licht ein. Am Klavier blieb Megan stehen. Alle Fotos, die in silbernen Rahmen steckten, lagen mit der Bildfläche nach unten auf dem Deckel.

Verna Brickit polierte Silber und Glas einmal in der Woche. Aber noch nie hatte sie die Fotos so liegen gelassen. Und das sah ihr auch nicht ähnlich. Verna war so gewissenhaft, dass es an Besessenheit grenzte.

Woody musste es getan haben. Aber weshalb? Die naheliegendste Antwort war, dass ihm der Anblick seines Vaters auf all diesen Bildern einen plötzlichen Stich versetzt hatte. Sie hatte geglaubt, dass er diesen Verlust nach drei Jahren mittlerweile verarbeitet hätte, doch offenbar war dies weniger der Fall, als sie gedacht hatte. Er war ein Genie, und die Leute neigten zu der Annahme, dass Genies weniger emotional waren als andere Menschen. Aber sie wusste, dass dies auf ihn nicht zutraf; seine

Empfindungen waren tief. Manchmal fragte sie sich, ob er nur deshalb schwieg, weil er befürchtete, dass seine lange unterdrückten Gefühle sonst mit vulkanischer Energie hervorbrechen könnten, dass er nicht fähig sein würde, sie zu kontrollieren, und Dinge sagen würde, die sie in ihrer rohen Leidenschaftlichkeit schockieren würden.

Sie ließ die eingerahmten Bilder liegen, wie sie waren. Später würde sie ihn zu den Fotos befragen.

Sie nahm auf der Sitzbank Platz, klappte die Klaviaturklappe hoch, legte die Tasten frei. Dehnte ihre Finger.

Das Dutzend Lieder, die Woody am liebsten hörte und die er sich stundenlang wieder und wieder anhören konnte, war eine bunte Mischung. Die Liedtexte hatten sicherlich eine Bedeutung für ihn, aber Megan vermutete, dass es die Melodien waren, die seine Seele am stärksten berührten.

Nach einigem Überlegen entschied sie sich für *Moon River*. Diese schöne Melodie voller Sehnsucht und sanfter Melancholie hallte durch das Wohnzimmer, drang in den Flur und die Treppe hinauf, vielleicht um den Jungen aus dem Schneckenhaus herauszulocken, in das er sich zurückgezogen hatte.

38

In seiner lebhaften Vorstellung von Schloss Wyvern lag Woody in seiner hohen Schanze auf seinem Schilfbett und starrte zum unverglasten Fenster im Süden. Dort erschien immer das Zeichen – der Rotkehlhüttensänger oder die weiße Ratte mit dem weichen Fell, die ihm zeigten, dass er genug für seine Verfehlungen gelitten hatte. Eisendunkle Wolken huschten schnell durch den Himmel. Bündel aus Blitzen zuckten durch diese geronnenen Wolkenmassen, aber es donnerte nicht. Die Himmelsmächte waren hier so still wie der Junge, der sie ersonnen hatte. Wenn sein Versagen noch schlimmer war, als er geglaubt hatte, wenn er die Mörder aus dem Dark Web bis nach Pinehaven gelockt hatte und sie in diesem Moment auf dem Weg hierher waren, gab es keine Strafe, die ihm Vergebung oder Sicherheit bringen könnte, und er wäre dazu verdammt, für immer in diesem Turmzimmer zu bleiben.

Dann hörte er ein Geräusch, das er noch nie gehört hatte, ein merkwürdiges Heulen, gefolgt von einem Seufzen und einem herzerweichenden Winseln.

Als er den Blick vom Fenster zum Boden senkte, sah er dort einen Golden Retriever, der sich zusammengerollt hatte und schlief. Er winselte, weil er in einem schlimmen oder vielleicht auch traurigen Traum gefangen war.

So etwas war noch nie passiert, und Woody wusste nicht, was er davon halten sollte. War der Hund vielleicht ein Zeichen wie der Rotkehlhüttensänger und die weiße Ratte, ein Zeichen, dass er für den Schaden, den er angerichtet hatte, gebüßt hatte und das Schloss nun verlassen durfte, um wieder zu seiner Mutter in ihrem gemütlichen Haus zurückzukehren?

Diese Frage blieb unbeantwortet, aber eine unsichtbare Präsenz sprach zu ihm. Es war ein Flüstern aus unzusammenhängenden Worten, die zwischen den Steinmauern des Turms widerhallten: »*Lächle für Dorothy … lieber, süßer Kipp … mein ganz besonderer Junge … mein Geheimnis … Mysterium …*«

Woody setzte sich auf dem dicken Schilfbett auf und sah sich in der Kammer um. Die Schatten bewegten sich bei jedem zuckenden Blitz wie Vorhänge, in die eine Brise fuhr. Die Sprecherin – es war eine Frau – blieb unsichtbar.

Eine härtere, Furcht einflößende Männerstimme ertönte, beinahe ein Knurren. »*Deine Art kenne ich … Dir bring ich Manieren bei.*«

Drei Ölleuchter an den Wänden, die vorher noch nicht da gewesen waren, flammten und rauchten, weil Woody es so wollte. Das tanzende Licht brachte außer dem Hund keine anderen Präsenzen zum Vorschein.

Eine dritte Stimme, ein anderer Mann. »*Man soll … Hunde nicht schlagen. Clover … der Krebs … lebendig aufgefressen … das Schwerste …*«

Jetzt waren alle drei Stimmen zu hören: »*Dir bring ich Manieren bei … Krebs … Clover … Dorothy … mein Kipp … mein ganz besonderer Junge … besonderer Junge.*«

Die Öllampen existierten nicht mehr, und vom Wetterleuchten bewegte Schatten zitterten wieder im Raum. Woody stand auf. Im selben Moment wurde der schlafende Hund durchsichtig wie goldenes Glas und verschwand.

Irgendwo spielte jemand auf einem Klavier *Moon River*.

So wie Schloss Wyvern Woodys Werk war, traf dies ebenso auf den Vogel und die weiße Ratte zu, die als Zeichen zu ihm kamen, um ihn aus seiner selbst auferlegten Isolation zu befreien. Das wusste er. Der Vogel und die Ratte waren Ausdrucksformen seines Gewissens dafür, dass er genug Buße für seine Verstöße geleistet hatte. Und ebenso wusste er, dass der schöne Hund *ganz sicher nicht* seine Erfindung war, dass er in seine Fantasie gebracht worden war von … jemand anderem. Diese Stimmen waren nicht seine Stimmen gewesen, und auch die Worte hatten ihren Ursprung nicht in ihm. Er begriff nicht, wie das sein konnte oder was es besagte, aber ihm schien, dass dies das erste *echte* Zeichen war, das er je erhalten hatte. Ihn überkam eine große Erleichterung, und die Angst, dass die Gestalten aus dem Dark Web ihn und seine Mutter finden würden, fiel von ihm ab.

Er musste die massiven Riegel an der Tür der Schanze nicht öffnen, musste nicht die Turmtreppe hinabsteigen, den inneren Zwinger durchqueren, das Fallgitter heben und durch das innere Tor gehen. Er drehte sich lediglich einmal im Kreis, und mit dieser Drehung wurde aus der mittelalterlichen Kammer sein modernes Zimmer, in dem er neben einem Bett stand, das nicht aus Schilfrohren bestand.

Die vertraute, eindringliche Melodie kam von dem Klavier im Erdgeschoss, und wie immer ließ sie ihn an all die Dinge denken, die er nie tun würde. Er würde nie frei in die Welt ziehen können wie ein strömender Fluss, würde nie an fremde Ufer gelangen. Er würde nie »hinausziehen, um die Welt zu entdecken«, weil die Welt in ihrer Riesenhaftigkeit und Komplexität zu viel für ihn war. Obwohl die schöne Melodie Woody so fest umschloss wie der Zaun seiner autistischen Veranlagung, war er nicht der Ansicht, dass es ein trauriges Lied war. Ganz im Gegenteil. Der Song handelte vom Wert des Träumens von Dingen, die wirklich zu tun unmöglich waren. Und allen Einschränkungen seines Lebens zum Trotz war Woody doch ein Träumer allerhöchsten Ranges.

Er ging durch das Zimmer, öffnete die Tür und betrat den Flur im Obergeschoss. Die Musik rief ihn zurück in eine Welt, die er kannte und mit der er meistens zurechtkam, in das Haus zwischen den Kiefern, zu der Mutter, deren elegante Hände alles verschönerten, das sie berührten.

39

Obwohl Shacket nicht vorhat, in Megans Bett zu schlafen, überwältigen die Reize des Liegens zwischen ihren benutzten Laken seine zunehmend geschärften Sinne, und ihr erotischer Duft lässt lebhafte Visionen des nackten Körpers dieses Miststücks in ihm aufsteigen, die erregend und doch merkwürdig einschläfernd sind. Zuerst ist er wach, doch er treibt in einem Meer lüsterner Bilder wie ein pubertierender Junge, der einen feuchten Traum hat. Das Anschwellen voller, junger Brüste, geschmeidige, stoßende Hinterbacken, seidenweiche Gliedmaßen, die ihn umfangen in einer erregenden Umklammerung. Er kann die Hautpartikel riechen, die sie im Schlaf verloren hat, die Feuchtigkeit, die ihre Schamlippen am Baumwollstoff hinterlassen haben, während *sie* erfüllende Träume hatte, die schwachen Spuren der Milch, die ihre Brustwarzen aus irgendeinem Grund abgesondert haben, obwohl sie nicht schwanger ist – als hätte sie ihn erwartet und machte sich bereit, ihn zu füttern wie ihr eigenes Kind. Er kann die Stelle auf dem Kopfkissen riechen, an der sich im Schlaf ein Speichelfaden aus einem Winkel ihrer vollen Lippen gelöst hat, und er macht sich mit der Zunge am teuren Stoff zu schaffen, um den Geschmack ihres

Mundes aufzulecken. In seinen Fantasien streicht sie sich mit den geschmeidigen Händen über den kurvigen Leib, bietet ihm an, diesen zu genießen. Er will an ihren Fingern saugen, das zarte Gewebe zwischen ihnen lecken, in das Thenar beißen, den feisten Daumenballen. Seine Sinne sind von Lust durchweicht, sodass er nicht mehr denken kann. Diese Reizüberflutung, dieses besinnungslose Ertrinken in Empfindungen wirkt wie ein Beruhigungsmittel, lässt ihn in den Schlaf sinken wie ein von Whiskey benebelter Säufer.

Träume wie diese hat er noch nie gehabt. Sie sind von einer Wildheit geprägt, dem fast fieberhaften Gefühl, dass alles möglich ist, dass kurz voraus irgendeine Entdeckung liegt, die all seine Bedürfnisse erfüllen und all seine Ängste endgültig beenden wird. Er hastet durch einen gotischen Wald, dann über eine mondbeschienene Wiese, aber er ist nicht im eigenen Körper, sondern in einem, der vierbeinig ist und schneller läuft als ein Mensch. Vor ihm dampft sein Atem in einer Nachtkälte, die er nicht fühlen kann, weil sein Blut heiß ist vor Anstrengung. Er ist von anderen seiner Art umgeben, schlanke, langbeinige, scharfzähnige Bestien. Als sie den hinkenden Hirsch entdecken, erhebt sich ein Heulen, das für sie ein Ausdruck der Freude ist, aber dem zarten Ziel ihrer Begierden nacktes Grauen einflößt. An diesem Gipfelpunkt der Erregung verwandelt sich sein Traum, verwandelt *er* sich. Er weiß nicht mehr, was er ist oder was er will, weiß nur noch, dass er fressen muss. Er ist etwas, das in absoluter Finsternis kriecht und krabbelt, sich von Schmutz ernährt, etwas, das von kopfloser Unruhe getrieben ist, für das der leichteste Luftzug eine Bedrohung ist und das von plötzlich auftauchendem

Licht in die Flucht geschlagen wird, sich in seine Erdspalte, sein Loch, seine Fäulnis zurückzieht. Und nun stellt er fest, dass er wieder zu etwas ganz anderem geworden ist, etwas Ertrunkenem und doch Lebendigem, das über einen Meeresboden kriecht, einem gewaltigen Druck ausgesetzt, der jeden Menschen töten würde, weit außerhalb der Reichweite wärmender Sonnenstrahlen, wo phosphoreszierende Pflanzen ihre Tentakel aus schaurigem Licht ausstrecken. Durch die Tiefen dringt eine vertraute Musik, die ihn in den Wachzustand zurücklockt. Während er aufsteigt, begreift er, dass diese Träume nicht aus den gewöhnlichen Erfahrungen des Lebens geformt sind, sondern möglicherweise aus genetischen Erinnerungen, die in der DNA der Milliarden Archaeen bewahrt sind, die er in Springville, Utah, eingeatmet hat.

Er erwacht.

Von unten dringt *Moon River* herauf, und der Song verärgert Shacket auf dieselbe Weise, wie das Gemälde in Megans Atelier ihn verärgert hat. Sowohl ihre Malerei als auch dieses Lied sind zu weich, zu reich ausstaffiert mit den nutzlosen Emotionen, die den Geist vernebeln und die Erkenntnis der Wahrheit verhindern, dass das Leben hart, finster und bedeutungslos ist. Im Leben geht es um nichts anderes als um die Begierde und ihre Erfüllung, Hunger und seine Stillung, Hass und die Gewalt, die er erfordert. Es geht um die Kraft, sich zu nehmen, was man will, und zu tun, was immer dazu nötig ist. Stehlen, Vergewaltigen und Töten sind für den Menschen nicht weniger natürlich als das Atmen. Sie sind das Wesenselixier der Spezies, und dieses Elixier wird in Shacket eine nie da gewesene Reinheit erreichen.

Er schlägt die Decken zurück und setzt sich auf den Bettrand. Er schlüpft in seine Schuhe und bindet die Schnürsenkel. Er nimmt die Pistole, die er auf den Nachttisch gelegt hat, und geht zur Zimmertür.

40

Woody betrat das Wohnzimmer, und Megan war erleichtert, als sie ihn sah. Als er zum Klavier kam, hoffte sie, dass er seine Traurigkeit so weit überwunden hatte, dass er zumindest einige der Fotos seines Vaters wieder aufstellen würde, die er umgekippt hatte. Aber obwohl sie für ihn noch einmal *Moon River* von Anfang an spielte, stand er nur mit verträumtem Gesichtsausdruck da und hörte zu.

Als sie fertig war und die Klaviaturklappe schloss, fragte sie ihn: »Schatz, warum hast du die Fotos hingelegt?«

Der Junge betrachtete die Bilderrahmen und runzelte die Stirn.

»Ich weiß, du vermisst deinen Dad immer noch. Ich vermisse ihn auch, sehr sogar. Das werde ich immer tun. Er war der beste Mann, dem ich je begegnet bin.«

Woody sah sie an, immer noch stirnrunzelnd, aber sie konnte den Ausdruck seines Gesichts und seiner Augen nicht deuten.

»Wenn du Bilder von ihm loswirst, wirst du dadurch nicht die schmerzlichen Erinnerungen los. Deinen Dad durch Bilder und Erinnerungen am Leben halten, ihn in unseren Herzen behalten, damit wir ihn nie wirklich verlieren können – das ist der beste Weg, mit dem zurechtzukommen, was passiert ist. Verstehst du das, Schatz?«

Der Junge nickte, immer noch mit finsterer Miene. Als

sie vorschlug, dass sie die Fotos zusammen wieder aufstellen sollten, verließ er das Wohnzimmer.

Es wäre sinnlos gewesen, ihn zurückzurufen. Er war weder gedankenlos noch ungehorsam, lediglich ein Gefangener seines Zustands, der nicht anders konnte als sich entsprechend einer Interpretation des Augenblicks und der Umstände zu verhalten, die ihm logisch erschien, die sich ihr jedoch nicht erschließen wollte.

Wenn sie zu Abend gegessen hatten und Megan den Tisch abräumte, würde Woody sehr wahrscheinlich aus eigenem Antrieb wieder ins Wohnzimmer kommen und alle silbernen Bilderrahmen wieder aufstellen. Ihr Vorschlag musste für ihn wie Worte in einer fremden Sprache gewesen sein, die er zuerst mühsam übersetzen musste. Solche verspäteten Reaktionen auf eine Bitte waren bei ihm nichts Ungewöhnliches.

Sie folgte ihm durch den Hauptflur in die Küche. Er ging zum Tisch, ließ sich auf den Stuhl sinken, auf dem sie zuvor gesessen hatte, und hob den Roman auf, den sie gelesen hatte. Er begann, ihn von der ersten Seite an zu lesen, wobei er darauf achtete, dass ihr Lesezeichen blieb, wo es war.

Da das Buch nichts enthielt, das sie ihm vorenthalten wollte, sagte sie lediglich: »Wird ein spätes Abendessen heute, aber dafür ein gutes.«

Bevor sie die geschnittenen Karotten und den Blumenkohl aus dem Kühlschrank holte, sie in Töpfe füllte und für das Kochen würzte, goss sie sich ein zweites Glas Cabernet ein. Für Woody füllte sie ein Glas mit Sparkling Ice, Trauben-Himbeer-Geschmack. Es war ein Weinglas wie ihr eigenes.

41

Shacket steht am oberen Ende der Treppe, mit dem Rücken zur Wand. Er sieht in die Diele hinunter, als erst der Junge und dann seine köstliche Mutter das Wohnzimmer verlassen. Er hat ihre einseitige Unterhaltung belauscht und fragt sich, ob die Frau selbst an einer milderen Form der geistigen Behinderung ihres Sohnes leidet. Es ergibt keinen Sinn, dass sie mit einem stummen, halb schwachsinnigen Jungen redet, als ob er sie verstehen und jeden Moment antworten könnte, obwohl er in seinem ganzen armseligen Leben noch nie ein Wort gesprochen hat.

Als das leise Knarren der Schwingtür verkündet, dass sie die Küche betreten haben, geht Shacket schnell die Stufen in die Diele hinunter und bewegt sich dabei so katzenhaft leise, dass es ihm ein breites Grinsen entlockt. Seine Verwandlung erregt ihn. Der kaum merkliche Duft ihrer feuchten Vagina, der ihr folgt, ist ein Versprechen, bei dem ihm das Wasser im Mund zusammenläuft. Er leckt sich ein wenig Speichel aus den Mundwinkeln.

Im Wohnzimmer verschwindet sein Lächeln, als ihm wieder einfällt, was sie zu dem Jungen gesagt hat, dieser ganze schmalzige Blödsinn über Jason. Vor allem ein Satz erbost Shacket: *Er war der beste Mann, dem ich je begegnet bin.*

Die Schlampe ist wahrscheinlich zahllosen Männern begegnet, aber sie hat Lee Shacket nie gekannt, nie *wirklich* gekannt. Sie hat ihm nie ihre Pforte geöffnet, hat ihm nie die Chance gegeben, ihr zu beweisen, dass er sie befriedigen kann wie kein anderer Mann.

Das wird sich bald ändern.

Am Steinway-Flügel betrachtet er die silbernen Bilderrahmen. Er nimmt einen, dreht ihn um und starrt auf ein Foto von Megan und Jason: die Beute und der Dieb, der sie ihm gestohlen hat, das heiße Miststück und der verräterische Dreckskerl.

Sein erster Impuls ist es, das Bild auf den Boden zu werfen, fest darauf zu treten, das schützende Glas zu zerbrechen, all ihre geschätzten Erinnerungen zu zerstören, genauso wie sie und ihr heimtückischer Mann Shackets Hoffnungen zerstört haben.

Aber sie würde es hören und kommen, um nachzusehen – und dies ist weder der richtige Ort noch der richtige Zeitpunkt, um ihr die Zukunft zu enthüllen, die er für sie vorgesehen hat. Nachdem er in ihrem Bett gelegen und einen Vorgeschmack der Freuden erhalten hat, die sie ihm bieten wird, hat er vor, unter ihre Decke zu kriechen, wenn sie schläft, und sie zu wecken, indem er sie nimmt. Wenn sie sich in ihrer Blindheit im Dunkel des Schlafzimmers fragen wird, wer sie bestiegen und ausgefüllt hat wie niemand zuvor, wird er mit seiner Mottensicht Megans Schreck und ihre Furcht beobachten, wird sehen, wie diese sich in Verzückung verwandeln. Ihre langen, wohlgeformten Beine werden sich um ihn schließen, sie wird ihn tiefer in sich hineinziehen. Archaeen sind keine Bakterien, und die Veränderungen, die diese Milliarden von ihnen bei ihm bewirkt haben – und weiter bewirken –, können nicht weitergegeben werden wie ein Grippevirus. Doch falls die neuen genetischen Informationen in seinem Sperma enthalten sind, wird er mit ihr ein Kind zeugen, das anderen Kindern so überlegen sein wird, wie Lee Shacket nun allen anderen Männern überlegen ist.

Anstatt das Glas des Bilderrahmens zu zerschmettern, öffnet er die Laschen, nimmt die dünne Rückwand aus Pappe heraus und holt das Foto hervor. Er nimmt auch die anderen neun Bilder aus den Rahmen, eins nach dem anderen.

Zuerst will er sie zwischen die Keramik-Holzscheite im Gaskamin stecken, um sie später zu verbrennen. Aber dann beschließt er, sie für etwas Besseres aufzubewahren. Er faltet sie zusammen und steckt sie in eine Hüfttasche seiner Jeans. Wenn er sich in der Nacht auf sie legt und sie ihn zurückweist, wenn sie sich wehrt, wenn sie ihn verspottet und beleidigt, wenn sie ihren toten Mann und ihr schwachsinniges Kind einem neuen Leben mit Shacket vorzieht, dann wird er sie bis zur Besinnungslosigkeit schlagen, jedes der Fotos zusammenknüllen und sie ihr nacheinander in den Hals stopfen, bis sie an ihrer ach so kostbaren Familie erstickt.

42 Die kalten weißen, rauchartigen Massen wogten schwerfällig durch die Nacht wie die gewaltigen Schultern und Hüften von Traumbestien, die nicht ganz Gestalt annehmen wollten. Allem Anschein nach hatte sich die Welt in Dunst aufgelöst. Keine Bäume waren zu sehen, keine Gebäude, kein entgegenkommender Verkehr. Falls unter den Reifen Asphalt war, konnte Rosa Leon ihn nicht erkennen. Der vage, rechteckige Umriss von etwas, das ein Straßenschild sein konnte, tauchte kurz im trüben Licht auf, doch es schien unbeschriftet zu sein, als ob keine Gemeinde mehr kam, auf die in dieser sich auflösenden Welt hinzuweisen wäre. Die Scheinwerfer tauchten die Nebelwand in ein eisiges Funkeln, drangen jedoch nur wenige Meter tief in sie ein.

Aus der Dunkelheit kam ein Phantom zum Vorschein, das flackernde rote Lichtkugeln auf den Boden warf. Rosa fuhr noch langsamer, und die Gestalt, die auf sie zueilte, wurde deutlicher erkennbar: ein Beamter der Highway-polizei, der Warnlichter aufstellte. Einen Augenblick später schwollen mysteriöse Nebelwolken aus dunstigem Licht in der umwölkten Nacht an, weiß, rot und blau, verschwimmende Strahlen, blinkende Punkte, sich drehende, pulsierende Leuchtfeuer, als wäre ein gewaltiges außerirdisches Raumschiff auf dem Highway gelandet. Als sie hinter einigen wartenden Fahrzeugen hielt, sah sie, dass ein umgekippter, 18-rädriger Lastwagen, eine zerquetschte Limousine und ein auf der Seite liegender SUV alle Fahr-spuren blockiert hatten. Dazu kamen Polizeiautos und mindestens ein Rettungswagen, die alle durch den Dunst schwebten wie Treibgut eines Schiffswracks in einem nebligen Meer.

Die GPS-Karte auf dem Bildschirm im Armaturenbrett zeigte ihr, dass sie sich nördlich von Meeks Bay befand, südlich der Stadt Tahoma. Bei klarem Wetter und freien Highways hätte sie ihren Zielort in 20 Minuten erreichen können. Aber jetzt würde sie wahrscheinlich stundenlang hier festsitzen.

Als sie die Pied-Finder-App auf Dorothys Smartphone aufrief, stellte sie fest, dass Kipp noch am selben Ort war, in Olympic Village.

Sie zog in Erwägung, umzudrehen und wieder zum Südende des Sees zurückzufahren, dann über die Grenze nach Nevada, an Ost- und Nordufer entlang, bis sie bei Tahoe City wieder auf den Highway 89 fahren könnte, ein paar Meilen südlich von Olympic Village. Aber auch wenn der Nebel auf der Nevada-Seite wahrscheinlich dünner war, gab es dafür keine Garantie, und wegen der dortigen Casinos würde viel mehr Verkehr herrschen.

Sie beschloss, zu bleiben und zu warten. Vielleicht würden die Behörden die Straße schneller räumen, als sie erwartete. Vielleicht hatte Kipp es bequem und sicher für diese Nacht.

Trotz ihres anstrengenden Lebens war sie nie eine besonders ängstliche Person gewesen. Hindernisse ließen sich am besten durch positives Denken und harte Arbeit überwinden. Bange Ahnungen, ganz zu schweigen von echter Beklommenheit, lenkten Herz und Hirn ab und standen Fortschritten im Weg. Aber die Verantwortung für Kipps Wohlergehen war das Wichtigste, das man Rosa je anvertraut hatte, ihre heilige Pflicht. Falls er starb oder in eine verzweifelte Lage geriet, aus der er nicht fliehen konnte, hätte sie nicht nur ihn, sondern auch Dorothy im Stich gelassen. Und nicht nur diese beiden. Falls diesem bemerkenswerten Hund etwas Schlimmes zustieß, hätte sie versagt vor … etwas anderem, etwas, das sie nicht definieren konnte. Sie hatte beinahe das Gefühl, als würde sie mit Kipp auch die ganze Menschheit enttäuschen und auf irgendeine Weise die Zukunft der Welt gefährden. Sie neigte nicht dazu, ihre eigene Bedeutung zu überschätzen, ganz im Gegenteil, und doch lastete die Verantwortung für Kipps Schicksal mit jeder Minute schwerer auf ihrer Seele. Während sie wartete, gestrandet in diesem Nebelmeer, zerrte die Sorge an ihren Nerven.

43

Als er mit dem Nachtisch fertig war, stand Woody auf, umrundete den Küchentisch, bis er neben seiner Mutter stand, senkte den Kopf und blieb erwartungsvoll dort stehen. Nichts anderes konnte er tun, um ihr zu zeigen, dass er wieder in sein Zimmer gehen wollte. Es war seine Art, gleichzeitig »Danke« und »Gute Nacht« zu sagen.

Megan blieb sitzen, nahm seine rechte Hand, hob sie zu ihren Lippen und küsste sie. Sie zog ihn zu sich heran, küsste ihn auf Wange und Stirn.

Wie immer konnte er ihre Küsse nicht erwidern, weil seine Behinderung ihn emotional fesselte, aber er wurde gern geküsst. Sie hielt an der Hoffnung fest, dass einmal ein Tag kommen würde, an dem Woodys Vorratskammer voller zurückgehaltener Küsse und unausgesprochener Worte sich öffnen würde, sie ihn sagen hörte, dass er sie liebte, sie seine Lippen an ihrer Wange spüren würde.

Sie nahm seine Hand mit beiden Händen und sagte: »Du bist der allerbeste Junge, Schatz. Weißt du das?«

Nicht immer signalisierte er, dass er gehört hatte, was sie zu ihm sagte. An manchen Tagen reagierte er kaum oder gar nicht. Aber jetzt schüttelte er den Kopf.

»Doch, das bist du«, beharrte sie. »Das bist du. Du bist der beste Junge, der du nur sein kannst, und ich weiß zu schätzen, wie viel Mühe du dir gibst. Ich hab dich lieb, Woodrow Eugene Bookman.«

Seine Beschämung war fast mit Händen greifbar. Er hielt den Blick gesenkt und biss sich auf die Unterlippe.

»Putz dir die Zähne, und benutz Zahnseide. Nur zwei Minuten mit der Sonicare. Egal wie gern du zehn oder 20 Minuten lang putzen willst – nur zwei.«

Woody nickte.

»Ich komm später noch mal, um dich zuzudecken und zu schauen, ob alles in Ordnung ist.«

Als sie seine Hand losließ, durchquerte er die Küche und ging durch die Schwingtür, nicht mit dem Überschwang eines Jungen, sondern mit der Schwerfälligkeit eines kleinen, alten Mannes. Er war nicht nur ein kleines, verletzliches Kind, das in einer Entwicklungsstörung gefangen war. Er war auch ein Wunderkind mit einem hohen IQ, und die Ketten, die sein Zustand ihm auferlegten, verhinderten, dass er sein großes Potenzial entfalten konnte. Megan wagte es nicht, sich das Ausmaß von Woodys Frustration auch nur auszumalen.

Sie stand auf und ging zum Keypad neben der Hintertür. Damit Woody sich im Haus frei bewegen konnte, stellte sie die Alarmanlage in den Zu-Hause-Modus, womit die Tür- und Fenstersicherungen ebenso wie die Glasbruchsensoren aktiviert wurden, nicht jedoch die Bewegungsmelder. Die Fenster im Obergeschoss, die nicht leicht vom Boden oder dem Verandadach zu erreichen waren, waren nicht an die Anlage angeschlossen.

44 Woody zog seinen Schlafanzug an, ging in sein Badezimmer und putzte sich exakt zwei Minuten lang die Zähne. Dann benutzte er Zahnseide, besonders gründlich um die Zähne herum, die im transplantierten Gewebe eines Toten steckten.

Nein, ganz so unheimlich war es nicht gewesen. Der Mann war noch nicht tot gewesen, als er das Gewebe gespendet hatte. Er hatte die entsprechenden

Vereinbarungen getroffen, als er noch gelebt hatte. Vielleicht hatte auch seine Familie das Entnehmen des Gewebes erlaubt, nachdem er gestorben war. Falls Letzteres zutraf, hoffte Woody, dass die Familie des Spenders nicht eines Tages zu ihnen kommen und auf Fotos mit ihm bestehen würde, weil er das Zahnfleisch ihres geliebten Angehörigen im Mund hatte. Er kannte den Namen des Toten nicht, also hatte die Familie wahrscheinlich auch nicht Woodys Namen erfahren, aber sie konnten jederzeit ein Gericht bemühen, um ihn herauszufinden. Gerichte waren unberechenbar, weil Richter Menschen waren. Es gab im Leben viele Gründe zur Sorge, aber Menschen waren die größte Problemquelle, vor allem wenn man eine geistige Behinderung wie er hatte, viele Menschen peinlich fand und wusste, dass sie einen auch peinlich finden würden, wenn sie irgendetwas über einen wüssten. Aber nicht alle waren nur peinlich. Manche waren auch zum Fürchten. Diese verströmten einen bestimmten, fast unmerklichen Geruch. Er konnte ihn nicht genau beschreiben, aber er konnte ihn wahrnehmen. Er hatte einiges über dieses Thema gelesen und erfahren, dass viele Hunde extreme Fälle von Schizophrenie und mörderischer Psychopathie riechen konnten. Vielleicht steckte also etwas Hund in ihm. Wenn er in Gegenwart zu vieler Leute war, die irgendetwas von ihm wollten, egal ob sie beängstigend oder nur peinlich waren, wollte er am liebsten schreien und schreien, bis sie sich die Ohren zuhielten und davonrannten. Aber er konnte ebenso wenig schreien, wie er ihnen sagen konnte, dass sie ihn in Ruhe lassen sollten. Also bekam er stattdessen mörderische Kopfschmerzen und wurde so nervös, dass er nicht mehr denken konnte. Manchmal wurde ihm auch schlecht. Sein Magen, seine Gedärme, alles in seinem Bauch fühlte sich dann an, als ob es sich gelöst hätte und unbefestigt darin herumschwappte, und er bekam schreckliche Angst davor, dass er einen maschinengewehrartigen Furz lassen könnte. Nichts war peinlicher als Fürze, nicht einmal wenn die Familie eines toten Zahnfleischspenders kam, um Fotos mit einem zu machen.

Als er im Badezimmer fertig war, schaltete Woody das Licht aus, ging ins Schlafzimmer und starrte seinen Computer an.

Nach ein wenig Nachdenken ging er auf Hände und Knie hinunter, kroch unter seinen Schreibtisch und verkabelte alles wieder. Die bösen Menschen von der Tragedy-Website konnten ihn nicht aufgespürt haben. Und er würde diese Seite nie wieder aufrufen.

Sein Bericht – *Die Rache des Sohnes: Gewissenhaft gesammelte Beweise für monströse Bosheit* – lag auf dem Tisch. Er hatte ihn seiner Mom geben wollen, aber dann hatte ihn einer seiner Zustände überkommen und er hatte sich nach Schloss Wyvern begeben müssen.

Er würde ihn am nächsten Morgen gleich als Erstes auf den Frühstückstisch legen.

Jetzt dachte er wieder an die Wörter, die auf dem Bildschirm erschienen waren, als er tief im Dark Web gesteckt hatte. *Du schon wieder.* Und dann: *Du bist nicht Alexander Gordius.* Und schließlich: *Wir werden dich finden.*

Letzteres war nur ein Bluff gewesen. Sie konnten sein Signal nicht zur Quelle zurückverfolgt haben, nicht nach all seinen Vorsichtsmaßnahmen.

Dennoch war er ziemlich sicher, dass er nicht in der

Lage sein würde, gleich einzuschlafen. Also schichtete er seine Kissen zu einem Stapel auf und setzte sich mit einem Roman von Patrick O'Brian aufs Bett, ein Seefahrerabenteuer, das im 18. Jahrhundert spielte. Es war eine aufregende Geschichte über Mut, Ehre und unverbrüchliche Loyalität, Eigenschaften, die Woody bewunderte und für wichtig hielt. Aber er bezweifelte, dass er sie jemals selbst in irgendeinem bedeutenden Maße besitzen würde angesichts der Katastrophe, die er nun einmal war. Doch ein Weg, etwas zu lernen, bestand darin, sich andere zum Vorbild zu nehmen. Deshalb las er Bücher wie dieses, aber natürlich auch, weil er gute, packende Geschichten mochte. Aus demselben Grund – dem, dass man vielleicht einmal zu dem wurde, was man las – mied er Romane über Vampire, Werwölfe und Zombies.

45 Nachdem Megan das Geschirr gespült und abgetrocknet hatte, gönnte sie sich nach ihren ersten zwei Gläsern noch ein halbes Glas Wein. Sie setzte sich an den Küchentisch, um den Cabernet zu genießen, während sie noch zwei Kapitel ihres Romans las.

In den späten Abendstunden hatte sich ein Wind aus dem Nordwesten erhoben, der die Nacht mit Flüstern und Stöhnen erfüllte. Von Zeit zu Zeit waren von der hinteren Veranda dumpfe Klopfgeräusche zu hören, die aber nicht von einem Einbrecher stammten, sondern von einem der Schaukelstühle, den der Wind gegen das Haus stieß. Der Hängekorb mit den Fuchsien schaukelte hin und her, wobei die Reibung der Kette am Haken ein

Knarren und Quietschen erzeugte, das wie eine Säge klang, die sich durch etwas Hartes wie Knochen fraß.

Es kam hin und wieder vor, dass Geräusche im Haus sie an Einbrecher denken ließen – Schritte unsichtbarer Phantome, das Knarren einer Tür. Aber es waren immer nur ganz gewöhnliche Geräusche eines sich setzenden Hauses, die durch den beständigen Wind, der auf das Gebäude traf, noch verstärkt wurden.

In den Wochen unmittelbar nach Jasons Tod, als Megan und Woody auf dieses Grundstück am Rand von Pinehaven umgezogen waren, waren ihr die Nächte hier nicht so romantisch erschienen, wie sie sie aus ihrer Jugend in Erinnerung hatte. Bestenfalls brachte der Einbruch der Dunkelheit eine merkwürdige Atmosphäre mit sich, die an fremde Sphären denken ließ, als wüsste die Natur von ihren Jahren in der Stadt, hielte sie für eine Verräterin und hieße sie hier nicht mehr willkommen. Schlimmstenfalls wirkten die Nächte bedrohlich, denn seit ihrer Kindheit war die Welt verkommener geworden, selbst hier in Pinehaven County. Es war leicht vorstellbar, dass abscheuliche, dekadente Gestalten wie die Betreiber von Meth-Laboren und halb wahnsinnige Endzeit-Einsiedler sich tief in die Wildnis zurückgezogen hatten und nachts näher kamen, um sie aus dem Wald zu beobachten. In den ersten Monaten nach ihrem Einzug hatte sie jeden Abend nach Sonnenuntergang alle Vorhänge und Rollläden geschlossen.

Aber die Einheimischen hatten sie mit offenen Armen empfangen, und mit der Zeit war ihr das Land wieder so gütig erschienen wie in ihrer Jugendzeit. Heute hegte Megan nicht mehr den Verdacht, dass der Wald einem

Sammelsurium heruntergekommener Unholde eine Heimstatt bot, und die Nacht brachte nur noch Sterne und den Mond. Manche Witwen hätten empfunden, dass ihre Einsamkeit sich durch das Leben auf diesem isolierten Grundstück noch verstärkte, wenn sie es lediglich mit einem Jungen teilten, der nie sprach. Aber Megan war der Ansicht, dass Einsamkeit die Gelegenheit zu Kontemplation und Selbstreflexion bot. Diese wiederum führten dazu, dass sie ihren Verlust besser akzeptieren konnte und hier schneller Frieden fand, als es vielleicht an einem anderen Ort der Fall gewesen wäre.

Sie las ein Kapitel ihres Buchs zu Ende, leerte ihr Weinglas, klappte Ersteres zu und spülte Letzteres in der Spüle aus.

Dann ging sie das Erdgeschoss ab, prüfte alle Türschlösser und schaltete die Lichter aus.

In der Diele, am Türbogen zum Wohnzimmer, streckte sie die Hand zum Wandschalter aus und sah, dass Woody hier gewesen war, bevor er in sein Zimmer gegangen war. Die silbern eingerahmten Fotos lagen nicht mehr mit der Bildfläche nach unten auf dem Steinway-Flügel. Sie alle standen zur Klavierbank gedreht, sodass sie sie sehen konnte, falls sie spielte. Aber sie sollten in diese Richtung gedreht sein, zum Zimmer. Am Morgen würde sie sie richtig hinstellen. Im Moment war ihr nur wichtig zu wissen, dass er sie gehört hatte, dass er verstanden hatte, was sie darüber gesagt hatte, die Erinnerung an seinen Vater lebendig zu halten, und dass er damit einverstanden war.

Sie löschte das Licht im Wohnzimmer.

Die Haustür war verriegelt.

Unter dem Wort ›Home‹ auf dem Keypad der Alarmanlage leuchtete ein rotes Lämpchen ebenso wie auf der Kontrolleinheit an der Hintertür. Eine dritte befand sich im Hauptschlafzimmer.

Mit dem Buch in der Hand und der Absicht, sich in den Schlaf zu lesen, stieg Megan die Treppe hinauf.

Der Wind schien prüfend am Haus zu rütteln. Irgendwo oben brachte er ein Stück Blech zum Klappern – vielleicht den Flansch am Ende des Funkenfängers im Kamin. Er pfiff durch leere Regenrinnen, schlug mit geballten Fäusten an die Fensterscheiben, rang den Dachsparren auf dem Dachboden, den Kehlbalken und Türschwellen Knarzen und dumpfes Ächzen ab wie die Wellen des Meeres, die das Holz eines Schiffsrumpfs zum Sprechen brachten.

Nachdem sie leise an Woodys Tür geklopft hatte, öffnete sie sie. Im Licht der Nachttischlampe sah sie, dass er tief und fest schlief. Er lehnte in halb sitzender Haltung an einem Kissenstapel und hatte ein aufgeklapptes Buch auf dem Schoß liegen.

Aus dem Karton auf dem Nachttisch zog sie ein Taschentuch, benutzte es, um die Stelle zu markieren, an der er zu lesen aufgehört hatte, und legte das Buch zur Seite. Sie nahm zwei Kissen von dem Stapel, an dem der Junge lehnte, brachte ihn vorsichtig in eine günstigere Schlafposition und zog die Decke über ihn.

Obwohl Woody selten mehr als fünf oder sechs Stunden schlief, war sein Schlaf sehr tief. Megans fürsorgliche Berührungen weckten ihn nicht.

Sie küsste seine glatte, kühle Stirn und stellte die Drei-Stufen-Lampe auf die schwächste Leuchtkraft ein.

Als sie einen Schritt vom Bett zurücktrat, murmelte der Junge im Schlaf. Sie drehte sich um, betrachtete ihn, hörte genauer hin und kam zu dem Schluss, dass sein Traum, wovon er auch immer handelte, kein Albtraum war. Er machte keinen gequälten Eindruck. Als sie schon beinahe an der Tür war, glaubte sie, ihn ein Wort aussprechen zu hören, nicht das zusammenhanglose Murmeln und Wimmern eines Träumers, sondern tatsächlich ein *Wort*. Das erste seines Lebens.

Vielleicht eine Minute lang stand sie wie angewurzelt da und horchte. Aber falls er wirklich gesprochen hatte, tat er es jedenfalls nicht noch einmal. Auch das Murmeln und Stöhnen hatte aufgehört. Er lag ganz still da.

Was sie aus seinem verträumten Murmeln herausgehört hatte, musste sie sich nur eingebildet haben. Schließlich kannten weder er noch sie eine Person namens Dorothy.

46 Das Gästeschlafzimmer am Ende des oberen Flurs ist dunkel, die Tür angelehnt. Shacket beobachtet durch den Türspalt, wie das Miststück an die Tür des Jungen klopft und dann in sein Zimmer geht.

Als sie etwa zwei Minuten später wieder herauskommt, geht sie auf ihn zu, ohne zu ahnen, dass sie beobachtet und begehrt wird. Sie schaltet das Licht im Flur aus und betritt das Elternschlafzimmer.

Diese Tür verfügt nicht über einen richtigen Riegel, nur über eine schwache Verriegelung über einen Knopf im Türknauf. Wahrscheinlich wird sie nicht einmal die benutzen. Die Alarmanlage ist eingeschaltet, Türen und

Fenster sind gesichert. Sie hat nicht das Gefühl, in Gefahr zu sein.

Vorher, als sie mit dem Jungen beim Abendessen saß, ist Shacket noch einmal in ihr Schlafzimmer gegangen, weil er sich plötzlich fragte, ob sie vielleicht eine Waffe hat. Bei einer alleinstehenden Frau ist das nicht unwahrscheinlich.

Er hat die Waffe gefunden, der Safe ist am Bettrahmen befestigt. Zuvor hatte er ihn übersehen. Um ihn zu öffnen, war ein vierstelliger Zahlencode nötig.

Er wusste einige wichtige Dinge über Megan, und etwas davon würde ihm wahrscheinlich die nötige Information liefern. Wenn sie solche Geräte programmierten, neigten die Leute dazu, eine Zahlenfolge zu wählen, die sie nicht vergessen würden. Er kannte ihren Geburtstag, Jasons Geburtstag, auch den von Woody, dazu das Datum ihrer Hochzeit, bei der er ein Gast, aber natürlich nicht der Trauzeuge gewesen war. Er hatte die Zahlen in dieser Reihenfolge ausprobiert. Das Hochzeitsdatum war die Lösung gewesen.

Die zehn Patronen schwimmen jetzt in der Toilettenschüssel im Gästebadezimmer und warten darauf, hinuntergespült zu werden.

Er verlässt das Gästezimmer und geht durch den Flur auf das Elternschlafzimmer zu. Dort legt er ein Ohr an die Tür, lauscht und hört fließendes Wasser.

Als er den Türknauf dreht, stellt er fest, dass die Verriegelung nicht aktiv ist. Er schiebt die Tür einige Zentimeter weit auf. Beide Nachttischlampen leuchten. Die Tür zum Badezimmer steht halb offen. Megan sieht er nicht, aber er hört das Surren einer elektrischen Zahnbürste.

Auf dem Bett liegt ein Buch. Offenbar hat sie vor, noch eine Weile zu lesen.

Wenn er seine Fantasie in die Tat umsetzen will, sich auf sie zu legen, wenn sie schläft, und in sie einzudringen, wenn sie aufwacht, muss er ihr noch ein paar Stunden Zeit lassen.

Er schließt die Tür leise und bahnt sich seinen Weg durch das lichtlose Haus, das für ihn nicht dunkel ist.

47

In ihren ersten paar Monaten in diesem Haus, als die Sierra-Nächte noch voller existenzieller Bedrohungen zu stecken schienen, hatte Megan nachts wach gelegen und auf das Splittern von Glas und das schrille Heulen des Alarms gewartet. Weil sie in T-Shirt und Slip schlief, hatte sie sich jeden Abend eine Jeans und einen Pullover mit rundem Halsausschnitt auf der freien Hälfte des Kingsize-Bettes bereitgelegt, wo sie sie rasch greifen und hineinschlüpfen konnte. Jetzt, drei Jahre später, dachte sie zwar amüsiert an ihre anfängliche Paranoia zurück, hatte es sich jedoch noch nicht abgewöhnt, Kleidung in der Nähe bereitzuhalten.

Nachdem sie Jeans und Pullover so hingelegt hatte, dass sie grob die Form eines imaginären Bettpartners hatten, ging sie auf ihre Seite, schlug Oberlaken und Decke zurück – und entdeckte einen etwa sieben Zentimeter langen Schmierfleck auf dem Spannbettlaken. Es war Mittwoch, und Verna Brickit wechselte die Bettwäsche immer um diese Zeit, also hätte sie eigentlich makellos sein müssen.

Als Megan mit einem Finger über die Substanz strich und sie zur Nase hob, roch sie nach Erde, nach Schmutz. Ein paar kleine Fetzen Spreu waren darin, Stückchen goldenen Grases oder Unkrauts.

Sie konnte sich nicht vorstellen, wie dies hierhergelangt war oder warum Verna es nicht bemerkt hatte. Mit einer Handbewegung ließ es sich fast vollständig wegwischen. Sie ging wieder ins Badezimmer, um ein frisches Handtuch zu holen, feuchtete eine Ecke davon an und benutzte diese, um noch die letzten Erdspuren zu entfernen, ohne einen zu deutlichen, nassen Fleck zu hinterlassen.

Als sie sich die Hände gewaschen und es sich im Bett mit dem Rücken am gepolsterten Kopfteil zum Lesen bequem machte, roch sie etwas Fremdartiges, das weder zu ihr noch zum Zimmer zu gehören schien, ein dünner, beißender Geruch. Sie drehte den Kopf nach links und rechts, beugte sich vor, um an der Decke zu riechen, aber der merkwürdige Duft war schwach und flüchtig gewesen. Sie konnte ihn nicht mehr wahrnehmen.

Sie nahm ihr Buch und schlug es auf.

48

Rastlos wie der die Nacht durchstreifende Wind geht Lee Shacket die dunklen Räume des Erdgeschosses ab.

Nicht nur die Notwendigkeit, auf Megans Einschlafen zu warten, frustriert ihn, sondern auch die Langsamkeit seiner Verwandlung. Wenn dieser horizontale Gentransfer abgeschlossen ist, wird er ein eindrucksvollerer Mann sein als jetzt, wird über allen Menschen und Gesetzen stehen, einschließlich der Naturgesetze. Er brennt darauf, kann es gar nicht erwarten, seiner einzigartigen Bestimmung zu folgen. Intuitiv spürt er, dass die programmierten Archaeen noch weitere Veränderungen anstoßen werden, ihn so mächtig machen werden, wie Menschen es sich kaum erträumen können. Aber ihm fehlt die Fantasie, vorauszusehen, was seine neuen Stärken und Fähigkeiten sein werden. Er will sie *sofort*.

Während der Wind abgestorbene Nadeln von den Kiefern weht und sie durch die Nacht bläst, bis sie wie Hagel an die Wohnzimmerfenster prasseln, umkreist Shacket das Klavier, dessen bloße Anwesenheit ihn ärgert aus Gründen, die er nicht benennen kann.

Wenn sie seine gehorsam im Halsband steckende Hündin ist, wird sie nicht mehr auf dem verdammten Ding spielen. Er wird ihr nicht erlauben, zu malen oder Musik zu machen. Ihr wird nur gestattet sein, sich zu unterwerfen und ihm mit allem zu dienen, was er sich wünscht. *Und es wird ihr gefallen.*

Die zehn leeren Bilderrahmen sind Zeugnisse einer Vergangenheit, die er auslöschen wird, eines Ehemanns und eines Sohns, die aus ihrem Gedächtnis verschwinden werden, damit ihr Leben heute Nacht, unter ihm, neu beginnt. Er tastet nach den zusammengefalteten Fotos in seiner Jeanstasche und kommt zu dem Schluss, dass es gar nicht nötig sein wird, sie zusammenzuknüllen und sie ihr in den Hals zu stopfen, um sie für ihren Widerstand zu bestrafen.

Sie wird keinen nennenswerten Widerstand leisten. Mit jeder Stunde wird er stärker. Er fühlt die zunehmende Dichte seiner Muskeln und eine nie gekannte Zugfestigkeit. Es wird ihm ein Leichtes sein, sie unter sich festzuhalten. Bei der geringsten Provokation wird er eines ihrer Ohren abbeißen, es durchkauen und ihr ins Gesicht spucken. Das wird sie so entsetzen, dass sie gehorchen wird, aber es wird ihre Schönheit nicht nennenswert mindern, die sie behalten muss, um seiner wert zu sein.

Sie muss es außerdem wert sein, die Mutter einer neuen Spezies zu werden, denn sie wird viel Nachwuchs austragen, Kinder, die nach Shackets Bild geformt sind, gesegnet mit seinen überlegenen Genen. Es werden nicht nur Kinder sein, sondern Halbgötter, in denen sich die verschiedenen Attribute vieler Arten vereinen. Er hat keinen Zweifel mehr daran, dass er weitergeben wird, was die Milliarden – *Billionen!* – Archaeen in ihm verankert haben. Seine Hoden fühlen sich geschwollen an, voll mit dem Samen, der eine neue Welt begründen wird.

Er holt die Fotos aus der Tasche. Sie rutschen ihm aus den Fingern. Er trampelt auf ihnen herum, während er aus dem Zimmer geht.

Seine sich verwandelnde Sicht verstärkt noch die schwächsten Lichtquellen, sodass er mit zunehmender Unruhe, aber ohne irgendetwas umzustoßen, durch die Räume und Flure navigieren kann. Er ist so leise wie ein Silberfisch, der unter einem Bodenbrett hervorkriecht, um in der von ihm bevorzugten Finsternis auf Entdeckungsreise zu gehen.

Trotz der wundersamen Natur seines Werdens, oder vielleicht gerade deshalb, kann er nicht einfach herumsitzen und abwarten. Selbst während er von einer Stelle zur anderen geht, zappelt er herum, ringt die Hände, fährt sich durchs Haar, zupft an den Stellen seines T-Shirts, die mit Justines Blut verkrustet sind, leckt sich über die Zähne, um ihrem Geschmack nachzuspüren.

Er findet sich in Megans Kunstatelier wieder, steht am Fenster, ohne sich zu erinnern, wie er hierhergelangt ist. Die hohen, schlanken Bäume im Garten biegen sich stark nach Südosten, als ob sich die Erdrotation so stark beschleunigt hätte, dass alles, was in der Erdkruste wurzelt, losgerissen wird und ins All stürzt. Die Heftigkeit des Windes erregt Shacket, regt ihn an, Dinge zu zerbrechen, wie der Wind dünne Zweige zerbricht, Dinge zu zerreißen, wie er Blätter zerfetzt, die er durch die Nacht wirbeln lässt wie Kolonien deformierter Fledermäuse.

Dann ist er wieder in Bewegung, durchquert eine bizarre Architektur, als würde sich das Haus seiner eigenen Verwandlung anpassen. Die Flure sind jetzt Tunnel, allerdings keine in die Erde oder den Fels gehauene, sondern geformt aus irgendeinem abgesonderten organischen Material, das an raues Papier erinnert. Die fensterlosen Räume sind grob gerundet wie Kammern eines Nests. So seltsam es auch ist, er hat dennoch das Gefühl hierherzugehören, angezogen von der Aussicht auf eine Zusammenkunft mit einer Horde von seiner Art.

Doch das erweist sich als Halluzination – oder als eine aus dem Instinkt, nicht aus der Erfahrung geborene Erinnerung –, denn als Nächstes findet er sich in der Küche wieder, hungriger, als er je zuvor gewesen ist. Er legt seine Pistole auf den Tisch und durchwühlt das Tiefkühlfach unter dem Kühlschrank. Dort findet er vier Steaks – Filet Mignon – in versiegelten Verpackungen, auf denen der Name eines erstklassigen Fleischlieferanten steht. Er reißt eine der Packungen auf und kaut auf dem rohen Produkt, aber es ist gefroren und stellt ihn nicht zufrieden.

Ohne sich mit einem Teller aufzuhalten, legt er das Steak in die Mikrowelle, drückt die *Defrost*-Taste und sieht durch das Ofenfenster zu, wie das Karussell der Bestrahlung sich dreht. Als das Filet ein wässriges Serum ausweint, das etwas Blut enthält, hört Shacket sich selbst einen dünnen Laut der Gier ausstoßen, der einer der vielen Stimmen des Windes ähnelt.

Als er es aus der Mikrowelle nimmt, ist das Fleisch noch kühl, aber nicht mehr eisig, es ist in seinen eifrigen Händen formbar, feucht und zart zwischen seinen Zähnen. Der Geschmack ist erträglich, die Beschaffenheit nicht abstoßend, aber es ist auch nicht das, was er sich erhofft hat, was er braucht. Die schlaffe Rindfleischmasse in seiner Hand wehrt sich nicht, sie schreit nicht, als er sie zerreißt, sie befriedigt ihn nicht wie Justine auf der Wiese.

Er streift wieder durch das Haus, von Fenster zu Fenster, begehrt den Wind und die Dunkelheit, will da draußen im Tumult sein, der zu ihm spricht, ihn aufwühlt. Sein Herz rast. Sein Puls hämmert in den Schläfen.

Wieder ist er in der Küche, starrt die Steaks an, die auf dem Boden liegen und auftauen.

Dann steht er an der Haustür, starrt das Wort unter dem winzigen roten Lämpchen an: *Zuhause*.

Er wendet sich von dem Keypad und der Tür ab.

Er steigt die Treppe hinauf.

Im oberen Flur folgt er dem persischen Läufer und gelangt zum Elternschlafzimmer. Ein Lichtstrahl schneidet durch den halben Zentimeter zwischen der Tür und dem Mahagoniboden. Das Miststück ist noch wach, sie liest. Er will sie nehmen, wenn sie schläft. *Wenn sie schläft.*

Dort steht er eine Weile, starrt auf das Licht hinunter, das funkelt wie eine Rasierklinge. Seine Gedanken drängen, sind lüstern und chaotisch. Mit einer Hand reibt er sich den Schritt. Mit der anderen zerrt er an seinem Gesicht, als wäre es eine Maske, die er abnehmen will, verdeckt seinen zuckenden Mund, um einen Schrei zu unterdrücken, der herauswill. Der die Nacht erschütternde Wind ermutigt ihn, in sein Toben einzustimmen, und zahlreiche Gelüste plagen ihn.

Er wendet sich von ihrem Zimmer ab und zieht sich zur Treppe zurück.

An der Tür zum Zimmer des Jungen bleibt er stehen. Nur ein Streifen schwachen Lichts schleicht über den polierten Mahagoniboden. Falls es drinnen Geräusche gibt, sind sie zu leise, um sie im Heulen des Windes zu hören.

Planänderung. Der Junge zuerst. Shacket öffnet die Tür. Er tritt ein. Schließt die Tür leise hinter sich.

49

Der Four Square Diner befand sich direkt gegenüber dem Gerichtsgebäude von Pinehaven County, dem Sheriffsrevier und dem Leichenschauhaus, auf der anderen Seite des Stadtparks. Zu den Hauptgeschäftszeiten konnte das Gemisch der von hier ausgehenden Aromen jeden, der sich an eine strikte Diät halten musste, zum Weinen bringen. Aber zu dieser späten Stunde duftete die Luft nur nach Speck und Kaffee.

Ein Deputy des Sheriffs, Bern Holland, der von acht Uhr abends bis um fünf Uhr morgens Dienst hatte und daher zu ungewöhnlichen Zeiten aß, saß dort am Tresen und verspeiste eine Mahlzeit aus Speck-Ei-Sandwiches mit Fritten. Die anderen beiden Männer am Tresen waren gekommen, um Kaffee zu trinken.

Carson Conroy saß in einer Sitzecke am Fenster und hatte eine Tasse schwarzen Kaffee und ein breites Stück Rosinen-Pflaumenkuchen vor sich.

Als er die Obduktionen von Painton Spader und Justine Klineman abgeschlossen hatte, war die normale Abendessenszeit lange vergangen gewesen – ebenso wie sein Appetit. Mit den Jahren hatte der Zustand von Menschen, die durch Unfälle oder Morde ums Leben gekommen waren, ihm keine Übelkeit mehr verursacht und außer Mitgefühl keine Emotionen mehr bei ihm ausgelöst. Das Leichenschauhaus war ein Ort der Toten, denen nicht mehr zu helfen war und die nichts mehr zu hoffen hatten, so abgeschieden von der Welt der Lebenden wie ein Traum von der Realität. Wenn er seine Arbeitsstelle verließ, war es immer, als würde er sich von den Trugbildern des Schlafs abwenden. In seinem ausgefüllten Leben nach Feierabend dachte Carson für gewöhnlich nicht mehr über das nach, was er auf dem Obduktionstisch gesehen hatte, jedenfalls nicht mehr, als man sich einen Traum kurz nach dem Erwachen noch einmal durch den Kopf gehen ließ. Für gewöhnlich. Aber dies war alles andere als ein gewöhnlicher Fall. Er hatte keinen Appetit auf sein verspätetes Abendessen, ganz sicher nicht auf Fleisch oder irgendetwas Herzhaftes, sondern nur auf Kaffee und süßen Früchtekuchen.

Halloween schien dieses Jahr sechs Wochen zu früh zu kommen – der Wind brüllte und heulte vor den Fenstern, die Bäume im Park schüttelten ihre zottigen Kronen im eisigen Licht der hohen Straßenlaternen. Als ein Leichenwagen am Diner vorbeifuhr, im Grunde ein umgebauter Krankenwagen inklusive auf dem Dach montierten Blaulichts, dessen Wagentür das Zeichen des Generalstaatsanwalts von Kalifornien zierte, schien sich der heiße Schluck Kaffee, den Carson gerade genommen hatte, schlagartig abzukühlen. Das Auto hätte auch nicht bedrohlicher wirken können, wenn es ein langer schwarzer Cadillac mit getönten Scheiben und einem Kennzeichen mit sieben Nullen gewesen wäre. Carson lief ein kalter Schauer über den Rücken, denn intuitiv wusste er, dass dies etwas mit den zwei Leichen zu tun haben musste, die im Leichenschauhaus in Kühlfächern lagen.

Sacramento, die Hauptstadt des Bundesstaats, war zwei Stunden entfernt. Aber die Reise konnte auch weniger Zeit beansprucht haben, falls sie ihr Blaulicht und das Martinshorn benutzt hatten.

Obwohl einige Ladenfenster ein warmes Licht verströmten, waren die Geschäfte rund um den Platz geschlossen und niemand war derzeit draußen unterwegs.

Der Leichenwagen verlangsamte sich am Nordende des Platzes, bog nach links ab, wurde noch langsamer und fuhr noch einmal nach links. Zweifellos war er auf dem Weg zu den Verwaltungsgebäuden des Countys an der Westseite des Parks. In der Mitte des schmalen, etwa 25 Meter breiten Grasteppichs befanden sich ein dreistufiger Springbrunnen und ein paar Bänke. Sieben

Kiefern schmückten den Park, alle so alt, dass ihre niedrigsten Äste knapp oberhalb der Köpfe durchschnittlich großer Männer hingen. Carson hatte freie Sicht auf das Fahrzeug des Generalstaatsanwalts. Dieses blieb stehen, schien zu zögern und bog dann nach rechts in die Verbindungsgasse zwischen dem Hauptquartier des Sheriffs und der Leichenhalle ein, wobei das Licht seiner Scheinwerfer über die Ziegelmauern der Gebäude glitt.

Carson ließ seinen restlichen Kuchen und den Kaffee stehen und legte eine Summe auf den Tisch, die für die Rechnung und das Trinkgeld ausreichte. Auf seinem Weg nach draußen sagte er der jungen Kellnerin Angela, dass er im Zombiekeller gebraucht werde – das war ihre Bezeichnung für die Leichenhalle.

Obwohl dem Sommer offiziell noch eine Woche Zeit blieb, seine Herrschaft über die Berge zu genießen, war der kühle Wind bereits ein Vorbote des Herbstes. Der Duft von Kiefernnadeln und dem gefilterten Holzrauch der Kamine lag in der Luft. Der Sturm zwang Carson, den Kopf einzuziehen und die Augen zuzukneifen gegen die umherfliegenden Baumnadeln und den feinen Staub, den er mit sich trug.

Er ging über eine Straße, durch den Park, über eine weitere Straße und betrat die Gasse in dem Moment, als der Leichenwagen nach rechts auf den städtischen Parkplatz hinter dem Leichenschauhaus fuhr und außer Sicht geriet. Als er sich dem Seiteneingang zum Sheriffsrevier näherte, wurde die Tür geöffnet und Sheriff Hayden Eckman trat in die Gasse hinaus.

Im Licht der Sicherheitslampe direkt über seinem Kopf war sein Gesicht gespenstisch weiß. Eckman wirkte nicht nur überrascht, Carson zu begegnen, sondern richtiggehend beunruhigt. Aber zum Sheriff des Countys wurde man gewählt, und als vollendeter Politiker wandelte Eckman seinen Schreck sofort in ein Lächeln um, das zu sagen schien: *Ach, was für eine Erleichterung, dass Sie hier sind.*

»Carson! Ich dachte, Sie würden schon zu Hause im Bett liegen. Ich hätte ja angerufen, aber Sie haben schon so einen langen Tag hinter sich, da wollte ich Sie nicht stören.«

Ein paar Stunden früher am Abend hatte sich Carson in der Leichenhalle mit dem Sheriff getroffen, um die Ergebnisse der Obduktionen durchzugehen. Sie waren sich einig gewesen, erst dann eine Pressemeldung herauszugeben, wenn man die Familien der Verstorbenen gefunden und benachrichtigt und der für Öffentlichkeitsarbeit zuständige Beamte genug Zeit gehabt hatte, ein Statement zu verfassen, das die Tatsachen über die Morde vermittelte, ohne unnötig Panik zu verbreiten.

Angesichts der extremen Gewalt und des Kannibalismus war Carson eigentlich der Ansicht, dass die Öffentlichkeit in Panik sein *sollte.* Aber in sein Amt war er nicht gewählt worden, und weil er aus einer Stadt stammte, in der politische Macht jede andere Kraft in der Gesellschaft übertrumpfte, wusste er, wie verrückt es war, für die Wahrheit einzustehen, wenn diejenigen, die ihren Status durch Wählerstimmen gewonnen hatten, eine andere Version der Wahrheit vertraten, die ihren Wählern mehr entgegenkam.

Während der brausende Wind eine leere Bierdose durch die Gasse klappern ließ, fragte Carson: »Was ist los?«

»Sie werden's nicht glauben«, erwiderte Hayden Eckman. »Kommen Sie mit, dann sehen Sie's selbst.« Er eilte die Gasse entlang zum städtischen Parkplatz, wohin der Leichenwagen aus Sacramento verschwunden war.

50

In einem merkwürdigen Traum saß Woody zusammen mit einer alten Frau namens Dorothy auf dem Rücksitz eines Autos. Eine jüngere Frau, die Dorothy Rosa nannte, saß am Steuer. Sie sahen einen Anhalter am Straßenrand stehen, einen großen, stark aussehenden Kerl. Woody wusste, dass es unklug war, Anhalter mitzunehmen, vor allem solche, die groß und stark aussahen, aber Rosa hielt trotzdem an. Als der Mann ins Auto stieg, sagte sie: »Wir brauchen Schutz vor Frank dem Hasser. Sonst steckt der uns in Käfige und lässt uns nie mehr raus.« Der Mann lächelte – er hatte ein sehr angenehmes Lächeln – und erwiderte: »Mit Frank dem Hasser hatte ich schon mal zu tun. Machen Sie sich um den mal keine Sorgen.« Von draußen war Wind zu hören, obwohl es vorher nicht windig gewesen war. Woody spürte ihn im Gesicht, obwohl alle Fenster geschlossen blieben. Dann drehte sich der große, starke Mann zur Rückbank um und fragte: »Na, wie geht's, Scooby-Doo?« Rosa steuerte das Auto wieder auf den Highway. Der Wind in Woodys Gesicht wurde stärker, blies gegen seine Augenlider und Wimpern. Dorothy wandte sich an den Mann: »Meinem lieben Jungen geht's gut, jetzt, da Sie hier sind«, und sie legte den Arm um Woody. Obwohl es ihm nichts ausmachte, wenn nette Leute ihn berührten, war Woody überrascht, als er Dorothys Hand leckte.

Der Wind ließ ihn blinzeln, blinzeln, blinzeln, und als er die Augen öffnete, lag er in seinem Bett auf der linken Seite. Ein Mann kniete neben dem Bett und war im schwachen Licht der Lampe deutlich zu sehen. Er beugte sich nahe heran und blies Woody ins Gesicht.

Für einen Augenblick fühlte Woody sich desorientiert, fragte sich, was aus dem Auto und all seinen Insassen geworden war. Dann wurde ihm bewusst, dass er geträumt hatte. Als der kniende Mann aufhörte zu blasen und ihn angrinste, überlegte er, ob er vielleicht immer noch träumte.

Dann nahm er den Geruch des Eindringlings wahr, schwach und nicht zu beschreiben. Er hatte ihn schon ein paarmal im Leben gerochen. Vielleicht waren solche Duftnoten für Hunde stärker, das stand jedenfalls in den Artikeln, die er gelesen hatte. Dieser Mann roch Furcht einflößend.

Schlimmer als das. Was war schlimmer? Böse?

Die Angst lähmte Woody, sodass er nicht einmal den Kopf vom Kissen heben konnte.

Der Fremde sprach leise. »Hey, kleiner Kerl, na, was sagst du?«

Woody sagte nichts.

»Hat's dir die Sprache verschlagen?«

Ihre Gesichter waren vielleicht 15 bis 20 Zentimeter voneinander entfernt.

Das linke Auge des Mannes war grau, das rechte braun, als würde er farbige Kontaktlinsen tragen, von denen eine herausgefallen war.

Irgendetwas war seltsam am linken Auge, da war so ein schwaches Leuchten tief in ihm. »Hast du mich gehört,

Woodrow?«, flüsterte der Fremde. »Oder bist du etwa stumm *und* taub, du kleiner Freak?«

51 Der eisig weiße Lampenschein im Kühlraum fiel auf die knochenweißen Keramikfliesen an Wänden und Boden, auf den Edelstahl der zwei Reihen von Leichenschubladen, vier oben und vier unten, auf Carson Conroy und Sheriff Hayden Eckman sowie auf die zwei Männer aus Sacramento. Dieses harte Licht ließ keinen von ihnen jung, hübsch oder freundlich erscheinen.

Einer der Männer aus der Hauptstadt, Frawley, war angeblich ein gerichtsmedizinischer Assistent. Selbst zu dieser Abendstunde trug er einen gut geschnittenen Anzug, ein weißes Hemd und eine Seidenkrawatte. Seine Wingtip-Schuhe sahen englisch aus, vielleicht von Crockett & Jones, was bedeutete, dass sie wahrscheinlich 600 oder 700 Dollar gekostet hatten. Dazu trug er eine goldene Rolex.

Der andere, Zellman, war ein klotziger Kerl mit einem ewig finsteren Gesicht, wie man es von manchen Tempeln tief im Dschungel kannte, aus dem Stein gehauen von den Anbetern zornerfüllter Götter. Ein dicker Hals. Lange Arme. Riesige Hände. Er behauptete von sich, Pathologieassistent und Fahrer zu sein.

Carson nahm keinem von beiden seine Geschichte ab. Frawley sah wie ein Mittelsmann für illegale Geschäfte aus, ein aalglatter Typ, der Freunde in hohen Positionen hatte und in der Lage war, alles wieder geradezurücken, was diese anstellten. Zellman musste der ihm untergebene Schläger sein, nicht mehr und nicht weniger. Sie waren hier, um die Leichen von Painton Spader und Justine Klineman mitzunehmen, die in geschlossenen Leichensäcken in zwei der Schubfächer aus rostfreiem Stahl lagen.

»Wir bringen sie ins Leichenschauhaus in Sacramento«, sagte Frawley.

»Ich verstehe nicht ganz«, gab Carson zurück.

»Wir übernehmen den Fall. Sheriff Eckman hat zugestimmt, die Autorität über die Ermittlungen an den Staat abzugeben.«

Hayden Eckman wandte sich an Carson: »Der Generalstaatsanwalt hat mich vor ein paar Stunden selbst angerufen. Er hatte überzeugende Argumente.«

»Was denn zum Beispiel?«

Frawley drehte sich zu einem Aktenkoffer um, der auf einer Tragbahre lag, mit der Leichen durch das Gebäude geschoben wurden. Er öffnete den Koffer, nahm einen Stapel Papiere heraus und sagte: »Einer von Sheriff Eckmans Leuten hat die Brieftasche des Mörders in der Nähe der Leiche von Justine Klineman gefunden. Die muss aus seiner Hosentasche gefallen sein, als er … sich an ihr verging. Darin haben wir den Ausweis von Nathan Palmer gefunden, der auf der Flucht ist und wegen Mordes gesucht wird.«

»Als wir den Ausweis hatten«, fuhr Hayden Eckman an Carson gewandt fort, »sind wir auf die Website vom National Crime Information Center gegangen, um nachzuschauen, ob es da einen Eintrag über den Kerl gibt. Und es gab einen. Staats- und Bundesbehörden sind mit Volldampf hinter ihm her.«

»Wann war das alles?«

»Heute Abend.«

»Während ich die Obduktionen gemacht habe?«

»Sie und Jim hatten gerade mit der ersten angefangen.«

Jim Harmon war Carsons einziger Assistent.

»Und Sie sagen mir nichts davon?«

Eckman sah Carson nicht in die Augen, sondern starrte stattdessen die Papiere an, die Frawley hervorgeholt hatte. »Die wollen diesen irren Nathan Palmer wirklich unbedingt schnappen. Damit ist nicht zu spaßen. Ich habe deswegen stundenlang mit dem Generalstaatsanwalt und dem FBI telefoniert. Wir haben hier ein gutes Labor, aber das kommt nicht an das heran, was Staat und Bund in Sacramento haben.« Er trat an die Bahre heran und begann, die Dokumente an den Stellen zu unterschreiben, die mit strahlend bunten Plastik-Klebepfeilen markiert waren.

Im Laufe der letzten neun Monate hatte Carson versucht, aus Hayden Eckman schlau zu werden, aber es war nicht einfach gewesen. Er war nicht der Sheriff, der ihn vor vier Jahren nach Pinehaven County geholt hatte. Eckman war ein kompetenter Gesetzeshüter und Leiter seiner Abteilung, aber er war politischer als sein Vorgänger, schielte vielleicht mit einem Auge bereits nach einem höheren Posten.

»Er hat auf die Leichen uriniert, auf ihre Kleidung«, sagte Carson.

Frawley sah ihn an, als ob er fragen wollte: *Worauf wollen Sie hinaus?*

»Ich habe die Kleidung und andere Beweismittel. Wir werden sicher auch ein paar Haare von ihm finden, und DNA. Alles ist morgen früh bereit fürs Labor.«

Frawley nickte. »Das nehmen wir alles heute Abend mit. Unser Labor arbeitet 24 Stunden am Tag.« Er hielt ein neues Schriftstück hoch und forderte den Sheriff auf: »Hier die Unterschrift, da die Initialen.«

»Und werden Sie ihn auch finden?«

»Das ist unvermeidlich, Mr. Conroy.«

»Sie scheinen die Sache ja sehr entspannt anzugehen. Palmer hat die Frau totgebissen. *Er hat ihr Gesicht aufgefressen, ihre Brüste, Herrgott noch mal.*«

»Die Öffentlichkeit in Panik zu versetzen bringt niemandem etwas«, gab Frawley zu bedenken.

»Wenn man sie nicht informiert, liefert man sie diesem Kerl aus.«

»Wenn wir solche spektakulären Einzelheiten öffentlich machen, bringt uns das Hunderte von Anrufen von Leuten ein, die glauben, Palmer irgendwo gesehen zu haben, wo er nicht ist. Und diesen Hinweisen werden wir nachgehen müssen, statt ihn wirklich aufspüren zu können.«

Carson sagte: »Sheriff, wenn dieser wahnsinnige Scheißkerl frei in Pinehaven County herumläuft …«

»Sein Muster«, unterbrach ihn Frawley mit einer Spur Herablassung, »besteht darin, dass er in Bewegung bleibt. Gerade nach so einem Mord. Die Chance, dass er hier noch irgendwo im Umkreis von 100 Meilen ist, beträgt praktisch null.«

»›Praktisch‹ reicht Ihnen also? Und seit wann halten sich Wahnsinnige an Muster?«

Sheriff Eckman war mit dem Unterschreiben fertig und sah Carson schließlich an. »Nur für den Fall, dass Palmer immer noch in der Gegend ist, hat uns der

Generalstaatsanwalt Leute zur Verfügung gestellt, um die Suche durchzuführen. Wir sind eine kleine Abteilung und haben ein großes Gebiet zu durchkämmen, Carson. Bei so einem Fall sind wir auf die Hilfe angewiesen.«

Frawley brachte einen zweiten Satz Dokumente zum Vorschein. »Mr. Conroy, Sie müssen für mich die Freigabepapiere für die Leichen und die Beweismittel unterschreiben, außerdem eine Verschwiegenheitsvereinbarung.«

»Eine Verschwiegenheitsvereinbarung für einen Gerichtsmediziner? Davon habe ich noch nie was gehört. Falls ich vor Gericht aussagen muss …«

»Werden Sie nicht müssen. Sobald Sie das unterschrieben haben, sind Sie raus aus der Sache. Das ist nicht bloß ein Mordfall, Conroy. Bei der Angelegenheit geht es um die nationale Sicherheit.«

»Palmer mag ein Monster sein, aber vor Gericht ist er berechtigt, jeden als Zeugen aufzurufen, dessen Name in der Beweisakte steht.«

»Der Kerl nicht. Nicht in diesem Fall. Hier gelten andere Regeln«, verkündete Frawley.

Dann zählte er Bundesgesetze auf, nach denen Carson für eine Verweigerung der Zusammenarbeit verklagt werden konnte.

Carson wusste nicht, ob es sich dabei um echte oder erfundene Gesetze handelte. Aber dieses Land schien sich ohnehin schon seit Jahren von einer repräsentativen Republik in etwas Schlimmeres zu verwandeln.

Während des ganzen Gesprächs hatte Zellman Carson nie aus den Augen gelassen, als wäre er jederzeit bereit, diesem eine Kniescheibe zu zertrümmern, falls nötig.

»Unterschreiben Sie schon«, forderte Sheriff Eckman ihn mit kühler Autorität in der Stimme auf. »Es wird spät. Und Sie tun damit das Richtige. *Unterschreiben Sie's.*«

Hayden Eckman war genau genommen nicht Carsons Chef, aber er verfügte über beträchtlichen Einfluss bei den Behörden des Countys. Zweifellos konnte er dafür sorgen, dass Carson entlassen wurde – und sicherstellen, dass kein anderer Bezirk, der einen Gerichtsmediziner brauchte, ihn wieder einstellen würde.

Gekränkt unterzeichnete Carson das Papier an der Stelle, auf die die farbenfrohen Klebepfeile zeigten, aber er sagte dabei: »Ich betrachte das als Nötigung.«

»Betrachten Sie es, als was Sie wollen.« Frawley steckte die Dokumente in seinen Aktenkoffer zurück.

52 Der kreischende Wind, der durch die Nacht peitschte. Das schwache Lampenlicht. Ein graues Auge, ein braunes Auge, das graue irgendwie *falsch.*

Der Atem des Fremden roch grauenhaft. Seine Zähne waren fleckig. Von seinen gesprungenen Lippen schälte sich die Haut, als hätte er auf ihnen herumgekaut.

Mit einem Finger strich der Kerl über Woodys rechte Wange, über die Seite seiner Nase. Es war, als würde er von etwas berührt, das in einer Gruselgeschichte aus dem Schrank oder unter dem Bett hervorgekrochen war. Sein pochendes Herz fühlte sich an, als wollte es ihm in die Kehle steigen. Er wollte schreien und schreien, konnte aber keinen Laut von sich geben und sich auch nicht bewegen, sondern nur gelähmt vor Angst daliegen, in die wilden Augen des Einbrechers starren und seinen stinkenden Atem riechen. Und sich fragen: *Was jetzt? Was kommt als Nächstes?*

»Du siehst genauso aus wie dein verräterischer Vater«, flüsterte der Fremde. »Gut, dass du ein Schwachsinniger bist. Noch so ein heimtückisches, egoistisches Stück Scheiße wie Jason kann die Welt nicht gebrauchen.«

Es musste jemand aus dem Dark Web sein, von der Tragedy-Seite. Wer sollte er sonst sein? Aber wie *schnell* sie ihn aufgespürt hatten! Er hätte den Computer nicht wieder anschließen sollen.

»Bist du wirklich ein Blödmann? Siehst gar nicht so blöd aus. Vielleicht tust du nur so, als wenn du's wärst.«

Mit dem Finger zog der Mann Kreise um Woodys Kinnspitze, herum und wieder herum.

»In der Welt, die entsteht, wird es keinen Platz für Blödmänner geben. Nicht für Blödmänner, nicht für Krüppel und Leute, die die falschen Vorstellungen haben.«

Er fuhr mit dem Finger über Woodys Unterlippe, die Oberlippe, wieder die Unterlippe. Woody wollte ihn beißen, und zwar fest.

»Sehr zart«, stellte der Einbrecher fest.

Als der Mann schnell nacheinander mehrmals mit dem rechten Auge blinzelte, fiel die gefärbte Kontaktlinse heraus und blieb in seinen Wimpern hängen. Er pflückte sie mit Daumen und Zeigefinger und starrte sie verwirrt an, als hätte er keine Ahnung, was sie war. Dann schnippte er sie beiseite.

Jetzt waren beide Augen grau, und beide waren *falsch.* Als der Mann den Blick wieder auf Woody richtete, war ein Leuchten in ihnen, das keine Reflexion des Lampenscheins war. Sie waren graue Tümpel wie Regenwasserpfützen auf verwittertem Holz. Die Tümpel waren tief und kalt, und aus ihren Tiefen drang ein phosphoreszierender Glanz hervor.

Woody hatte den verzweifelten Wunsch, sich auf Schloss Wyvern zurückzuziehen, die Turmtreppe hinaufzusteigen, die massiven Riegel vorzuschieben und sich auf seinem Schilfbett zusammenzurollen, bis dieser Mann nicht mehr da war. Er wollte zu den unverglasten Fenstern hinaufblicken und zusehen, wie die Drachen durch den mit dunklen Wolken verhangenen Himmel flogen, in dem Blitze zuckten, aber nie Donner grollte. Aber wenn er nach Wyvern floh, würde er seine Mutter mit diesem Mann allein lassen, mit diesem *Ding*.

53

Ein paar Minuten nach Mitternacht klappte Megan den Roman zu und legte ihn auf den Nachttisch. Sie wollte gerade das Licht ausschalten, als ihr einfiel, dass sie ihre Pistole nicht aus dem Safe am Bettrahmen genommen hatte.

Sie schlüpfte aus dem Bett, kniete sich hin und gab die vier Ziffern ihres Hochzeitsdatums ein. Die Tür der kleinen Metallbox öffnete sich mit einem Klicken, sie nahm die 9-Millimeter von Heckler & Koch heraus – und erstarrte plötzlich.

Sie verstaute die Pistole immer mit der Mündung zur Wand, zum Kopfende des Bettes. Die Box war entsprechend geformt. Man konnte die Waffe zwar auch anders in den Safe legen, aber dieser war speziell darauf ausgerichtet, dass der Griff in Richtung Fußende lag. Jetzt lag sie verkehrt herum.

Sie hatte die Pistole noch nie in dieser Position eingeschlossen.

Verna Brickit kannte die Kombination nicht. Nur Megan konnte den Waffensafe öffnen.

Außerdem fühlte die Waffe sich nicht richtig an. Die Angst schärfte ihre Sinne, sodass sie jedes einzelne Instrument in der Symphonie des Windes und jede Antwort des Hauses darauf hören konnte. Sie sah ihr gespenstisches Spiegelbild noch im entferntesten Fenster, sah die windgepeitschten Bäume im dunklen Garten und im dunklen Wald, der eigentlich außerhalb ihrer Sichtweite liegen sollte, fühlte jeden noch so leichten Windhauch, der über ihre nackten Beine strich. Und sie spürte, dass die Pistole ungewöhnlich leicht war.

Sie übte jeden Monat an einem Schießstand, oft 200 Schüsse pro Trainingseinheit. Daher wusste sie, wie die Heckler sich im geladenen Zustand anfühlte. Sie nahm das Magazin heraus. Es war leer.

Als sie sie am letzten Morgen eingeschlossen hatte, waren zehn Patronen in der Waffe gewesen. Jemand musste ins Haus gekommen sein, bevor sie die Alarmanlage für die Nacht aktiviert hatte. Jemand war noch hier. Aber wer?

Obwohl sie sich in ihrer Schlafkleidung nackt fühlte, ging sie zuerst zum begehbaren Kleiderschrank. Als sie den Türknauf drehte, wurde ihr bewusst, dass sie den Schrank nicht betreten hatte, als sie zu Bett gegangen war. *Er ist dadrin!* Es war ein irrationaler Gedanke, und sie wusste, dass er aus der Angst geboren war. Und tatsächlich lauerte im Schrank niemand auf sie. Sie schaltete das Licht ein.

Der Metallkanister war in einer tiefen Schublade verstaut, die mit Laufshorts und Jogginghosen gefüllt war. Sie holte ihn, schraubte den Deckel ab, nahm eine Schachtel Gold-Dot-Munition hervor. Dann öffnete sie beide Enden der Box, drückte einen eierschalenförmigen Plastikbehälter heraus, in dem 20 Patronen lagen, und eilte zum Bett zurück.

Mit zitternden Händen löste sie die Patronen aus dem Behälter und ließ dabei drei auf den Teppich fallen. Sie ermahnte sich, nicht die Beherrschung zu verlieren. *Woody. Woody darf nichts passieren. Bitte, Gott.* Ihre Hände wurden ruhiger, obwohl es unter diesen Umständen schwerer war, das Magazin zu füllen, als auf dem Schießplatz. *Komm schon, Megan, lad das verdammte Ding, alle zehn Patronen. Vielleicht wirst du sie alle brauchen.*

Als es getan war, warf sie einen Blick auf das Telefon auf dem Nachttisch. Die Nummern der Polizei und des Rettungsdienstes waren auf ein von der Gemeinde verteiltes Kärtchen direkt am Apparat gedruckt, zwischen Hörer und Tastatur. Nein. Zuerst Woody. Der Deputy würde fünf, vielleicht zehn Minuten brauchen, um hierherzukommen. Sie hatte auch keine Zeit, sich die bereitgelegte Jeans anzuziehen. Sofort zu Woody, ihn hierherholen, die Tür abschließen und mit einem Stuhl blockieren, dann die Polizei anrufen, dann in die Jeans und den Pullover schlüpfen.

Sie ging zur Tür in den Flur, fasste den Knauf mit der linken Hand, die Pistole mit der rechten. Am liebsten hätte sie die Waffe in beiden Händen gehalten, aber das war nicht möglich.

Türen waren etwas Furchtbares. Man wusste nie, was hinter einer lauerte. Falls ein Einbrecher auf der anderen Seite bereitstand, falls er auf sie zurannte, sobald sie die Tür öffnete, konnte er sie aus dem Gleichgewicht bringen, sie schlagen, ihr die Pistole aus der Hand reißen. Nur dass er wahrscheinlich glaubte, die Waffe sei nicht geladen und damit keine Gefahr für ihn. Also hätte sie die Überraschung auf ihrer Seite, selbst wenn er sie von den Beinen riss.

Vielleicht hätte sie nicht so lange brauchen sollen, um es zu begreifen, aber ihr wurde erst jetzt klar, dass er nicht in ihr Zimmer gekommen wäre, um irgendwie den Safe zu öffnen und die Heckler zu entladen, wenn seine Absicht gewesen wäre, das Haus zu plündern, ohne ein Risiko einzugehen. Er hatte sie entwaffnet und sich Zeit gelassen, hatte sich irgendwo im Anwesen versteckt und gewartet, dass sie sich schlafen legte, damit er sie leicht überwältigen und vergewaltigen konnte.

Ihr Herz hämmerte gegen ihre Rippen, als sie die Tür zum Flur öffnete.

54

Kipp fuhr aus einem Traum hoch, in dem er zusammen mit Dorothy und Rosa in einem Auto gesessen hatte. Der Junge schrie in der Leitung.

Es war ein Junge, daran gab es keinen Zweifel mehr, kein anderer Hund, sondern ein besonderer Junge, der die Leitung benutzen konnte, ob er es begriff oder nicht. Ein Junge wie kein anderer, und er war in Gefahr.

Kipp sprang im Bett auf und bellte zweimal.

Ben Hawkins schaltete erschrocken die Nachttisch-lampe ein, setzte sich auf und blinzelte sich den Schlaf aus den Augen. »Hey, was ist los?«

Kipp sprang vom Bett, tappte zur Tür des Motel-zimmers, stellte sich auf die Hinterbeine und tastete mit den Pfoten nach dem Riegel.

Aber das reichte nicht. Damit schien er nur zu signalisieren, dass er sich erleichtern musste. Aber das musste er nicht.

Er rannte zum Nachttisch, auf dem Ben seine Brief-tasche und den elektronischen Schlüssel des Range Rovers abgelegt hatte.

Dann stellte er sich wieder auf die Hinterbeine, nahm die Schlüsselkette zwischen die Zähne und rannte mit den aus seinem Maul baumelnden Schlüsseln zur Tür zurück.

Ben stieg aus dem Bett und fragte: »Was ist denn jetzt in dich gefahren?«

Das Leben war viel komplizierter, wenn man kein Wandalphabet und keinen Laserpointer hatte.

Kipp ließ den Schlüssel vor der Tür fallen.

Er lief schnell zum kleinen Tisch am Fenster, stellte sich wieder auf die Hinterbeine und erreichte mit der Schnauze das gebundene Buch, das Ben gelesen hatte.

Er brachte es zur Tür. Ließ es neben den Schlüssel fallen.

Dann drehte er sich um und betrachtete seinen neuen Gefährten.

»Das Motel gefällt dir nicht? Du willst eins mit mehr Komfort? Hör mal, Scooby-Doo, ich hab ungefähr eine Stunde Schlaf gekriegt.«

In der Leitung schrie der Junge vor Entsetzen.

Ben hatte ein Rasierset aus dem Range Rover mitgebracht. Es lag im Badezimmer. Das würde er selbst einpacken müssen.

Außerdem hatte er einen Koffer dabei, den er jedoch noch nicht geöffnet hatte. Er stand neben der verspiegelten Tür zum Wandschrank.

Vor Frustration hechelnd lief Kipp zum Koffer und stieß ihn um. Er sah seinen Begleiter an.

Ben hatte seine Jeans in den Schrank gehängt. Während er sie herausholte und anzog, sagte er: »Na schön, was versuchst du mir mitzuteilen? Dass du pinkeln musst?«

Er war ein Navy SEAL gewesen. Dumm konnte er also nicht sein. Vielleicht lag es daran, dass er gerade erst aufgewacht war.

Kipp nahm den Griff des umgestoßenen Koffers ins Maul, ging rückwärts und schleifte das Samsonite-Gepäckstück quer durch das Zimmer zur Tür.

Ben setzte sich auf den Bettrand, zog die Socken an, die er in seinen Sneakern liegen gelassen hatte, und stellte fest: »Du bist ein sehr merkwürdiger Hund.«

Der Motelschlüssel lag auf dem Tisch, dort, wo das Buch gelegen hatte.

Kipp holte ihn, brachte ihn zur Tür und ließ ihn auf den Koffer fallen.

»In Kriegsgebieten passieren auch merkwürdige Dinge. Manchmal hätte man tot sein müssen, ist es aber nicht, und man kann sich nicht erklären, wieso.«

Nachdem er sich ohne weiteren Kommentar die Schuhe angezogen hatte, kam Ben zur Tür, stand da und betrachtete den Koffer, das Buch, die Schlüssel.

»Zum Beispiel kommt man um eine Ecke, und da steht ein Feind mit einem automatischen Karabiner, drei Meter entfernt. Er drückt ab, das Gewehr hat eine Ladehemmung, und du erschießt ihn, statt selbst erschossen zu werden.«

Kipp wedelte mit dem Schwanz.

»Wenn das so ungefähr dreimal passiert, fängst du an zu glauben, dass die Welt viel seltsamer ist, als du immer gedacht hast.«

Kipp nickte.

»Oder ich verlier vielleicht den Verstand.«

Kipp schüttelte den Kopf. *Nein.*

»Tja, sieht aus, als könnte ich nicht wieder ins Bett gehen. Und du musst vielleicht nicht pinkeln, aber ich. Und danach hauen wir hier ab.«

55 Megan zog die Tür auf, ließ sie von selbst aufschwingen und blieb dabei hinter dem Türblatt. Niemand stürmte ins Schlafzimmer. Während die Tür sich öffnete und den Blick in den Flur freigab, hielt sie die Pistole mit beiden Händen.

Sie trat über die Schwelle und konnte im Licht, das aus ihrem Schlafzimmer drang, gerade erkennen, dass der Flur leer war.

Woodys Raum lag zu ihrer Linken, in Richtung der Vorderseite des Hauses. Rechts von ihr befanden sich zwei Gästezimmer, ein Badezimmer und ein Wandschrank im Flur. Überall dort konnte der Einbrecher sich verstecken und sie durch einen Türspalt beobachten. Woodys Suite gegenüber lag ein Nähzimmer, das sie als

Abstellkammer benutzte. Vielleicht war die Tür dort nur angelehnt, vielleicht nicht. Sie wagte es nicht, dem Gästeflügel den Rücken zuzuwenden. Sie musste das Nähzimmer im Auge behalten, also lehnte sie sich mit dem Rücken an die Wand, gleich links von der Tür, durch die sie gekommen war.

Bevor sie ging, achtete sie auf jegliche Geräusche, die sie unter dem Heulen des Windes wahrnehmen konnte, das in Lautstärke und Tonfall wie ein Klagelied auf den Tod der Welt klang. Aber das regenlose Unwetter war wie eine Klangmaske, die sämtliche Schritte oder sonstige verdächtige Laute verdeckte.

Während ihr Herz im Einklang mit dem rasenden Wind hämmerte, schlich sie seitwärts weiter, sah nach links und rechts, richtete das eine Auge der Pistole in dieselbe Richtung, in die ihre beiden Augen blickten.

Sie erreichte Woodys Zimmer ohne Zwischenfälle. Beim Eintreten flüsterte sie mit drängender Stimme seinen Namen.

Bevor sie die Tür hinter sich schließen konnte, sah sie ihren Sohn auf der linken Seite auf dem Bett liegen. Er wandte ihr den Rücken zu, und im schwachen Lampenschein erkannte sie, dass neben dem Bett ein Mann kniete und dem Jungen direkt ins Gesicht blickte.

»Da ist sie ja, die Mami«, sagte der Einbrecher. »Weißt du eigentlich, wie heiß deine Mami ist? Viel zu heiß, um ihr Leben mit einem Blödmann wie dir zu verschwenden.«

56 Der Wind heulte durch die Gasse wie ein Insasse eines Irrenhauses und peitschte wild an die Ziegelwände der Gebäude.

Der Kerl, der sich Zellman nannte, fuhr den Leichenwagen, in dem die zwei Leichen lagen. Er hatte sicherlich Erfahrung im Umgang mit Toten, sei es nun als Pathologieassistent oder auf andere Weise. Frawley, der Mittelsmann, folgte ihm in dem Shelby Super Snake, der dem verstorbenen Painton Spader gehört hatte und der zusammen mit den Leichen und den Beweismitteln in den Besitz des Generalstaatsanwalts übergegangen war. Beide Fahrzeuge bogen am Stadtplatz nach rechts ab und gerieten außer Sicht. Mit ihnen war auch das Licht verschwunden.

In der windumtosten Dunkelheit sagte Carson Conroy: »Die Sache stinkt doch zum Himmel.«

Sheriff Eckman zuckte die Achseln. »Es ist, wie es ist.« Er ging zum Seiteneingang, aus dem er zuvor gekommen war, und verschwand wieder in seinem eigenen Reich.

Carson hörte diesen Ausdruck – *Es ist, wie es ist* – in letzter Zeit immer häufiger, und es ärgerte ihn jedes Mal. Er hätte Eckman am liebsten entgegnet: *Nein, Sie sind, was Sie sind, und jetzt weiß ich auch genau, was das ist.* Aber er hielt den Mund, denn vielleicht würden die Wähler beim nächsten Mal klüger sein und ihre Stimmen für einen anderen Sheriff abgeben. Bis dahin wollte Carson nicht gezwungen sein, sich einen anderen Job zu suchen.

Obwohl es schon spät war, überließ er den heulenden Sturm sich selbst und ging noch einmal in sein Büro. Am Computer rief er die Website des National Crime Information Center auf und lud die Liste der Personen, für die ein Haftbefehl ausgestellt war. Er suchte den Namen Nathan Palmer – und begann damit, eine Liste auffälliger Tatsachen zu erstellen.

57

Im ersten Augenblick erkannte Megan den Eindringling nicht. Doch dann kam ihr die Stimme bekannt vor. Sie hatte sie an diesem Tag schon einmal gehört, am Telefon. Lee Shacket.

Seine Haare waren nicht mehr blond, sondern braun. Seinen säuberlich gestutzten Bart hatte er abrasiert. Es gab noch andere Veränderungen seines Erscheinungsbilds, die nicht sofort ins Auge fielen, aber etwas an ihm war auf verstörende Weise *anders*.

Woody lag reglos da. Auch als sie seinen Namen noch einmal lauter aussprach, reagierte er nicht mit einer Bewegung darauf. Ihr Herz pochte noch schneller, und sie dachte: *Was hast du mit ihm gemacht, du Dreckskerl?*

Shackets rechte Hand lag auf Woodys Kopf. Auf Woodys *Gesicht*.

Megan hielt die Heckler beidhändig, wie sie es gelernt hatte. Sie visierte Shackets Gesicht an, das Einzige, was sie von ihm sah, denn er kniete auf der anderen Bettseite. Der Junge befand sich zwischen ihnen. Ihr Herzklopfen ließ ihre Arme zittern – etwas, das auf dem Schießstand nie vorkam. Aus sechs, sieben Metern war ein Kopfschuss nicht leicht zu bewerkstelligen, auch bei guter Haltung. Ein Brustschuss war immer die bessere Option.

»Mami will den 100-Millionen-Dollar-Mann erschießen«, höhnte Shacket. »Deine Mami weiß nicht, was gut für sie ist, aber das wird sie bald lernen.«

Sie fasste ihre Angst schließlich in Worte: »Was hast du ihm angetan?«

Er setzte ein wölfisches Grinsen auf. »Hab ihn nur berührt. Berührungen scheinen den kleinen Blödmann zu traumatisieren. Er ist steif wie ein Brett, völlig starr. Er wird wohl nicht gern angefasst, jedenfalls von mir nicht.«

Als Shacket mit einer Hand Woodys Gesicht streichelte, sagte Megan: »Weg da, geh weg von ihm.«

»Er wird nicht gern von mir angefasst«, wiederholte Shacket, ohne aufzuhören, den Jungen zu berühren. »Der kleine Freak ist wohl ein ziemlicher Snob, genau wie seine Mami. Mami Megan hält sich für was Besseres. Nicht mal ein 100-Millionen-Dollar-Mann ist gut genug, sie anfassen zu dürfen.«

Sie wagte es, einen Schritt näher heranzutreten, dann noch einen. Aber es gelang ihr noch nicht, das Korn der Waffe dorthin zu richten, wo es hingehörte, und ihr Herz hämmerte so laut in ihren Ohren, dass sie nicht mehr hören konnte, ob der Sturm immer noch wütete. Selbst in ihrer paranoiden Zeit, als sie gerade hier eingezogen war und sich 100 Szenarien ausgemalt hatte, in denen nur noch eine Waffe sie und Woody retten konnte, hatte sie eine Situation wie diese nicht vorhergesehen. Der Junge lag zwischen ihr und der Gefahr, und der einzige mögliche Schuss war zu gefährlich.

»Ich hab die Polizei gerufen«, log sie.

»Das wäre wirklich schade. Das wäre ein großer Fehler. Aber wir machen alle Fehler, was, Megan? Ich habe zum Beispiel einen gemacht, als ich meine Pistole in deiner Küche liegen gelassen habe, nachdem ich die Titten von dieser geilen Schlampe gefressen hatte.« Er kicherte und schüttelte den Kopf. »Nein, stimmt gar nicht, es war ein Steak. In deiner Küche war es ein Steak, und das hat nicht so gut geschmeckt wie Justines Brüste.«

Vielleicht stand Shacket unter Drogeneinfluss, aber er war auch unzweifelhaft verrückt geworden. Er begann, die Kontrolle über sein Gesicht zu verlieren, seine Gesichtszüge ergaben keinen zusammenhängenden Ausdruck. Unablässig wechselten sich Tics, Zuckungen, schiefes Grinsen und deformiertes Stirnrunzeln ab.

Seine zunehmende Instabilität und sein behaupteter Kannibalismus sorgten dafür, dass Megans Angst sich verdoppelte. Ihre Kehle war wie zugeschnürt, ihre Atemzüge waren kurz und abgehackt.

Er fuhr fort: »Wenn du wirklich die Polizei gerufen hättest, hätte niemand von uns noch eine Zukunft. Aber du bist eine furchtbar schlechte Lügnerin, Megan. Ich kann deine Lügen riechen, so wie ich deine Möse riechen kann. Ich sag dir jetzt, wie es weitergeht. Meine Wünsche werden endlich in Erfüllung gehen. Du und ich, so wie es schon immer hätte sein sollen. Weißt du, wo meine rechte Hand ist?«

»Geh weg von ihm.«

»*Weißt du, wo meine rechte Hand ist?*«, brüllte er, und der Lampenschein verlieh seinen Augen einen schaurigen Glanz.

»Deine Hand liegt auf seinem Gesicht.«

»Aber du siehst nicht genau, wie sie liegt. Der Blödmann hat die Augen zu, Megan. Mein Daumen liegt auf seinem rechten Augenlid, mein Zeigefinger auf dem linken. Kannst du dir das vorstellen, Megan? Ich könnte fest zudrücken, tief graben, und in zwei Sekunden hätte ich ihm die Augen ausgerissen. Dann wäre er stumm, blind und dumm, also dreifach nutzlos.« Er legte die linke Hand an Woodys Hinterkopf, damit dieser sich nicht losreißen konnte. »Willst du, dass ich ihm die Augen ausdrücke, oder willst du bleiben, wo du bist, und über die Optionen reden?«

»Du beschissener Perverser. Wenn du ihm wehtust, bist du tot.«

»Megan, Megan, Megan. Du bist nicht in der Position, so unhöflich zu werden. Steig doch zur Abwechslung mal von deinem hohen Ross.«

Sie wagte es nicht, noch einen Schritt zu gehen, stand immer noch nicht richtig für den Schuss. Das Blut rauschte in ihren Ohren, schrill wie ein Tinnitus.

»Willst du's versuchen, Megan? Na los, schieß doch.«

Er glaubte, die Pistole sei nicht geladen. Wenn sie schoss und ihn verfehlte, würde er Woody blind machen.

»Willst du's riskieren, Megan?«

»Nein.«

»Hältst du dich immer noch für was Besseres als mich?«

»Das habe ich nie gesagt.«

»Aber gedacht hast du's. Lüg mich nicht an. Ich rieche deine Lügen. Sei ehrlich zu mir, sonst bezahlt der Blödmann dafür.«

»In Ordnung. Ja. Ich habe mich für besser als dich gehalten.«

»Aber jetzt. Jetzt bin ich schon den ganzen Nachmittag, den ganzen Abend in deinem gemütlichen Haus gewesen, habe getan, wozu ich Lust hatte, und du hattest keine Ahnung. Denkst du immer noch, du wärst besser als ich, schlauer als ich?«

»Nein.«

»Sag es.«

»Ich halte mich nicht für besser als dich. Oder klüger.«

»Ich hoffe, das stimmt. Für diesen Blödmann hier hoffe ich, dass das wahr ist, Megan. Ich hoffe, du hast dazugelernt und bist jetzt geläutert. Ich kann fühlen, wie sich seine Augen unter den Lidern bewegen, wie bei einem, der träumt. Also, Megan, es gibt drei Dinge, die du für mich tun musst. Hörst du mir zu?«

»Ja. Ich höre zu.«

»Zuerst will ich, dass du die Waffe runternimmst. Zweitens, du ziehst aus, was du anhast. Drittens, du legst dich aufs Bett und spreizt deine langen, wunderschönen Beine für mich.«

»Hier?«

»Natürlich hier. Wieso, hast du Angst, einen Minderjährigen zu verderben?« Wieder dieses jugendlich-alberne Kichern. »Der Blödmann wird nicht mal begreifen, was wir tun. Er wird daliegen und am Daumen nuckeln, während wir ein besseres Baby zeugen als ihn, ein Baby für die kommende neue Welt.«

»Tu ihm nicht weh.«

»*Bring* mich nicht dazu, Jasons kleinem Freak wehzutun. Ist dir klar, wie gern ich ihm wehtun möchte, Megan?«

»Ja, ich glaube, schon.«

»Für dich, und nur für dich, tue ich dem kleinen Blödmann nichts. Wir machen hier einen Deal. Du bist nicht so schlau, wie du denkst. Du weißt nicht, was du zu wissen glaubst.«

Damit meinte er wahrscheinlich, dass sie nicht wisse, dass er die Munition aus ihrer Pistole genommen hatte.

Er provozierte sie. Er wollte, dass sie den Abzug drückte, wollte sehen, wie sie erschrak, wenn kein Schuss kam.

»Wo soll ich die Waffe hinlegen?«

»Aufs Bett. Sei sehr, sehr vorsichtig, Megan. Wenn du irgendwas versuchst, wirst du überrascht sein, wie übel es für dich und ihn ausgeht. Wenn du irgendwas versuchst, das nicht funktioniert, nehme ich mir seine Augen, und du wirst daran schuld sein, dass er für immer blind ist.«

Jetzt war der Moment gekommen. Der Junge war sein Schutzschild, obwohl er nicht glaubte, einen zu brauchen. Sein Handeln war von einer animalischen Gerissenheit geprägt. Ein freieres Schussfeld als das, was sich ihr in der nächsten Minute bieten würde, würde sie nicht mehr bekommen.

Sie senkte die Pistole nicht, während sie sich ihm näherte, in der Hoffnung, er würde sich etwas höher aufrichten und etwas mehr Distanz zwischen sich und Woody bringen.

Ihre Angst vor dem, was passieren konnte, verwandelte sich in Abscheu vor der Vorstellung, dass sie es geschehen lassen könnte. Augenblicklich hörte das Zittern auf, ihr Griff an der Waffe wurde fester, das Visier war auf sein Gesicht gerichtet, und als sie das Bett erreichte, feuerte sie einen Schuss ab.

Vielleicht hatte er ihre Absicht gerochen. Er zuckte genau in dem Augenblick, als sie schoss, und die Kugel streifte sein linkes Ohr. Er heulte auf wie ein Tier, aber anstatt den Jungen blind zu machen, riss er Woody flink wie eine Echse, unmenschlich schnell, vom Bett und hielt ihn wie einen Schild vor sich. Sie wagte keinen zweiten Schuss. Die Badezimmertür war nur drei Schritte entfernt. Shacket war so schnell hindurch und schlug sie hinter sich zu – *Lieber Gott, so wahnsinnig schnell* –, dass sie sofort begriff, dass er nicht von ihrer möglicherweise ungeladenen Pistole gesprochen hatte, als er gesagt hatte: »Du weißt nicht, was du zu wissen glaubst.« Irgendetwas geschah mit ihm, etwas, das nicht leicht zu verstehen war.

Sie versuchte, die Tür zu öffnen. Sie war abgeschlossen. Er würde Woody erblinden lassen. Sie feuerte zwei Kugeln in die Verriegelung, warf sich mit der Schulter an die Tür und verursachte einen heftigen Sturm, der die Türen des Arzneischränkchens zum Klappern brachte und die Handtücher auf den Haltern flattern ließ.

Woody lag in der Ecke neben der Dusche am Boden. Seine schönen Augen wirkten größer als je zuvor, und er starrte auf etwas, das sich weit jenseits dieses Raums befand.

Rechts von ihr stand die untere Hälfte des großen Doppelfensters offen. Shacket sprang hindurch, ohne den Alarm auszulösen, denn unter dem Fenster lag kein Verandadach. Sie erhaschte nur einen kurzen Blick auf ihn, als er gekrümmt wie ein Troll auf der Fensterbank hockte. Er blickte über die Schulter zu ihr, seine Augen waren wild und schienen zu leuchten, er zischte sie durch die Zähne an wie ein Reptil und ließ sich dann in die Dunkelheit fallen.

Sie trat zum Fenster, sah, dass er etwa fünf Meter tiefer wie eine Katze auf allen vieren gelandet war. Er war schwarz gekleidet in der schwarzen Nacht und blickte zu ihr hinauf, sein Gesicht ein blasser, ovaler Umriss, unheimlich wie die Miene eines zwischen den Welten wandernden Geistes. Dann huschte er schnell über den Rasen, zur Vorderseite des Grundstücks, zum Highway und aus ihrem Sichtfeld.

Sie legte die Pistole auf den Waschtisch, schlug das Fenster zu und schnappte nach Luft, als wäre sie um ihr Leben gerannt. Sie ging zu Woody, kniete sich vor ihn auf die kalten Badezimmerfliesen. Blut. *O Gott.* Da waren Blutflecken. Ja, aber nicht seine. Es war Blut von Shackets verletztem Ohr. Sie berührte Woodys Gesicht, strich seine Haare glatt, nahm seine Hände und küsste sie. Dabei sagte sie ihm, dass alles in Ordnung war, dass sie sicher waren, dass der böse Mann nicht mehr da war, dass es ihr so leidtat, dass dies passiert war. Aber es sei nun vorbei.

Woody war nicht hier bei ihr. Manchmal zog er sich zurück und war unmöglich zu erreichen, es gab kein Anzeichen dafür, dass er sie sah oder hörte. Bei starkem Stress ging er an einen anderen Ort. Sie wusste selten, was ihn gestresst hatte, konnte nicht in seinen Kopf blicken, um die Quelle seiner Unruhe zu sehen. Aber *diesmal* kannte sie sie natürlich.

Sie setzte sich auf den Boden, legte die Arme um Woody, zog ihn auf ihren Schoß, so gut sie konnte, wiegte ihn hin und her. »Ist schon gut, Baby. Jetzt ist alles okay.«

In einem Zimmer im Erdgeschoss splitterte Glas und einer der Glasbruchsensoren löste den Alarm aus. Shacket war zurückgekehrt.

58 Eine Spur des Highway 89 wurde endlich geräumt. Die Highwaypolizei ließ die nach Süden und Norden reisenden Verkehrsteilnehmer abwechselnd an den übrig gebliebenen Fahrzeugwracks vorbeifahren. Der schwere Nebel begann sich zu lichten, als Rosa Leon vom See aus ins Landesinnere nach Tahoe City fuhr. Als sie noch zwei Meilen von Olympic Village entfernt war, hatten sich die letzten Nebelfetzen hinter ihr in der Dunkelheit aufgelöst. Vor ihr lag eine klare, aber sternlose Nacht unter einer Wolkendecke.

In den Stunden, die sie in der Schlange gewartet hatte, während der 18-rädrige Lastwagen zum Straßenrand geschleppt wurde, war sie zweimal eingedöst, und jetzt gähnte sie herzhaft. Es war ein langer Tag gewesen, ermüdend nicht nur durch seine Länge, sondern durch die Traurigkeit, die ihn geprägt hatte. Aber Kipp, dieses Wunder, und ihre Verantwortung für ihn hielten sie in Bewegung.

Wenige Meilen vor Olympic Village rief sie noch einmal die Pied-Finder-App auf. Bestürzt stellte sie fest, dass Kipp, nachdem er Stunden am selben Ort verbracht hatte, nun wieder in Bewegung war. Dem blinkenden Symbol zufolge war er auf der Interstate 80, westlich von Truckee, auf dem Weg nach Donner Summit. An der Geschwindigkeit, mit der er unterwegs war, erkannte sie, dass er sich in einem Fahrzeug befinden musste.

Vielleicht war er in der Gesellschaft eines guten Menschen, vielleicht eines weniger guten. Wer auch immer sein Begleiter war – diese Person konnte nicht wissen, dass Kipp mehr war als nur ein Hund, dass er ein echter

Schatz war. In jedem Fall war es nicht die Person, die Dorothy als Kipps Aufpasser ausgesucht hatte. Und bei Gott, Rosa würde Dorothy nicht enttäuschen.

Obwohl sie das Tempolimit bereits erreicht hatte, drückte sie das Gaspedal weiter durch.

59

Mit der Pistole in der Hand und noch sieben Patronen im Magazin hastete Megan barfuß durch Woodys Zimmer in den Flur. Im selben Moment riss Shacket die Haustür mit solcher Wucht auf, dass sie heftig gegen den Türstopper schlug. Er hatte eins der Türfenster eingeschlagen und hindurchgegriffen, um den Riegel zu öffnen.

Der Wind rauschte in das Haus, knurrte und heulte, die Alarmanlage schrillte. Megan erreichte das obere Ende der Treppe rechtzeitig, um noch zu sehen, wie Shacket eine große Vase vom Sideboard in der Diele nahm und sie wütend an die Wand warf. Dann verschwand er blitzschnell wie ein Panther in den Gang, lief zur Rückseite des Hauses.

Er war wahnsinnig, aber er war noch etwas Fremdartigeres: wild, unheimlich, mächtig, unberechenbar. Wäre er die Treppe hinaufgerannt, hätte sie mehrere Schüsse auf ihn abgefeuert. Aber so dreist er auch war – unvorsichtig war er nicht.

Sie erinnerte sich an etwas, das er gesagt hatte: *Aber wir machen alle Fehler, was, Megan? Ich habe zum Beispiel einen gemacht, als ich meine Pistole in deiner Küche liegen gelassen habe …*

Er war zurückgekommen, um seine Waffe zu holen.

Er konnte die Treppe hinaufsteigen, hier oder dort, aber wahrscheinlich aus der Küche, und schießen, sobald er das obere Ende erreichte.

Sie lief in Woodys Zimmer zurück und drückte den Knopf im Türknauf, um die Verriegelung einrasten zu lassen. Aber sie war so instabil, dass ein kräftiger Tritt die Tür öffnen würde. *Stemm etwas dagegen.* Hier war kein Stuhl mit gerader Lehne. Nur Woodys Bürostuhl mit Rollen und ein Sessel.

Shacket war auf dem Weg, und er war schnell. Links von der Tür stand eine Kommode mit sieben Schubladen und vier Standbeinen, die zu schwer war, um sie über den Teppich zu schleifen. Sie kippte sie um und sie fiel auf die Seite, wodurch sie die Tür auf Knaufhöhe blockierte.

Das Telefon klingelte. Der Alarm kreischte, der Wind heulte und *das Telefon klingelte.* Sie schnappte den Hörer von der Gabel. Weil sie wusste, dass es die Sicherheitsfirma sein musste, hörte sie nicht richtig hin, sondern rief nur: »Ein Mann mit einer Waffe ist im Haus, *schnell, schnell, schnell!*«

Sie legte nicht auf, sondern ließ den Hörer fallen und begab sich zur Badezimmertür.

Woody war noch da, wo sie ihn zurückgelassen hatte, aber er lag jetzt auf der Seite, in der Embryonalhaltung.

Sie wandte dem Jungen den Rücken zu und sah zur Flurtür auf der anderen Seite des Zimmers. Für das, was Shacket Woody bereits angetan hatte, dafür, dass er ihn in Angst und Schrecken versetzt, ihn *angefasst* hatte, wollte sie ihn töten. Selbst wenn dieser Mistkerl plötzlich zu Jesus finden, seine Pistole wegwerfen und um Vergebung bitten würde, würde sie ihn trotzdem töten, würde schießen und schießen und dabei eine große Befriedigung empfinden.

Er hätte längst da sein müssen. Der heulende Wind und das Knirschen, Klappern, Pochen, das er im Haus verursachte, das unnachgiebige Plärren des Alarms und wieder das Hämmern ihres Herzens. Aber sie hörte keine Schüsse, keine Schläge an die blockierte Tür.

Sie fragte sich, wo er steckte, musste daran denken, wie er aus dem Fenster gesprungen und auf allen vieren im Garten gelandet war. Seine Augen hatten in seinem mondbleichen Gesicht geleuchtet wie glühende Kohlen. Ihre Fantasie zeigte ihr, wie er mit der Eilfertigkeit einer Spinne an der Hauswand emporkroch, von draußen das Doppelfenster hob und hinter ihr ins Badezimmer stieg.

Hilfe war auf dem Weg, bewaffnete Hilfssheriffs, aber wahrscheinlich waren sie noch einige Minuten entfernt, und diese Zeit bedeutete hier und jetzt eine Ewigkeit.

Shacket rüttelte plötzlich am Türknauf, aber nur für einen Moment. Dann gab er zwei Schüsse auf das Schloss ab und zerstörte es. Er versuchte, die Tür aufzuschieben, aber die Kommode war schwer. Er stieß fester zu, und die Tür gab nach, zwei Zentimeter, fünf Zentimeter.

Sie stand schräg zum Türspalt, konnte ihn nicht sehen, aber sie feuerte auf den Türrahmen, feuerte noch einmal und sah, wie sein Druck gegen die Tür nachließ.

Jetzt hatte sie noch fünf Patronen.

Wie viele hatte er – sechs, acht?

Wieder stieß er heftig gegen die Tür, verschob die umgekippte Kommode um weitere Zentimeter. Falls es zu einem Schusswechsel kam, wäre sein Zielvermögen vielleicht ebenso unheimlich gesteigert wie seine animalischen motorischen Fähigkeiten. Das massive Türblatt war fünf Zentimeter dick. Zu versuchen, hindurchzuschießen, wäre wahrscheinlich Munitionsverschwendung gewesen.

Die Tür bewegte sich noch einmal fünf Zentimeter, dann noch einmal. Bald würde er ins Zimmer eindringen. Seinem bisherigen tollwütigen Verhalten nach zu urteilen, würde er schnell und geduckt hereinkommen und sofort schießen, und er würde sie dort erwarten, wo sie tatsächlich war: am Eingang zum Badezimmer, um ihren dort bewegungslos liegenden armen Jungen zu verteidigen.

Megan wich zurück und nutzte die geringe Deckung, die der Türrahmen bot. Sie hielt die Pistole beidhändig und zielte auf den breiter werdenden Türspalt, wo der Mistkerl bald zum Vorschein kommen würde.

Das unverkennbare an- und abschwellende Heulen einer Polizeisirene drang durch das Getöse des Windes und das Schrillen des Alarms. Es kam früher, als sie erwartet hatte, und wurde rasch lauter.

»Sie kommen!«, schrie sie Shacket zu. »Sie kommen, du Arschloch, du bist erledigt, sie kommen!«

Shacket hörte sie ebenfalls und hörte auf zu versuchen, sich Eintritt zu verschaffen, vielleicht nur für den Augenblick, vielleicht endgültig.

Megan stand bereit. In ihrer Kehle stieg Galle auf und ihre Sicht pulsierte im Rhythmus ihrer heftigen Herzschläge.

60

Shacket rast. Seine Verwandlung macht ihn so stark, dass er glaubt, er könne sie alle umbringen, die zwei herbeigerufenen Polizisten, das Miststück und den Jungen. Furchtlos geht er auf die Vordertreppe zu, aber seine Gerissenheit macht aus seiner Raserei Wut, aus seiner Wut bloßen Ärger. Er wirbelt herum, eilt durch den Flur zur Hintertreppe zurück und läuft hinunter, wobei er zwei Stufen auf einmal nimmt.

Vielleicht werden noch mehr als diese beiden Cops auf den Alarm reagieren. Selbst wenn es nur zwei sind, haben sie sicher Pistolen *und* Schrotflinten, und sie können Verstärkung rufen. Er ist besser als sie, aber auch ein Rudel Wölfe kann einen Tiger besiegen.

Durch die Küche, durch die Hintertür, auf die Veranda. Der Sturm heißt ihn willkommen, auch die Nacht, und er springt von der Terrasse, über die Stufen hinweg in den Garten.

Sie werden eine Suchaktion starten. Vielleicht wird er nicht direkt über den Forstweg zu seinem Dodge Demon gehen und fliehen können, bevor sie damit anfangen, auf dem Highway Autos anzuhalten, um nach ihm zu suchen. Er muss indirekt vorgehen.

Hier waren keine Hirsche, kein dummer Junge, der sie mit Apfelstücken fütterte, kein Mondlicht, das aus den Dingen hervordrang, statt von den Dingen reflektiert zu werden. Nur der tobende Wind, der die erste Herbstkühle in sich trug, und überall um ihn herum der Wald, eine Zitadelle, aus der sich die Nacht erhob und in die sie sich mit der Morgendämmerung wieder zurückziehen würde. Er rennt durch den am tiefsten gelegenen Bereich des Gartens zum Wald im Westen.

Sie werden den Wald mit ihren taktischen Taschenlampen betreten und seinen Spuren folgen. Aber durch seine Verwandlung, seine sich verbessernde Nachtsicht und seinen besseren Geruchssinn, geleitet von einem intuitiven Verständnis der Wildnis, das noch kein Mensch besessen hat, wird er flink sein, wo sie linkisch sind, selbstsicher, wo sie unsicher sind. Er wird sie weit hinter sich lassen, sie abhängen, bis sie sich geschlagen geben müssen.

Zwischen den Bäumen findet er mit Augen und Nase rasch die Pfade, die Generationen von Hirschen durch das Unterholz gezogen haben. Ihre Route ist markiert vom Geruch ihrer zurückgelassenen Haare, von Moschus, Urin und Fäkalien. Der gewundene Pfad führt hindurch zwischen Kiefern, Zedern, Tannen und Rosskastanien. Bald steigt er zu einem Felsvorsprung an, den die Jahrhunderte geglättet haben. Hinter dem Felsen geht der Pfad weiter und fällt nach und nach zu einem Bach ab. Hier ist die klare Luft voller Gerüche von Moosen, Seggen und Wildzwiebeln.

Was für ihn früher einmal eine anstrengende Wanderung gewesen wäre, ist nun nicht die geringste Herausforderung. Seine Muskeln spannen und entspannen sich mit Leichtigkeit. Er bewegt sich gelenkig und geschmeidig durch die Wildnis, wie er es zuvor nur in den Träumen seiner Jugend erlebt hat. Nichts fürchtet er, keinen Bären, keinen Berglöwen. Er spürt, dass sein Kommen Furcht in die Herzen aller Wesen pflanzt, die hier leben, dass es die kleinen Tiere, die seine Beute sein könnten, wenn er es will, paralysiert.

Der Wind wütet hier am Waldboden weniger heftig als oben in den höheren Ästen. Er schüttelt abgestorbene

Nadeln, Tannenzapfen und Vogelnester heraus, die wie ein urzeitliches Äquivalent von Konfetti herabrieseln wie zu seinen Ehren.

Sein Gefühl von Herrschaft, von souveränem Verfügen über alles, was ihm vor Augen kommt, hätte vielleicht die Wut lindern sollen, die seit dem gestrigen Tag in ihm brennt. Aber je weiter er sich vom Bookman-Haus, dem Ort seiner Niederlage, entfernt und je tiefer er zwischen den gotischen Turmspitzen von Zedern und Kiefern verschwindet, desto mehr verschmilzt die nachmitternächtliche Finsternis mit seinem Blut. Sein Ärger wird wieder zu Wut, die Wut zur Raserei. Jetzt, da ihm die Flucht geglückt ist – oder da er die Notwendigkeit zur Flucht vergessen hat –, schleicht er mit der Hoffnung durch die Nacht, seine frühere Erfahrung zu wiederholen, die aufregender und erfüllender war als alles andere in seinem Leben. Er schnuppert den Informationen nach, die in der Luft liegen, leckt die Dunkelheit und denkt an diesen einzigartigen Geschmack zurück. Er knirscht mit den Zähnen und wünscht sich, sie wären schärfer.

Bella in der Leitung

Die Hunde im Mysterium benötigten weniger Schlaf als gewöhnliche Hunde. Sie brauchten sogar weniger Schlaf als der durchschnittliche Mensch.

Bella stand Stunden vor allen anderen Mitgliedern der Familie Montell auf.

Sie betrachtete sich selbst mehr oder weniger als eine Wachhündin.

Von Zeit zu Zeit übte sie das Zähnefletschen vor dem Spiegel. Sie jagte sogar sich selbst ein wenig Angst damit ein.

Sie zog es vor, in einem ihrer Betten im Erdgeschoss zu schlafen, damit sie schneller bemerkte, wenn sich irgendein übel riechender Einbrecher Zugang zum Haus verschaffte.

Bisher hatte noch kein Einbrecher das Heiligtum des Montell-Hauses entweiht.

Das bedeutete jedoch nicht, dass es nicht geschehen konnte.

Obwohl Bella wie alle von ihrer Art eine Optimistin war, wusste sie doch, dass es viel Böses auf der Welt gab.

Sie konnte eine Optimistin bleiben, weil sie verstanden hatte, dass die Welt ausschließlich für die Unschuldigen gemacht war.

Im originalen Bauplan der Welt waren keine Zimmer für die Bösen vorgesehen.

Früher oder später würde die Welt umgestaltet werden, um wieder ihrem ursprünglichen Zweck zu dienen.

Jetzt, früh am Donnerstagmorgen, stieg sie aus ihrem Bett in der Küche, ging ins Wohnzimmer und stellte sich auf die Hinterbeine, um das Licht einzuschalten.

Dabei war sie schon ein paarmal ertappt worden. Die Familie fand es niedlich.

Larinda, das älteste Kind, hatte gesagt: *Sie hat Angst vor der Dunkelheit. Kann man ihr nicht verübeln. Schaut euch bloß mal die Nachrichten an!*

Sam, der Zweitälteste, sagte: *Jungen haben nie Angst vor der Dunkelheit,* obwohl er beim Schlafen immer ein Licht brennen ließ.

Dennis, der jünger war als Sam, sagte: *Vielleicht gibt's hier Mäuse, und Bella braucht Licht, um sie zu fangen.*

Wir haben hier keine Mäuse, verkündete Larinda. *Und Bella ist keine Katze. Sie hat uns auch nie eine Maus gebracht.*

Vielleicht frisst sie sie auf, wandte Dennis ein.

Bella ist durch und durch eine Lady, widersprach Larinda, die die Idee ihres Bruders entsetzte. *Ladys fressen keine Mäuse, Herrgott noch mal.*

Milly, die Jüngste, sagte: *Ihr habt alle 'ne Meise.*

Bella hatte keine Angst vor der Dunkelheit. Sie konnte nur nicht im Dunkeln lesen.

Die Leitung war nicht nur ein Kommunikationssystem. Sie war auch ein pädagogisches Werkzeug.

Andere Mitglieder des Mysteriums konnten einem jungen Hund innerhalb weniger Minuten ihre Sprachkenntnisse vermitteln.

Solomon und Brandy, zwei der philosophischeren Mitglieder des Mysteriums, nannten diese Fähigkeit »Hirn-zu-Hirn-Download«.

Im Wohnzimmer gab es Regale voller Bücher.

Bella war zwar ein großes Mädchen, aber sie konnte nicht viel mehr lesen als die Bände auf den vier unteren Regalbrettern.

Zwar gab es hier eine Ottomane mit Rollen, die sie durch das Zimmer schieben und auf die sie sich stellen konnte, um das fünfte Regalbrett zu erreichen, aber sie benutzte sie selten, weil das meist zu Gleichgewichtsproblemen führte.

Sie konnte ein Buch mit den Pfoten aus dem Regal ziehen und es mit den Zähnen zurückstellen.

Wenn sie Schritte hörte und ein Buch schnell loswerden musste, schob sie es unter einen Sessel mit Hängebezug oder legte es auf einen Beistelltisch, um es später ins Regal zurückzubringen.

Manchmal, wenn Bella das vergaß, wurden die Kinder beschuldigt, Bücher herauszunehmen und sie herumliegen zu lassen.

Alle Kinder bis auf eins hatten dies zu Recht abgestritten. Ein paarmal hatte Milly die Schuld erst auf sich genommen, nachdem sie Bella mit einem langen Blick bedacht hatte.

Milly hatte Verdacht geschöpft. Vielleicht würde das Mädchen eines Tages der Wahrheit auf den Grund gehen wollen.

Bella wusste noch nicht, was sie dann tun würde. Wahrscheinlich würde sie sich spontan etwas einfallen lassen, wenn es so weit war.

Jetzt, am frühen Donnerstagmorgen, lag sie im Familienraum und las *Der Elefant des Magiers* von Kate DiCamillo.

Die Geschichte war lustig und traurig, magisch und merkwürdig, aber wahr.

Wahr in dem Sinne, dass sie, so seltsam es auch war, die dem Leben zugrunde liegende Matrix beschrieb, eine Matrix voller ungeahnter Verbindungen zwischen Menschen, Orten und Momenten, die in der Zeit weit auseinanderlagen.

Bella blätterte entweder um, indem sie etwas Luft ausschnaubte, oder indem sie vorsichtig mit der Pfote über die Seite strich, wobei sie darauf achtete, sie nicht zu knicken.

Geschichten waren genauso köstlich wie Futter. Und genauso wichtig.

Bella konnte ohne Geschichten nicht leben.

Sie waren der größte Segen der Intelligenz. Sie waren Futter für die Seele. Sie waren Medizin.

Durch Geschichten konnte man tausend Leben führen – und lernen, das eigene Leben zu einer Erzählung der besten Sorte zu formen.

Sie hatte gerade das fünfte Kapitel beendet und seufzte vor Behagen, als etwas ganz Erstaunliches passierte.

Eine neue Stimme meldete sich in der Leitung.

Er nannte sich Vulcan.

Er gab sich als ein drei Jahre alter Deutscher Schäferhund aus.

Bis jetzt waren die Mitglieder des Mysteriums nur Retriever gewesen, Goldens und Labradore.

Natürlich sagte Vulcan die Wahrheit. Er war ein Hund.

Aber es gab andere Details, die noch verblüffender waren.

Er sendete aus großer Entfernung. Seit einem Jahr versuchte er bereits, Kontakt aufzunehmen, hatte seine Reichweite immer mehr vergrößert.

Bella wusste nicht, wie weit die Botschaft innerhalb des Mysteriums vorgedrungen war.

Sie brachte *Der Elefant des Magiers* ins Regal zurück und verfasste eine Bekanntmachung zur sofortigen Verbreitung.

Bellagramm. Da draußen spielt sich etwas Aufregendes ab. Bis vor Kurzem wurde im Mysterium noch keine einzige Nachricht empfangen, deren Absender sich nicht innerhalb eines Radius von 120 Meilen um Sacramento befand. Vulcan, ein Deutscher Schäferhund aus La Jolla, nördlich von San Diego, ist mit der Botschaft zu uns durchgedrungen, dass es eine Gemeinschaft von solchen unserer Art in den Countys San Diego, Orange und Riverside gibt. Es sind insgesamt 72, die in verschiedenen Umständen leben. Was wir die Leitung nennen, bezeichnen sie als den Funk. Für sich selbst haben sie keinen Namen, aber es gibt Grund zu der Hoffnung, dass sie denjenigen des Mysteriums annehmen werden. Woher sind wir gekommen? Warum sind wir hier? Endlich kommt Bewegung in unsere Geschichte. Unsere Zeit scheint anzubrechen. Freut euch. Bleibt ehrlich. Bis zum nächsten Mal.

EIN HUND UND SEIN JUNGE

Donnerstag 1 Uhr –
4 Uhr morgens

61 In seinem ersten Amtsjahr war Sheriff Hayden Eckman noch nie länger als bis um Mitternacht in seinem Büro gewesen, tatsächlich selten nach 18 Uhr. Aber jetzt war er dort, und er war besorgt.

Er war noch immer jung und attraktiv, konnte wortgewandt über Rechtsgrundsätze im öffentlichen Dienst sprechen und jedes Publikum für sich gewinnen. Aber sein jetziger Posten war nicht sein Lebenswerk, nur eine Sprosse auf der Karriereleiter, auf der er hoch hinaufsteigen wollte.

Fünf Jahre lang hatte er als Deputy an seinem beruflichen Aufstieg gearbeitet. Davor war er ein Anwalt mit einer nicht besonders gut laufenden Kanzlei gewesen. Er hatte vor, in den folgenden drei Jahren unermüdlich Kontakte zu knüpfen und alle legalen und quasilegalen Methoden einzusetzen, durch die ein Sheriff sich bereichern konnte. Dann würde er für das Amt des Staatsanwalts von Pinehaven County kandidieren. Mit dem Ziel vor Augen, Generalstaatsanwalt von Kalifornien zu werden, hatte er bereits begonnen, die ihm in seinem Amt zur Verfügung stehenden Ressourcen dazu einzusetzen, rufschädigende Informationen über eine Reihe von Staatsbediensteten zu sammeln, von denen er annahm, dass sie bei kommenden Wahlen seine Konkurrenten sein würden.

Aus diesem Grund hatte er ein ungutes Gefühl bei diesem Handel mit Dexter Frawley – dem Transfer der

Leichen von Painton Spader und Justine Klineman nach Sacramento, dieses Schlangennest, und dem Abgeben der Ermittlungen in diesem Fall an den Staat. Einerseits schuldete der derzeitige Generalstaatsanwalt Tio Barbizon ihm nun einen Gefallen. Andererseits konnte die Tatsache, dass er Barbizons Forderung so schnell nachgekommen war, Haydens Ruf Schaden zufügen, falls sie die Situation nicht unter Kontrolle behielten und die Sache nach hinten losging.

Was ihn am meisten irritierte, war, dass er nicht sicher sein konnte, dass Barbizon ihm die ganze Wahrheit erzählte. Der Generalstaatsanwalt behauptete, er arbeite – inoffiziell – mit der National Security Agency zusammen, die Wert darauf lege, ihre Verbindung zu diesem Fall geheim zu halten. Aber es gab Teile dieser Geschichte, die Barbizon ihm vorenthielt. Er war als kluger Taktiker bekannt.

Es gab Gründe zu der Annahme, dass die NSA tatsächlich in den Fall verwickelt war. Als man die Brieftasche mit Nathan Palmers Führerschein in der Nähe der weiblichen Leiche gefunden hatte, hatte Hayden die NCIC-Website aufgerufen, um nachzusehen, ob ein Haftbefehl gegen den Kerl vorlag und ob er ein Vorstrafenregister hatte. Ein Gericht in Salt Lake City hatte den Haftbefehl ausgestellt, auf Antrag des Generalstaatsanwalts von Utah, nicht etwa ein Gericht in dem County oder der Stadt Springville, in dem das Verbrechen begangen worden war. Palmer wurde wegen des Verdachts auf Diebstahl, Brandstiftung und Mord gesucht. Während Hayden das wenige gelesen hatte, das in der Akte über Nathan Palmer stand, war der Bildschirm weiß geworden und die Umrisse seiner Schultern, von Hals und Kopf hatten sich schwarz abgezeichnet. Etwa drei Minuten lang war das Bild so eingefroren geblieben, bevor er wieder die Kontrolle über den Computer bekam. Er wusste, dass dies bedeutete, dass man ihn fotografiert und lokalisiert hatte. Nur die großen Geheimdienste des Landes waren dazu in der Lage. Einer dieser Dienste überwachte die Akte des NCIC über Nathan Palmer, um festzustellen, wer diese Informationen abrief.

20 Minuten später, noch bevor er sich mit dem General-staatsanwalt von Utah in Verbindung setzen konnte, hatte Hayden den Anruf von Barbizon bekommen, der ihn mit der Frage überrascht hatte, weshalb er Erkundigungen über Nathan Palmer anstelle. Als Hayden den Doppel-mord und die grauenhafte Zerfleischung von Justine Klineman beschrieb, schaltete Barbizon ihn fünf Minuten lang in die Warteschleife, während er sich mit anderen beriet. Als er wieder am Apparat war, gab er zu verstehen, dass er in dieser Angelegenheit für Ablenkung von der NSA sorgte, die darauf drang, dass der Pinehaven-Fall um Nathan Palmer an Barbizon abgegeben wurde. Man hatte ihm erlaubt, mehr zu verraten als die Einzelheiten, die bereits im Haftbefehl des Gerichts aus Salt Lake City standen: Palmer hatte einen hohen Posten bei Refine bekleidet und die Aufsicht über die Forschungsein-richtung in Springville geführt. Dort waren 93 Menschen bei einem Brand ums Leben gekommen, der zwei Tage lang das große Thema in den Nachrichten gewesen war. Tatsächlich handelte es sich bei Palmers Führerschein um eine Fälschung, eine von mehreren, die der Mann sich vor den Ereignissen in Springville beschafft hatte und

von denen er glaubte, dass sie nur ihm selbst bekannt waren. Barbizon durfte den echten Namen des Flüchtigen nicht preisgeben. Nathan Palmer hatte einen roten Dodge Demon über eine Briefkastenfirma im Ausland gekauft, die er gegründet hatte. Er glaubte, sein Arbeitgeber wüsste davon nichts, aber da täuschte er sich. Offenbar hatte er nach dem Kauf das GPS-Gerät aus dem Fahrzeug entfernt, damit es nicht mehr leicht aufgespürt werden konnte. Das war etwas, das sein sonst allwissender Arbeitgeber *nicht* gewusst hatte. Falls Hayden irgendetwas über den Dodge in Erfahrung bringen könne, seien das sehr willkommene Informationen. Schließlich teilte Barbizon ihm noch mit, es handle sich hier um eine Angelegenheit der nationalen Sicherheit, und das Gesetz verbiete Hayden, das wenige, das in dieser Unterhaltung zur Sprache gekommen sei, gegenüber Dritten zu wiederholen.

Jetzt, da Frawley und Zellman gekommen und wieder abgefahren waren, saß Hayden Eckman in seinem Büro, trank nach und nach eine Kanne schwarzen Kaffees und fragte sich, weshalb Nathan Palmer, wie auch immer er in Wirklichkeit hieß, es für nötig gehalten hatte, sich einen gefälschten Führerschein und ein schwer aufzuspürendes Auto anzuschaffen. Es hörte sich an, als hätte er entweder geplant, die Springville-Forschungsanlage zu sabotieren, oder als hätte er eine Katastrophe vorausgesehen, für die man ihm die Schuld geben würde. Welche Arbeit man dort auch geleistet hatte, es handelte sich sicherlich nicht um Krebsforschung, wie die Medien berichtet hatten. Denn dafür hätte sich die NSA nicht interessiert.

Und weshalb hätte Palmers Chef, nachdem er von seinen Fluchtvorbereitungen für den Krisenfall erfahren hatte, ihn weiter in dieser Einrichtung beschäftigen sollen?

Was war das nur für ein Schlangennest – ein Gewirr von Bedrohungen, ja, aber für einen Mann wie den Sheriff auch eine sich windende Masse guter Gelegenheiten.

Jetzt, nachdem Frawley und Zellman mit den Leichen der Opfer und sämtlichen dazugehörenden Beweismitteln abgefahren waren, hatte Sheriff Eckman an seinem Schreibtisch Platz genommen, um eine Notiz über diesen Transfer zu schreiben, mit besonderer Berücksichtigung des Verhaltens von Dr. Carson Conroy. Der Gerichtsmediziner hatte die Korrektheit des Transfers infrage gestellt und von Protokollen und Ethik gesprochen, was den Sheriff wütend gemacht hatte. Falls die Sache je vor Gericht landete, wollte Hayden eine Darstellung der Ereignisse zur Hand haben, die unmittelbar danach festgehalten und mit Zeit und Datum versehen war und in der Conroys Glaubwürdigkeit infrage gestellt wurde. In Haydens Neudarstellung der Vorgänge war der Gerichtsmediziner nicht als ungebetener Gast aufgetaucht, sondern herbeigerufen worden, um beim Transfer zu helfen, und er war betrunken aufgekreuzt. Conroy hatte das Prozedere nicht infrage gestellt, sondern verwirrt gewirkt und war gegenüber den Männern aus Sacramento ausfällig geworden.

Hayden genoss es, diesem betrunkenen Gerichtsmediziner Worte in den Mund zu legen und sein wirres Verhalten in überzeugenden Details zu beschreiben. Dabei achtete er darauf, ihn nicht übertrieben albern darzustellen. Falls es je dazu kam, dass er diese Notiz vor Gericht präsentieren musste, würde er sie zuerst Frawley und Zellman zukommen lassen, damit sie ihre Aussagen entsprechend anpassen konnten.

Hayden hatte die Notiz gerade beendet, sie ausgedruckt und persönlich sowohl elektronisch als auch in Papierform archiviert, als Carl Fredette, der wachhabende Polizeibeamte, der gerade am Empfang saß, sich über die Sprechanlage an ihn wandte. Er meldete einen Einbruch und einen Schusswechsel im Haus von Megan Bookman an der Greenbriar Road.

Einbrüche waren hier in der Gegend so selten wie Vorfälle, in die Elefanten verwickelt waren.

Obwohl Hayden seine eigenen Interessen stets über diejenigen der Gemeinde stellte und ein weniger striktes Verständnis von Korruption hatte, als sich in den Gesetzestexten fand, verfügte er doch über eine gute Polizistenintuition. Diese ließ ihn sofort vermuten, dass Nathan Palmer, wer auch immer er in Wirklichkeit war, Pinehaven County nicht verlassen hatte.

62 Wie alle Mitglieder des Mysteriums konnte Kipp die Leitung ein- oder ausschalten wie ein Funkgerät. Notrufe drangen jedoch immer durch. Jetzt schaltete er sie nicht aus, denn der Aufschrei des Jungen, voller emotionalem Schmerz und Verzweiflung, war ein Signal, dem er nachgehen musste.

Er konnte Ben Hawkins ohne Worte den Weg weisen, denn der Mann war klug genug, das Unmögliche für möglich zu halten, wenn er es mit eigenen Augen sah.

Leider waren nicht alle Menschen geistig so offen.

Manche glaubten an die lächerlichsten Dinge, ohne auch nur den kleinsten Beweis zu verlangen, aber sie hätten die Wahrheit nicht erkannt, wenn sie ihnen auf die Füße getreten hätte. Sozusagen.

Als sie zu einer Kreuzung kamen, deutete Ben voraus und fragte: »Da lang?«

Wenn er in die richtige Richtung zeigte, bellte Kipp einmal enthusiastisch.

Wenn er in die falsche zeigte, winselte er missbilligend.

Wie immer gab es vieles, das er gern gesagt hätte, wenn er physisch in der Lage gewesen wäre zu sprechen.

Er hätte gesagt: *Du bist ein wirklich guter Fahrer.*

Er hätte gesagt: *schneller, schneller,* obwohl Ben das Tempolimit bereits überschritt, weil ihm bewusst war, dass die Zeit drängte, worum auch immer es hier ging.

Mit der Fähigkeit zu sprechen hätte Kipp Ben Hawkins tausend Fragen über sein Leben gestellt, darüber, was für Bücher er schrieb, ob er Dickens gelesen hatte und ob er glaubte, dass die Physiker recht hatten, die behaupteten, es gebe möglicherweise unzählige Paralleluniversen.

Quantenmechanik, Stringtheorie und solche Dinge hatten Dorothy fasziniert.

Sie hatte es verstanden, das Interesse anderer für Dinge zu wecken, die sie fesselten.

Dies war Kipps Theorie: Es gab Paralleluniversen, und wenn man starb, lebte man in anderen Realitäten weiter.

Hier war Dorothy verloren, aber nicht überall.

Dieser Gedanke tröstete ihn.

Er wäre nicht so weit gegangen zu sagen, dass der Himmel ein Paralleluniversum sei, in dem jeder ewig lebte. Er war kein Theologe.

Von Olympic Village aus fuhren sie auf der State Route 89 nach Norden, dann auf der Interstate 80 nach Westen.

Sie verließen die I-80 und wechselten auf die State Route 20, immer noch in westlicher Richtung.

Wäre er nur ein gewöhnlicher Hund gewesen, hätte er bei der Fahrt so oft wie möglich den Kopf aus dem Beifahrerfenster gestreckt.

Aber ihm war die Gefahr umherfliegender Gegenstände bewusst, die schwere Augenschäden hervorrufen konnten.

Manchmal machte es weniger Spaß, ein superschlauer Hund zu sein, als ein ganz gewöhnlicher.

Vielleicht nicht nur manchmal. Vielleicht sogar sehr oft.

Dorothy hatte ihn bei der Fahrt nie den Kopf hinausstrecken lassen, aber sie war auch immer nur sehr langsam gefahren. Nicht sehr spaßig.

Bis jetzt war er davon ausgegangen, dass auch die anderen in der Leitung den Jungen hörten, aber nun wunderte er sich plötzlich darüber, dass niemand sich dazu äußerte.

Er sendete: *Hört ihr den Jungen in der Leitung? Er schreit und weint.*

Die Antworten kamen schnell und aus allen Richtungen. Niemand sonst hörte den Jungen. Sie staunten, dass ein Mensch überhaupt in der Lage war, die Leitung zu benutzen.

Er fragte sich, weshalb sie den Jungen nicht hören konnten. Das Leben war voller seltsamer Gegebenheiten.

Als Kipp knurrte, um einen kommenden Richtungswechsel anzukündigen, fragte sein Begleiter: »Nach rechts?«

Kipp bellte: *Ja*.

In diesem Moment blitzte das Bellagramm über Vulcan in La Jolla in seinem Geist auf. Bellas Freude über die Nachricht war deutlich zu spüren.

Bella hatte recht. Da draußen war etwas im Gange. Etwas Gewaltiges.

Und irgendwie musste der Junge genauso dazugehören wie Vulcan, Bella, Kipp und all die anderen klugen Hunde, die sich bisher für Fremde in einer Welt gehalten hatten, die sie hervorgebracht hatte, ohne damit irgendeinen bestimmten Zweck zu verfolgen. Diese Welt hatte sie in ein Leben außerhalb der Natur entlassen mit einem nie enden wollenden Verlangen nach Antworten, die nie kamen.

63 Nachdem sie Woody vom Badezimmer zu seinem Bett getragen hatte, hatte Megan ihre Jeans und den Pullover angezogen. Fast im selben Moment traf die Polizei ein.

Sie ließ Woody nur ungern hier zurück. Er wirkte völlig losgelöst von der Realität, traumatisiert und ausgewichen in seine eigene Welt. Es war natürlich nicht das erste Mal, dass er sich so weit entfernt hatte, aber diesmal spürte sie, dass sein Rückzug eine neue Qualität hatte. Sie betete, dass es sich dabei nicht um Verzweiflung handelte.

Sie ging zum oberen Ende der Treppe und rief zu den eintreffenden Polizeibeamten hinab. Aber statt ins Erdgeschoss hinunterzusteigen, bestand sie darauf, dass die Deputys zu ihr heraufkamen.

Während sie den Polizisten erzählte, was geschehen war, rollte sie Woodys Bürostuhl neben das Bett, setzte sich darauf und hielt eine seiner Hände. Sanft öffnete sie seine geballten Fäuste und streichelte unablässig seine Finger in der Hoffnung, ihn dadurch zu beruhigen.

Sie bemühte sich, ruhig zu bleiben und von den Ereignissen zu berichten, ohne sich ihre Beklemmung anmerken zu lassen. Sie befürchtete, der Junge könnte begreifen, dass Lee Shacket dafür gesorgt hatte, dass sie sich nie wieder sicher fühlen würde. Sie musste ein Fels sein, auf dem Woody stehen konnte, kein Meer der Angst, in dem er ertrank.

Die Männer hörten ihr zu, untersuchten gleichzeitig das Türschloss, das von den Schüssen getroffen worden war, und blickten sich im Zimmer um, ohne etwas anzufassen. Durch ihre ernsten Mienen und ihre kühlen Blicke wirkten sie, als würden sie sie als eine Verdächtige betrachten, was sie aufgrund ihrer Erfahrung und Ausbildung vielleicht auch mussten. Dennoch fiel es ihr schwer, ihren Unmut darüber zu verbergen, dass sie den in die Nacht fliehenden Lee Shacket nicht verfolgten – wenn er wirklich geflohen war und nicht in der Nähe darauf wartete, dass sie ihre Ermittlungen abschlossen und wieder verschwanden.

Sie nahm an, dass die Ruhe, mit der sie von dieser verrückten, gewalttätigen Begegnung berichtete, dazu führte, dass sie an ihrer Ehrlichkeit zweifelten. Wohin war der Schreck verschwunden, der sie immer noch schütteln sollte? Wo blieb ihre Wut über das Eindringen in ihr Heim?

Natürlich waren diese Empfindungen da, tief in ihr vergraben, eng zusammengepresst wie die inneren Windungen eines Golfballs, sodass ihr Sohn sie nicht erspüren konnte. Als Mutter eines Kindes mit einer Entwicklungsstörung, das zwar keine Emotionen ausdrücken konnte, sie aber intensiv spürte, eines Kindes, das über keine Verteidigungsmechanismen gegen die Angst verfügte, musste Megan stets darauf bedacht bleiben, wie *ihre* Gefühle den Jungen beeinflussten. Er war von Shacket so schwer traumatisiert worden, dass er sich in eine Stille zurückgezogen hatte, die sie verstörend, wenn nicht gar beängstigend fand. Sie wagte es nicht, in einem Tonfall zu sprechen, der Woodys innere Spannung noch mehr ansteigen ließ.

Zwei weitere Deputys trafen wenige Minuten nach den ersten ein. Aus irgendeinem Grund, vielleicht aufgrund ihres Dienstgrads, schienen sie nun die Führung zu übernehmen, obwohl sie nicht die Ersten am Tatort gewesen waren. Einer von ihnen war eine Frau in den Dreißigern – ›Deputy Carrickton‹ stand schwarz auf weiß auf dem Namensschild an der Brusttasche ihres Uniformhemds.

Carrickton war eine Cross-Trainerin mit kräftigen Unterarmen. Sie war attraktiv, hatte skandinavische Züge, kurz geschnittenes blondes Haar und mattblaue Augen. Sie machte einen tüchtigen Eindruck, als sie Notizblock und Stift hervorholte, um Megans Aussage festzuhalten, was die ersten zwei Beamten nicht getan hatten.

Megan war erleichtert, dass eine Frau im Raum war – jemand, der besser nachvollziehen konnte, was sie durchgemacht hatte. Aber schon bald musste sie feststellen, dass Carrickton, wie tüchtig sie auch sein mochte, offenbar eine intensive Abneigung gegenüber Megan empfand und ihr daher ohne jeden Grund misstraute.

Nachdem Megan ihr eine Kurzfassung der Ereignisse

gegeben hatte, fragte Deputy Carrickton: »Was stimmt mit dem Jungen nicht?«

»Er ist ein hochleistungsfähiger Autist.«

»Was heißt das – ›hochleistungsfähig‹?«

»Er ist von Natur aus Autodidakt, liest Texte auf College-Niveau und verliert nie die Beherrschung, niemals. Aber er kann es nicht ertragen, von irgendjemand anderem berührt zu werden außer mir und Verna Brickit, der Haushälterin. Und er spricht nicht.«

Carrickton stand zu nahe bei ihr, drang in Megans persönlichen Bereich ein und starrte auf sie und Woody hinab. »Die Art, wie er daliegt, als ob er nicht mal bemerkt, dass ich hier bin. Ist er immer so?«

»Nein. Shacket hat ihn traumatisiert, wie ich schon sagte.«

»Hat er den Jungen missbraucht?«

»Er hat ihn bedroht, ihn gequält. Als ich Shacket hier fand, hatte er die Kontrolle … Er hat Woodys Gesicht berührt. Das ist das Schlimmste für ihn, wenn ein Fremder ihm ins Gesicht fasst.«

»Meine Frage ist, ob er traumatisiert ist, weil er vergewaltigt wurde.«

»Nein. Shacket wollte *mich* vergewaltigen. Und mich quälen, indem er Woody Angst machte.«

»Wir müssen den Jungen innerhalb der nächsten paar Stunden von einem Arzt untersuchen lassen.«

»Er wurde nicht vergewaltigt«, wiederholte Megan. »Wir müssen ihn nicht so einer Untersuchung aussetzen.«

»Wir werden sehen, was er selbst sagt. Ich brauche eine Aussage von ihm.«

»Wie ich schon erwähnt habe, er spricht nicht.«

»*Nie?*«

»Das ist bei Autismus nicht selten.«

Carricktons Partner, Deputy Argento, beobachtete abwechselnd dieses Verhör und kehrte in den Flur zurück, um sich dort mit den anderen Deputys zu beraten. Ein dritter Wagen war eingetroffen. Die flackernden rot-blauen Lichter tanzten vor den Fenstern in der windgepeitschten Nacht.

Im Haus waren jetzt vielleicht sechs Polizisten. Polizeifunkgeräte knisterten, sowohl die in den Streifenwagen als auch diejenigen, die die Beamten an Gürtelclips trugen. Megan fragte sich, welche Zimmer sie betraten und wonach sie Ausschau hielten. Sie war froh, dass sie hier waren und rechtzeitig eingetroffen waren, um Shacket zu vertreiben, aber sie hatte das Gefühl, aufs Neue von Fremden bedrängt zu werden.

»Sie sind mal mit diesem Lee Shacket ausgegangen«, sagte Carrickton.

»Ein paarmal, ja, vor vielen Jahren.«

»Sie hatten eine Beziehung mit ihm.«

»Keine sexuelle, nein. Ein paar Dates. Mehr nicht. Vor langer Zeit.«

»Sie sagten, er hat Sie heute angerufen.«

»Gestern, ja. Er wollte, dass ich mit ihm nach Costa Rica fliege. Es war verrückt. Ich habe abgelehnt.«

Das alles hatten sie bereits besprochen. Megan begriff, dass Carrickton eine Art Einkreisungsmethode benutzte und daher immer wieder auf Bekanntes zurückkam, um festzustellen, ob Megan ihre Geschichte änderte. Aber es ging ihr trotzdem auf die Nerven.

»Wenn Shacket keinen Schlüssel hatte, wie ist er dann ins Haus gekommen?«

»Ich glaube, er kam rein, als Verna noch hier war. Sie lässt manchmal die Hintertür unabgeschlossen, damit sie raus- und reinkann.«

»Und dann hat Shacket sich einfach irgendwo versteckt, bis Sie ins Bett gegangen sind?«

»Das nehme ich an.«

»Hat sich also stundenlang versteckt. Er scheint ja verdammt geduldig zu sein für einen Kerl, der so verrückt ist, wie Sie sagen.« Sie notierte sich etwas. »Sie haben geschlafen, aber er kam nicht direkt zu Ihnen, sondern hierher ins Zimmer des Jungen.«

»Wie ich schon sagte, ich habe nicht geschlafen. Ich habe gelesen, dann wurde ich müde und habe beschlossen, mich hinzulegen. In dem Moment habe ich gemerkt, dass jemand meine Pistole falsch herum in den Safe gelegt hatte, und das Magazin war leer.«

»War der Safe abgeschlossen?«

»Ja. Ich weiß nicht, wie er an die Kombination gekommen ist.«

»Wie lange haben Sie die Waffe schon?«

»Drei Jahre.«

»Und die haben Sie legal in Kalifornien erworben?«

»Ja.«

»Ich muss die Registrierung sehen.«

»Die hole ich, sobald Sie mit Ihren Fragen fertig sind.«

»Haben Sie an einem Schusswaffen-Sicherheitstraining teilgenommen?«

»Wie ich schon sagte, ich übe damit einmal im Monat. Und ja, ich habe ein Sicherheitstraining gemacht.«

»Haben Sie sich die Waffe wegen Lee Shacket geholt?«

»Nein. Warum sollte ich? Als ich die Pistole gekauft habe, war ich ihm seit Jahren nicht mehr begegnet. Und damals war er noch nicht völlig durchgedreht.«

»Sie haben gesagt, Sie hätten ihn verletzt.«

»Nicht schwer. Vielleicht hat er ein Stück von seinem linken Ohr verloren.«

»Und der Junge war dabei?«

»Hat genau da gelegen, so wie jetzt.«

»Sie haben in Richtung des Jungen geschossen?«

»Ich musste. Shacket hat angedroht, dass er ihm die Augen ausdrückt.«

»Ist er blind?«

»Was? Nein. Er ist nicht blind.«

»Wegen der Art, wie er daliegt. Mit diesem starren Blick.«

»Er ist nicht blind.«

»Ein hochleistungsfähiger Autist. Haben Sie ihn denn untersuchen lassen, um festzustellen, ob das hier die richtige Umgebung für ihn ist, ob er nicht besser in irgendeiner Spezialeinrichtung leben sollte?«

Megan musste die Situation in die Hand nehmen. Sie ließ Woodys Hand los und stand auf, Auge in Auge mit Carrickton. »Es geht hier nicht darum, ob Woody in der richtigen Umgebung ist. Sucht irgendjemand nach Lee Shacket? Er ist wahnsinnig, schlimmer als das. Wird ein Suchtrupp organisiert?«

»Das ist nicht mein Job«, erwiderte Carrickton. »Mein Job ist, Ihre Aussage einzuholen, die wir brauchen werden, wenn wir diesen Kerl verurteilen sollen.«

»Schon klar. Aber konzentrieren wir uns doch auf das, was hier heute Nacht passiert ist, was Lee Shacket getan hat und tun wollte.«

Etwa zehn Sekunden lang hielt Carrickton Megans Blick schweigend stand. Das Mattblau ihrer Augen war spröde wie teures Porzellan. Dann sagte sie: »Sie haben hier ein schönes, großes Haus, alles nur vom Feinsten. Aber wenn man ein Problemkind wie ihn hat und noch dazu labile Ex-Freunde, die immer wieder auftauchen, nützen einem auch die schönsten Sachen nichts.«

Es kam nicht sehr oft vor, dass man einem völlig Fremden gegenüberstand, der einem aus unerfindlichen Gründen feindlich gesinnt war, weil er glaubte, einen zu kennen. In den sozialen Medien passierte so etwas häufiger, weshalb Megan nicht jeden Tag online war. Aber in dieser Situation, wenn die hasserfüllte Person direkt vor einem stand, konnte man nicht einfach ein Programmfenster schließen und den Computer ausschalten.

»Ich werde das nicht endlos mit Ihnen durchgehen. Ich bin hier nicht die Verdächtige. Ich bin das Opfer. Ich gebe Ihnen jetzt noch fünf Minuten, mehr nicht.«

Zwei Minuten später traf Sheriff Hayden Eckman ein.

64

In der hohen Schanze des Südwestturms von Schloss Wyvern lag Woody voller Selbstekel da. Diesmal wusste er, dass er für seine Schwäche nie genug Buße tun konnte, dass er nie mehr nach Hause konnte. Kein Rotkehlhüttensänger würde erscheinen, um ein Lied der Vergebung zu zwitschern, und die weiße Ratte würde keinen freudigen Tanz aufführen als Zeichen, dass er den Preis für das bezahlt hatte, was er getan hatte – oder, weit öfter, für das, was er *nicht* getan hatte.

Der böse Mann hatte ihn einen Blödmann genannt, aber Woody war kein Blödmann. Niemand konnte ihm einreden, dass er dumm war, nur weil er nie sprach. Aber der böse Mann hatte ihn auch als nutzlos bezeichnet. Dass diese Anschuldigung von einem Bösen stammte, bedeutete nicht unbedingt, dass sie nicht zutraf. Ja, es stimmte. Der Mann hatte Woodys Mom beleidigt, schlimmer noch, er hatte ihr befohlen, ihre Kleider auszuziehen, hatte sie zwingen wollen, mit ihm Sex zu haben. Woody war unschuldig, aber nicht naiv. Er wusste, was Sex war. Sex konnte etwas Schönes sein, wenn es aus Liebe geschah, aber es konnte auch so hässlich wie Mord sein, wenn die Liebe fehlte. So viel wusste er.

Und während all das geschah, hatte Woody nichts getan. Nichts. Die leichte Berührung dieses Verrückten – er hatte ihm über Wange und Nase gestrichen, hatte Kreise um sein Kinn gezogen, war mit der Fingerspitze seine Lippen entlanggefahren – hatte Woody so sehr schockiert, seine Hilflosigkeit ihn so sehr beschämt, dass seine Arme und Beine schwer wie Blei geworden waren und er den Kopf nicht mehr heben konnte. Er war zwar nicht sofort nach Wyvern geflohen, aber in seinem eigenen Schlafzimmer hatte er ebenso gelähmt dagelegen wie jetzt auf seinem groben Schilfbett.

Er war erst nach Wyvern gereist, als die Schießerei vorbei war, als er nicht mehr vom Badezimmerboden aufstehen konnte, wo er sich in einer Ecke zusammengekrümmt hatte. Seine Mutter hatte ihn aufheben und zum Bett tragen müssen. Seine Hilflosigkeit war noch nie beschämender gewesen.

Jetzt sah er zu den hohen Fenstern hinauf, zu den angeschwollenen schwarzen Bäuchen der Wolken, hinter denen Blitze pulsierten, ohne sich zu Pfeilen zu formen, wie Säurewellen, die sich durch das drohende Unwetter fraßen. Er hatte noch nie so viele Drachen fliegen sehen. Es waren ganze Schwärme, mit langen, stachligen Schwänzen und gezackten Schwingen, furchterregende Vorboten der Apokalypse. Den Blitzen folgte kein Donner, und die Drachen stießen keine Schreie aus, denn in diesem Reich war es immer still, so still wie Woody, bis der Vogel sang oder die weiße Ratte tanzte, was ihm erlaubte, nach Hause zurückzukehren. Aber diesmal tauchten beide nicht auf.

Wenn es so vieles gab, das man sagen wollte, die Worte aber nicht Gestalt annehmen wollten, wenn man noch nie mit jemandem gesprochen hatte außer mit ein paar Hirschen im Garten, dann lernte man, damit zu leben, dass die eigene Stimme im Inneren eingesperrt war. Was er zu dem Hirsch gesagt hatte – *Du bist schön. Ich hab dich lieb* –, war dasselbe, was er seinem Dad hatte sagen wollen, bevor dieser für immer verschwunden war. Es war das, was er zu seiner Mutter sagen wollte, die vielleicht auch eines Tages verschwinden würde. Aber er war solch eine Katastrophe, dass er es nur zu einem Hirsch sagen konnte. Also hatte er gelernt, sich damit abzufinden.

Es war das beste Gefühl auf der Welt, in den Armen seiner Mutter zu liegen. Man wusste, wenn man selbst ebenfalls die Arme um sie legen könnte, wäre es sogar noch besser. Aber man lernte, damit zu leben, niemanden umarmen zu können. Er hatte sich gesagt, dass sie auch so wusste, wie er empfand, und meistens glaubte er auch, dass sie es *wirklich* wusste. Aber manchmal, so wie jetzt, dachte er, dass sie es vielleicht doch nicht wusste, dass sie vielleicht nur *hoffte,* er liebe sie – und selbst mit diesem Zweifel hatte er zu leben gelernt.

Nur mit *einem* konnte er nicht leben: der Tatsache, dass seine Mutter beinahe vergewaltigt, beinahe erschossen worden war und dass er nichts getan hatte. *Nichts, nichts.* Nicht nur war er nicht in der Lage gewesen, ihr zu helfen, er war ihr durch seine Lähmung auch zur Last gefallen. Beinahe wäre sie durch ihn gestorben, weil er sich nicht dazu überwinden konnte, den bösen Mann zu berühren – ihn zu schlagen. Er hatte nicht einmal davonrennen können, um Hilfe zu holen. Und vielleicht war all das nur passiert, weil er die Tragedy-Seite im Dark Web besucht und *Die Rache des Sohnes: Gewissenhaft gesammelte Beweise für monströse Bosheit* geschrieben hatte.

Und noch etwas, das der böse Mann gesagt hatte, entsprach der Wahrheit.

Weißt du eigentlich, wie heiß deine Mami ist? Viel zu heiß, um ihr Leben mit einem Blödmann wie dir zu verschwenden.

Wenn er nie mehr heimkehrte, wäre sie von ihm befreit. Wenn er einfach hier in Schloss Wyvern blieb, konnte seine Mom ein besseres Leben führen, mit jemandem, der ihr sagen konnte, dass er sie liebte. Sie konnte zu Orten reisen, die sie gern sehen wollte, und musste sich keine Sorgen mehr darüber machen, was ihrem Blödmann von einem Sohn alles zustoßen konnte. Er war klug, aber trotzdem ein Blödmann: dumm, stumm, sprachlos, vollgestopft mit Wissen und mit Gefühlen, die keinerlei Bedeutung hatten, weil er niemandem mitteilen konnte, was er wusste und fühlte.

Hier, im flackernden Licht der Blitze, unter den lautlos fliegenden Drachen, in der gespenstischen Stille des Zimmers hoch im Turm, in dem er weder das Knistern des Schilfs unter ihm noch seinen Herzschlag noch seine Atemzüge hören konnte, hörte er plötzlich eine Stimme.

»Ich komme, Junge. Ich bin fast da.«

Woody senkte den Blick von den unverglasten Fenstern und sah wieder den Hund. Diesmal hatte er sich nicht am Boden zusammengerollt, sondern saß, und er trug einen Gurt, als würde er in einem Auto fahren.

»Weine nicht, Junge, hab keine Angst. Ich bin fast da.«

65 Nachdem er von dem ungewöhnlichen Einbruch und der Gewalt im Bookman-Haus erfahren hatte, war der Sheriff davon ausgegangen, es hier mit demselben Täter wie bei dem Mord an Spader und Klineman zu tun zu haben. Sofort ließ er Straßensperren auf der Greenbriar Road errichten. Sie hielten Ausschau nach einem roten Dodge Demon, einem hochgezüchteten Wagen, der mit seiner Motorleistung jedes Fahrzeug der Polizeiflotte abhängen konnte.

Jeder Straßensperre waren vier Männer zugewiesen. Die erste befand sich ungefähr zwei Meilen südlich des Bookman-Grundstücks, eine weitere knapp anderthalb Meilen nördlich. Der südliche Posten war beinahe sofort vollständig bemannt.

Im Norden sperrten zwei Deputys die Straße notdürftig mit einem einzigen Wagen ab.

Das Heulen der Sirenen hatte Nathan Palmer, falls das wirklich sein Name war, dazu gebracht, sich vom Bookman-Haus zu entfernen. Man nahm an, dass er zu Fuß nach Westen geflohen war, durch den Garten in den Wald, statt zu riskieren, den Highway zu benutzen, auf dem die Streifenwagen unterwegs waren. Aber er war sicherlich in seinem Dodge Demon hier eingetroffen und hatte ihn irgendwo in der Nähe versteckt. Er würde versuchen, durch den Wald auf Umwegen wieder zu seinem Auto zu gelangen.

Im Laufe der letzten halben Stunde waren alle Fahrzeuge auf der Greenbriar Road angehalten und überprüft worden. Jetzt verließen Walter Colt und Freeman Johnson, die Ersten, die das Bookman-Anwesen erreicht hatten, das Haus und fuhren nach Norden, um die dortige Straßensperre zu verstärken.

Freeman saß auf dem Beifahrersitz. Als leidenschaftlicher Waldgänger – er wanderte und angelte – verfügte er über ein deutliches Gespür für die Muster der Natur. Der Forstweg, der rechts an ihnen vorbeiglitt, wirkte so finster wie die Eingeweide eines Leviathans. Das Scheinwerferlicht reichte nur ein paar Meter weit hinein, und doch bemerkte Freeman eine Auffälligkeit in der ansonsten vollständigen Dunkelheit zwischen den vom Schleier der Nacht umhüllten Bäumen.

»Warte mal, dreh um«, sagte er. »Irgendwas ist dahinten auf dem Forstweg.«

Walter Colt verlangsamte den Wagen, fuhr eine 180-Grad-Wende, steuerte dann ein Stück nach Süden, bog nach links auf den schmalen, unbefestigten Weg ab und schaltete das Fernlicht ein. Als das Licht direkt in den Wald fiel, wurde das, was zuvor nur Freeman mit seiner Intuition bemerkt hatte, in etwa 20 Metern Entfernung von der Asphaltstraße sichtbar: eine rote Limousine.

Während der Streifenwagen langsam zwischen den Bäumen dahinrollte und die Limousine vor ihnen sich als ein Dodge herausstellte, nahm Walter Colt das Mikrofon des Polizeifunkgeräts zur Hand und meldete ihren Fund. Drei Meter vor dem Auto des Täters blieb er stehen und brachte den Gangwahlhebel in Parkstellung. Er zog die Handbremse, ließ jedoch den Motor laufen.

Weder Johnson noch Colt waren am vorigen Nachmittag am Tatort des Mordes an Spader und Klineman gewesen, aber sie hatten davon gehört, dass sich offenbar Tiere, Aasvögel, vielleicht Geier nach ihrem Tod an der Leiche der Frau zu schaffen gemacht hatten. Falls es sich bei dem Angriff im Bookman-Haus um denselben Täter gehandelt hatte, musste er sowohl leichtsinnig als auch ungewöhnlich gewalttätig sein. Aber ihnen war noch nicht bewusst, dass sie es hier mit etwas zu tun hatten, das ihre Erfahrung aus insgesamt 36 Polizeidienstjahren weit überstieg.

Zusätzlich zu einer Schrotflinte, die links vom Beifahrersitz mit der Mündung nach oben am Armaturenbrett befestigt war, lag im Wagen noch ein 1,20 Meter langer Viehstock, der nur bei Tieren einzusetzen war. Pinehaven County beherbergte mehr wilde Tiere als Menschen, und einige der Erstgenannten waren gefährliche Raubtiere. Vor allem handelte es sich dabei um Berglöwen, aber auch um Bären und Kojoten. Freeman

Johnson hatte auch zweimal erlebt, dass ein Bulle ausgebrochen war. Einmal war ein Tiger davongelaufen. Der Halter war ein Idiot gewesen, der geglaubt hatte, das Tier würde immer sanft wie ein Kätzchen bleiben. Bei einer anderen Gelegenheit hatte sich ein schlimm misshandelter Pitbull verständlicherweise zum Menschenfeind gewandelt. Es kam nicht jeden Tag, nicht einmal jede Woche vor, dass die Hilfssheriffs solchen gefährlichen Kreaturen begegneten. Aber weil das Sheriff's Department sich seit Langem an die Richtlinie hielt, nur im absoluten Notfall ein Tier zu erschießen, war der Viehstock manchmal unentbehrlich.

Obwohl der Dodge Demon dunkel, still und scheinbar leer vor ihnen im Scheinwerferlicht stand, das durch seine Fensterscheiben drang, zogen Colt und Johnson ihre Waffen, bevor sie aus dem Polizeiauto stiegen.

Die Wildnis bot einen gewissen Schutz gegen den Wind, aber diese Barriere war nicht undurchdringlich. Über den Waldboden strich ein schwächerer, aber dennoch beharrlicher Sturm und peitschte das Unterholz, während stärkere Böen die höheren Lagen der immergrünen Bäume heftig schüttelten. Die oberen Luftströme, die durch den dichten Baldachin der Nadelbäume strichen, klangen wie fließendes Wasser, als ob über ihnen ein großer Fluss dahinrauschte. Aus diesem Flüstern erhoben sich dünnes Wispern, dumpfes Seufzen, gequälte Schreie. Es war, als wäre es der Fluss Styx, der Legionen von Seelen aus der Welt der Lebenden ins Land der Toten spülte.

Freeman und sein Partner näherten sich dem Dodge vorsichtig, ohne den dunklen Wald aus den Augen zu lassen, der jenseits des Scheinwerferlichts ihres Wagens lag. Diese Finsternis wirkte irgendwie anders als jede, die Freeman zuvor gesehen hatte – wie die sagenumwobene äußere Dunkelheit jenseits aller Hoffnung um den Garten Eden.

Dieser Augenblick war aufgeladen mit einer Atmosphäre unnatürlicher oder sogar übernatürlicher Gefahr, und die folgende Attacke passte dazu. Der Angreifer ließ sich wie ein geflügelter Dämon von einem Ast fallen, der weit oberhalb ihres Sichtfelds lag. Er prallte heftig gegen Walter Colt, der hinter dem Dodge zu Boden fiel. Die Pistole des Deputys flog ihm aus der Hand, traf mit einem *Peng* die Stoßstange des Autos und wirbelte ins zuckende Gebüsch.

Schockiert wich Freeman ein, zwei Schritte zurück, während Colt sich abmühte, die Oberhand zu gewinnen oder seinen Angreifer abzuwerfen. Der Deputy war der größere der beiden Männer, aber die zähnefletschende Wildheit seines Gegners machte sofort deutlich, dass seine Körpergröße und Kampfausbildung dem Hilfssheriff nicht dabei helfen würden, den Angriff abzuwehren.

Durch die ineinander verkeilten, wild um sich schlagenden Leiber der beiden Kämpfenden hatte Freeman kein freies Schussfeld. Er trat vor, um sich in den Kampf einzumischen, wollte Nathan Palmer mit dem Pistolenlauf einen Schlag auf den Kopf versetzen. Als Walter Colt schrie, hielt er inne. Solange er Colt kannte, hatte dieser nie Furcht gezeigt, sich nie über Schmerzen beklagt, hatte immer der Definition eines Stoikers entsprochen. Dies war nicht nur ein Schmerzensschrei, sondern auch ein

Schrei blanken Entsetzens, und er enthielt die Worte: »*Er beißt mich, er beißt mich!*«

Im grellen Licht der Scheinwerfer war zu erkennen, dass Colts linke Hand voller Blut war – nein, nicht nur die linke, sondern beide Hände. Auch in seinem Gesicht war Blut. Der Angreifer schnappte nach seiner Kehle. Colt wehrte ihn mit blutenden Händen ab, während der Gegner seinem Opfer das Knie in den Schritt rammte, wieder und wieder. Einmal begegnete Palmer Freemans Blick. Eine Masse aus blutigem Speichel quoll aus seinem Mund, bedeckte sein zähnefletschendes Grinsen, und seine wilden Augen *funkelten wie die eines Tieres.*

Ohne eine Schussgelegenheit und im Klammergriff der Angst kehrte Freeman zum Streifenwagen zurück. Er packte den Viehstock, der einen elektrischen Schlag mit hoher Spannung und niedriger Stromstärke austeilen konnte, der ausreichte, um einen Bären oder einen Bullen abzuwehren. Vielleicht konnte man damit einen Mann töten, wenn man den Stock rücksichtslos einsetzte. Nach drei Sekunden war er wieder am Schauplatz des Kampfes. Colt schrie immer noch. Die Regeln des Departments verboten den Gebrauch des Viehstocks gegen Menschen. *Scheiß auf die Regeln.* Er stieß Palmer die Kupferzinken des Stocks in den Rücken.

Da er den Angreifer berührte, würde Walter Colt ebenfalls einen starken Stromschlag erhalten, wenn auch einen weniger heftigen als Ersterer. Das ließ sich nicht vermeiden. Der Verrückte heulte auf. Freeman stieß wieder zu, und Palmer fiel von seinem Opfer und landete mit dem Gesicht nach unten auf dem Forstweg.

Colt stöhnte, keuchte und bemühte sich mit wenig

Erfolg, den Schock zu überwinden und Abstand zu seinem Gegner zu gewinnen.

Palmer mochte noch 20 oder 30 Sekunden lang paralysiert bleiben, danach noch eine Minute oder länger desorientiert und mehr oder weniger hilflos.

Freeman nahm dicke Plastikhandschellen von seinem Utensiliengurt. Er ließ sich neben dem auf dem Bauch liegenden Angreifer auf ein Knie hinab mit der Absicht, dem Mistkerl die Hände hinter dem Rücken zu fesseln.

Palmer zappelte, drehte sich um, versuchte sich aufzusetzen und zischte mit der Wut einer gereizten Schlange.

Freemans Herz klopfte so heftig, dass seine Arme zitterten und die Handschellen ihm aus den schweißnassen Fingern rutschten. Er wich hastig zurück und hob den Viehstock auf. Er stieß dem Wahnsinnigen die Kupferzinken in den Bauch. Palmer kratzte über die harte Erde, als ob seine Finger Klauen wären und der Boden aus Sand. Wieder und wieder versetzte Freeman ihm Stromstöße. Palmer warf den Kopf hin und her. Die Sehnen an seinem Hals traten hervor wie Stahlkabel. Freeman gab ihm noch einen Stromschlag, einen langen. Endlich brach Palmer zusammen, war bewusstlos oder tot. Es war Freeman egal, welches von beidem zutraf.

Er kniete sich hin, drehte Palmer mit dem Gesicht nach unten und band dem Mann die Hände hinter dem Rücken zusammen. Er zog die Plastikfesseln straffer, als die Vorschriften zuließen. Dann legte er noch eine zweite Handfessel an, obwohl er noch nie davon gehört hatte, dass sich jemand aus diesen Handschellen befreit hätte. Er band dem Mann Hand- und Fußknöchel zusammen und verband diese beiden Handschellen noch mit einer dritten.

Schließlich fühlte er Palmer am Hals den Puls und stellte mit Bedauern fest, dass der Mann noch lebte.

Währenddessen war es Walter Colt gelungen, zum Streifenwagen zu kriechen und sich mit dem Rücken an den linken Kotflügel zu lehnen. Er blutete aus beiden Händen. Der kleine Finger der linken war abgebissen worden. Der Zeigefinger hing nur noch lose an einem Fleischfetzen. Seine Kinnspitze war so heftig gebissen worden, dass sie sich bewegte, als würde sie gleich vom Knochen fallen. Er weinte wie ein Kind, stand unter Schock.

Freeman Johnson eilte zur Fahrerseite, setzte sich hinters Steuer und schnappte sich das Mikrofon. Er rief einen Krankenwagen – »Polizeibeamter schwer verletzt« –, gab seine Position durch und forderte Verstärkung an – »so viele wie möglich, verdammt noch mal« –, denn die Batterien im Viehstock mussten beinahe leer sein. Die Plastikfesseln würden halten; das taten sie immer. Aber irgendjemand würde Palmer ein Beißholz in den Mund stecken müssen, bevor man ihn abtransportierte, und Freeman hatte nicht vor, das zu tun, wenn er dabei nicht eine Menge Unterstützung bekam.

Er stieg aus dem Auto, holte den Erste-Hilfe-Koffer aus dem Kofferraum, ging zu Walter und kniete sich neben ihn. Die Hände bluteten, aber nicht so sehr, dass ein Druckverband angelegt werden musste, bevor die Rettungssanitäter eintrafen. Er gab Walter zwei Rollen Verbandsmull, die er in den Fäusten halten konnte, um Druck auf die Wunden in seinen Handflächen auszuüben. Gegen die Wunde am Kinn ließ sich nichts ausrichten.

»Der Krankenwagen ist auf dem Weg, Kumpel. Die sind in fünf Minuten hier, vielleicht sogar schneller.«

»Mein Gott«, sagte Walter mit nachgebender Stimme.

Palmer rührte sich bereits wieder. Er fluchte und versuchte sich umzudrehen. Er riss an seinen Handschellen und trat mit den gefesselten Beinen aus. Er beugte den Rücken unmöglich weit zurück, als wäre er in der Lage, seine Rückenwirbel zusammenzufügen und sich wie eine Schlange aufzurichten. Aber das war er nicht, also fluchte er noch wütender.

»Um Gottes willen, was ist er?«, fragte Walter. »Erschieß diesen Freak, bring ihn um, solange du noch kannst.«

Die ungewöhnliche Furcht seines Partners ließ Freeman erschauern. Er stand auf, holte den Viehstock und stellte sich bereit, während aus der Ferne Sirenen zu hören waren. Die Verstärkung kam.

Über dem schmalen Forstweg waren weder der Mond noch die Sterne zu sehen. Der kühle Wind brauste wie die Abflussrohre des Jüngsten Gerichts. Der Wald war tief, schwarz und voller Geheimnisse, wie Freeman Johnson ihn noch nie gesehen hatte.

66 Die Lichter der Polizeiwagen tanzten blau und rot über Windschutzscheibe und Armaturenbrett des Range Rovers.

Kipp und Ben standen in einer Reihe anderer Fahrzeuge vor einer Straßensperre in nördlicher Richtung auf der Greenbriar Road.

Ben wartete geduldiger als Kipp, der angespannt hechelte. »Was ist los, Kumpel?«

Ben wusste nicht von dem Jungen, wusste nicht, dass dieser geschrien hatte und nun in der Leitung beinahe verstummt war, nur noch mitleiderregende Laute völliger Verzweiflung ausstieß.

Es gab auf diesem Planeten zwei Arten, die seit vielen Tausend Jahren miteinander verbunden waren. Vielleicht seit mehr als 100.000 Jahren. Hunde und Menschen.

Die Hunde hatten den Menschen zur Seite gestanden, Jahrtausende vor den Pferden und den Katzen.

Sie hatten gemeinsam gejagt in einer Zeit, in der das Jagen überlebenswichtig gewesen war.

Sie hatten sich gegenseitig vor allen Gefahren geschützt in einer primitiven Welt, in der die Natur noch grausamer gewesen war als heute.

Von allen Lebewesen auf der Erde behielten nur Menschen und Hunde ihr ganzes Leben lang ihre Freude am Spiel.

Es existierte ein gemeinsames Schicksal von Menschen und Hunden, das sich bisher noch nicht erfüllt hatte.

Daran hatte Dorothy geglaubt.

Sie war sicher gewesen, dass Kipp und die anderen im Mysterium die nächste Stufe dieses Schicksals repräsentierten, dass sie die Welt verändern würden.

Und nun war dieser Junge unbewusst dazu fähig, die Leitung zu benutzen. Das konnte vielleicht bedeuten, dass das Bündnis zwischen Hunden und Menschen in naher Zukunft noch enger würde.

Kipp hatte das Gefühl, dass ein bedeutendes historisches Ereignis dicht bevorstand.

Die Polizisten gingen langsam von Fahrzeug zu Fahrzeug, befragten die Fahrer, sahen in die Kofferräume.

Ein historisches Ereignis stand bevor, und die Polizei hielt den Verkehr auf der Greenbriar Road auf. Falls Kipp noch frustrierter würde, müsste er aussteigen und pinkeln.

67

Deputy Carrickton und ihr Partner Deputy Argento waren gegangen, nachdem Sheriff Hayden Eckman Megans Aussage für ausreichend erachtet hatte.

Mit Argentos Hilfe hatte der Sheriff die umgekippte Kommode wieder aufgestellt und es sich dann am Rand des Sessels bequem gemacht, um mit Megan zu sprechen, die auf Woodys Bettkante sitzen blieb.

Weil er beim Betreten des Zimmers die Feindseligkeit zwischen Megan und Carrickton gespürt hatte, hatte er sich für den aggressiven Befragungsstil der Beamtin entschuldigt, diesen aber gleichzeitig verteidigt mit der Betonung, dass die Frau eine der besten Polizistinnen in seinem Department sei.

Megan war dem vorigen Sheriff Lyle Sheldrake einmal begegnet. Dieser war ein bescheidener, leutseliger Mann mit wettergegerbtem Gesicht und strahlend weißem Haar. Sie hatte ihn zwar nicht gekannt, aber diejenigen, die Erfahrung mit ihm hatten, sagten, dass er ein engagierter, ehrlicher Mann gewesen war. Eckman, sein Konkurrent, habe ihn durch eine niederträchtige Kampagne besiegt. Auch jetzt, als der neue Sheriff versuchte, die Wogen zu glätten, die Carrickton erzeugt hatte, kam er Megan schmierig vor, nicht vertrauenswürdig. Heutzutage schienen die Amerikaner Politiker zu mögen, die ein besonderes Talent dafür hatten, ihre eigene Tugend hervorzukehren, während sie ihre Gegner verleumdeten.

Eckman wollte nicht alles noch einmal durchgehen, das Megan Carrickton berichtet hatte, aber er interessierte sich sehr für die Tatsache, dass sie ihren Angreifer kannte und dass sein Name Lee Shacket war. »Miss Bookman, können Sie mir sagen, ob er je den Namen Nathan Palmer benutzt hat?«

»Nein, davon weiß ich nichts. Aber davon hätte ich auch nichts erfahren. Das letzte Mal hatte ich ihn bei einem geschäftlichen Treffen mit meinem Mann vor acht Jahren gesehen, und davor … Dass ich privat mit ihm zu tun hatte, liegt schon über 13 Jahre zurück.«

»Sie sagten, er war der CEO von Refine, Inc., die ein Teil von Dorian Purcells Geschäftsimperium ist?«

»Das stimmt.«

»Haben Sie von der Brandkatastrophe in der Refine-Anlage bei Springville, Utah, gehört?«

»Nein. Ich vermeide es, mir die Nachrichten anzuschauen, Sheriff. Es gibt nichts, was ich für die armen Leute tun kann, die darin vorkommen. Und ich habe mir vorgenommen, weiterhin positive Kunst zu machen, auch wenn die Welt immer negativer wird.«

»Tja, der Kerl läuft möglicherweise vor seiner Verantwortung für den Tod von 92 Menschen in dieser Anlage davon.«

Sie verzog das Gesicht, aber ihr fiel nichts Sinnvolles ein, das sie über eine solche Tragödie sagen konnte. »Noch ein Grund für Sie, ihn schnell zu finden. Mit ihm ist irgendwas sehr, sehr schiefgegangen.«

»Haben Sie ein Foto von diesem Lee Shacket?«

»Sie finden sicher eins im Internet.«

»Bestimmt. Aber im Moment haben wir nicht mehr als den Führerschein, den er dabeihatte. Der läuft auf den Namen Nathan Palmer. Falls Sie ein Foto hätten, Miss Bookman, könnte ich in einer Minute feststellen, ob er dieselbe Person ist.«

»Mrs. Bookman, nicht Miss.«

»Ja, natürlich. Wenn Sie das vorziehen.«

»Lee Shacket ist bei unserer Hochzeit gewesen. In dem Fotoalbum, das ich davon habe, gibt es ein paar Schnappschüsse von ihm. Er sieht noch mehr oder weniger genauso aus – abgesehen davon, dass er sich die Haare gefärbt hat. Er hat lange Zeit einen Bart gehabt, aber nicht damals, als ich ihn kannte, also haben sich im Vergleich zu den Fotos nur die Haare verändert.«

»Könnten Sie mir das Album zeigen?«

»Ich lasse Woody nicht allein. Gehen Sie nach unten ins Arbeitszimmer. Auf einem der Bücherregale sind acht oder zehn Fotoalben. Es ist das weiße mit dem goldenen Rand. Bringen Sie's mir, dann suche ich ein Bild von Lee Shacket für Sie heraus.«

Als der Sheriff gegangen war, sprach sie leise mit Woody, versicherte ihm, dass sie jetzt sicher seien, dass man Shacket finden würde, dass er nicht zurückkehren würde. Aber all diese Versicherungen waren eher ein Ausdruck ihrer Hoffnungen als von Überzeugung. Vielleicht bemerkte der Junge den Unterschied, denn er kehrte nicht von diesem tief verborgenen Ort in seiner Psyche zurück, an den er sich zurückgezogen hatte.

Der Wind heulte um das Haus. Es war kein natürlicher Laut ohne Bedeutung, sondern ein Kreischen schwärzesten Wahnsinns. Es rief Megan ein Gemälde des spanischen Meisters Francisco de Goya aus dem 18. Jahrhundert vor Augen, *Saturn verschlingt seine Kinder,* ein nihilistisches Bild von solch irrsinniger Gewalt, dass es im Betrachter echte Furcht auslösen und über Wochen für Albträume sorgen konnte.

Shacket hatte eines der Seitenfenster an der Haustür eingeschlagen. Sam Brickit konnte den Türrahmen mit Sperrholz abdichten, bis ein Glaser kommen würde, um die Scheibe zu ersetzen. Die Alarmanlage funktionierte noch. Megan würde dafür sorgen, dass jede Tür mit einer *doppelten* Verriegelung ausgestattet wurde. Richtige Schlösser anstelle von Drehriegeln für die Schiebefenster. Sie hatte ein zusätzliches Magazin für die Pistole. Von jetzt an würde sie es immer geladen und in der Nähe der Waffe aufbewahren. Sie würde Tag und Nacht die Vorhänge vor allen Fenstern zuziehen, damit niemand von draußen beobachten konnte, was sich im Haus abspielte.

Und all das wäre nutzlos.

Sie würde sich nicht sicher fühlen, würde nicht sicher *sein,* keine Minute lang, bis Shacket endlich festgenommen wurde. Tatsächlich würde sie sich erst sicher fühlen, wenn er tot war.

Wir machen alle Fehler, was, Megan? Ich habe zum Beispiel einen gemacht, als ich meine Pistole in deiner Küche liegen gelassen habe, nachdem ich die Titten von dieser geilen Schlampe gefressen hatte. Nein, stimmt gar nicht, es war ein Steak. In deiner Küche war es ein Steak, und das hat nicht so gut geschmeckt wie Justines Brüste.

Es war verlockend, alles, was er gesagt hatte, als das Geschwätz eines Wahnsinnigen abzutun, aber er hatte tatsächlich seine Pistole in der Küche liegen gelassen. Und Deputy Carrickton hatte eine Frage zu den rohen Steaks auf dem Küchenboden gestellt.

Der Sheriff kehrte mit dem weiß-goldenen Fotoalbum zurück.

Megan blätterte darin und fand einen guten Schnappschuss von Shacket in Anzug und Krawatte beim Empfang nach der Hochzeit. Er brachte gerade einen Trinkspruch auf das frisch verheiratete Paar aus.

»Nathan Palmer«, stellte Eckman fest. »Alles bis auf die blonden Haare ist gleich.«

Megan stand auf und sagte: »Kommen Sie mal mit.«

Sie legte das Album auf das Bett und führte Eckman in den Flur des Obergeschosses.

Sie zog die Tür zwischen ihnen und Woody bis auf einen Spalt zu und sprach so leise, dass es kaum mehr als ein Flüstern war. »Wird Lee Shacket noch wegen etwas anderem gesucht als dem Feuer in der Refine-Anlage?«

Eckman musterte sie mit kühlem, berechnendem Blick. Ihrem Beispiel folgend sprach er leise. »Wie meinen Sie das?«

»Wie ich es gesagt habe.«

»Tut mir leid, Miss Bookman, aber es ist mir nicht gestattet ...«

»Eine Frau namens Justine«, unterbrach sie ihn. »Hat er eine Frau ermordet, die Justine hieß?«

Nach kurzem Schweigen erwiderte Eckman: »Das war noch nicht in den Medien.«

»Er hat von etwas ... Krankhaftem gesprochen. Ich war mir nicht sicher, ob es stimmte. Hat er sie hier oder in Utah umgebracht?«

Eckman gab sich geschlagen. »Es wird morgen in den Nachrichten kommen. Dieses Paar hat auf dem Highway 20 eine Reifenpanne gehabt. Zu der Zeit war dort nicht viel Verkehr. Palmer … Shacket ist da anscheinend vorbeigekommen. Er hat viermal auf den Mann geschossen, hat sie beide ermordet.«

Der Sheriff war offenbar immer noch damit beschäftigt, die Vor- und Nachteile weiterer Äußerungen abzuwägen.

Megan blieb beharrlich und fragte: »Wie hat er Justine getötet?«

Eckman zögerte. Der Wind heulte wie Saturn, sang vom Mord an seinen Nachkommen in der sich stetig verfinsternden Nacht. »Er hat sie gebissen.«

»Totgebissen?«

»Ja. Aber ich muss Sie bitten, Miss Bookman …«

»Hat er … Teile von ihr gegessen?«

Eckman runzelte die Stirn. »Offenbar kam es auch zu Kannibalismus, ja.«

Megan wandte den Blick ab. Der Schrecken, den sie empfand, war von einer so intimen Natur, dass sie ihn nicht ansehen und nicht darüber sprechen konnte. »Waren es ihre Brüste?«

»Er hat Ihnen also davon erzählt.«

»Indirekt.«

»Eine ihrer Brüste. Einen Teil der anderen. Und den Großteil ihres Gesichts.«

»O mein Gott.« Ihre zuvor weißglühende Furcht, die sich in letzter Zeit etwas abgekühlt hatte, flammte plötzlich neu auf. Sie dachte daran zurück, wie Shacket Woodys Gesicht berührt hatte, wie nahe sein eigenes Gesicht – und sein Mund – dem Jungen gewesen war.

»Wir können nicht hierbleiben. Wir reisen heute Abend noch ab. Sofort.«

»Ich kann für Ihren Schutz sorgen.«

Sie sah ihn wieder an. »Dafür haben Sie nicht genug Männer. Es gibt nicht genug Polizisten auf der Welt, um mich hier zu halten.«

»Es wäre hilfreich, wenn Sie das niemandem gegenüber erwähnen würden. Wir wollen die Menschen nicht in Panik versetzen. Wir müssen die Informationen vorsichtig herausgeben. Wahrscheinlich werden wir das morgen Mittag tun, vielleicht erst am frühen Nachmittag. Wir brauchen Zeit, um Antworten parat zu haben und sicherzustellen, dass …«

Ein Deputy lief polternd die Treppe herauf und rief: »Sheriff! Sind Sie da oben?«

Als der Mann oben angekommen war, fragte Eckman ihn: »Was ist los?«

»Sie haben ihn. Johnson und Colt haben den Dreckskerl geschnappt. Colt ist schwer verletzt, ein Krankenwagen ist auf dem Weg. Johnson geht's gut und der Täter ist unter Kontrolle.«

Eckman grinste Megan breit an, als ob die scheußlichen Dinge, die sie gerade eben erfahren hatte, nun bedeutungslos geworden wären. »Sie sind sicher, Miss Bookman. Völlig sicher. Meine Männer haben ihre Arbeit gemacht. Sie können heute Nacht hierbleiben, ohne sich Sorgen zu machen. Wenn Sie mich jetzt entschuldigen würden …«

In aufrechter Haltung und mit elastischen Schritten ging er davon, als wäre der Schrecken, der nach Pinehaven County gekommen war, eine beim Schopf gepackte

Gelegenheit, eine politische Krise, die sich als karriere-förderlich erwies.

Hinter seinem Rücken sagte sie leise: »Ich bin *Mrs. Bookman.*«

68 Der Krankenwagen konnte zwei Verletzte transportieren, aber Walter Colt weigerte sich, sich im selben Fahrzeug wie Nathan Palmer zum Krankenhaus bringen zu lassen, obwohl die Sanitäter sich anschickten, den Killer mit Chlorpromazin zu betäuben.

Freeman Johnson konnte das vollkommen verstehen. Er überredete die Einsatzkräfte, einen zweiten Wagen für Palmer anzufordern. Walter Colt wurde abtransportiert. Das Blaulicht blinkte und die Sirene heulte wie ein durch die Baumwipfel jagender Waldgeist.

Die Verstärkung war noch vor dem Rettungswagen eingetroffen, sodass Freeman nicht allein mit dem Gefangenen hatte warten müssen. Er hielt den Viehstock bereit, und auch Deputy Argento hatte einen. Carrickton bewaffnete sich mit einer Schrotflinte, und sie machte den Eindruck, dass es ihr Spaß machen würde, sie einzusetzen.

Der Täter lag mit dem Gesicht nach unten am Boden und bemühte sich unablässig, sich von den Fesseln zu befreien, mit denen man ihm die Handgelenke auf dem Rücken zusammengebunden hatte. Er war so hartnäckig, dass er sich die Haut abgerieben hatte und leicht blutete. Der Schmerz schien ihm nichts auszumachen.

69

Carson Conroy hatte mehr Informationen gefunden, als er erwartet hatte. Er saß immer noch an seinem Computer im Leichenschauhaus. Die Uhrzeit, zu der er normalerweise schlafen ging, lag bereits Stunden zurück. Schwarzer Kaffee und zwei Donuts mit Glasur hatten ihn wach gehalten, und er dachte darüber nach, mit der nächsten Tasse eine Koffeintablette hinunterzuspülen.

Als er auf der Website des National Crime Information Center nach einem Haftbefehl für Nathan Palmer gesucht hatte, war sein Bildschirm weiß geworden bis auf den perfekten Umriss seiner Schultern, des Halses und Kopfes. Er wusste, dass dies bedeutete, dass irgendein Geheimdienst – wahrscheinlich die NSA – sich dafür interessierte, wer Nachforschungen über Palmer anstellte. Sie hatten ihn mithilfe der Kamera seines Computers fotografiert. Er machte sich keine Gedanken deswegen, denn dies war bereits zweimal bei anderen Fällen vorgekommen, ohne dass es Konsequenzen nach sich gezogen hätte.

Obwohl Nathan Palmer wegen Diebstahl, Brandstiftung und Mord gesucht wurde, fehlten in dem Schriftstück des Gerichts in Salt Lake City genaue Informationen über diese Straftaten. Diese Daten wurden geheim gehalten, was Carson sehr merkwürdig vorkam. Palmers Foto von seinem in Montana ausgestellten Führerschein zeigte einen recht attraktiven Mann Mitte 30. Er hatte ein glatt rasiertes Gesicht, braune Haare und braune Augen.

Etwas an diesem Foto beschäftigte Carson. Er war Nathan Palmer nie begegnet, und doch kam ihm der Mann bekannt vor.

Lyle Sheldrake, der frühere Sheriff, der Carson nach Pinehaven geholt hatte, hatte vorausgesehen, dass sein Nachfolger Hayden Eckman irgendwann mal in eine Situation kommen würde, in der er einen Sündenbock brauchte. Weil Carson sich Eckman gegenüber nicht besonders verpflichtet fühlte, war er natürlich der ideale Kandidat dafür. Deshalb hatte Sheldrake im Computersystem des Departments eine geheime Hintertür nur für Carson geschaffen, zusammen mit Anweisungen, wie diese zu benutzen war. Sheldrake hatte zu ihm gesagt: »Vielleicht ist Hayden nicht so eine Schlange, wie er zu sein scheint. Aber Sie sollten etwas Gegengift haben, nur für den Fall.«

Nun schwamm Carson Conroy insgeheim durch den flachen Datensee des Sheriffreviers und tastete sich durch den trüben Tümpel von Hayden Eckmans persönlichen Daten. Der interessanteste Ordner trug den Namen *Inoffizielle Fallnotizen*. Er fand dort einen Eintrag vom selben Tag, in dem von seiner angeblichen Trunkenheit, Streitsucht und seinem allgemein unprofessionellen Verhalten die Rede war, das er bei der Ankunft von Frawley und Zellman aus Sacramento gezeigt und womit er die Abgabe der Ermittlungen im Fall des Spader-Klineman-Doppelmords behindert habe.

Carson war wütend, aber nicht blind vor Zorn. Damit Wut zu etwas Stärkerem wurde, musste irgendeine Form von Überraschung, irgendein unerwarteter Verrat gegeben sein. Aber er hatte Eckman schon immer List und Tücke zugetraut, weshalb seine Wut kaum mehr als eine gewisse Entrüstung war, der es an Leidenschaftlichkeit und Rachsucht fehlte. Und die Lüge über seine angebliche Trunkenheit war nicht das Interessanteste in dem Ordner über die neuesten Morde.

Viel interessanter waren Eckmans Notizen über sein Gespräch mit Tio Barbizon, dem Generalstaatsanwalt von Kalifornien. Die NSA interessierte sich nicht nur für den Fall, sie versuchte auch auf dem Umweg über Tio Barbizons Büro im Stillen die Ermittlungen zu leiten. Bei Nathan Palmer handelte es sich um eine Tarnidentität des Verdächtigen. Barbizon verriet zwar nicht Palmers echten Namen, aber er hatte Eckman mitgeteilt, dass der Flüchtige eine Führungskraft bei Refine, Inc. gewesen war. Er hatte in Springville, Utah, wo 92 Menschen bei einem schweren Brand gestorben waren, das Sagen gehabt.

Carson klinkte sich wieder aus dem Computersystem aus. Er wusste jetzt, weshalb Nathan Palmer ihm bekannt vorkam. Am Vortag hatte er einen Videoclip von einer Rede in den Nachrichten gesehen, die ein CEO von Refine vor zwei Jahren über die Krebsforschung des Unternehmens in den Laboren bei Springville gehalten hatte. Er googelte den Clip und fand ihn. Damals hatte der Kerl einen säuberlich getrimmten Bart getragen und sein Haar hatte blond, nicht braun gewirkt. Sein Name war Lee Shacket, aber die Ähnlichkeit war deutlich genug, dass Carson keinen Zweifel daran hatte, dass dieser Mann sich Nathan Palmer genannt hatte.

Einigen Berichten zufolge war Refine, Inc. eine Tochtergesellschaft der Firma Parable, die der Multimilliardär Dorian Purcell gegründet hatte und immer noch leitete. In Wahrheit war Refine jedoch ein eigenständiges Unternehmen, eher privat als öffentlich, das zu großen Teilen, jedoch nicht vollständig, in Purcells Besitz war.

Man sagte, Lee Shacket habe sich in den Laboren in Springville aufgehalten, als das katastrophale Gasleck den Gebäudekomplex zerstört und alle Menschen darin vernichtet hatte. Anhand der Ungenauigkeit dieser Information gelangte Carson zu einer furchterregenden Annahme: Welche Arbeit Refine in Utah auch verrichtete, die Krebsforschung gehörte kaum oder vielleicht überhaupt nicht dazu. Sie befassten sich mit etwas viel Exotischerem und Gefährlicherem, und die Explosion war kein Unfall gewesen.

Nachdem er ein paar Minuten über die Situation nachgegrübelt hatte, kam er zu drei weiteren Annahmen. Erstens: Was Refine auch in Utah tat, sie mussten für die NSA arbeiten oder für andere Regierungsorganisationen, die sich darauf verließen, dass die NSA ihre Spuren verwischte. Zweitens: Eine Explosion und ein Feuer in einer so großen Einrichtung konnten nicht so plötzlich und so absolut zerstörerisch sein, dass nicht zumindest ein Überlebender zurückblieb. Die Heftigkeit der Feuersbrunst ließ an einen Notschalter denken, der dazu gedacht war, die Verbreitung hochgradig ansteckender Krankheitserreger aufzuhalten, die eine Seuche auslösen konnten, gegen die es kein Heilmittel gab. Das Fehlen von Überlebenden implizierte, dass ein biologisch sicheres Lockdown-Programm die 93 Personen absichtlich in der Anlage eingesperrt hatte. 92. Dritte Annahme: Lee Shacket war hinausgeschlüpft, wenige Sekunden bevor auch er gefangen gesetzt worden wäre.

Und irgendetwas mit ihm stimmte ganz und gar nicht. Extreme Gewalt und Kannibalismus waren keine Krankheitssymptome. Tollwut? Nein, nicht einmal dieses

Retrovirus. Bei Menschen waren die Symptome der Tollwut hohes Fieber, Muskelzuckungen, Durst, die Unfähigkeit, Flüssigkeit zu schlucken, Krampfanfälle, schließlich
die völlige Lähmung. Ungeheuerliche Gewaltausbrüche
und Kannibalismus ließen eher an psychische denn an
körperliche Erkrankungen denken.

Oder …

Als Carson das zerstörte Gesicht von Justine Klineman
wieder in den Sinn kam, erschien es ihm, als hätte
Shacket die Sitten, Gebräuche und Praktiken der Zivilisation abgeworfen und wäre in einen primitiveren mora-
lischen Zustand abgestiegen. Nein, nicht abgestiegen.
Abgestürzt. Carson konnte sich keinen Zustand vorstellen, sei er körperlich oder mental, der einen so
abrupten Zusammenbruch herbeiführen konnte – bis
ihm das Wort *Degeneration* in den Sinn kam. Er wusste
nicht, was er damit meinte, warum ihm dieses Wort nicht
aus dem Kopf ging. Beim nächsten Becher Kaffee dachte
er über Gentechnik nach. Einige Enthusiasten unter den
Wissenschaftlern glaubten, dass die menschliche Evolution, also das Gegenteil der Degeneration, durch sie
schneller vorangetrieben werden konnte, sodass Gesundheit und Langlebigkeit der Spezies sich erhöhten – oder
sogar die Entstehung übermenschlicher Kräfte erzielt
werden konnte. Sie mochten Wörter wie *Transhumanismus* und *posthuman,* weil sie Bilder einer Menschheit
heraufbeschworen, die sich zu einem gottähnlichen
Zustand erhob.

In den letzten Jahren war es innerhalb der Gentechnik
zu bedeutsamen Entwicklungen gekommen. Die gen-
technische Methode namens CRISPR war in China und

an anderen Orten benutzt worden, um ein krankheitserregendes Gen aus Spermien und Eizellen der Eltern herauszuschneiden. Aber es war wenig darüber bekannt, wie genetische Informationen in einem Individuum zum Ausdruck kamen oder was die Konsequenzen ihrer Editierung sein mochten. Es bestand eine große Gefahr, dass diejenigen, die solche Experimente durchführten, vererbliche Veränderungen im Genom erzeugten. Diese wiederum konnten eine Kaskade von Störungen auslösen, die im Laufe von ein paar Generationen möglicherweise zu einer neuen Art Mensch mit empfindlich verringerten körperlichen und mentalen Fähigkeiten führen konnten. Vielleicht würden sie sogar die Ausrottung der menschlichen Spezies herbeiführen. Einige der kühleren Köpfe hielten diese Technik für den größten Leichtsinn der Wissenschaftsgeschichte, aber es gab immer ein paar wahre Gläubige, die einen neuen wissenschaftlichen Trick zu ihrer Religion erkoren.

Und CRISPR war nur eine von mehreren neuen Techniken. Falls diese oder eine andere, vielleicht noch effektivere in den Refine-Laboren in Springville erforscht worden war, war Lee Shacket dann gerade dabei, die Evolutionsleiter hinabzusteigen in einen entsetzlichen, primitiven Zustand? Oder war es sogar möglich, dass man seinen Körperzellen Material *hinzugefügt* hatte, mit dem Ergebnis, dass er … was? Die Evolutionsleiter weder hinauf- noch hinabstieg? Dass er sich stattdessen irgendwie … *seitwärts* bewegte?

Vor weniger als einer Stunde hatte Carson erwogen, eine NoDoz-Tablette mit schwarzem Kaffee hinunterzuspülen. Aber jetzt brauchte er keine chemische

Unterstützung mehr, um wach zu bleiben. Nacktes Grauen erledigte diesen Job besser, als Koffein es je gekonnt hätte.

Er schaltete den Computer aus, stand auf und lauschte in die Stille der Leichenhalle hinein. Ihm kam ein Satz von T. S. Eliot in den Sinn: *Ich kann dir die Angst selbst in einer Handvoll Staub zeigen.*

Er ging Raum für Raum ab und schaltete das Licht aus. Dann aktivierte er die Alarmanlage, ging hinaus und schloss die Tür ab.

Der Wind sang ein Requiem für die Welt. Carson hatte den Eindruck, dass die frostigen Ströme bedrängter Luft mehr als nur das waren, dass sie die Zeit selbst waren, die auf eine große Veränderung zuraste. Ein Stöpsel war gezogen worden, das Wasser würde abfließen und die Welt würde für immer still und dunkel werden.

Als er durch die nachmitternächtliche Gasse zum Stadtplatz ging, hörte er die Sirenen von Rettungswagen. Einer schien näher zu kommen, der andere entfernte sich.

70

Als Ben und Kipp sich dem vorderen Ende der Schlange näherten, hörten die Polizisten auf, Fahrzeuge zu inspizieren. Sie entfernten die Straßensperre.

»Hab mich schon gefragt, ob sie vielleicht dich suchen«, sagte Ben Hawkins. »Irgendjemand sucht doch sicher nach dem klügsten Hund der Welt.«

Kipp war nicht der klügste. Nicht annähernd.

Eines Tages würde Ben Solomon begegnen müssen, um zu erfahren, wie klug ein Hund wirklich sein konnte.

Solomon und Brandy. Sie waren Partner und sehr weise.

Kipp beugte sich vor, hechelte und winselte. Sie mussten schneller fahren.

Der Junge hatte nicht wieder angefangen zu schreien. Aber er litt, er weinte, fühlte sich elend, war allein.

Sie hatten sich noch nicht weit von der Straßensperre nach Norden entfernt, als vor ihnen auf der nach Süden führenden Spur ein Krankenwagen auftauchte.

Als der Wagen mit flackerndem Blaulicht vorbeikreischte, biss Kipp die Zähne zusammen und unterdrückte ein Heulen, obwohl ihm die Ohren schmerzten.

Etwa eine Minute später fuhr ein zweiter Rettungswagen blinkend und heulend vorbei. Dieser kam von hinten und fuhr nach Norden.

Während Ben zur Seite steuerte, um das Fahrzeug vorbeizulassen, sagte er: »Lassie hat Leuten dabei geholfen, ihre Probleme zu lösen, aber bei dir habe ich das Gefühl, dass du mich mitten hineinführst.«

Sie steuerten hinter dem Krankenwagen wieder vom Seitenstreifen auf den Asphalt. Sie waren noch nicht weit gefahren, als links vor ihnen ein großes weißes Haus Kipps Aufmerksamkeit weckte.

Mit einer Pfote drückte er den Knopf, um den Sicherheitsgurt zu lösen, schlüpfte darunter hervor und stellte sich mit den Vorderpfoten auf die Mittelkonsole.

Mit vorgerecktem Kopf starrte er das Haus an.

Selbst zu dieser späten Stunde schien helles Licht aus den meisten Fenstern.

Der Junge wartete in diesem lichterfüllten Haus.

Der einzigartige Junge.

Der Junge, der über die Leitung senden konnte.

Kipp bellte nicht oft, aber jetzt tat er es. Er bellte immer wieder das Haus an, und er bellte direkt, mit drängendem Tonfall, in Bens Gesicht.

»Hey, immer langsam. Willst du mir sagen, dass das hier der richtige Ort ist?«

Kipp hörte auf zu bellen und wedelte mit dem Schwanz, so schnell er konnte.

Ben fuhr langsamer, ließ den Range Rover im Leerlauf rollen, aber er zögerte. »Da steht ein Polizeiwagen vor dem Haus.«

Also bellte Kipp weiter.

»Schon gut, okay, ich mach ja schon.« Ben bog nach links ab, überquerte die Südspur und fuhr in die Hauseinfahrt.

Der Anblick des Streifenwagens und die Erinnerung an die Krankenwagen beunruhigten Kipp. Vielleicht war der Junge verletzt worden.

Ben schaltete den Motor ab, öffnete seine Tür und sagte: »Du wartest besser hier, während ich mir das ansehe.«

Als Ben aus dem Rover stieg, kletterte Kipp auf den Fahrersitz und sprang durch die offene Tür, bevor Ben sie schließen konnte.

Er war nicht ungehorsam. Ben war nicht sein Herr, und Dorothy war auch nicht seine Herrin gewesen.

Sie waren Gefährten. So standen die Dinge zwischen den Hunden des Mysteriums und ihren Menschen. Wenn sie Menschen hatten. Wenn sie nicht allein waren, wie es auf einige wenige zutraf.

Aber weil er nun einmal ein Hund war und es immer sein würde, bedauerte er, dass seine höhere Pflicht gegenüber dem verängstigten Jungen es erforderte, dass er Ben den Eindruck vermitteln musste, seine Anweisungen würden missachtet.

Der Wind peitschte Wald und Garten. Er trug Gerüche von Eichhörnchen und Kaninchen, von Waschbären und Füchsen, von Kiefern und Zedern in sich, von Ginster, goldenem Riedgras und Waldpilzen, die im verrotteten Stumpf eines umgestürzten Baums wuchsen.

Die Verandastufen hallten hohl unter seinen Pfoten.

Oben stand ein Polizist. Ein weiterer kam durch die offen stehende Haustür ins Freie.

Sie schrien auf, als Kipp mit eingezogenem Schwanz zwischen ihren Beinen hindurchhuschte, von der Veranda über die Türschwelle rannte.

Eine Frau in der Diele wich zurück und rief »Nein, halt!«, als ob er nicht das wäre, was er zu sein schien, sondern eine wilde Bestie mit bösen Absichten.

Kipp fühlte sich angezogen, als wäre die Leitung eine Angel, an deren Haken er hing. Er konnte nur kleinlaut winseln, um die Frau zu beruhigen, dann rannte er zur Treppe und sprang hinauf.

Die Frau stürmte ihm nach, ebenso wie einer der Polizisten, aber er war viel schneller als sie beide.

71 Die hohe Schanze im großen Turm von Schloss Wyvern war eine Zuflucht für den Geist, nicht den Körper. Es war ein Ort, den Woody Bookman aufsuchen und wieder verlassen konnte, ohne die Treppe oder eine Tür zu benutzen. Er war dort, wenn es nötig war, und er ging, wenn er bereit war, nach Hause zurückzukehren.

Diesmal jedoch kletterte er von seinem Schilfbett und hastete zur Tür, als er donnernde Schritte auf der Wendeltreppe hörte. Ihn überkam eine Aufregung, die er sich nicht erklären konnte, und er schob erst einen der großen Eisenriegel vor der schweren Holztür zurück, dann den zweiten, dann den dritten.

Als er über die Türschwelle trat, fand er sich aufrecht in seinem Bett sitzend wieder, in seinem Zimmer im Haus in Pinehaven. Durch die Tür kam ein hechelnder Hund, ein wunderbarer Golden Retriever.

Hab keine Angst. Ich bin hier, ich bin hier!

Die Stimme erreichte ihn aus dem Geist des Hundes, wie in einer Geschichte über Telepathie.

Der Retriever sprang aufs Bett und warf sich gegen ihn, sodass Woody lachend auf seinen Kissenstapel zurückfiel.

Guter Junge, gut, verkündete der Hund. *Du bist jetzt in Sicherheit. Ich bin jetzt hier. Du gehörst jetzt zur Familie.*

72

Megan hatte Woody schon zuvor lachen gehört, aber ihr war der Grund seines Lachens nie klar gewesen. Oft schien es irgendeinen inneren Anlass zu geben, eine private Beobachtung. Es hatte nie mit irgendeinem amüsanten Ereignis zu tun, über das sie sich mit ihm austauschen konnte.

Als sie ins Zimmer stürmte und sah, wie der Junge von dem Hund überwältigt wurde, wie er ihn umarmte und lachte, wurde sie von heftigen Emotionen gepackt. Sie hätte lachen können, sie hätte weinen können. Sie hätte in der Lage sein sollen, sich nach Lee Shackets Festnahme von ihrer Angst zu lösen, aber dazu war sie nicht fähig. Woody war glücklich und der Hund schien harmlos zu sein, aber der Hund hatte *Zähne*. Sie musste daran denken, was Shacket dieser armen Frau angetan hatte, ihrem Gesicht. Die Angst ließ sie nicht los.

Auch der Deputy, der direkt nach Megan ins Zimmer kam, wusste nicht, was er tun sollte. Er fragte, ob der Hund ihr gehöre, und sie verneinte es. Als er fragte, ob der Hund den Nachbarn gehöre, erwiderte sie, dass sie das nicht wisse. Sie blieben unschlüssig stehen. Das Kichern des Jungen und die offenbare Freude des Hundes schienen ihnen zu sagen, dass es nicht nötig war, irgendetwas zu unternehmen, dass alles in bester Ordnung sei.

Der Fremde, der dem Deputy in den Raum folgte, hatte eine Ausstrahlung, die keiner der Hilfssheriffs und auch nicht der Sheriff selbst für sich beanspruchen konnte. Sein ruhiges Verhalten und eine Leichtigkeit in seinen Bewegungen legten nahe, dass ihn wenig überraschte und nichts aus der Ruhe bringen konnte.

»Ma'am«, meldete der Mann sich zu Wort, »ich muss mich für meinen Hund entschuldigen. Er ist ein guter Junge und meint es nicht böse, aber manchmal reißt die Begeisterung ihn einfach mit.«

Bevor Megan etwas erwidern konnte, sprach der Mann den Retriever an. »Hey, Scooby.« Der Hund sah ihn an. »Ist alles okay?«

Megan glaubte erst, dass sie es sich nur einbildete, aber das war nicht der Fall: Der Hund nickte.

»Alles in Ordnung«, sagte der Neuankömmling zum Deputy. Ohne auf eine Aufforderung zu warten, zog er eine Brieftasche aus seiner Hüfttasche und zeigte seinen Führerschein vor. »Mein Name ist Brenaden Septimus

Hawkins. Freunde nennen mich Ben oder Hawk. Meine Mom und mein Dad sind wirklich nette Leute, aber sie haben kein gutes Ohr für Namen. Mein Bruder heißt Willie Willard Hawkins. Meine Schwester heißt Eulalia Ermintrude Hawkins. Zum Glück ist sie klug, hübsch und verdammt hart, daher traut sich keiner, sie mit einem anderen Namen als ›Trudie‹ anzusprechen.«

73

Vielleicht liegt es daran, dass der donnernde Wind in einen ungewöhnlichen Rhythmus verfallen ist, aber die rot und blau flackernden Lichter der Rettungswagen wirken wie unheilschwangere Trommelschläge. Die Bäume in der Nähe leuchten in karnevalsbunten Farben, doch die tiefere Dunkelheit des Waldes weigert sich weiter, ihre Geheimnisse preiszugeben. Das alles ist sehr aufregend, der Wind, die Finsternis, das pulsierende Licht, die verängstigten Männer, die sich gegenseitig Anweisungen und Warnungen zurufen. Shacket fühlt sich beschwingt, nicht besiegt.

Trotz seiner fest hinter seinem Rücken zusammengeschnürten Hand- und Fußgelenke müssen die zwei Rettungssanitäter aus dem ersten Wagen sowie die zwei Deputys ihn noch festhalten, damit sie ihm das Chlorpromazin injizieren können. Als die erste Dosis nicht die erwartete Wirkung zeigt, spritzen sie ihm noch ein paar Kubikzentimeter mehr.

Schließlich halten sie ihn für bewusstlos, aber das ist er nicht. Er ist im Augenblick hilflos, kann sich nicht mehr wehren, aber er hört alles, was sie sagen. Er weiß, wohin sie ihn bringen wollen und wie sie in der Haft mit ihm verfahren wollen. Die starke Droge hat ihn körperlich außer Gefecht gesetzt, aber seine Verwandlung geht immer noch rasend schnell weiter und sein Geist ist unbeeinträchtigt, obwohl seine Fänger glauben, dass er seine Umgebung nicht mehr wahrnimmt. Er hält die Augen geschlossen, damit sie keinen Verdacht schöpfen. Er hört zu und schmiedet Pläne.

74

Im County-Gefängnis gab es keine geeignete Zelle für einen Verdächtigen, der sich in einem extrem psychotischen Zustand befand. Auch die Mitarbeiter verfügten nicht über die nötige medizinische Ausbildung, um eine solche Person vor sich selbst und anderen zu schützen. Man transportierte Shacket daher ins Krankenhaus des Countys am südöstlichen Rand der Stadt Pinehaven.

Sheriff Eckman wartete mit Deputy Rita Carrickton unter dem Säulenvordach der Notaufnahme. Weil sie in allen Dingen gründlich und noch dazu stets loyal war, vertraute der Sheriff ihr die Aufgabe an, mithilfe ihres und seines iPhones die ruhige Autorität, mit der er das Eintreffen von Lee Shacket überwachen würde, auf Video festzuhalten. Sie würden diese ernste Bedrohung für die Öffentlichkeit in einem der vier Krankenhauszimmer festhalten, die sonst für gewöhnliche Patienten verwendet wurden und im Krisenfall als geschlossene psychiatrische Abteilung dienen konnten.

Er und Rita führten eine Liebesbeziehung, was gegen die Regeln des Departments über intime Verhältnisse zwischen Beamten verstieß. Jedes Mal wenn er ihr eine

Aufgabe zuteilte, die auch jeder andere Deputy erledigen konnte, riskierten sie Verdacht zu erregen, erst recht seit er sie zu seiner Stellvertreterin ernannt hatte. Aber sie fühlten sich nicht nur aus romantischen Gründen verbunden, tatsächlich war das nicht einmal der wichtigste Aspekt. Sie verband das gegenseitige Verständnis für die kompromisslose Entschlossenheit, mit der sie ihre Ziele verfolgten. Menschen mit wahrhaft skrupellosem Ehrgeiz traf man selten, und noch seltener waren Menschen, die begriffen, dass ein eng zusammengeschweißtes Paar mächtiger war als hundert Einzelgänger. Sie würden gemeinsam aufsteigen, sich gegenseitig um jeden Preis schützen, so lange, bis sie heiraten und dann endlich offen gegen ihre Konkurrenten vorgehen konnten. Zuvor hatten sie sie insgeheim bekämpft, einer im Namen des anderen, hatten sie durch Rufmord und ähnliche Methoden ausgeschaltet.

Rita rief gegen den Wind an: »Sie ist kein unschuldiges Opfer. Darauf wette ich.«

»Wen meinst du?«, fragte er.

»Dieses Miststück, Bookman. Sie hat ihn angelockt.«

»Wen? Du meinst diesen Shacket?«

»Irgendwie hat sie ihn zu sich gelockt. Schau sie dir doch an.«

»Wer weiß schon, wie der denkt? Der ist ein Psychopath«, erwiderte der Sheriff.

»Erzähl mir nicht, dass du ihr nicht auch gern an die Wäsche gehen würdest.«

»Ich hab doch dich. Das ist mehr als genug.«

Rita spuckte aus, und der Wind blies den Speichel an Eckmans Hosenbein. »Das hab ich auch schon von anderen Kerlen gehört. Bis eine wie sie gekommen ist.«

»Sie ist nicht mein Typ.«

»Sie hat alles, was Männer sich wünschen, und sie versteckt es nicht.«

»Was versteckt sie nicht?«

»Ich durchschaue dich, wenn du dich dumm stellst. Ihr Gesicht, ihren Körper. *Schaut mich an, mein Arsch ist perfekt.*«

»Sie trägt kein Make-up, läuft in Jeans herum und scheint sich mehr um ihr verkorkstes Kind zu kümmern als um sich selbst.«

»Lass bloß die Finger von ihr.«

»Ich habe kein Interesse an ihr.«

»Ich hab so einen Scheiß schon ein paarmal mitgemacht wegen Schlampen wie ihr.«

»Mit mir aber noch nie. Wir gehen das gemeinsam an. Das Einzige, was zählt, ist, dass wir unseren Schnitt machen, und das schaffen wir am besten zusammen.«

Das Geräusch einer Sirene drang klagend und nadelspitz durch das vielstimmige Heulen des Windes.

»Da kommen sie und bringen ihn«, stellte Eckman fest. »Achte darauf, dass du mich filmst, wie ich die Anweisungen für Shackets Abtransport mit der Trage gebe.«

In diesem Moment kam eine Ratte links des Vordachs aus dem Gebüsch hervor. Sie war halb blind, hatte blutige Augen, wirkte verwirrt. Auf drei Beinen schleppte sie sich über den Asphalt und zog das linke Hinterbein nach. Das Krankenhauspersonal verteilte Fütterstationen mit Gift im Unterholz, um die Rattenpopulation zu verringern, bevor die Tiere den Weg ins Gebäude fanden. Dieses Exemplar hatte sich offenbar eine kräftige Portion Warfarin genehmigt. Der Durst trieb es dazu, nach

Wasser zu suchen. Wäre es bei guter Gesundheit gewesen, hätte das Nagetier das Licht gemieden und wäre beim Anblick von Eckman und Carrickton davongehuscht, aber es beachtete sie nicht und kroch in einer mitleiderregenden Gangart dahin. Kommentarlos sahen sie zu, wie es unter dem Säulendach hindurchlief und in ein anderes Gebüsch verschwand. Der Krankenwagen kam mit flackernden Lichtern auf dem Zufahrtsweg zum Vorschein. Das Sirenengeheul schwoll von einem Kreischen zu einem Stöhnen ab.

»Showtime«, sagte Eckman. Rita machte ihr Handy zum Filmen bereit.

75

Die überschwängliche Begrüßung war vorbei. Woody lag im Bett auf der Seite, das Gesicht dem Golden Retriever zugewandt. Dieser lag ebenfalls auf der Seite, mit dem Gesicht zu Woody. Sie sahen einander in die Augen und blinzelten nur selten. Es war eine seit Urzeiten bekannte Haltung für einen Jungen und seinen Hund, und doch war es irgendwie mehr als nur das, irgendwie einzigartig.

Megan stand mit Ben Hawkins am Fußende des Bettes und staunte. Sie sah Woody in einem Zustand der Losgelöstheit, er war an einem anderen Ort, wie man es auch nennen wollte. Körperlich war er hier, aber vielleicht nicht mental oder emotional. Sie hatte ihn schon oft so gesehen. Seltsam, wenn nicht gar außergewöhnlich, war nur, dass der Hund sich im selben Zustand zu befinden schien. Er lag so still wie der Junge, suchte nicht die Berührung einer liebevollen Hand, war nicht unruhig, reagierte auf kein Rattern, Klappern oder Pfeifen des Windes. Der Junge und der Hund atmeten in perfektem Einklang miteinander.

»Er ist irgendwie anders«, stellte Ben Hawkins fest.

»Er ist ein hochleistungsfähiger Autist mit dem IQ eines Genies.«

»Ich habe Scooby gemeint. Er ist kein Autist, aber ich glaube, dass er das mit der Klugheit mit dem Jungen gemeinsam hat.«

»Sie nennen ihn wirklich Scooby?«

Der Hund reagierte nicht auf die Nennung seines Namens, wie er es zuvor getan hatte.

»Irgendwie musste ich ihn ja nennen, und Rin Tin Tin hat ihm nicht gefallen. Er hat noch keinen Weg gefunden, mir seinen echten Namen zu verraten, aber ich schätze, er wird sich was einfallen lassen.«

Megan sah Ben an, mochte ihn und ermahnte sich selbst zur Vorsicht. »Aber … wie lange haben Sie ihn denn schon?«

»Ich habe ihn gestern Nachmittag gefunden. Mir wurde klar, dass er was Besonderes an sich hat, als er wissen wollte, warum der Name Clover auf dem Wassernapf stand, den ich ihm gegeben hatte.«

Sie lächelte zögerlich. »Wie meinen Sie das: Er wollte es wissen?«

»Verrückte Geschichte. Aber Sie haben ja anscheinend auch eine. Das Schloss an der Tür da ist herausgeschossen worden. Neben dem Fenster da vorne ist ein Einschussloch in der Wand. Scooby und ich mussten vor einer Straßensperre warten, und hier waren Deputys, als wir angekommen sind.«

»War eine merkwürdige Nacht«, bestätigte sie.

»An Ihrer Haustür wurde ein Fenster herausgebrochen. Der Wind wird Ihnen alles von Laub bis hin zu Waschbären in den Vorraum wehen, wenn Sie das Fenster nicht übergangsweise abdichten. Wenn Sie eine schwere Plastikplane oder so was hätten und ein paar kleine Nägel, könnten wir uns gegenseitig mit unseren Geschichten zum Staunen bringen und gleichzeitig die Arbeit erledigen.«

Die Deputys waren gegangen. Sie betrachtete Woody, wollte ihn nicht allein lassen, obwohl man Lee Shacket festgenommen hatte.

Ben Hawkins versicherte ihr: »Keine Sorge. Ihm wird nichts passieren. Scooby wird auf ihn aufpassen.«

»Es ist nur … Er bedeutet mir alles.«

»Ma'am, der Hund da hat mich nach nur einer Stunde Schlaf aufgeweckt und mich dazu getrieben – verdammt, ich weiß gar nicht, wie weit –, vielleicht 80 Meilen zu fahren. Er hat mir die ganze Zeit die Richtung gewiesen, damit er zu Ihrem Jungen kommt. Verstehen kann ich das zwar nicht, aber auch ihm scheint Ihr Junge alles zu bedeuten. Das, womit wir es hier zu tun haben, ist etwas Mysteriöses, etwas Fremdartiges – und ein kaputtes Fenster. Wenn es morgen hell wird, ist das vielleicht alles immer noch da, aber wenn wir uns bemühen, fliegen hier wenigstens keine Eulen durchs Haus, die versuchen, die Mäuse zu fressen, die der Wind hereingetrieben hat.«

»Dann lassen Sie uns die Plane festnageln«, erwiderte sie. »Lassen Sie sich davon nicht aus der Ruhe bringen, aber ich gehe jetzt zum Nachtschränkchen und hole eine Pistole, die ich in die Schublade gelegt habe.«

»Wenn Sie meinen, dass Sie die brauchen.«

»Ich kann sie nicht hier bei Woody lassen.«

»Spielt er gern mit Waffen?«

»Nein. Dafür ist er zu schlau.«

»Der Hund auch. Aber holen Sie sie trotzdem. Ich nehm's Ihnen nicht übel.«

Sie holte die Waffe aus dem Nachtschränkchen.

Selbst aus dieser Entfernung erkannte er Marke und Modell der Pistole. »Heckler und Koch USP, 9 Millimeter, zehnschüssiges Magazin, 793 Gramm, 10,7-Zentimeter-Lauf. Das ist eine gute. Haben Sie den Einbrecher getroffen?«

»Der Schuss hat ihm ein Stück vom linken Ohr abgerissen. Hatte kein freies Schussfeld. Er hat Woody als Deckung benutzt.«

»Worauf haben Sie gezielt?«

»Mitten in sein Gesicht.«

»Dann war es nicht weit daneben.«

»Sie kennen sich mit Waffen aus«, stellte sie fest.

Er lächelte. »Ich war acht Jahre lang bei den Navy SEALS. Beim Training geht's um mehr als nur darum, schwimmen zu lernen.«

76 Das Blut ruft ihn. Sein eigenes Blut singt in seinen Arterien, flüstert durch die Venen seinem Herzen zu. Es sind zwei Stimmen, und beide schreien nach Freiheit. Das Blut von anderen spricht zu ihm nur als ein Duft, den er am stärksten wahrnimmt, wenn er in ihrer Gegenwart ist, aber er riecht sie auch im Korridor, durch die geschlossene Tür.

Er ist jetzt vollständig wach. Über seinem Bett scheint nur ein kleines Licht. Das Zimmer ist mit Vorhängen abgedunkelt, die jedoch nicht das Geringste vor ihm verbergen können. Seinem sich wandelnden Sehvermögen enthüllen sich alle Einzelheiten in Rottönen. Er sieht nicht nur das Licht des für den Menschen sichtbaren Spektrums, sondern auch das Licht, das andere nicht sehen können, die Infrarotstrahlung, die durch die molekulare Vibration aller festen Stoffe entsteht – die Böden, die Wand, die Decke, die Möbel, seinen eigenen Körper –, ebenso wie durch die molekulare Rotation der Gase in der Luft.

Sein verletztes Ohr ist behandelt und verbunden worden, während sie ihn für bewusstlos hielten.

Für seine Bequemlichkeit haben sie ihm das Beißholz zwischen den Zähnen herausgenommen. Sobald sie der Meinung sein werden, dass es wieder nötig ist, werden sie ihm zuerst eine Dosis Betäubungsmittel geben.

Die Fesseln sind entfernt worden. Er ist mit einem breiten Gurt über der Brust an das Bett gebunden, die Arme neben sich. Ein zweiter breiter Gurt verläuft über seine Oberschenkel.

Man hat ihn an einen Tropf angeschlossen, damit er hydriert bleibt und damit man ihm rasch Drogen verabreichen kann. Außerdem ist er katheterisiert und uriniert in eine Flasche.

Aber seine Situation bereitet ihm keinerlei Sorgen.

Die breiten Gurte über seiner Brust und den Beinen sind nicht aus Leder, sondern aus Gummi. Sie sind elastisch genug, dass er halbwegs entspannt liegen kann und die Blutzirkulation nicht beeinträchtigt wird. Ein durchschnittlicher Mann hätte keine Chance, sich von den zehn Zentimeter breiten Bändern zu befreien, aber er ist nicht durchschnittlich.

Er denkt nach, wägt das *Wie* seiner Flucht ab.

Vor der Zimmertür sitzt ein Deputy auf einem Stuhl. Shacket hat gehört, wie Leute mit dem Wachmann gesprochen haben. Er kann ihn riechen: die Haarpomade, die er benutzt, den getrockneten Schweiß unter seinen Achseln, seinen Atem, der sauer ist wegen seiner Vorliebe für knoblauchreiche Nahrung.

Sie wissen nicht, was sie getan haben und mit wem, und Shacket wird es ihnen nicht verzeihen. Er wird das Heft wieder in die Hand nehmen und sie Demut lehren. Die Welt nähert sich dem Ende einer Ära, und Lee Shacket ist die Verkörperung der kommenden, neuen Zeit. Er ist der Fortschritt, neu geschaffen von der Wissenschaft, der einzigen Macht auf der Erde, die sowohl das Recht als auch die Pflicht hat, alles für immer zu verändern.

77 Carson Conroy saß am äußeren Rand des Krankenhausparkplatzes in seinem Ford Explorer. Er wartete darauf, dass Sheriff Eckman verschwand. Eine Thermoskanne mit schwarzem Kaffee aus dem Four Square Diner hielt ihn wach. Eine Koffeintablette hatte er genommen, in einer Jackentasche hatte er noch eine Dose voll davon.

Nachdem er ein Leben lang mit Toten gearbeitet und die extremen Grausamkeiten dokumentiert hatte, die Mörder ihren Opfern antaten, hatte Carson aufgehört, an Gerechtigkeit zu glauben. Gerechtigkeit war nur ein Konzept, keine Tatsache. Sie wurde immer wieder manipuliert und umdefiniert, von den Herstellern der Popkultur in Hollywood, den Politikern, von selbst ernannten tiefen Denkern. Letztere waren ebenso anfällig für intellektuelle Moden, wie der durchschnittliche Teenager sich getrieben fühlte, diejenigen Sneaker oder Jeans zu tragen, die gerade angesagt waren.

In seinem neuen Leben in Pinehaven, nach dem seit Langem unaufgeklärten Mord an seiner Frau, suchte er nicht Gerechtigkeit, sondern Wahrheit. Die Wahrheit konnte man nicht umdefinieren. Sie war, was sie war. Die einfache Aufgabe, die Wahrheit zu finden, wurde nur durch den Heuhaufen der Lügen kompliziert gemacht, in dem man nach dieser funkelnden Nadel suchen musste.

Er machte sich keine Illusionen über seine Aussichten, jemals die Identität von Lissas Drive-by-Killer zu erfahren. Auch hoffte er nicht darauf, dass eine gerichtsmedizinische Obduktion ihm jemals die ganze Wahrheit über *irgendeine* menschliche Gewalttat verraten würde. Die Wahrheit, die er in seinem neuen Leben suchte, war die Wahrheit über die Natur und über sich selbst. Den Großteil seiner Freizeit verbrachte er damit, immer weiter in die Sierra Nevada hineinzuwandern. Dort beobachtete – studierte – er die Natur mit zunehmender Achtsamkeit und Vertrautheit. In ihr bestand eine wunderbare Ordnung, eine verdammt raue, aber rationale Ordnung. Es gab dort keine Täuschung, abgesehen etwa von der Tarnung durch Fell oder Federn, durch die Schuppen eines Chamäleons. In der Wildnis gab es keine Lügen, weder mündliche noch schriftliche. Seine Hoffnung war, dass er, indem er die Natur verstand, besser in der Lage wäre zu verstehen, wie man leben musste, um sich und andere respektieren zu können, ohne Selbstbetrug oder ähnliche schwerwiegende Fehler.

Er konnte nicht sagen, warum er glaubte, dass die Wahrheit über den Mord an Spader und Klineman sowie über Lee Shacket alias Nathan Palmer unentwirrbar mit der ultimativen Wahrheit verbunden sein musste, die er in der Natur zu finden erwartete. Er fühlte es einfach, und zwar deutlich.

Bereits vorher, als er in der Gasse zwischen der Leichenhalle und der Station des Sheriffs den Rettungswagen gehört hatte, der gerade in Pinehaven eintraf, während ein anderer abfuhr, hatte seine Intuition ihm gesagt, dass diese Sirenen irgendetwas mit Lee Shacket zu tun hatten. Er war nach nebenan gegangen, um mit Carl Fredette zu sprechen, dem wachhabenden Beamten, und hatte von den Ereignissen im Haus der Bookmans erfahren.

Jetzt sah er durch ein Fernglas zu, wie Hayden Eckman und Rita Carrickton das Gebäude durch den Noteingang verließen und für eine oder zwei Minuten unter dem Säulenvordach stehen blieben, um sich zu unterhalten. Ihre Streifenwagen standen im Halteverbot, und sie fuhren nacheinander davon, ohne ihre Sirenen oder Blaulichter einzuschalten.

Carson leerte seine Kaffeetasse, schraubte sie wieder auf die Thermosflasche und ging über den Parkplatz zum Krankenhaus. Carl Fredette zufolge war Shacket gefasst worden und wurde hier festgehalten, bis der Sheriff am nächsten Morgen mit dem Bezirksstaatsanwalt sprechen konnte.

Weil Carson die vier Zimmer kannte, die sich zu psychiatrischen Pflegestationen umfunktionieren ließen, musste er nicht fragen, wo man Shacket gefangen hielt. Er begab sich auf direktem Weg in den zweiten Stock, den obersten, dann zum Ende des Ostflügels.

Man hatte einen Stuhl mit gerader Lehne und einen kleinen Klapptisch im Gang platziert, links von der Tür zu Zimmer 328. Auf dem Tisch befanden sich eine mit Kondenswasser bedeckte Karaffe voll Eiswasser sowie ein Glas, eine Dose Coca-Cola, eine Tüte Erdnüsse und ein paar Magazine über Hot Rods.

Thad Fenton, ein junger und ernsthafter Deputy, legte eins der Magazine hin und stand auf, als er Carson sah. Er war erst seit etwa sechs Monaten im Dienst. Das war gut. Er war bestimmt unsicher, was diese beispiellose Situation betraf, und respektierte Carsons Autorität.

»Dr. Conroy«, begrüßte er ihn zu laut. Dann wurde ihm sein Fehler bewusst und er sprach leise weiter, um die Patienten nicht zu stören. »Was machen Sie denn um diese Uhrzeit hier?«

»Ich bin mit den Obduktionen von Spader und Klineman fertig und kann nicht schlafen. Gott, ich werde vielleicht noch eine ganze Woche nicht mehr schlafen können.«

»Ich hab das von der Klineman gehört. Hört sich an wie was aus *The Walking Dead*. Ich weiß wirklich nicht, wie Sie's schaffen, das zu tun, was Sie tun.«

»Einer muss es ja machen. Hören Sie, ich muss zu diesem durchgeknallten Mistkerl.«

»Zu Shacket? Nun ja, Doc, niemand hat mir gesagt, dass Sie kommen würden.«

»Ich habe ein paar Fragen an ihn.«

Der Deputy runzelte die Stirn. »Sollte er dann nicht einen Anwalt bei sich haben?«

»Es gibt ja noch keine Anklage gegen ihn. Er liegt auf einer psychiatrischen Station. Den Anwalt wird er brauchen, sobald es die Anklage gibt.«

Fenton blieb skeptisch, wenn auch offenbar nicht, was Carsons Recht betraf, hier zu sein. »Er ist gefährlich, Doc. Man hat ihn mit genug Drogen vollgepumpt, um ihn für Stunden außer Gefecht zu setzen. Aber er kam wieder zu sich, als sie ihn gerade fesseln wollten, und sie mussten ihm noch mehr geben. Eigentlich wollten sie ihm noch eine dritte Dosis verpassen, aber sie hatten Angst, dass er an einer Überdosis stirbt.«

»Er *ist* doch vollständig fixiert, oder?«

»O ja.« Fenton nahm einen Schlüssel aus der Tasche. »Seien Sie nur vorsichtig, er hat Walter Colt nämlich den Finger abgebissen. Und wenn Sie da reingehen, werde ich hinter Ihnen die Tür abschließen müssen. So lauten die Regeln.«

»Das verstehe ich.«

»Ich werde durch das kleine Fenster hier zuschauen, aber ich muss trotzdem hinter Ihnen abschließen.«

Das Fenster in der Tür war etwa 45 Zentimeter breit und 30 Zentimeter hoch. Es bestand aus mehreren Glasschichten, zwischen denen Draht verlief.

Deputy Fenton blickte in das Zimmer, während er den Schlüssel ins Schloss steckte.

Dann sah er wieder Carson an. »Hier machen sie das so, dass sie immer zu zweit reingehen, nie nur einer allein. Normalerweise eine Krankenschwester und irgendein kräftiger Kerl, ein Pfleger oder so.«

»Ich komme schon klar«, versicherte Carson ihm.

»Oh, und wegen seiner Augen. Die leuchten wie bei

einem Tier. Die glauben, dass er irgendwelche verrückten Kontaktlinsen trägt, wie die Leute das manchmal an Halloween machen. Sie wollten sie rausnehmen, als sie mit allem anderen fertig waren, aber dann hat die Wirkung des Beruhigungsmittels nachgelassen oder so, *schon wieder.* Er hat den Kopf geschüttelt und sich gegen die Gurte gestemmt, also haben sie das mit den Kontaktlinsen einfach auf morgen verschoben.«

»Wenn er versucht, mir Angst einzujagen«, gab Carson zurück, »dann setze ich mir einfach meine Vampirzähne ein und dreh den Spieß um.«

78 Megan und Ben arbeiteten gut zusammen. Sie schnitten eine doppelte Schicht Plastikplane zurecht und nagelten sie über das große Seitenfenster neben der Haustür. Dann strafften sie sie, damit der Wind sie nicht aufblähen konnte wie ein Segel und weder an den Nägeln noch an dem dicken Plastik reißen konnte. Der Rahmen würde repariert und neu gestrichen werden müssen, nachdem der Glaser die Scheibe ersetzt hatte. Weil es sich nicht um ein Fenster gehandelt hatte, das sich öffnen ließ, war es auch nicht mit der Alarmanlage verbunden gewesen. Megan konnte den Alarm wieder aktivieren, wann sie wollte. Sie fegten die Glassplitter und den hereingewehten Dreck zusammen, räumten das Chaos auf, das Shacket in der Küche angerichtet hatte. Während sie diese Arbeiten erledigten, erzählten sie sich ihre Geschichten.

Sie hatte nicht geglaubt, dass irgendetwas, das Ben Hawkins ihr erzählte, sie von dem Schrecken ablenken könnte, den Lee Shacket in ihr Leben gebracht hatte, von diesem Fleck des Entsetzens, den er in ihrem Gedächtnis hinterlassen hatte. Doch die unglaubliche Geschichte über die außergewöhnliche Intelligenz des Golden Retrievers und dessen Beharren darauf, Ben den Weg zu weisen von Olympic Village bis zu diesem Haus bei Pinehaven, brachte sie zum Staunen und warf zahllose Fragen auf, auf die es keine Antworten gab. Zumindest für den Moment beherrschte Lee Shacket nicht mehr unmittelbar ihre Gedanken.

Sie kochte Kaffee und sie trugen ihre beiden Becher nach oben in Woodys Zimmer. Dort setzten sie sich an den kleinen runden Tisch, an dem Megan und der Junge manchmal zusammen Puzzles lösten.

Die tobende Nacht drückte ihr ausdrucksloses Gesicht an die Fensterscheiben. Sie stöhnte im Glas, wollte hinein. Der Dachboden knarrte, als würde sich irgendein schwergewichtiger Eindringling dort oben zwischen den Dachsparren winden. Seit der starke Wind sich spät am vorigen Abend erhoben hatte, war die Nacht nicht weniger seltsam geworden. Doch nun schien das regenlose Unwetter nicht mehr nur Salven von Drohungen auszustoßen, sondern auch etwas Großartiges, eine angenehme Art von Umgestaltung zu versprechen.

Der Junge und der Hund lagen noch genau so da wie zuvor. Keiner schien sich auch nur einen Zentimeter bewegt zu haben. Für Woody war das kein allzu merkwürdiges Verhalten, aber für einen Hund, der nicht schlief, schien es äußerst ungewöhnlich.

»Woody hat irgendeine besondere Verbindung zu Tieren«, sagte Megan. »Er füttert die Hirsche, die aufs

Grundstück kommen. Manchmal fressen sie ihm die Äpfel fast aus der Hand. Kaninchen, Eichhörnchen – die kleinen Tiere laufen nicht vor ihm weg.«

»Als ich noch ein Kind war, hatte ich immer Hunde. Bis vor Kurzem hatte ich noch Clover. Sie waren alle wunderbar, aber keiner war so wie dieser.«

»Was spielt sich da zwischen ihnen ab?«, fragte sich Megan.

Ben schüttelte den Kopf. Er stand auf, trat zum Fußende des Bettes und fragte mit leiser Stimme: »Scooby?«

Der Hund schlug einmal deutlich mit dem Schwanz auf das Bett, bewegte sich ansonsten aber nicht.

Megan ging ebenfalls zum Bett. Als sie den Namen ihres Sohnes aussprach, erhielt sie keine Antwort. Dann fragte sie: »Scooby?«

Wieder reagierte der Hund mit einem kräftigen Schwanzklopfen auf die Matratze.

Ohne den Blickkontakt zu dem Retriever zu unterbrechen, flüsterte Woody: »Nein. Er heißt Kipp.«

79 Carson Conroy trat über die Türschwelle. Die Tür fiel hinter ihm zu. Deputy Fenton schloss sie ab.

Der Gefangene lag auf dem Rücken, die Arme neben sich. Er war mit breiten Gurten festgebunden und die obere Hälfte des Bettes war etwa im Winkel von 30 Grad hochgestellt.

Derzeit stammte das einzige Licht im Zimmer von einer Nachtleuchte an der Wand hinter dem Bett, direkt über Shackets Kopf. Trotz ihrer schwachen Leistung war das Licht dieser Lampe, das auf ihn herabströmte, wie eine schaurige Verhöhnung des mystischen Lichts, das in den Darstellungen mancher christlichen Maler bei der Kreuzigung Christi herabgekommen war. Aber dies war kein Porträt der Selbstaufopferung und Erlösung, ins Licht der Liebe gehüllt. Diese groteske, dämonische Gestalt ließ einen an die Zeilen des Dichters Yeats denken: *Und welch räudiges Tier, des Zeit nun gekommen / Kreucht, um geboren zu werden, Bethlehem zu?*

Als Carson sich dem Fußende des Bettes näherte, sah er etwas wie einen animalischen Glanz in Shackets hasserfülltem Blick. Seine Augenfarbe wechselte immer wieder zwischen gelb und rot. Carson vermutete, dass das Krankenhauspersonal, wenn es dem Gefangenen am nächsten Morgen die nächste Beruhigungsspritze gab, keine Kontaktlinsen, sondern nur Augen finden würde, die sich auf irgendeine scheußliche Weise entsetzlich schnell ihrer Menschlichkeit entledigt hatten.

»Ich bin Dr. Carson, der hiesige Gerichtsmediziner. Ich habe die Obduktion an dem Mann durchgeführt, der gestern erschossen wurde, und an der Frau, die totgebissen wurde.«

Wäre der Blick dieser Kreatur nicht listig und bösartig gewesen, hätte Carson sich eingebildet, dass es so war.

Er wusste, dass er nicht in der Lage war, mit Sicherheit festzustellen, was Shacket dachte oder was der wahre Zustand seines Geistes war.

»Ich habe nicht die Absicht, vor Gericht gegen Sie auszusagen. Ich werde mich nur zum Zustand der Leichen von Justine Klineman und ihrem Begleiter äußern.«

Shacket erwiderte nichts.

Ein leichter, aber eigenartiger Geruch lag in der Luft. Er war weder übel riechend noch angenehm. Nur eigenartig. Carson hatte noch nie etwas Derartiges gerochen und konnte nicht benennen, worum es sich handelte.

»Niemand hier geht vom Schlimmsten aus. Die glauben, Sie wären nur psychotisch, hätten einen totalen Nervenzusammenbruch erlitten. Ich fürchte, das ist nicht der Fall, jedenfalls nicht so, wie die es meinen. Ich glaube, dass mit Ihnen etwas Außergewöhnliches passiert.«

Shackets Arme lagen auf der Bettdecke, unter den Gurten. Das bleiche Licht reichte gerade aus, um zu erkennen, wie er die Muskeln anspannte und die Hände zu Fäusten ballte.

»Kennen Sie das Wort *Transhumanismus*, Mr. Shacket?«

Die Nasenflügel des Gefangenen blähten sich, was möglicherweise ein Anzeichen von Aufregung war.

Carson erwiderte: »Etwas zu Kindisches, um eine Philosophie zu sein, mit zu wenigen zugrunde liegenden Fakten, um eine Theorie genannt zu werden. Das ist bloß eine Hightech-Religion.«

»Was wissen Sie denn schon?«, entgegnete der Gefangene. »Sie sind überhaupt kein richtiger Doktor. Nur ein Metzger der Toten.«

Carson fuhr fort: »Einer der Grundsätze des transhumanistischen Glaubens ist der, dass Menschen bald fähig sein werden, sich körperlich und intellektuell zu transformieren. Wir würden viel kräftigere Körper bekommen, eine drastisch erhöhte Intelligenz, Kräfte, von denen sonst nur die Comiczeichner bei Marvel träumen. Das alles soll entweder durch eine Verschmelzung von Mensch und Maschine oder über Durchbrüche in der Gentechnik geschehen.«

»Sie haben Augen zum Sehen, aber Sie sind doch blind«, stellte Shacket fest.

»Wurde in Springville wirklich Krebsforschung durchgeführt?«

»Nicht so etwas Belangloses. Weshalb sind Sie hier? Um sich bei mir zu bedanken, dass ich Ihnen Arbeit verschafft habe? Ohne Morde hätten Sie keine. Haben Sie schon mal darüber nachgedacht, wie groß Ihre Nähe zum Verbrechen ist, Doktor?«

Womit auch immer Carson gerechnet hatte – dies war es nicht. Wo war die außer Kontrolle geratene, unmenschliche Bestie, die roh über Justine Klineman hergefallen war und Walter Colt einen Finger abgebissen hatte?

Er beschloss, nach dem Köder zu schnappen. »Dorian Purcell sagte, dass man angesichts der medizinischen Fortschritte davon ausgehen kann, dass manche heute lebenden Menschen 200 Jahre, 300 oder länger leben werden. Ging es bei den Forschungen in Springville um die Verlängerung der Lebensspanne?«

»Es ging um das menschliche Genom, um horizontalen Gentransfer, um die Bestimmung der Menschheit, das Schicksal der Erde – viel höhere Dinge als das Aufschneiden von Leichen, um herauszufinden, was ihr Leben beendet hat.«

Carson blieb beharrlich. »Ist etwas schiefgelaufen?«

Der kreischende Wind protestierte lautstark. Shacket wandte den Kopf nach links, sah zum Fenster mit einem Gesichtsausdruck, in dem etwas wie Sehnsucht nach dieser unruhigen Nacht lag.

»Ging etwas schief?«, fragte Carson erneut.

Shacket verzog das Gesicht zu einem selbstgefälligen, hämischen Grinsen. »Etwas ging schief *und* etwas funktionierte.«

»Wurden Sie kontaminiert?«

In Shackets Lichtaugen trieben die Regenbogenhäute wie Enzianblüten in mondbeschienenen Teichen.

Carson Conroy spürte, dass er sich in der Gegenwart von etwas zutiefst Fremdartigem befand. Er konnte es nicht beweisen, aber er wusste es.

Mit vor Verachtung ätzender Stimme sagte Shacket: »Sie sagen dazu kontaminiert, ich sage koroniert.«

»Koroniert? Gekrönt? Und wovon sind Sie König?«

»Von allem, was sein wird.«

Shacket sprach diese Worte mit einer ruhigen Zuversicht aus, die seinen Wahnsinn entweder bewies oder widerlegte.

Zu Carsons Erschütterung war er nicht in der Lage, sich auf eine dieser zwei Deutungen festzulegen.

»Was immer mit Ihnen geschehen ist, womit auch immer Sie ›gekrönt‹ wurden – ist es übertragbar?«

»Deshalb sind Sie also hier. Sie wollen der Bevölkerung Angst vor einer Seuche machen.« Shacket schüttelte den Kopf und sah wieder zum Fenster. »Langsam langweilen Sie mich, Doktor.«

»Keine Bakterien, keine Viren?«

»Wenn ein König hustet, infiziert er dann diejenigen um ihn herum mit seiner Majestät?«

»Die 92 Menschen, die im Feuer umgekommen sind – waren die kontaminiert?«

»Koroniert. Stellen Sie sich nicht so dumm an, Doktor.

Keine Bakterien, kein Virus. Nur … ein Mittel der Veränderung, das in jede Zelle eindringt.«

»Welches Mittel?«

»Archaeen. Falls Sie nicht wissen, was das ist, schlagen Sie es nach. Aber das wird Ihnen auch nichts bringen. Durch mein Werden sind die Archaeen nicht mein Kryptonit. Ich fürchte sie nicht.«

»Ihr ›Werden‹?«

»Ich verwandle mich vor Ihren Augen. Aber Sie haben nicht die Fähigkeit, es zu sehen.«

»Sie wurden verbrannt – warum? Weil sie … Verwandlungen durchmachten, genetische Veränderungen?«

»Genau.«

Carson dachte darüber nach. »Unkontrollierbare Veränderungen. Sie waren also eine Katastrophe für das Ansehen der Firma. Und möglicherweise der Anlass für Hunderte Gerichtsverfahren, in denen es um Millionen gegangen wäre.«

»Ah.« Shacket grinste ihn an. »Ihr Umgang mit Toten hat Sie also doch noch nicht komplett hirntot gemacht.«

»Wussten diese Leute beim Unterschreiben ihrer Arbeitsverträge, dass sie praktisch auf einer Bombe sitzen würden? Dass man sie im Fall einer Katastrophe, falls diese veränderten Archaeen irgendwie aus dem Isolationslabor entkommen würden, als entbehrlich betrachten würde?«

»Wenn sie es nicht gewusst haben, dann zumindest geahnt. Sie sind das Risiko alle eingegangen. Auch Wissenschaftler können wahre Gläubige sein. Tatsächlich vielleicht sogar leichter als andere, wenn sie etwas gefunden haben, das sie die Wahrheit nennen und für glaubwürdig halten. Dorian hat nur diejenigen angeheuert, die eine

Leidenschaft für den Transhumanismus und die mit ihm verbundene Zukunft hatten, die *dabei sein* wollten, wenn der ultimative Durchbruch kam. Sie wollten zu den Ersten gehören, denen ein jahrhundertelanges, gesundes Leben ohne Krankheiten garantiert wäre, mit ganz neuen Fähigkeiten. Wir alle leben für die Erfüllung des einen oder anderen Traums – Liebe, Wohlstand, Ruhm. Aber gibt es einen Traum, dessen Verfolgung lohnenswerter ist als der von der körperlichen Unsterblichkeit?«

Von allem, das Shacket gesagt hatte, war diese Ansprache das Erste, das für Carson den unverwechselbaren Beigeschmack des Wahnsinns hatte.

Soweit Carson wusste, waren Archaeen zu einem horizontalen Transfer von Genen zwischen verschiedenen Spezies in der Lage, aber sie waren nicht als Überträger von Krankheiten bekannt.

Er nahm an, dass veränderte Archaeen, die darauf programmiert waren, ein genetisches Paket in die Zellen eines Versuchstiers zu transportieren, nach der Erfüllung dieser Aufgabe abstarben oder in einen vorprogrammierten Naturzustand zurückkehrten und nur noch an *natürlichen* Prozessen beteiligt waren.

Seine Sorge über eine Seuche trat in den Hintergrund.

»Zu was werden Sie?«, wollte er wissen.

Wieder zog der Wind an den Flügelfenstern Shackets Aufmerksamkeit auf sich. Das Glas vibrierte und die metallenen Rahmen um die beiden großen Scheiben klirrten aneinander.

Als der Sturm nachließ, richtete Shacket den leuchtenden Blick wieder auf seinen Besucher. »Ich werde zum König der Tiere.«

Hier war er nun, ein offensichtlicher Beweis des Wahnsinns, den Carson bereits beim Betreten des Zimmers erwartet hatte. »Der König welcher Tiere?«

»In dieser Welt gibt es nur Tiere, Doktor. Die Menschen sind nur eine Art unter vielen in diesem Zoo. Und ich werde der König über sie alle sein.«

Illusionen der eigenen Großartigkeit. Größenwahn. Dieser auf schaurige Weise wortgewandte und bedächtige Lee Shacket, mit dem er zuvor gesprochen hatte, schien nun eine erkennbarere Form der Verrücktheit an den Tag zu legen, die er ihm bis jetzt verborgen hatte.

Dieser Geruch, den Carson vor dem Betreten dieses Zimmers noch nie wahrgenommen hatte, war nun weniger subtil. Für einen Augenblick erinnerte er ihn an rohe Zwiebeln, dann nicht mehr. Dann musste er an Reinigungsalkohol denken, aber nur für einen kurzen Moment. Es war auch nicht der scharfe Geruch des Urins im Sammelbehälter.

Es war ein Zeichen seiner Furcht, dass er sich fragte, wie es wohl in einem Labyrinth im Erdboden riechen musste, in dem eine Schlange über ihren zappelnden Nachwuchs kroch. Vielleicht so wie hier?

Er sagte zu Shacket: »Angesichts Ihrer Umstände könnte man sagen, dass man Sie wieder entthront hat, bevor Sie richtig gekrönt wurden.«

Der Gefangene ließ sich nicht in eine Diskussion verwickeln. Er grinste nur.

Carson drehte sich zur Tür um. Dort stand Deputy Thad Fenton und drückte sein Gesicht an das Sichtfenster.

Als er wieder im Flur stand und der Polizist die Tür abschloss, fragte dieser ihn: »Und? Wie verrückt ist er, Doc?«

»Verrückt genug. Falls er aus diesem Raum entkommt …«

»Das schafft er niemals«, unterbrach Fenton ihn. »Er kann nicht mal aus seinem Bett aufstehen, um pissen zu gehen.«

»Aber *falls* er es schafft«, wiederholte Carson, wobei er seine Telefonnummer auf eines der Hot-Rod-Magazine schrieb, »dann erschießen Sie ihn. Halten Sie sich von der Leiche fern und rufen Sie mich sofort auf dem Handy an.«

»Ihn erschießen, einfach so? Die Regeln des Departments …«

»Ihr Leben ist wichtiger als Ihre Karriere, Deputy. Erschießen Sie ihn, und ich werde dann mein Bestes tun, um dafür zu sorgen, dass die Konsequenzen für Sie nicht zu ernst werden.«

Fenton dachte darüber nach. »Ich wünschte, Sheriff Sheldrake wäre noch im Amt.«

»Bleiben Sie wach und wachsam.«

»Die Oberschwester bringt mir Kaffee.«

»Aber Sie verlassen Ihren Posten, wenn Sie zur Toilette gehen.«

»Das mache ich immer schnell«, versicherte Fenton ihm. »Nicht dass ich mir nicht die Zeit nehmen würde, mir die Hände zu waschen. Doch, das tue ich schon.«

»Wenn Sie zur Toilette gehen, dann schauen Sie nicht zuerst durch das Sichtfenster in der Tür. Sonst kann er sich denken, dass Sie das tun, weil Sie weggehen wollen.«

»Sie jagen mir ein bisschen Angst ein, Doc.«

Carson erwiderte: »Gut so.«

80

Nein. Er heißt Kipp.

Diese Worte erweckten etwas in Megan zum Leben, von dem sie nicht gewusst hatte, dass es noch in ihr war: das beglückende Gefühl neuer Möglichkeiten, das ihr vielleicht bei Jasons Tod abhandengekommen war. Der wunderbare Klang der Stimme ihres Kindes – so schön, so honigsüß – erweckte in ihr eine Hoffnung, die sie in einer tiefen Kammer ihres Geistes abgelegt hatte, ohne die Erwartung, diese je wieder zu öffnen. Elf Jahre lang hatte sie gewartet, hatte sich elf Jahre lang an den Gedanken gewöhnt, dass das Warten vergeblich sein könnte – und jetzt diese vier einfachen Worte.

Ben Hawkins, der neben ihr am Fußende des Bettes stand, sagte: »Was ist los? Sie zittern ja.« Dann erinnerte er sich an das, was sie zu ihm gesagt hatte, als sie zusammen in der Diele gearbeitet hatten. »Er hat noch nie gesprochen.«

Ihr Herz klopfte jetzt nicht weniger heftig als zu dem Zeitpunkt, an dem Lee Shacket neben dem Bett gehockt und mit Daumen und Zeigefinger dazu angesetzt hatte, Woody blind zu machen. Aber diesmal war es nicht der rasende Puls von Angst und Wut, sondern der von Freude und Staunen. Und noch mehr als Staunen: Sie war von Ehrfurcht ergriffen, von einem Gefühl des Wunderbaren und Transzendenten, sodass sie plötzlich so stumm wurde, wie Woody es zuvor gewesen war.

Sie ging zur Seite des Bettes, bis sie vor dem Jungen stand, der mit dem Rücken zu ihr lag. Sie legte ihm die Hand auf die Schulter, vorsichtig, als könnte ihre Berührung ihn zu Staub zerfallen lassen.

Weder Woody noch Kipp bewegten sich. Sie steckten immer noch in dieser seltsamen Form der Kommunikation, die dem Jungen den Namen des Retrievers verraten und seine Zunge befreit hatte, sodass er diese Information an Megan und Ben weitergeben konnte.

Der Junge, der Hund, das Bett, das ganze Zimmer verschwammen und flossen wie warmer Regen über ihr Gesicht. Obwohl sie wünschte, Jason wäre hier, um zum ersten Mal die Stimme seines Sohnes zu hören, enthielt dieser Moment nicht die kleinste Spur Traurigkeit.

Im Laufe der Jahre hatte sie sich manchmal gefragt, wie Woodys Stimme klingen mochte, wenn er je sprechen würde. Manchmal hatte sie geglaubt, seine Aussprache könnte misslungen sein, verzerrt. Er hatte sein Leben lang anderen beim Reden zugehört, aber er besaß keine Übung darin – soweit sie wusste. Doch obwohl diese vier Worte, die er gesagt hatte, sie mehr erschütterten und bewegten, als sie sich erklären konnte, ganz unabhängig von der Information, die sie enthielten, hörte er sich an wie ein ganz normales Kind seines Alters.

Sie erinnerte sich daran, wie Woody früher in dieser Nacht im Schlaf gemurmelt hatte. Als sie sich von seinem Bett abgewandt hatte, hatte sie geglaubt, ihn *Dorothy* sagen zu hören, obwohl sie niemanden dieses Namens kannte. Sie hatte angenommen, sich verhört zu haben. Jetzt vermutete sie, dass er diesen Namen wirklich ausgesprochen hatte. Sie hatte die Hand auf seine Schulter gelegt und fragte ihn mit dem Wunsch, ihn wieder sprechen zu hören: »Schatz, wer ist Dorothy?«

Der Hund klopfte mit dem Schwanz dreimal auf die Matratze, und Woodys Mund entströmten Worte, die für seine Mutter wie Musik klangen: »Dorothy war seine menschliche Mom. Sie hat ihn als Welpen bekommen und aufgezogen. Gestern ist sie an Krebs gestorben, und Kipp hat sie mehr geliebt als alles andere, alles. So wie ich dich mehr liebe als alles andere. Stirb nie, niemals, das ist viel zu schrecklich für die, die du zurücklässt.«

Ihr ganzes Leben lang war Megan stark gewesen. Von Schicksalsschlägen ließ sie sich nicht unterkriegen. Das Leben war ein reißender Fluss mit vielen Strömungen, aber jeder Sog, jede Stromschnelle ließ sich nicht nur lebend überstehen, sondern war auch eine Erfahrung, die sie noch stärker machte. Daher hätte es sie nicht überraschen sollen, dass es keine tödliche Gefahr war, die sie so ins Herz traf, sondern stattdessen Woodys Liebeserklärung. Gegen sie konnte sie sich weder verteidigen noch wollte sie es, nachdem sie elf Jahre darauf gewartet hatte, diese Worte zu hören. Ihre Beine wurden plötzlich so schwach, dass sie nicht mehr stehen konnte, und aus dem Tröpfeln ihrer Tränen wurde eine stille Flut. Sie setzte sich auf den Bettrand und sagte ihm, dass sie ihn auch liebe, ihn verzweifelt liebe. Woody sprach in diesem Moment nicht weiter, aber dafür klopfte Kipp mit seinem prächtigen, buschigen Schwanz dreimal auf die Matratze.

81

Kipp und Woody lagen Auge an Auge, aber auch Geist an Geist, so, wie sie es nur über die Leitung konnten.

Ihre Verbindung war privat. Sie sendeten und empfingen, aber sie blieben dabei unter sich.

Kipp zeigte dem Jungen die Welt, wie er sie erfahren hatte.

Dort bin ich gewesen, das habe ich gesehen, diesen Leuten bin ich begegnet, diese Schlüsse habe ich aus alldem gezogen.

Er enthüllte ihm, was er für wertvoll erachtete, was er fürchtete, alles, was er wusste.

Das Wissen des Jungen überschnitt sich in großen Teilen mit dem des Hundes, war in manchen Bereichen weniger umfangreich, in anderen umfangreicher, und auch er teilte Kipp alles mit.

Kipp wusste – und auch Woody Bookman wusste es, begriff es aber erst jetzt vollständig mit Herz, Geist und Seele –, dass in allen menschlichen Angelegenheiten das Einfache der Weg zur Wahrheit war, während das Komplexe zur Falschheit führte.

Neid und Begehren waren Gifte, aus denen die Gier nach Macht und allem Bösen entstand.

Liebe war das Gegengift zu Neid und Begehren.

Die Wahrheit war essenziell für das Erblühen der Liebe.

Die Liebe war essenziell für den Erhalt der Unschuld.

Innerer Frieden und vollkommenes Glück konnten nur durch die Wahrheit der Unschuld und die Einfachheit der Wahrheit erreicht werden.

Keiner von ihnen schämte sich wegen der zahlreichen persönlichen Enthüllungen oder angesichts eines der tausend Dinge, die er über den anderen erfuhr.

Offenbarungen, die sonst peinlich gewesen wären, verloren den Stachel der Demütigung im selben Moment, in dem sie mitgeteilt wurden.

Zum einen waren sowohl Kipp als auch Woody un-
schuldig und gegen den Verlust der Unschuld geimpft –
Ersterer weil er ein Hund war, Letzterer durch seine
Entwicklungsstörung.

Weiterhin begriffen beide, dass alle Wesen mit höheren kognitiven Funktionen in höherem oder geringerem
Grad Narren waren und ihre Narrheit annehmen sollten,
statt sie abzustreiten.

Dieses Verständnis sorgte für Bescheidenheit.

Bescheidenheit war die Grundlage aller bleibenden
Leistungen.

Durch diese Telepathie flossen diese beiden Leben in
ihrer komplexen Einfachheit von Fakten und Emotionen
so leicht ineinander, wie Informationen sich von einem
Computer auf einen USB-Stick übertragen ließen. Doch
die Wirkung ging tiefer als bei einem bloßen Datentrans-
fer.

Das Bündnis zwischen Menschen und Hunden war
vielleicht 100.000 Jahre lang gediehen.

Zu dieser Stunde war das Bündnis, zumindest zwischen diesen beiden, stärker und tiefer geworden, als
bloße Jahrtausende es vermocht hätten.

Kipp wusste nicht, wohin dies führen würde. Woody
ebenso wenig.

Sie würden es herausfinden.

Das *Was* wurde stets enthüllt.

Das *Warum* hingegen blieb oft auf ewig in einen mysteriösen Schleier gehüllt.

82

Zwei Uhr morgens. Am Rand von Sacramento. Ein verlassenes Einkaufszentrum. Durch Umbauten würde das Gebäude schließlich Wohnungen der gehobenen Preisklasse beherbergen, die zahlreiche Annehmlichkeiten boten.

Ein Maschendrahtzaun umschloss das große Grundstück, geschmückt mit Schildern, auf denen in roter Schrift vor Gefahren gewarnt und das Betreten verboten wurde. Obwohl im Einkaufszentrum nichts mehr zurückgeblieben war, das sich zu stehlen lohnte, war für gewöhnlich ein Wachmann in einem Auto vor dem einzigen Tor im Zaun postiert. Seine Aufgabe bestand weniger darin, Diebe abzuwehren, als darin, abenteuerlustige *Urban Explorer* abzuwimmeln, diese selbst ernannten Beton-Höhlenforscher, die alles von verlassenen Hotels bis hin zu den Labyrinthen der Servicetunnel unter den großen Städten erkundeten. Das war zwar illegal, aber falls irgendeiner dieser Katakombenkriecher und Amateurarchäologen sich bei seinen Abenteuern verletzte, bestand Grund zu der Sorge, dass eine unwissende Jury oder ein inkompetenter Richter dem Einbrecher eine Entschädigung in Millionenhöhe zusprach.

In dieser Nacht hatte der Nachtwächter die Anweisung erhalten, nicht zum Dienst zu erscheinen. Das verlassene Einkaufszentrum war der ideale Ort für ein Treffen zweier Parteien, die beide auf einem Treffpunkt bestanden, an dem zufällige Augenzeugen nicht nur unwahrscheinlich, sondern so gut wie ausgeschlossen waren.

Haskell Ludlow stieg aus seinem Lexus-SUV und zog im Licht der Autoscheinwerfer eine Show ab, indem er das Tor mit dem Schlüssel öffnete, als ob er tatsächlich der Erste wäre, der hier eintraf.

Ein paar Stunden zuvor hatte er sich mit den beiden 22-jährigen Zwillingen Zoey und Chloe eine Penthouse-Suite geteilt. Die Mädchen hatten ihn überrascht, denn sie kannten mehr perverse Praktiken als er, obwohl er sich schon beinahe so lange mit Perversionen vergnügte, wie sie am Leben waren. 25 Jahre lang hatte er in enger Verbindung zu Dorian Purcell gestanden, seinem stillen Partner, aber vor zwei Jahren war er aus dem Geschäft ausgestiegen, um sich ganz dem Vergnügen zu widmen. Jetzt war Dorian mit der Vertuschung der Wahrheit über Springville beschäftigt, und er brauchte Ludlow für diese eine Aufgabe. Haskell war wieder angetreten, um seinen Beitrag für das Team zu leisten.

Der Wind pfiff schaurig durch den hängenden Maschendraht: höllische Harfensaiten, gespielt von Dämonenhänden. Plastiktüten verschiedenen Ursprungs und Zustands hatten sich in den Lücken im Draht verfangen, zuckten, flatterten und erzeugten einen Laut wie von rauschenden Schwingen, wie von einem Schwarm Fledermäuse im Tiefflug.

Das Tor rollte zur Seite, wobei die Räder sich stockend über den gesprungenen, von Löchern übersäten Asphalt bewegten. Nachdem er auf das Grundstück gefahren war, schloss Ludlow das Tor wieder hinter sich, aber er schloss es nicht ab. Bald würden höchstwahrscheinlich zwei weitere Männer gemeinsam eintreffen.

Er fuhr um die östliche Flanke des gewaltigen Gebäudes herum in eine vierstöckige Parkgarage und stellte den Lexus auf einen Behindertenparkplatz. Sein Fahrzeug war das einzige weit und breit.

Ein geziegelter Gehweg lag zwischen dem Parkgebäude und dem Eingang zum Einkaufszentrum. Ludlows

Taschenlampe brachte Dutzende gesprungener, ramponierter Plastiktassen zum Vorschein, die über das Pflaster rollten wie Schwarmfische, die dazu verdammt waren, bis zum Abrisstag über diese Ziegel zu schwimmen.

Die pneumatische Glastür war entfernt, verschrottet und durch eine schwere Sperrholzbarrikade und eine Metalltür ersetzt worden. Mit einem zweiten Schlüssel öffnete er diese Tür und ging hinein. Er schloss nicht hinter sich ab, als wäre er sicher, dass sich alles so abspielen würde, wie es verabredet war.

Die Aufzüge waren noch nicht entfernt worden; allerdings waren sie nicht mehr in Betrieb. Er stieg die profilierten Stufen zum Hauptgeschoss hinauf. Die Schilder der meisten Geschäfte waren abgenommen worden, aber hier und dort waren noch die Firmennamen und Logos der ehemaligen Betreiber über den leeren Schaufenstern zu sehen.

Vögel waren irgendwie ins Gebäude gelangt und hatten den Weg hinaus nicht mehr gefunden. Spatzen und Krähen. Sie lagen hier und dort, in scheinbar organisierten Anordnungen aus Federn und zerbrechlichen Knochen. Es war, als hätten Anhänger eines Voodookults ihre Überreste zu Mustern angeordnet, um eine Zeremonie vorzubereiten. Im beweglichen Taschenlampenlicht schienen die Flügelspitzen und Knochen zu zittern.

Etwa in der Mitte des Hauptgehwegs lag ein großes, rundes Becken, in dem einmal Seerosenblüten und farbenfrohe Kois geschwommen waren. Jetzt enthielt das Becken weder Wasser noch Fische. Dafür war es zur Hälfte mit zufälligem Origami aus Papiermüll gefüllt.

Er setzte sich auf die breite Mauerkrone der 60 Zentimeter hohen Mauer um den Pool, deckte das Glas der

Taschenlampe mit zwei Fingern der rechten Hand ab und richtete den Lichtstrahl zwischen seinen Füßen auf den Boden, so, wie es abgemacht war.

Haskell Ludlow und Dorian Purcell waren seit der Junior High School befreundet. Damals waren sie verdammt gute Hacker und bartlose Programmierer gewesen. Sie hatten Rootkits in den schlecht abgeschirmten Computersystemen großer Firmen installiert und so alle Arten kompromittierender Informationen aus den E-Mails leichtsinniger Führungskräfte gewonnen, die noch nicht begriffen hatten, dass ihre elektronische Korrespondenz nie vollständig verschwinden würde. Es boten sich unbegrenzte Einkommensmöglichkeiten, wenn man zu jung und zu clever war, um vor dem Begriff *Erpressung* zurückzuschrecken. Balzac hatte geschrieben: »Hinter jedem großen Vermögen steht ein Verbrechen.« Das war ein Klischee und eine Lüge. Aber Haskell und Dorian hatten die nötigen Schritte unternommen, um sicherzustellen, dass kein Autor in der Lage wäre, die klischeehafte Wahrheit über sie aufzudecken, falls jemals eine Entstehungsgeschichte der Firma Parable geschrieben würde. Obwohl er sich stets bedeckt hielt, besaß Haskell Ludlow den zweitgrößten Anteil der Stimmrechtsaktien von Parable, und er wäre beinahe jedes Risiko eingegangen, um sein Vermögen und seinen guten Namen zu schützen, so, wie er es jetzt in diesem baufälligen Einkaufszentrum tat.

Die zwei Männer von Tragedy tauchten um 2:15 Uhr vor Ludlow auf. Sie waren schwarz gekleidet, trugen Nachtsichtbrillen und bewegten sich so leise wie Seelen, die ihre Körper verlassen hatten und zu leicht waren, um Schrittgeräusche zu erzeugen. Der Absprache nach hätten sie ihm um 2:30 Uhr in das Gebäude folgen sollen. Tatsächlich waren sie schon seit 0:30 Uhr hier.

Ohne den Blick von ihren Schuhen zu heben, hielt er ihnen mit der linken Hand seinen Führerschein entgegen. Es war eine exzellente Fälschung auf den Namen Alexander Gordius, eine Identität, die sowohl er als auch Dorian Purcell benutzten. Sie war unter mehr Briefkastenfirmen und Schichten aus falschen Daten begraben als die unter geologischen Schichten begrabenen Fossilien des Jura. Das Phantom Gordius war derjenige, der die Dark-Web-Meister von Tragedy im Laufe der Jahre für fünf sorgfältig geplante Attentate bezahlt hatte.

Einer der Tragedy-Agenten gab ihm den Führerschein zurück und fragte: »Was für ein Name ist denn Gordius?«

»Der von meinem Dad«, erwiderte Ludlow. Er stand auf und ließ die hell leuchtende Taschenlampe auf der Mauerkrone liegen.

Die zwei Männer waren geschmeidige Bullen, die wirkten, als könnten sie Mauern durchbrechen oder auch durch Mauerspalten schlüpfen, je nachdem, welche Angriffsmethode gerade erforderlich war. Sie trugen schwarze Kapuzenpullover und hatten sich die Gesichter mit einer schwarzen, das Licht nicht reflektierenden Substanz eingeschmiert. Ihre Nachtsichtgeräte hingen jetzt um ihre Hälse.

Ihre Namen bei Tragedy lauteten Keith Richards und Roger Daltrey. Ihre echten Namen – von denen sie glaubten, man könne sie nicht herausfinden – waren Frank Gatz und Boris Sergetov. Die gesamte Tragedy-Mannschaft bestand aus nur sechs Personen, denn es war weise, in einer Firma für Auftragsmorde so wenige potenzielle Verräter wie möglich zu haben. Diese zwei Männer waren die Gründer der Organisation.

Sie hatten ihren Kunden über die Sicherheitslücke informiert, die die Gefahr einer Enthüllung bedeutete. Nun wollten sie – ganz umsonst – den Hacker umbringen, der die Gordius-Identität gekapert und offenbar versucht hatte, Beweise zu den Aktivitäten von Tragedy zu sammeln. Vor allem hatte er Einzelheiten über einen der fünf Anschläge gesucht, die Gordius bestellt hatte.

Der »echte« Alexander Gordius – alias Haskell Ludlow und Dorian Purcell – hatte auf diesem Treffen bestanden, um die Identität des Hackers zu erfahren und einen einvernehmlichen Plan für dessen Vernichtung zu entwerfen. Die Zentrale von Tragedy lag in einer Lagerhalle in Stockton. Dieses stillgelegte Einkaufszentrum, das wenig mehr als 50 Meilen von ihrem Hauptquartier entfernt lag, diente ihnen als praktischer Treffpunkt. Natürlich hatten sie zuvor die Besitzer des Grundstücks überprüft und beim amerikanischen Teil des Trios ausländischer Mischkonzerne niemanden gefunden, der Verbindungen zu Dorian oder Parable unterhielt.

Um seine Anspannung loszuwerden, ging Ludlow auf und ab, während er sprach. »Also, wer ist der Mistkerl?«

Mit russischem Akzent, schwer wie Beluga-Kaviar, sagte Sergetov: »*Gospodin,* dieses heimtückische Miststück, ist tatsächlich eine Schlampe.«

»Wirklich? Ist das Ihr Ernst? Irgendeine kleine Streberin hätte es fast geschafft, uns die Pistole auf die Brust zu setzen?«

»Nichts für ungut, Mann«, entgegnete Frank Gatz, »aber diese Denkweise ist vorsintflutlich.«

»Bitte was?«

»Vorsintflutlich – veraltet, uralt, von vor der Sintflut. Weißes, männliches Denken von der schlimmsten Sorte.«

»Ich bin kein Weißer.«

»Ich will damit nur sagen, dass Frauen alles können, was Männer können.«

»Im Stehen pissen?«

Gatz seufzte. »Machen Sie sich ruhig darüber lustig.«

Als ob er den Anwesenden eine tiefe philosophische Einsicht mitteilen wollte, sagte Sergetov: »Frau kann brillant und trotzdem *svoloch* sein.«

»Wie auch immer. Ich bin nicht derjenige, der es vermasselt hat«, sagte der unablässig auf und ab gehende Ludlow. »Das hat Tragedy versaut. Sie haben das versaut. Wo ist diese Schlampe?«

»Sie ist keine zwei Stunden von hier entfernt, *gospodin*«, erwiderte Boris. »Aber Sie sicher nie gehört von kleine Stadt namens Pinehaven.«

Das hatte Ludlow tatsächlich nicht.

»Ihr Name«, fügte Gatz hinzu, »ist Megan Bookman. Sie erinnern sich vielleicht noch an ihren Mann Jason. Das Problem, das wir durch einen Hubschrauberabsturz gelöst haben.«

Plötzlich bekam das Einkaufszentrum etwas Gotisches. Wenn es bislang als der ideale Ort für ein höchst privates Treffen ohne Augenzeugen erschienen war, wirkte es auf Ludlow jetzt finsterer, wie ein Knotenpunkt, an dem vergangene Taten und deren Konsequenzen zusammenliefen. War es möglich, dass Megan Bookman – gut aussehend, Malerin, Pianistin – eine vierfache Bedrohung darstellte, weil sie außerdem eine White-Hat-Hackerin war, eine Datenpiratin, die auf der Suche nach Gerechtigkeit durch das Dark Web segelte?

Jason hatte von den Forschungen über Gentechnik durch Archaeen erfahren und war radikal dagegen gewesen.

Er hatte nicht verstanden, wie zentral der Transhumanismus für Dorians Sicht der Zukunft war – und welche Konsequenzen seine Drohung haben würde, zurückzutreten und die Pläne seines Chefs öffentlich zu machen, die schon damals weit fortgeschritten gewesen waren. Hatte er mit Megan über seine Bedenken gesprochen und hatte sie deshalb Verdacht geschöpft, als er mit dem Helikopter in den Tod gestürzt war?

Ludlow hatte sich nie für die Forschungen von Refine interessiert, war kein Transhumanist, hatte Dorian nicht kritisiert. Er wusste nichts über die Arbeit in Springville und er wollte es auch nicht wissen.

Gatz sagte: »Mrs. Bookman lebt dort allein mit einem geistig behinderten elfjährigen Jungen.«

»Nur weil er ist Kind und dumm, der *nevezhda* sollte nicht verschont werden«, verkündete Boris Sergetov. »*Krugovaia otvetstvennost* – kollektive Verantwortung. Sie hat ihn aus sich herausgequetscht, ihn mit ihren Titten gesäugt. Er nicht weniger unser Feind als sie. Zwei Stücke Scheiße in derselben Kloschlüssel. Beide runterspülen.«

Ludlow wandte sich an Frank Gatz: »Ihr Freund ist wirklich sehr eloquent. Schreibt er die Gedichte für Ihre Firmenzeitung? Falls nicht, sollten Sie ihm unbedingt eine Seite einräumen. Kann sein, dass Sie da den nächsten Robert Frost unter sich haben.«

»Sir, entschuldigen Sie, aber können Sie aufhören, hier herumzuwirbeln wie ein Brummkreisel?«, fragte Gatz. »Mann, da wird mir ganz schwindlig.«

»Ich wirble nicht. Ich gehe«, beharrte Ludlow. »Ich bin ausgesprochen angespannt. Ich ersaufe in Stresshormonen dank diesem verdammten Schlamassel, in dem wir stecken. Gehen hilft mir, den Kopf klarzukriegen, damit ich nachdenken kann. Was mir nicht gerade hilft, ist, dass Sie beide überhaupt nicht gestresst wirken. Sie scheinen nicht zu glauben, dass es irgendwelche Risiken dabei gibt, diese Schlampe und ihre Rotzgöre zu erledigen.«

Als er »Rotzgöre« sagte, war dies das vereinbarte Zeichen für Hisscus, Knacker und Verbotski, sich von den Seiten her zu nähern, da sie nun die Informationen erhalten hatten, die sie brauchten.

Leroy Hisscus, Bradley Knacker und John Verbotski waren um 22:30 Uhr zum Einkaufszentrum gekommen, vier Stunden bevor die Leute von Tragedy auftauchen sollten, zwei Stunden bevor sie *tatsächlich* aufgetaucht waren. Leroy, Brad und John hatten sich in verlassenen Läden in der Nähe eingenistet und so geschickt versteckt, dass Gatz und Sergetov bei ihrer flüchtigen Suche nach Feinden keine Spur von ihnen gefunden hatten. Gatz und Sergetov waren bewaffnet, aber ihre Waffen steckten in den Halftern. Als Hisscus, Knacker und Verbotski sich aus dem Nichts materialisierten wie Geister bei einer Séance, hatten sie ihre Pistolen bereits gezogen, und Ludlow hatte sich aus der Schusslinie begeben. Selbst wenn Gatz und Sergetov Kevlarwesten trugen, waren sie trotzdem verloren, als drei erweiterte Magazine mit jeweils 48 Schuss innerhalb von weniger als einer Minute geleert wurden. Mit dieser Zahl an Kopftreffern hätte ein Schütze an einem Jahrmarktsschießstand sämtliche Stofftiere gewonnen.

Alle Pistolen waren mit Schalldämpfern ausgestattet, die eine Waffe jedoch nie ganz lautlos machten. So viele Schüsse wären sonst vielleicht außerhalb des Einkaufszentrums hörbar gewesen, selbst in einer stürmischen Nacht, wenn auch wahrscheinlich nicht bis zu der einstöckigen Grundschule, die dem Bauzaun gegenüberlag, durch dessen Tor Ludlow aufs Grundstück gekommen war.

Der dritte Tragödier, Cory Holmes, war auf dem Dach dieser Schule stationiert gewesen, um das Tor zu beobachten und sicherzustellen, dass Ludlow allein kam und ihm niemand folgte. Mittlerweile war Holmes wahrscheinlich an einem Schuss in den Hinterkopf gestorben, denn ein Mitarbeiter von Hisscus, Knacker und Verbotski hatte sich auf diesem Dach versteckt, noch bevor Holmes dort angekommen war.

Auch wenn die gedämpften Schüsse nicht mehr durch das verlassene Zentrum hallten, hallten sie noch in Ludlows Ohren nach, während er sich Bradley Knacker und dessen Partnern näherte. Brad trug ein Walkie-Talkie mit einem Ohrhörer, den er mit einem Finger fester hineindrückte und aufmerksam horchte. Er sagte »Zehn-Vier« zu dem Mann auf dem Dach der Grundschule. An Ludlow gewandt sagte er: »Sherlock ist über den Reichenbachfall gegangen, diesmal wirklich.« Damit meinte er, dass Cory Holmes tot war und nicht eher wiederauferstehen würde als Arthur Conan Doyles berühmter Detektiv, den dieser zum Verdruss seiner Leser hatte sterben lassen.

Ludlow fragte sich, seit wann Männer, die diese Art von Arbeit machten, es für einen Teil ihres Jobs hielten, mitten in der Aktion wenig geistreiche Witzeleien von sich zu geben. Wahrscheinlich waren daran die Filme schuld.

Die anderen drei Tragedy-Agenten, die in ihren Häusern in Stockton schliefen, waren bereits auf ähnliche Weise ausgeschaltet oder wurden es jetzt. Weder hier noch dort würde man Leichen finden. Die sechs Männer würden einfach verschwinden. Bis zum Morgengrauen würden die Website sowie sämtliche Aufzeichnungen über sie nicht mehr existieren.

Wäre Frank Gatz und Boris Sergetov bewusst gewesen, dass das Startkapital, mit dem sie vor einigen Jahren Tragedy aus der Taufe gehoben hatten, nicht von der Mafia gestammt hatte, wie sie glaubten, sondern auf höchst indirektem Wege von Dorian Purcell, hätten sie vielleicht über diese Ironie des Schicksals gestaunt. Zumindest Gatz wäre vielleicht dazu in der Lage gewesen. Sergetov weniger.

Hisscus, Knacker, Verbotski sowie fünf weitere Mitarbeiter hatten vor zwei Jahren ihre eigene Dark-Web-Firma gegründet, mit Startkapital, das ihrer Ansicht nach von gewissen internationalen Waffenhändlern eingebracht worden war, die mit Söldnern auf der ganzen Welt Handel trieben. Dorian war eine Art Mäzen des Mordes. Er unterstützte ihren Dark-Web-Auftritt, dessen Adresse aus 52 Schriftzeichen und Ziffern bestand. Sie hatten die Seite Atropos & Company genannt, nach der unheilvollsten der drei Schicksalsgöttinen aus der griechischen Mythologie. Atropos war die Göttin, die den

Faden des Lebens zerschnitt. Diesen Namen hatte John Verbotski vorgeschlagen, der vielleicht ein wenig zu gebildet für diesen Beruf war.

Hinter vielen großen Vermögen stand kein Verbrechen, nur harte Arbeit, Intelligenz und Besessenheit, aber Balzac lag nicht vollkommen falsch. 14-jährige Jungen, die für Erpressung gut entlohnt wurden, lernten aus dieser Erfahrung stets, dass gut durchdachte Verbrechen effizient waren und sich lohnten.

Der Mann, der Holmes auf dem Dach der Schule getötet hatte, würde sich um die Leiche kümmern und dann Leroy Hisscus hier im Einkaufszentrum beim Aufräumen helfen. John Verbotski und Bradley Knacker würden bald zum Bookman-Haus am Rand von Pinehaven aufbrechen, das weniger als zwei Fahrstunden entfernt lag.

Haskell Ludlow, der ein wenig feinfühliger war als die Agenten von Atropos, brachte etwas mehr Distanz zwischen sich und die durchlöcherten, blutenden Leichen von Gatz und Sergetov, die nach Blut, Fäkalien, Urin und Verdauungsgasen rochen.

Verbotski folgte ihm. Ihre Schritte brachten die ausgeworfenen Patronenhülsen in Bewegung, die mit metallischem Klirren davonrollten. »Mr. Gordius, wir hatten in der Vergangenheit gute Geschäftsbeziehungen zu Ihnen, und wir werden dafür sorgen, dass all diese Probleme verschwinden. Die in Stockton werden wir auch verschwinden lassen. Aber ich will sicher sein, was Sie von uns in Pinehaven erwarten. Wir arbeiten nicht wie diese beiden Schwachköpfe da.« Verächtlich deutete er auf die durchlöcherten Leichen von Sergetov und Gatz. »In einer Stadt wie Pinehaven fallen Fremde auf und man erinnert sich an sie. Wir können nicht einfach ein Haus in irgendeinem Hinterwäldlerkaff stürmen und anfangen zu schießen.«

»Das sollen Sie auch nicht«, erwiderte Ludlow. »Ich will Megan Bookman und ihren Sohn lebend, und zwar innerhalb der nächsten zwölf Stunden. Ich will sie fertigmachen, sie Stück für Stück auseinandernehmen und herausfinden, was sie weiß und wem sie es vielleicht erzählt hat. Wenn ich den Jungen habe, mache ich sie fertig, indem ich ihn fertigmache.«

Verbotski schlug ein paar Methoden vor, bei denen außer ihm und Knacker noch zwei weitere Männer beteiligt wären, und Ludlow fielen weitere Verbesserungen ein.

Als Alexander Gordius bahnte sich Haskell Ludlow den Rückweg aus der verfallenden Mall. Die Reflexion seines Lampenlichts in den staubigen Ladenfenstern beschwor Verfolger am Rand seines Sichtfelds herauf. Er wusste, dass er sie sich nur einbildete, aber dennoch drehte er nervös den Kopf nach links und rechts, um zu ertappen, was nicht da war.

Obwohl er schon zuvor für Morde bezahlt und sich nichts weiter dabei gedacht hatte, war er bis zu dieser Nacht noch nie dabei gewesen, wenn der Auftrag ausgeführt wurde. Diese Erfahrung war viel erschütternder, als er erwartet hatte.

Als er zu dem frei stehenden, vierstöckigen Parkgebäude zurückkehrte, in dem er seinen Lexus-SUV abgestellt hatte, brachte ihn ein plötzliches Klappern dazu, herumzuwirbeln und die Taschenlampe in den Wald aus Betonsäulen zu richten. Aus der Dunkelheit flogen mehrere Seiten einer weggeworfenen Zeitung heran, die der Wind zum Flattern brachte. Sie wirbelten gemeinsam durch die Parkreihen wie ein Wesen mit bleichen Schwingen, verhüllter Gestalt und mörderischer Absicht. Diesem vom Sturm geschaffenen Wesen fehlte zwar eine Sense oder Sichel, doch es sprang plötzlich unerwartet schnell auf Ludlow, legte sich knisternd um ihn, maskierte sein Gesicht, machte ihn blind. Er schrie auf und befreite sich aus seiner Umklammerung, schlug wild mit der Taschenlampe darauf ein, als ob er das Ding verletzen könnte.

Er stieg in den SUV, zog die Tür zu, startete den Motor, schaltete die Scheinwerfer ein, verriegelte die Türen und saß in kaltem Schweiß gebadet da. Er sah zu, wie die Zeitungsseiten sich blähten und in der Dunkelheit verschwanden, und er schämte sich für die Panik, die ihn gepackt hatte.

Stress. Er war völlig gestresst. Die Gewalt im Einkaufszentrum. Die Möglichkeit, dass Megan Bookman ihn und Dorian mit Tragedy im Dark Web in Verbindung gebracht hatte. Weil er nichts mit Refine zu tun hatte und nichts darüber wusste, was sich in Springville abgespielt hatte, machte er sich darüber keine großen Sorgen. Abgesehen davon, dass ihn die Frage beschäftigte, wie sich die Schwierigkeiten, in denen Refine steckte, auf den Aktienkurs von Parable auswirken würden.

Ludlow fuhr aus der Parkgarage, vom Grundstück und auf die Straße.

Wenn er in sein Hotel zurückkehrte, würde es 3:30 Uhr sein. Dieser Tragedy-Auftrag hatte ihn Schlaf gekostet, den er nach den tagelangen Spielen mit Zoey und Chloe in Vegas dringend brauchte. Er wollte einen Martini mit nicht mehr als einem Hauch Wermut, gefolgt von einem erstklassigen Cabernet und einem frühen Frühstück, allerdings nicht mit Frühstücks-, sondern mit Abendspeisen, damit er seinen Biorhythmus wiederfand. Dann acht Stunden Schlaf, um sich auf das Verhör von Megan Bookman vorzubereiten. Er hatte eine Suite in einem Viersternehotel gebucht. Sacramento, die Hauptstadt Kaliforniens, beherbergte eine wunderbar korrupte Landesregierung. Hier war ein ganzer Ozean schmutzigen Geldes im Umlauf, was bedeutete, dass er aus vielen guten Hotels auswählen konnte. Seine Suite war mit drei Schlafzimmern ausgestattet. Wenn er nachts aufwachte und zur Toilette ging, stieg er danach gern in ein frisches Bett mit glatten, sauberen Laken, in dem er noch keine bösen Träume unter dem Kopfkissen hinterlassen hatte.

83 Hinter dem Hauptquartier des Sheriff's Department und dem Stadtgefängnis lag ein Parkplatz für Angestellte der Stadt. Hinter diesem stand ein Ziegelgebäude, eine Garage mit kleinen, hohen, vergitterten Fenstern. Im Moment waren diese Fenster voll mit perlengrauem Licht, das von den Schirmlampen unterhalb der Fensterlinie stammte.

In diesem Gebäude wurden Fahrzeuge, die im Zusammenhang mit schweren Verbrechen standen und im Rahmen polizeilicher Ermittlungen beschlagnahmt worden waren, so lange verwahrt, bis sie nach gesetzlich festgelegten Zeitplänen wieder herausgegeben werden mussten oder ein Gericht entschied, dass sie ihren rechtmäßigen

Besitzern zurückgegeben werden sollten. Im für gewöhnlich friedlichen Pinehaven County war die Polizei weder verrückt nach Beschlagnahmungen noch auf die Einkünfte aus eingezogenen Vermögen angewiesen. Derzeit standen abgesehen von Eckmans persönlichem Streifenwagen nur zwei Fahrzeuge in der Garage: ein Pick-up des Modells Ford F-150, der in Verbindung mit einem Unfall mit Fahrerflucht stand, sowie der rote Dodge Demon, in dem Lee Shacket alias Nathan Palmer aus Utah geflohen war.

Sheriff Eckman war direkt aus dem Krankenhaus in die Beschlagnahmungsgarage gekommen. Er war zu aufgeregt, um schlafen zu können. Allein arbeitete er am Dodge und dessen Inhalt. Wegen der außergewöhnlichen Natur dieser Straftat und der bestehenden Verbindung zu einem Unternehmen, das Dorian Purcell gehörte, würde er die Medien nicht vor dem Mittag über Shackets Festnahme informieren. So gewann er Zeit, um diese Situation so gut wie möglich zu seinem Vorteil zu nutzen. Dieser Fall würde seinen Namen im ganzen Bundesstaat bekannt machen und seiner Karriere neuen Schwung geben. Wenn er es richtig anstellte, konnte er sogar dafür sorgen, dass Purcell in seiner Schuld stand, was ihm sicher große finanzielle Vorteile verschaffen würde.

Bittet, und euch soll gegeben werden.

Der zweite der beiden Aktenkoffer im Kofferraum des Wagens enthielt Bündel aus 100- und 20-Dollar-Scheinen. Er hatte noch nie so viel Bargeld auf einem Haufen gesehen. Nach einer kurzen Zählung kam er zu dem Schluss, dass hier vielleicht 100.000 Dollar lagen.

Nach sorgfältiger Überlegung legte er den Koffer in den Kofferraum seines Streifenwagens.

Die Scheine waren eindeutig als Fluchtgeld für den Notfall gedacht. Shacket musste bewusst gewesen sein, dass die Vorgänge in Springville jederzeit aus dem Ruder laufen und ihn in ernsthafte juristische Schwierigkeiten bringen konnten.

Megan Bookman hatte erwähnt, dass Shacket von Costa Rica gesprochen habe. Dort hatte er anscheinend einen sicheren Rückzugsort vorbereitet, unter einem anderen Namen als dem eigenen oder Nathan Palmer. Falls er gehofft hatte, dort anonym leben zu können, hätte er dort auf indirektem Wege eintreffen müssen, über eine Route, die so kompliziert war, dass man sie nicht nachverfolgen konnte. Dazu hätte er Geld benötigt, nicht zuletzt, um verschiedene Leute zu bestechen. Shacket hatte sicher Millionen auf ausländischen Konten, an die er nicht ohne Weiteres herankam. Der Sheriff vermutete, dass selbst 100.000 Dollar nicht genug Geld für eine Flucht waren, wenn sogar die allmächtige National Security Agency sich an der Suche nach diesem Kerl beteiligte. Angesichts der Ressourcen, über die er verfügte, sowie der ihm drohenden juristischen Konsequenzen hatte Shacket sicher nicht an seinen Geldvorräten für die Flucht gespart.

Eckman ging um den Dodge herum, musterte ihn. Autos wurden oft so modifiziert, dass Geheimfächer entstanden, in denen man Drogen transportieren konnte. In diesem Fall würden sie Bargeld enthalten, und zwar an leicht zugänglichen Stellen. Shacket hätte sicher keine Lust gehabt, einen Kotflügel zu entfernen, um an sein Geld zu kommen. Was bedeutete, dass es sich wahrscheinlich im Wageninneren befand.

Der Dodge Demon war ein maßgeschneidertes Kunstwerk, nicht nur ein Fließbandauto mit aufgemotztem Motor. Die Innenausstattung war mit derjenigen in einem Mercedes vergleichbar. Wenn es ein verstecktes Fach gab, musste es clever integriert sein. Aber die Perfektion der Polsternähte und andere Details machten es schwerer, einen leicht zugänglichen Hohlraum zu schaffen.

Nach zehn Minuten fand er zwei Druckverschlüsse, die eine verborgene Platte an der Rückseite des Beifahrersitzes freigaben. Eine schnelle Berechnung anhand der Zahl der 100-Dollar-Scheine in den Plastikhüllen ergab, dass er zusätzliche 300.000 Dollar gefunden hatte.

Beinahe hätte er die ganze Summe in seinen Streifenwagen verladen. Dann wurde ihm bewusst, dass Tio Barbizon, sobald er die Festnahme Lee Shackets bekannt gab, Frawley und Zellman aus Sacramento schicken würde. Diesmal würden sie nicht allein kommen, und sie würden nicht nur Shacket mitnehmen, wie sie zuvor die Leichen seiner Opfer mitgenommen hatten, sondern auch die weiteren Beweise, die man gesammelt hatte. Darunter auch den Dodge Demon.

Sie würden das Auto mit großer Sorgfalt durchsuchen. Sie würden das versteckte Fach finden. Wenn sie es leer vorfanden, würden sie sich fragen, weshalb sich Shacket die Mühe gemacht hatte, das Versteck einbauen zu lassen, ohne irgendetwas darin zu verstauen.

Widerstrebend brachte Hayden Eckman nur zwei Drittel der Summe in seinen Wagen und ließ 100.000 zurück, damit die Ermittler des Generalstaatsanwalts sie fanden. Shacket würde vielleicht später behaupten, es sei dreimal so viel Geld dort gewesen sowie zusätzliche

100.000 in einem Koffer. Aber er war ein Verrückter, ein degenerierter Kannibale, nicht glaubwürdig.

Aber zu dem Zeitpunkt, wenn Eckman Shackets Festnahme bekannt gab, war der Gefangene vielleicht schon tot. Angesichts der extremen Gewalttaten, die er verübt hatte, konnte man sich leicht vorstellen, wie er sich befreite und entweder einen Deputy oder jemanden vom Krankenhauspersonal angriff, was den Einsatz tödlicher Gewalt gegen ihn rechtfertigte. Sheriff Eckman dachte bereits über die Inszenierung eines solchen Vorfalls nach, seit er die Überführung Shackets in die psychiatrische Abteilung beaufsichtigt hatte.

Es hätte Eckman gewaltige Überwindung gekostet, die 100.000 Dollar zurückzulassen, damit Barbizons Ermittler sie fanden, hätte er nicht wenige Augenblicke später ein weiteres Vermögen gefunden, eingenäht ins Futter des ledernen Sportsakkos auf dem Beifahrersitz. In den Taschen des modischen Kleidungsstücks fand er nichts Interessantes, aber bei der Durchsuchung ertastete er etwas Merkwürdiges im Saum. Er riss das Seidenfutter heraus. Darin war ein Plastikärmel mit 36 kleinen Fächern eingenäht, von denen jedes einen Diamanten enthielt. Er schätzte den Wert dieser Sammlung auf höher als die 300.000 Dollar, die er bereits in sein Auto gebracht hatte.

Hayden Eckman hatte Pinehaven lediglich als ein Sprungbrett gesehen, sein Amt nur als eine Stufe auf der Leiter zu einer noch mächtigeren Position. Aber die Stadt stellte sich zusehends als eine Schatztruhe voller Gelegenheiten heraus.

84

Woodys Mom saß am Rand des Bettes. Woody war auf ihrem Schoß, in ihren Armen, hielt sie ganz fest.

Ben saß auf dem Sessel. Kipp stand neben ihm und wedelte aufgeregt und freudig mit dem Schwanz.

Kipp hatte noch nie einen Menschen so gut gekannt, wie er Woody jetzt kannte.

Er liebte den Woody, den er kannte. Er liebte Woodys Mom, die er durch Woody kannte.

Obwohl Kipp Dorothy liebte, war sie ihm nie vollkommen bekannt gewesen, nicht bis in die tiefsten Wurzeln ihrer Psyche, so wie es bei Woody der Fall war.

Woody Bookman hatte noch nie einen Menschen so gekannt, wie er nun Kipp kannte.

Außerdem hatte Woody durch die Zusammenkunft mit Kipp in der Leitung auch sich selbst so gut kennengelernt wie nie zuvor.

Kipp konnte nach wie vor nicht sprechen und würde es auch nie können – außer durch den Gebrauch seines sechsten Sinns, durch Telepathie.

Aber der Junge sprach jetzt und war von den lähmenden Hemmungen befreit, die ihn zum Schweigen verdammt hatten. Vielleicht bedeutete dies, dass seine Entwicklungsstörung vorwiegend psychologische Gründe hatte.

Aber wahrscheinlich nicht.

Kipp wusste, dass Woody sich weiterhin die Zähne putzen würde, bis sein Zahnfleisch verschwunden wäre, wenn er nicht die Sonicare hätte.

Auch Woody wusste es.

Er würde auch weiterhin nutzlose Dinge im Kopf haben, wie etwa dass er am 26. Juli um vier Uhr morgens geboren war, dass Juli der siebte Monat war und dass 26 multipliziert mit sieben 182 ergab. Wenn man vier addierte für die Uhrzeit seiner Geburt, war die Summe 186, was zufällig seinem IQ entsprach.

Dort im Zimmer des Jungen brachen Wortschwälle aus Woody hervor, während Kipp und Ben zusahen und alle staunten. Er enthüllte tiefe Gefühle und Gedanken, die ein Leben lang in ihm gefangen gewesen waren, darunter nicht zuletzt, dass er seine Mutter liebte und bewunderte.

Er sprach von seiner Hoffnung, eines Tages einem Mädchen zu begegnen, das wie er das Zahnfleisch eines Toten im Mund trug, damit sie ein Thema hatten, über das sie sprechen konnten, und dass sie sich vielleicht irgendwann einmal küssen würden.

Er sprach davon, dass auch Hirsche Familien hatten, dass es ihnen ebenso schwerfiel wie den Menschen, ihre Familien zusammenzuhalten.

Er sagte, dass seine Mutter seine Brücke über die raue See sei.

Wenn sie *Moon River* spielte, fand er es nicht traurig, dass er diesen Fluss nie überqueren und aufbrechen würde, um die Welt zu erkunden.

Anstatt dem Moon River um die nächste Biegung zu folgen, um zu sehen, was vor ihm lag, konnte er aus Büchern mehr über die Welt erfahren und sich die ganze Welt *vorstellen*. Das genügte ihm, und er glaubte, dass sie das wissen sollte.

Er sagte, sein Dad sei vor 164 Wochen gestorben.

Er habe den Tod seines Dads seit 60 Wochen untersucht.

164 minus 60 ergab 104.

104 entsprach exakt der Seitenzahl von *Die Rache des Sohnes: Gewissenhaft gesammelte Beweise für monströse Bosheit.*

Kipp eilte zum Schreibtisch. Stellte sich auf die Hinterbeine. Nahm den von einer Aktenklammer zusammengehaltenen Bericht mit den Zähnen.

Der Hund trug das Dokument zum Bett und legte es neben Woodys Mom ab.

Es hatten sich bereits viele verrückte Dinge ereignet, aber jetzt schien alles noch verrückter zu werden.

85

Als Deputy Thad Fenton von einem raschen Ausflug zur Toilette zurückkehrte, hörte er ein lautes Klappern in Zimmer 328. Er hatte damit gerechnet, dass der Gefangene schreien, fluchen und Unsinn rufen würde, wie man es von einem völlig außer Kontrolle geratenen, mörderischen Psychopathen erwartete, aber nichts von alledem hatte er gehört, seit er seinen Posten bezogen hatte. Und jetzt das.

Fenton schaute durch das Sichtfenster in der Tür. Die Beleuchtung im Inneren war schwach, aber sie reichte aus, um zu erkennen, dass das Unmögliche geschehen war. Shacket war seinen Fesseln entkommen, hatte sich die Kanüle aus dem Arm gerissen, sich von dem Katheter befreit, durch den er in einen Behälter uriniert hatte, und seinen hinten offenen Krankenhauskittel abgeworfen. Nackt stand er vor dem einzigen Fenster und versuchte mit Gewalt, hindurchzukommen.

Das Flügelfenster besaß zwei große Scheiben, die an den senkrechten Fensterbalken befestigt waren. Nur mit einer abnehmbaren Kurbel ließen sie sich nach außen öffnen. Diese lag für gewöhnlich auf der Fensterbank, damit sie beim Herunterlassen der Jalousie nicht im Weg war. Die Kurbel war aus dem Zimmer entfernt worden, als dieses für einen psychiatrischen Patienten requiriert worden war.

Der in Schatten gehüllte Shacket war eine überraschend kräftige Gestalt. Er stemmte sich gegen die Fensterscheiben in den Metallrahmen, von denen keiner allein breit genug war, dass er hindurchgepasst hätte. Er musste beide Fensterhälften mit Gewalt öffnen, indem er den Mechanismus zerstörte. Dazu war mehr Kraft notwendig, als ein Mensch besitzen konnte. Und doch zitterten die Fensterhälften plötzlich und begannen sich mit einem metallischen Krachen und Quietschen an der Stelle zu teilen, wo die eine die andere überlagerte. Einer der bronzenen Rahmen drehte sich, Glas zersprang. Shacket stieß ein unmenschliches Brüllen aus. Ein Scharnier brach mit einem Krachen, quietschte wie ein verwundetes Tier.

Eine Krankenschwester näherte sich eilig durch den Korridor. Thad Fenton forderte sie auf zurückzubleiben. Er zog seine Pistole und versuchte die Tür zu öffnen, aber diese war natürlich verschlossen. Er öffnete sie mit dem Schlüssel, nahm die Waffe in beide Hände und stürmte in den Raum, wobei er gleichzeitig dem Gefangenen zurief, er solle sich sofort auf den Boden legen und dortbleiben.

In diesem Moment flog die linke Fensterhälfte nach außen auf und die rechte löste sich halb aus dem Rahmen. Shacket warf den glaslosen Rahmen in Fentons Richtung. Dieser duckte sich, um ihn nicht ins Gesicht zu bekommen.

Als der Deputy sich wieder aufrichtete und die Pistole hob, hockte Shacket im offenen Fenster. Er wirkte nicht weniger Furcht einflößend als ein wilder Affe, ein haarloser Affe, dessen funkelnde Augen so rot waren, als wäre sein Schädel mit Feuer gefüllt. Der Herbstwind kreischte um die nackte Kreatur, die dahockte wie ein Wasserspeier, und blies Winterkälte in den Raum, brachte die zerrissenen Gummigurte auf dem Bett zum Flattern und das Tropfgestell zum Klappern. Shacket befand sich mehr als zehn Meter über einem Betonbürgersteig, sodass es schien, als bliebe ihm kein Fluchtweg – doch dann sprang er in die Nacht hinaus, als könnte er fliegen.

Verblüfft lief Fenton zum Fenster, beugte sich in den heulenden Wind und sah hinaus, wobei er damit rechnete, den verrückten Gefangenen schwer verletzt und reglos in einer sich ausbreitenden Blutlache liegen zu sehen. Aber Shacket befand sich weder direkt unter ihm noch links von ihm noch rechts. Unglaublicherweise schien der Mann den Sturz überlebt zu haben. Deputy Fenton verlagerte seinen Blick weiter vom Gebäude weg, vorbei an einem Beet mit einem niedrigen Gebüsch, bis hin zum Besucherparkplatz, der zu dieser Uhrzeit nicht in Gebrauch war. Er suchte nach einer bleichen, nackten Gestalt, die sich in Richtung Straße bewegte. Aber auch dort draußen war Shacket nicht.

Ob Thad zuerst an die Edgar-Allan-Poe-Geschichte gedacht hatte, die ihm damals, als sein Englischlehrer sie ihnen in der neunten Klasse vorgelesen hatte, einen Heidenschrecken eingejagt hatte, oder ob stattdessen die beiden Worte zuerst durch den Wind gekommen waren und ihn an die Geschichte erinnert hatten, würde er nie erfahren. Worte und Erinnerung – oder Erinnerung und Worte – folgten einander mit nur einem Augenblick Abstand. Die Worte lauteten »Sieh mich«, der Sprecher zischte wie eine Schlange. Der Name der Geschichte lautete *Der Doppelmord in der Rue Morgue* und handelte von einem gewalttätigen Orang-Utan, der darauf dressiert war, Morde zu begehen. Thad drehte den Kopf und blickte aller Logik zum Trotz nach oben. Wie eine Spinne, für die es keinen Unterschied machte, ob sie sich auf vertikalen oder horizontalen Oberflächen befand, hielt sich Shacket unglaublicherweise am schlichten Kalkstein-Fenstersturz und dem dekorativen Ziegelwerk um ihn herum fest, drückte sich mit gespreizten Beinen an die Wand und starrte hinab. Seine Augen leuchteten, seine Zähne waren gefletscht und er hing dem Deputy Auge in Auge gegenüber.

Dann ließ der Flüchtige die Ziegelmauer los, ließ sich auf Fenton fallen und riss ihn aus dem Fenster. Zusammen fielen sie aus dem zweiten Stock, durch einen Wind, der sie nicht tragen konnte. Die Pistole rutschte aus der Hand des Deputys und Shacket stieß einen Triumphschrei aus. Thad Fenton landete mit dem Rücken auf dem Beton und aller Atem entwich aus seiner Lunge. Schmerz fuhr durch sämtliche Nervenbahnen seines Körpers, als wäre er von tausend Messern durchbohrt worden. Aber der Schmerz war kurz, ein kurzes, grausames Aufflackern der Qual, dann fühlte er unterhalb des Halses überhaupt nichts mehr, nur noch im Kopf, in seinem Gesicht. Er war gelähmt.

Vor Aufregung keuchend, mit gierigen, unartikulierten Lauten und vom Sturz scheinbar unverletzt hockte Shacket sich auf sein Opfer.

Der Deputy fühlte, wie ein Schwall warmen Blutes aus seinem Mundwinkel über sein Kinn rann.

Shacket murmelte wie ein verzückter Liebhaber und leckte die rote Essenz auf. Er senkte den Mund zur Kehle des Deputys und zerbiss dessen Fähigkeit, zu schreien oder zu sprechen, dann die Fähigkeit, zu atmen.

Für Thad Fenton gab es nichts mehr als den eisigen Wind, die schwankenden Bäume und das äußerste Entsetzen – aber nur für einen Augenblick.

86

Zuerst blätterte Megan staunend und voller Stolz das Werk ihres Sohns *Die Rache des Sohnes: Gewissenhaft gesammelte Beweise für monströse Bosheit* durch, dann jedoch mit zunehmender Beunruhigung. Ben Hawkins stellte Woody währenddessen Fragen über das Dark Web und die Website, die sich Tragedy nannte.

Megan saß auf Woodys Bürostuhl. Ihr war ein wenig schwindlig. Innerhalb von nur einer Stunde hatte sie ihren Geist für die Möglichkeit geöffnet, dass es Hunde mit gewaltig gesteigerter Intelligenz gab, hatte gesehen, wie ihr Sohn von einem hochleistungsfähigen Autisten zu einem *verdammt* hochleistungsfähigen Autisten wurde, hatte ihn zum ersten Mal seit elf Jahren sprechen gehört und noch dazu erfahren, dass irgendeine mörderische Firma aus dem Dark Web hinter ihm her war. Ihr Staunen verfinsterte sich schnell zu Verwirrung und Furcht.

Weil Dorian Purcells leidenschaftliches Interesse am Transhumanismus Jason beunruhigt hatte – nicht nur wegen der finanziellen Risiken, die der Milliardär bei der Finanzierung der Forschungen einging, sondern auch wegen der Natur dieser Forschungen selbst –, hatte er seinen Ausstieg bei Parable geplant. Als er bei dem Helikopterabsturz ums Leben gekommen war, hatte Megan ein leiser Verdacht beschlichen, jedoch nicht lange.

Als der anfängliche Schock seines Todes nachließ, war sie zu dem Schluss gekommen, dass Misstrauen lediglich ein Teil dieser Wut war, die sie nach der Nachricht über ihren Verlust gepackt hatte – Wut auf die Ungerechtigkeit, auf das Schicksal, auf Gott. Als die Wut vollständig der Trauer wich und die Trauer der Traurigkeit, als sie sich am eigenen Schopf aus dem Sumpf der Traurigkeit zog, um für Woody da sein zu können, hatte auch das Misstrauen mit der Zeit nachgelassen. Es ergab ohnehin keinen Sinn, dass ein so reicher und angesehener Mann wie Dorian alles riskiert hätte, um einen Untergebenen gewaltsam loszuwerden, es sei denn, dies hätte von Anfang an zu seinen Methoden gehört. Aber es hatte keinen Anlass zu der Annahme gegeben, dass er eine solche dunkle Seite an sich hatte.

Aber nun erfuhr sie, dass es solche Anzeichen *doch* gegeben hatte, so tief verborgen, dass nur ein zwanghaftes autistisches Genie, das von tiefer Trauer motiviert war, die Zeit und die Konzentration aufbringen konnte, sie aufzudecken.

Trotz all seiner beachtlichen geistigen Kapazitäten war Woody jedoch naiv. Ihm fehlte die Weltgewandtheit, um sich der Risiken bewusst zu sein, die er eingegangen war, als er Dorians Tarnidentität Alexander Gordius durchschaut und im Dark Web herumgeschnüffelt hatte.

Ben Hawkins sagte zu dem Jungen: »Also … was war das Letzte, was du auf dem Bildschirm gesehen hast, bevor du die Tragedy-Seite verlassen hast?«

Woody sah den Hund an, nicht den Mann. Er antwortete: »Da sind vier Wörter aufgetaucht. ›Wir werden dich finden.‹ Ich bin unter den Tisch gekrochen und habe alle Kabel rausgezogen, sogar die von der Lampe. Ich hatte Angst. Die habe ich immer noch. Ich habe etwas Dummes getan. Tut mir leid, dass ich so was Dummes getan habe.«

Megan fand es beachtlich, dass er nun sprach, als hätte er immer gesprochen, als hätte er bereits vergessen, dass gerade elf Jahre des Schweigens von ihm abgefallen waren.

Ben sagte: »Hör zu, Woody, du hast nichts Dummes getan. Du hast etwas Tapferes getan, etwas Tolles. Jedes Mal wenn du was Tapferes tust, kann es dir passieren, dass sich irgendwelche üblen Leute gegen dich stellen, weil sie Leute mit Mut nicht mögen. Jetzt, da wir wissen, mit wem wir es zu tun haben, können wir auch mit ihnen fertigwerden. Üble Leute in ihre Schranken zu verweisen ist leichter, als du denkst. Das kann sogar Spaß machen.«

Während der Junge den Hund unverwandt anstarrte, beobachtete Megan Ben – bis sie bemerkte, dass der Retriever sie beobachtete und mit dem Schwanz wedelte.

Sie erinnerte sich selbst daran, dass der Hund nicht nur ein Hund war. Kipp war auch … eine Person. Daran musste sie sich gewöhnen. Er sah, wie sie Ben anschaute, und er war aufmerksam genug, um sich denken zu können, was sie empfand.

Abrupt löste Kipp sich von Woody und tappte durch

den Raum zur offenen Tür, wo er stehen blieb und in den Flur blickte.

Es klingelte an der Tür. Es war 3:15 Uhr am Morgen, und es klingelte an der Tür. Dann ein zweites Mal.

87

Nach seinem Gespräch mit Shacket in Zimmer 328 war Carson Conroy zu aufgewühlt, zu unruhig, um nach Hause zu gehen, obwohl er von Koffein und schlechten Neuigkeiten aufgeputscht war. Seine müden Augen brannten. Er fuhr in der Stadt herum und suchte irgendetwas, aber er war nicht sicher, was es war.

Er war aus Chicago nach Pinehaven geflohen, hatte den Irrsinn der Metropole für die relative Vernünftigkeit der Sierra Nevada aufgegeben. Aber eine Wahrheit über das heutige Leben lautete, dass die Entfernung einen nicht mehr vor dem Krebs des kalkulierten Modernismus bewahren konnte. Gangmitglieder wie die, die Lissa nur zum Spaß ermordet hatten, begannen auch in Kleinstädten aufzutauchen. Die Social-Media-Meute konnte ebenso leicht das Leben eines Lehrers in einer ländlichen Gegend ruinieren wie das eines Prominenten, für echte oder für bloß eingebildete Verfehlungen. Dorian Purcell hatte in Zusammenarbeit mit einer Bundesbehörde ein leichtsinniges Forschungsprojekt zur Manipulation des menschlichen Genoms finanziert und die Arbeit ins ländliche Utah ausgelagert – aber nun starben Menschen hier.

Der Fortschritt war nur dann *wahrer* Fortschritt, wenn er eine natürliche und bewusste Weiterentwicklung war, die auf der Geschichte menschlicher Erfahrungen und der gesammelten Weisheit der Menschheit beruhte. Wenn er mit Verachtung für diese Erfahrung und Weisheit durchgesetzt wurde, war er nichts anderes als radikale Zerstörung.

Während er durch die idyllischen Straßen seiner geliebten Stadt Pinehaven fuhr, begann Carson zu begreifen, dass er versuchte, der menschlichen Hybris zu entkommen, dem endlosen Unmut derer, die an diese oder jene Utopie glaubten, obwohl die Geschichte gezeigt hatte, dass utopisches Denken unvermeidlich zu Katastrophen und industriellem Massenmord führte. Aber natürlich war es unmöglich, vor dem überheblichen Stolz und der Arroganz der menschlichen Spezies zu fliehen. Man konnte sich zurückziehen, sein Leben neu gestalten mit einem kleinen Freundeskreis, in dem niemand den Wunsch verspürte, Andersdenkende zum Schweigen zu bringen oder zu bestrafen. Mit Menschen, die wussten, welche ernste Gefahr für den Frieden von einer Geringschätzung für andere ausging, von einem übersteigerten Selbstwertgefühl, das in Prahlerei mündete. Aber es gab keine Stadt, die abgelegen genug, keine Festungsmauer, die hoch genug war, um jemanden vor verrückten Ideen zu schützen, die bei der großen Masse Anklang fanden.

Die Unsterblichkeit fand Anklang bei den Massen. Selbst wenn öffentlich bekannt wurde, dass Purcell die Forschungen finanziert hatte, die bereits zu mindestens 94 Todesfällen geführt hatten, würde man ihn im derzeitigen Meinungsklima dennoch für seine guten Absichten feiern.

Während Carson durch das Herz von Pinehaven steuerte, drang Sirenengeheul durch die windgepeitschte

Nacht. Ein Streifenwagen, der vor dem Four Square Diner geparkt hatte, fuhr mit flackerndem Blaulicht von der Bordsteinkante ab. Ein weiterer schoss aus der Gasse hinter dem Sheriffsrevier hervor und folgte dem ersten Fahrzeug.

Carson fuhr an den Straßenrand und rief Carl Fredette an, den wachhabenden Beamten. Er rechnete mit schlechten Neuigkeiten. Aber er hatte nicht damit gerechnet, dass sie *so* schlimm waren. Lee Shacket war aus seinem Zimmer im County-Krankenhaus entkommen. Deputy Fenton wurde vermisst. Man nahm an, dass der Täter ihn mitgenommen hatte. Ausgehend von dem Blut, das man am Tatort gefunden hatte, schien er entweder schwer verletzt oder tot zu sein.

In einem Fall wie diesem, in dem der Täter auf der ganzen Welt einzigartig war und sich rasch zu einer Bedrohung unbekannten Ausmaßes »verwandelte«, konnte das Gesetz keinen echten und dauerhaften Schutz bieten. Nur eine Illusion davon.

Der Sheriff hätte dies niemals zugegeben. Auch keiner seiner Mitarbeiter. Ebenso wenig die nächsthöheren Instanzen oberhalb der County-Ebene. Megan Bookman musste diese Wahrheit erfahren, und vielleicht gab es außer Carson niemanden, der sie ihr mitteilen konnte.

88 Es klingelte an der Tür. Der Hund rannte in den Flur des Obergeschosses, geriet außer Sicht, und Megan nahm ihre Pistole vom Nachttisch. Ben folgte dem Retriever und sagte: »Die brauchen Sie nicht. Kipp ist aufgeregt, aber das ist positive Aufregung. Er weiß, wer an der Tür ist, und er hat keine Angst vor ihm.«

»Wie kann er erkennen, wer an der Tür ist?«

»Anhand des Geruchs, schätze ich. Nur Hunde können einen am Geruch erkennen, aus einer Meile Entfernung oder noch viel mehr. Deshalb warten sie immer schon an der Tür auf einen, wenn man sie allein gelassen hat und wieder nach Hause kommt.«

Sie gab Woody dennoch die Anweisung hierzubleiben und folgte Ben in den Flur. »Ich werd mich trotzdem mit der Waffe an die Treppe stellen.«

Ben kannte sie bereits gut genug, um sicher zu sein, dass sie nicht leichtsinnig mit einer Schusswaffe hantierte. Er nahm zwei Stufen auf einmal und rief: »Rückendeckung kann nie schaden.«

Kipp stand am unbeschädigten Seitenfenster links von der Haustür. Er wedelte nicht nur mit dem Schwanz, sondern praktisch mit dem ganzen Körper und tänzelte vor Freude auf der Stelle.

Eine Frau in den Dreißigern hockte vor der Tür, schaute zum Hund herein, lächelte breit und sagte etwas. Ben konnte nicht alles verstehen, stellte jedoch fest, dass sie den Namen des Retrievers kannte.

Er öffnete die Tür, und sie sah zu ihm auf. »Oh! Hallo. Meine Güte, Sie haben Kipp gefunden. Mein Name ist Rosa. Rosa Leon. Ich bin Kipps … Ich bin seine Beschützerin.«

Obwohl es Ben freute, dass den Hund dieses Wiedersehen so sehr begeisterte, überkam ihn doch ein Gefühl des Verlusts. Innerhalb von weniger als einem Tag hatte sich eine Bindung zwischen ihm und diesem erstaunlichen

Retriever entwickelt. Er wollte nicht aus Kipps Leben ausgeschlossen werden, aus seiner Geschichte.

Rosa Leon kniete sich in der Diele hin und Kipp stieß sie mit der Schnauze an. »Wie um alles in der Welt haben Sie ihn gefunden?«, fragte Ben.

»Durch sein spezielles Halsband. Da ist ein GPS-Sender drin.«

Als Ben die Tür gegen den unablässigen Wind schließen wollte, hielt ein weißer Ford Explorer hinter dem Lincoln MKX, in dem Rosa Leon offenbar eingetroffen war. Der Fahrer des Fords schaltete die Scheinwerfer aus.

»Er ist kein gewöhnlicher Hund«, sagte Ben, wobei er die Tür schloss und den Ford Explorer durch das Seitenfenster beobachtete.

Rosa kraulte Kipp weiter hinter den Ohren. »O ja, er ist sehr gut erzogen. Kipp ist wirklich bemerkenswert. Er kennt so viele schlaue Tricks.«

»Er kennt mehr als nur Tricks.« Ben sah einen Mann aus dem Explorer steigen. »Dieser Junge ist kein Zirkushund. Er ist was ganz anderes.«

Die Frau stand auf und runzelte die Stirn. »Ich weiß nicht genau, wie Sie das meinen.«

»Ich bin ziemlich sicher, dass Sie das wissen«, widersprach Ben, aber er gab sich Mühe, seine Worte durch ein Lächeln abzumildern. »Sie beschützen ihn … ihn und sein Geheimnis.«

Der Neuankömmling näherte sich dem Haus.

Ben hatte eine Genehmigung, eine Waffe zu tragen, aber er hatte seine Pistole im Range Rover gelassen. »Megan, wir bekommen noch einen Gast. Können Sie mal runterkommen?«

Als er sich umblickte, um sich zu überzeugen, dass sie die Treppe herunterkam, sah er Woody am oberen Ende stehen.

Die Frau stand auf, als sie die Pistole in Megans Händen sah. »Was ist hier los, was soll das?«

»Wir sind nicht das Problem«, versicherte Ben ihr. »Aber vielleicht ist es der Kerl, der gerade zum Haus kommt. Gehen Sie zur Seite. Stellen Sie sich hinter Megan.«

Als der Mann die Veranda betrat, fragte Ben: »Megan, kennen Sie ihn?«

Sie betrachtete den Besucher durch das Seitenfenster. Dieser nickte ihr zu, und sie sagte: »Ich hab ihn schon ein paarmal gesehen. Ich glaube, er arbeitet für die Stadt oder so.«

»Halten Sie sich bereit«, wies Ben sie an und öffnete die Tür.

Der Mann zeigte ihnen seine Visitenkarte. »Ich muss mit Mrs. Bookman sprechen. Es ist dringend.«

Der Karte nach war er Dr. Carson Conroy, der Gerichtsmediziner von Pinehaven County.

»Worum geht's?«, erkundigte sich Ben.

»Lee Shacket ist aus der psychiatrischen Abteilung im County-Krankenhaus ausgebrochen.«

Kipp wandte sich ruckartig von Rosa Leon ab und lief die Treppe hinauf zu Woody.

Aus der Ferne war anschwellendes Sirenengeheul zu hören.

Bella in der Leitung

Santa Rosa, Kalifornien. Der Familienraum im Haus der Montells.

Bella musste *Der Elefant des Magiers* schließlich in das Regal zurückstellen, aus dem sie das Buch genommen hatte.

Die Geschichte war so gut, dass sie sie sich nicht durch all diese Unterbrechungen verderben lassen wollte.

Und davon gab es viele.

Ganz offensichtlich ging da draußen etwas vor.

Heute Nacht wurde Geschichte geschrieben.

Die Kultur und Geschichte des Mysteriums wurden nicht in Schriftstücken von Generation zu Generation weitergegeben. Ihre Spezies besaß keine Hände zum Schreiben.

Es war eine Kultur der mündlichen Überlieferung, wenn man telepathische Gespräche als mündlich bezeichnen konnte.

Sie gaben ihre Geschichten über die Leitung an die jungen Generationen weiter, als wären sie um ein Lagerfeuer versammelt.

Ihre Geschichte reichte lediglich vier Generationen zurück, jedenfalls soweit sie ihnen bekannt war. Etwa 50 Jahre.

Obwohl sie klug waren und die Pflege ihrer mündlichen Überlieferung als eine heilige Pflicht betrachteten, wussten sie doch, dass diese nicht hundertprozentig verlässlich war.

Immer wenn eine Geschichte unter Freunden weitererzählt wurde, wurden dabei unvermeidlich Details verändert.

Der Grund dafür war nicht, dass jemand log.

Hunde logen ohnehin nicht. Dazu waren sie nicht fähig.

Sie waren nicht sicher, weshalb sie es nicht konnten, aber so war es nun einmal.

Aber Einzelheiten veränderten sich bei einer Nacherzählung, weil ihre Gedächtnisse ebenso wie die der Menschen nicht absolut zuverlässig funktionierten.

Deshalb hatte ihre Geschichte gewissermaßen auch etwas von einem Mythos an sich.

Was ihre Wurzeln betraf, stellte jede Nacherzählung ihre Entstehung als das Werk der Menschen dar.

Der Legende nach stammte der Erste ihrer Art aus einem Genlabor. Er war aus Experimenten hervorgegangen, bei denen es um Intelligenzerhöhung gegangen war.

Man sagte, das Pentagon habe diese Forschungen finanziert.

Das Militär wollte intelligente Hunde erschaffen, die als Spione sowie als Aufklärer in der städtischen Kriegsführung dienen konnten.

Die Legenden nannten mehrere Orte in Kalifornien, an denen diese Experimente stattgefunden haben konnten.

Treu ergebene Mysterier hatten jede dieser potenziellen Wiegen ihrer Zivilisation aufgesucht, dort jedoch keine Labore gefunden.

Stattdessen fanden sie dort Wohnsiedlungen. Einen Supermarkt. Ein schäbiges kleines Einkaufszentrum. Einen Sportklub. Ein Sumpfgebiet.

Sie fanden ein Altenheim. Einen kitschigen Stripklub mit Pole-Tänzerinnen. Ein Sportgelände mit Baseball- und Fußballplätzen.

Natürlich war die Anlage möglicherweise geheim, unterirdisch oder auf andere Weise verborgen.

Doch dem Geruchssinn der Hunde konnte nichts verborgen bleiben. Ihre Nasen ließen sie auf Spuren stoßen, die kein detektivischer Scharfsinn der Welt aufspüren konnte.

Aber sie fanden keine Spur eines versteckten Labors.

Jetzt, in dieser Nacht der Nächte, in der die Leitung randvoll mit Neuigkeiten war, spürte Bella, dass Geschichte im Entstehen begriffen war. Eine andere Geschichte als die, die sie sich vorgestellt hatten.

Etwas geschah dort draußen.

Etwas Großes. Etwas Wundervolles.

Kipp hatte heute in Pinehaven einen Jungen gefunden, der die Leitung benutzen konnte.

Vulcan, ein Deutscher Schäferhund, hatte von einer bislang unbekannten Gemeinde von Angehörigen ihrer Art im südlichen Kalifornien berichtet.

Caesar und Cleo Ishigawa aus San José hatten einen Wurf von sechs gesunden Welpen zur Welt gebracht.

Nur eine halbe Stunde zuvor war bekannt geworden, dass Lucy und Ricky, die Gefährten von Nancy Peltz aus Vallejo, die Eltern von fünf Welpen waren.

Es waren an einem einzigen Tag mehr von ihrer Art geboren worden als in den letzten drei oder vier Jahren.

Und nun kam aus Oregon eine Botschaft über die Leitung, die derjenigen von Vulcan im fernen La Jolla ähnelte.

Laut einem Mischling namens Ginger lebte eine Gemeinschaft mit 40 Mitgliedern in und um die Stadt Corvallis.

Die Gruppe aus Oregon hoffte seit Langem, über die Leitung, die sie »das Netzwerk« nannten, Kontakt zu anderen Gemeinschaften aufzunehmen. Sie hatten es bereits seit Jahren erfolglos versucht – bis jetzt.

Mit jedem neuen Ereignis stieg Bellas Aufregung.

Während die Familie Montell schlief, lief Bella voller Unruhe durch das Haus.

Sie lief zu ihrem Wassernapf.

Sie lief zu der Küchenschublade, in der ihre Plätzchen aufbewahrt wurden.

Sie lief zu ihrer Spielzeugkiste in einer Ecke des Familienraums.

Aber sie wollte kein Wasser, keine Plätzchen, kein Spielzeug.

Zuerst begriff sie nicht, was sie wollte.

Dann wusste sie es. Sie wollte *rennen*.

All diese guten Nachrichten hatten eine solche Freude in ihr ausgelöst, dass sie nicht mehr stillhalten konnte.

Bella rannte durch den Familienraum. Sie sprintete durch den Flur im Erdgeschoss.

Sie raste im Wohnzimmer hin und her, sprang auf Sofas und Sessel und wieder hinunter.

Dann in die Küche. Durch die Hundeklappe nach draußen. Über die Veranda. Sie lief wieder und wieder im Garten im Kreis wie auf einer Rennbahn.

Als sie ins Haus zurückgekehrt war, ließ sie sich auf die kühlen Küchenfliesen fallen. Ihre Zunge hing ihr aus dem Maul, sie hechelte, war glücklich.

Später, nachdem sie sich erholt und etwas getrunken hatte, dachte sie darüber nach, ins Obergeschoss zu sprinten. Sie wollte Andrea und Bill wecken. Larinda, Sam, Dennis, Milly. Ihre Menschen. Ihre Lieben.

Sie sehnte sich danach, ihre Freude mit ihnen zu teilen. Aber das konnte sie nicht.

Sie wussten nicht, wie außerordentlich intelligent Bella war, sie konnte nicht sprechen und ihre Menschen konnten die Leitung nicht benutzen.

Sie liebte die Familie, und diese liebte Bella, und das war alles, was sie sich nur wünschen konnte.

Doch in diesem Moment gesellte sich die stille Traurigkeit der Einsamkeit zu ihrer großen Freude.

Die Natur war ein grünes Schlachtfeld, auf dem die Schwachen in alle Ewigkeit die Beute der Starken waren. Die Natur kannte kein Mitgefühl, die Erde ebenso wenig. Bei all ihrer Schönheit war diese doch ein harter Ort, gleichgültig gegenüber den Wesen, die ihn bewohnten.

Der *Geist* war es, auf den es ankam, der Mitgefühl kannte, der liebte. Es waren die größten Leistungen des Geistes, die diese harte Welt zum Besseren wandelten.

Geist – und Herz – hatten Menschen und Hunde Zehntausende Jahre lang miteinander verbunden. Sie hatten eine Allianz des Überlebens geformt, einen Bund der Zuneigung gegen die Dunkelheit der Welt.

Wenn der Geist der Hunde eine Veränderung durchlief, eine Aufklärung, dann würde das Bündnis zwischen ihnen und den Menschen vielleicht eines Tages noch fruchtbarer sein, als es jahrtausendelang gewesen war.

Während sie ein weiteres Bellagramm zusammenstellte, um von der Existenz der Gemeinschaft in Corvallis,

Oregon, zu berichten, hoffte sie, dass eines Tages mehr Menschen als nur der Junge Woody die Leitung benutzen würden.

Sie hoffte, dass Andrea, Bill, Larinda, Sam, Dennis und Milly sie dann vollständig kennenlernen könnten.

Sie hoffte, dass sie lange genug leben würde, um mitzuerleben, wie das Geheimnis des Mysteriums gelüftet wurde.

Sie hoffte zu erfahren, weshalb sie so auf die Welt gekommen war, wie sie war, was das alles zu bedeuten hatte, wohin das alles führte.

Aus ihrer Spielzeugkiste holte sie sich einen harten Gummiknochen, der einen interessanten Geschmack hatte.

Auch wenn sie mehr war als nur das, blieb sie doch eine Hündin.

Der Spielzeugknochen war von einem menschlichen Geist erdacht, von menschlichen Händen angefertigt und Bella als ein Ausdruck der Liebe gegeben worden, also spendete er ihr Trost, wenn sie allein war und ihre Familie schlief.

DAS MYSTERIUM

Donnerstag 4 Uhr –
danach

89

Woody war auf der Welt, wie er es nie zuvor gewesen war, beschämt weder vor sich selbst noch vor anderen. So wie er Kipp seine *Furcht* vor Nähe mitgeteilt hatte, hatte der Hund ihm sein *Bedürfnis* nach Nähe vermittelt, nach Berührung und Gemeinsamkeit. Tief in Woody angelegte Knoten waren gelöst worden. Welche Art von Knoten es gewesen war, ob psychisch, ob physisch oder beides, konnte er nicht sagen. Er wusste auch nicht, wie sie gelöst worden waren. Er wusste lediglich, dass das Mittel, das es ihm und Kipp ermöglicht hatte, sich einander zu öffnen – die Leitung –, nicht nur zwei Zwecken, sondern auch noch einem dritten Zweck diente. Sie war nicht nur ein Mittel der Kommunikation und der raschen Wissensvermittlung, sondern auch ein mysteriöses Instrument des Wandels. Intuitiv wusste er, dass Kipp begriff, was dieser dritte Zweck war und auf welche Weise die Leitung ihn erfüllte. Er wollte, dass der Golden Retriever es ihm erklärte, wollte wissen, was den gordischen Knoten des Autismus zerschlagen hatte, aber dies war nicht der richtige Zeitpunkt dafür.

In diesem Augenblick waren außer ihm noch vier andere Personen im Haus: seine Mom, Ben Hawkins, Rosa Leon und Carson Conroy. Drei von ihnen waren für ihn bis vor einer Stunde noch Fremde gewesen. Dazu kam ein Hund, der kein Fremder mehr war, der Woody so vertraut war wie dieser sich selbst. Außerdem waren Deputys überall da draußen: zwei in einem Streifenwagen vor dem Haus auf der Greenbriar Road; zwei am Ende des Gartens in einem SUV mit Allradantrieb, nahe dem Wald; zwei weitere in einem zweiten SUV, der am Fuß der hinteren Verandatreppe stand.

Nach der Sache mit Shacket, die sich zuvor abgespielt hatte, hätten all diese Menschen und all diese Aktivität Woody eigentlich erschrecken müssen, und früher hätte er sich sicher nach Schloss Wyvern zurückgezogen. Aber jetzt wollte er nicht dorthin gehen. Er glaubte, dass er vielleicht nie wieder verschwinden würde.

All diese Menschen, mit Ausnahme der Deputys, hatten sich im Wohnzimmer versammelt. Die Vorhänge waren zugezogen. Bis jetzt waren noch niemandem Kaffee oder die ausgezeichneten Muffins von Mrs. Brickit angeboten worden, denn jeder hatte etwas Dringendes mitzuteilen, vor allem Mr. Conroy. Dieser berichtete ihnen von Shackets Flucht, von Archaeen und von den 92 Toten in Springville, Utah. Miss Leon erzählte ihnen von Dorothy, Kipp und dem Mysterium, von ihrem gewaltigen Erbe und ihrer gesetzmäßigen Ernennung zu Kipps Bewacherin. Das alles war sehr aufregend, wie etwas in einer Abenteuergeschichte, aber es war auch beängstigend. Woody saß auf dem Sofa, Kipp hatte ihm den Kopf auf den Schoß gelegt. Der Junge hatte befürchtet, sich zu blamieren, als sie ihn über das Dark Web und die Seite namens Tragedy befragten, aber alles sprudelte nur so aus ihm hervor: alle Informationen, die er im Laufe der letzten 60 Wochen zutage gefördert hatte, die Genugtuung, die ihm die Suche nach Gerechtigkeit für seinen Dad bereitete. Er staunte über sich selbst. Er fragte sich ... Wenn sein Gemüse, seine Kartoffeln und sein Fleisch beim nächsten Abendessen alle auf demselben Teller wären, würde die Tatsache, dass alle Speisen einander berührten, bei ihm immer noch Übelkeit auslösen, oder würde er in der Lage sein zu essen wie ein ganz normaler Mensch?

Als alle gesagt hatten, was zu sagen war, breitete sich eine unbequeme Stille aus. Es war beinahe, als wären sie zu Autisten geworden, doch wahrscheinlich war es ihr Staunen, das sie für kurze Zeit sprachlos machte. Ganz sicher war ihr Weltbild auf den Kopf gestellt worden. Dann begannen alle außer Woody gleichzeitig zu sprechen. Sie waren sich über die Situation einig, in der sie sich befanden. Woody hatte in ein Wespennest gestochen und steckte tief in der Scheiße. Und wenn Woody tief in der Scheiße steckte, traf dies auch auf seine Mom zu. Kipp würde nicht von Woodys Seite weichen, denn dieser war der einzige Mensch, der die Leitung benutzen konnte, also steckte auch Kipp tief in der Scheiße. Weil Rosa Leon rechtlich wie moralisch für Kipp verantwortlich war, traf dies auch auf sie zu. Und auch auf den Gerichtsmediziner Mr. Conroy, denn Lee Shacket hatte ihm im Krankenhaus mitgeteilt, welche Experimente in Springville wirklich stattgefunden hatten. Sie alle waren jetzt Feinde von Dorian Purcell, der eine Null-Toleranz-Politik verfolgte, wenn es um Leute ging, die er für eine ernste Gefahr hielt.

Die einzige Person im Raum, die nicht tief in der Scheiße steckte und in der Lage gewesen wäre, einfach zu gehen und ihr Leben weiterzuleben, war Ben Hawkins. Aber dieser sagte, er habe bereits oft tief in der Scheiße gesteckt und sei wieder herausgekommen. Rückblickend sei er zu dem Schluss gekommen, dass er diese Erfahrung genossen und immer etwas daraus gelernt habe. Hier war man dabei, eine Gemeinschaft von Menschen zu bilden, die sich gegenseitig schützten, vielleicht auch eine Art erweiterter Familie. Ben bestand darauf, ein Teil davon zu sein, denn er wollte, wie er sagte, Anteil an dieser

Magie haben, die von Kipp ausging. Das mit Kipps Magie stimmte sicherlich, aber Woody sah auch, wie Ben seine Mom anschaute, und er stellte sich vor, dass er selbst auf diese Weise ein Mädchen anschauen würde, das er küssen wollte, falls ein solches Mädchen je in sein Leben trat. Es ging also keineswegs nur um Kipp.

Mr. Conroy sagte: »Megan, im Moment bietet der Sheriff Ihnen all diesen Schutz, weil er glaubt, dass Shacket vielleicht hier auftauchen wird. Sie und Ihr Junge sind ihm egal, er denkt nur an seine Karriere. Falls sie Shacket finden und erledigen, wird er diese Deputys abziehen. Und falls dann jemand von dieser Dark-Web-Firma aufkreuzt …«

»Dann stehen wir allein da«, brachte sie den Satz zu Ende.

Conroy schüttelte den Kopf. »Noch schlimmer als das. Hayden Eckman ist bereits jetzt ein Erfüllungsgehilfe, vielleicht von der NSA, vielleicht von Purcell, weil er sich nicht gegen die Abgabe der Ermittlungen an den Generalstaatsanwalt wehrt. Wenn Purcell möchte, dass diese Dark-Web-Killer ein freies Schussfeld auf Sie – und uns – haben, und versucht, Eckman zu kaufen, wird er feststellen, dass der Sheriff nur allzu bereit ist, sich kaufen zu lassen. Dann werden wir uns auf die einheimische Polizei nicht mehr verlassen können. Was die Deputys angeht, die vom früheren Sheriff Lyle Sheldrake eingestellt wurden … Nun, denen vertraue ich. Aber Eckman hat sich bemüht, Lyles beste Leute loszuwerden, und dabei die Polizeimannschaft so stark vergrößert, wie er es sich leisten konnte. Bei einigen seiner Männer muss ich sagen, wenn die hier auftauchen würden, um mich zu schützen … Dann würde ich überall sein wollen, nur nicht hier.«

»Sollten wir gehen?«, fragte Woodys Mom. »Und wohin? Mir gefällt die Vorstellung nicht, einfach wegzulaufen.«

»Es gibt keinen Ort, an dem man Sie nicht finden könnte«, gab Ben zu bedenken. »Nicht wenn Sie jemand sucht, der über Purcells Ressourcen verfügt.«

»Wir brauchen einen Plan«, sagte Woody. »Das tun die Leute in den Geschichten, wenn sie in wirklich großen Schwierigkeiten stecken. Sie denken sich einen coolen Plan aus.« Er ließ sich vom Sofa rutschen, und Kipp sprang mit ihm auf den Boden. »Mrs. Brickit hat ein paar wirklich tolle Muffins gebacken. Möchte jemand einen? Sollen wir Kaffee machen?«

Obwohl sie offensichtlich erschöpft und voller Sorge war, überraschte Woodys Mom sich selbst, indem sie plötzlich lachen musste. »Woodrow Eugene Bookman, schau dich an. Der große Gastgeber.«

Eine leichte Röte wärmte Woodys Gesicht, aber dies war eine ganz andere Art von Verlegenheit als die, unter der er so lange gelitten hatte. »Ich weiß, wie man Kaffee macht«, verkündete er und lief eilig in die Küche. Der Hund blieb ihm dicht auf den Fersen.

90

Der Wind war die Stimme des Wahnsinns, und Hayden Eckman glaubte, tief in ihm diesen Schrei eines tollwütigen Kojoten, diesen dämonischen Hyänenschrei, dieses Lachen eines bösen Clowns zu hören, das Shackets Stimme war. Der

Geflohene schien nun so schnell und unbezähmbar wie der Wind, so flüchtig wie der Regen, der seit dem vorigen Nachmittag herabprasselte, so düster wie die Nacht, in die er verschwunden war wie Graf Dracula in den alten Filmen. Er hatte seinen Umhang um sich gerafft, sich in eine Fledermaus verwandelt und in Luft aufgelöst.

Die Blutspur verlief an der Südseite des Krankenhauses entlang, nur zwölf Meter vom Punkt des Aufpralls unter dem Fenster im zweiten Stock. Der Sheriff stand am Ende der Spur mit dem Rücken zur Wand des Gebäudes und wartete, während drei Hilfssheriffs mit Tac-Light-Taschenlampen den Betonbürgersteig und den asphaltierten Parkplatz nach verräterischen roten Flecken absuchten.

Als er noch Rechtsanwalt gewesen war, hatte das größte Risiko für ihn in einem Berufsverbot bestanden. Während seiner fünf Jahre als Deputy im für gewöhnlich ruhigen Bezirk Pinehaven County hatte er kein einziges Mal seine Waffe ziehen müssen. Er hatte auch nie in die Mündung einer auf ihn gerichteten Pistole geblickt. Er hatte angenommen, dass eine vierjährige Amtszeit als Sheriff eine angenehme Angelegenheit voller Möglichkeiten der Selbstbereicherung sein würde. Verschiedene Wohltätigkeitsorganisationen und Verbände dankbarer Geschäftsleute würden ihn mit Auszeichnungen überschütten, er wäre sich des Respekts für einen Vertreter des Gesetzes sicher, ebenso wie der besonderen Aufmerksamkeit gewisser Frauen, die sich zu Männern in Uniform hingezogen fühlten.

Stattdessen stand er nach nicht einmal neun Monaten seines ersten Amtsjahres nun hier, mit dem Rücken zur

Wand und der Hand am Griff der im Holster steckenden Pistole. Er starrte nervös in die Nacht, rechnete mit dem plötzlichen Angriff eines nackten Wahnsinnigen. Nicht nur eines nackten Wahnsinnigen. Eines nackten Wahnsinnigen, der sich aus Gurten befreit hatte, die als absolut reißfest galten. Ein Mann, der einen bewaffneten Hilfssheriff überwältigt hatte, der 1,93 Meter groß war und 95 Kilogramm wog. Ein Mann, der einen Sturz aus dem zweiten Stock auf einen betonierten Gehweg überlebt und danach einen toten oder verkrüppelten Polizisten davongeschleppt hatte zu einem Zweck, über den man lieber nicht nachdenken wollte.

Da er nun 300.000 Dollar und ein Vermögen in Diamanten im Kofferraum seines Streifenwagens hatte, dachte der Sheriff anders über die Zukunft nach, als er es noch bei seiner Kandidatur für das Amt des Sheriffs getan hatte.

In den letzten zwölf Stunden hatte Chaos geherrscht. Drei Morde, ein von einem Biss schwer verletzter Deputy, die Terrorisierung von Megan Bookman und ihrem Sohn, und sie alle waren die Opfer des einzigen Mannes, der der Katastrophe in Springville entkommen war. Es würde Ermittlungen auf Staatsebene, vielleicht sogar auf Landesebene geben. Solange Hayden Eckman im Amt blieb, hatte er einen gewissen Einfluss auf die Ergebnisse dieser Ermittlungen. Wenn er sein Amt niederlegte, könnten diejenigen Bürokraten und Politiker, denen die Wahrheit noch weniger wichtig war als ihm, ihn leicht zu ihrem Sündenbock machen.

Weitere Grübeleien über eine düstere Zukunft blieben ihm erspart. Denn ein Deputy namens Freeman Johnson kam eilig zu ihm und informierte ihn, dass ein Uniform-schuh von Thad Fenton, dem verschleppten Deputy, der Lee Shacket bewacht hatte, an der Ostseite des Kranken-hausgeländes gefunden worden sei.

Sheriff Eckman hatte keinerlei Lust, dieser Sache nach-zugehen, obwohl Johnson ihn begleitete, beide Männer die Hände an ihren Pistolen hatten und noch zwei wei-tere Männer am Fundort des Schuhs auf sie warteten. Er hätte es vorgezogen, den Fall an eine höhere Stelle abzu-geben. Aber er war der höchstrangige Gesetzeshüter in Pinehaven County, eine bedauernswerte Folge davon, dass er die Wahl gewonnen hatte.

Der Sonderparkplatz östlich des Krankenhauses war für die Angestellten reserviert. Der Wind pfiff und zischte über die polierten Flanken von mindestens zwei Dut-zend Fahrzeugen, zwischen denen – oder in denen – sich Shacket verstecken konnte. Die beiden Deputys, die die Autos rasch durchsucht hatten, versicherten ihm, dass der Geflohene nicht dort sei. Aber es waren Männer, die Eckman aufgrund ihrer fehlenden Neugier und ihrer blinden Loyalität eingestellt hatte, und er traute ihnen keine gründliche Suche zu.

Freeman Johnson, ein Übriggebliebener aus Sheldrakes Amtszeit, der zuvor Shacket mit dem Viehstock in die Knie gezwungen hatte, war schon vertrauenerweckender. Er war derjenige, der den Schuh gefunden hatte. Johnson führte sie an den Autos vorbei vom Parkplatz auf eine Anliegerstraße, die das Gelände umgab.

Auf dieser Straße lag der Schuh auf der Seite, die Schnürsenkel hatten sich gelöst. Im Schein von Johnsons Tac-Light-Lampe war es ein beinahe mitleiderregender

Anblick, als gehörte der Schuh einem entführten Kind, das seine Eltern nie wiedersehen würde. Abgesehen von der Tatsache, dass es Schuhgröße 45 war.

Auf der anderen Straßenseite befand sich in einem separaten Gebäude die gasbetriebene Heiz- und Kühlanlage mit einem Vier-Leiter-Ventilatorkonvektorsystem, mit dem sich für jedes Patientenzimmer, jeden Chirurgieraum und jedes Büro eine unterschiedliche Temperatur einstellen ließ.

Freeman Johnson sagte: »Da ist er. Dahin hat er Thad Fenton gebracht. Darauf verwette ich meine Pension.«

Die Heizanlage befand sich in einem Gebäude, das aus grau gestrichenen Steinen und einem Metalldach bestand. Innen befanden sich Boiler, Kühlapparate und ein Labyrinth aus anderen Maschinen, darunter auch ein Kühlturm. Durch einen Tunnel unter der Straße und dem Parkplatz wurde der Klimaanlage des Krankenhauses sehr kaltes Wasser zugeführt, durch einen anderen Tunnel sehr heißes. Zwei andere Rohre führten das verbrauchte Wasser zu diesem Gebäude zurück, wo es gefiltert, erneut aufgeheizt oder abgekühlt und recycelt wurde. Es gab nicht viele Fenster, und zu dieser Uhrzeit war die Hälfte von ihnen dunkel. Eine dicke Dampfsäule, die von einem Teil des Kühlturms aufstieg, wurde vom Wind zerrissen und in der Nacht zerstreut wie eine dahinschwindende Prozession verdammter Seelen.

Sheriff Eckman wollte dieses Gebäude nicht betreten. Es hätte ebenso gut mit einem Neonschild mit der Aufschrift ›Tritt ein und stirb‹ versehen sein können. Freeman Johnson, der während seiner langen Dienstzeit immer getan hatte, was getan werden musste, war bereit, seine Pistole zu ziehen und den Bau zu durchsuchen. Die Deputys Hardy und Drew waren nicht nur bereit, sondern begierig darauf, Shacket der Gerechtigkeit zuzuführen, denn sie waren dumm.

Hayden Eckman machte zwei Anrufe. Mit dem ersten rief er Verstärkung. Er wollte zwei weitere Männer, beide mit Schrotflinten. Außerdem rief er den Leiter der Nachtschicht im Krankenhaus an, um zu erfahren, wer vielleicht zu dieser späten Stunde noch in der Heiz- und Kühlanlage arbeitete.

Die Leiterin Janet Feigh antwortete: »Tagsüber sind dort drei Mitarbeiter, aber für die Nachtschicht nur einer. Eric Norseman.«

Während der Sheriff mit seinem Team auf die Deputys mit den Flinten wartete, beschlichen ihn dunkle Vorahnungen.

91 Als John Verbotski und Bradley Knacker nach ihrer Fahrt vom verlassenen Einkaufszentrum in Sacramento auf der Greenbriar Road eintrafen, hatten ihre Mitarbeiter bei Atropos & Company bereits Nachforschungen über die Lage in Pinehaven angestellt. Sie versorgten sie mit den benötigten Informationen, die sie erhalten hatten, indem sie das Kommunikationssystem des County-Sheriffs gehackt hatten, ebenso die Grundbücher in den Computerverzeichnissen des Finanzamts, das Wählerverzeichnis sowie die Geburts- und Sterbeurkunden.

Um 4:43 Uhr fuhren Verbotski und Knacker nördlich der Greenbriar Road in ihrem Cadillac Escalade am

Haus der Bookmans vorbei. Die Fahrzeuge des Sheriff's Department und die Wache haltenden Deputys waren keine Überraschung für sie. Unterwegs hatten sie vom flüchtigen Lee Shacket, dessen Gewalttaten in diesem Haus, seiner Festnahme und der darauffolgenden Flucht erfahren. Ihr Kunde Alexander Gordius hatte diese Komplikationen nicht erwähnt; offenbar wusste er nichts davon.

Während sie ein zweites Mal in südlicher Richtung am Haus vorbeifuhren, wählte Bradley Knacker die derzeitige Nummer von Gordius. Keine Antwort.

»Er wollte zu seinem Hotel zurückfahren und sich aufs Ohr hauen«, erinnerte ihn Verbotski.

»Kann sein, dass wir ihn für eine Weile nicht erreichen können.«

»Weißt du, in welchem Hotel er ist?«

»Nein. Das verrät er mir nicht, weil ich dann versuchen könnte, an die Gästeregistrierungen heranzukommen und seinen echten Namen herauszufinden, oder den falschen, unter dem er sich angemeldet hat.«

Das einzige Geschäft, das sich für Atropos & Company noch mehr lohnte als Auftragsmorde, war die Erpressung ausgewählter Kunden, die die Firma für das Töten von Menschen bezahlt hatten. Gordius, wer immer auch hinter diesem Namen steckte, hatte stets sorgfältig darauf geachtet, dass keinerlei Rückschlüsse auf seine wahre Identität gezogen werden konnten. Für jede Kontaktaufnahme benutzte er ein anderes Einwegtelefon. Sie hatten zwar versucht, an seine Fingerabdrücke zu kommen, aber er schien keine zu haben. Vielleicht hatte er sie sich mit Säure und CO_2-Laserbehandlungen entfernen lassen.

Verbotski hatte selbst einmal darüber nachgedacht, dieses Verfahren zu nutzen.

»Also, was jetzt?«, fragte Knacker. Er war der Jüngere der beiden und hatte weniger Geduld, wenn das Timing eines Plans geändert werden musste. »Sitzen wir jetzt einfach rum und warten, bis wir dieses Arschloch erreichen können?«

»Nein. Richten wir unsere Operationsbasis ein. Machen wir uns bereit zuzuschlagen. Und man sollte einen Kunden nie als Arschloch bezeichnen.«

»Nicht mal wenn er eins ist?«

»Gerade dann nicht.«

Die Auftragsmord-Firma Tragedy war mit stumpfer Gewalt vorgegangen. Atropos & Company präsentierte sich als ein Unternehmen für aggressive Problemlösungen der gehobenen Klasse. Zur Aufrechterhaltung dieses Images war ein gewisses Maß an Zurückhaltung und Einhaltung der Etikette nötig.

Sie mussten diskret vorgehen, denn sie waren hier, um ins Bookman-Haus einzubrechen, Mutter und Sohn gefangen zu nehmen, bei ihrem Verhör zu assistieren, sie schließlich zu töten und ihre Überreste so zu entsorgen, dass man sie niemals finden würde. Hätten sie in einer kleinen Stadt wie Pinehaven in einem Motel eingecheckt, hätten sie auch bei Benutzung von Tarnidentitäten eine Spur hinterlassen, der Ermittler leicht folgen konnten.

Stattdessen hatten sie in den Steueraufzeichnungen ein Grundstück an der Greenbriar Road ausfindig gemacht, etwa eine Meile südlich des Bookman-Anwesens. Der Name des Besitzers lautete Charles Norton Oxley, und diesem gehörte das Grundstück seit 49 Jahren. Mr. Oxley stand seit 56 Jahren im Wählerverzeichnis des Countys, daher deutete alles darauf hin, dass er mindestens 77 Jahre alt war.

Das einstöckige Haus im Ranch-Stil stand ein Stück vom Highway entfernt im Schatten einiger Zedern. Schon jetzt, ein paar Minuten nach fünf Uhr morgens, war hinter den Fenstern Licht zu sehen.

An der Interstate 80, südlich von Colfax, hatten sie an einer Raststätte gehalten. Die sanitären Anlagen dort waren so verdreckt wie diejenigen in den heruntergekommensten öffentlichen Schulen des Bundesstaats. Nachdem sie ihre Aktenkoffer in die Herrentoilette getragen und das Risiko lebensbedrohlicher Infektionen abgeschätzt hatten, waren sie zum Parkplatz zurückgekehrt und hatten sich an der offenen Heckklappe des Escalade bis auf die Unterwäsche ausgezogen. Sie waren in schwarze Anzüge mit weißen Hemden und schwarzen Krawatten geschlüpft – der FBI-Look, den sie sich zunutze machten, wenn sie jemanden täuschen mussten. Und das mussten sie meistens.

Mehr als eine Stunde vor Sonnenaufgang gingen sie nun auf die Tür des Hauses von Mr. Oxley in Pinehaven County zu, ungewöhnlich adrett gekleidet für diese Tageszeit und unbeeindruckt vom starken Wind. Knackers Haare waren kurz und daher unmöglich zu zerzausen, während Verbotskis volles Haar bei Wind sogar besser aussah als im gekämmten Zustand. Ihre Anzüge hatten einen guten Schnitt und bestanden aus den feinsten Stoffen, sodass sie selbst bei Sturm in Form blieben.

Das beleuchtete Klingelschild war ein halbes Jahrhundert neuer als das Haus und enthielt offensichtlich eine Kamera.

Verbotski lächelte hinein.

Knacker war zu ungeduldig, um ein falsches Lächeln aufzusetzen. Er war zwar ein verlässlicher, in der Kunst des Tötens geschulter Partner, aber er wirkte und verhielt sich zu sehr wie ein Meuchelmörder. Aber Verbotski hatte beschlossen, Bradley Knackers Mentor zu sein, weil er an die ernsthafte Absicht des jüngeren Mannes glaubte, in seinem Beruf so gut wie möglich zu werden. Heutzutage fehlte es einem großen Teil der jüngeren Generation an einer ernsthaften Arbeitsmoral. Weil sie die meiste Zeit ihres Lebens mit Technik und sozialen Medien verbrachten, hatten sie die Aufmerksamkeitsspanne eines Chihuahuas mit ADHS. Knacker war in der Lage, sich zu konzentrieren, und von harter Arbeit ließ er sich nicht abschrecken. Wenn er nur in der Lage gewesen wäre, etwas freundlicher zu blicken, irgendwie ein glaubwürdiges Lächeln zustande zu bringen und statt seiner Draufgängerhaltung etwas Geduld an den Tag zu legen, hätte er den perfekten Partner beim Töten abgegeben.

Das Licht im Hauseingang schaltete sich ein, und aus dem Lautsprecher bei der Klingel fragte eine Stimme: »Was wollen Sie?«

»Mr. Oxley? Mr. Charles Oxley?«, fragte Verbotski und hob die Stimme, um den Wind zu übertönen.

»Wer will das wissen?«

Verbotski hielt seine gekonnt gefälschte Dienstmarke mit seinem Foto vor die Türkamera und sagte: »Special Agent Lewis Erskine, FBI. Wir müssen Ihnen ein paar Fragen stellen.«

»Noch vor Sonnenaufgang, verdammt noch mal?«

»Wir hatten gesehen, dass bei Ihnen Licht brennt.«

»Was für Fragen denn bitte schön? Fragen worüber?«

»Es hat diese Nacht einen schlimmen Vorfall auf dem Grundstück der Bookmans gegeben.«

»Die ganze Nacht hab ich die verfluchten Sirenen gehört, wie soll man da schlafen? Ich hab keinen blassen Schimmer, was da passiert ist. Ich hab verdammt noch mal genug eigene Probleme. Seit 14 Monaten hab ich keine Sozialhilfe mehr gekriegt. Hauen Sie ab.«

Bradley Knacker war deutlich anzusehen, dass er am liebsten das Schloss zerschossen und die Tür aufgebrochen hätte.

Lächelnd und nickend antwortete Verbotski dem Klingelschild: »Was gibt es denn für Probleme mit Ihrer Sozialhilfe, Sir? Vielleicht können wir helfen.«

»Die haben vor 14 Monaten aufgehört, mir meinen Scheck zu schicken, haben gesagt, ich wäre tot. Hör ich mich für Sie tot an?«

»Nein, aber Ihre Frau ist vor 14 Monaten gestorben.«

»Woher zum Teufel wissen Sie das?«

Verbotski brachte ein überzeugendes kleines Lachen zustande, schüttelte den Kopf und erwiderte: »Wir sind das FBI, Sir. Wir wissen so ziemlich alles. Und wir sind hier, um zu helfen.«

Für einen langen Augenblick sagte Charles Oxley nichts. Als ein Bürger des modernen Staats hatte er unzählige Gründe zu der Annahme, dass aus einem kleinen Machtmissbrauch rasch ein tödlicher Exzess werden konnte. Wenn ein Vertreter des Staats behauptete, er komme, um zu helfen, lag das Risiko, dass er in Wahrheit gekommen war, um zu strafen und zu plündern, bei mindestens 70 Prozent. Aber im menschlichen

Herzen gab es ein perverses Verlangen danach, die Kontrolle an diejenigen abzugeben, die ein Recht auf Macht beanspruchten und ihre guten Absichten verkündeten. Man wollte an etwas *glauben*, selbst wenn dieses Etwas ein Schwarm ohne menschliche Ordnung oder eine Maschine ohne Gesicht war. Wie Verbotski erwartet hatte, entriegelte und öffnete Charles Oxley die Tür und ließ sie herein.

Oxley war etwa 1,70 Meter groß, ein dürrer Gockel von einem Mann. Seine Miene war schwer gezeichnet von Verlust und Leid oder von einem exzessiven Lebensstil. Seine Nase war ein gebrochener Schnabel, das Starren seiner blauen Augen trotzig.

Trotz seiner geringen Größe konnte er einmal ein erfolgreicher Kämpfer gewesen sein, jedenfalls kein leichtes Opfer. Aber er war ein halbes Jahrhundert älter als Bradley Knacker und mindestens 30 Kilogramm leichter.

Der jüngere Mann versetzte ihm einen Faustschlag in den Bauch, der Oxley von den Beinen riss und ihn rückwärts an die Wand schleuderte.

Bevor Knacker Oxley ein- oder zweimal ins Gesicht schlagen konnte, mahnte Verbotski: »Wir können kein Blut auf dem Teppich gebrauchen, falls jemand vorbeikommt und wir keine andere Lösung sehen als die Tür aufzumachen.«

Knacker packte den benommenen, würgenden alten Mann an den Schultern, schob ihn in die Küche an der Rückseite des Hauses und stieß ihn in einen Stuhl am Frühstückstisch.

Verbotski fand die Kellertür, schaltete das Licht ein

und stieg hinunter, um sich umzusehen. Er sah einen ölgeheizten Ofen. Eine Explosion und ein Feuer wären leicht zu bewerkstelligen.

Als er in die Küche zurückkehrte, meldete Knacker: »Er sagt, er hat keine Kinder und ist mit keinem der Nachbarn befreundet.«

Erwachsene Kinder sowie Nachbarn waren immer die wahrscheinlichsten unangekündigten Gäste.

In einer an die Küche angrenzenden Dreckschleuse fand Verbotski einen langen Wollschal, der an einem Haken hing. Noch besser waren jedoch einige Verlängerungsschnüre in einer Werkzeugschublade. Er nahm eine der Schnüre mit in die Küche und erwürgte Oxley damit.

Zusammen warfen er und Knacker die Leiche die Kellertreppe hinunter. Verbotski schaltete das Licht aus. Knacker schloss die Tür.

Die beiden gingen durch das Haus, ließen alle Jalousien herunter und zogen alle Vorhänge zu, die noch nicht zugezogen waren.

In der für zwei Wagen ausgelegten Garage stand nur ein Ford Expedition. Verbotski fuhr den Escalade auf die freie Parkfläche und schloss diese Seite des Garagentors mit einer Fernbedienung, die er in Oxleys Fahrzeug gefunden hatte.

Als Verbotski wieder ins Haus kam, war Knacker dabei, Kaffee zu kochen.

Weil vier Männer nötig waren, um diesen Auftrag auszuführen, würden zwei weitere Mitglieder von Atropos & Company Reno bald in einem schwarzen Suburban verlassen, der mit der benötigten Ausrüstung beladen war. Sie würden in drei oder vier Stunden hier sein.

Verbotski rief in Reno an. Er listete die Gegenstände auf, die sie brauchen würden, um den Ölofen so zu manipulieren, dass man den Ausbruch des Feuers einem Unfall zuschreiben würde.

Zur Tarnung und zur Geldwäsche betrieb das Dark-Web-Unternehmen namens Atropos & Company auch noch eine Hightech-Sicherheitsfirma namens Supersafe Tomorrow. Das Hauptquartier dieser Firma lag in Reno, weil die Steuergesetze von Nevada beträchtliche Vorteile boten.

»Der Kaffee riecht toll«, bemerkte Verbotski.

»Der alte Sack hatte eine gute jamaikanische Sorte«, erwiderte Knacker. »Ich habe noch einen Teelöffel Zimt mit reingetan.«

92 Innerhalb von weniger als einem Tag war Rosa Leon aus den bedrückenden Verhältnissen der Mittelklasse zur Klasse der Wohlhabenden aufgestiegen. Aus ihrer stillen Akzeptanz der Härte der Welt war ein Glaube an deren magisches Wesen geworden, aus einem gewöhnlichen Leben eines voller Abenteuer. Sie war erstaunt über ihre eigene Flexibilität.

Mrs. Brickits Muffins waren aufgegessen, der Kaffee ausgetrunken. Aufgrund von Ben Hawkins' Kenntnissen der Strategie und Taktik des Krieges war überraschend schnell eine Art Plan entworfen worden. Sie rechneten damit, dass schon bald böse Menschen von der Firma Tragedy eintreffen würden – *wir werden dich finden*. Außerdem gingen sie davon aus, dass ihnen Sheriff Hayden aufgrund seiner

Inkompetenz und Bestechlichkeit keinen brauchbaren Schutz bieten konnte.

Rosa saß in einem der zwei Gästezimmer auf dem Bett. Sie hatte bereits ihren Beitrag geleistet, indem sie mit ihrem iPhone Dorothy Hummels Anwalt Roger Austin angerufen hatte – nun, eigentlich war er nun *ihr* Anwalt. Sie wusste, dass er immer früh aufstand, noch vor dem Morgengrauen. Von Kipp sprach sie nicht, weil Roger das Geheimnis des Hundes nicht kannte. Aber sie erzählte ihm kurz und bündig die unglaubliche Geschichte von Woodys Ermittlungen zum angeblichen Unfall seines Vaters. Dabei verschwieg sie die Bedrohung, die von den Betreibern von Tragedy ausging. Sie bat Roger, das Dokument mit dem Titel *Die Rache des Sohnes: Gewissenhaft gesammelte Beweise für monströse Bosheit* sicher zu verwahren, das Megan ihm in diesem Augenblick per E-Mail schickte. Außerdem bat sie ihn, es zu lesen und es noch zwei weiteren Personen aus dem Rechtswesen zukommen zu lassen, Richtern oder Polizisten, von denen er mit Sicherheit wusste, dass sie nicht korrupt waren.

»Aber wie sind Sie denn Mrs. Bookman und ihrem Sohn begegnet?«, fragte Roger mit seiner tiefen, wohltönenden Stimme, die ihr Vertrauen eingeflößt hätte, selbst wenn sie ihn nicht gekannt hätte. »Ich habe Sie noch nie von ihnen reden hören.«

»Oh, die kenne ich schon eine ganze Weile. Kommt mir wie eine Ewigkeit vor. Hören Sie, Roger, ich habe Ihnen nicht gesagt, wer für den Tod von Woodys Vater verantwortlich ist. Auf den Namen werden Sie stoßen, wenn Sie seine Nachforschungen gelesen haben, und Sie werden staunen. Der Mann ist mächtig und sehr wohlhabend. Sie werden sich vielleicht fragen, ob Woody sich da eine Fantasiewelt zusammengesponnen hat. Aber ich versichere Ihnen: Das ist nicht der Fall. Zusätzliche Beweismittel werden noch folgen.« Sie konnte der Versuchung nicht widerstehen, noch hinzuzufügen: »Ich will Sie nicht auf den Arm nehmen, Roger. Sobald Sie das Dokument gelesen und darüber nachgedacht haben, werden wir dringend Ihren Rat brauchen, wie wir vorgehen müssen, damit das, was Woody entdeckt hat, geglaubt wird und Taten zur Folge hat. Es sieht so aus, als wären Megan und der Junge nicht mehr sicher, bis die Geschichte an die Presse gegangen ist.«

Mit dem Ende dieses Anrufs war ihr unmittelbarer Beitrag zum Gelingen des Plans erfüllt, doch sie hatte am kommenden Nachmittag noch eine andere Aufgabe zu erledigen. Nun streckte sie sich jedoch auf dem Gästebett aus und hoffte, noch etwas Ruhe zu finden, um Kraft zu schöpfen für das, was vor ihr lag. Aber sie bezweifelte, dass sie nach all der Aufregung schlafen konnte. Trotz ihrer Zweifel schlief sie ein.

93 Während Rosa mit Roger Austin telefonierte, befand sich Carson Conroy im Osten von Pinehaven. Er war im Haus seines Freundes Harry Borsello. Dieser wollte gerade in die Stadt fahren, um die Abwicklung des morgendlichen Ansturms auf sein Restaurant, den Four Square Diner, zu beaufsichtigen. Außerdem wollte er dort frühstücken.

Carson und Harry waren Freunde, nicht nur weil sie beide gern Speck aßen, sondern weil sie im gleichen

Pokerklub waren, in die gleiche Kirche gingen, ihre Liebe zur Natur teilten und beide Witwer waren. Vor drei Jahren hatte Harry seine Frau Melissa verloren. Sie war keinem sinnlosen Drive-by-Shooting, sondern einer sinnlosen Krebserkrankung zum Opfer gefallen. Carson half ihm dabei, die schlimmste Trauer zu bewältigen.

Als er Harry zur Scheune im hinteren Bereich des Grundstücks folgte, wälzten sich Wolken über ihnen am Himmel dahin, die Kiefern schwankten und alle Kreaturen der Nacht hockten in ihren Nestern und Löchern, als würde die langsam anbrechende Morgendämmerung den letzten Tag der Erde bringen.

Der Vorbesitzer hatte die Scheune als Stall benutzt. Harry Borsello jedoch hatte Angst vor Pferden, liebte dagegen Pferdestärken und interessierte sich für komfortables Camping. Deshalb hatte er die Ställe entfernt, um Platz für seine Sammlung zu schaffen: ein 1970er Ford Mustang Mach 1 Twister, ein Coupé mit Schrägheck; eine 1976er Corvette Stingray; ein 1968er Pontiac GTO; ein 1971er Dodge Charger Magnum V8; ein neuer Ford F150 Pick-up mit Doppelkabine; ein elf Meter langer Fleetwood Southwind.

Zweimal hatten sie sich gemeinsam eine Woche freigenommen und waren mit dem Wohnmobil verreist, einmal nach Yosemite im Süden, einmal zum Shasta Lake nach Norden, wo man gut angeln konnte. Carson hatte sich das Gefährt einmal für eine Solotour durch Nevada und Utah ausgeliehen. Nun hatte er vor, es wieder zu tun.

Während Harry das Licht in der Scheune einschaltete und die mannshohe Tür hinter ihnen schloss, fragte er: »Wohin willst du denn diesmal fahren?«

»Ich hab mich noch nicht entschieden«, antwortete Carson. Er bereute seine Lüge, obwohl es besser für Harry war, nicht zu wissen, welchem Zweck sein Fahrzeug dienen würde. »Nur ein paar Tage, vielleicht rüber nach Mendocino. Ich würde gern an die Küste fahren.«

»Da soll es viel weniger windig sein als hier«, sagte Harry. »Und wenn es regnet, zieht der Regen nach Südsüdost weiter, also wird der Himmel bei dir klar sein.«

Die massiven Dachsparren knarrten, als Harry Carson den Schlüssel reichte und das große Tor mit einer Fernbedienung öffnete. Auf der Dachspitze drehte sich eine große Wetterfahne in Form eines galoppierenden Pferdes mit einem Kreischen und rhythmischen Klappern, als würde das Pferd einen grimmigen Reiter der Apokalypse auf dem Rücken tragen.

»Ich fahr deinen Explorer hier rein, wenn du weg bist«, versprach Harry. »Falls du den Fleetwood zu Schrott fährst, bring dich um Gottes willen nicht um deswegen. Ich brauch dich lebend, damit du mir einen neuen kaufen kannst.«

»Bist ein echter Kumpel, Harry.«

»Die Pokernacht würde mir auch keinen Spaß mehr machen, wenn ich dich nicht regelmäßig bis aufs letzte Hemd ausziehen könnte.«

»Ist mir schon klar, dass du mit deinem Schnellimbiss kein Geld verdienst«, konterte Carson. »Deswegen lass ich dich beim Kartenspielen gewinnen. Ich bin einfach ein barmherziger Samariter.«

Mit dem Fleetwood Southwind fuhr er auf direktem Weg nach Hause und parkte in der Einfahrt. Dann lief er mehrmals zwischen seinem Haus und dem Wohnmobil hin und her, belud den Kühlschrank im Wagen mit Wasserflaschen, Coca-Cola und vier Peperoniwurst-Käse-Pizzen aus seinem Kühlfach.

Vom Kaminsims im Wohnzimmer nahm er eines der kleineren Fotos von Lissa, um es mitzunehmen. Er zog das Bild aus dem Rahmen und schob es sich in eine Jackentasche, ohne es zu falten.

Obwohl möglicherweise eine gewalttätige Konfrontation bevorstand, glaubte Carson nicht, dass ihn jemand töten würde, bevor der Donnerstag in den Freitag überging, in 18 Stunden. Dennoch wollte er das Foto von Lissa bei sich haben, damit er es im Augenblick vor seinem Tod betrachten konnte, falls es dazu kam.

94 Zur gleichen Zeit, als Rosa Leon sich schlafen legte und Carson Conroy sich Harry Borsellos Wohnmobil auslieh, steuerte Ben Hawkins erst seinen Range Rover, dann Rosa Leons Lincoln MKX auf die beiden freien Stellplätze in der Vier-Wagen-Garage, die an das Haus der Bookmans angrenzte.

Vielleicht hatte Carsons ätzende Bemerkung über Sheriff Hayden Eckman Bens Reaktion auf die Deputys beeinflusst, doch irgendetwas an ihrem Auftreten, ihren ausdruckslosen Mienen und ihren eisigen Blicken ließ ihn annehmen, dass sie nicht nur hier waren, um ihnen Schutz vor Shacket zu bieten. Sie waren auch hier, um die Personen im Haus zu überwachen.

Er nahm einen Aktenkoffer aus seinem Rover. Er trug ihn nach oben ins zweite Gästezimmer. Abgesehen von Kleidung und Toilettenartikeln enthielt der Koffer seine Pistole, eine Nighthawk Custom .45 ACP. Rahmen, Schlitten, Lauf, erweiterter Magazinschacht, Magazinhalteknopf und Verschlussfang waren geschmiedet, nicht gegossen. Das Ding wirkte wie eine feste Einheit, als hätte es eine 3-D-Druckmaschine ausgespuckt, die erst in 100 Jahren existieren würde. Es war die präziseste und zuverlässigste Handfeuerwaffe, die er je benutzt hatte.

Er setzte sich aufs Bett, um die Waffe sowie ein Zusatzmagazin zu laden. Er hängte sich ein Kydex-Holster an den Gürtel und schob die Pistole hinein. Vorerst hatte er nicht die Absicht, die Waffe unter einer Jacke zu verbergen. Er hatte eine Lizenz zum offenen Tragen von Waffen. Falls einer der Deputys auf dem Grundstück oder einer derjenigen, die sie ablösen kamen, finstere Absichten hegte, würde die Aussicht auf Widerstand sie davon abhalten, eine Dummheit zu begehen.

Im Motel in Olympic Village hatte er nur eine Stunde geschlafen, bevor Kipp ihn geweckt hatte. Er würde bald mehr Schlaf benötigen, wenn er voll einsatzbereit sein wollte, wenn die Dark-Web-Killer kamen. Falls die Verbrecher, die hinter Tragedy steckten, nicht selbst kamen, um ihr Chaos aufzuräumen, würde es jemand anderes tun. Wenn Dorian Purcell imstande war, Geschäfte mit Auftragsmördern zu machen, war er sicher noch zu ganz anderen extremen Maßnahmen bereit.

Bevor er schlief, wollte Ben jedoch einen Rundgang durchs Haus machen, um mit den verschiedenen Räumen vertraut zu werden, zu prüfen, ob Türen und Fenster über angemessene Schlösser verfügten, und die wahrscheinlichste Route auszumachen, die ein Feind bei einem Überraschungsangriff wählen würde.

Um Rosa Leon nicht zu stören, betrat er das erste Gäste-zimmer nicht, aber in den anderen Zimmern stellte er fest, dass die Fenster im Obergeschoss nicht mit der Alarm-anlage verbunden waren, abgesehen von denjenigen, die sich über einem Verandadach befanden. Diejenigen, die von außen nur über eine Leiter erreicht werden konnten, waren nicht verkabelt. Das war eine übliche, aber leicht-sinnige Praxis vieler Sicherheitsfirmen. Er würde eine halbe Stunde – und Megans Zustimmung – brauchen, um die beweglichen Fenster festzunageln. Es blieb nicht genug Zeit, um die Firma diese Fenster an das System anschließen zu lassen.

Megan saß unten im Arbeitszimmer am Schreibtisch und las Woodys 104-seitigen Bericht. Ben wollte sie nicht stören. Er stellte fest, dass die Türen und Fenster im Erd-geschoss relativ gut gesichert waren. Man würde Schei-ben einschlagen müssen, um ins Haus zu kommen. Es gab Glasbruchsensoren, außerdem Notakkus, die die Funktion des Systems noch für einige Stunden aufrecht-erhalten konnten, falls die öffentliche Stromzufuhr aus-fiel.

Fasziniert betrachtete er ihre Kunstwerke, die im seit-lichen Flur aufgehängt waren. Am meisten fesselte ihn das halb fertiggestellte Gemälde – Woody, der im Mond-schein die Hirsche fütterte.

Als er dieses Gemälde sah, wagte er zu glauben, dass er die Frau gefunden hatte, nach der er sein Leben lang gesucht hatte. Er war ein Romantiker; das leugnete er nicht und dafür entschuldigte er sich nicht. Trotz vieler merkwürdiger Eigenheiten hatten die Eltern von Brenaden Septimus Hawkins sich geliebt und drei ausgeglichene und glückliche Kinder großgezogen, auch wenn diese seltsame Namen trugen. Er wollte keine Frau, die wie seine Mom war, und er selbst unterschied sich von seinem Vater, aber er hoffte auf ein Zusammensein, das so harmonisch war wie bei ihnen. Megan hatte es ihm schon auf den ersten Blick angetan, aber er war kein Mann, für den das Äußere am wichtigsten war. Dafür hatte er zu viele Erfahrungen mit Frauen gesammelt, deren äußere Schönheit lediglich eine innere Hässlichkeit maskierte – oder, was noch schlimmer war, eine Geistlosigkeit, die ein Zusammenleben unerträglich machen würde. Bereits jetzt hatte er Anzeichen dafür wahrgenommen, dass Megan über ungewöhnliche Stärke verfügte, über Weisheit, Witz, ein gutes Herz und weitere Qualitäten, die er noch nie in einer einzigen Person vereinigt erlebt hatte. Das Gemälde, das er jetzt vor sich hatte, legte nahe, dass sie die volle Schönheit der Welt erkannte, nicht nur ihre Oberfläche. Denn was sie auf dieser Leinwand festgehalten hatte, war die Wirklichkeit, wie das Auge sie wahrnahm, jedoch verstärkt durch eine tiefe Einsicht und Intuition, die die Schichten der Realität betrafen, die dem bloßen Auge verborgen blieben. Trotz des Themas war es kein sentimentales Werk. Ja, es zeigte eine Szenerie voll mondbeschienenen Zaubers, aber es war eine Komposition, die ebenso die Zerbrechlichkeit des Friedens zeigte, nach dem wir streben, und die Dunkelheit, die jeden Moment über uns kommen kann.

Als Navy SEAL hatte er für dieses Land gekämpft und wäre für es gestorben. Doch in diesen letzten Stunden mit Megan und Woody hatte Ben ein zunehmend familiäres Gefühl verspürt, wie er es auch in seinem Elternhaus empfunden hatte. Dies war es schließlich, wofür ein Land Menschen verdiente, die für es kämpften und starben, dies war es, was das Leben lebenswert machte.

95

Gerade als Megan nach Ben suchen wollte, blieb dieser in der offenen Tür ihres Arbeitszimmers stehen. Sie wandte sich vom Computer ab und sagte: »Ich habe die Adresse eingegeben und bin auf die Tragedy-Seite im Dark Web gegangen. Es war genau wie auf den Screenshots in Woodys Bericht. Dann wurde es plötzlich dunkel. Jetzt scheint es nicht mehr da zu sein. Ich kann die Seite nicht mehr aufrufen.«

»Dann haben sie sie vom Netz genommen? Sie meinen, die haben einfach ihre Zelte abgebrochen und sind abgehauen?« Er näherte sich dem Schreibtisch.

»Ich denke, das könnte sein.« Diese Aussicht gab ihr neue Hoffnung. »Wenn die gemerkt haben, dass ihnen jemand auf die Schliche gekommen ist, würden sie dann nicht die Kurve kratzen wollen? Mit ihrer Kundenliste könnten sie sicher einfach mit einer neuen Adresse, einem anderen Namen weitermachen. Vielleicht macht ihnen das, was Woody getan hat, gar nicht so viel aus. Vielleicht ist das aus deren Sichtweise bloß eine Unannehmlichkeit, keine Katastrophe, nichts, das es wert wäre, uns deswegen zu verfolgen.«

Ben schüttelte den Kopf. »Wenn die die Spur zu Woodys Computer zurückverfolgt haben, dann wissen die, wer hier wohnt, und sie wissen, dass einer ihrer Aufträge Ihr Mann war. Sie wissen nicht mit Sicherheit, was Sie über die herausgekriegt haben. Die größten Sorgen werden sie sich darüber machen, ob Sie vielleicht deren Kundenliste haben.«

»Die haben wir nicht. Woody hat diese Leute gefunden, indem er sich in Purcells E-Mail-Account gehackt hat. Dann hat er mithilfe der Gordius-Identität die Verbindung zwischen Purcell und Tragedy aufgedeckt. Eine komplette Kundenliste hat er nicht, nur Beweise gegen Purcell.«

»Da müssen sie ganz sichergehen. Sie werden hierherkommen, um sich selbst davon zu überzeugen.«

»Nicht wenn das Haus von sechs Deputys bewacht wird.«

»Wahrscheinlich nicht. Aber was ist, wenn Shacket gefunden und getötet oder wieder gefangen genommen wird? Dann wird der Sheriff seine Leute abziehen.«

Megan war müde. Sie strich sich mit der Hand über das Gesicht, als könnte sie ihre Mattigkeit einfach wegwischen. »Dann halten wir uns also an unseren Plan.«

»Wenigstens haben wir einen«, erwiderte er. »Die kommen nie im Leben drauf, was ihnen passieren wird.«

96 Während Rosa Leon schlief, Carson Conroy sich im Fleetwood-Wohnmobil von Harry Borsellos Haus entfernte und Ben und Megan sich im Erdgeschoss unterhielten …

… waren Kipp und Woody im Zimmer des Jungen. Sie hatten sich auf dem Boden ausgestreckt, lagen im Schoß der Geschichte.

Historiker stellten Wendepunkte der Zivilisation oft als laut und hell dar, als ein großes Spektakel.

Tatsächlich wurden Entscheidungen über Krieg und Frieden oft im stillen Kämmerlein getroffen.

Heilmittel gegen Krankheiten wurden langsam entwickelt, in Laboren, denen es sowohl an Fernsehern als auch an Hintergrundmusik fehlte.

Kipp und Woody waren in der Leitung.

All den neuen Bellagrammen zufolge befanden sie sich jetzt an einem Wendepunkt der Geschichte.

Sie *waren* ein Wendepunkt.

Kipp wusste es, Woody wusste es, alle in der Leitung wussten es, und es war kein großes Spektakel.

Obwohl Kipp die Situation erläutert und den Appell zum Ausdruck gebracht hatte, war Woody wegen des Plans, den er entworfen hatte, der eigentliche Star.

Viele Mysterier, wenn auch nicht alle, lebten mit Menschen zusammen, mit denen sie ihr Geheimnis teilten.

Sie hatten clevere Methoden der Kommunikation erfunden, ähnlich Dorothys Wandalphabet.

Dies war jedoch das erste Mal, dass sie direkt mit einem menschlichen Wesen sprechen konnten.

Sie waren sehr aufgeregt, aber sie sprachen trotzdem nicht alle auf einmal.

Sie waren diszipliniert und rücksichtsvoll. Sie waren Hunde.

Weil die Stimme jedes Mysteriers telepathisch war und nur im Geist existierte, entsprach sie entweder der eines menschlichen Gefährten oder basierte auf der Stimme eines Fernsehschauspielers.

Woody klang in der Leitung genauso wie sonst, wie der Woody, der von einem Leben des Schweigens erlöst worden war.

Kipp klang wie ein gewisser Game-Show-Moderator aus dem Fernsehen.

Ein historischer Moment konnte ebenso viele Absurditäten enthalten wie jeder andere Moment, für den sich die Historiker nicht interessierten.

Als der Appell ausgesprochen war und die Antworten gehört worden waren, als Kipp und Woody sich aus der Leitung ausgeklinkt hatten, biss der Hund den Jungen.

Es war ein spielerischer Biss, der die Haut nicht verletzte.

Woody knurrte und fletschte die Zähne.

Kipp knurrte und fletschte seine größeren Zähne.

Sie rangen miteinander und zappelten dabei wild mit den Pfoten.

Woody sprang auf. Er rannte ins angrenzende Badezimmer.

Kipp rannte hinter dem Jungen her.

Woody huschte wieder aus dem Badezimmer und zog die Tür zu.

Kipps schwarze Nase tauchte in der zwei Zentimeter breiten Lücke zwischen Tür und Boden auf. Er schnupperte hektisch.

Woody legte sich auf den Bauch und kitzelte die Nase mit dem Finger.

Als Kipp ein frustriertes »Wuff« ausstieß, öffnete Woody die Tür.

Der Junge sprang aufs Bett und zog sich die Decke über den Kopf.

Kipp sprang hinterher, stieß seine Schnauze in jede Deckenfalte und suchte nach einem Weg, seinen kichernden, eingehüllten Gefährten zu erreichen.

So waren Hunde und Jungen eben, selbst nachdem sie als Dreh- und Angelpunkt der Geschichte fungiert hatten, selbst wenn eine Nacht der Gewalt in einer Morgendämmerung endete, die einen noch schlimmeren Tag versprach.

97 Während der Sheriff und seine drei Deputys auf die zwei Männer mit den Schrotflinten warteten, erschien ihnen die Heiz- und Kühlanlage zunehmend unheilvoller. Für Hayden Eckman wirkte sie wie die Quelle alles Bösen, wie der Ort seines drohenden Untergangs. Hinter den dunklen Fenstern schien etwas weit Verstörenderes zu lauern als nur lichtlose Räume, eine bodenlose Leere, aus der es kein Entkommen gab. Die hellen Fenster waren nicht vertrauenerweckender als die dunklen, denn das Licht in ihnen war fremdartig, wie verhext.

Der unaufhörliche Wind brannte ihm nicht nur in den Augen, ließ seine Haut austrocknen und seine Lippen aufplatzen, er zerrte auch an seinen Nerven, ebenso wie die Erinnerung an Justine Kleinmans verwüstetes Gesicht, an Thad Fentons Blut auf dem Gehweg unter dem Fenster im zweiten Stock. Er begann zu glauben, dass es ein Fehler gewesen war, seine Anwaltspraxis zu schließen. Für sein Juraexamen hatte er drei Anläufe gebraucht. Er hatte wenig mehr getan, als Profit aus Unfällen mit Verletzten zu schlagen, und sein Einkommen war davon abhängig gewesen, wie oft seine Kunden vor einem Schiedsgericht erreichten, dass er sein Honorar nach unten korrigieren musste. Aber wenigstens hatte ihn keiner von ihnen jemals gebissen, weder ins Gesicht noch an andere Stellen.

Der erwartete Streifenwagen traf mit rot und blau pulsierendem Licht, aber ohne Sirenengeheul ein. Zwei schlaksige Männer mit ausgeruhten Mienen stiegen heraus. Trotz ihrer Schrotflinten flößten sie einem etwa so viel Vertrauen ein wie ein paar unreife Hollywood-Schauspieler, die echte Männer spielten. Eckman hatte sie zum Teil deshalb eingestellt, weil sie zu begriffsstutzig waren, um je zu bemerken oder auch nur zu ahnen, dass ihr Chef korrupt war. Sie waren guter Rohstoff, der bald zu Dünger verarbeitet würde.

Der Sheriff wies einen von ihnen an, vorauszugehen, und den anderen, die Nachhut zu bilden. Geduldig wiederholte er mehrmals, dass sie gut darauf zu achten hätten, dass ihre Kaliber-12-Flinten nicht losgingen, wenn ihre eigenen Leute in der Schusslinie waren. Er konnte nur annehmen, dass ihr feierliches Nicken bedeutete, dass sie es begriffen hatten und mehr waren als das organische Äquivalent zweier Wackelkopffiguren.

Auf dem kleinen Parkplatz der Heiz- und Kühlanlage stand kein einziges Fahrzeug, obwohl eines hätte dort sein sollen – das von Eric Norseman, dem Verantwortlichen für die Instandhaltung der Anlage bei Nacht.

Das erste Anzeichen dafür, dass etwas nicht stimmte, war die offen stehende Tür. Der Wind ließ sie nicht zufallen und stieß sie immer wieder leicht gegen die Außenwand.

Vom beleuchteten Vorraum zweigten drei Türen ab.

Ein Deputy öffnete die auf der rechten Seite und sicherte die Türschwelle. Es war ein großer Raum mit

Boilern, Kühlern, Vorratsbehältern, Pumpen, ein Gewirr von Maschinen, die der Sheriff nicht kannte, und ein Labyrinth aus PVC-Rohren, die sowohl vertikal als auch horizontal verliefen. Der Raum war voll mit dem Summen, Pochen und Ticken fein abgestimmter Maschinen sowie dem Geflüster fließenden, unter Druck stehenden Wassers. Es wirkte wie das Set einer Actionszene in einem James-Bond-Film: zu viele Ecken und zu viele klobige Objekte, hinter denen sich jemand verstecken konnte.

Sheriff Eckman wollte diesen Raum nicht durchsuchen, wenn es nicht unbedingt notwendig war. Und sie würden erst wissen, ob es nötig war, wenn sie die anderen beiden Türen geöffnet hatten.

Er hatte das Gefühl, dringend pinkeln zu müssen. Aber er sagte sich, dass dieser Drang rein psychologischer Natur war. Das sollte er besser sein, wenn er noch eine Chance haben wollte, eines Tages Generalstaatsanwalt zu werden.

Die Tür links des Vorraums öffnete sich auf einen Balkon mit Ausblick auf die zwei Kamine des gewaltigen Kühlturms. Dieses Gebilde aus Stahlblech, Kondensatoren und Trommelventilatoren war drei Stockwerke hoch. Das erste Drittel davon lag unterhalb dieses Balkons, der sich im Erdgeschoss befand. Er war durch Laufstege in verschiedenen Höhen erreichbar. Auch dieser Bereich wirkte wie ein Set aus einem James-Bond-Film, und er war nicht weniger einschüchternd als der erste Raum.

Hinter der dritten Tür, die dem Haupteingang direkt gegenüberlag, lag das Büro des Leiters der Anlage. Abgesehen vom Hauptschreibtisch gab es hier noch zwei weitere, kleinere Arbeitsplätze. Ein Kühlschrank. Eine Mikrowelle. Zwei Aktenschränke. Die Badezimmertür im hinteren Bereich stand offen. In dem kleinen Badezimmer befand sich niemand. Eine weitere, geschlossene Tür führte vermutlich in eine Abstellkammer.

Weil er sich nahezu sicher war, dass Lee Shacket nicht in der Abstellkammer auf sie lauerte, dass der Killer in Eric Norsemans Auto geflohen war, folgte Sheriff Eckman einem Deputy in das Büro, wobei ein anderer Mann dicht hinter ihm blieb. Sein Selbstvertrauen sowie die Verringerung seines Harndrangs verdankten sich der Tatsache, dass Thad Fentons Leiche rechts von der Tür mit dem Gesicht nach unten am Boden lag. Ein anderer Toter lag auf dem Schreibtisch ausgestreckt. Beide Leichen waren in einem Zustand, der verdeutlichte, dass Shacket sie als Abfall betrachtet und bei seiner Flucht vom Gelände achtlos fallen gelassen hatte.

Stücke von Thads Schädel lagen neben seinem Körper, gespickt mit blutverklebten Haaren. Sein Gehirn schien zu fehlen.

Der Mann auf dem Tisch, der ungefähr Shackets Größe hatte, war komplett ausgezogen worden, die Schuhe eingeschlossen.

Offenbar war der vormals nackte Entflohene jetzt bekleidet.

Möglicherweise war das zweite Opfer Eric Norseman, doch bei der Identifikation würde man auf Fingerabdrücke zurückgreifen müssen. Der Mann war auf derbe Weise enthauptet worden, und sein Kopf war nicht mehr da.

98 Als das erste graue Morgenlicht die Nacht aus den Wolken vertrieb, parkte Carson Conroy den Fleetwood Southwind auf einer asphaltierten Fahrspur ins Nirgendwo, die auf einer Wiese endete.

Fünf Meilen außerhalb von Pinehaven hatte einmal ein Wohnwagenpark 36 Quadratkilometer dieses 161 Quadratkilometer großen Gebiets bedeckt, das die Einheimischen Big Windy nannten. Wo einmal Wohnwagen Seite an Seite gestanden hatten, waren jetzt nur noch rissige Betondecken, Betonfundamente und wucherndes Gras. Der Staat hatte die Wohnwagensiedlung und das zusätzliche Gebiet gekauft und zum Bau einer Windkraftanlage verwendet. Unglücklicherweise hatten Studien behauptet, dass die Windmühlen auf der Route mehrerer Zugvogelarten lagen, was zur Folge habe, dass geschätzte 14.000 unserer gefiederten Freunde jedes Jahr den großen, wirbelnden Flügeln zum Opfer fielen. Die Unterstützer des Projekts hatten sich auf Experten berufen, die der Ansicht waren, die Vögel würden schließlich lernen, dass die Windmühlen eine Gefahr darstellten. Nach sieben oder acht Jahren würden sie ihre halbjährliche Flugroute ändern, nachdem kaum mehr als 100.000 Exemplare den Tod gefunden hätten. Traurigerweise schien aus den Erfahrungen mit anderen Windkraftanlagen zu folgen, dass dies eine sehr optimistische Einschätzung der Fähigkeit dieser Vögel war, ihre Instinkte umzuformen.

Die Felder, die diese Anlagen umgaben, waren meist mit so vielen vom Himmel geholten Vögeln übersät gewesen, dass es aussah, als hätten die alten Götter eine Kissenschlacht veranstaltet.

Carson ging ins Schlafzimmer im hinteren Teil des Wohnmobils, zog die Schuhe aus und streckte sich auf der Matratze aus, um auf seinen ersten Besucher zu warten.

Seine körperliche Erschöpfung durch Schlafmangel und Stress war noch nie so groß gewesen. Gleichzeitig hatte er sich mental noch nie so belebt gefühlt. Im Geist flog er durch ein Wunderland der Möglichkeiten. Er empfand Furcht und Freude in gleichem Maße, was er früher für unmöglich gehalten hatte.

Shacket – und das, wozu dieser sich verwandelte – jagte Carson Angst ein. Der Gedanke an das, was die Mitarbeiter von Refine in Springville möglicherweise erforscht hatten, war zutiefst beunruhigend. Zwar gehörte es einfach zur menschlichen Natur, sich obsessiv mit negativen Aspekten zu beschäftigen und in Gedanken aus einer Mücke einen Elefanten zu machen. Aber während er auf den Schlaf wartete, grübelte er weniger über die Schrecken des genetischen Chaos nach als über den erstaunlichen Kipp und die anderen Hunde des Mysteriums, denen er noch nicht begegnet war.

Als Naturbeobachter wusste er, dass die Natur eine grüne Maschine war, gleichgültig gegenüber den Lebewesen – von den Mäusen bis zu den Menschen –, die in ihr um das Überleben kämpften. Doch jede Maschine war geschaffen, um benutzt zu werden, und welche Macht auch immer es war, die in der Natur ihre Zwecke verwirklichte – sie war in der Lage, Wunder zu erschaffen. Die Menschheit war eines davon, das Mysterium ein anderes.

Durch die Arbeit in den jetzt zerstörten Laboren in Springville hatte Dorian Purcell einen Weg in eine transhumanistische Zukunft finden wollen, in der die gegenwärtige und die zukünftigen Generationen ihre Grenzen erweitern würden. Vielleicht lag er richtig damit, dass menschliche Wesen zu etwas werden konnten, das ihrem jetzigen Zustand überlegen war. Aber er irrte sich gewaltig, wenn er glaubte, dass ein solcher Wandel durch den Einsatz der Wissenschaft zu bewerkstelligen war, die trotz all ihrer neuesten Fortschritte immer noch ein grobes Werkzeug blieb.

Carson fand die Vorstellung bezaubernd, dass die Macht, die die Maschine der Natur benutzte, vielleicht dabei war, die Menschen auf eine höhere Stufe zu erheben und ihre Lebensqualität zu verbessern, doch auf eine elegantere und wunderbarere Art als durch die stumpfen Hammer-und-Amboss-Methoden, die Purcell bei Refine finanziert hatte. Was, wenn es schon immer die Bestimmung der Menschheit gewesen war, nicht allein und einsam an der Spitze der Natur zu stehen, sondern diese erhabene Position mit einer weiteren Spezies zu teilen, die nicht mit ihr in Konkurrenz trat, sondern sie stattdessen *vervollständigte?* Was, wenn vor Zehntausenden von Jahren, als Menschen und Hunde zum ersten Mal einen Bund gegen die Grausamkeit der gleichgültigen Natur eingegangen waren, ein Prozess begonnen hatte, der unvermeidlich zum allmählichen Ansteigen der hündischen Intelligenz führte, wenn das Band der Liebe zwischen den Arten die Hunde dazu trieb, sich immer mehr um ein Verständnis, ein Wissen über ihre Wohltäter zu bemühen? Was, wenn mit der Stärkung der Verbindung zwischen Hunden und Menschen auch die Veränderung unserer vierbeinigen Gefährten stärker vorangetrieben wurde, bis Einzelne von ihnen eines Tages telepathische Fähigkeiten an den Tag legten, die den Stimmapparat ersetzen konnten, der ihnen fehlte?

Carson Conroy trieb auf einem Fluss aus Was-wäre-wenn-Fragen in den Schlaf, bis ihn ein Klopfen an der Tür des Wohnmobils schließlich in eine neue, erstaunliche Welt zurückholen würde. Er träumte von Hunden, einer reichen Palette verschiedener Rassen, von einer Welt, die auf magische Weise transformiert wurde.

99 Es war Morgen. Sheriff Eckman hatte geglaubt, dass diese Nacht nie enden würde, dass der Morgen nie kommen würde, doch jetzt, da dieser angebrochen war, wünschte er sich, es wäre nicht so. Die durch Wolken dringende Morgensonne, die durch die Fenster der Heiz- und Kühlanlage fiel, verbreitete ein anklagendes Licht, ein Licht der Verantwortung, dem nicht zu entkommen war.

Hier ein zu Puzzlestücken zertrümmerter Schädel, dort ein kopfloser Norseman. Der Wind heulte wie ein Wolfsrudel und das Gebäude war von Maschinengeräuschen erfüllt, als würden hier die Roboter der Apokalypse hergestellt.

Sheriff Hayden Eckman fühlte, wie seine Welt in Stücke brach, so, wie Thad Fentons Schädel aufgebrochen und zertrümmert worden war.

Niemand konnte Carson Conroy finden. Er sollte jederzeit erreichbar sein, falls seine Anwesenheit an einem Tatort notwendig wurde. Aber er ging nicht ans Telefon, und er war auch nicht zu Hause.

Conroys Assistent Jim Harmon machte Fotos, sammelte Beweismittel, kümmerte sich um die Leichen. Aber er war nicht Dr. Carson Conroy, er war nur Jim Harmon, gerade erst 34 Jahre alt, nur ein gerichtsmedizinischer *Assistent,* dabei war dies das größte Verbrechen in der Geschichte von Pinehaven County. Es war eine *Mordserie,* die mehr vernichten konnte als nur die Opfer des Mörders – sie konnte *Hayden Eckmans Karriere in Luft auflösen.*

Er ertrug es nicht, im Büro des Anlagenleiters zwischen all dem Blut und den sterblichen Überresten zu bleiben. Als er sich um den Posten des Sheriffs bemüht hatte, war ihm nie in den Sinn gekommen, dass er einmal durch ein solches Schlachthaus waten müsste, dass er Dinge sehen würde, die ihm für den Rest seines Lebens Albträume bereiten würden. Der starke Harndrang, der ihn zuvor beinahe in eine peinliche Situation gebracht hätte, als er nur mit knapper Not hatte verhindern können, sich vor seinen Deputys einzunässen, war nichts im Vergleich zu dem Drang, sich zu übergeben, der immer wieder neu aufwallte, obwohl er glaubte, ihn überwunden zu haben. In seiner Kehle stieg die Magensäure auf und sank wieder, stieg und sank.

Unter dem Vorwand, Jim Harmon nicht im Weg stehen zu wollen, begab der Sheriff sich in den großen Raum mit den Boilern und Kühlanlagen. Dort setzte er sich auf die oberste Sprosse einer dreisprossigen Leiter. Die pochenden Pumpen, die Wasser durch einen Irr-garten aus isolierten Rohren trieben, passten manchmal zum Rhythmus seines aufwallenden Brechreizes. Aber das war immer noch besser als die Anblicke und Gerüche der Szenerie im Büro.

Als Freeman Johnson kam, um ihm Neuigkeiten über Eric Norsemans gestohlenen Wagen mitzuteilen, den Lee Shacket sicherlich gestohlen hatte, brachte er noch weitere schlechte Nachrichten. Norseman war ein *Hot Rodder* gewesen, der einen schwarzen '48er Ford-Pick-up gefahren hatte, den er auf verschiedenste Weisen individuell angepasst hatte. Obwohl man den Pick-up-Truck leicht entdecken könnte, sobald ein Fahndungsbefehl herausgegeben war, besaß er kein GPS, was bedeutete, dass der Wagen kein Signal abgab, das sich sofort lokalisieren ließ.

»Übrigens«, fügte Johnson hinzu, »es gibt jetzt keinen Zweifel mehr.«

»Keinen Zweifel woran?«

»Dass Fentons Gehirn weg ist.«

Eckman verzog das Gesicht. »Ich dachte, das wäre sonnenklar.«

»Na ja, Jim Harmon musste gründlich danach suchen.«

»Hat er gedacht, er findet es in einer Schreibtischschublade?«

»Bei so einem Irren kann man nie wissen.«

»Ist Harmon bald fertig?«

»Er braucht noch eine Stunde. Übrigens, was Norsemans Kopf angeht …«

»Bin ihm nie begegnet. Ich würde seinen Kopf nicht wiedererkennen.«

»Jim sagt, dass er definitiv verschwunden ist, nicht mehr hier auf dem Gelände.«

Sheriff Eckman hatte keine Lust, sich über den fehlenden Kopf zu unterhalten.

»Wissen Sie, wie manche von den Jungs ihn nennen?«, fragte Johnson.

Der Sheriff beantwortete die Frage mit Schweigen und hoffte, dass Johnson den Wink mit dem Zaunpfahl verstehen würde.

Johnson verstand ihn nicht. »Sie nennen den fehlenden Kopf Shackets Lunchbox.«

Hayden Eckman erschauerte. »Ich bin so was von geliefert.«

100

Im Schlaf besuchte Woody Schloss Wyvern, aber Kipp ging mit ihm. Ihre Träume waren so synchron wie ihr Schnarchen. Zusammen gingen sie über die Rampe zur Zugbrücke, überquerten den Burggraben und traten unter dem Fallgitter des ersten Torhauses hindurch in den äußeren Zwinger. Der Himmel war blau und frei von Blitzen. Keine Drachen flogen dort, während der Junge und der Hund das zweite Torhaus passierten und den inneren Zwinger betraten. Sie stiegen die Wendeltreppe im Südwestturm an der inneren Ringmauer hinauf und gingen durch die eisenbeschlagene Tür in die hohe Schanze mit ihrer Balkendecke und den schmalen Fenstern in jeder der vier Himmelsrichtungen.

Der Hund und der Junge drehten sich im Kreis, blickten zu den hohen Fenstern.

Der Himmel blieb blau.

Alle Drachen waren bezwungen.

Als sie ihre Drehung vollendet hatten, verschwand das Schloss.

Im Traum standen sie auf einer Wiese, von der sie auf das Meer hinabblicken konnten.

In die anderen Richtungen erstreckte sich die Wiese hundert Meilen weit, oder tausend.

Aus dem Nichts tauchte plötzlich ein heliumgefüllter Ballon auf.

Er trieb über das Feld.

Er war mit den in roter Schrift aufgedruckten Worten *Happy Birthday* geschmückt.

Obwohl es weder Kipps noch Woodys Geburtstag war, übte der Ballon auf sie eine unwiderstehliche Anziehungskraft aus, weil es so merkwürdig war, ihn hier in der Wildnis dahintreiben zu sehen. Dieser helle, spiegelnde Mylar-Ballon, der ein rotes Seidenband hinter sich herzog, schien wichtig zu sein. Er musste etwas zu bedeuten haben. Sie verfolgten ihn übermütig. Kipp sprang und schnappte nach dem roten Band, Woody sprang höher und verfehlte es, aber sie gaben nicht auf. Sie gaben niemals auf. Lachend und bellend rannten sie über die Wiese. Durch kniehohes goldenes Gras rannten sie, und rannten und rannten.

101 Um zehn Uhr am Donnerstagmorgen kam Megan nach drei Stunden tiefen, doch von Albträumen geplagten Schlafs nach unten und betrat die Küche, in der es nach geschmolzenem Käse, Tomatensoße und Basilikum duftete. Ben Hawkins war bei der Arbeit, und zwar als Wachmann und Koch zugleich.

Sie blieb in der Tür stehen und sah zu, wie er eine zweite Schale mit Lasagne vorbereitete, um sie in den Ofen zu schieben, wenn er die erste herausgenommen hätte. Er bemerkte sie nicht und sang leise einen alten Song von Boyz II Men vor sich hin, *4 Seasons of Loneliness*. Irgendwie klang das Lied fröhlicher, wenn er es sang.

Sie sagte: »Sogar kochen können Sie.«

Er warf ihr einen Blick zu und erwiderte: »So nenne ich das auch. Kochen. Aber nicht jeder, der was davon isst, findet das Wort angemessen.«

»Sie glauben ja anscheinend wirklich, dass wir was zu feiern haben.«

»Eine Menge Leute haben schon auf mich geschossen und keiner hat mich getroffen, das ist ja wohl Grund genug zum Feiern.« Mit einem Löffel goss er Soße über die oberste Lage Nudeln. »Jedenfalls habe ich mich in Ihrer Vorratskammer umgesehen. Das ist eine gewaltige Vorratskammer. All diese Packungen mit Pasta, dazu die ganzen Schätze, die Sie in dieser riesigen Kühltruhe verstaut haben. Genug erlesene Hamburger-Patties aus Rinderlende und gute Steaks, um ein halbes Dutzend Unabhängigkeitspartys zu feiern. Das hat mich inspiriert. Na ja, zuerst hab ich mir gesagt: ›Ben‹ – ich sage Ben zu mir –, ›Ben, diese Frau muss sich große Sorgen machen, dass die Rinder aussterben könnten.‹ Und *dann* war ich inspiriert, das ganze Zeug auch zu verwenden. Ich habe nämlich aus sicherer Quelle erfahren, dass es noch mindestens tausend Jahre lang Rinder geben wird.«

»Ich habe dieses Bedürfnis, immer auf alles vorbereitet zu sein«, gestand Megan. »Wir haben einen Generator, der mit Propan läuft, damit können wir das ganze Haus für einen Monat versorgen, falls der Strom ausfällt.«

Er nickte. »Oder falls das Elektrizitätswerk von Terroristen lahmgelegt wird.«

»Oder von einer durchgedrehten Rinderherde«, ergänzte sie.

Er bedeckte die oberste Nudelschicht mit Mozzarella. Offenbar wusste er genau, was er tat.

»Ich habe mir gedacht, Woody mag bestimmt Lasagne.«

»Solange er sie auf einem anderen Teller bekommt als das Gemüse und jedes Gemüse auf einem eigenen Teller.«

»Vielleicht hat er das ja jetzt alles hinter sich.«

»Das wäre toll, wenn es stimmt. Aber was auch passiert, er ist der Beste, ein toller Junge. Jetzt bin ich dran mit Wachehalten. Schlafen Sie ein bisschen, solange Sie noch können.«

»Sechs Deputys sind gegangen, und sechs neue sind vor ungefähr zwei Stunden gekommen.«

Sie blickte durch die Hintertür zum Polizei-SUV, der quer vor der Verandatreppe parkte.

Ben sagte: »Ich habe gerade erst angefangen zu kochen. Es bleibt immer noch eine Menge übrig, was Sie tun können.«

»Gut. Das wird mich davon abhalten, über … das alles nachzudenken.«

»Die erste Schale muss in fünf Minuten aus dem Ofen genommen werden.«

Er wusch sich die Hände und trocknete sie mit einem Papiertuch ab.

Als sie am Herd stand und die backende Lasagne im Inneren betrachtete, fügte er hinzu: »Ich mag Ihre Gemälde. Die sind sehr gut.«

Sie zuckte die Achseln. »Was anderes kann ich nicht.«

»Das bezweifle ich. Ich würde mich gern mal mit Ihnen

darüber unterhalten, sobald diese Angelegenheit vorbei ist.«

»Ich hoffe, das wird sie bald sein.«

»Wird sie.«

Er ging zur Tür. Als er gerade in den Flur hinausgehen wollte, fragte ihn Megan: »Welches hat Ihnen am besten gefallen? Von den Bildern.«

Er drehte sich um und lächelte. »Alle. Ich mag alles, was ich gesehen habe.«

102 Haskell Ludlow erwachte um 23:10 Uhr nach nur fünf Stunden Schlaf in seiner Drei-Schlafzimmer-Suite in dem Hotel in Sacramento aus einem Traum über die Morde im verlassenen Einkaufszentrum. Er stieg aus dem Bett und ging zum nächsten der drei Badezimmer. Nachdem er sich erleichtert hatte, wollte er in ein anderes Schlafzimmer gehen, in dem die Bettwäsche noch frisch war und keine Albträume auf ihn warteten, um ihn erneut zu umfangen.

Böse Träume waren schon seit so vielen Jahren ein fester Bestandteil seines Schlafs, dass er sich bereits fragte, ob irgendein übernatürliches Wesen, vielleicht der böse Zwilling des Sandmanns, eine persönliche Abneigung gegen ihn hatte und ihm schreckliche Visionen schickte. Zuerst hatte er nur mit diesem Gedanken gespielt. Vielleicht war das immer noch der Fall, aber im Laufe der Jahre hatte er begonnen, ihn ernster zu nehmen. Indem er mitten in der Nacht das Schlafzimmer wechselte, versuchte Haskell Ludlow, den Albträumen zu entgehen. In seinem Haus in Menlo Park, in dem er allein lebte, wenn er nicht auf Reisen war, gab es neun Schlafzimmer, zwischen denen er wechselte.

Während er das Wohnzimmer der Hotelsuite durchquerte, klingelte das Einwegtelefon, das er auf dem Couchtisch liegen gelassen hatte. Nur John Verbotski und Bradley Knacker von Atropos & Company kannten seine Nummer, und Ludlow würde das Telefon zerstören, sobald die Angelegenheit um Megan Bookman in Pinehaven erledigt war.

Als Alexander Gordius nahm er auf dem Sofa Platz und nahm den Anruf beim dritten Klingeln entgegen. »Ja?«

John Verbotski sagte: »Wir versuchen schon seit Stunden, Sie zu erreichen.«

»Ich war todmüde und habe geschlafen.«

»Wir haben auch etwas geschlafen, aber wir wechseln uns dabei ab.«

»Tja, ich habe niemanden, mit dem ich mich abwechseln muss. Was ist denn los?«

»Wir sind in Position, vier von uns, aber wir können der Dame keinen Besuch abstatten, weil der Sheriff sechs Deputys zu ihrem Haus geschickt hat, um sie zu beschützen.«

Verwundert erwiderte Ludlow: »Sechs Deputys? Woher wusste er denn, dass sie Schutz braucht?«

»Nicht vor uns. Wir haben den Polizeifunk mitgehört. Die beschützen sie vor einem Kerl namens Nathan Palmer, der hinter ihr her ist.«

»Wer zum Teufel ist Nathan Palmer?«

»Er hat gestern Nachmittag ein paar Leute umgebracht. Sein echter Name ist anscheinend Lee Shacket.«

Für einen Augenblick war Ludlow sprachlos. Lee Shacket? Der CEO von Refine? Weil er über die Ereignisse in Springville nur das wusste, was in den Medien berichtet wurde, sagte er: »Aber Shacket ist tot. Alle dort sind tot.«

»Alle wo?«, hakte Verbotski nach.

Ludlow biss sich auf die Lippe und antwortete schließlich: »Shacket war vor langer Zeit ein Bekannter von Megan Bookman. Warum zur Hölle ist er jetzt hinter ihr her?«

»Warum sind all diese anderen verrückten Kerle hinter Frauen her?«, entgegnete Verbotski. »Das ist doch eine rhetorische Frage.«

»Wer sind die beiden Leute, die Shacket umgebracht hat?«

»Es sind vier. Es hat noch zwei weitere gegeben, nachdem er sich an die Lady heranmachen wollte und es nicht geschafft hat.«

Nachdem Verbotski die Morde aufgelistet und ihm alle Details berichtet hatte, von denen er wusste, konnte Ludlow sein Erstaunen nicht mehr verbergen. »Er hat jemanden *geköpft?* Er hat Leute gebissen? Leute *aufgefressen?*«

»Teile von Leuten, nicht ganze Leute«, stellte Verbotski klar. »Er ist so eine Art Freak. Kannten Sie diesen Freak?«

Ludlow überging die Frage. »Und er ist immer noch in Pinehaven?«

»Das wissen die nicht. Er hat einen Pick-up geklaut. Ist auf der Flucht. Es ist ein '48er Ford-Pick-up, ein Hot Rod mit allen möglichen Modifikationen. Sollte also leicht ausfindig zu machen sein.«

»Du lieber Himmel, das muss ja groß in den Nachrichten sein. Ich hör mir die Nachrichten nie an, daran habe ich kein Interesse mehr. Aber das läuft doch bestimmt im Kabelfernsehen rauf und runter.«

»Noch nicht. Der Sheriff hat noch keine Stellungnahme abgegeben.«

»Er hat keine Stellungnahme abgegeben über vier Morde und einen flüchtigen Tatverdächtigen? Das ist doch verrückt. Wann waren die ersten Morde, gestern Nachmittag?«

»Ja. Aber es sieht so aus, als wären die Ermittlungen letzte Nacht an den Generalstaatsanwalt in Sacramento abgegeben worden.«

Ludlow stand vom Sofa auf. »An Tio Barbizon?«

»Ja, ich glaube, so hieß er.«

Shacket hätte in Springville ums Leben kommen sollen. Aber das war nicht geschehen. Tio Barbizon hatte die Ermittlungen zu den ersten zwei Morden übernommen – und bis jetzt hatte er noch keine Pressekonferenz abgehalten oder irgendein Statement veröffentlicht. Dorian Purcell hatte Tio in der Tasche, und das war schon immer so gewesen.

Ludlow stand da und drückte sich schweigend den Hörer ans Ohr, so lange, bis Verbotski schließlich fragte: »Sind Sie noch dran?«

»Ja.«

»Wir können uns die Lady nicht schnappen, solange diese ganzen Hilfssheriffs da sind.«

»Bleiben Sie dort. Die Sache ist noch nicht abgesagt. Ich muss noch einen Anruf machen. Dann melde ich mich wieder bei Ihnen.«

Ludlow legte auf.

Er nahm ein anderes Einwegtelefon vom Couchtisch. Dieses hatte er nur zu dem Zweck gekauft, um Dorian Purcell über die Angelegenheit mit der Auftragskiller-Firma Tragedy auf dem Laufenden zu halten. Auf das Gerät war die Nummer eines anderen Einweghandys aufgeklebt, das sich in Dorians Besitz befand. Sobald die Tragedy-Website, sämtliche mit ihr verbundenen Sicherheitslücken sowie alle beteiligten Personen ausgelöscht waren, würden Ludlow und Purcell diese Telefone vernichten.

Angesichts der stetig ansteigenden Kriminalität in diesem Land war Haskell Ludlow froh darüber, dass er schon vor langer Zeit eine bedeutende Summe in das Geschäft mit Einweghandys investiert hatte.

Er gab Dorians Nummer ein.

103

In der Firmenzentrale von Parable in der kalifornischen Stadt Sunnyvale befand sich ein 2400-Quadratmeter-Apartment. Dort konnte Dorian Purcell sich im Mittelpunkt des Geschehens aufhalten, wenn ein neuer Kauf anstand, ein neues Produkt zur Veröffentlichung vorbereitet wurde oder wenn irgendein aufsteigender Politiker auf ein Treffen unter vier Augen mit ihm bestand, um die Bedingungen festzulegen, unter denen dieser Staatsdiener sein Amt und alles, was dazugehörte, zu verkaufen bereit war. Aber an diesem Donnerstag im September hielt Dorian sich nicht in diesem Apartment auf.

Ein Stück weiter die Küste entlang, in Palo Alto, besaß Dorian ein 3600-Quadratmeter-Anwesen auf einem

8000-Quadratmeter-Grundstück mit Ausblick auf die San Francisco Bay. In diesem prachtvollen Haus wohnte er mit seiner Verlobten Paloma Pascal. Diese war hochgebildet, charmant und umwerfend schön, konnte sich mit Selbstvertrauen und Eleganz in den exklusivsten sozialen Kreisen bewegen und hinterließ bei jedem, dem sie begegnete, einen positiven, bleibenden Eindruck. Sie würde seine Verlobte bleiben, solange sie nicht darauf bestand, ihn zu heiraten. Auch in diesem Anwesen war Dorian derzeit nicht.

In einem stattlichen Gebäude auf dem Nob Hill im Herzen San Franciscos besaß Dorian ein zweistöckiges 4200-Quadratmeter-Apartment, das einen spektakulären Blick auf die Stadt bot. Man sah von dort sowohl die herrlichen ikonischen Bauwerke als auch die Zeltlager der Obdachlosen und die mit Fäkalien übersäten Bürgersteige. In diesem elegant eingerichteten Penthouse wohnte er mit der 23-jährigen Saffron »Sunny« Ketterling zusammen, deren Schönheit noch umwerfender war als die von Paloma Pascal. Sunnys Körper war bemerkenswert biegsam und geschmeidig, weil sie seit dem Alter von sechs Jahren eine leidenschaftliche Turnerin war. Jetzt, um 11:40 Uhr, schlief Sunny. Sie und Dorian waren um 1:15 Uhr ins Bett gegangen, hatten sich jedoch nicht vor sechs Uhr schlafen gelegt, als sie sämtliche Stellungen ausgeschöpft hatten.

Dorian war um 10:30 Uhr aufgewacht, nach wenig mehr als vier Stunden Schlaf. Seit seiner späten Kindheit, als er ein volles Verständnis des Todes erlangt hatte, schlief er nie mehr als fünf Stunden pro Nacht und gab sich dem Exzess hin, um den Sensenmann in die Schranken zu weisen. Jetzt war Dorian im Arbeitszimmer im unteren der zwei Stockwerke. Er saß an einem gewaltigen Schreibtisch aus Edelstahl und blauem Quarzit und aß das Frühstück, das sein Butler Franz ihm serviert hatte. Außerdem nahm er die ersten 40 der 124 Vitamin- und Mineralienpräparate ein, die er jeden Tag schluckte, und entwarf die Trauerrede, die er beim Gedenkgottesdienst für die Mitarbeiter von Refine halten würde, die bei dem tragischen Brand in der Anlage in Springville, Utah, ums Leben gekommen waren.

Als das Einwegtelefon klingelte, wusste er, wer der Anrufer war, denn nur Haskell Ludlow kannte diese Nummer.

Er nahm den Anruf entgegen. »Das Leben ist schön.«

»Das Leben ist kompliziert«, widersprach Haskell.

»Schießen Sie los.«

»Unsere alten Freunde von der Schädlingsbekämpfung haben diese lästige Küchenschabe ausfindig gemacht. Jetzt sind sie nicht mehr im Geschäft.«

Die Leiter von Tragedy waren also tot. Aber sie hatten die Küchenschabe gefunden, den Hacker.

»Unsere *neuen* Freunde von der Schädlingsbekämpfung sind bereit, den Job zu erledigen«, fuhr Haskell fort.

Das mussten Verbotski und die Leute von Atropos sein.

»Aber das Problem, mit dem ich zu tun hatte, und das Problem, mit dem Sie zu tun hatten, sind jetzt dasselbe«, sagte Haskell.

»Wie das?«

»Sie haben mir nicht verraten, dass einer von den 93 den großen Knall überlebt hat und abgehauen ist.«

Shacket.

Dorian erwiderte: »Sie mussten das nicht unbedingt wissen. Und wie haben Sie es eigentlich herausgefunden?«

»Gestern ist Mr. 93 sehr unartig gewesen. Wissen Sie, wie oft er unartig war?«

»Zweimal.« Dorian meinte damit die Morde an Painton Spader und der Frau namens Klineman.

»Das war gestern Nachmittag. Aber offenbar wissen Sie noch nicht, dass er zu ihrem Haus gefahren ist und eine Szene gemacht hat. Sie haben versucht, ihn in den Griff zu kriegen, aber das haben sie nicht geschafft, und dann ist er noch zweimal unartig geworden.«

Dorian schob den Rest seines Frühstücks beiseite. »Ihr Haus? Wessen Haus? Können wir mal mit der Geheimniskrämerei aufhören?«

»Ich hatte gar nicht die Absicht, geheimniskrämerisch zu sein.«

»Niemand kann uns abhören, und selbst wenn, kann er nicht wissen, wer zum Teufel wir sind.«

Immer noch ein wenig geheimniskrämerisch fragte Haskell: »Erinnern Sie sich noch an den Typen, der Ihr Geschäft mit den Archaeen in die Scheiße reiten wollte?«

Jason Bookman.

»Ja, ich erinnere mich.«

»Seine Witwe wohnt in dieser Stadt. Nummer 93 steht auf sie. Auf dem Weg zu ihrem Haus ist er zweimal böse gewesen. Dann versucht er, an sie ranzukommen, endet in Handschellen, also wird er noch zweimal böse und flüchtet wieder.«

»Warum weiß ich nur von den ersten beiden Malen?

Dieses Hinterwäldlerkaff gehört uns durch den General-staatsanwalt, den wir in der Tasche haben. Wir sollten darüber informiert sein. Diese Sache sollte aus der Welt geschafft werden, so, dass nichts mehr übrig bleibt.«

»Dieses Kaff ist nicht *Mayberry RFD*. Anscheinend ist dieser Uniformträger ein harter Kerl, der zum Star-Sheriff aufsteigen will.«

Eine Vitaminpillenbrühe stieg in Dorians Kehle auf. Er schluckte heftig und spülte den Kloß in seinem Hals mit einem Kohl-Smoothie hinunter.

Dann sagte er: »Ich werde diesen Wichser zum Hunde-fänger degradieren. Aber ich verstehe immer noch nicht, warum unsere beiden Probleme eins sein sollen.«

»Unsere Schädlingsbekämpfer, ich meine die, die nicht mehr im Geschäft sind, haben den Hacker zum Ursprungsort zurückverfolgt. Es ist die Witwe.«

»Wollen Sie mich verarschen?«

»Irgendwie ist sie an die Gordius-Identität und an Ihr Tragedy-Passwort gekommen. Jetzt ist sie dabei, Beweise zu sammeln.«

»Dieses undankbare Miststück.«

»Vielleicht hätten Sie ihr dieses Aktienpaket lassen sollen.«

»Nach meiner Rechnung war diese Option noch nicht unverfallbar. Ich bin doch nicht der verdammte Weih-nachtsmann. Was hält Sie davon ab, den Job zu Ende zu bringen?«

»Dieser zukünftige Hundefänger hat Wachleute zu ihrem Schutz aufgestellt, für den Fall, dass Ihr unartiger Junge wiederkommt. Sechs Mann. Die müssen da weg, die müssen abhauen und ein paar Donuts essen gehen.«

»Ich kümmere mich gleich darum. Und was ist mit Mr. 93?«

»Der hat irgendeinem Unglücksraben den Kopf abgehackt und ihm den Pick-up geklaut, so ein aufgemotzter Hot-Rod-Truck, leicht zu erkennen. Jetzt sind sie der Ansicht, dass er schon lange aus dem Gebiet verschwunden ist, wollen aber nicht riskieren, dass der Witwe was zustößt. Mit diesem Kerl geht was ziemlich *Akte X*-Mäßiges vor. Haben Sie eine Ahnung, was das ist?«

Dorian starrte auf die zerlaufenen Eier, Avocados und Krabben auf seinem Teller und erwiderte: »Nein. Keinen blassen Schimmer.«

104

Sheriff Hayden Eckman zog sich in sein Haus am Sierra Way zurück, der schönsten Straße in Pinehaven.

Das Haus bot reichlich Platz für nur einen Mann, war mit hübschen Möbeln und dem neuesten Komfort ausgestattet, aber der Sheriff war nicht stolz darauf. Weil er wusste, dass er einmal in einem viel größeren und großartigeren Haus wohnen würde, schämte er sich für dieses. Es lag nicht daran, dass irgendetwas daran unzureichend war, doch wenn er endlich den Status erreicht hätte, den er verdiente, würde er nicht behaupten können, schon immer auf diesem hohen Niveau gelebt zu haben, schon immer zur Elite gehört zu haben.

Bis zu einem gewissen Grad konnte man seine Wurzeln fälschen, die Vergangenheit mit Lügen zupflastern, aber einige Leute würden sich erinnern, dass der große Mann einmal hier gewohnt hatte, damals, als er noch eine

Uniform getragen hatte und den einfachen Leuten viel zu nahe gewesen war.

Nun musste er sich mit der Aussicht abfinden, dass dies vielleicht die großartigste Behausung war, die er je haben würde. Und das war so unfair. Er hatte alles richtig gemacht. Er hatte seinen Jura-Abschluss dazu eingesetzt, zum Sheriff aufzusteigen, hatte das Department mit seinen treuen Anhängern besetzt, die sicherstellen sollten, dass alles, was sich im Zuständigkeitsbereich der Polizei in Pinehaven County abspielte, seinem Ruf zugutekam, ihm sogar Ruhm einbrachte. Er knüpfte beharrlich Kontakte zu den Regierenden angrenzender Countys und in Sacramento. Dabei gab er weit weniger von seinen Wahlkampfgeldern für persönliche Zwecke aus, als ihm lieb gewesen wäre. Er hatte die 300.000 Dollar in bar, die er aus Shackets Dodge Demon genommen hatte, obwohl er auch gierig werden und noch die anderen 100.000 hätte mitnehmen können, die er im Wagen gelassen hatte. Und obwohl er alles richtig gemacht hatte, stand er nun am Rande einer Katastrophe, kurz vor dem Ruin.

Seine Abmachung mit Barbizon verlangte von ihm, den Generalstaatsanwalt über sämtliche Entwicklungen in diesem Fall zu informieren. Aber er hatte dieser Bedingung nur deshalb zugestimmt und den Mord an Spader und Klineman nach Sacramento abgegeben, weil er der Ansicht gewesen war, der Mörder wäre schon lange aus Pinehaven County verschwunden und es würde innerhalb seines eigenen Zuständigkeitsbereichs keine neuen Entwicklungen mehr geben.

Dann war das Chaos gekommen. Eine Gewalttat nach der anderen bis zu dem Desaster im Krankenhaus.

Aber der Sheriff glaubte, die Situation noch für sich zum Guten wenden zu können. Er beabsichtigte, eine brillante Pressemitteilung herauszugeben, in der er sich die alleinige Verantwortung für die Festnahme des verrückten Geflohenen zuschrieb – und dieser war nicht nur ein mörderischer Psychopath, sondern noch dazu der ehemalige CEO von Refine, der für die Katastrophe in Springville verantwortlich war. Bei diesem öffentlichen Auftritt plante Hayden, den Irren dem Generalstaatsanwalt zu übergeben, den er erst wenige Augenblicke vor seiner Erklärung davon in Kenntnis setzen würde, um sicherzustellen, dass Tio den Ruhm nicht selbst einheimste.

Aber jetzt. Oh, jetzt. Jetzt gab es zwei weitere Tote, Shacket war auf der Flucht und der Sheriff hatte den Generalstaatsanwalt nicht davon in Kenntnis gesetzt. Die Kacke war nicht nur am Dampfen; es war noch viel schlimmer. Die Kacke würde *explodieren* wie eine Bombe, und Hayden Eckman würde im Zentrum dieser Explosion sitzen.

Eigentlich war er nach Hause gekommen, um eine Pressemitteilung zu schreiben. Aber das konnte er nicht tun, denn diese wäre einem Abschiedsbrief gleichgekommen.

In Wahrheit war er nach Hause gekommen, weil er sich nirgendwo in Pinehaven sicher fühlte, solange Lee Shacket auf freiem Fuß war. Das Haus war mit einem erstklassigen Sicherheitssystem ausgestattet. In jedem Zimmer hatte er eine Pistole versteckt. Außerdem war er noch in Uniform und trug eine Waffe an der Hüfte. Er ließ alle Jalousien herunter, zog alle Vorhänge zu.

Als er in seiner Funktion als Anwalt Scharlatane vertreten hatte, die Verletzungen vorgetäuscht oder die Auswirkungen tatsächlicher Verletzungen extrem übertrieben hatten, waren seine gefährlichsten Klienten diejenigen gewesen, die schnell bereit waren, ihn vor Gericht oder durch ein Schlichtungsverfahren auf Schadenersatz zu verklagen, sobald sie herausfanden, dass er auf die eine oder andere Weise mehr von der Vergleichssumme eingesteckt hatte, als die Vertragsbedingungen zuließen. Als ob das nicht jeder so machte. Aber keiner von ihnen hatte je versucht, ihn umzubringen.

Nachdem er mit großer Geste Shackets Eintreffen am Krankenhaus und seine Einlieferung in die psychiatrische Abteilung überwacht hatte, wobei Rita Carrickton mit ihren Smartphones die Schlüsselmomente gefilmt hatte, beschlich den Sheriff nun das Gefühl, dass er dadurch vielleicht in den Mittelpunkt der Aufmerksamkeit dieses Wahnsinnigen gerückt war. Er war nur ein Polizeibeamter gewesen, der seine Arbeit machte. Aber wer wusste schon, was für einen irrationalen Groll ein mordender Irrer wie Shacket vielleicht auf ihn hegte?

Thad Fentons Gehirn war nicht mehr da gewesen.

Eric Norsemans Kopf war mitgenommen worden. Shackets Lunchpaket.

Rastlos lief der Sheriff in seinem Haus auf und ab, nach oben und wieder nach unten, wieder und wieder, und glaubte beinahe, nicht allein zu sein. Weil alle Vorhänge zugezogen waren, musste er alle Lampen einschalten, und doch waren die Räume von Schatten durchzogen, die sich am Rand seines Sichtfelds zu bewegen schienen, sodass er erschrocken herumwirbelte, die Hand am Pistolengriff.

Jeder Laut, den der Wind dem Haus abrang, jedes Knarren, Pochen und Rattern schien nicht nur das Gebäude zu sein, das dem Wind standhalten musste, sondern ließ Hayden glauben, dass einen oder zwei Räume entfernt jemand herumschlich.

Er hatte schreckliche Angst davor, um eine Ecke zu biegen und mit Shacket zusammenzustoßen, der ihn mit blutigem Gebiss angrinste. Er sagte sich, dass diese Angst nicht realistisch war, dass er sich beruhigen musste. Aber war es wirklich so unrealistisch, damit zu rechnen, dass dieser ganz besondere Entflohene Dinge bewerkstelligte, die man für unmöglich hielt? Wenn Shacket fähig gewesen war, als unzerreißbar geltenden Fixiergurten zu entkommen und aus einem Fenster im zweiten Stock zu springen, als ob er fliegen könnte – wer konnte dann schon sagen, ob es ihm nicht auch gelingen konnte, in ein verriegeltes, mit einer Alarmanlage ausgestattetes, vollständig abgesichertes Haus einzubrechen, so leicht, wie eine Ameise durch ein Schlüsselloch krabbeln konnte?

Der Sheriff war zwar kein großer Trinker, aber er bekam seine Beklemmung erst unter Kontrolle, als er sie mit einem Macallan Scotch behandelte. Zuerst trank er ihn auf Eis, dann pur, weil es ihm nicht gefiel, wie das Eis im Glas klapperte, ohne dass er etwas dagegen tun konnte. Vielleicht hätte er sich Sorgen darüber machen sollen, dass der Alkohol seine Sinne trübte und ihn zu einem leichteren Angriffsziel machte, aber die Angst hatte seinen Stoffwechsel so beschleunigt, dass der Whiskey keinerlei Wirkung zu haben schien.

Sein persönliches Smartphone, das zusammen mit dem vom Department bereitgestellten Telefon an seinem

Utensiliengürtel hing, klingelte, während er ziellos die Kücheninsel umkreiste. Die fünf Deputys, mit denen er am engsten zusammenarbeitete, hatten ebenfalls persönliche Smartphones, die der Sheriff ihnen gegeben hatte. Er hatte ihnen die Anweisung gegeben, ihn unter bestimmten Umständen auf *seinem* persönlichen Telefon anzurufen, um sicherzustellen, dass gewisse empfindliche Themen nicht in den offiziellen – und öffentlich einsehbaren – Aufzeichnungen erschienen. Auf dem Bildschirm stand ›Anrufer unbekannt‹, was bedeutete, dass es keiner dieser Deputys sein konnte.

Er spürte die Versuchung, den Anruf nicht anzunehmen, aber seine Intuition sagte ihm, wer hier versuchte, ihn zu erreichen. Er wusste, wenn er diesem Anrufer auswich, würde das nur dazu führen, dass er noch mehr Dreck abkriegen würde, sobald die Schlammschlacht einmal begonnen hatte.

Nachdem er seinen Drink abgestellt hatte, ging er rückwärts, bis er den Kühlschrank berührte, und ließ sich herabsinken, bis er auf dem Boden saß. Er traute sich nicht zu, dieses Gespräch stehend zu führen.

Seine Intuition stellte sich als zutreffend heraus: Der Anrufer war Tio Barbizon, auch wenn dieser seinen Namen nicht nannte. Er wusste, dass Shacket festgenommen worden und wieder entkommen war. Er wusste von den zwei zusätzlichen Morden. Er war nicht derselbe Tio, der er einmal gewesen war. Er behandelte den Sheriff nicht mehr als gleichrangig, sondern wie einen Untergebenen, und er war wütend.

»Ist Ihnen klar, wie tief Sie sich in die Scheiße geritten haben?«, fragte Tio.

»Ja.«

»Glauben Sie, dass es noch einen Ausweg gibt?«

»Nein.«

»Denn zu diesem Zeitpunkt gibt es keinen Ausweg mehr für Sie.«

»Ich verstehe.«

»Wir hatten einen Deal. Sie haben drauf gepisst. Sie haben entschieden, dass Sie eine große Show veranstalten und der Star sein müssen, und Sie haben ihn entwischen lassen. Damit haben Sie nicht nur mich verarscht. Es gibt noch einen Interessenten, den Sie nicht kennen, jemand, der Sie zerquetschen würde wie eine Ameise und Spaß dabei hätte. Ihn haben Sie auch verarscht. Wenn das Schlimmste, das Ihnen passiert, ist, dass Sie eines Morgens aufwachen und feststellen, dass Ihnen jemand die Eier abgeschnitten hat, dann sollten Sie für den Rest Ihres Lebens Gott dafür danken, dass Ihnen nichts Schlimmeres angetan wurde. Aber weil Sie noch für etwas gebraucht werden, gibt es einen Ausweg, nur einen einzigen, einen harten.«

Hayden Eckman stiegen Tränen in die Augen. »Sagen Sie's mir.«

»Ein paar Männer aus meinem Büro werden um sechs Uhr heute Abend zu Ihnen kommen. Sie werden sämtliche Beweismittel an sie abgeben, auch die Leichen der Opfer.«

»Ja, natürlich.«

»Die werden eine lange Mitteilung dabeihaben, die Sie unterschreiben müssen und in der alles erklärt wird, was passiert ist. Die Namen Nathan Palmer und Lee Shacket werden darin nicht auftauchen. Es wird darin heißen, der

Täter sei ein unter Drogen stehendes Gangmitglied der MS-13 gewesen.«

»Welches MS-13-Mitglied?«

»Einen wahrscheinlichen Kandidaten werden wir später vorstellen. Geht Sie nichts an.«

»Aber Shacket ist immer noch da draußen.«

»Wir finden ihn. Und er wird sich sowieso selbst zerstören.«

»Ich glaube nicht, dass er sich umbringen wird«, wandte der Sheriff ein.

»Das habe ich auch nicht gesagt. Ich sagte, er wird sich selbst zerstören. Er wird es nicht aufhalten können. Also, wollen Sie nun diese eine Chance, oder sind Sie wirklich entschlossen, Ihr Leben an die Wand zu fahren?«

Dicke, warme Tränen flossen über Hayden Eckmans Gesicht, und er erwiderte: »Werde ich dann der Sheriff bleiben dürfen?«

»Solange ich weiß, dass Sie mir gehören, gehören Sie auch dem vorhin erwähnten Interessenten, gehören Sie allen.«

»In Ordnung«, sagte der Sheriff ohne Zögern. Er saß jetzt nicht mehr auf dem Boden. Er lag auf der Seite, in der Embryonalhaltung. »Wäre es möglich … Wird man mir erlauben, später für ein höheres Amt zu kandidieren?«

»Erlauben? Mein Gott, man wird es von Ihnen *verlangen*. Sobald Sie den richtigen Leuten gehören und das auch bestätigen, zugeben, dass Sie nur im Spiel sind, um zu tun, was man Ihnen sagt, sind Sie ein idealer Kandidat. Aber es gibt noch eine Sache, die Sie tun müssen, um sich das alles zu verdienen.«

»Sagen Sie's mir.«

»Diese sechs Deputys, die Wache stehen. Ziehen Sie sie ab. Schicken Sie sie nach Hause. Die werden nicht mehr gebraucht.«

»Aber was, wenn …«

»Sie werden nicht mehr gebraucht.«

»Was, wenn Shacket … Was, wenn dieser MS-13-Gangster wieder dort auftaucht?«

»Es wird nichts Schlimmes passieren. Nichts, für das man Ihnen die Schuld geben kann. Es gibt elegante Arten, mit solchen Problemen umzugehen. Also, gehören Sie mir jetzt oder nicht? Es ist bequem, jemandem zu gehören, Hayden. Es macht alles so viel einfacher. Sie werden zum wertvollen Gut, und es wird Ihnen an nichts fehlen. Ihr Aufstieg wird sicher sein.«

»Das hört sich gut an.«

»Es *ist* auch gut.«

»Na ja, wenn die Männer dort nicht mehr gebraucht werden …«

»Werden sie nicht.«

»Dann ziehe ich sie ab.«

»Willkommen zu Hause, Hayden.«

»Das hört sich auch gut an.«

»*Ist* es auch.« Tio legte auf.

Sheriff Hayden Eckman blieb weiter in der Embryonalhaltung auf dem Küchenboden liegen, vielleicht noch eine Viertelstunde lang. Er hatte das Gefühl, durch einen schmalen Durchgang zu rutschen, von Kontraktionen durch einen Geburtskanal gepresst zu werden, in ein neues Leben hinein. Aber es waren keine Kontraktionen seines Gewissens, denn dieses war dafür nicht muskulös genug. Es waren Kontraktionen der Begierde, derselben Gier nach Macht und Status, die ihn schon so lange antrieb, wie er zurückdenken konnte. Selbst wenn der erhabene Status, den er vielleicht eines Tages erreichen würde, nicht sein Verdienst war, wenn er ihm übertragen wurde aufgrund seines Gehorsams gegenüber den Vorlieben und Vorurteilen der herrschenden Klasse … Nun, er wäre trotzdem in der Lage, in dem Ansehen zu schwelgen, das seine Position mit sich brachte. Er wäre damit nicht allein; wahrscheinlich hatten drei Viertel derer, die Beifall und Ruhm genossen, nichts getan, um sie sich zu verdienen, abgesehen davon, dass sie sich sklavisch an die Ideologie gehalten hatten, die derzeit von den Auserwählten erwartet wurde. Und wenn die Macht, die er erlangte, keine wahre Macht war, wenn er anderen nur das antat, was man ihm befahl, war es doch immer noch viel besser, die Peitsche in der Hand der Mächtigen zu sein, als zu denen zu gehören, die gepeitscht wurden.

Ich bin lieber ein Hammer als ein Nagel.

Zudem eignete er sich gut für das neue Leben, das Tio Barbizon ihm bot, weil er ein hervorragender Lügner war. Er konnte so überzeugend die Unwahrheit sagen, dass er mit der Zeit selbst begann, die von ihm erfundene Wahrheit zu glauben, und hin und wieder mit Überraschung feststellte, dass er sich erfolgreich selbst belogen hatte. Es war durchaus möglich, dass er glauben würde, dass seine Macht ihm selbst gehörte, dass sie echt und wohlverdient war, sobald seine neuen Meister ihn auf der Karriereleiter emporgehoben hatten. Wenn man etwas von ganzem Herzen glaubte, dann genügte diese Art von Wahrheit als Basis für das Leben, jedenfalls für den jeweils nächsten Tag.

Schließlich stand er vom Küchenboden auf, ein vollständig bekleideter Neugeborener ohne blutige Nachgeburt.

Er trank den Scotch aus, den er auf der Kücheninsel stehen gelassen hatte.

Dann nahm er sein persönliches Telefon, rief die persönliche Nummer von einem der Deputys am Haus der Bookmans an und befahl die Beendigung der Schutzmaßnahmen für die Witwe und ihr Kind, die er angeordnet hatte.

105

Während die gerade aufgewachte Rosa Leon Megan um 12:46 Uhr in der Küche half, fuhren die Deputys in dem SUV am westlichen Ende des Gartens, nahe dem Walde, sowie diejenigen in einem anderen SUV an der hinteren Veranda in den Wind davon.

Megan bezweifelte, dass Shacket gefasst worden war. Ihre Erfahrung und Carson Conroys Einschätzung von Hayden Eckman überzeugten sie, dass das Sheriff's Department von Pinehaven County korrupt war. Allein die Tatsache, dass niemand sie über den Abzug der Wachleute informiert hatte, legte nahe, dass irgendjemand, der für Dorian Purcell arbeitete, Eckman beeinflusst hatte. Nun war sie Lee Shacket ausgeliefert, aber auch denen, die möglicherweise von Tragedy, der Dark-Web-Firma, geschickt wurden.

Rosa sagte: »Ich sollte Mr. Hawkins wecken.«

»Lassen Sie ihn noch ein bisschen schlafen, Rosa. Er hat gesagt, wenn unsere Wachleute verschwinden, werden die Männer von Tragedy nicht sofort kommen. Das wäre zu offensichtlich. Wir haben noch ein paar Stunden. Aber sehen Sie mal nach Woody und Kipp. Falls sie schlafen, wecken Sie sie und bringen Sie sie hier nach unten. Wir sollten sie in unserer Nähe behalten.«

Ihre 9-Millimeter von Heckler & Koch lag in der Nähe auf einem Schneidbrett, als wäre sie nur ein weiteres Küchengerät.

Als Rosa eilig ins Obergeschoss lief, nahm Megan ihr Telefon und tippte Carson Conroys Nummer ein. Dieser wartete in Harry Borsellos Fleetwood Southwind in der ehemaligen Wohnwagensiedlung, die nie zu einer Wind-kraftanlage geworden war.

Carson meldete sich nach dem zweiten Klingeln, und Megan teilte ihm mit: »Alle Uniformierten sind weg. Nie-mand wird Sie sehen. Sind Sie bereit?«

»Bin in 15 Minuten da«, versprach er.

106

Dorian Purcell im Transferbereich auf dem Dach des Gebäudes auf dem Nob Hill. Am Fenster, den ungeduldigen Blick auf einen Helikopterlandeplatz gerichtet. Er wartete auf sein Lufttaxi.

Die beiden Bodyguards, einer am Fahrstuhl und einer neben Dorian, würden nicht mit ihm auf die Reise gehen. Sein Zielort war geheim.

Zusätzlich zu dem großen Apartment in der Parable-Firmenzentrale in Sunnyvale, dem größeren Anwesen in Palo Alto und dem noch größeren, zweistöckigen Penthouse hier im Herzen von San Francisco hatte

Dorian noch ein Grundstück in seinem Bay-Area-Wohnportfolio. Sein Haus in Tiburon am Nordufer der San Francisco Bay war 12.000 Quadratmeter groß und stand auf 20.200 Quadratmetern erstklassigen Bodens. Die Villa bot einen Südsüdwest-Blick auf die Golden Gate Bridge und die sagenumwobene Stadt, die in einer ästhetisch wohlgefälligen Distanz lag. Das Haus war durch beinahe fünf Meilen Wasser von ihr getrennt. Bei Nacht bot die Stadt einen überwältigenden Anblick, ohne dass ihr Geruch hierher durchdringen konnte.

Seine Verlobte Paloma Pascal, die mit ihm in Palo Alto wohnte und manchmal mit ihm im Nob-Hill-Penthouse war, wenn ein besonderes kulturelles Ereignis in der Stadt stattfand, hatte kein einziges Kleidungsstück, nicht einmal eine Zahnbürste in dem Haus in Tiburon. Saffron »Sunny« Ketterling, die Turnerin und kunstfertige Schlangenfrau, die mit Dorian im Penthouse wohnte, abgesehen von den seltenen Gelegenheiten, wenn Paloma zu Besuch kam, hatte ebenfalls noch keine Zeit in Tiburon verbracht.

Dorian hatte dort drei nebeneinanderliegende Grundstücke gekauft, die dort stehenden Villen abgerissen und das jetzige, ultramoderne Anwesen in Auftrag gegeben, das vor 16 Monaten fertiggestellt worden war. Es war ein Wunderwerk aus Stahl, Granit, Quarzit und Glas, mit geheimen Treppen, versteckten Räumen und anderen spektakulären Vorrichtungen, die jeder 13-jährige Fantasy- und Science-Fiction-Fan in seine Villa eingebaut hätte, wenn er über 80 Millionen Dollar für ein Haus verfügt hätte.

An vier Tagen in der Woche kümmerte sich eine Mannschaft aus 14 Mitarbeitern um die neue Villa und das Grundstück, aber von 17 Uhr am Donnerstag bis um acht Uhr morgens am Montag war niemand dort. Obwohl Dorian nur an einem oder zwei Wochenenden im Monat nach Tiburon aufbrach, wusste er das Anwesen als Rückzugsort zu schätzen. Die absolute Privatsphäre, die er dort genoss, gab ihm die Freiheit von Ablenkungen und die gedankliche Klarheit, die er brauchte, um darüber zu spekulieren, in welche Richtung die Kultur und die Hochtechnologie sich entwickeln würden. Sie erlaubte ihm, sein einzigartiges Genie als Futurist zur Erfindung neuer Geschäftsideen und technologischer Innovationen einzusetzen, die dafür sorgen würden, dass Parable weiterhin wuchs.

Er sah sich als den Thomas Edison seiner Zeit, wenn auch ohne Edisons primitiven Moralismus und mit einem kühnen Sinn für Profitmaximierung, von dem der viel gerühmte Zauberer aus Menlo Park nur hätte träumen können.

Obwohl es ihm nichts ausmachte, in Tiburon allein zu sein, hatte er das Haus mit der Erwartung gebaut, dass es irgendwann mit einer Ehepartnerin ausgestattet sein würde, die anders war als Paloma oder Sunny. Er war eine sehr sexuelle Person und betrachtete sich als das menschliche Äquivalent zu einem erstklassigen Zuchtbullen, wenn auch nur in dem Sinne, dass er immer bereit war. Der Gedanke, ein Kind zu zeugen, ließ ihn bis ins Mark erschauern, und er tolerierte in dieser Hinsicht keinerlei intrigantes Verhalten von Paloma, Sunny oder irgendeiner anderen.

In all den Monaten seit der Fertigstellung der Villa hatte er sich nicht auf eine Frau festgelegt, die zu ihren vielen

Annehmlichkeiten gehören sollte. Während das Haus entworfen und errichtet wurde, hatte er nie bewusst über dieses Thema nachgedacht.

Doch als der beauftragte Bauunternehmer ihm die Schlüssel überreicht hatte, war Dorian bewusst geworden, dass er diesen Ort unterbewusst nicht nur als Zuflucht vor den Ablenkungen seines ereignisreichen Alltags, sondern auch vor den erdrückenden Regeln und kleinkarierten sozialen Normen einer Welt betrachtete, die sich rasch veränderte, wenn auch nicht schnell genug für seinen Geschmack. Bei seinen monatlichen Besuchen in Tiburon hatte er einige Möglichkeiten erdacht, wie er in sexueller Hinsicht auf aufregendes, neues Territorium vorstoßen könnte.

Er hatte sich noch nicht auf eine Vorgehensweise festgelegt. Als ambitionierter, doch vorsichtiger Mann war er noch dabei, seine Optionen abzuwägen und sich darüber klar zu werden, mit welchem Ausmaß von Schändlichkeit er ungestraft davonkommen konnte.

Der vom Himmel herabschwebende Helikopter trug das Logo von Parable. Es war eine zweimotorige Maschine mit weit oben angebrachten Haupt- und Heckrotoren und einem modernen Glascockpit. In 15 Minuten würde Dorian in Tiburon sein.

107

Kipp wusste, dass ihnen eine sehr gefährliche Zeit bevorstand. Das Leben der Menschen im Haus war in Gefahr. Aber nicht nur ihr Leben. Er hatte den Geruch Shackets an den Dingen wahrgenommen, die der Mann berührt hatte, in

Woodys Zimmer und anderswo. Es war der Geruch eines Mannes, und doch wieder nicht.

Es roch auch nach etwas Neuem und Schrecklichem.

Eine Ausdünstung, von der Kipp schlecht wurde.

Das Shacket-Ding war irgendwo da draußen.

Die Forschungen, die ihn erschaffen hatten, würden nicht eingestellt werden.

In den kommenden Jahren würden deshalb noch mehr Menschen sterben.

Auch die Killer aus dem Dark Web waren dort draußen.

Trotz allem versetzten die Düfte in der Küche der Bookmans Kipps Geruchsnerven in Ekstase.

Es wurden viele Speisen zubereitet. Und alle waren köstlich.

Seine Nase war zwar ein Segen, aber sie machte sein Leben auch kompliziert.

Es gab 44 Muskeln in der Nase eines Hundes.

In der Nase eines Menschen gab es nur vier.

Die Anzahl der Duftrezeptoren in einer Hundenase überstieg vielleicht nicht die Anzahl der Sterne am Himmel, aber manchmal schien es so.

Menschen verfügten über weniger als ein Prozent dieser Zahl.

Doch wie armselig ihr Geruchssinn auch war, sie kompensierten diesen Mangel dadurch, dass sie über Daumen verfügten.

Es war wirklich erstaunlich, dass Kipp den Duft von Rindfleisch-Chili ertragen konnte, das in einem Topf auf dem Herd köchelte, von einer Kartoffel-Kasserolle in einem Ofen, einem Kuchen in einem anderen …

… und dennoch aufmerksam darauf achten konnte, ob er eine frische Brise von Shackets Duft wahrnahm.

… und die Dark-Web-Killer riechen würde, falls sie auf der Greenbriar Road aus einem Wagen stiegen.

… und dass er wusste, dass Ben immer noch oben schlief, es am Rhythmus seines Atems erkannte, der einen unverwechselbaren Geruch hatte.

… und die Glückspheromone erkannte, die die Luft um Woody trübten.

Gleichzeitig empfing er wie eine telepathische Druckwelle ein Bellagramm über einen wenige Minuten vorher erfolgten Kontakt mit einer 64-köpfigen Gemeinschaft in Coeur d'Alene, Idaho.

Etwas geschah da draußen.

Und etwas geschah hier.

Kipp roch die Abgase des Wohnmobils, das in die Einfahrt einbog.

Er und Woody liefen gerade noch rechtzeitig ins Wohnzimmer, um das große Fahrzeug langsam vorbeifahren zu sehen, zur Rückseite des Hauses.

Sie rannten in die Küche, zur Hintertür.

Megan rief: »Wartet. Machen wir es ordentlich.«

Der Fleetwood Southwind verließ die Einfahrt und fuhr in den Garten, bis er von der County-Straße aus nicht mehr zu sehen war.

So viel stand nun auf dem Spiel.

108

Um 13 Uhr am Donnerstag, vier Stunden vor der üblichen Feierabendzeit, schickte Amory Cromwell, der Hausmanager des Purcell-Anwesens in Tiburon, den 14-köpfigen Mitarbeiterstab bis um acht Uhr morgens am nächsten Montag nach Hause.

Der Große Mann hatte in letzter Minute beschlossen, für das Wochenende hierherzukommen, und er würde früh eintreffen. Alle mussten tun, was der Große Mann wollte, und zwar ohne Widerworte, selbst wenn es die Arbeit eines halben Tags zunichtemachte. Cromwell hatte die Angestellten gedrängt, rasch in ihre Autos zu steigen und abzufahren, als würde er ein Rudel Wildkatzen vertreiben. Dem Großen Mann gefiel es nicht, irgendjemanden, der hier arbeitete, grüßen oder auch nur zur Kenntnis nehmen zu müssen, abgesehen von seinem Hausmanager.

Cromwell benutzte den Spitznamen »Großer Mann« nur in Gedanken, niemals in Anwesenheit der Bediensteten, die er nicht dazu ermutigen wollte, sich über ihren Arbeitgeber lustig zu machen. Cromwell war in London geboren, hatte seine Ausbildung in England erhalten und auf einigen der schönsten Anwesen in Boston, New York und Philadelphia gearbeitet, wo man zum Frühstück, Mittagessen und Abendessen unterschiedliches antikes Silbergeschirr aufgetragen hatte und seine Arbeitgeber aus alten, reichen Familien gestammt hatten. Sie hatten als Zweitsprache fließend Französisch gesprochen und waren bis ins kleinste Detail mit den unzähligen Regeln der Etikette vertraut gewesen. Vor diesem Hintergrund war Cromwell der Ansicht, dass er nicht nur das Recht, sondern geradezu die

Pflicht hatte, sich über einen Angeber wie Dorian Purcell lustig zu machen. Vielleicht hatte der Große Mann mehr Geld als alle Familien, für die Cromwell zuvor gearbeitet hatte – na und?

Vor zwei Jahren hatte Cromwell in Boston gekündigt, um diese Stelle anzunehmen und 350.000 Dollar pro Jahr plus Zusatzleistungen zu verdienen, doppelt so viel wie zuvor. Unglücklicherweise hatte er nicht vorausgesehen, dass ein Mann, der so viele Milliarden besaß und für seine Technikzaubereien so berühmt war wie Purcell, eine unterentwickelte Persönlichkeit besitzen und ein Grobian sein konnte. In Tiburon schmiss der Große Mann niemals Partys, lud nie Gäste ein. Er aß nichts außer Tiefkühlpizzen, Tiefkühlwaffeln und Eiscreme, obwohl ein ganzes Kühlfach voller Frühstücksfleisch, Käse und Sandwich-Beilagen für ihn bereitstand. Es gab so viele große Fernseher im Haus, dass dieses wie ein äußerst elegantes Best-buy-Geschäft wirkte. In den 34 Räumen waren 20 Videospielkonsolen verteilt. In einer Spielhalle standen 46 Flipperautomaten. In einem begehbaren Tresor fanden sich beinahe 1000 Hardcore-Porno-DVDs, die Cromwell nur entdeckt hatte, weil Purcell an einem Sonntag hastig aufgebrochen war und versehentlich die Tresortür offen gelassen hatte.

Cromwells derzeitige Absicht war es, hier noch drei Jahre zu bleiben, bevor er sich einen anderen Job suchte. Er war erst 48, und er war sicher, Purcell nicht bis ins Rentenalter ertragen zu können.

Jetzt eilte er durchs Erdgeschoss des weitläufigen Anwesens und vergewisserte sich, dass alle Türen verriegelt waren. Er hätte sie alle über den Hauscomputer verriegeln können, aber manche Mitarbeiter brachen hin und wieder die Regeln und setzten bei der Arbeit das automatische Riegelsystem außer Kraft, indem sie eine Tür mit einem Keil offen hielten, weil sie zu oft ausgesperrt worden waren von einem Gesichtserkennungssystem, das sich standhaft weigerte, sie zu erkennen. Manchmal schaltete sich das Musiksystem von selbst ein und spielte laut Taylor Swift ab – ausgerechnet. Ab und zu begann sich in der Garage das Karussell mit den Autos, die Purcell sammelte, aber nie fuhr, von allein zu drehen, als hätten die Fahrzeuge, die tagein, tagaus dort herumstanden, Langeweile bekommen. Bei manchen Gelegenheiten reagierte die weibliche Stimme des Hausmanagementprogramms auf das Geräusch eines Staubsaugers mit der wieder und wieder gestellten Frage: »Benötigen Sie medizinische Hilfe?« Keines dieser Systeme war ein Produkt von Parable oder einer der Tochterfirmen, aber Cromwell fragte sich, ob die Hersteller, die gewusst hatten, wohin die Geräte geliefert würden, sie entsprechend manipuliert hatten, um den Großen Mann zu verspotten. Dieser Gedanke bereitete ihm Freude.

Weil die Mitarbeiter ohne Umschweife davongejagt worden waren, fand Cromwell vier mit Keilen offen gehaltene Türen. Gerade als er die letzte verriegelte, verkündete das Rattern eines Helikopters die bevorstehende Ankunft des Großen Mannes.

Er ging zur hinteren Terrasse hinaus, um dem Fluggerät bei der Landung zuzusehen und seinen Arbeitgeber mit mehr Würde zu empfangen, als dieser zu schätzen wusste. Danach würde er sich in ein langes Wochenende verabschieden, um Golf zu spielen, sich in einem Spa verwöhnen zu lassen und gutes Essen in Pebble Beach zu genießen. Er hatte ein Zimmer in einem Fünf-Sterne-Resort gebucht, das vielleicht genug ausgezeichneten Wein vorrätig hatte, um die seelischen Wunden zu heilen, die fünf Minuten in Dorian Purcells Gesellschaft hinterließen.

109

Eine Meile südlich des Hauses der Bookmans versammelten sich Verbotski, Knacker und zwei weitere ihrer Partner bei Atropos, Speer und Rodchenko, in der Garage des Hauses, in dem Charles Oxley tot im Keller lag. Abgesehen von Oxleys Wagen enthielt die Garage den schwarzen Suburban, in dem Speer und Rodchenko von Reno hierhergefahren waren.

Unter anderem hatten die Neuankömmlinge im Suburban aufklebbare Druckbuchstaben aus weißem Vinyl in zwei verschiedenen Größen mitgebracht, groß und extragroß. Sie hatten nicht das ganze Alphabet, nur *F*, *B* und *I* in mehrfacher Ausführung. Es kostete sie Zeit und Geduld, die Buchstaben richtig anzuordnen und sie auf dem Dach, den beiden Vordertüren und der Heckklappe des Autos anzubringen. Aber das Ergebnis wirkte überzeugend.

Alexander Gordius rief an, um ihnen mitzuteilen, dass die Deputys Megan Bookman und ihren Sohn nicht mehr bewachten.

Verbotski, Knacker, Speer und Rodchenko waren sich darüber einig, dass sie bis um 16 Uhr warten sollten, bevor sie zum Haus der Bookmans fuhren. Früher zu handeln, hätte es offensichtlich gemacht, dass ihr Eintreffen eine direkte Folge des Rückzugs der Hilfssheriffs war, und es hätte dazu geführt, dass die Witwe sich gefragt hätte, ob sie tatsächlich dem FBI angehörten.

Nachdem sie die simple Sprengvorrichtung am Ofen im Keller angebracht und nur eine Verbindung weggelassen hatten, die sie später knüpfen würden, vertrieben sie sich die Zeit mit einem Pokerspiel am Küchentisch. Der Mindesteinsatz betrug 1000 Dollar. Zwar tranken sie, aber niemals dann, wenn sie einen Job zu erledigen hatten. Verbotski kochte eine Kanne frischen Kaffee, und Knacker brachte eine Packung mit einem Dutzend Donuts mit Schokoladenglasur zum Vorschein, die er im Brotkasten entdeckt hatte.

Weil er noch nie jemanden gesehen hatte, der mit einer Verlängerungsschnur erdrosselt worden war, war Speer neugierig darauf, wie die Würgemale aussahen. Er ging in den Keller, um sich Charles Oxleys Kehle anzusehen, und zeigte sich bei seiner Rückkehr beeindruckt.

Sie spielten erst seit einer halben Stunde Poker, als Alexander Gordius anrief und ihnen berichtete, dass Megan und Woodrow Bookman nach den Angaben eines freundlichen Deputys aus der Wachmannschaft nicht die einzigen Personen im Haus waren. Außerdem waren dort eine Latina in den Dreißigern sowie ein Mann in den Dreißigern, der mit einem Golden Retriever in einem Range Rover eingetroffen war. Irgendwann hatte der Mann den Lincoln MKX der Latina sowie seinen eigenen Wagen in Mrs. Bookmans Garage gefahren. Niemand hatte die Hilfssheriffs angewiesen, Neugier gegenüber Mrs. Bookmans Besuchern an den Tag zu legen, und ihnen hatte die Eigeninitiative gefehlt, sich die Kennzeichen des Rovers und des Lincolns zu notieren. Es war nicht möglich, zu erfahren, wer diese Leute waren oder ob sie sich immer noch im Haus befinden würden, wenn die Leute von Atropos eintrafen.

Nach einer dreiminütigen Diskussion waren sich die Killer einig, dass diese neue Entwicklung keine Rolle spielte. Gemeinsam hatten sie einmal ganze elf Zivilisten überwältigt, verhört und sie danach alle erschossen. Sie waren Profis.

Als sie sich wieder ihrem Spiel zuwandten, stellte Rodchenko fest: »Das sind verdammt gute Donuts.«

»Ein Dutzend für uns vier«, erinnerte ihn Speer. »Das heißt, es gibt drei für dich.«

»Und wenn ich vier esse, erschießt du mich dann?«

»Wir könnten den Job auch zu dritt erledigen«, erwiderte Speer.

»Mit Leichtigkeit«, bestätigte Knacker.

»Wenn wir müssten«, sagte Verbotski.

Weil keiner der Anwesenden für seinen Sinn für Humor bekannt war, verzichtete Rodchenko darauf, einen vierten Donut zu nehmen.

110

An einem in die Küchenwand eingelassenen Crestron-Bildschirm – diese Geräte waren überall im Haus verteilt – aktivierte Dorian Purcell das Sicherheitssystem, das nicht nur alle Türen und Fenster, sondern die gesamten 20.200 Quadratmeter des Grundstücks umfasste. Falls jemand versuchte, über das Tor oder die spitzenbewehrte Grundstücksmauer zu klettern, würden die kombinierten Hitze- und Bewegungsmelder einen menschlichen Umriss erkennen. Der Alarm würde ausgelöst, segmentierte Rollläden aus Stahl würden vor allen Fenstern heruntergelassen und die Polizei würde gerufen. Über seine Stiftung spendete Dorian 30.000 Dollar monatlich an den Wohltätigkeitsfonds der Polizei, sodass die lokalen Polizeibehörden auf einen Alarmruf von seinem Grundstück sechsmal schneller reagierten als auf jeden anderen. Er hatte es ausprobiert.

Er kam nicht nur hierher nach Tiburon, um sich tiefgründige Gedanken über Technik und Kultur zu machen, nicht nur um darüber nachzugrübeln, welche sexuellen Abenteuer er sich an diesem Ort ungestraft herausnehmen könnte, sondern auch, um sich zu entspannen, ohne lästige Menschen um sich zu haben. Er goss Wodka mit Schokoladenaroma über ein paar Eiswürfel. Mit dem Drink in der Hand machte er eine Tour durch seinen schnittigen, ultramodernen Palast. Er war nicht sicher, ob er Flipper oder ein Videospiel spielen, ob er in seinem Virtual-Reality-Flugsimulator einen F-18-Kampfjet fliegen oder mit einem Luftgewehr auf die Dachterrasse gehen und auf fliegende Krähen schießen sollte, oder Tauben, falls welche dort waren.

Als Nächstes gelangte er zur Bibliothek. Ein gewaltiger, antiker Kaschanteppich mit einem komplizierten Muster aus Schattierungen von Saphirblau, Korallenrot und Bernsteingelb schien über dem bleichen Kalksteinboden zu schweben, als ob er auf einen Geist wartete, der ihn mit einem Zauberspruch zum Fliegen bringen konnte. Die Bücherregale waren aus wagenschott geschnittenem Anigre-Holz gefertigt, ein Holz, das durch seinen kräftigen Goldton zu leuchten schien. Dorian hatte einen Bücherscout beauftragt, ihm 6000 wichtige Erstausgaben zu beschaffen, zu einem achtstelligen Preis.

Er hatte vorgehabt, zwischen den Regalen spazieren zu gehen und seine Schätze zu bewundern. Aber als er in den nächsten Gang einbog, nahm er einen leichten, störenden Geruch wahr. Er konnte dessen Ursprung nicht feststellen und fragte sich, ob es Schimmel oder irgendein anderes Anzeichen für Papierverfall war. Sein Büchermann würde der Sache nachgehen müssen. Dorians Begeisterung für einen Bücherspaziergang ließ nach.

Er hatte noch keine Zeit gehabt, irgendeinen der Bände in seiner Weltklasse-Sammlung zu lesen, aber das spielte keine Rolle. Die Bibliothek hatte zwei Hauptzwecke. Erstens, sie verlieh dem Anwesen mehr Klasse. Zweitens, und noch wichtiger: Sie ermöglichte es ihm, eine als Bücherregal getarnte Geheimtür zu haben wie in den alten Gruselfilmen, die er cool fand, seit er sich als Kind für alte Filme interessiert hatte – Karloff, Lugosi!

Als er »*Ochus Bochus*« sagte, den Namen eines mythischen nordischen Zauberers und Dämons, entriegelte ein Stimmenerkennungsprogramm die Tür und ließ sie auf elektrisch betriebenen Scharnieren aufschwingen. Dorian trat in einen geheimen Korridor, der zu einem ganzen Netz solcher Gänge hinter den Mauern des Hauses gehört, und sagte »*Hoc est corpus meum*«, was den Bücherschrank dazu veranlasste, sich zu schließen und zu verriegeln.

Am Ende des Geheimgangs lag eine Geheimtür, die als großer Spiegel getarnt war, der von Wand zu Wand und vom Boden bis zur Decke reichte. Keiner der Mitarbeiter wusste von diesen versteckten Durchgängen. Dorian selbst reinigte diesen Spiegel von Zeit zu Zeit. Für einen Moment blieb er stehen und bewunderte sein Spiegelbild. Er war der Ansicht, dass er wunderbar mysteriös aussah. Dann griff er nach dem im Spiegelrahmen verborgenen Riegel und öffnete die Tür.

Hinter ihr lagen Geheimtreppen, die nach oben und nach unten führten. Er stieg zu einer dreieinhalb Quadratmeter großen Fläche hinab, die auf drei Seiten mit den teuersten Büchern seiner Sammlung gesäumt war. Eine weitere versteckte Tür schwang auf, als er das Wort »Abrakadabra« aussprach. Er betrat einen Vorraum, der so abgeschieden war wie vergessene Katakomben, die man vor tausend Jahren versiegelt hatte.

So lange, wie er zurückdenken konnte, hatten ihn Worte wie *geheim, versteckt, abgeschieden, mysteriös* und *vertraulich* insgeheim fasziniert. Und er empfand immer noch so, wie er als Junge empfunden hatte.

An der Wand gegenüber der geheimen Tür, durch die er eingetreten war, befand sich eine isolierte Stahltür, die 360 Kilogramm wog. Sie konnte entweder mit einer Zahlenkombination oder durch die Worte *Hola Nola Massa* geöffnet werden, eine Zauberformel, die dunkle Magier des Mittelalters benutzt hatten, um den Erfolg ihrer Mühen sicherzustellen.

Er sprach die Worte, die Tür öffnete sich und er ging durch ein kleines Apartment, das im Moment noch unmöbliert war. Der erste Raum war sechs mal neun Meter groß. Hinter ihm lag ein vollständig ausgestattetes Badezimmer, in dem sich außerdem ein Kühlschrank und eine Mikrowelle befanden.

Wände und Decke bestanden aus 90 Zentimeter dickem, stahlverstärktem Beton, der mit 2,5 Zentimeter dicken Schallschutzplatten und Gipskartonplatten bedeckt war. Hätte er einen iPod hier hereingebracht und den ohrenbetäubendsten Heavy-Metal-Song in der höchstmöglichen Lautstärke abgespielt, hätten sich die krachenden Akkorde auf der anderen Seite der 360-Kilogramm-Tür, dort draußen im Vorraum, wie ein weit entferntes, nicht ganz identifizierbares Geräusch angehört. Noch weiter weg wären sie völlig unhörbar gewesen.

Dies war einer von drei Sicherheitsräumen, die an verschiedenen Punkten des Anwesens versteckt waren. Hierher konnte er sich zurückziehen, falls Terroristen oder Einbrecher ins Haus kamen, und abwarten, bis die Polizei sich um sie gekümmert hatte. Die anderen beiden Kammern waren nicht so gut verborgen und gründlich gesichert wie diese. Keine von ihnen tauchte in den Aufzeichnungen des städtischen Baudezernats auf.

Erst ein paar Wochen nach der Fertigstellung des Hauses hatte Dorian langsam begriffen, dass dieser spezielle Sicherheitsraum auf eine andere Weise benutzt werden konnte als die anderen zwei. Er hatte einen weiteren Monat gebraucht, um sich eingestehen zu können, dass er unterschwellig bereits gewusst hatte, für welchen anderen Zweck er diesen Raum verwenden konnte. Dieser Einfall stammte weder von seinem inneren Kind, das alte Gruselfilme mochte, noch von dem sicherheitsbewussten Milliardär, zu dem dieses Kind geworden war. Er stammte von einem skrupelloseren Aspekt seiner Persönlichkeit, den er sich nie ganz eingestanden hatte, eine vollkommen freie, allmächtige Version von Dorian

Purcell, ein ultimatives Ich, das sich nach Selbstverwirklichung sehnte.

Jetzt sprach er die zwei Gedichtzeilen aus, die er einmal gehört hatte und die ihn fasziniert hatten, aus Gründen, die er sich nicht ganz erklären konnte. Er kannte weder den Dichter noch den Rest des Gedichts, und es war ihm auch gleichgültig.

»›Ich hätte ein zerklüftetes Scherenpaar sein sollen und über die Böden stiller Meere krabbeln.‹«

Durch die Raumakustik schienen die Worte in der Luft zu sterben, noch bevor sie die gegenüberliegende Wand erreichten, obwohl er nicht geflüstert hatte.

Um aus dieser verdorbenen Zeit in die transhumanistische Zukunft zu gelangen und sich über die Beschränkungen der menschlichen Art zu erheben, um wie ein Gott zu werden, war es nötig, auch wie ein Gott zu denken.

Und Götter kannten keine Grenzen.

Während er seinen Wodka mit Schokoladenaroma auf Eis trank, betrachtete er das Zimmer und überlegte, wie es auf ansprechende Weise altersgerecht zu dekorieren wäre, malte sich aus, welche ultimative Macht ihm hier zukommen konnte.

Es war eine gewaltige Herausforderung: in diesem Allerheiligsten ein geheimes Leben voll verbotener Freuden zu führen, ohne zuzulassen, dass diese Freuden ihn beherrschten oder in irgendeiner Weise Spuren in seinem Gesicht oder der Persönlichkeit hinterließen, die er der Welt dort oben präsentierte.

Langsam formte sich ein bedächtiges Lächeln auf seinen Lippen, während er sich vorstellte, welchen Spaß es ihm machen würde, sich dieser Herausforderung zu stellen, wie er sich so vielen anderen gestellt hatte mit stets zunehmendem Erfolg.

111

Bereits um 14:05 Uhr am Donnerstagnachmittag hatte Sheriff Hayden Eckman seine gute Laune wiedergefunden. Tio Barbizon hatte recht: Es war eine Erleichterung, jemandem zu gehören und keine andere Pflicht zu haben als zu tun, was einem gesagt wurde. Wenn Barbizons Männer um 18 Uhr kamen, um die Leichen und die Beweismittel abzuholen und Hayden die Nacherzählung der Ereignisse unterschreiben zu lassen, die man fabriziert hatte, um den Generalstaatsanwalt zufriedenzustellen, konnte sein neues Leben beginnen.

Er saß auf einem Lehnsessel im Wohnzimmer und hatte sein zweites Glas Scotch zu einem Drittel ausgetrunken, als sein persönliches Telefon klingelte. Der Anrufer war Deputy Reed Hannafin, einer der loyalen Mitarbeiter, die Hayden eingestellt hatte.

»Sheriff, ich habe gerade von einem unserer Leute erfahren, dass Dr. Conroy gestern Abend im Haus der Bookmans war, während wir es bewacht haben.«

Hayden nahm eine aufrechtere Haltung ein. »Vorher konnten wir Carson nicht finden. Jim Harmon musste sich um die Morde in der Heiz- und Kühlanlage kümmern. Was zum Teufel macht Carson denn bei den Bookmans?«

»Das weiß niemand. Sein Explorer stand vor dem Haus. Vor Tagesanbruch ist er wieder abgefahren. Wollen

Sie, dass ich ihn suche? Soll ich vielleicht in seinem Haus nachsehen?«

Nach einem Zögern erwiderte Hayden: »Ich werde erst fragen müssen.«

Verwirrt gab Hannafin zurück: »Fragen, wen denn?«

»Ich meine, ich muss erst darüber nachdenken, wie wir die Sache angehen. Er hätte dort nicht auftauchen sollen, weder offiziell noch inoffiziell. Aber er ist ein eigensinniger Kerl. Reizbar. Überlassen Sie mir die Sache.«

»Ich dachte mir nur, Sie sollten Bescheid wissen.«

»Jetzt weiß ich Bescheid.« Hayden legte auf.

Eine halbe Minute später klingelte das Telefon wieder. Rita Carrickton.

»Ich habe ein bisschen geschlafen«, sagte sie. »Du auch?«

»Nein. Ich werde vielleicht nie wieder schlafen. Ich bin total angespannt.«

»Ich komm zu dir und sorg dafür, dass du dich entspannst. Ich bin verflucht geil. Diese ganze Action, die Gewalt – ich weiß nicht, das törnt mich einfach an.«

Hayden warf einen Blick auf die Armbanduhr. Er hatte noch fast vier Stunden Zeit, bis Barbizons Männer auftauchen würden. Ein Techtelmechtel mit Rita war vielleicht der einzige Weg, sich so zu beruhigen, dass er vielleicht wenigstens noch zwei Stunden Schlaf bekam, bevor die Leute aus Sacramento kamen. Er musste sich etwas ausruhen, um ihnen gewachsen zu sein. »Komm rüber.«

»Bin in 20 Minuten da.«

Der Sheriff eilte ins Badezimmer und kippte eine 50-Milligramm-Viagra mit einem Schluck Scotch hinunter.

Er schaltete die Alarmanlage ab und ging in die Garage. Aus dem Kofferraum seines Streifenwagens holte er das Bargeld und die Jacke mit den in das Innenfutter eingenähten Diamanten.

Als er wieder in der Küche war, hängte er die Jacke über einen Hocker und warf das Bargeld auf die Kücheninsel.

Er hatte nicht vor, Rita zu sagen, dass er Tio und höchstwahrscheinlich auch Purcell gehörte. Jemandem zu gehören war eine gute Sache. Er wusste, dass es so war. Aber bei Rita würde etwas Überzeugungsarbeit nötig sein. Sie würde es endlos ausdiskutieren wollen. Im Moment wollte Hayden nicht reden; er wollte nur, dass sie ihm das Hirn herausfickte. Sie war bereits in Stimmung, und wenn sie all das Geld sah, würde es sein, als hätte er ihr ein halbes Kilogramm eines starken Aphrodisiakums verabreicht.

Beinahe hätte er die Alarmanlage wieder eingeschaltet, aber wenn er das getan hätte, hätte sie sich nach dem Grund erkundigt. Er wollte nicht, dass sie glaubte, er habe Angst vor Lee Shacket.

Statt nach 20 Minuten traf sie schon nach 15 ein. Sie parkte in der Garage und kam durch die Verbindungstür in die Küche. Sie trug Freizeitkleidung, keine Uniform, und als sie das auf dem Tresen aufgehäufte Geld sah, schwollen ihre Brustwarzen an und begannen sich deutlich unter ihrem weißen T-Shirt abzuzeichnen.

»Was ist das, sind das Beweismittel für irgendeinen Fall oder so?«

»Nein, Baby, das ist gerechte Beute.«

Staunend fragte sie: »Ist das deins?«

»Unseres. War in Shackets Auto versteckt.«

Sie hatte eine Flasche guten Rotwein mitgebracht. Diese stellte sie nun auf der Kücheninsel ab, vergrub ihr Gesicht in den Geldscheinen und atmete tief ein. Als sie wieder aufblickte, verkündete sie: »Du wirst heute *so was von* durchgebumst.«

»Ich muss noch schnell duschen.«

»*Beeil* dich. Ich warte im Bett mit zwei Gläsern Wein auf dich, Mr. Big.«

Er liebte es, wenn sie ihn Mr. Big nannte. Wie erstaunlich es doch war, dass er noch vor kurzer Zeit in Embryonalhaltung auf dem Küchenboden gelegen hatte und überzeugt gewesen war, dass sein Leben vorbei war oder dass seine Zukunft zumindest so finster aussah, dass er nichts mehr hatte, für das es sich zu leben lohnte! Jetzt war ihm eine strahlende Zukunft sicher, und bald würde er von Rita ausgepumpt werden, die eine sagenhafte Reiterin war. Sie würde sogar noch sagenhafter sein, wenn er sich vorstellte, sie sei Megan Bookman.

112 Das Zentrum des Geschehens befand sich jetzt im Obergeschoss. Woodys Mom brauchte sich keine Sorgen zu machen, weil er und Kipp dort oben allein waren, wie sie es getan hatte, als die Deputys abgezogen worden waren.

Mit Kipp an seiner Seite hatte Woody in seinem Zimmer gerade eine halbe Stunde mit Bella in der Leitung verbracht, der Golden-Retriever-Hündin, die in Santa Rosa bei der Familie Montell lebte. Von allen Mitgliedern des Mysteriums hatte sie am meisten Erfahrung mit dem Gebrauch der Leitung, denn sie war jahrelang freiwillig rund um die Uhr auf Empfang geblieben, sieben Tage in der Woche, auch wenn die anderen sich ausklinkten. Wenn sie auf wichtige neue Nachrichten stieß, erzwang sie Verbindungen mit allen von ihrer Art und implantierte die Neuigkeiten in ihrem Geist. Woodys Bewusstsein der Leitung war zuerst unterschwellig gewesen. Sein erster Gebrauch dieser Verbindung war unabsichtlich gewesen, und so hatte er Kipp auf sich aufmerksam gemacht. Jetzt musste er alles darüber wissen, wie man sie einsetzte. Bella beriet ihn nicht nur, sie schickte ihm auch ein Datenpaket, das ihn innerhalb von Minuten zu einem ebenso versierten Sender machte wie all die anderen Mysterier.

Als Resultat dieser Anleitung öffneten sich weitere Türen in seinem Geist, von denen er nicht einmal gewusst hatte, dass sie verschlossen gewesen waren. Ein Gefühl von Freiheit und Vollständigkeit stieg in ihm auf wie ein heliumgefüllter Ballon mit der Aufschrift ›Happy Birthday‹. Seine Metamorphose hatte mit seiner Zusammenkunft mit Kipp begonnen, als sie sich am vorigen Abend auf dem Bett gegenseitig in die Augen geblickt hatten, und nun war sie vollendet, dank Bella.

Als es getan war, kniete er sich mit Kipp auf den Boden und drückte seinen Gefährten für einen langen, schönen Moment an sich, Wange an Wange, Fell an Haut. Der Junge sprach nicht und der Hund konnte nicht sprechen, aber sie beide feierten auf diese Weise Tausende Jahre des gegenseitigen Vertrauens und der Liebe zwischen ihren Arten. Sie feierten außerdem die Reifung dieser Verbindung zu etwas Großartigem und Wunderbarem, das sie sich beide noch vor zwei Tagen nicht hätten vorstellen können.

Sie standen an der Schwelle einer radikalen Transformation der Welt, die schon vor den frühesten historischen Aufzeichnungen begonnen hatte, als die erste Allianz zwischen einem Hund und einem primitiven Menschen geschmiedet worden war, auf irgendeiner lebensfeindlichen Steppe oder in einem Wald voller Gefahren. Bis dahin war der einzige Schutz gegen Unwetter und die tödliche Bedrohung durch die Bestien der Natur eine Höhle und ein aufmerksam in Gang gehaltenes Feuer gewesen. Aber mit dieser Allianz war aus zwei Raubtieren – Hunden und Menschen, die über Jahrtausende zusammenarbeiteten – mehr geworden als Raubtiere, durch die Liebe, die zwischen ihnen herangewachsen war. Diese Liebe war nicht nur der Instinkt einer Spezies gewesen, die ihren wertzuschätzen, sondern eine Liebe, durch die Mensch und Hund einen langen Weg in ein gemeinsames Schicksal begonnen hatten. Manche nannten es Evolution, dass die Hunde nach und nach immer intelligenter wurden, bis sie einen plötzlichen Quantensprung ihrer Entwicklung erlebten. Andere nannten es vielleicht eine geplante Entwicklung, aber was auch immer diese Veränderung antrieb – keine der beiden Arten war vollständig ohne die andere. Die Hunde brauchten die Hände und Stimmen der Menschen, und die Menschen brauchten – dringend sogar – die Unschuld der Hunde, ihre Unduldsamkeit gegenüber aller Täuschung, ihre Loyalität.

Es war eine Ironie, die Woody sogar in seinem früheren Zustand erkannt hätte, dass ausgerechnet ein stummer, autistischer Junge zum Vermittler zwischen den beiden Spezies wurde. Die Verantwortung, die auf ihm lastete, war einschüchternd. Er sagte: »Komm, Kipp. Ich muss mit Mom reden.«

113

Im Haus von Mr. Oxley waren die Atropos-Killer mit ihrem Pokerspiel fertig und bereiteten sich auf ihren Besuch bei den Bookmans vor.

Sie waren mit Pistolen bewaffnet, hatten jedoch nicht die Absicht, sich ihren Weg ins Haus freizuschießen. Ein einfaches Anklopfen und das Vorzeigen authentisch aussehender Dienstmarken würden ihnen die Tür öffnen. Die Bookmans rechneten vielleicht mit Schwierigkeiten, aber nicht damit, dass diese Schwierigkeiten in einem FBI-Wagen wie in den Filmen eintreffen würden, dass sie dunkle Anzüge trugen, sich respektvoll ausdrückten und einen ausgezeichnet gefälschten Fotoausweis mit dem FBI-Stempel vorzeigten.

Die Waffen ihrer Wahl waren Taser und kleine Sprayflaschen, die Chloroform versprühten. Wenn die Zielpersonen einen 50.000-Volt-Schock erhalten und das Bewusstsein verloren hatten, würde man sie mit Kabelbindern fesseln.

Danach konnte das Verhör beginnen, bei dem sie in allen Einzelheiten erfahren würden, was Megan Bookman über das Geschäft mit Auftragsmorden im Internet sowie über die Kunden herausgefunden hatte, die für gut inszenierte Unfälle, Herzinfarkte, zerebrale Embolien, Selbstmorde und Terroranschläge bezahlten.

Sie würden der Witwe Bookman und möglicherweise

auch anderen das Barbiturat Thiopental injizieren, oft »Wahrheitsserum« genannt. Das Mittel garantierte allerdings nicht, dass sie ihnen alles sagen würde, nur, dass sie einen unwiderstehlichen Drang verspüren würde, auf ihre Fragen zu antworten. Doch wenn Thiopental zusammen mit einem Drogencocktail verabreicht wurde, den die Oberdirektion des russischen Geheimdienstes entwickelt hatte, wurde das Lügen so gut wie unmöglich, vor allem dann, wenn mit den Injektionen die Androhung extremer Schmerzen einherging.

»Wenn wir Glück haben«, sagte Verbotski, »hat sie noch mit niemandem außerhalb dieses Hauses über das gesprochen, was sie erfahren hat. Dann müssten wir bloß all ihre Beweismittel einsammeln, die vier hierherholen, sie so sauber wie möglich kaltmachen, wieder nach Reno zurückbringen und die Leichen so entsorgen, dass sie nie gefunden werden.«

Atropos & Company waren dafür bekannt, dass sie über Methoden verfügten, die Toten so zu beseitigen, dass ihre Überreste niemals entdeckt wurden. Das Liquidierungslabor in ihrer Einrichtung in Reno konnte Wunder wirken, was das Verschwindenlassen von Leichen betraf.

»Was ist mit dem Hund?«, fragte Rodchenko. »Dieser Kerl, wer immer er ist, ist dort mit einem Hund aufgetaucht.«

»Was soll mit dem sein?«

»Töten wir den Hund?«, fragte Rodchenko.

»Wenn er uns Schwierigkeiten macht.«

»Ich will ihn töten, ob er Schwierigkeiten macht oder nicht.«

»Was hast du gegen Hunde?«

»Ich mag die Art nicht, wie sie mich anschauen.«

»Wie schauen sie dich denn an?«, wollte Bradley Knacker wissen.

»So wie ein Polizist dich anschaut, wenn sein Instinkt anschlägt. Hunde jagen mir Angst ein. War schon immer so. Bin schon dreimal gebissen worden.«

Speer sagte: »Dann töte den Hund eben.«

»Hat jemand was dagegen?«, hakte Rodchenko noch einmal nach.

Niemand hatte etwas dagegen.

114

Woody führte seine Mutter aus der Küche in ihr Atelier, wo sie sich neben dem unfertigen Gemälde von ihm und den Hirschen auf ihren Hocker setzte.

Hinter den hohen Fenstern wiegten sich die Bäume nicht mehr so heftig im Wind wie vorher. Der Wind schien endlich ein wenig nachzulassen, obwohl die Wolkendecke dunkler wurde.

Er stellte sich vor seine Mom und nahm ihre Hände in seine. Er sah, dass seine Bereitschaft, sich nicht nur berühren zu lassen, sondern auch selbst zu berühren, sie immer noch überraschte und bewegte.

»Etwas wirklich Großes passiert gerade«, teilte er ihr mit.

»Es ist doch schon etwas ganz Enormes passiert, Schatz.«

»Es ist was viel Größeres als ich.« Sie wusste natürlich vom Mysterium und von der Leitung. Sie wusste, dass die Hunde nicht die Gedanken ihrer Artgenossen lesen konnten, sondern dass die Leitung im Grunde etwas wie ein telepathisches Telefon war. Nun erzählte Woody ihr von Bella in Santa Rosa und von dem, was Bella für ihn getan hatte. »Ich bin noch dabei, das zu lernen, was Bella macht, wie sie zu ihnen allen spricht, zu ihnen allen durchdringt, egal ob sie im Moment in der Leitung sind oder nicht. Das ist cool. Das ist wie irgendwas, das Heinlein geschrieben hat. Aber ich werde noch einige Stunden üben müssen, bevor ich vielleicht … den nächsten Schritt gehen kann.«

Ihre langen, geschmeidigen Finger schlossen sich fester um seine Hände. »Welchen nächsten Schritt, Woody?«

»Nichts Schlimmes«, beruhigte er sie. »Ich brauche nur ein bisschen Zeit zum Üben, um sicherzugehen, dass ich es richtig kann. Ich werde ganz intensiv üben. Aber vorher wollte ich es dir noch sagen.«

In sein Schweigen hinein fragte sie: »Mir was sagen, Spatz?«

Er kannte die Worte, die er ihr mitteilen wollte, weil er sie ausgesprochen hatte, als er nach seinem langen Schweigen zum ersten Mal fähig gewesen war zu sprechen. Aber Worte waren nur ein Teil davon, der kleinere Teil. Woody schloss die Augen und sammelte in sich alle Gefühle, die er für sie empfand: seine Erkenntnis ihrer Liebe zu ihm, ihrer Trauer über den Verlust seines Vaters, ihrer Güte und tiefen Zärtlichkeit, ihrer Hingabe und Aufopferung ihm gegenüber, der Opfer, die sie für ihn gebracht hatte, ihres Talents als Künstlerin und Pianistin, ihres großen Herzens und der Reinheit ihrer Absichten. Er nahm all diese hellen Wahrheiten über sie und alle Emotionen, die diese in ihm hervorriefen, verwob sie zu einem strahlenden Stoff und wickelte diesen um 13 Wörter: *Du bist ein Engel auf Erden, und ich liebe dich von ganzem Herzen.* Das alles sendete er mit der gleichen sanften, aber unaufhaltsamen Kraft an sie, die Bella einsetzte, wenn sie ihre Bellagramme verschickte.

Die Leitung existierte bereits seit Tausenden von Jahren. Niemand wusste genau, wie lange schon. Noch bevor sie ein Wort dafür kannten, ohne auch nur darüber nachzudenken, hatten die Hunde sie benutzt, lange bevor diese rapide Erweiterung ihrer Intelligenz begonnen hatte. Sie hatten sie auf primitive Weise benutzt: um ihr Revier zu markieren, sich gegenseitig vor Gefahren zu warnen, sich auf reichhaltige Beute aufmerksam zu machen. Die Leitung, die man auch einfach als »Telepathie« bezeichnen konnte, stammte aus dem Fundus des Wissens, den man »Instinkt« nannte. Es gab vier Arten von Wissen: was gelehrt wurde, was aus Erfahrung stammte, was intuitiv erfasst wurde sowie in den Genen angelegte Instinkte.

Weil sie weit mehr Vertrauen in ihren Instinkt gesetzt hatten als die Menschen, waren die Hunde darauf vorbereitet gewesen, die Leitung auf eine viel fortgeschrittenere Art einzusetzen, als ihre Intelligenz ein Niveau erreichte, auf dem sie verstanden, wie diese Gabe besser angewandt werden konnte. Woody hingegen hatte nicht gewusst, dass die Leitung in ihm wartete und sein Leben verbessern konnte, und er hatte unbewusst über sie gesendet, als seine Unfähigkeit zu sprechen ihm in diesen Stunden der Verzweiflung, des Entsetzens und der blinden Panik keine andere Möglichkeit gelassen hatte. Aber da die Leitung zu *seinem* genetischen Vorrat instinktiven Wissens gehörte, besaß sicherlich auch jeder andere Mensch auf der Welt dieses telepathische Potenzial.

Und so benutzte er also die Leitung, um seiner Mutter diesen Valentinsgruß im September zu schicken. Er sah, wie sie große Augen bekam, größer als er sie je gesehen hatte, und er hörte, wie ihr Atem stockte, fühlte, wie sie die Hände um seine schloss, und sah, wie ihr die Tränen kamen. Sie hatte auch geweint, als sie seine Stimme zum ersten Mal gehört hatte und er ihr mitgeteilt hatte, dass er sie liebte. Doch die Macht der Leitung traf sie tiefer, durch all das, was diese zusätzlich zu Worten vermitteln konnte. Dieses Mal war es auch deshalb anders, weil auch Woody weinte, erhoben von der Botschaft unsterblicher Liebe, die sie über die Leitung zu ihm zurückschickte, durch die Verbindung, die er für sie eröffnet hatte.

Während der 164 Wochen seit dem Tod seines Vaters hatte seine Mom ihn gelegentlich beim Weinen ertappt. Er hatte immer gelächelt, das Daumen-hoch-Zeichen gemacht und ihr auf andere Weisen vorgespielt, dass es Freudentränen seien. Aber keine Lüge, egal wie gut die Absicht hinter ihr war, konnte in der telepathischen Kommunikation Bestand haben, denn die Wahrheit über die Motive des Senders war unlösbar mit den Emotionen verbunden, die gemeinsam mit den Worten übermittelt wurden. Jetzt wusste Woodys Mutter, dass die Tränen, die er zuvor vergossen hatte, Tränen der Trauer gewesen waren, doch diese, die er jetzt weinte, waren wirklich Freudentränen.

Plötzlich begriff sie alles, was passiert war, begriff, was es bedeutete und was schließlich geschehen musste, und sie sendete ihm die Botschaft: *OMG, Kleiner, du hast mir gerade eine Heidenangst eingejagt.*

Er wusste genau, was sie meinte. Sie meinte keine schlimme Art von Angst. Sie meinte eine Angst, die eine bettelarme Person verspüren mochte, die gerade eine Milliarde Dollar im Lotto gewonnen hatte und begriff, dass nun nichts mehr so sein würde wie vorher.

115

Als der Sheriff nackt und bereit aus dem Badezimmer kam, war Rita immer noch vollständig bekleidet und nippte an ihrem Cabernet. Sie reichte ihm ein volles Glas Wein, ließ ihn auf dem Bettrand Platz nehmen und begann sich dann langsam für ihn auszuziehen.

Für Hayden Eckman war es ebenso aufregend wie das, was folgen würde, Rita beim Ausziehen zuzuschauen. Sie vermied die Theatralik einer Stripperin und zog jedes Kleidungsstück langsam aus, aber mit großer Effizienz und einem herausfordernden Blick, der sagte: *Ich vertrete das Gesetz, Mister, und Sie werden genau das tun, was ich will.* Als Teenager, der Mädchen so rätselhaft gefunden hatte, wie sie ihn unmöglich fanden, hatte Hayden mit seiner Mutter neben Mr. und Mrs. Dowling gewohnt, zwei Polizeibeamten. Seine pubertäre Geilheit hatte sich mit solcher Intensität auf Joyce Dowling gerichtet, die er durch ein Fernglas beobachtet hatte, wenn sie sich im Garten sonnte, dass er diese Fixierung nie ganz überwunden hatte. Das Einzige, was Ritas Striptease für ihn noch aufregender gemacht hätte, wäre gewesen, wenn sie eine Uniform getragen und sich Joyce genannt hätte.

Jetzt stellte der Sheriff sein halb ausgetrunkenes Weinglas zur Seite und ließ Rita zu sich ins Bett steigen. Sie war gelenkig, lüstern und unersättlicher als je zuvor. Sie konnte nicht genug von ihm bekommen, war eine Sexmaschine, der Ritt war besser als jeder, den er je erlebt hatte – bis er unter ihr einschlief.

Als er aufwachte, war er etwas verwirrt, denn er war zwar nackt, befand sich aber nicht mehr im Bett. Stattdessen lag er in der Badewanne. Das Wasser war kalt. Er zitterte.

Rita, die nun vollständig bekleidet war, saß auf dem heruntergeklappten Klodeckel und beobachtete ihn.

Deputy Andy Argento, der an der Badezimmertür stand, sagte: »Hey, er ist wach. Das sollte eigentlich nicht passieren.«

»Ist schon in Ordnung«, erwiderte Rita. »Von ihm ist nicht mehr viel übrig.«

»Wenn Sie das sagen, Sheriff.«

Das verwirrte Hayden noch mehr. Mit undeutlicher Aussprache sagte er zu ihr: »Nein, du bist doch bloß Undersheriff.«

»Und danke für die Ernennung«, gab sie zurück. »Ich bin erst mal übergangsweise Sheriff, bis zur Sonderwahl.«

Hayden hatte seiner Ansicht nach nicht genug Scotch und sicherlich nicht genug Wein konsumiert, um betrunken zu sein, aber er sprach, als wäre er es. »Was für eine Sonderwahl?«

»Tio Barbizon wird mich unterstützen. Ich bin jetzt im Klub, Hayden. Auf dem Weg nach oben.«

Er roch Blut. Ihm wurde klar, dass das Wasser davon gefärbt war.

Eine Menge Blut.

Für einen Augenblick glaubte er, Shacket wäre ins Haus gelangt und hätte ihn halb totgebissen. Dann bemerkte er, dass sein rechter Arm auf dem Badewannenrand lag und in seinem Handgelenk ein tiefer Schnitt von einer Rasierklinge klaffte.

Seine Augenlider waren sehr schwer. Bleischwer. Er konnte die Augen nicht offen halten. »Aber ich gehöre jemandem. Ich habe mich verkauft. Ich bin ein wertvolles Gut.«

»Schön für dich, dass du dich für ein Weilchen dafür halten konntest.«

Ihre Stimme schien aus weiter Ferne zu kommen, als hätte sie das Badezimmer verlassen und spräche aus dem Schlafzimmer mit ihm.

Mit Mühe gelang es Hayden, die Augen zu öffnen. Sie saß immer noch auf dem Toilettendeckel.

Schatten versammelten sich im Zimmer. Er konnte die Gesichtszüge der Frau, die ihn beobachtete, nicht mehr genau erkennen.

»Joyce?«, fragte er.

»Verdammt, hörst du das, Andy? Weißt du, was ich an diesem Arschloch am meisten gehasst habe?«

Ein Mann, der nur als Silhouette erkennbar war, erwiderte: »Was denn?«

»Wir waren dabei, es zu treiben, er hat gegrunzt wie ein Trüffelschwein, und dann hat er mir ihren Namen gegeben und es nicht mal gemerkt.«

»Wessen Namen?«

»Joyce. Irgendeine Nachbarin, die Polizistin war und auf die er als Teenager scharf war.«

»Was für ein Freak«, brummte der Mann.

»Das kannst du laut sagen«, sagte die Frau.

Hayden Eckman versuchte zu protestieren. Aber seine Stimme versagte. Und dann konnte er sich nicht mehr erinnern, was ihn empört hatte. Und dann …

116 Nach ein paar Stunden Schlaf traf Ben Hawkins sich mit Megan Bookman, um die Vorbereitungen auf ihre unerwünschten, aber unvermeidlichen Besucher noch einmal durchzugehen. Obwohl sie sich vor dem fürchtete, was vielleicht passieren würde, brannte sie dennoch darauf zurückzuschlagen. Ben hatte erwartet, dass sie darauf bestehen würde, Woody zu verstecken und aus der Kampfzone herauszuhalten. Aber sie verstand, dass die Anwesenheit des Jungen notwendig war, um die Killer davon zu überzeugen, dass sie sich der ihr drohenden Gefahr nicht bewusst war, egal wie sehr Shacket sie traumatisiert hatte. Wenn sie den Jungen nicht sahen, würden sie Verdacht schöpfen, ihre Waffen ziehen und es würde zu Blutvergießen kommen.

Einige Minuten später war Ben in der Küche. Carson Conroy war gerade von seinem dritten Ausflug zur verlassenen Wohnwagensiedlung zurückgekehrt. Er brachte die letzten zwei Taschen und stellte sie neben einen Stapel anderer.

»Wir haben nicht genug Zeit, um noch eine Fahrt zu riskieren«, sagte Ben.

Carson schüttelte den Kopf. »Nicht nötig. Das war der größte Teil davon.«

»Wenn Sie auf das aufpassen« – Ben deutete auf die Taschen –, »dann verstecke ich den Fleetwood, wie geplant.«

»Glauben Sie wirklich, dass die heute kommen? Die haben Woody doch erst gestern zu seinem Computer zurückverfolgt. Aber ich schätze, die denken, es wäre Megan gewesen.«

»Die werden so schnell wie möglich zuschlagen wollen. Sie kommen, da bin ich sicher. Sie werden nicht bis zum Abend warten, weil sie damit rechnen, dass wir misstrauischer sind, wenn sie im Dunkeln aufkreuzen. Bei dieser dichten Wolkendecke bleiben ihnen nur noch ein paar Stunden brauchbares Tageslicht. Sie werden bald hier sein. Vielleicht in einer Stunde.«

Carson warf einen Blick zum Fenster, hinter dem sich der Tag unter dem düsteren, wolkenschweren Himmel immer mehr verdunkelte. »Und sie werden dreist sein und sich als etwas ausgeben, das sie nicht sind?«

»Das werden sie für ihre beste Chance halten, hereinzukommen und die Kontrolle zu übernehmen. Leute wie die halten alle anderen für Idioten.«

»Das sind wir ja oft auch.«

»Ja, aber nicht dieses Mal.«

Der Wind war rau, aber nicht mehr so heftig wie zuvor. Er brauste nur noch, statt zu kreischen, und er schien sich an der Wut zu verschlucken, die er nicht mehr zum Ausdruck bringen konnte.

Der Zündschlüssel des Wohnmobils lag im Getränkehalter neben dem Fahrersitz. Ben fuhr zum Highway und bog nach Norden ab.

Nach weniger als einer Meile erreichte er einen Parkplatz mit Picknicktischen, der eine gute Aussicht auf die

Berge bot. Wegen des Winds und der hohen Regenwahrscheinlichkeit nutzte im Moment niemand diesen Platz. Ben parkte das Wohnmobil, schloss es ab und ging mit schnellen Schritten zum Haus der Bookmans zurück.

Als er sich dem Grundstück näherte, beobachtete er die Fenster. Alle Rollläden heruntergelassen, alle Vorhänge zugezogen. Eine Ausnahme bildeten die Fensterscheiben in der Haustür sowie die beiden Seitenfenster, von denen eines über eine Glasscheibe und die andere nur über die halbdurchsichtige Plastikplane verfügte, die er in der letzten Nacht mit Megan dort festgenagelt hatte.

Als er wieder im Haus war, fand er alle im Wohnzimmer vor, wo sie wie verabredet warteten. Carson und Rosa saßen auf Lehnstühlen. Megan hatte auf einem der Sofas Platz genommen, mit Woody an ihrer linken Seite. Unter einem Zierkissen rechts von ihr lag eine Pistole.

Ben stellte sich vor den Kamin und wandte den Keramik-Holzscheiten, an denen Gasflammen emporzüngelten, den Rücken zu. Seine Pistole war hinter der Uhr auf dem Kaminsims versteckt.

Wenn es zum Einsatz von Schusswaffen kommen würde, wären sie ohnehin so gut wie tot. Aber weder er noch Megan fühlten sich ohne eine Waffe in Reichweite wohl.

Der Kaffee war serviert worden. Auf einem Sideboard standen hausgemachte Kuchen und Plätzchen bereit, als hätten die Bookmans und ihre Gäste die Angewohnheit, zu dieser Uhrzeit eine britische Teestunde abzuhalten, und würden sich nicht einmal von der Erinnerung an den kürzlich erfolgten gewalttätigen Einbruch davon abhalten lassen.

Nach allem, was hier passiert war, war es eine aberwitzige Szene. Aber ihr Plan beruhte auf präzisem Timing. Ein wichtiger Teil davon erforderte, dass diejenigen, die mit bösen Absichten hierherkamen, nicht sofort handelten, sobald sie eingetreten waren, sondern dass sie zuerst ins Wohnzimmer kamen und für eine oder zwei Minuten unsicher waren, wie sie vorgehen sollten. Der beste Weg, dies sicherzustellen, war es, sie ohne erkennbares Misstrauen zu begrüßen und sie in eine Situation zu bringen, die sie überraschte und ein wenig desorientierte.

»Sieht gut aus«, wandte sich Ben an die anderen. »Aber Sie sehen so angespannt aus, als ob Ihnen eine Wurzelbehandlung ohne Betäubung bevorsteht. Täuschen Sie ein bisschen Gelassenheit vor. Sehen Sie sich Rosa an. Sie hat die richtige Einstellung.«

»Ich hab mir was in den Kaffee gekippt«, gestand Rosa.

Grinsend erwiderte Ben: »Das ist keine Lösung, die bei uns allen funktioniert.«

»Sind Sie sicher, dass wir nicht die Polizei rufen können?«, fragte Rosa.

»Jemand hat bereits Eckman angerufen«, sagte Megan. »Für diese Person, nicht für uns, arbeitet er *wirklich*. Wir sind auf uns allein gestellt.«

Carson stimmte zu. »So viel zur sicheren, friedlichen Stadt Pinehaven.«

Der Junge hatte eine ungewöhnliche Haltung eingenommen. Er beugte sich nach vorn, neigte den Kopf nach rechts, starrte mit leerem Blick an die Decke und atmete durch den offenen Mund.

»Woody«, sprach Ben ihn an, »stimmt irgendwas nicht?«

»Ich kann nicht sprechen. Ich bin Autist.«

Megan legte ihm eine Hand auf die Schulter. »Jetzt übertreib nicht so, Schätzchen.«

Woody sah Hilfe suchend zu Ben. »Finden Sie, dass ich übertrieben habe? Ich meine, ich *kenne* diese Figur.«

»Das war schon ziemlich dick aufgetragen«, bestätigte Ben. »Vielleicht solltest du einfach alle anlächeln.«

»Wie wär's damit?« Woody setzte ein süßliches *Einer flog über das Kuckucksnest*-Grinsen auf, das an den frühen Danny DeVito erinnerte.

»Perfekt«, sagte Ben.

»Hab keine Angst«, wandte Rosa sich an den Jungen. »Ich dachte, ich würde mich fürchten, aber das tue ich nicht. Na ja, ein bisschen. Vielleicht auch ein bisschen mehr, aber nicht viel.«

Woody schüttelte den Kopf. »Ich habe keine Angst. Nicht mehr. Seit Kipp.«

Ben Hawkins hoffte, dass das nicht der Wahrheit entsprach. Furchtlosigkeit sorgte dafür, dass Menschen ums Leben kamen.

Er verspürte Angst, eine Schwere in seinem Herzen, einen Knoten der Furcht im Bauch. Er begegnete Megans Blick und sah, dass Zweifel sie plagten. Jede der Personen in diesem Raum hatte so viel zu verlieren: nicht nur einander, nicht nur ihr Leben, sondern eine ganze Welt, die kurz vor einem Wunder stand.

Das Geräusch eines Fahrzeugs, das in die Einfahrt fuhr, lenkte seine Aufmerksamkeit auf die von Vorhängen bedeckten Fenster.

Er ging in die Diele, zur Haustür, und spähte durch das intakte Seitenfenster.

Vier Männer in dunklen Anzügen stiegen aus einem schwarzen Suburban, der mit den Buchstaben ›FBI‹ markiert war.

»Sie sind da«, verkündete er.

117

Kipp saß wachsam im Flur im ersten Stock. Er wollte bei Woody sein, um für den Jungen sterben zu können, falls das nötig war. Kipp glaubte, dass es dazu kommen würde.

Selbst am Rande einer Katastrophe neigten Menschen zum Selbstbetrug.

Sie wollten daran glauben, dass sie niemals sterben würden.

Hunde wussten es besser.

Kipp liebte die Menschen für ihre Hoffnung. Wie Hunde waren Menschen zum Hoffen geboren.

Doch wenn man die kalte Gleichgültigkeit der Natur begriff, wie Hunde es taten, dann hoffte man nicht darauf, in dieser gewalttätigen Welt ewig zu leben.

Stattdessen versuchte man, die Welt besser zu machen, solange man in ihr war, und man richtete seine Hoffnung auf eine andere, bessere Welt.

Oh, wie sehnlich, heftig, inbrünstig, leidenschaftlich sehnte er sich danach, in diesem gefährlichen Moment an Woodys Seite zu sein!

Aber fürs Erste war sein Platz hier, im oberen Flur.

Er kannte seine Pflicht.

Weil Dorothys Feind der Krebs gewesen war, war Kipp nicht in der Lage gewesen, ihr zu helfen.

Aber Woodys Feind war nicht der Krebs.

Eine bemerkenswerte Stille hatte sich im Haus verbreitet.

Kipp horchte und hörte nichts, und das war gut.

Endlich hatte der Wind aufgehört, das Gebäude zu peinigen.

Das Haus ächzte nicht mehr, weder aufgrund dessen, was es beherbergte, noch durch das Gewicht der Geschichte.

Die Luft war voller Düfte, und so viele von ihnen waren von höchster Bedeutung.

Er war nicht stolz darauf, der Hund zu sein, den das Schicksal dazu bestimmt hatte, eine Bindung mit dem Jungen einzugehen, der die Welt verändern konnte.

Stattdessen fühlte er sich geehrt. Und er war entschlossen, nicht zu versagen.

Er hörte, wie das Fahrzeug in die Einfahrt einbog.

Der Motor wurde abgeschaltet.

Die Türen wurden geöffnet.

Kipp roch einen, zwei, drei, vier Hasser.

Seine Nackenhaare sträubten sich.

Es waren vier leicht verschiedene Arten von Bosheit.

Er stand auf und hielt seinen Schwanz flach und ruhig.

Es klingelte an der Tür.

Als das Klingeln durch das Haus hallte, folgte ihm Donner, ein markerschütterndes Krachen, als wäre ein Riss in der Erdkruste entstanden, der bis zum flüssigen Kern reichte.

118

John Verbotski klingelte an der Tür. Hinter ihm auf der Veranda standen Knacker, Speer und Rodchenko. Die letzteren beiden hatten Aktenkoffer bei sich, die aussahen wie diejenigen, die FBI-Agenten trugen. In ihnen befanden sich alle nötigen Drogen und Verhörinstrumente.

Verbotski erschrak, als Blitze am Himmel zuckten, als wäre die Sonne explodiert und hätte augenblicklich die Wolkendecke verbrannt. Krachender Donner folgte und hallte in seinen Zähnen und Knochen nach.

Heftiger Regen prasselte plötzlich auf das Verandadach, durchsetzt mit eisigen Hagelkörnern. Die Tür wurde geöffnet und ein Mann ragte auf der Türschwelle vor ihnen auf. Neben ihm stand ein Junge.

Dieser Kerl musste der Unbekannte sein, der in einem Range Rover eingetroffen war. Er war groß und gut trainiert, und er strahlte etwas aus, das Verbotski nicht gefiel. Kompetenz? Unerschütterlichkeit? Was immer es war, es war nicht gut.

Seine Intuition sagte ihm, dass er diesen Wichser sofort erschießen sollte. Aber Verbotski hatte einen Universitätsabschluss – ob er ihn verdient hatte oder nicht – in Psychologie. Seine deutschen Lieblingsautoren auf diesem Gebiet hatten geschrieben, dass die Intuition nichts als ein Mythos sei, dass dieses Konzept seine Wurzeln in der Folklore abergläubischer Bauern habe, die an Unsinn wie das Naturrecht glaubten.

Ein aufgeklärter Mann musste sich von der kalten Vernunft leiten lassen, basierend auf nüchterner Beobachtung und harten Fakten. Wenn er seiner Intuition Glauben schenkte, war er ebenso dem Untergang geweiht wie all diese mythengläubigen Idioten. Also hielt er sich zurück.

Der Junge an der Seite des Mannes musste der Geistesgestörte sein, der Sohn von Megan Bookman. Er war klein für sein Alter. Seine blauen Augen schienen in den Höhlen zu schwimmen, als ob er sich auf nichts konzentrieren könnte. Sein Lächeln war wie das einer seltsamen Puppe oder Marionette, unheimlich, weil es nie aufhörte und offensichtlich nicht mit Emotionen einherging.

»Was kann ich für Sie tun, meine Herren?«, fragte der Mann.

Verbotski hielt bereits seinen gefälschten FBI-Ausweis bereit und zeigte ihn mit einem Lächeln vor, von dem er sicher war, dass es echter wirkte als das des beschränkten Jungen. »Special Agent Lewis Erskine.« Er deutete auf seine Begleiter, die ebenfalls ihre gefälschten Ausweise vorzeigten, und stellte sie vor: »Special Agents Jim Rhodes, Tom Colby und Chris Daniels. Wir sind hier, um mit Mrs. Bookman über ihre unangenehme Begegnung mit Lee Shacket zu sprechen, der nun auf der Liste der meistgesuchten Verbrecher des FBI steht.«

All das hörte sich in Verbotskis eigenen Ohren irgendwie nicht ganz richtig an, während er es aussprach, und er wünschte, er hätte sich mehr Zeit genommen, um seinen Text einzuüben. Aber der Junge behielt sein idiotisches Grinsen, und der Mann wirkte erleichtert. »Ich bin Ben Hawkins, ein Freund von Mrs. Bookman. Wir hatten uns schon gefragt, warum noch nicht auf Bundesebene ermittelt wird, da Shacket ja Menschen in mindestens zwei Staaten umgebracht hat. Kommen Sie, kommen Sie, Agent Erskine, meine Herren. Wir sind alle im Wohnzimmer.«

Hawkins überließ es ihnen, die Tür zu schließen, und drehte ihnen den Rücken zu, offenbar nicht im Geringsten misstrauisch. Er ging die Diele entlang. Als er bemerkte, dass der ewig grinsende Junge immer noch in der Tür stand und durch Verbotski und seine Truppe *hindurchstarrte*, blieb Hawkins stehen und sagte: »Komm mit, Woody. Holen wir uns einen Keks, Junge.« Als der Junge sich immer noch nicht in Bewegung setzte, kam er zurück und nahm ihn bei der Hand. »Entschuldigung«, wandte er sich an Verbotski. »Woody ist ein sehr guter Junge, und normalerweise gehorcht er, aber er ist … Sie wissen schon, anders.« Mit diesen Worten führte er das Kind sanft zum Türbogen, der ins Wohnzimmer führte.

Als Lewis Erskine betrat Verbotski das Haus. Seine Leute folgten ihm, und Speer schloss die Tür.

Die Regenschwälle prasselten so heftig herab, dass sie sogar dieses robuste Haus mit einem leisen, trommelnden und rauschenden Laut anfüllten, der seltsam beruhigend war. Vielleicht hörten ungeborene Kinder in der Fruchtblase ähnliche flüsternde Laute – das Geräusch des lebenserhaltenden Blutes der Mutter, das unablässig durch den Körper zirkulierte, der das Kind umfing und ernährte.

Immer wenn Verbotski solche Gedanken kamen, fragte er sich, ob mit ihm etwas nicht stimmte. Wenn er seine Ausbildung fortgesetzt und mit einem Master in Psychiatrie abgeschlossen hätte, hätte er sich selbst einer Psychoanalyse unterziehen müssen, um zu lernen, wie solche Sitzungen durchgeführt wurden. Das wäre vielleicht interessant gewesen. Aber bald darauf war er erst ein hoch bezahlter Söldner in ausländischen Krisengebieten, dann ein außerordentlich hoch bezahlter, spezialisierter Auftragsmörder im eigenen Land geworden, und eine Karriere in der Psychiatrie war ihm nicht mehr lukrativ genug erschienen.

Als er Ben Hawkins und dem Jungen ins Wohnzimmer folgte, hörte er den Mann sagen: »Megan, ihr alle, unsere Gebete sind erhört worden. Diese Herren sind vom FBI, und sie sind wegen Lee Shacket hier.«

Die Leute im Wohnzimmer tranken Kaffee. Das Sideboard war mit Törtchen, Plätzchen und Teesandwiches beladen. Hawkins ging zum Kamin, wo er seine Tasse auf dem Sims abgestellt hatte. Megan Bookman stellte ihre Tasse auf einen Tisch neben dem Sofa und stand auf, um ihre Gäste zu begrüßen. John Verbotski war beeindruckt, dass sie nach allem, was sie kürzlich erlebt hatte, noch so frisch, liebenswürdig und psychologisch *stabil* wirkte.

Sie hatte etwas Majestätisches an sich, eine Ausstrahlung der Unbezähmbarkeit. Sie würden vielleicht eine Menge Thiopental und andere Drogen benötigen, um ihren Willen zu brechen, aber es würde Spaß machen, sie zu verhören. Und wenn das Verhör vorbei war, würde es Spaß machen, sie zu benutzen, zu sehen, wie viele Demütigungen sie ertragen konnte, ohne psychisch zu zerbrechen.

Eine Latina saß in einem Lehnstuhl, ein schwarzer Mann in einem anderen. Sie hielten Kaffeetassen in den Händen, und keiner von ihnen stand auf, was Verbotskis Arbeit erleichterte. Er steckte seinen gefälschten FBI-Ausweis weg und sagte: »Mrs. Bookman, ich bin Special Agent Lewis Erskine.« Während er zu sprechen begann, verteilten seine drei Mitarbeiter sich im Raum, brachten sich in Position, jeder nahe genug an einen der Erwachsenen, um zuzuschlagen. Um das Kind konnten sie sich kümmern, sobald alle anderen mit den Tasern ausgeschaltet, mit Chloroform betäubt und gefesselt waren. Rodchenko und Speer stellten ihre Aktentaschen ab. »Und das«, fuhr Verbotski fort, »sind die Special Agents ...«

Er hatte vor, sie in dieser Reihenfolge vorzustellen: Rhodes, Colby und Daniels. Rodchenko war Daniels, und wenn sein Name genannt wurde, wäre dies das Signal, die Taser zu ziehen.

Aber dann zögerte Verbotski, weil er sah, wie das idiotische Grinsen aus dem Gesicht des Jungen verschwand. Er sah Intelligenz in diesen blauen Augen, sah Verachtung in der Miene des Schwarzen, sah, wie Ben Hawkins eine Hand an die Uhr auf dem Kaminsims legte, als wollte er dahintergreifen. Plötzlich wurde ihm klar, dass Intuition doch nicht nur Folklore war, dass er Hawkins schon an der Tür hätte erschießen sollen, dass er den Mistkerl jetzt erschießen musste, dann den Schwarzen, die Latina-Schlampe und den Jungen. Er musste sie alle erschießen, bevor sie handeln konnten, und er musste Megan gefangen nehmen. Sie war die Einzige, die sie wirklich brauchten.

119

Deputy Foster Bendix war auf einer gewundenen Landstraße stationiert. Hier passierte nie etwas, abgesehen von ein paar Festnahmen wegen Trunkenheit am Steuer, Teenagern, die auf den Hinterstraßen Rennen fuhren und sich Beulen holten, Hinterwäldlern, die aus Spaß auf

Straßenschilder schossen, wenn man das Spaß nennen wollte, und liegen gebliebenen Fahrzeugen, deren Fahrer seine Hilfe brauchten. Manchmal hatte Foster das Gefühl, eher eine Art Hausmeister zu sein, der Chaos beseitigte, als ein richtiger Cop.

Als er an der früheren Wohnwagensiedlung vorbeifuhr, wo die geplante Vogelschlachtungsanlage mangels einer Genehmigung doch nicht gebaut worden war, glaubte er, im düsteren, grauen Licht des Unwetters durch die dichten Regenvorhänge ein Trugbild zu sehen, eine Fata Morgana. Aber es war keine Illusion von Felsen und Gebäuden, sondern von reihenweise Autos.

Hier lebte seit Jahren niemand mehr. Die Wohnmobile waren verschwunden. Früher hatte es einmal Stromanschlüsse sowie Anschlüsse für Gastanks und Fäkaltanks gegeben, aber diese waren längst stillgelegt worden, noch bevor die Entscheidung gefällt worden war, die Windmühlen nicht zu bauen. Das Gelände war für Zusammenkünfte nicht mehr brauchbar.

Tatsächlich gehörte es dem Land, das keinen Käufer dafür fand und daher für Verletzungen haftbar gemacht werden konnte, die irgendjemand sich dort zuzog. Für einen Zaun fehlte das Geld, aber man hatte Betretenverboten-Schilder vor der Einfahrt aufgestellt.

Weil Foster Bendix die Aufgabe hatte, jeden Übeltäter dingfest zu machen, der die Schilder ignorierte, fuhr er von der Landstraße auf den buckligen, rissigen Asphalt dieses verlassenen Grundstücks. Mehr als ein Fahrzeug hatte er hier nie zur gleichen Zeit gesehen, und es war immer nachts gewesen. Irgendwelche Teenagerpaare, die sonst nirgendwohin fahren konnten, taten hier das, worüber Meat Loaf in *Paradise by the Dashboard Light* sang.

All diese Fahrzeuge, die dort im prasselnden Regen nebeneinanderstanden, schienen ohne Fahrer und Beifahrer zu sein, es sei denn, diese hatten sich flach hingelegt, was Foster nicht annahm. Da waren Hondas, BMWs, SUVs, Pick-ups mit Doppelkabinen, ein paar Vans mit Schiebetüren. Die meisten Kennzeichen stammten aus Kalifornien, drei aus Oregon. Bendix zählte 41 Wagen.

Weil er nicht sicher war, was er tun sollte, rief er den wachhabenden Kommandanten Cecil Kalstrom an. Cecil fragte ihn: »Haben Sie sie sich aus der Nähe angeschaut und nachgesehen, ob da vielleicht zusammengesackte Leichen drinsitzen oder so?«

»Warum sollten hier so viele Leichen sein?«

»Könnten Mitglieder von einem Kult sein, wie bei dieser Jim-Jones-Sache vor ein paar Jahren. Vielleicht haben die sich alle da getroffen, um zusammen Selbstmord zu begehen.«

»Sie haben eine blühende Fantasie, Sarge.«

»Es gibt da draußen Sachen, die sind so merkwürdig, dass ich sie mir auch mit zehnmal so viel Fantasie nicht ausdenken könnte. Schauen Sie in ein paar der Autos rein.«

»Hier regnet's dermaßen, dass Noah sich sofort 'ne Arche bauen würde, wenn er hier wäre.«

»Das Leben ist hart für Helden in Uniform.«

»Verstanden«, sagte Foster.

120

Donner und Regen, und Stimmen von unten.

Kipp war im Flur des Obergeschosses, am oberen Ende der Treppe, bereit, mit erhobenem Kopf. Jeder Muskel angespannt.

Zitternd vor Erwartung.

Woody in der Leitung: *Jetzt, jetzt, jetzt!*

Kipp heulte, nicht nur in der Leitung, sondern in der Wirklichkeit.

Im Gang hinter ihm heulten andere Hunde, und noch mehr in den Schlafzimmern.

Die Hunde, die er über die Leitung gerufen hatte. Vor Sonnenaufgang an diesem Morgen. Nach dem Plan, den sie zusammen mit Ben und Megan entwickelt hatten.

Die Mysterier hatten stumm gewartet. Sie waren still und bereit gewesen.

Jetzt schrien sie ihre Wut hinaus und stürzten sich in den Kampf.

Kipp rannte die Treppe hinunter.

Ein Donner, der nicht der Donner des Unwetters war, erfüllte das Haus: Pfoten, die hinter Kipp über die Stufen tappten.

121

Verbotski griff unter seinen Anzug, um seine Waffe zu ziehen, und alle Dämonen der Hölle heulten gleichzeitig auf. Als er die Pistole aus dem Gürtelholster zog, raste das Rudel die Stufen hinab und durch die Diele – Deutsche Schäferhunde, Golden Retriever, Labradore, Dobermänner, Mastiffs, Rottweiler. Sie bellten, knurrten, fletschten die

Zähne. Es war ein Dutzend Hunde, zwei Dutzend, noch mehr, eine heranschwappende Welle aus Hunden, die sich an der Küste des Wohnzimmers brach. Ein Mastiff, mehr als 45 Kilogramm unaufhaltsame Kraft, sprang hoch in die Luft. Wie sich herausstellte, war John Verbotski kein unbewegliches Objekt. Er taumelte rückwärts, als der Hund mit ihm zusammenstieß. Ein Golden Retriever packte sein Handgelenk mit der Schnauze, die Pistole flog aus seiner Hand, er stolperte zur Seite, prallte heftig gegen einen Beistelltisch, verlor das Gleichgewicht, fiel auf die Knie. Hunde umringten ihn, bissen nach seinen Händen, als er sie nach seinem Taser und der Sprühdose mit Chloroform ausstreckte. Als er versuchte, wieder auf die Beine zu kommen, rissen sie an Ärmeln und Säumen seines Anzugjacketts und zogen ihn zu Boden, bis er mit dem Gesicht nach unten lag, hockten sich auf seinen Rücken und die Arme, um ihn festzuhalten. Ein Rottweiler leckte über sein Genick und hechelte ihn an, jeder heiße Atemzug eine Todesdrohung, die Verbotski ernst nahm, so verwirrt er auch war.

Bradley Knacker hatte nie einen Abschluss in Psychologie gemacht, war nie zum College gegangen und hatte in der High School nie etwas anderes als ein Jagdrevier voller potenzieller Beute gesehen – kleinere Kinder, die er einschüchtern, verprügeln und bestehlen konnte. Sein Talent und sein Genie lagen im Bereich der Gewalt, vom gewöhnlichen Straßenraub bis hin zur Planung und Durchführung von Morden, die wie Unfälle und Selbstmorde aussahen oder Unbeteiligte zu Sündenböcken machten. Trotz seiner hohen Intelligenz, wenn es um

Mord ging, war Bradley in anderen Angelegenheiten oft etwas begriffsstutzig. Als er das Heulen hörte, blickte er zu den mit Vorhängen bedeckten Fenstern, weil er sich nicht vorstellen konnte, dass sich ein so großes Rudel von Tieren innerhalb des Hauses befand. Als die Hunde das Wohnzimmer stürmten, war er verblüfft, aber er begriff erst, dass es sich bei ihnen um mehr handelte als nur um eine ungewöhnlich große Anzahl von Haustieren, als sie Verbotski angriffen und zu Boden rissen, als wäre er nicht mehr als ein schmächtiger FBI-Agent statt eines knallharten Blutjunkies, der Menschen für Geld und zum Spaß tötete. Es lag in seiner Natur, die Tiere nicht als Verteidiger von Heim und Familie, sondern als zum Töten trainierte Kampfhunde zu betrachten. In diesem Moment kam seine mörderische Brillanz voll zur Geltung, und mit dem mathematischen Geschick eines zertifizierten Rechnungsprüfers brauchte er nur eine halbe Sekunde, um zu begreifen, dass die auf ihn zurasende, zähnefletschende Horde eine Übermacht darstellte, gegen die ihm ein zehnschüssiges Pistolenmagazin und ein Taser nichts nützen würden. Also tat er, was er schon in der High School immer getan hatte, wenn ein größerer Schläger ihn bedrohte: Er drehte sich um und rannte davon, diesmal zur Verbindungstür ins Esszimmer. Doch damit hatte er keinen Erfolg.

Speer bewunderte Schlangen. Seine einzigen Haustiere waren Strumpfbandnattern, die er in einem großen Aquarium hielt, sowie eine Boa Constrictor, die sich frei im Haus bewegen konnte und die er mit Mäusen, Rennmäusen und Kaninchen fütterte, die er in großen Mengen kaufte. Um seinen linken Unterarm und Bizeps wand sich das Tattoo einer Klapperschlange; am rechten Arm war es eine Kobra. Er beneidete Schlangen für ihre Schnelligkeit und Grausamkeit, und er versuchte, sich selbst nach ihrem Beispiel zu formen. In dem Moment, als die Hunde auftauchten, begriff er intuitiv, dass sie etwas anderes waren als lediglich gewöhnliche Hunde. Speer war kein sehr komplexer Mann. Er glaubte nur an fünf Dinge – Gewalt, Sex, Geld, Schlangen und Intuition –, aber an diese glaubte er voll und ganz, mit Leidenschaft. Als er die Koordination der Bewegungen all dieser vielen Hunde sah, zischte er, wirbelte herum, machte zwei Schritte, zischte erneut und packte den Jungen, weil er intuitiv davon überzeugt war, dass die Hunde ihn nicht angreifen würden, wenn er dem Kind ein Messer an die Kehle hielt. Aber als er das Springmesser aus der Jackentasche zog und auf den Knopf drücken wollte, der die Klinge aus dem Griff schnellen ließ, musste er feststellen, dass Ben Hawkins seiner schlangenhaft schnellen Reaktion auf die knurrenden Hunde eine ebenso schlangenhaft schnelle entgegensetzen konnte: Eine kalte Pistolenmündung drückte sich hart an seine rechte Schläfe.

Als Verbotski mutig mit der rechten Hand quer über seinen Körper nach der Pistole an seiner linken Hüfte griff, anstatt mit der linken seinen Taser zu nehmen, wusste Rodchenko, dass sein Partner irgendetwas bemerkte hatte, ein Detail, das ihn davon überzeugt hatte, dass die Mission kurz vor dem Scheitern stand. Rodchenko griff ebenfalls nach seiner Waffe mit der Absicht, sie alle zu töten, alle bis auf Megan Bookman. Es würde ihn etwa vier Sekunden kosten – zwei von ihnen saßen, einfache Kopfschüsse, noch einfachere Brustschüsse. Tatsächlich gelang es ihm, die Pistole aus dem Holster zu ziehen, aber dann strömten alle Hunde der Welt die Treppe herab, durch die Diele, ins Wohnzimmer, große Mistviecher mit genug Zähnen für zehn Albträume. Es hätte ein Hund im Haus sein sollen, *einer,* und Rodchenko hatte die Erlaubnis bekommen, ihn zu töten, worauf er sich sehr gefreut hatte. Aber jetzt schien es, als hätte der Hund davon gewusst, dass Rodchenko kommen würde, und hätte sich Artgenossen zur Verstärkung geholt, mehr Hunde, als Rodchenko töten konnte, bevor sie ihn niedermachten. Im Laufe der Jahre war er dreimal gebissen worden, und jeder Hund, der je seinen Weg gekreuzt hatte, hatte ihn angesehen, als ob er ihn nicht nur beißen, sondern ihm die Kehle herausreißen wollte. Alle Hunde sahen ihn so an, wie ihn auch kluge Polizisten, attraktive Frauen, die sich auf der Straße auskannten, sowie Mütter mit zarten, jungen Töchtern anblickten: mit Misstrauen, Ekel und Verachtung.

Obwohl Rodchenko seine Pistole gezogen hatte und sie auf den Kopf der Latina auf dem Lehnstuhl richtete, hielt Megan Bookman eine 9-Millimeter-Heckler-&-Koch in einem professionellen, beidhändigen Griff und zielte damit auf sein Gesicht. Aus kurzer Entfernung. Vielleicht drei, vier Meter. Möglicherweise war sie eine armselige Schützin, trotz ihres Griffs und ihrer Körperhaltung. Wenn er der Latina das Hirn wegschoss, Megan abdrückte und ihn verfehlte, er sich umdrehte, feuerte und *sie* erledigte, hätte er wenigstens die Genugtuung, dass er zwei von ihnen kaltgemacht hatte, bevor er zu Boden gezerrt und in Stücke gerissen wurde. Es war besser, mit zwei Kerben am Griff zu sterben, als dabei zu versagen, diese blöde Kuh und ihre Freunde den Preis bezahlen zu lassen. Diese Strategie leuchtete Rodchenko vollkommen ein – nur dass all diese grimmig blickenden Hunde, die ihn anstarrten, und dieser Wald aus speicheltropfenden Reißzähnen ihn so nervös machten, dass er nicht in der Lage war, seine Pistole fest im Griff zu behalten. Sein Herz hämmerte, was seine Arme zittern und die Waffe nach links und nach rechts zucken ließ, sodass er vielleicht nicht einmal einen Elefanten aus einem Meter Entfernung getroffen hätte.

»Lass sie fallen, sofort, Arschloch«, befahl sie. Während sie sprach, erschienen Menschen im Foyer, die hinter den Hunden die Treppe heruntergekommen waren. Männer und Frauen jeden Alters und aller Rassen. 20, 30, vielleicht mehr. Manche von ihnen hatten Schusswaffen.

Als die Hunde sich um Rodchenko drängten, ihn anknurrten und nach seinen Schuhen und seiner Hose schnappten, wurde ihm klar, dass hier etwas Außerordentliches vor sich ging, etwas, das noch seltsamer war als die verblüffende Anzahl der Tiere. Er ließ die Waffe fallen. »Lassen Sie nicht zu, dass die mich umbringen.«

»Ich würde liebend gern dabei zuschauen«, gab sie zurück. »Gib mir irgendeinen Grund, und ich sag ihnen, dass sie dich in Stücke reißen sollen.«

»Ich habe einen Taser und eine Sprühdose mit Chloroform«, verriet ihr Rodchenko, während er seine Pistole wegwarf. Er hatte es eilig, sich bei dieser Hundekönigin anzubiedern. »Jeder von den anderen auch.«

122

Das Haus in Tiburon. Im dritten, am tiefsten verborgenen Schutzraum, demjenigen, von dem Dorian jetzt wusste, dass er ihn mit dem unbewussten Verlangen geschaffen hatte, sich einem Ausmaß sexueller Freiheit hinzugeben, das diese Gesellschaft aufgrund ihrer Rückständigkeit noch nicht zulassen konnte, hatte er seinen Schokoladenwodka nun ausgetrunken. Er hatte in einer Ecke des fensterlosen Zimmers auf dem Boden gesessen und davon geträumt, welche Begierden hier erfüllt werden konnten, bis das Eis im Glas geschmolzen war, und auch diesen Rest hatte er ausgetrunken.

Er war nicht über die Ereignisse in Springville oder Pinehaven besorgt. Jede Krise würde schließlich überstanden sein, so wie auch jede Krise in der Vergangenheit sich in Luft aufgelöst hatte. Um den Erfolg sicherzustellen, musste man lediglich verstehen, wie die Welt funktionierte: Die Natur gab die einzigen Regeln vor, auf die es ankam. Es gab Räuber und Beute, und die Verlierer waren die Schwachen. Dazu zählten sowohl Beutetiere, die sich nicht selbst verteidigen konnten oder wollten, als auch Raubtiere, die nicht in der Lage waren, die Tatsache vollständig anzuerkennen, dass das Gewinnen die einzige Tugend, das Verlieren das einzige Laster war.

Manche sagten, dass der Lauf der Geschichte schließlich zu Gerechtigkeit führen werde, aber das war eine Dummheit. Es gab keine Gerechtigkeit, oder nur sehr wenig davon. Das Wort war zu stark politisch aufgeladen, um eine stabile Bedeutung zu haben; die Definition von Gerechtigkeit änderte sich ständig. Die Personen, die sich für Verfechter der Gerechtigkeit hielten, hatten alle einen

Preis – sie liebten Geld, Ansehen, die Bewunderung der Menge, die Bestätigung ihres Egos. Wenn Dorian ihnen gab, was sie wollten, opferte jeder Einzelne von ihnen dafür seine Ideale.

Mit der Wahrheit war es anders. Falls es je dazu kommen sollte, dass eine große Anzahl von Menschen unbedingt die Wahrheit erfahren wollte, nicht nur ein paar starrköpfige Fanatiker, sondern ein Großteil der Menschheit – dann würde Dorian in Schwierigkeiten stecken. Aber dazu würde es nie kommen.

Weil sich gehen zu lassen der Zweck des Hauses in Tiburon war, beschloss er, sich noch einen Drink zu genehmigen. Diesmal würde er Wodkas mit Vanillen- und Orangenaromen zu einem süßen Cocktail mischen.

Er verließ den versteckten Raum, ließ die 360-Kilo-gramm-Tür zuschwingen, verließ den Vorraum, schloss die getarnte Bücherregal-Tür und stieg die Treppe zum Erdgeschoss hinauf.

Rechts von ihm, am Eingang zum versteckten Korridor hinter der Bibliothek, befand sich die Tür, die als Spiegel getarnt war, der die gesamte Breite und Höhe der Wand einnahm. Sie stand offen. Das überraschte ihn, denn es war seine Gewohnheit, jede Tür hinter sich zu schließen, selbst wenn sie sich innerhalb eines ohnehin geheimen Bereichs wie diesem befand.

Dorian trat in den Korridor, ließ den großen Spiegel wieder einrasten und begab sich dann zur Bücherregal-Tür auf der gegenüberliegenden Seite.

Er sagte »*Ochus Bochus*«, sie öffnete sich und er ging in die Bibliothek, wo die Worte »*Hoc est corpus meum*« die auf Scharnieren sitzenden Regale wieder an ihren

Ausgangspunkt zurückschwingen ließen, sodass eine Bücherwand ohne Unregelmäßigkeiten entstand.

Cool. Dieses Haus würde ihn nie langweilen.

In der Küche stellte er sich mit zwei Wodkaflaschen vor die Kücheninsel aus Quarzit und goss Vanille- und Orangenwodka in gleichen Mengen über Eiswürfel. Plötzlich nahm er einen Geruch wahr, der aus keiner der beiden Flaschen stammte. Obwohl es ein unangenehmer Geruch war, wirkte er eher merkwürdig als stechend. Er war nicht chemischer Natur, ließ einen weder an Fäulnis noch an Schmutz denken. Irgendwie erinnerte es ihn an diesen sonderbaren Duft in der Bibliothek, auch wenn dieser hier stärker war.

Er lief durch die riesige Küche, um den Ursprung dieser Ausdünstung ausfindig zu machen, öffnete Schränke, aber der Geruch blieb flüchtig, er kam und ging. Als er zur Vorratskammer kam, zögerte er vor dem Öffnen der Tür und fragte sich, ob er darin eine tote Ratte finden würde.

Nein. Unmöglich. Das Haus war zu robust gebaut, um anfällig für Nagetierbefall zu sein.

Er öffnete die Tür, und das Licht in der Vorratskammer schaltete sich automatisch ein. Zuerst wirkte der schlechte Geruch in diesem engen Raum stärker. Aber dieser Eindruck ließ rasch nach, als wäre die Ursache schon verschwunden. Dorian betrachtete die Regale mit Lebensmitteln, aber ihm fiel nichts auf, das zu beanstanden wäre.

Nun ließ der Geruch nach und er roch nichts Ungewöhnliches mehr.

Er zuckte die Achseln, ging in die Küche zurück und fuhr mit der Zubereitung seines süßen Cocktails fort.

123 Um die Ränder der Vorhänge waren zuckende Blitze zu sehen. Der Donner grollte, der Regen trommelte aufs Dach.

Es war ein spannender Tag gewesen. Nun kam der Abend.

Kipp war nicht neidisch auf die anderen Hunde.

Woody blieb im Wohnzimmer, wo drei der vier Killer mit Kabelbindern gefesselt saßen.

Der Junge interessierte sich nicht für die Killer.

Er spielte mit all diesen Hunden.

Er hatte Spaß mit ihnen, unterhielt sich telepathisch mit ihnen.

Die Hunde liebten Woody, und er faszinierte sie.

Der erste Mensch in der Leitung.

Die Mysterier und ihre menschlichen Gefährten saßen überall im Erdgeschoss zusammen und befanden sich in einem Zustand der Freude und Erleichterung.

Überall, nur nicht im Arbeitszimmer.

Dort legte Rodchenko vor Ben, Megan, Carson und Rosa seine Beichte ab.

Kipp saß nahe vor dem Gangster, starrte ihn an, knurrte hin und wieder und fletschte die Zähne.

Rodchenko schwitzte, als wäre das Arbeitszimmer eine Sauna.

Er befürchtete offenbar, dass Kipp ihm die Familienjuwelen abbeißen würde.

Anscheinend hatte ein anderer Hund das schon einmal versucht.

Sicher nicht ohne Grund.

Rodchenko war bereit auszupacken, auch ohne den Einsatz von Drogen.

Aber Ben traute ihm nicht.

Ben wusste, in welchen Mengen Thiopental sowie der russische Drogencocktail eingesetzt werden mussten, und er verabreichte sie ihm.

Rodchenko begann zu reden wie ein Wasserfall.

Er beantwortete jede Frage weit ausgiebiger als verlangt. Er beantwortete Fragen, die nicht einmal gestellt worden waren.

Dabei belastete er sich selbst, seine Partner und noch allerlei andere Personen, darunter einen Mann namens Alexander Gordius.

Dank Woodys Nachforschungen wussten sie bereits, dass Gordius Dorian Purcell war.

Megan nahm alles auf.

Sie leitete die Aufnahme an Rosa Leons Anwalt und Dorothys guten Freund Roger Austin weiter.

Ben ging online und rief die Seite von Atropos & Company im Darknet auf.

Nach Rodchenkos Anleitung hackte er den Computer der Firma und lud alles auf einen USB-Stick herunter.

Eine Kopie dieses Sticks wurde ebenfalls an Roger Austin verschickt.

Roger würde feststellen müssen, was von all diesem Material sowie von Woodys Bericht sich als Beweismaterial vor Gericht verwerten ließ.

Das war keine leichte Aufgabe. Aber eine notwendige.

Wenn die Beweise einer vertrauenswürdigen Amtsperson übergeben wurden, durften sie auf keinen Fall auf Woody oder Megan zurückzuführen sein.

Der Grund dafür war das Mysterium.

Die vier Killer stellten zwar keine Gefahr mehr dar, jedoch immer noch ein Problem.

Das Mysterium konnte noch nicht wagen, sich zu offenbaren.

»Wir stecken da ein bisschen in der Klemme«, sagte Ben. »Aber es gibt einen Ausweg, der weniger riskant ist, als er sich anhört.«

124

Die üppig ausgestattete Spielhalle im Haus in Tiburon enthielt 46 Flipperautomaten aus verschiedenen Zeitabschnitten der Geschichte dieses Spiels. Dorian spielte am liebsten, wenn alle Automaten beleuchtet waren, weil die blinkenden und pulsierenden Anzeigen und die anfeuernde Musik den Raum lebendig machten und dazu führten, dass es sich anfühlte, als wäre man in einer echten Spielhalle in einem Freizeitpark oder an einer Strandpromenade. Er aktivierte die 46 Maschinen über einen einzigen Schalter direkt neben der Eingangstür.

Er beschloss, mit einem tollen Gottlieb-Automaten namens *Haunted House* in der Mitte der Halle zu beginnen. Er und Haskell Ludlow waren in ihrer Jugend erstklassige Spieler an diesem Gerät gewesen. Der komplexe Spieltisch verfügte über drei Ebenen: Obergeschoss, Erdgeschoss und Keller. Es gab acht Flipper sowie verschiedene Rampen und geheime Passagen, sodass man manchmal nicht vorhersagen konnte, wo der Ball wieder auftauchen würde. Die Maschine war auf freies Spielen eingestellt, daher brauchte er keine Münzen einzuwerfen. Nach vielleicht zehn Minuten war er ganz im Spiel versunken, als hätte er es erst gestern zum letzten Mal gespielt.

Eine von Dorian Purcells Regeln für ein gutes Leben lautete: Egal was man tat, ob man nun eine gewaltige Hightech-Firma aufbaute oder seine Geliebte vögelte, ob man einen Konkurrenten ausschaltete und in den Ruin stürzte oder Flipper spielte – man musste sich der Sache so widmen, als ob sie *alles* wäre, als ob das eigene Überleben von ihr abhinge. Er stürzte sich auf das *Spukhaus,* wild entschlossen, seinen vorigen Highscore zu übertreffen, der bei 1.340.000 Punkten lag. Er bewegte die Flipper mit der Finesse eines wahren Flipperzauberers. Seine Virtuosität war nicht weniger beeindruckend als die Fingerarbeit eines großen Konzertpianisten. Er setzte beim Spielen seine Körpersprache ein, feierte jeden Triumph, fluchte über jede verpasste Chance, das alles mit solcher Leidenschaft, dass seine Spucke auf das Glas spritzte, das den Spieltisch bedeckte.

Durch die Spielmusik, die klappernden Flipperhebel, die läutenden Glocken, weitere Soundeffekte, seine eigenen Ausrufe und seine angespannte Konzentration reagierte er nicht, als er die Worte »*Ochus Bochus*« hörte, die eine frühe Form von *Hokuspokus* waren. Er nahm an, dass die raue Stimme aus dem Automaten stammte und nur ein weiterer der vielen Gruseleffekte war. Seine Konzentration begann erst nachzulassen, als ihm langsam klar wurde, dass er wieder den üblen, nicht identifizierbaren Geruch wahrnahm, der ihm erst in der Bibliothek und später in der Küche aufgefallen war. Ein Ball geriet außer Kontrolle, geriet in die Rinne mit der Aufschrift *Goodbye,* und beinahe gleichzeitig verlor er noch einen weiteren. Er begriff, dass dies nicht der Tag war, an dem er seinen alten Highscore übertreffen würde. Mit dieser

Einsicht kam auch eine plötzlich viel deutlichere Wahrnehmung des Gestanks, der nun viel stärker war als zuvor. Er war nicht allein.

Als er sich umdrehte, stand Lee Shacket einen Meter vor ihm. Als das Haus noch im Bau gewesen war, war Shacket dreimal hier gewesen, und Purcell hatte ihm das Gebäude stolz gezeigt. Aber dies war ein auf monströse Weise veränderter Shacket, mit Blasen und eiternden Wunden übersät, mit schuppigen Stellen im Gesicht, roten, geschwollenen Augenlidern und Augen, die aus den Höhlen hervortraten, als würde innerhalb seines Schädels ein schrecklicher Druck herrschen. Shackets Lippen waren blass. Nein. Nicht nur blass. *Weiß.* Sie schälten sich und waren weiß wie Mehl, als hätte er den Mund in ein ätzendes Pulver gedrückt, das die Farbe aus seinen Lippen gebrannt hatte. »Dorian.« Seine Stimme klang rau und belegt.

Der *Haunted House*-Flipperautomat befand sich hinter Dorian. Er musste nach rechts ausweichen, aus Shackets Reichweite kommen und zum Ausgang rennen. Er glaubte nicht, dass Shacket – oder dieses *Ding,* das einmal Shacket gewesen war – sich in diesem Zustand schnell bewegen konnte. Dorian konnte fliehen, so wie er schon immer vor den negativen Konsequenzen seines Handelns geflohen war. Er konnte entkommen, sich in einem seiner Schutzräume einschließen, Hilfe rufen. Alles, was er tun musste, war, links anzutäuschen, nach rechts auszuweichen und davonzurennen.

Aber er konnte sich nicht bewegen. Seine Muskeln waren erstarrt. Sein ganzer Körper war wie versteinert. »Dorian, ich verwandle mich. Siehst du, wie ich mich verwandle?« Nicht nur der schreckliche Anblick dieser Kreatur lähmte Dorian, sondern noch etwas anderes: eine größere, entsetzliche Möglichkeit, die irgendwo in seinem Hinterkopf zitterte, die er jedoch nicht ganz benennen konnte. Vielleicht wagte er es auch einfach nicht, sie zu benennen, aus Angst, dass dies zur Tatsache machen würde, was in diesem Moment nur eine Möglichkeit war. »Ich werde zum König der Raubtiere«, verkündete Shacket. Er grinste, leckte sich über die Zähne, und seine Zunge war ebenso weiß wie seine Lippen. Seine Zähne waren fleckig, in ihren Zwischenräumen steckte eine graue Substanz und sein Atem roch faulig, ranzig. Der zitternde Gedanke in Dorians Kopf ließ sich nicht unterdrücken. Vielleicht war es doch nicht seine Bestimmung, die menschliche Lebensspanne bedeutend zu erweitern und Hunderte von Jahren zu leben; vielleicht würde er keiner der ersten neuen Menschen mit gewaltig erweitertem Intellekt und außergewöhnlichen Kräften sein. Vielleicht würde er sterben, wie schon Milliarden vor ihm gestorben waren. Weil er mit der Überzeugung gelebt hatte, dass die Welt ihn nicht aus sich vertreiben könne, lähmte ihn der Gedanke an die eigene Sterblichkeit.

Als Shacket ihn mit beiden Händen an den Armen packte, fiel die Lähmung endlich von Dorian ab. Er wehrte sich, nur um feststellen zu müssen, dass dieses Wesen, obwohl es sterbenskrank wirkte, doch nicht schwach war, wie er geglaubt hatte. Nein, es war unmenschlich stark. Die Flüssigkeit, die aus den Wunden an Lee Shackets Händen sickerte, war widerwärtig, möglicherweise infektiös und so klebrig, dass sie durch Dorians Hemd drang und sich an seine Haut zu heften schien. Er spürte, wie etwas in seinen Bizeps kroch. Je heftiger er versuchte, sich loszureißen, desto fester wurde Shackets Griff, bis er sich schließlich mit äußerster, verzweifelter Kraft wehrte und fühlte, wie seine Muskelfasern rissen. Dorian schrie vor Schmerzen, Angst und Entsetzen, was ihm ein weiteres Grinsen von Shacket einbrachte, der sich noch einmal selbst die Krone aufsetzte: »Ich bin jetzt verwandelt.« Der frühere CEO von Refine nahm mit seiner weißen Zunge den Geschmack der Luft in der Spielhalle auf. Dann biss er in den Schrei hinein, biss und biss in das zarte Fleisch der Lippen.

125

Rodchenko war vorläufig ins Obergeschoss gebracht und in einen Wandschrank gesperrt worden.

Das bescheidene Arbeitszimmer im weißen Schindelhaus am Rand von Pinehaven wirkte nicht wie das Epizentrum eines Bebens, das die Zukunft verändern würde. Das Unwetter jedoch, das die Nacht mit seinen Blitzen versengte, sie mit seinem Donner erschütterte und mit seinen Regentropfen auf das Haus einhämmerte, konnte man als eine Metapher für den Zorn sehen, den große Veränderungen oft auslösten.

Ben Hawkins wusste: Das erstaunliche Bündnis zwischen dem Mysterium und der Menschheit würde die Welt für immer verändern, aber die Welt konnte nicht über Nacht radikal verändert werden, ohne dass sich Angst vor dem Neuen verbreitete und ohne die furchtbaren Folgen dieser Angst.

Es würde zu tiefgreifenden kulturellen und ökonomischen Umwälzungen kommen. Die Ereignisse würden sich auf alle Religionen und nicht weniger auf die Wissenschaft auswirken. Die Mehrheit der Wissenschaftler aller Disziplinen neigte dazu, sich einer Theorie so entschlossen zu verschreiben, wie Politiker an ihre jeweiligen Ideologien gebunden waren. Zwar stand die Wissenschaft niemals still und stellte einen nie endenden Entdeckungsprozess dar, der zur Revidierung überkommener Vorstellungen führte, aber es gab dennoch viele, die eisern sämtliche Beweise zurückwiesen, die nicht die Theorien stützten, auf deren Grundlage sie ihre Karrieren errichtet hatten. Menschliche Wesen konnten einander hassen bis zu dem Punkt, an dem sie sich gegenseitig umbrachten auf der Basis von Klassen, Rassen, Politik, Religion oder bloß aufgrund von Neid. Wenn die Hunde des Mysteriums die Leitung weiteren Menschen brachten, würde durch Woodrow Bookman jede Person, die diese telepathische Fähigkeit erlangte, in Zukunft nicht mehr fähig sein, in der Leitung getäuscht zu werden oder andere zu täuschen. Die Menschen würden gezwungen sein, sich der bitteren Tatsache zu stellen, dass die Wahrheit, die sie angeblich anstrebten und wertschätzten, für sie in Wahrheit eine Last war, die sie in der Regel nicht zu tragen bereit waren. Die Lügen hingegen, die sie angeblich so gering schätzten, wurden von ihnen oft den harten Fakten und der kalten Realität vorgezogen. Selbst so wunderbare und zauberhafte Wesen wie diese schönen Hunde würden bald ins Fadenkreuz geraten, ebenso der Junge und all jene, die die tiefgreifende Veränderung willkommen hießen, die aus dieser höchsten

Vervollkommnung des Bündnisses zwischen Hunden und Menschen resultierte. Selbst Gewaltausbrüche in der Größenordnung eines Holocausts konnten nicht ausgeschlossen werden.

Ben war der Ansicht – und Megan, Rosa, Carson und Kipp stimmten ihm zu –, dass die Hunde des Mysteriums langsam an die Welt herangeführt werden mussten, über Jahre, wenn nicht Jahrzehnte. Die Menschen, die diese Hunde liebten und die Gabe und die Last der Leitung annehmen wollten, mussten das Geheimnis des Mysteriums hüten, bis sich Gemeinschaften gebildet hatten und es überall menschliche Gefährten in ausreichender Zahl gab, sodass die Welt nach und nach von einer Welt der Falschheit zu einer wurde, in der die Wahrheit in menschlichen Angelegenheiten eine größere Rolle spielte als je zuvor. Wenn sich die Verhältnisse geändert hätten, wenn Gewalt, Raub und Täuschung verschwunden wären, wäre der Moment gekommen, um der Menschheit zu sagen: *Hier sind die treibenden Kräfte hinter der Entwicklung der Welt, unsere hündischen Brüder und Schwestern auf vier Beinen. Seit unvordenklicher Zeit sind sie unsere Gefährten und haben nie mehr von uns gewollt als unsere Liebe und die gemeinsame Verteidigung gegen die grausame Natur. Sie sind weder egoistisch noch neidisch noch arrogant. Schließt euch uns an für ein Morgen, in dem die Welt nicht von den Machthungrigen entstellt wird, in dem jedes Leben zählt und in dem für uns so vieles erreichbar sein wird, das uns einmal auf ewig unerreichbar schien – sogar die Sterne.*

Das unmittelbar vor ihnen liegende Problem waren die vier Männer von Atropos & Company.

Einerseits gab es keine vertrauenswürdige Amtsperson, der sie übergeben werden konnten. Sheriff Eckman hatte Megan und Woody seinen Schutz entzogen, obwohl er gewusst hatte, dass sie in Gefahr waren. Nach Carsons Angaben war Tio Barbizon, der Generalstaatsanwalt von Kalifornien, von jemandem gekauft worden, höchstwahrscheinlich von Dorian Purcell, der für Jason Bookmans »Unfall« bezahlt und Atropos nach Pinehaven geschickt hatte. In den letzten Jahren war der früher einwandfreie Ruf des FBI befleckt worden. Heutzutage konnte niemand mehr mit Sicherheit sagen, wem zu trauen war.

Auch aus einem anderen, noch wichtigeren Grund wollte Ben diese vier Männer nicht der Polizei übergeben. Verbotski, Knacker, Rodchenko und Speer wussten nicht viel über die Hunde, von denen sie heute besiegt worden waren, aber ihnen war klar, dass diese Wesen außergewöhnlich waren, dass sie mehr waren als bloß Hunde und dass ihre menschlichen Begleiter die Wahrheit über sie kannten.

Dies war eine Information, von der Ben ganz und gar nicht wollte, dass sie an irgendeine Behörde weitergegeben wurde.

Rosa Leon, die mit Kipp auf dem Schoß in einem Lehnstuhl saß, fragte: »Aber was machen wir dann mit ihnen?«

»Wir werden sie nicht töten«, sagte Megan.

»Natürlich nicht«, stimmte Ben zu. »Wir werden das Einzige tun, das wir tun können: sie freilassen.«

Carson Conroy wandte sich vom Fenster ab, durch das er den Regen und die Blitze betrachtet hatte. Vielleicht hatte er es mit dem Gedanken getan, dass sie nun eine lange Reise durch eine andere Art von Unwetter vor sich hatten. »Sie freilassen? Vier Berufskiller? Hab ich was verpasst?«

Ben erklärte, was ihm vorschwebte. »Wir lassen sie frei und vertrauen darauf, dass sie sich so verhalten, wie sie es immer tun.«

»Falls es nicht so läuft, wie Sie erwarten, sind wir verantwortlich für das, was sie dann tun«, gab Megan zu bedenken.

»Ja, das sind wir«, musste Ben einräumen. »Der einzige Weg, das zu vermeiden, ist, sie jetzt zu töten und hier zu begraben.«

Nachdem alle lange geschwiegen hatten, sagte Rosa: »Ich glaube, Ben hat die Typen durchschaut. Einfache Antworten gibt es nicht. Wir können eine bessere Zukunft nicht mit vier Morden beginnen.«

Carson ging ins Gewitter hinaus, um den schwarzen Suburban zu suchen, in dem die Killer angereist waren, und sich zu vergewissern, dass sich darin keine Waffen befanden.

Ben ging und sprach zuerst mit Verbotski, der zusammen mit Knacker und Speer gefesselt im Wohnzimmer saß. Danach ging er ins Obergeschoss, um mit Rodchenko zu reden.

126 Im zweiten Gästezimmer entfernte Ben den Stuhl unter dem Türknauf und öffnete die Tür zum Wandschrank. Rodchenko saß darin, mit hinter dem Rücken gefesselten Händen.

Ben wies ihn an, sich auf die Bettkante zu setzen. Rodchenko tat es.

»Wir lassen Sie frei.«

Der Killer wirkte überrascht. »Warum mich?«

»Nicht nur Sie. Sie alle vier.«

Diese Nachricht beunruhigte Rodchenko. »Das macht doch keinen Sinn. Warum tun Sie das?«

»Sie müssen es nicht verstehen. Gehen Sie einfach und kommen Sie nicht zurück. Ich habe schon mit Verbotski darüber gesprochen.«

Rodchenko schüttelte den Kopf. »Nein. Das können Sie nicht tun. Die wissen, dass ich sie verpfiffen habe. Die werden mich umbringen.«

»Sie haben die nicht verpfiffen. Wir haben das Thiopental und den anderen Mist eingesetzt. Sie hatten keine Wahl; Sie mussten reden.«

»Na ja, aber die wissen, dass mir die Hunde eine Scheißangst eingejagt haben. Die wissen, dass ich auch ohne die Drogen geredet hätte, und die wissen nicht mit Sicherheit, dass Sie sie bei mir eingesetzt haben.«

Ben setzte sich neben ihn und klopfte ihm aufs Knie. »Ich weiß, *Amigo*. Ich hatte es in meinem Leben schon mit einer Menge mörderischer Arschlöcher zu tun. Nehmen Sie's mir nicht übel. Unter Leuten wie Ihnen gibt es nicht viel Loyalität. Aber weil Sie kooperiert haben, gebe ich Ihnen etwas zur Selbstverteidigung.«

Rodchenko schien neue Hoffnung zu schöpfen. »Eine Pistole?«

»Keine Chance. Verbotski und die anderen werden bereits zum Suburban gebracht. Nachdem ich Sie von diesen Kabelbindern befreit habe, werde ich Sie nach unten bringen. Kurz bevor Sie durch die Haustür gehen, werde ich Ihnen Speers fieses Springmesser geben und eine von diesen Chloroform-Sprühdosen, die Sie gegen uns einsetzen wollten.«

»Aber die sind zu dritt.«

»Tut mir leid, mehr kann ich nicht für Sie tun.«

»Und was haben Sie denen gegeben?«

»Nichts. Die haben ja nicht kooperiert.«

»Ich hoffe, das ist wahr.«

»Nennen Sie mich keinen Lügner, *Amigo*.«

»Sind die Hunde da unten?«

»Ich werde Sie hindurchgeleiten.«

»Mit diesen Hunden stimmt irgendwas nicht.«

»Na, das sagt ja der Richtige.«

»Und wer sind die ganzen Leute da unten?«

»Freunde. Wir sind alle im selben Hundeverein.«

127 Megan, Rosa und Ben hatten den Großteil des Tages mit Kochen verbracht, sodass es nun genug zu essen für eine ganze Armee gab. Kipp hielt all diese Menschen tatsächlich für eine Art von Armee. Eine Armee der Gerechten.

Die Leute gesellten sich zueinander, lachten und aßen zusammen.

Sie knüpften neue Freundschaften.

Sie alle rochen gut. Keiner roch wie ein Hasser.

Keiner mehr, seit die vier Männer von Atropos verschwunden waren.

Natürlich war Shacket immer noch irgendwo da draußen.

Vielleicht würde er wiederkommen, vielleicht auch nicht.

Diesen Kerl würde Kipp schon aus großer Entfernung riechen.

Die Hunde waren ebenfalls gesellig, lachten telepathisch und fraßen, was man speziell für sie zubereitet hatte.

Hamburger. Hühnerbrust. In Hühnerbrühe gekochter Reis mit Karotten. Kartoffeln.

Es war eine sehr schöne Zusammenkunft.

Sie wäre noch so viel schöner gewesen, wenn Dorothy dabei gewesen wäre.

Und Jason Bookman.

Auf eine gewisse Weise *waren* sie hier. In den Herzen derer, die sie geliebt hatten.

Es waren zwei aufregende Tage gewesen. Von einem Totenbett zur Geburt einer neuen Welt.

Es war wie eine Geschichte in einem Buch.

Aber die echte Welt war fantastischer als jede Fiktion.

Jeder, der an diesem Abend hier war, wusste, wie fantastisch die Welt war.

Im Haus verbreitete sich ein Gefühl der Erwartung. Sie wussten, wie der Abend enden würde.

Einige der Menschen hatten ein wenig Angst. Aber nur ein wenig.

Kipp konnte riechen, wie klein ihre Angst war.

Als eine Stunde vergangen war und dann noch eine, begannen die Leute, immer öfter den Jungen anzusehen, der früher nicht hatte sprechen können.

Er war so klein, und doch lastete das Gewicht der Zukunft auf seinen Schultern.

Er konnte es tragen. Zwar aß er immer noch jedes Gericht von einem anderen Teller, aber er konnte das Gewicht der Zukunft tragen.

Schließlich verfielen die Versammelten in Schweigen. Sie alle fühlten, dass der Augenblick gekommen war.

Megan nahm Woody bei der Hand. »Schatz, bist du so weit?«

»Ja, wenn die anderen es auch sind.«

»Das sind sie. Das sind wir.«

Ben Hawkins ging zu Megan und nahm ihre Hand.

Rosa Leon ging zu Ben und nahm seine Hand.

Carson Conroy nahm Rosas Hand.

Obwohl es nicht notwendig war, sich an den Händen zu halten, obwohl es auch funktioniert hätte, wenn sie einfach nebeneinandergestanden hätten, taten sie es trotzdem.

Sie standen Hand in Hand, vom Wohnzimmer bis in die Diele.

Von der Diele bis in den Flur.

Vom Flur bis ins Esszimmer.

Bis in die Küche.

Bis in Megans Atelier, wo das Gemälde von Woody und der Hirschfamilie immer noch auf seine Fertigstellung wartete.

Im ganzen Haus standen alle Hand in Hand.

Die Hunde drückten sich an die Beine der Menschen.

Jetzt tat Woody, was Bella für ihn getan hatte und was sie ihn gelehrt hatte, für andere zu tun.

Er tat, was einzig und allein Woody für andere Menschen tun konnte.

Woody übertrug allen, die sich hier versammelt hatten, das Geschenk und die Bürde der Leitung.

Wären Menschen hier gewesen, die diese Gabe nicht empfangen hätten, wäre ihnen das Haus unheimlich still erschienen, abgesehen vom Unwetter, das auf das Dach und an die Fenster peitschte.

Aber für diejenigen, die sie empfangen hatten, war das Haus mit freudigen Begrüßungen und aufgeregten Unterhaltungen erfüllt.

Selbst jemand, der stumm für all diese Stimmen war, hätte dennoch das Staunen und die Emotionen gespürt, die von Herz zu Herz flossen.

Später, wenn der Regen nachließ, würden alle Besucher zu ihren weit entfernten Heimen zurückkehren.

Etwas geschah dort draußen.

Für die absehbare Zukunft war das Beste, was das Mysterium und seine geliebten Gefährten tun konnten, abzuwarten und es geschehen zu lassen.

128 Die Scheibenwischer schienen einen Trauermarsch zu spielen und die Dunkelheit ließ an das Innere eines Grabes denken. Verbotski fuhr vom Haus der Bookmans zu Oxleys Haus, wo sie ihr Gepäck und Charles Oxleys Leiche zurückgelassen hatten.

Er hatte gewollt, dass Rodchenko auf dem Beifahrersitz mitfuhr, damit er ihn im Auge behalten konnte. Aber das hatte dieser Dreckskerl abgelehnt. Ganz offensichtlich war er besorgt, dass er von hinten erwürgt oder auf andere Weise umgebracht werden könnte.

Speer war der Beifahrer, und Rodchenko saß mit Knacker auf der Rückbank.

»Wenn die unsere Computer angezapft und den ganzen Scheiß irgendwem geschickt haben, können wir nicht zurück nach Reno, sonst sind wir erledigt«, sagte Knacker, denn er war der Dümmste von ihnen.

»Wir sind nicht erledigt«, widersprach Verbotski. »Jeder von uns hat sein Geldversteck, dazu noch Konten im Ausland, andere Identitäten. Wir fliegen von Sacramento aus in vier verschiedene Städte. Verändern unser Aussehen. Treffen uns in genau einem Monat in Miami. Dann fangen wir neu an und bauen was auf, das größer und besser ist als das, was wir verloren haben.«

»Und ob«, pflichtete Speer ihm bei. »Und in einem Jahr, wenn niemand mehr damit rechnet, gehen wir zurück nach Pinehaven und machen diese Schlampe und ihren Rotzjungen kalt.«

»Da ging irgendwas Merkwürdiges vor sich, mit all diesen Hunden, irgendwas stimmte da nicht«, grübelte Verbotski. »Besser, wir gehen da nie wieder hin.«

Speer sagte nichts. Rodchenko ebenso wenig.

Knacker fuhr fort: »Ich mag Miami. Sonne, Strand, Sex.«

Rodchenko versuchte, zu klingen, als wäre er immer noch ein gleichwertiger Partner der anderen vier Atropos-Mitglieder. »Wir sollten lieber die Leute in Reno warnen, damit sie sich auch aus dem Staub machen können.«

Verbotski entgegnete: »Scheiß auf die. Wir brauchen nur vier Mann, um neu anzufangen. Die sind doch eh alle erst später dazugekommen.«

»Man kann kein neues Unternehmen starten«, wandte Speer ein, »wenn man sich die Profite mit zu vielen Leuten teilen muss.«

»Genau«, stimmte Verbotski zu. »Zu Anfang werden uns die Gründungskosten und die monatlichen Fixkosten auffressen. Wir müssen erst mal regelmäßige Einnahmen haben, die die Kosten decken und eine angemessene Vergütung für sechs Personen möglich machen, bevor wir auch nur dran denken, einen fünften Partner an Bord zu holen.«

Speer seufzte. »Man hat's nicht leicht. Ist euch klar, wie viel schwerer das alles wäre, wenn wir auch noch Steuern zahlen würden?«

»Dann würden wir unser Leben lang nur für die da oben schuften«, sagte Verbotski.

Sie parkten in der Einfahrt des Oxley-Hauses und betraten es durch die Vordertür. Auf dem Weg durch das Haus vergewisserte Verbotski sich, dass alle Thermostate – in Wohnzimmer, Schlafzimmer und Küche – auf *Heizen* und nicht auf *Kühlen* eingestellt waren und dass die Temperaturregler auf vier Grad Celsius standen, um eine verfrühte Explosion zu vermeiden. Gegenwärtig betrug die Temperatur im Haus 20 Grad.

In der Küche sagte Verbotski: »Rodchenko, wir beide holen unsere Ausrüstung. Knacker, Speer, geht in den Keller und bereitet den Ölofen vor, damit er in die Luft fliegt wie geplant.«

Knacker verzog das Gesicht. »Wieso denn? Der alte Furz ist tot, zweimal umbringen können wir ihn nicht. Nach dem, was passiert ist – je schneller wir verschwinden, desto besser.«

»Speer«, sagte Verbotski, »kannst du's ihm erklären?«

Er war besorgt, dass Speer Knacker zustimmen würde. Aber auf dessen schlangenhafte Verschlagenheit war

Verlass. »Wir sind vielleicht auf der Flucht, Bradley, aber nicht weil wir den alten Mann da unten umgebracht haben. Also belassen wir's dabei und fügen das nicht der Liste der Dinge hinzu, wegen denen wir gesucht werden. Wir hauen hier ab, der Ofen geht hoch, das Haus brennt bis auf die Grundmauern nieder. Von dem alten Sack sind nur noch Knochen übrig und es gibt keine Beweise.«

»Okay, in Ordnung«, lenkte Knacker ein. »Dann gehen wir's an. Aber ich werd dem alten Mistkerl noch ein paar Tritte verpassen.«

»Der ist doch schon tot«, wandte Speer beim Öffnen der Kellertür ein. »Wozu willst du ihn jetzt noch treten?«

»Weil ich mich dann besser fühle.« Knacker folgte Speer die Treppe hinunter.

Verbotski deutete auf einen Stapel Ausrüstung – Aktentaschen, Sporttaschen – und wies Rodchenko an: »Pack das alles in den Suburban. Du und Speer habt ihn hergefahren, ihr könnt ihn auch wieder zurückfahren. Ich hole Knackers und mein Zeug und verstaue es im Escalade.«

Nachdem Rodchenko zwei halb leere Sporttaschen sowie eine Aktentasche genommen hatte und damit durch den Flur zur Vorderseite des Hauses gegangen war, durchsuchte Verbotski rasch die Küchenschubladen, bis er ein paar interessante Schneidwerkzeuge fand. Er entschied sich für ein Fleischerbeil.

Er eilte durch den Flur mit der Absicht, sich neben der Haustür zu verstecken und die russische Ratte in Stücke zu hacken, wenn sie vom Suburban zurückkehrte.

Aber Rodchenko war nicht nach draußen gegangen. Als Verbotski aus dem Flur ins Wohnzimmer kam, stürzte sich dieser Hunde fürchtende Kotzbrocken von links auf ihn, wobei er mit einem Springmesser zustieß wie mit einem Dolch. Er rammte seinem älteren Partner die Klinge in die Seite, versenkte 15 Zentimeter rasiermesserscharfen Stahl in dessen Dick- und Dünndarm.

Schock und Schmerz hielten Verbotski nicht davon ab, mit der rechten Hand das Fleischerbeil zu schwingen. Der Stahl traf auf einen Hals und trug den Sieg davon. Beim Zusammenbrechen spritzte Blut aus Rodchenkos Wunde hervor wie aus einem höllischen Feuerwehrschlauch, aber schon als er auf dem Boden aufschlug, verebbte der Strahl, denn er war so tot, wie er es verdiente.

Als Verbotski das Beil auf die Leiche fallen ließ und vorsichtig das Springmesser aus seiner Seite zog, verdunkelte sich der Rand seines Sichtfelds, aber er fiel nicht in Ohnmacht. Der Stich war klein, aber tief. Ein scharfer, aber erträglicher Schmerz ließ ihn leicht schwitzen. Weniger Blut, als er erwartet hatte. Er hielt das Loch mit einer Hand zu. Er brauchte ärztliche Hilfe. In ein paar Stunden würde eine akute Bauchfellentzündung einsetzen. Er war zuversichtlich, dass es ihm gelingen würde, im Escalade nach Sacramento zu fahren und sich dort in einem erstklassigen Krankenhaus behandeln zu lassen, unter dem Schutz von Tio Barbizon.

Er ging in die Küche zurück. Vor der offenen Kellertür atmete er tief durch und rief mit fester Stimme zu Knacker und Speer hinunter: »Seid ihr da unten fertig?«

»Fertig!«, rief Speer. Gleichzeitig war ein dumpfer Aufprall zu hören.

»Nur noch ein Tritt«, versprach Knacker. Speer kam am Fuß der Treppe zum Vorschein.

Verbotski schloss die Kellertür und schob den Riegel vor. Er ging zum Thermostat, der auf *Heizen* gestellt war, und schob den Temperaturregler von vier Grad auf 27 Grad. Der Thermostat war im Prinzip der Auslöser für die Sprengvorrichtung, die sie im Ofen installiert hatten. Bei einer Standard-Klimaanlage wie dieser gab es eine etwa fünf bis sechs Sekunden lange Verzögerung zwischen der Aktivierung der Heizung und dem Anspringen der Zündflamme. Dann würde um den ölgetränkten Runddocht des Ofens sofort Feuer ausbrechen, die Zündschnur würde abbrennen und der Sprengstoff würde explodieren.

Speer rannte die letzten Stufen der Kellertreppe hinauf und stieß wütende Rufe aus. Verbotski lief durch die Küche zur Hintertür. Ihm blieben noch vier oder fünf Sekunden, genug Zeit.

Knacker schrie ebenfalls, und Speer hämmerte an die Kellertür. Sie waren nie die Art von Partnern gewesen, die Verbotski brauchte, um in seinem Beruf ganz nach oben zu kommen. Knacker war einfach zu dumm, und Speer war unheimlich mit seinen Schlangentattoos, die er Gerüchten zufolge nicht nur an den Armen hatte. Da draußen gab es bessere Partner; sie mussten nur gefunden werden.

Verbotski war nur noch eine Sekunde von der Außentür entfernt, mindestens zwei oder drei Sekunden vor dem Zeitpunkt der Detonation, eine ausreichende Zeitspanne – als etwas in ihm zerriss. Ein Schmerz, wie er ihn noch nie verspürt hatte, raubte seinen Beinen alle Kraft. An der Schwelle der Hintertür brach er zusammen.

Säure und noch Schlimmeres stieg in seiner Kehle auf, und er würgte es wieder hinunter. Der Ofen flog in die

Luft, der Boden wölbte sich schlagartig unter ihm, das ganze Haus wackelte, ein Teil des Dachs brach ein. Es schien, als wäre das Schicksal – Atropos selbst – zu dem Schluss gekommen, dass seine Lähmung nicht ausreiche, um sein Verbrennen zu garantieren. Um ganz sicherzugehen, ließ es Deckenbalken und andere Trümmer auf ihn fallen, die ihn an Ort und Stelle festhielten.

Während er dort lag und auf die Flammen wartete, dachte er an den heftigen Regen in dieser Nacht, aber er konnte keine Hoffnung daraus schöpfen. Er kannte die Intensität, die dieses absichtlich gelegte Feuer schnell erreichen würde; es würde sich nicht leicht löschen lassen. Er hörte die Flammen dort unten, wie sie aufwärtsrauschten, er fühlte, wie der Boden unter ihm sich aufheizte.

In einem seiner Psychologieseminare hatte er erfahren, dass das Gehirn sterbender Personen Hormone produzierte, die eine Art Wohlbefinden auslösten. Dies erklärte angeblich, warum manche Menschen auf dem Totenbett Halluzinationen von Engeln hatten und weshalb Personen, die kurzzeitig klinisch tot waren und wieder ins Leben zurückkehrten, oft von einem Tunnel sprachen, der in ein einladendes Licht und eine wunderbare Welt dahinter führte.

Er sah keine Engel und keinen Tunnel, der ins Licht führte. Aber als Rauchfäden durch den Raum zu kriechen begannen, stieg eine lange unterdrückte Erinnerung wieder in John auf. Sein Herz raste vor unerwarteter Freude, als Bilder aus der Vergangenheit durch seinen Geist strömten. Er war sechs Jahre alt gewesen, als sein Vater Daisy mit nach Hause gebracht hatte, eine zwei

Jahre alte Golden-Retriever-Hündin, die er nur für den Jungen aus dem Tierheim gerettet hatte. Daisy und der junge John hatten viele Abenteuer miteinander erlebt, und eine Zeit lang hatte es eine verlässliche Quelle der Freude in diesem Haus gegeben, das ansonsten von Argwohn, Disputen und lauten Streitereien erfüllt gewesen war. Die Ehe hatte nicht gehalten, und genau ein Jahr, nachdem Daisy in das Haus der Verbotskis gekommen war, war sie in den Armen des jungen John gestorben. Für seine alkoholabhängige Mutter war Daisy eine Inkarnation ihres verhassten Mannes gewesen, und das war für sie Grund genug gewesen, die Hündin zu vergiften. Was bis dahin ein wundervolles Jahr gewesen war, war durch Daisys Tod zu einem schmerzhaften Teil seiner Vergangenheit geworden, an den zu denken er vermied. Nun griff das Feuer nach ihm, und mit ihm kamen Erinnerungen, die heller strahlten als die Flammen, Erinnerungen, die sich nicht mehr unterdrücken ließen, Gedanken an Zärtlichkeit, Lachen und Liebe, die er vor diesem lange vergangenen Jahr nie gekannt und auch in der Zeit danach nie mehr erfahren hatte.

129

Amory Cromwell, der Verwalter des Anwesens auf dem 20-Quadratkilometer-Grundstück in Tiburon, war nicht dumm, ganz im Gegenteil, und ein Feigling war er auch nicht.

Als er am Montagmorgen nach vier Nächten in einem ausgezeichneten Resort in Pebble Beach zum Haus zurückkehrte, traf er dort um sieben Uhr ein, eine Stunde vor der restlichen Belegschaft, worauf er großen Wert legte. Er hielt hinter dem großen Rolltor, stieg aus dem BMW, der zu seinem Arbeitsplatz gehörte, und deaktivierte die Alarmanlage über das Crestron-Bedienfeld in der Wand. Während das Tor herabglitt, parkte er in dem Teil der weitläufigen Garage, der für die Angestellten vorgesehen und von dem Bereich getrennt war, in dem sich die Karussells mit den Sammlerautos befanden. Als er diesmal aus dem BMW stieg, hörte er die weit entfernte, aber dennoch lärmende Musik der 46 Flipperautomaten. Die Spielhalle befand sich in derselben Etage wie die unterirdische Parkgarage, das Kino und die Bowlingbahn.

Wenn Dorian Purcell ein Wochenende hier verbrachte, verließ er das Haus für gewöhnlich am Sonntagabend wieder. Wenn sich niemand im Haus befand, waren die Lampen, Fernseher und Stereoanlagen so programmiert, dass sie in einem bestimmten Muster an- und abgeschaltet wurden, sodass jeder Einbrecher, der das Anwesen ausspähte, zu dem Schluss kam, dass sich drei oder vier Personen darin aufhielten. Aber die Automaten in der Spielhalle waren kein Teil dieses Täuschungsmanövers.

Amory Cromwell schloss daraus, dass Purcell noch da sein musste.

Und diese Abweichung von den Gewohnheiten des Großen Mannes verriet Cromwell außerdem, dass etwas nicht stimmte.

Als Teil seiner Vorbereitung auf diesen Posten hatte er ein Nahkampf- und Waffentraining absolviert, und ihm war bewusst, dass er nicht nur für seine Expertise, sondern auch für seine Diskretion bezahlt wurde. Deshalb war es nicht Cromwells erster Gedanke, die Polizei zu rufen. Die Steinreichen bezahlten Männer wie Cromwell auch, damit sie verhinderten, dass ihre Verrücktheiten öffentlich bekannt wurden, wenigstens so lange, wie aus diesen Verrücktheiten keine Verbrechen wurden. Er ging zu einem Waffensafe, der in den Schränken der Autowerkstatt verborgen war, die zur Garage gehörte, und griff nach einer Kaliber-12-Schrotflinte, die Flintenlaufgeschosse abfeuern konnte. Er lud eine Patrone in den Verschluss, drei weitere ins Magazin und ließ zwei zusätzliche in eine seiner Manteltaschen fallen.

In der Spielhalle fand er Dorian Purcells Leiche in einem sehr unvorteilhaften Zustand vor. Zusätzlich zu anderen Spuren von extremer Gewalt und Kannibalismus fehlte der Kopf des Milliardärs.

Zu diesem Zeitpunkt hätte Cromwell vielleicht die Polizei gerufen, wenn er nicht ein Mann gewesen wäre, der eine gute Gelegenheit erkannte, wenn er sie sah.

Mit gehobener Schrotflinte folgte er einer Spur aus blutigen Fußabdrücken und unbeschreiblichen Überresten, die die Treppe hinauf zur Bibliothek im Erdgeschoss führte.

Der Mann, der kaum noch wie ein Mann, sondern eher wie etwas aus einer Geschichte von H. P. Lovecraft wirkte, das in einen Tim-Burton-Film geraten war, saß in einem Gang zwischen zwei Bücherregalen, einen Bücherstapel im Rücken, einen vor seinen Füßen. Purcells Kopf lag auf seinem Schoß.

Irgendwo auf dem Weg hierher hatte der bizarre Einbrecher seine Kleidung abgeworfen. Sein blasser Leib war mit grässlichen Knoten und Verfärbungen übersät. Aus nässenden Wunden drangen graue hauchdünne Fäden hervor, die sich über einigen Körperteilen zu Netzen zusammenfügten, die in Strahlen und Spiralen zu den Regalen hinaufführten, zwischen denen er zusammengesunken war, und ihn dort verankerten. Es waren nicht die eleganten, präzisen, geometrisch geformten Netze einer Spinne. Ihnen fehlte jedes Muster, und sie waren so hässlich wie das groteske Individuum, das sie zum Teil eingesponnen hatten.

Der Einbrecher bewegte sich kein bisschen. Amory Cromwell nahm an, dass er eine Leiche vor sich hatte, aber er blieb trotzdem auf Distanz und fragte: »Sir?«

Der Mann hatte das Gesicht abgewandt. Nun drehte er langsam den Kopf, bis Cromwell es sehen konnte.

Trotz der verzerrten Züge und des trüben Glanzes der Augen, die an eine Katze in der Nacht denken ließen, blieb doch genug Ähnlichkeit übrig, dass Cromwell fragen konnte: »Mr. Shacket?«

Der ehemalige CEO von Refine, von dem man glaubte, er sei in Utah ums Leben gekommen, setzte eine Miene auf, die er vielleicht für ein Lächeln hielt. Er sprach, aber seine Stimme war schwach, nur ein Murmeln, und was er sagte, ergab keinen Sinn. Die Worte sprangen aus ihm hervor wie die mit Zahlen beschrifteten Kugeln aus einem Bingotrichter. Wie um noch die letzte Hoffnung auf intelligente Kommunikation zu zerschlagen, gab Shacket abgesehen von Worten auch noch klickende, klagende, zwitschernde Laute von sich, die an Insekten erinnerten, dazu ein animalisches Quäken oder Maunzen sowie ein Zischen, als hätte er eine Schlange in sich.

Offensichtlich war der Mann am Ende seiner Kräfte, geistig nicht mehr präsent und lag im Sterben.

Im Laufe seiner Karriere hatte Cromwell seine Klienten immer gewissenhaft vor schlechter Publicity geschützt, aber auch vor einem groben Eindringen von Medienleuten und anderem Pöbel in ihre Privatsphäre. Er hatte stets ihre Würde und den ihnen zustehenden Respekt im Sinn gehabt.

Bei Dorian Purcell war es ein wenig anders, vor allem jetzt, da der Große Mann tot war.

Cromwell legte seine Schrotflinte zur Seite und benutzte sein Smartphone, um Shacket zwei Minuten lang zu filmen. Die erbärmliche Kreatur murmelte unverständliche Worte, klickte, zwitscherte und winselte nicht wie ein Mann, sondern wie ein Tier, dessen Bein in einer Falle steckte.

Er machte ein paar Fotos, stellte sicher, dass er mehrere Aufnahmen hatte, auf denen Purcells abgetrennter Kopf deutlich zu sehen war.

Dann holte er die 12-Kaliber-Flinte und kehrte in die Spielhalle zurück, wo er die kopflose Leiche und das Gemetzel um sie herum fotografierte. Danach ging er durch das Haus, machte Fotos von seinen großartigsten, luxuriösesten Merkmalen, von allem, das die Leser der schlechtesten Klatschzeitungen und die Zuschauer der kitschigsten Fernsehprogramme interessieren würde.

Als er für eine Familie in Boston gearbeitet hatte, hatte Cromwell Bekanntschaft mit Vaughn Larkin gemacht, einem Anwalt und lizenzierten Privatdetektiv. Larkin hatte von Zeit zu Zeit Aufträge für dieselbe Familie übernommen, bei denen es um einen der Söhne ging, der eine Neigung zu Kokain, Pornostars, Bagatelldiebstahl und revolutionärer Politik an den Tag gelegt hatte.

Nun rief er Larkin an, beschrieb ihm, was er vorgefunden hatte, und bat ihn um eine Einschätzung des Wertes des Videos und der Fotos, die er aufgenommen hatte. Die genannte Zahl beeindruckte Cromwell so sehr, dass er Larkin als seinen Agenten einstellte und ihm alle Daten schickte, bevor er die 911 wählte.

Als die Polizei eintraf, war das Ding, das einmal Lee Shacket gewesen war, genauso tot wie Dorian Purcell.

130

Kipp hatte seinen Jungen, und der Junge hatte seinen Hund.

Mit der Welt war alles in Ordnung.

Jedenfalls so in Ordnung, wie die Dinge beim gegenwärtigen Zustand der Welt sein konnten.

Angesichts der Furcht einflößenden Zeit, die hinter ihnen lag, waren die Tage, die auf diesen Donnerstag im September folgten, in jedem Sinn des Wortes außergewöhnlich sonnig.

Ben Hawkins verkaufte sein Haus in Südkalifornien.

Er mietete sich eine Wohnung in Pinehaven.

Er und Megan begannen sich zu treffen.

Sie stellte das Gemälde von Woody und den Hirschen fertig.

Die Galerie, die ihre Bilder ausstellte, war der Ansicht, dass dieses Werk einen Rekordpreis erzielen würde.

Stattdessen hängte sie es ins Wohnzimmer. Hinter das Klavier.

Rosa Leon verkaufte das Haus in Lake Tahoe.

Sie zog nach Pinehaven, um bei allem, was kommen würde, dabei zu sein.

Im frühen Oktober wurden Rita Carrickton und Deputy Andy Argento des Mordes an Sheriff Eckman angeklagt und inhaftiert, ohne die Möglichkeit, auf Kaution freizukommen.

Eckman hatte winzige Kameras in seinem Schlafzimmer und Badezimmer versteckt.

Er hatte alle seine sexuellen Abenteuer mit Rita gefilmt, jede Dusche, die sie dort genommen hatte.

Dazu zählte auch ihre letzte, unvollendete Paarung.

Und seine Ermordung.

Der vorherige Sheriff Lyle Sheldrake bekam nach einer Sonderwahl im November sein Amt zurück.

Bei der Feier am Abend der Wahl hatte Kipp eine gute Gelegenheit, ihn zu beschnuppern.

Sheldrake war kein Hasser. Verrückt war er auch nicht.

Im Dezember begannen Rosa Leon und Carson Conroy, sich regelmäßig zu treffen.

Im Januar wurde Tio Barbizon für die Vertuschung von Ereignissen angeklagt, die mit der Katastrophe in Utah sowie den Verbrechen von Lee Shacket in Verbindung standen.

Zwei Tage später behauptete er seine Unschuld.

Und er verkündete, dass er für das Amt des Gouverneurs kandidieren werde.

Manchmal machten Megan, Ben, Woody und Kipp gemeinsame Ausflüge.

Sie besuchten die verschiedenen Gemeinschaften der Mysterier, die an jenem schweren Tag mit ihren menschlichen Gefährten nach Pinehaven gekommen waren.

Alle nannten ihn nur noch den »TAG«, in Großbuchstaben.

Bella wurden weiterhin neue Gemeinschaften gemeldet.

Manche waren weit weg, in Kansas und Alabama.

Dann in Kanada. Und in Mexiko.

Im März heiratete Megan Ben.

Rosa war ihre Brautjungfer.

Kipp war der Trauzeuge.

Ein Gericht verfügte, dass Dorian Purcells Vermögen zur Entschädigung der Familien derer eingesetzt werden konnte, die in Utah und an anderen Orten ermordet worden waren.

Haskell Ludlow wurde im Süden Frankreichs festgenommen. Er hatte dort unter dem Namen Mary Seldon gelebt. Nachdem er sich einer Geschlechtsumwandlung unterzogen hatte.

Die Fernsehnachrichten konnten nicht genug bekommen von der Geschichte über das »genmanipulierte Monster aus Utah«.

Die größere Geschichte des Mysteriums entging ihnen. Ebenso wenig ahnten sie, dass ein Tag kommen würde, an dem es nur noch wahre Nachrichten geben würde.

Dann wurde es Mai.

Seit dem TAG waren acht Monate vergangen.

Kipp und seine Familie besuchten eine geheime Mysteriergemeinschaft in Idaho.

Es waren 75 Hunde mit 26 menschlichen Gefährten.

74 der Hunde bildeten bereits Paare.

Ein Golden-Retriever-Weibchen hatte keinen vierbeinigen Partner.

Kipp wusste, dass sie seine Bestimmung war.

Er war besorgt, dass sie vielleicht nicht dasselbe für ihn empfinden würde.

Aber das tat sie.

Ihr Name war Velvet.

Sie kam nach Pinehaven.

Ein weiteres Jahr verging.

Es begann sich zu zeigen, dass die Hunde des Mysteriums über eine bessere Gesundheit verfügten als andere Hunde.

Manche fragten sich, ob sie länger leben würden als andere Hunde.

Woody sagte, er sei sich sicher.

Der Wurf von Kipp und Velvet bestand aus acht Welpen.

Alle waren wohlauf.

Alle blieben bei Megan, Ben und Woody.

Woody lernte das Klavierspielen. Schon bald hatte er die Tasten fest im Griff.

Rosa und Carson adoptierten zwei der Hunde.

Sie waren nun eine Großfamilie aus fünf Menschen und zwölf Hunden, die ständig in der Wahrheit lebte, ohne einen Augenblick der Täuschung. In der Leitung kommunizierten sie mit anderen ihrer Art, bereiteten sich auf den Anbruch einer neuen Welt vor, einer frischen Wirklichkeit, die über Zehntausende Jahre herangereift war, seit Männer, Frauen und Hunde zum ersten Mal zusammengehalten hatten, um sich gegen Säbelzahntiger und tobende Mastodonten zu verteidigen. Eine Welt nahte, die vielleicht über 1000 Jahrhunderte hinweg geformt worden war, in denen Menschen und Hunde zusammengelebt hatten, zusammen gespielt und die Sterne bewundert hatten, gestorben waren und sich betrauert hatten, einer grausamen Natur sowie denjenigen Menschen getrotzt hatten, die gierig nach der Macht griffen. Diese neue Welt würde so sein, wie sie schon immer hätte sein sollen: eine Welt, in der es nach wie vor schwierige Gewässer gab, aber in der jeder Mann, jede Frau und jeder Hund einander treu ergeben waren und für alle Zeit eine Brücke füreinander bildeten, von einem sicheren Ufer zum nächsten.

deankoontz.com

Dean Ray Koontz wurde im Juli 1945 in Pennsylvania geboren. Er verkaufte weit über 500 Millionen Bücher, die in 38 Sprachen übersetzt wurden. Dean Koontz ist einer der erfolgreichsten Autoren der Welt.
Er lebt mit seiner Frau Gerda in Südkalifornien.

The Times: »Dean Koontz ist nicht nur der Experte für unsere dunkelsten Träume, sondern auch ein literarischer Künstler.«

Infos, Leseprobe & eBook:
www.Festa-Verlag.de

**Das Meisterwerk
der
»Queen of Horror«**

Vier Menschen betreten die alte Villa, die als Hill House bekannt ist. Sie wollen die übernatürlichen Phänomene, die sich angeblich darin ereignen, untersuchen. Die vier werden etwas Böses erleben, das sich ihrer Kontrolle und ihrem Verstand entzieht. Sie können unmöglich wissen, dass sie von dem Haus selbst angelockt wurden und welche bösen Pläne es verfolgt …

Das Meisterwerk der »Queen of Horror«, der wichtigsten Autorin unheimlicher Literatur und Vorbild für Stephen King und viele andere Autoren.

Stephen King: »Einer der wirklich großen unheimlichen Romane der vergangenen hundert Jahre.«

Infos, Leseprobe & eBook: www.Festa-Verlag.de

Vier literarische Juwelen, die unseren ständigen Krieg zwischen Gut und Böse ins Extreme treiben.

SciFiNow: »Sehr gut gezeichnete Figuren, einige heftige Schockmomente und ein großartiger Sinn für Humor.«

Mail on Sunday: »Er greift die Ängste von uns allen auf, dass die Welt untergeht.«

Joe Hill: »Novellen sind Killer, keine Füller, sie kommen auf den Punkt, wo Romane ausschweifend werden. Sie haben die Ökonomie von Kurzgeschichten, sind aber aufgrund ihrer Länge in der Lage, eine Charakterisierung zu erreichen, die wir üblicherweise bei Romanen erwarten.«

Infos, Leseprobe & eBook: www.Festa-Verlag.de

Zuletzt erschienen in der Reihe HORROR & THRILLER:

Wenn Lesen zur Mutprobe wird ...
www.Festa-Verlag.de

Festa: If you don't mind sex and violence and lots of action

Niemand veröffentlicht härtere Thriller als Festa. Werke, die keine Chance haben, in großen Verlagen veröffentlicht zu werden, weil sie zu gewagt sind, zu neuartig, zu extrem.

Statt der üblichen Matt- oder Glanzfolie haben die Bücher von Festa eine raue, lederartige Kaschierung. Sie symbolisiert die Härte und sexuelle Gewagtheit unseres Programms. Diese »Bücher im Ledermantel« sind auch sehr widerstandsfähig – die Bücher wirken nach dem Lesen noch wie neu.

Unsere erfolgreichsten Buchreihen:

HORROR & THRILLER – Moderne Meister des Genres

FESTA ACTION – Blockbuster zum Lesen

MUST READ – Große Erzähler. Muss man gelesen haben

FESTA EXTREM – Wenn Lesen zur Mutprobe wird ...

Wegen der brutalen und pornografischen Inhalte erscheinen die Titel ohne ISBN und werden nur ab 18 Jahre verkauft. Sie können nur direkt beim Verlag bestellt werden.

Festa steht beim Thema harte Spannung für viele Jahre bewährte Qualität. Darauf geben wir sogar eine Zufriedenheitsgarantie. Dieser Service ist für einen Buchverlag einzigartig.

Warum tun wir das?

Frank Festa: »Wir wollen, dass die Leser unsere Bücher lieben. Das geht nur mit Qualität. Und als Spezialist für Horror und Thriller aus Amerika können wir in dem Bereich diese Qualität garantieren – so einfach ist das.«